Dorothea Morgenroth

*Auf den Flügeln der Zeit*

Über die Autorin

*Dorothea Morgenroth* schreibt aus Leidenschaft und hat sich mit ihrem Debütroman *Der den Himmel lenkt* sowie etlichen weiteren Werken einen Namen als versierte Romanautorin gemacht. Sie ist Mutter von vier erwachsenen Kindern und lebt mit ihrem Mann, der jüngsten Tochter und einem kleinen Hund in Bayern.

Dorothea Morgenroth

# AUF DEN FLÜGELN DER ZEIT

Roman

Gerth Medien

Wer weise ist, der achte auf diese Dinge,
und er wird erkennen,
wie die Gnade des Herrn
in der Geschichte am Werk ist!

Psalm 107,43

# Prolog

*Inis Beag, Frühling 2019*

So unmerklich, wie die Flut sich herangeschlichen hatte, zog sie sich auch wieder zurück. Woge für Woge rollte das Wasser hinab in die Tiefe des Atlantiks und entblößte damit die sanft abfallende Fläche des Meeresbodens: von den Wellen gezeichnete, gleichmäßige Rillen im Sand, durchsetzt mit licht schimmernden Pfützen und überzogen mit Splittern von Muscheln, Krebsscheren und feuchtem Tang. Aus den rosafarbenen Strandnelken am Rand der Gezeiteninsel erklang die unverkennbare Stimme des Strandpiepers und übertönte sogar die heiseren Rufe der Möwen. Auf den nahen Salzwiesen kauerte ein Kaninchen in Habachtstellung. Es behielt die unbekümmert neben ihm weidenden Jungkühe ebenso im Blick wie die Menschen, die vom Strand her auf einen alten bärtigen Mann zuströmten, der dem Kaninchen nicht minder vertraut war als die Weidetiere.

Auch der Wind pfiff ein altbekanntes Lied durch die Mauerreste der Klosterruine, in der der Alte und seine Besucher sich versammelten. Und endlich erklang wie erwartet die raue, jeden Zuhörer reglos an seinen Platz bannende Stimme des Erzählers.

*Lange vor unserer Zeit, als dieses Eiland noch Teil der Küste war und mächtige alte Eichen die Quelle und das Kloster bewachten, lebte in dessen Mauern ein junger Mönch. Seine Eltern hatten ihn aus weiter Ferne hierhergeschickt, damit er sich aus dem Studium der Heiligen Schriften nähren und ein Leben im Dienst an seinen Mitmenschen führen sollte. Der junge Mönch hingegen fühlte sich zu einem anderen Dasein berufen.*

*Abend für Abend vernahm er diesen Ruf, sobald er seine Gebete beendet hatte und am Strand entlangwanderte, um sich an der Herrlichkeit der göttlichen Schöpfung zu erquicken. Jede Woge, die aus der Tiefe des Ozeans heranrollte, für einen Augenblick im Sand an seinen Füßen leckte und sich wieder zurückzog, um sich weit draußen erneut mit ihresgleichen zu vereinen, rief ihm zu, ihr dorthin zu folgen. Im Rauschen der Brandung an den nahen Felsen erkannte er die raunende Forderung, sich von ihr in ein Land voller Schönheit, Freude und Lachen forttragen zu lassen. Und in jedem Tropfen salziger Gischt, der seine Haut benetzte, gewahrte er den Geschmack eines verheißenen Landes jenseits des Ozeans. So wuchs in seinem Herzen mit jedem Tag das Drängen, sich auf die Suche nach jenem Ort zu begeben, in dem alle Wünsche und seine tiefe Sehnsucht Erfüllung finden würden.*

*Seine Mitbrüder aber hatten kein Verständnis für das Ansinnen des jungen Mönches. Die Vorstellung eines verheißenen Landes taten sie als Schwärmerei ab – geboren aus der Leichtfertigkeit seiner Jugend – und rieten ihm, die unangebrachte Rastlosigkeit beim Anblick der See durch strengste Disziplin zu bezwingen.*

*Ihrem Unverständnis zum Trotz machte sich der junge Mann im Verborgenen an den Bau eines Bootes. Aus kräftigen und dennoch biegsamen Ästen formte er einen Rumpf und bespannte diesen mit Tierhäuten. Mit einem Segel – aus demselben Material gefertigt – war sein Boot tüchtig für die Reise übers Meer. Damit war der Tag des Aufbruchs gekommen: Während die Brüder sich am frühen Morgen zum Gebet versammelten, stach der junge Mann mit seinem Boot, das man auch Curragh nannte, in See.*

*Soeben stahlen sich die ersten Strahlen der Sonne über die Klostermauern, die bereits hinter ihm lagen, und zeichneten eine goldene Bahn auf die endlosen Wasser vor ihm. Ein frischer Wind füllte das bescheidene Segel, und das kleine Boot nahm Fahrt auf. Das Herz des jungen Seefahrers war voll Freude und Zuversicht: Schon bald würde er den Ort finden, von welchem die Wogen ihm seit jeher erzählten – den Ort, an dem Geist und Seele endlich zur Ruhe gelangen konnten!*

*Er kreuzte die Meere von Ost nach West und von Süd nach Nord, erkundete jedes neue Ufer, das vor seinem Bug auftauchte, und entdeckte dabei die wunderlichsten Dinge: schwimmende Berge aus gehämmertem Eis und andere aus flüssigem Feuer, unter den Wogen sich wiegende grüne Wälder sowie ein geheimnisvolles Glühen wie von tausend winzigen Feuerstellen – und nicht zuletzt Länder voller Menschen mit den absonderlichsten Sitten und Gebräuchen.*

*Doch so viele verschiedene Ufer er auch ansteuerte und so weit sein Curragh ihn auch trug, eines blieb dem rastlosen Seefahrer dennoch verwehrt: das Land zu finden, das seine ungebändigte Sehnsucht stillen und die sich immer weiterrollenden Wogen in seinem tiefsten Inneren endgültig zur Ruhe bringen konnte.*

Klagend strich der Wind durch das Gemäuer, als die Stimme des Storytellers verklang, sodass die Zuhörer sich nur mühsam aus dem Bann seiner eindringlichen Worte zu reißen vermochten. Einer nach dem anderen erhob sich von seinem Platz im Gras oder auf den geschichtsträchtigen Steinen. Und als sie anfingen, leise Worte miteinander zu wechseln, wusste das Kaninchen: Es war an der Zeit! Mit fliegenden Läufen verschwand es in dem unterirdischen Höhlensystem der Ruine, bevor die Inselbesucher sich über das ganze Eiland verteilten.

# Kapitel 1

*Köln, April 2019*

Ein schriller Misston durchbrach die im Wohnzimmer herrschende Stille, tönte blechern durch die warme, leicht abgestandene Abendluft. Die Türglocke!

Nun hat ein Läuten an der Wohnungstür, ob melodisch oder schrill, bisweilen gewisse Untertöne. In erwartungsvoller Erregung tönt die Glocke zum Beispiel, wenn ein Kind sie betätigt, das von der Schule nach Hause kommt und entweder das Mittagessen oder die nachmittägliche Freizeit oder beides gemeinsam kaum mehr erwarten kann. Ungeduldig-fordernd dagegen läutet der Paketbote, der noch einen Laderaum voll weiterer eiliger Lieferungen hat und nur ein hastig dahingekritzeltes Autogramm auf seinem Display sehen will. Verhalten-selbstbewusst klingelt wiederum der Mann von den Stadtwerken in seiner amtlichen Mission, und zaghaft-verhalten klingeln unangekündigte Besucher sowie Bittsteller jeglicher Art. Der Vertreter der Baufirma etwa, der einem Hauseigentümer die Dienste seines Betriebes zur Verschönerung des Eigenheims anbietet, oder das Mitglied eines Vereins mit einer Sammelbüchse samt Unterschriftenliste in der Hand …

Das Läuten an Delias Tür war von letzterer Art – zaghaft-verhalten –, und es kam ihr mehr als ungelegen. Eben erst hatte sie sich auf die Couch fallen lassen und die Füße hochgelegt, um nach einem anstrengenden Arbeitstag die wohlverdiente Ruhe zu genießen. An einem sonnigen Frühlingstag in einem Café nahe am Dom zu arbeiten, das war wahrlich kein Zuckerschlecken. Der Strom der kaffeedurstigen Besucher war kaum einmal abgerissen: Touristen, die soeben den Kölner Dom besichtigt hatten oder noch besichtigen wollten, waren ebenso darunter wie junge Leute auf Shoppingtour, Anzugträger mit Aktenmappe und gehetztem Gesichtsausdruck sowie deren weibliche Pendants. David, der Barista, hatte seinen Platz hinter der Kaffeemaschine keine zwei Minuten verlassen können, und Delia hatte sich auf ihrem Weg zwischen Theke und Tischen schier die Füße wund gelaufen. So etwas hatte sie in den drei Monaten, die sie mittlerweile für David arbeitete, noch nicht erlebt.

Die Dreiundzwanzigjährige wünschte sich deshalb momentan nichts anderes, als dazusitzen und mit dem Zeichenstift in der Hand zu entspannen. Kam dabei eine brauchbare Illustration für ihren Arbeitgeber heraus, war es gut; falls nicht, auch kein Problem.

Was dagegen heute definitiv nicht mehr auf ihrer Liste stand, war der Empfang von unerwarteten Besuchern. Und an eine Verabredung für heute Abend konnte Delia sich beim besten Willen nicht erinnern.

Mit einem unwilligen Seufzen schwang sie ihre Beine von der Couch und ging zur Wohnungstür, während die Glocke zum zweiten Mal ertönte. Noch eine Nuance zaghafter als beim ersten Mal und dennoch nicht zu überhören.

Sie öffnete die Tür lediglich so weit, dass sie zwei ältere Damen davor ausmachen konnte. Wobei nur eine der beiden tatsächlich betagt war – sie zählte mindestens siebzig Jahre –, die andere war im Alter von Delias Mutter.

„Guten Tag, how are you?“, grüßte Erstere. Und während Delia verblüfft den englischen Gruß registrierte, fügte die zweite Dame in derselben Sprache hinzu: „Bitte entschuldigen Sie die Störung, Miss! Ich hoffe, Sie verstehen mich überhaupt, denn ich fürchte, wir haben eine etwas ungewöhnliche Bitte an Sie!"

„Ja?" Abwartend hob Delia die Augenbrauen. Noch hegte sie die Hoffnung, die beiden Unbekannten rasch wieder loszuwerden.

Die jüngere Frau fuhr fort: „Falls es Ihnen keine allzu großen Umstände macht, würden wir uns sehr darüber freuen, wenn Sie uns gestatten, einen kurzen Blick in Ihre Wohnung zu werfen. Sie müssen wissen, meine Mutter", sie legte ihre Hand auf den Arm der älteren, „hat genau hier die ersten Jahre ihres Lebens verbracht, bevor sie in der Nachkriegszeit nach Irland geschickt wurde, wo sie seither lebt. Sie würde so gern noch einmal den Ort ihrer frühesten Kindheit sehen!"

„A-ha!" Delias Augenbrauen hoben sich ein weiteres Stück, und sie musterte ihre Besucher wortlos. Hatte sie das in dem äußerst merkwürdig betonten Englisch vorgebrachte Anliegen der beiden richtig verstanden? Sie baten tatsächlich um Zutritt zu ihrer Wohnung? Wie unverfroren war das denn, bitte schön? Handelte es sich dabei vielleicht um eine neue Masche von Trickbetrug? Eine ihr unbekannte Methode, mit deren Hilfe Einbrecherbanden Häuser ausspähten, um sie zu einem späteren Zeitpunkt auszurauben? Sie erinnerte sich deutlich daran, wie ein Kunde im Café neulich von einem Anrufer erzählte, der – unter dem Deckmantel polizeilicher Präventionsmaßnahmen – Auskunft über eventuell in der Wohnung vorhandene Wertgegenstände verlangt hatte. In einer Stadt wie Köln war in der Tat alles möglich, so betulich und glaubwürdig die beiden Ladys mit ihren über den Arm gelegten Allwetterjacken und ihrem ungewöhnlichen Englisch auch wirkten …

„Ich kann Ihr Misstrauen durchaus nachvollziehen, Miss …", die hochgewachsene Dame mit dem silbernen, kunstvoll hochgesteckten Haar warf einen kurzen Blick auf das an der Tür angebrachte Namensschild, „… Miss Winter. Heutzutage kann man gar nicht vorsichtig genug sein. Aber ich versichere Ihnen, ich bin wirklich nur eine alte Dame auf der Suche nach meinen Wurzeln: Mrs Rosie Healy aus Sligo, Irland, und dies ist meine Tochter Mrs Valerie O'Shea. Möglicherweise haben Sie ja schon einmal von der *Operation Shamrock* gehört, in deren Rahmen man damals ausgebombte deutsche Kinder nach Irland schickte?"

Mrs Healy – falls das ihr tatsächlicher Name war – besaß den gleichen eigenartigen Akzent wie ihre Begleiterin, aber ihre Stimme klang überraschend weich und melodisch. Sie sprach mit dem Timbre einer Märchentante, der Delia als Kind stundenlang hätte lauschen können. War das lediglich ein auf Sympathie abzielender Teil ihrer Tarnung oder doch echt?!

Weiterhin zögerlich antwortete Delia: „*Operation Shamrock*? Sorry, nein, davon habe ich nie gehört!"

„Tatsächlich nicht? Wie schade! Well, dann kann ich Sie nur bitten, unserer Geschichte trotzdem Glauben zu schenken. Oder brauchen Sie ein wenig Zeit, um die Fakten zu überprüfen, ehe Sie uns für einen kleinen Moment einlassen? Wenn das der Fall sein sollte, kommen wir gern morgen um dieselbe Zeit wieder, nicht wahr, Valerie?"

Mrs Healy neigte den Kopf zu ihrer Begleiterin, und diese bestätigte: „Sicher, Mum. Wenn das dein Wunsch ist, werden wir das möglich machen!"

„Schön! Wollen wir es dann so vereinbaren, Miss Winter?" Die alte Dame lächelte. Dabei legte sich ihr schmales Gesicht in feinste Fältchen, und ihre wässrig blauen Augen strahlten Delia so offen an, dass diese ihrem Herzen einen Ruck gab. Manchmal musste man seinen Mitmenschen eben einen gewissen Vertrauensvorschuss schenken.

„Das wird nicht nötig sein", erklärte sie deshalb. „Kommen Sie doch gleich herein, nachdem Sie schon mal hier sind!" Sie trat beiseite, um die ungeladenen Besucher passieren zu lassen.

„Sind Sie sicher? Das ist überaus freundlich von Ihnen, Miss Winter. Wir werden Ihnen wirklich nur wenige Minuten zur Last fallen!"

„Schon in Ordnung, sehen Sie sich in Ruhe um!" Delia bemühte sich um ein einladendes Lächeln.

„Vielen, vielen Dank!" Während sie sprach, trat Mrs Healy aus dem dämmrigen Flur ins Wohnzimmer, wo sie sich forschend umsah.

Ihr Blick glitt wortlos, aber eingehend, über die moderne Einrichtung. Einige Sekunden lang haftete er an Delias selbst gestaltetem Wandtattoo, einem blühenden Löwenzahn, dessen Samen vom Wind davongetragen wurden. Die kleinen Samenschirmchen bestanden aus Begriffen wie *Faith, Hope, Love* und *Grace,* der Pflanzenstängel wurzelte in einer aufgeschlagenen Bibel.

„Wie schön! Das gefällt mir, Miss Winter", sagte sie und lächelte. Dann trat sie ans Fenster und schaute angestrengt hinaus.

Das erwartungsvolle „Und?" ihrer Tochter beantwortete sie mit einem traurigen Kopfschütteln. „Nichts. Ich spüre nicht die geringste Verbundenheit mit diesem Ort. Es ist, als wäre ich niemals hier gewesen. Nicht einmal beim Blick aus dem Fenster kommt die Erinnerung zurück. Aber selbstverständlich war das Bild der Stadt damals ein vollkommen anderes, die Bomben hatten die Innenstadt ja komplett zerstört. Und den Wiederaufbau erlebte ich nicht mehr hier vor Ort."

„Das tut mir leid!", entgegnete die Tochter.

In der Zwischenzeit öffnete Delia schweigend die Türen von Schlafzimmer und Küche. Mrs Healys deutlich sichtbare Enttäuschung hatte sie endgültig von der Echtheit der Geschichte überzeugt. Allerdings wünschte sie, ihr wäre vor dieser „Besichtigung" ein wenig Zeit zum Aufräumen geblieben. In der Küche, die von den Maßen her an die einer Puppenstube erinnerte, stapelte sich das Geschirr von zwei Tagen. Auf dem Tisch standen die Reste ihres Abendessens, und im Schlafzimmer hatte sich ein Berg schmutziger Wäsche angehäuft. Eine leichte Röte stieg ihr ins Gesicht.

Glücklicherweise schienen die beiden irischen Frauen von der Unordnung nichts wahrzunehmen. Mrs Healys Reaktion auf die restlichen Wohnräume blieb die gleiche wie zuvor. Und ihre anfängliche Enttäuschung war offenbar noch gewachsen.

„Bleibt nur noch das Badezimmer", erklärte Delia und öffnete die letzte schmale Tür. „Aber Sie betreten es besser nicht zu zweit, es ist noch winziger als die Küche!"

„In Ordnung. Mutter!" Die Tochter schob die ältere Dame nach vorn, und diese betrat das kleine fensterlose Bad. Eine Sekunde später keuchte sie hörbar auf.

„Das ist es! Ich erinnere mich! Hier war früher unsere Besenkammer – es gab nur ein Badezimmer für alle Bewohner des Stockwerks, und das befand sich auf dem Korridor – und in dieses Kämmerchen hier pflegte meine Großmutter meinen Bruder einzusperren, wenn er mal wieder etwas Ungehöriges angestellt hatte. Er war nämlich ein echter Wildfang, der liebe Gerd."

Mrs Healy schob den Vorhang der Miniduschkabine beiseite und fuhr in fieberhafter Erregung fort: „Manchmal ließ ich mich mit ihm einsperren, damit er sich nicht so allein fühlte. Dann saßen wir zu zweit genau in dieser Ecke, im Stockdunkeln, denn die Dunkelheit war Teil der Bestrafung. Wir starrten auf den schmalen Lichtschimmer unter dem Türspalt und erzählten einander alle möglichen Geschichten. Ich erinnere mich daran, als hätten wir erst gestern hier gesessen. Am liebsten sprach Gerd davon, dass er sich bald auf den Weg machen würde, um Vater aus der Gefangenschaft zu befreien, und wie gut es uns dann ginge, wenn Vater wieder zu Hause wäre. Wie wir uns jeden Tag satt essen und am Sonntag gemeinsam im blühenden Park spazieren gehen oder aufs Land hinausfahren würden."

Ihre Stimme verklang. Soweit Delia von ihrem Platz im Türrahmen aus sehen konnte, wischte die alte Dame sich eine Träne von der Wange.

„O Gerd, mein lieber Gerd!", seufzte sie dabei und legte zitternd eine Hand auf die geflieste Wand, als könnte sie dadurch weitere Erinnerungen heraufbeschwören. Oder gar ihren Bruder Gerd? Ein leichter Schauder kroch über Delias Rücken.

Nur wenige Minuten später schloss sie die Tür hinter Mrs Healy und deren Tochter, doch die Gänsehaut blieb. Was mochte aus besagtem Bruder geworden sein – aus dem Vater in Kriegsgefangenschaft und der Großmutter, die die Kinder offenbar aufgezogen hatte?

Wie zuvor ihre Besucherin stellte sich nun auch Delia ans Wohnzimmerfenster und starrte nach draußen. Sie versuchte, sich vorzustellen, wie die Stadt vor siebzig Jahren ausgesehen hatte. Bombenkrater; Ruinen von Häusern, denen die Dächer und Mauern ebenso entrissen worden waren wie den darin lebenden Familien die Angehörigen – manchmal sogar ihr ganzes bisheriges Leben. Überall Trümmerberge und dazwischen ein paar ausgemergelte Kinder und Frauen in Lumpen. Dazu der eine oder andere Kriegsversehrte, all die Vertriebenen und Heimatlosen in ihren zerlumpten Gewändern …

Solche Bilder waren Delia nicht unbekannt, sah sie diese doch fast täglich in den internationalen Nachrichten – aber nie zuvor hatte sie sie mit ihrer Heimat und ihrem persönlichen, friedlich-bescheidenen Dasein in Verbindung gebracht. Nie hatte sie sich so unmittelbar betroffen gefühlt wie heute, da sie aus demselben Fenster einer Wohnung im dritten Stock auf ihre Heimatstadt hinunterstarrte wie einst ein kleines Mädchen namens Rosie. Ein Kind, für das es nichts Besonderes bedeutete, in eine enge dunkle Kammer gesperrt zu werden, obwohl genau dort die Erinnerung an die bis dahin überstandenen Bombennächte doch am mächtigsten gewesen sein musste. Ein

Mädchen, für das Hunger, Kälte und der Mangel an den alltäglichsten Dingen stetige Begleiter waren und das in einer Welt lebte, in der alte Frauen und kleine Kinder – die Unschuldigsten an jenem grausamen Krieg – allein für sich sorgen mussten …

Endlich kehrte Delia dem Fenster den Rücken zu. Es war kalt geworden in ihrer Wohnung, obwohl diese im hellen Abendsonnenschein lag.

Sie ergriff eine Decke und wickelte sich hinein, aber die bedrückenden Bilder vor ihrem inneren Auge wollten nicht weichen.

Schlussendlich nahm die junge Frau ihr Zeichenzeug vom Couchtisch, das sie vor dem denkwürdigen Klingeln an der Wohnungstür dort abgelegt hatte, und setzte ihre Eindrücke in eine Skizze um. Unter ihrem Bleistift entstanden die Gestalten der kleinen Rosie und ihres Bruders Gerd, die eng aneinandergekuschelt im Dunkeln vor einer leeren Fensterhöhle kauerten und auf eine trostlose Trümmerlandschaft starrten.

Es geschah nicht oft, dass Eindrücke oder Erlebnisse des Tages Delia bis in ihre Träume hinein verfolgten. Wobei, in der ersten Zeit ihrer Arbeit im Café malte sie im Traum kleine Muster in den Milchschaum einer Cappuccinotasse und balancierte volle Tabletts, sobald sie die Augen schloss. Aber inzwischen schlief sie meist tief und traumlos.

Nicht so in dieser Nacht: Im Traum verwandelte sich das Geschwisterpärchen, das sie am Abend gezeichnet hatte, plötzlich in sie selbst und ihren drei Jahre älteren Bruder Simon. Aneinandergefesselt saßen sie in Delias Duschkabine, während draußen Sirenen heulten und Flugzeuge über ihren Köpfen dröhnten und nicht nur ihre Wohnung, sondern die ganze Welt um sie herum explodierte. Möbel und Mauerbrocken flogen durch die Luft, gingen direkt vor der Duschkabine nieder. Und so unmöglich das auch in der Realität wäre – eines dieser Trümmerteile durchschnitt die Fesseln zwischen den Geschwistern und riss Delias Bruder mit sich fort, sodass sie laut schreiend allein zurückblieb.

Von diesem Schrei wurde sie endlich wach. Sie war schweißgebadet, ihre Bettdecke lag am Boden, und ihren Kopf hatte sie unter dem Kissen vergraben. Zutiefst aufgewühlt von der eben durchlebten Panik wankte Delia zuerst ins Bad und von dort in die Küche, um etwas zu trinken; aber danach wollte sich der Schlaf partout nicht mehr einstellen. Ihre Gedanken kreisten beständig um den Besuch der alten Dame und um deren Erlebnisse in der Vergangenheit, die eine tiefe Betroffenheit in Delia ausgelöst hatten.

Etwa alle halbe Stunde blickte sie auf ihren Wecker und war geradezu erleichtert, als dieser um 5.45 Uhr endlich Alarm schlug. Sie übernahm heute die Vormittagsschicht, was bedeutete, dass sie um 7.00 Uhr am Tresen zu stehen und unzählige Kaffees to go an ebenso unzählige (und ungeduldige) Kunden auszuschenken hatte. Hoffentlich war sie bis dahin wieder imstande, an etwas anderes zu denken als an Krieg und Zerstörung und Kinder, die ihre Heimat verloren.

Entschlossen, sich auf ihre Aufgaben zu konzentrieren, bahnte Delia sich mit dem Fahrrad einen Weg durch den morgendlichen Berufsverkehr, der immer dichter wurde, je näher sie dem Stadtzentrum kam. Dass sie dennoch beinahe einen am Straßenrand parkenden Wagen rammte, war nicht ihre Schuld. Ohne sich umzusehen, riss der Autofahrer seine Tür auf, und Delia konnte nur durch eine riskante Vollbremsung einen Zusammenstoß verhindern. „Oh, Verzeihung", murmelte der ältere Herr und musterte sie betroffen, „ich habe gar nicht …"

„Schon in Ordnung, ist nichts passiert!", schnitt Delia ihm das Wort ab und schob den Rucksack zurecht, der ihr über den Kopf gerutscht war. Kopfschüttelnd radelte sie weiter. Der neue Tag begann in der Tat nicht viel verheißungsvoller, als die vergangene Nacht geendet hatte!

Bald darauf stand sie gemeinsam mit David hinter der Theke, vor der die Schlange der Kunden wie erwartet immer länger wurde, und füllte Mehrwegbecher mit Kaffee oder Tee. *Caffè Latte, Latte macchiato, Cappuccino laktosefrei, Americano, Earl Grey mit Milch und Zucker* – Delias Schädel brummte, aber ihre Hände verrichteten sämtliche Tätigkeiten wie automatisch. Keine Spur von Small Talk und dem freundlichen Lächeln, die ihr sonst beim Ausschenken wie selbstverständlich über die Lippen kamen.

Es dauerte nicht lange, bis David es bemerkte. „Was ist denn mit dir los?", erkundigte er sich leise, als beide für einen Augenblick mit dem Rücken zu ihren Kunden standen. „Hast du nicht geschlafen heute Nacht?"

„Wieso, sehe ich so aus?" Delia fuhr sich mit der Hand durch den asymmetrischen Bob, dessen eine Hälfte deutlich kürzer gehalten war als die andere, wodurch er zumindest auf der einen Seite den Ohrringen Raum verschaffte, die sie so gern trug.

„Das nicht, du siehst wie immer toll aus!", erwiderte ihr Chef und lächelte. „Bist nur ein wenig einsilbig heute – oder sollte ich sagen: griesgrämig?!"

„Ha, wenn du wüsstest!" Delia drückte den Deckel auf den Becher in ihrer Hand und wandte sich zu ihrem Kunden um. Aber bei der nächsten Gelegenheit murmelte sie David zu: „Hab' tatsächlich kaum geschlafen heute Nacht. Ich konnte einfach nicht abschalten."

„Abschalten wovon?"

„Lange Geschichte! Wenn du magst, erzähle ich sie dir später, falls wir ein paar Minuten dafür erübrigen können."

„Gut. Der erste Ansturm dürfte auch bald vorbei sein, es ist schon kurz nach halb neun." David nickte in Richtung der Uhr an der Wand, ehe er mit einem strahlenden Lächeln einen gefüllten Becher über die Theke reichte. Dessen Empfängerin, eine junge Frau in kurzem Rock und dunklem Blazer, lächelte kokett zurück, ohne dass David es registrierte.

Fünfzehn Minuten später waren Delia und er endlich allein im Café, abgesehen von einem jungen Mann am Ecktisch. Ein böiger Wind und vereinzelte Schauer versprachen heute etwas weniger Menschen in die City zu locken.

„Zehn Minuten Pause, Lia!", ordnete David an, legte den Wischlappen beiseite und schob seine Mitarbeiterin an einen der freien Tische. „Ich möchte endlich hören, was dich derart beschäftigt!"

„In Ordnung!" Die Angesprochene ließ sich auf einen Stuhl sinken, schlüpfte aus ihren Schuhen und lockerte die Schürze. Es war ein entschiedener Vorteil, wenn der Chef gleichzeitig ein so guter Freund war, dass man sich in seiner Gegenwart vollkommen ungezwungen geben konnte – und sich nicht jedes Wort über sein Privatleben zweimal überlegen musste, ehe man es aussprach.

„Ich hatte gestern Abend zwei unerwartete Besucher, oder vielmehr Besucherinnen", begann sie und schilderte David die ganze Situation samt der Auswirkungen auf ihren Gemütszustand. Er hörte ihr aufmerksam zu, ohne sie zu unterbrechen. Einzig die Tatsache, dass sie die Fremden tatsächlich in ihre Wohnung gelassen hatte, quittierte er mit einem Stirnrunzeln.

„Ich verstehe!", bemerkte er, als sie verstummte. „So eine Geschichte hat durchaus das Potenzial, einem nachzugehen, wenn man aus heiterem Himmel damit konfrontiert wird! Trotzdem … als dein wohlmeinender Chef – in erster Linie aber als besorgter Freund – muss ich anmerken, dass du ausgesprochen leichtsinnig gehandelt hast! Die beiden hätten schließlich alles Mögliche in deiner Wohnung anrichten können!"

„Nein, nicht diese alte Dame! Entweder waren es ihre gutmütigen blauen Augen oder ihre Kummerfalten oder – ich weiß auch nicht, sie hatte schlicht und einfach etwas an sich, was mich nach einer Weile komplett von ihrer Aufrichtigkeit überzeugt hat. Und wie ich schon sagte, ich habe später diesen Begriff *Operation Shamrock* gegoogelt. Es stimmt, was sie darüber gesagt hat. Die sogenannte Operation Kleeblatt war eine Aktion des Irischen Roten Kreuzes. Ein Jahr nach Kriegsende holte dieses etwa fünfhundert hungerleidende, vernachlässigte Kinder aus den britischen Besatzungszonen, wie Köln eine war, ins eigene Land, um sie dort aufzupäppeln. Nur ein Detail, das Mrs Healy erwähnte, stimmt nicht: Laut der Vereinbarung mussten die Kinder nach drei Jahren wieder zurück in ihre Heimat geschickt werden. Mrs Healy hingegen hat ihr ganzes weiteres Leben in Irland verbracht. Du hättest mal das schräge irische Englisch der beiden hören sollen. Offensichtlich hat Mrs Healy ihre Muttersprache längst vergessen."

„Das ist anzunehmen, wenn sie – lass mal überlegen: 1945 oder 1946 bis 2019 – schon seit dreiundsiebzig Jahren in Irland lebt!"

„Wow, dann ist sie tatsächlich noch älter, als ich sie geschätzt habe, und muss etwa zu Kriegsbeginn geboren worden sein. Was für eine traurige, traumatische Kindheit! Das schenkt einem doch eine ganz andere Sicht auf das eigene Leben, findest du nicht? Eine neue Dankbarkeit für Dinge, die uns vollkommen selbstverständlich erscheinen …"

Nachdenklich spielte Delia mit ihrem Ohrring, einem türkisfarbenen Schmuckstein in silberner Fassung. Sie fühlte sich schon viel besser, nachdem sie ihre bedrückenden Gedanken mit jemandem geteilt hatte; selbst die furchterregenden Ereignisse aus ihrem Traum hatten etwas von ihrem Schrecken verloren.

David war ein guter Zuhörer: Bei allem Verständnis für Delias manchmal überbordende Emotionen beurteilte er Ereignisse wie die vom vergangenen Abend doch wesentlich sachlicher und holte damit des Öfteren auch sie wieder auf den Boden der Tatsachen zurück. Er war ein echter Freund – und wäre wohl gern noch etwas mehr als das, wie nicht einmal Delia übersehen konnte.

Sie verstand selbst nicht, weshalb sie sich nicht längst Hals über Kopf in ihren Chef verliebt hatte. David war achtundzwanzig und somit fünf Jahre älter als sie, er war ungebunden, bei einer Größe von einem Meter vierundachtzig athletisch gebaut und schlug mit seinen durchdringenden blauen Augen und dem schwarzen Haar die Kundinnen reihenweise in seinen Bann. Zudem setzte er in seinem Leben die gleichen Prioritäten wie Delia, und er war schon jetzt erfolgreich im Geschäftsleben. Vor knapp einem Jahr hatte er dieses Café eröffnet, dessen Konzept von persönlich fair gehandeltem Kaffee, selbst hergestelltem Gebäck und größtmöglicher Nachhaltigkeit in allen Bereichen sich schon jetzt bezahlt gemacht hatte.

Und er behandelte Delia nicht wie eine Angestellte, sondern eher wie eine Prinzessin. Oder eben wie die junge Frau, deren Herz er gern gewinnen würde – und die sich trotz all seiner Vorzüge nicht in ihn verlieben konnte. Weder vor drei Jahren, als sie sich an der Uni das erste Mal begegnet waren, noch jetzt, da sie Hand in Hand miteinander arbeiteten und sie oft spürte, wie Davids Blicke ihr folgten.

Nichtsdestotrotz war es eine gute Entscheidung gewesen, für ihn zu arbeiten. Delia hatte nicht einmal lange überlegt, als ihre Vorgängerin vor vier Monaten in den Mutterschutz gegangen war und David sie mehr oder weniger scherzhaft gefragt hatte, ob sie nicht für ihn arbeiten wolle. Scherzhaft deshalb, weil sie zu der Zeit noch in ihrem eigentlichen Beruf als Grafikdesignerin gearbeitet hatte.

Sie war in einer gut bezahlten Stellung bei einer namhaften Marketingfirma gewesen und hatte somit exakt den Job besessen, den sie sich seit ihrem Schulabschluss erträumt hatte. In den ersten Monaten fühlte sie sich tatsächlich sehr wohl und stürzte sich mit Feuereifer in jeden Auftrag. Es war ein erhebendes Gefühl, die eigene Kreativität und ihre gestalterischen Fähigkeiten endlich in die Praxis umzusetzen und obendrein dafür bezahlt zu werden!

Doch Delia war Perfektionistin, und der Termindruck, unter dem sie ihre Aufträge abarbeiten musste, widerstrebte ihr. Stets plagte sie der Eindruck, das Projekt, an dem sie gerade arbeitete, sei noch verbesserungswürdig oder einfach nicht vollendet. Und ein unvollendetes Werk abzugeben, war für sie ein Ding der Unmöglichkeit. Folglich wurde sie immer nervöser, je näher die jeweilige Deadline rückte, und gab ihre Projekte schlussendlich nur widerwillig aus der Hand. Zu allem Überfluss wurden ihr die Produkte, die sie mit ihren Designs versehen oder bewerben sollte, immer unsympathischer.

„Wünsche ich mir wirklich, dass irgendjemand diese Zahnpasta kauft, obwohl die Produktion der Verpackung, die ich gerade so kunstvoll gestalte, umwelttechnisch absolut nicht vertretbar und der Werbeslogan darauf nichts anderes als eine dreiste Lüge ist?", beklagte sie sich einmal bei ihrer Mutter, die sie mit einem mitfühlenden Blick bedachte.

Schlussendlich hatte sie ihre Arbeit so widerwillig verrichtet, dass sie Davids ursprünglich scherzhaft gemeintes Jobangebot spontan angenommen und folglich bei der Agentur gekündigt hatte. Und bis jetzt zumindest war sie recht glücklich mit dem neuen Job. Sie verkaufte Produkte, hinter denen sie tatsächlich stand, und der unablässige Termindruck gehörte der Vergangenheit an. Die finanziellen Einbußen nahm sie als Ausgleich für die Tatsache, sich endlich wieder wohl in ihrer Haut zu fühlen, gern in Kauf. Zudem fand sich sogar im Café ein passendes Betätigungsfeld für ihre Kreativität: die große schwarze Angebotstafel über der Theke und eine kleinere Ausgabe davon vor der Tür. Delia gestaltete sie täglich neu, und keine andere Lokalität in der Stadt hatte kunstvollere Werbetafeln als sie.

„Mir scheint, damit hast du gestern deine ganz eigene Version von dem Besuch der alten Dame erlebt!“, holte David ihre Gedanken in die Gegenwart zurück.

„Wie meinst du das?“, hakte Delia, immer noch ein wenig abwesend, nach. Dann dämmerte es ihr. „Ach, du sprichst von Dürrenmatts alter Dame!“ Sie lachte. „Ja, das stimmt wohl. Aber jetzt habe ich uns lange genug von der Arbeit abgehalten, würde ich sagen!“

Sie beugte sich hinunter, um zurück in ihre Schuhe zu schlüpfen. Als sie sich wieder aufrichtete, starrte sie entgeistert in Richtung Eingangstür. Dort stand, genau wie gestern vor ihrer Wohnungstür, eine hochgewachsene Gestalt mit silbernem Haarknoten und einem wadenlangen Karorock. Eine Gestalt, die ihr heute schon fast vertraut erschien.

„Und wie *mir* scheint, David“, wisperte sie, als sie ihre Fassung wiedergewonnen hatte, „erlebst auch du gleich deine eigene Version davon. Denn die Kundin dort drüben an der Tür ist niemand anders als meine alte Dame!“

Verblüfft folgte David ihrem Blick, während Delia sich erhob und langsam auf Mrs Healy zuging.

# Kapitel 2

Hello, Mrs Healy, how are you?"

Verblüfft starrte Rosie auf die junge Kellnerin vor sich. Wie konnte das Mädchen sie mit Namen begrüßen, obwohl sie doch erst seit zwei Tagen in Deutschland war und dieses Kölner Café nie zuvor in ihrem Leben betreten hatte?

Rosie setzte ihren Stockschirm ab und blinzelte gegen das grelle Licht der Deckenbeleuchtung. Wegen der tief hängenden Regenwolken herrschte draußen eher Dämmerlicht, sodass sie von der Lampe regelrecht geblendet wurde und nicht viel mehr als Umrisse erkannte. Dennoch erinnerte sie sich plötzlich. Das Mädchen war niemand anders als die junge Dame, die Valerie und ihr am vergangenen Abend die Tür geöffnet hatte!

Miss Winter, wie Rosie sich nach kurzem Überlegen ins Gedächtnis rief, war die heutige Mieterin der ehemaligen Wohnung ihrer Familie. Das asymmetrisch geschnittene braune Haar mit den blonden Strähnen war unverkennbar.

„Wenn Sie wünschen, nehme ich Ihnen den Schirm und die Jacke ab, und Sie wählen unterdessen ein gemütliches Plätzchen", fuhr ihre junge Bekannte bereits fort. „Würde es Ihnen gleich hier am Fenster gefallen?"

„Gern. Vielen Dank, Miss Winter. Sie müssen entschuldigen, ich habe Sie auf den ersten Blick gar nicht wiedererkannt. Nun begegnen wir uns also ganz unverhofft zum zweiten Mal!"

„So ist es!“ Die junge Frau brachte den feuchten Regenschirm und die Jacke zur Garderobe nahe der Tür, nachdem sie Rosie zu dem freien Fenstertisch begleitet hatte. „Sind Sie denn heute ganz allein unterwegs?“, erkundigte sie sich dabei.

„Eigentlich nicht. Meine Tochter und ich haben im Moment nur etwas Zeit zu überbrücken, und Valerie wollte sie dazu nutzen, den Dom zu besichtigen. Ich hingegen gehe es lieber ein wenig ruhiger an, und Ihr Café macht so einen gemütlichen Eindruck.“

„Das klingt vernünftig. Die fünfhundertdreiunddreißig Stufen den Turm hinauf haben es nämlich in sich. Und einen Aufzug gibt es leider nicht.“ Die junge Frau lächelte breit und legte den Kopf leicht zur Seite, sodass der große Ohrring auf der Seite mit dem kurzen Haar sachte zu schaukeln begann.

„Uh! Dann bin ich gleich doppelt froh darüber, dass ich das Café gewählt habe und nicht den Dom.“ Rosie erwiderte das Lächeln. Sie mochte dieses Mädchen. Verschwunden war das Misstrauen, mit dem Miss Winter ihr und Valerie gestern Abend anfangs – verständlicherweise – begegnet war. Stattdessen schien das einnehmende Lächeln auf ihrem ebenmäßigen herzförmigen Gesicht gar nicht mehr weichen zu wollen. Dazu wirkte sie mit ihrer bescheidenen Größe von vermutlich knapp einem Meter sechzig und der schwarzen Kellnerschürze um die schmalen Hüften so zart und mädchenhaft, dass Rosie auf der Stelle den Wunsch verspürte, sie zu bemuttern.

„Was darf ich Ihnen bringen, Mrs Healy?“, erkundigte sie sich jetzt. „Vielleicht eine Tasse Tee und etwas von dem Gebäck, das mein Chef“, sie nickte zu dem groß gewachsenen jungen Mann hinter der Theke, „jeden Morgen frisch zubereitet? Heute haben wir Nussecken und einen herrlichen Blaubeer-Käsekuchen im Angebot.“

„Tee mit Blaubeerkuchen hört sich an, als wäre es genau das Richtige für mich“, erklärte Rosie.

„Wie schön! Ich bin gleich wieder bei Ihnen!“

Rosies Blick folgte der Kellnerin, als diese sich zu ihrem Chef hinter die Theke gesellte. Schweigend kochte der junge Mann den Tee, während sie ein Stück Kuchen aus der Vitrine nahm und es zusammen mit einem Täfelchen Schokolade auf einen Teller legte. Zu guter Letzt zupfte sie noch eine Blüte aus dem Blumengesteck, das oben auf der Glasvitrine stand, und arrangierte sie kunstvoll neben Kuchen und Schokolade. Ihr Chef quittierte es mit einem stummen Lächeln.

Die beiden waren ein eingespieltes Team, konstatierte Rosie für sich. Die Stille glich eher dem wortlosen Einvernehmen zwischen Freunden als der unbehaglichen Sprachlosigkeit, die eine Angestellte ihrem Chef üblicherweise entgegenbrachte. Ob die beiden eventuell mehr miteinander verband als diese Arbeitsbeziehung? Rein äußerlich zumindest würden sie perfekt harmonieren: der dunkelhaarige junge Mann mit den durchdringend blauen Augen und die mädchenhafte Kellnerin mit dem einnehmenden Wesen.

Rosie lächelte noch immer still vor sich hin, als die junge Frau eine Tasse Tee und den liebevoll dekorierten Kuchenteller vor ihr abstellte.

„Lassen Sie es sich schmecken“, bemerkte sie dabei. „Ich bin mir zwar nicht sicher, ob der Earl Grey Ihren irischen Ansprüchen an gelungenem Tee gerecht wird, aber …“

„Das wird er gewiss, meine Liebe!“, beruhigte Rosie.

Die Kellnerin schickte sich an zu gehen, wandte sich dann aber noch einmal zu ihr um und sagte: „Nachdem Sie gestern gegangen sind, habe ich übrigens noch kurz recherchiert, so wie Sie mir geraten haben. Über die *Operation Shamrock* ist bei uns heute nicht mehr viel bekannt, ich habe online nur wenige Artikel darüber gefunden. Aber diese spärlichen Informationen fand ich ehrlich gesagt ausgesprochen fesselnd!“

„Nicht wahr?“ Rosie nahm den ersten Schluck von ihrem Tee und schenkte ihrer Kellnerin ein anerkennendes Lächeln. „Dann sind Sie auch nicht mehr ärgerlich, dass wir gestern Abend derart aufdringlich an Ihrer Tür läuteten, Miss Winter?“

„Ganz und gar nicht, Mrs Healy. Und bitte, nennen Sie mich Lia. Eigentlich heiße ich Delia, aber meine Freunde kennen mich als Lia.“ Sie stützte eine Hand auf die Tischplatte und blickte Rosie interessiert an. „Werden Sie denn heute noch weitere Orte aus Ihrer Kindheit aufsuchen?“

„Orte nicht direkt, die habe ich leider zum größten Teil längst vergessen. Doch ich beabsichtige, später meine Schwester im Pflegeheim zu besuchen. Sie war 1946 schon vierzehn Jahre alt und somit jenseits der Altersgrenze für Kinder, die nach Irland ausreisen durften. Sie hat ihr gesamtes Leben hier in Köln verbracht. Und obwohl wir hin und wieder Briefe miteinander wechselten, haben wir uns doch niemals wiedergesehen. Mal sehen, ob wir einander überhaupt erkennen. Oder ob sie Näheres von Gerd weiß, der im Gegensatz zu mir damals nach Deutschland zurückgeschickt wurde …“

Rosie verstummte. Weshalb nur musste sie seit dem vergangenen Abend so intensiv an ihren Bruder denken? Sinn und Zweck ihrer Deutschlandreise war doch im Grunde nur ihr Wunsch gewesen, zum Ende ihres Lebens hin einmal ganz explizit ihren Wurzeln nachzuspüren; die ehemalige Heimat eventuell noch einmal mit den Augen der Siebenjährigen zu sehen, die damals außer Landes geschickt worden war, und nicht, um ihrem verschollenen Bruder nachzutrauern.

Doch gestern – in diesem winzigen Badezimmer und der ehemaligen Besenkammer – hatte sie die Trennung von ihrem Zwillingsbruder wieder genauso schmerzhaft gespürt wie anfangs in Irland. Weil Gerd damals von einer anderen Pflegefamilie aufgenommen worden war als sie selbst, war ihr zumute gewesen, als hätte man sie nicht nur ihrer Heimat, sondern zusätzlich der Hälfte ihres Herzens und ihrer Identität beraubt. Nächtelang hatte sie noch gemeint, ihren Zwillingsbruder neben sich im Bett zu spüren, wie es bis dahin stets der Fall gewesen war. Und sie hatte bitterlich geweint, wenn sie ihre Hand ausstreckte und nichts zu fassen bekam als diese unbegreifliche Leere ... Schließlich war er, im Gegensatz zu ihr selbst, drei Jahre später nach Köln zurückgekehrt. Rosie hatte niemals wieder etwas von ihm gehört, abgesehen von den Briefen ihrer Schwester.

„Er war mein Zwillingsbruder, müssen Sie wissen, und nachdem wir in Irland bedauerlicherweise voneinander getrennt wurden, habe ich ihn niemals wiedergesehen", erläuterte Rosie traurig.

„Niemals wieder? Das ist ja entsetzlich! So vollständig abgeschnitten zu sein von allem, was Familie ist. Letzte Nacht habe ich etwas in dieser Art geträumt, und es war absolut grauenvoll!" Lias braune Augen verfinsterten sich, und sie senkte den Blick zu Boden.

„Oh, dass Sie einen Albtraum hatten, tut mir leid für Sie, Lia. Er ist gewiss auf das zurückzuführen, was ich Ihnen berichtet habe." Mitfühlend tätschelte Rosie Lias Hand, die weiterhin auf der Tischplatte ruhte, und fuhr fort: „Und ja, grauenvoll ist so etwas in der Tat. Aber ich habe die Erfahrung gemacht, dass mein himmlischer Vater mich selbst unter den dramatischsten Umständen nicht im Stich gelassen hat. Überdies schenkte er mir in Irland einen sehr liebevollen neuen irdischen Vater!"

„Das freut mich zu hören! Ich könnte Ihnen auch noch stundenlang zuhören, Mrs Healy, aber wie Sie sehen", mit einem bedauernden Lächeln blickte Delia in Richtung einer Gruppe japanischer Touristen, die sich eben an den umliegenden Tischen niederließen, „habe ich zu tun! Jedenfalls wünsche ich Ihnen für den heutigen Besuch bei Ihrer Schwester alles Gute!"

„Vielen Dank, Lia, für Ihre Anteilnahme und speziell für den gestrigen Abend. Es hat mir viel bedeutet, diese Wohnung noch einmal zu betreten. Und falls Sie noch mehr über diese Shamrock-Geschichte erfahren wollen – ich bin noch für zwei weitere Tage in dem kleinen Hotel am Fischmarkt untergebracht und jederzeit bereit für eine Unterhaltung."

„Ach so? Danke für das Angebot, vielleicht nehme ich mir morgen tatsächlich die Zeit, Sie dort zu besuchen." Einer der japanischen Touristen wedelte ungeduldig mit der Hand in Delias Richtung. Vermutlich hatte die Gruppe einen prall gefüllten Sightseeing-Plan und musste heute Abend bereits in Berlin oder in Süddeutschland sein. Ein wenig widerwillig wandte Lia sich zum Gehen.

„Ich würde mich sehr darüber freuen!", rief Rosie ihr nach. Ein ausgesprochen nettes Mädchen, das mit solchem Interesse auf eine alte, an ihren wehmütigen Erinnerungen hängende Frau wie sie einging!

Während Delia in ihrem deutlich akzentuierten Oxford-Englisch die Bestellungen der Japaner aufnahm, kostete Rosie den ersten Bissen ihres Blaubeer-Käsekuchens. Er schmeckte köstlich – auch wenn die frischen Beeren nicht dieselbe fruchtige Intensität besaßen wie diejenigen in ihrer geliebten Heimat. Sie war eben Irin – vom Scheitel bis zu den Zehenspitzen und von ganzem Herzen –, ungeachtet der Tatsache, dass sie einst hier in Köln das Licht der Welt erblickt hatte.

Gedankenverloren genoss Rosie ihren Kuchen, beobachtete Lia und deren Chef bei der Arbeit und steckte beiden schließlich ein großzügiges Trinkgeld zu. Dann trat sie vor die Tür des kleinen Cafés.

Der Regen hatte aufgehört, und Valerie würde sie jeden Augenblick hier abholen. Es war Zeit für ihren Besuch im Pflegeheim.

Rosie legte eine Hand auf ihr heftig pochendes Herz. In welchem Zustand würde sie ihre ältere Schwester dort antreffen? Seit ihrem letzten Brief war etwa ein Jahr vergangen, und im Laufe von zwölf Monaten konnte sich bei einer Frau von bald neunzig Jahren gesundheitsmäßig so einiges verändern. Laut Auskunft des Heimpersonals litt Erika mittlerweile an leichter Demenz. Würde sie überhaupt in der Lage sein, Rosies Frage nach Gerd zu beantworten?

Unruhig trippelte die Achtzigjährige von einem Fuß auf den anderen, während Valerie aus der nächstgelegenen Gasse heraus auf sie zukam.

☘ ☘ ☘

„Guten Tag, meine liebe Erika!" Perplex starrte Rosie auf die zerbrechliche Gestalt vor sich. Diese kauerte in einem Ohrensessel, dessen Rückenlehne weit über ihren Kopf hinausragte und dadurch ihr Gesicht geradezu winzig erscheinen ließ. Ihre Beine in der zu weiten bordeauxroten Hose endeten knapp oberhalb des Fußbodens. Einzig in der Körpermitte schien ihre einst hochgewachsene, sehnige ältere Schwester noch nicht vollends abgemagert zu sein.

War das tatsächlich die einst so tüchtige, resolute Jugendliche, die gemeinsam mit der Großmutter den Haushalt besorgt hatte – so wie Rosie sie in all den Jahren vor Augen gehabt hatte?

Rosie war kurz davor, ihre zur Begrüßung ausgestreckte Rechte zurückzuziehen, als ihr Gegenüber ausrief: „Sieh mal an, wenn das nicht unsere kleine Rosmarie ist!" Und schon griff die Hand der sieben Jahre älteren Schwester nach der ihren und drückte erstaunlich kräftig zu.

Rosie zuckte kaum merklich zurück. Bis auf ihren Namen hatte sie zwar kein Wort verstanden, doch diese Stimme mit dem leicht herablassenden Tonfall hätte sie überall wiedererkannt. Vor ihr saß in der Tat niemand anders als Erika. Mit einem Mal erinnerte sie sich auch wieder daran, wie gern diese die beiden „Kleinen", wie sie die Zwillinge genannt hatte, herumkommandiert hatte.

Während die Pflegerin, die sich freundlicherweise zum Übersetzen bereit erklärt hatte, noch sprach, fuhr Erika bereits fort: „Ich hätte nicht erwartet, dich in diesem Leben noch einmal wiederzusehen, nachdem wir uns jahrzehntelang nur geschrieben haben. Komm her, lass dich drücken!"

Gehorsam, wie sie als kleine Schwester stets gewesen war, beugte Rosie sich zu der Älteren hinab und ließ sich in die Arme schließen. Ein dezenter Duft von Eau de Cologne stieg ihr dabei in die Nase, der ihr seltsam vertraut erschien. Hatte schon ihre Mutter dieses Parfüm benutzt? Eine Welle familiärer Zuneigung durchströmte sie; verwandelte die gebrechliche alte Frau, zu der Erika geworden war, zurück in die Schwester, die Rosie für eine viel zu lange Zeit aus den Augen verloren hatte …

„Du siehst genauso aus wie unsere Großmutter damals, weißt du das? Sie besaß das gleiche silberne Haar, und diese wasserblauen Augen hast du ebenfalls von ihr, Rosie", murmelte Erika, deren Gedanken offenbar die gleiche Richtung nahmen. Sie hatte den Kopf gegen Rosies Schulter gelehnt, sodass die Übersetzerin Mühe hatte, etwas zu verstehen. Und dann rannen die Tränen über Erikas Wangen und durchnässten Rosies Blusenärmel.

In deren Augen standen ebenfalls Tränen, als sie gestand: „Es tut mir leid, Erika, ich hätte dich schon viel früher einmal besuchen sollen!"

„Das ist wahr!" Erika richtete sich auf und nestelte ein besticktes Taschentuch aus ihrer Weste, mit dem sie sich die Augen wischte. „Weshalb hast du es dann nicht getan?"

„Nun", antwortete Rosie und verkniff sich die Bemerkung, dass sie diese Frage ebenso gut umgekehrt stellen könnte, „Irland ging es damals zwar besser als dem zerstörten Nachkriegsdeutschland, aber auch für irische Verhältnisse kostete eine solche Reise eine ganze

Stange Geld, das meine Pflegefamilie schlicht nicht besaß. Dann heiratete ich und war von meiner eigenen wachsenden Familie so in Beschlag genommen, dass an weite Urlaubsreisen nicht zu denken war. Und bei alldem …"

Rosie brach ab. Wie sollte – wie könnte – sie das jemals in Worte fassen? Die Jahre, die sie mit jedem Tag ein Stück mehr zur Irin hatten werden lassen; Zeiten, in deren Verlauf das einst so klare Bild der Heimat verblasst war. Die Häusergerippe und Straßen von Köln sowie der Rhein wurden ersetzt durch sanfte grüne Hügel, Klippen und Meer; ihre deutsche Familie – zuletzt bestehend aus dem Vater in Kriegsgefangenschaft, den zwei Geschwistern und der Großmutter – durch eine neue, geliebte, irische Großfamilie. Es waren Jahre gewesen, in denen sie, abgesehen von den seltenen Briefen nach Köln, jeden Bezug zu der ehemaligen Heimat verloren und nicht den geringsten Wunsch gehegt hatte, dorthin zurückzukehren – nicht einmal im Rahmen eines kurzen Besuches …

Erika verstand auch ohne derlei Erklärungen. „Gut, gut, lass uns unsere kurze gemeinsame Zeit nicht mit Vorwürfen verschwenden. Berichte mir lieber, wie es dir und deiner Familie ergangen ist. Vier Kinder hast du, nicht wahr? Und diese Dame hier", sie neigte den Kopf in Richtung Valerie, „ist vermutlich deine älteste Tochter?"

„So ist es!" Rosie nickte verwundert. Hatte das Pflegepersonal nicht von einer beginnenden Demenz gesprochen? Davon konnte sie bei Erika nicht das Geringste feststellen. Vielmehr schien sich die Siebenundachtzigjährige an jede Einzelheit aus Rosies seltenen Briefen, die ihr jemand übersetzt haben musste, zu erinnern. Am Ende hatte sie, die selbst nie Kinder bekommen hatte, aus der Ferne mehr Anteil an Rosies Familienleben genommen, als dieser je bewusst gewesen war.

Auf jeden Fall konnte Rosie es unter den gegebenen Umständen kaum mehr erwarten, die große Schwester nach Gerd zu fragen. Sie berichtete so knapp wie möglich, was sich seit dem letzten Brief in ihrem und dem Leben ihrer Kinder zugetragen hatte, und endete: „Doch nun genug von mir, Erika! Wie geht es dir? Fühlst du dich gut aufgehoben hier, wo du nicht länger allein lebst? Und", ihre Stimme bebte nun leicht, „hast du vielleicht etwas von Gerd gehört?"

„Dein lieber Zwilling Gerd? Ha! Der Junge hat sich nicht mehr zu Hause gemeldet, seit er mit dreizehn Jahren zur See gefahren ist, das weißt du doch so gut wie ich! Nicht einmal vom Tod unseres Vaters konnte ich ihn in Kenntnis setzen!"

Erikas Augen funkelten zornig und ihre Hände zitterten vor Erregung. „Sein Leben lang hat er seinen Mitmenschen nichts als Ärger und Verdruss bereitet. Zuerst Großmutter und mir und dann Vater!"

„Das weiß ich doch, Erika", beschwichtigte Rosie. „Du hattest es einmal in einem Brief erwähnt. Aber ich hoffte nun, im Alter …"

„Tut mir leid, Mrs Healy, Sie sollten jetzt wohl besser das Thema wechseln", unterbrach die Übersetzerin an dieser Stelle. Bislang hatte die junge vietnamesische Pflegerin wie eine professionelle Dolmetscherin vollkommen gelassen und sachlich ihr Gespräch übersetzt, doch in diesem Moment schien sie sich auch ihrer pflegerischen Pflichten bewusst zu werden. Ihr Lächeln wich einem besorgten Stirnrunzeln. „Es bekommt Ihrer Schwester ganz und gar nicht, sich derart aufzuregen!"

„Verzeihen Sie bitte, das habe ich nicht bedacht. Gestatten Sie mir nur noch eine einzige Frage zu diesem Thema. Es ist ausgesprochen wichtig für mich!"

„Nun, wenn das so ist …" Resigniert straffte die Pflegerin ihre schmalen Schultern und übersetzte Rosies fordernde Frage: „Aber weshalb, Erika? Das habe ich nie begriffen. Irgendetwas muss doch vorgefallen sein, dass Gerd so vollkommen und endgültig aus unser aller Leben verschwand?!"

Erika senkte den Blick und atmete schwer. „Vater!", stieß sie aus. „Er und Gerd kamen einfach nicht länger miteinander aus. Aber das verstehst du nicht. Du warst ja nicht da, als Vater aus der Gefangenschaft nach Hause kam, hast nicht miterlebt, wie verändert er war! Genauso wie du noch viel zu klein warst, um mitzubekommen, wie entsetzlich der Krieg und die Jahre danach wirklich waren!"

„Dann erkläre es mir, Erika!" Beschwörend ergriff Rosie die bebenden Hände ihrer Schwester und hielt sie fest in den ihren. „Bitte!"

Doch die Asiatin winkte ab. „Das reicht, Mrs Healy, Ihre Frage ist beantwortet. Um Frau Henkes willen kann ich es nicht verantworten, dass diese Angelegenheit noch länger erörtert wird. Entweder sprechen Sie augenblicklich über etwas weniger Aufwühlendes oder wir beenden die Unterhaltung an dieser Stelle." Die Pflegerin erhob sich, jederzeit bereit, die ihr anvertraute Erika zurück auf ihr Zimmer zu bringen.

Enttäuscht gab Rosie sich geschlagen und wechselte zu einem unverfänglichen Thema, bis Valerie und sie sich fünfzehn Minuten später von Erika verabschiedeten.

Als die Tür des kleinen Besucherzimmers hinter Erika und ihrer Begleiterin ins Schloss fiel, stieß Rosie einen tiefen Seufzer aus. „Es zerreißt mir das Herz, sie jetzt gehen zu sehen, Valerie. Wäre ich nur schon eher hierhergekommen! Und damit meine ich wesentlich früher, bereits vor Jahren, sodass Erika und ich eine reelle Chance gehabt hätten, wieder eine schwesterliche Beziehung aufzubauen! Doch so wie die Dinge jetzt stehen, werde ich sie vermutlich niemals wiedersehen, gebrechlich und hilflos, wie sie mit ihren bald achtundachtzig Jahren ist. Sie wird mir für immer entfremdet bleiben. Und ebenso wenig bekomme ich nochmals eine Chance zu erfahren, weshalb mein Bruder damals wortlos verschwunden ist. Selbst wenn er sich mit Vater nicht mehr verstand, hätte er doch wenigstens zu mir

Kontakt halten können. Durch Erikas Briefe wusste er schließlich, wo ich war!"

Sie fuhr sich mit dem Handrücken über die Augen. Plötzlich fühlte sie sich unglaublich müde und alt – mindestens so alt wie ihre Schwester, die soeben mit winzigen schlurfenden Schritten am Arm der Pflegerin aus ihrem Blickfeld verschwunden war.

Die Emotionen, die sie auch gestern in Lias Wohnung übermannt hatten, schlugen über ihrem Kopf zusammen wie die Brecher an den Klippen ihrer geliebten Insel; schon drang ihr das Wasser in Mund und Ohren und sie verlor den Grund unter den Füßen!

Rosie streckte den Arm nach ihrer Tochter aus und bat: „Bring mich bitte zurück ins Hotel, Valerie. Ich brauche jetzt etwas Ruhe."

„Selbstverständlich, Mum." Fürsorglich legte Valerie den Arm um ihre Mutter. „War doch alles etwas zu viel auf einmal, nicht wahr? Ich rufe uns sofort ein Taxi."

Bald darauf lag Rosie in ihrem Bett in dem gemütlichen kleinen Hotel am Fischmarkt. An Schlaf war dennoch nicht zu denken. Auch wenn ihr vor Müdigkeit beinahe die Augen zufielen – die Gedanken ließen sich nicht abschalten. Von einer zerbrechlichen, im Sessel zusammengesunkenen alten Frau wanderten sie zu deren jüngerer Version: Groß, viel zu mager und sehnig, in einem abgetragenen, mehrfach geflickten Kleid durchstreifte Erika in eisiger Winterluft die Trümmer von Köln auf der Suche nach Brennstoff. Die Zwillinge hatte sie dabei stets im Schlepptau, nur dass Gerd sich ihrer Aufsicht dabei immer häufiger entzog und eigene Wege ging.

Gerd, der Lausebengel. Gerd, der zur Strafe für begangene Untaten in die Besenkammer gesperrt wurde. Gerd, der aus heiterem Himmel plötzlich verschwunden war und sich niemals wieder gemeldet hatte. Unter Umständen hatte der einstige Schiffsjunge längst sein Grab auf dem Grund irgendeines Ozeans gefunden …

Ruhelos griff Rosie nach dem Glas Wasser auf ihrem Nachttisch. Sie nahm es und trank einen Schluck, der kalt und wohltuend ihre Kehle hinablief. Verwundert stellte sie dabei fest, dass ihre Hände bebten, wie die ihrer Schwester es vor einer Stunde getan hatten. Sie zitterten derart, dass das Glas, das sie nach einem weiteren Schluck zurückzustellen versuchte, neben dem Nachttisch landete anstatt darauf. Das Wasser bildete eine große Lache auf dem Bettvorleger.

Widerwillig erhob sich Rosie, um den entstandenen Schaden zu beheben. Bevor sie jedoch das Glas zu fassen bekam, lag sie plötzlich selbst auf dem Boden und ihr aus den Klammern gelöstes Haar in der Wasserlache. Erschrocken wollte sie sich wieder aufrichten, aber ihre Beine gehorchten ihr ebenso wenig wie ihre Hände.

„Valerie?“ Sogar in ihren eigenen Ohren klang ihre Stimme kraft- und hilflos. Sie konnte nur hoffen, dass ihre Tochter das Rufen trotzdem gehört hatte. Dass sie sich momentan überhaupt im Nebenzimmer aufhielt und nicht ausgegangen war, wie sie es eigentlich vorgehabt hatte.

Rosie lauschte mit angehaltenem Atem, doch alles blieb ruhig. So gespenstisch still, dass sich längst verloren geglaubte Erinnerungen an die Oberfläche drängten …

# Kapitel 3

*30. Mai 1942*

Der Rhein glitzerte in der Sonne. Sein Wasser war heute nicht braun wie an den Tagen, an denen es regnete, sondern blau und fast so glatt wie der Spiegel zu Hause in Mamas Schlafzimmer. Nur auf der anderen Seite der Brücke klatschten ein paar winzige Wellen gegen die Mauer. *Plopp* machte jede Welle, ehe sie zu vielen klitzekleinen Tropfen zerplatzte.

Schon von der Mitte der Brücke aus erkannte Rosmarie, wie die Tropfen in der Sonne aufblitzten und hoch in die Luft flogen, als versuchten sie, über die Mauer zu springen, nur um dann doch wieder im Wasser zu landen.

Überhaupt bemerkte sie von ihrem Sitzplatz oben auf Vaters Schultern so vieles, was sie sonst nicht sehen konnte: Wie schön grün die Brücke gestrichen war, die sie gerade überquerten, fast so grün wie die Blätter an dem großen Baum, der bei ihnen zu Hause im Hinterhof stand, oder wie schnell das Auto mit den Männern in Uniform auf der Fahrbahn neben ihnen vorüberbrauste. Und wie klein Gerd war, den Mutter fest an der Hand halten musste, damit er nicht vorauslief, und wie groß dagegen Erika neben ihm.

Vergnügt seufzte Rosmarie auf. Was für ein wunderbarer Tag für eine Wanderung aus der Stadt hinaus zum Bauernhof von Tante Herta! Tante Herta – die eigentlich gar nicht ihre Tante war, sondern einfach Mamas Freundin – und ihr Mann Oskar hatten einen Stall voller Kühe, Schweine und Hühner sowie Felder mit Getreide, und deshalb hatten sie immer genug zum Essen. Sie hatten sogar so viel, dass sie ihren Gästen jeweils eine ganze Kiste voller Brot und Kartoffeln und Eiern mit nach Hause geben konnten. Rosie freute sich schon seit zwei Tagen darauf. Seit Vater zu Besuch gekommen war und beschlossen hatte, den Bauernhof aufzusuchen, ehe sein Heimaturlaub wieder zu Ende ging. Wie gut, dass er ausgerechnet jetzt hier bei ihnen war, wo die Sonne so warm vom Himmel schien und die Vögel sangen und sie sich alle gemeinsam auf den Weg zu Tante Herta machen konnten, dachte Rosie.

Voller Vorfreude trommelte sie mit ihren Füßen gegen Vaters Brust. Ganz leicht nur, damit ihre genagelten Schuhe ihn nicht schmerzten, und trotzdem brummte er unwillig: „Lass das, Rosmarie! Sonst setze ich dich ab, und du musst den ganzen Weg auf deinen eigenen Füßen gehen. Bist mit deinen vier Jahren beileibe alt genug dafür. Nimm dir mal ein Beispiel an deinem Bruder – er marschiert wie ein strammer Soldat!"

Ein wenig erschrocken hielt Rosie still. Früher, wenn ihr Vater sie besuchte, hatte er gelacht, wenn sie so etwas machte, und sie in den Kniekehlen gekitzelt, bis sie vor Kichern kaum mehr Luft bekam. Aber diesmal benahm sich Vater richtig wunderlich. Meistens hielt er die Lippen fest zusammengekniffen oder guckte traurig in die Ferne, statt mit ihnen zu spielen oder wenigstens zu lächeln.

Es sei der Krieg, der Vater allmählich das Lächeln aus dem Gesicht raube, hatte Mama gestern erklärt. Der Krieg, in den er nach ein paar Tagen Urlaub jedes Mal wieder zurückkehren musste. Derselbe Krieg, der sie nachts mit heulenden Sirenen aus dem Schlaf riss und in den Keller flüchten ließ, damit die Bomben aus den dröhnenden Flugzeugen ihnen nicht auf den Kopf fielen.

Die Nacht, bevor Vater gekommen war, hatten sie, wie so oft, im Luftschutzkeller verbracht, wo Rosie im Sitzen eingeschlafen war. Und am nächsten Morgen, als sie wieder nach draußen gingen, waren von den Häusern neben Erikas Schule nur noch ein paar Mauern und Berge von Schutt übrig. Am Rand eines Schuttberges ragte das blutige Bein eines Mannes hervor, der sich nicht rechtzeitig in Sicherheit gebracht hatte. Ob er die pfeifende, schreckliche schwarze Bombe gesehen hatte, ehe sie ihm auf den Kopf gefallen war? Rosie schauderte.

„Seht nur das kleine Schiff dort!", rief Gerd in diesem Augenblick, und das Bild des Mannes unter dem Trümmerberg verschwand aus Rosies Gedanken. Ihre Augen folgten dem ausgestreckten Zeigefinger ihres Bruders flussabwärts, wo mit tuckerndem Motor ein Schiff den Rhein entlangfuhr. „Ist das ein Frachtkahn, Vater?"

„Ein Schlepper, Gerd. Der kleine Schlepper zieht den großen, schweren Kahn, der hinten drangehängt ist, siehst du? Der hat nämlich selbst keinen Motor."

„Ach so!" Ungestüm zog Gerd seine Mutter dicht ans Brückengeländer und starrte mit leuchtenden Augen auf den Fluss. „Wenn ich groß bin, fahre ich auch mal so einen Schlepper", verkündete er zuversichtlich. „Ich fahre den langen Weg bis zum großen Meer, wo die Wellen höher sind als unser Haus. Vielleicht sogar so hoch wie der Dom!"

„So, tust du das?" Nun war doch ein Lächeln auf den Lippen ihres Vaters zu sehen, und Rosie versicherte eilig: „Dann fahre ich mit dir, Gerd!"

„Natürlich! Ich brauche ja jemanden, der das Essen macht, während ich mein Schiff lenke", stimmte ihr Bruder zu, stemmte seine Beine in der kurzen Hose fest in den Boden und hielt seinen blonden Strubbelkopf in den lauen Wind.

Rosie nickte zufrieden. Ein Leben ohne ihren Zwillingsbruder erschien ihr undenkbar – auch wenn ihr die Vorstellung von Wellen so hoch wie der Dom nicht recht gefallen wollte. Sie fand, jene an der Ufermauer besaßen genau die richtige Größe. „Und jetzt will ich mit Gerd und Mama laufen, Vater, bitte lass mich hinunter!", fügte sie entschlossen hinzu.

Sobald ihr Vater sie abgesetzt hatte, gesellte Rosie sich an Mamas Seite und ergriff deren freie Hand. Die war weich und warm, anders als Vaters raue Hände, die sie gerade so unsanft auf den Boden gestellt hatten. Ihre Arme schmerzten an der Stelle, wo Vater sie gepackt und von seinen Schultern gehoben hatte. Außerdem duftete Mama immer so herrlich nach ihrem kölnischen Wasser, wie sie es nannte, obwohl das Wasser aus dem Hahn in der Küche und das im Rhein ganz anders rochen.

Zufrieden schmiegte Rosie sich an ihre Mutter, während sie die Brücke hinter sich ließen und schon bald den Stadtrand erreichten.

Der Besuch auf dem Bauernhof verlief genauso schön, wie Rosmarie erwartet hatte, und gegen Abend kehrte die Familie Henke schwer beladen mit einer Kiste und zwei Körben voller Lebensmittel in ihre Wohnung zurück. Gut gelaunt versammelten sie sich um den reich gedeckten Tisch, nichts ahnend, dass dies ihr letztes gemeinsames Mahl sein sollte. Denn auch in dieser Nacht heulten die Sirenen und dröhnten die Flugzeuge der Alliierten über die Stadt hinweg: Die Royal Air Force flog ihren ersten Tausend-Bomber-Angriff auf eine deutsche Stadt. Etwa zwei Drittel der mehr als tausend Bomben waren Brand- und ein Drittel Sprengbomben. Dreizehntausend Wohnhäuser wurden komplett zerstört und mehr als doppelt so viele beschädigt; Zehntausende Menschen verloren ihr Heim und fast fünfhundert fanden den Tod. Unter diesen war auch Rosmaries Mutter: Auf dem Weg zum Luftschutzkeller machte sie noch einmal kehrt, um wenigstens einen Teil der Lebensmittelvorräte ihrer Familie in Sicherheit zu bringen, und wurde dabei unter einem brennenden Dachbalken begraben.

*14. Oktober 1944*

„Still jetzt, ihr beiden!", drang Erikas Stimme durch die Dunkelheit.

Die schweren schwarzen Vorhänge verschluckten selbst das kleinste bisschen Mondlicht, das sich früher manchmal ins Schlafzimmer gemogelt hatte. An den dunklen viereckigen Schatten an der Wand hatte Rosie damals noch erkannt, wo der Kleiderschrank, die Kommode mit Großmutters altmodischer Waschschüssel und dem Wasserkrug und die Tür hinüber zum Wohnzimmer waren. Doch seit die englischen Flugzeuge mit ihren Bomben fast jede Nacht kamen, zogen Erika und Omma die Vorhänge abends so dicht zu, dass Rosie nicht einmal Gerds blasses Gesicht erkennen konnte, obwohl er doch direkt neben ihr lag.

Allerdings wusste die Sechsjährige, dass es drüben im Wohnzimmer auch nicht anders aussah. Erika und Großmutter lagen auf dem ausgeklappten Sofa genauso im Finstern wie die Zwillinge in ihrem gemeinsamen Bett. Nur dass die beiden sich nicht so dicht aneinanderkuschelten und sich allerhand Dinge ins Ohr flüsterten wie sie und Gerd. Gerade hatte er ihr von einem älteren Nachbarsjungen erzählt, der neulich ein Stück der Flugzeugkanzel eines abgeschossenen feindlichen Fliegers mit nach Hause gebracht hatte. Gerd war davon schwer beeindruckt, während Rosie der Gedanke an ein abgestürztes Flugzeug eher Angst einjagte.

Trotzdem hörte sie Gerd gern zu, spürte das Kitzeln, das sein Flüstern so nah an ihrem Ohr verursachte, und drückte sich an seine schmale, knochige Brust. In solchen Augenblicken vergaß sie manchmal sogar das hohle Gefühl in ihrem Inneren, das sie zum ersten Mal auf Mamas Beerdigung bemerkt hatte.

Nachdem der hölzerne Kasten mit Mama darin – der Sarg, wie Papa ihn nannte – in der tiefen Grube versunken war, hatte Rosies

Bauch noch viel mehr geschmerzt und sich noch viel leerer angefühlt als in diesen Tagen, wenn sie nichts weiter als eine Steckrübe und einen Kanten hartes Brot am Tag zu essen bekam. Und obwohl das Grummeln in ihrem Bauch seitdem ein wenig nachgelassen hatte, spürte sie es noch immer beinahe täglich. Nur mit Gerds Hilfe konnte sie es ab und an vergessen …

Erika mochte zur Stille ermahnen, sooft sie wollte: Gerd und sie ließen sich damit nicht zur Ruhe bringen. Schließlich war Erika nur ihre große Schwester und nicht ihre Mutter! Unbekümmert wisperte Gerd weiter in Rosies Ohr.

Erst als Großmutter sich einmischte, horchten die Zwillinge auf. „Erika hat recht, Kinder, nutzt die Zeit lieber zum Schlafen! Wer weiß, wie lange es dauert, bis der nächste Fliegeralarm uns wieder aus den Betten reißt! Ich hoffe, ihr habt euer Köfferchen griffbereit?"

„Ja, Omma", versicherte Gerd gehorsam. Großmutters Worte wagte er viel seltener zu überhören als die der großen Schwester.

Rosie tastete sicherheitshalber nach dem bescheidenen Bündel vor dem Bett, das im Grunde nur aus einem mit Bindfaden verschnürten Pappkarton bestand. Jeden Abend vor dem Schlafengehen stellten die Einwohner der Stadt ihre „Alarm-Köfferchen" bereit, um im Falle eines Fliegeralarms die notwendigsten Habseligkeiten zur Hand zu haben. Für jeden einmal Kleidung zum Wechseln, ein Stück grobe Kernseife und ein Waschlappen, ein Kamm mit zwei fehlenden Zinken – daraus bestand der Kofferinhalt der Zwillinge.

Rosies bescheidene Zahlenkenntnisse reichten längst nicht mehr aus, um zu erfassen, wie oft Großmutter, Erika und sie beide schon mit ihren Köfferchen in der Hand die nächtliche Straße zum Luftschutzbunker entlanggeeilt waren.

Das Mädchen hasste es, in der stockfinsteren Nacht gegen irgendwelche unerwarteten Hindernisse zu stoßen. Rosie verabscheute die

Vorstellung, im Gedränge der Herumirrenden von ihrer Familie getrennt zu werden. Deshalb klammerte sie sich stets so fest an Großmutters oder Gerds Hand, dass ihre Finger schmerzten. Der Gedanke, allein zurückzubleiben, flößte ihr regelmäßig noch mehr Furcht ein als das immer lauter werdende Dröhnen der Bombermotoren. Hatte nicht Mama ihr Leben verloren, weil sie umgekehrt und dadurch hinter den anderen zurückgeblieben war?

Aber wenn Gerd und sie jetzt still waren und artig einschliefen, würden die Flieger sie heute Nacht vielleicht verschonen. Sachte legte Rosie ihren Finger auf Gerds Lippen, ehe er wieder zu flüstern beginnen konnte, und drehte sich zur anderen Seite.

Endlich erfüllte die von Großmutter befohlene Stille die bescheidene Wohnung. Es war die sprichwörtliche Ruhe vor dem Sturm.

☘ ☘ ☘

Das ohrenbetäubende Heulen der Sirenen riss die Bewohner des Kölner Stadtteils nahe der Mühlheimer Rheinbrücke aus dem Schlaf. Kaum hatte Rosie die Augen geöffnet, da zerrte Großmutter sie und Gerd auch schon aus dem Bett, warf ihnen warme Jacken über, klemmte ihnen ihr Bündel unter die Arme, und sie hasteten gemeinsam die Treppe des Mietshauses hinunter. Schlaftrunken übersah Rosie eine Stufe, und nur Ommas fester Griff um ihren Arm bewahrte sie davor, die steile Stiege hinabzustürzen.

„Sie haben's mal wieder auf die Brücke abgesehen", keuchte Hans Bode, der Mieter aus dem Dachgeschoss, hinter ihnen. Er war erst kürzlich aus dem Lazarett nach Hause zurückgekehrt – mit einem leeren Uniformärmel und hässlichen roten Narben quer über Stirn und Wangen. Die unversehrte Nase ragte aus seinem Gesicht wie ein Hügel aus einem Tal voller roter Flüsse, die sich tief in die hautfarbene Landschaft gegraben hatten. Seit Rosie den älteren Herrn das erste

Mal so gesehen hatte, blickte sie bei jeder Begegnung mit ihm zu Boden, aber heute war es ohnehin zu finster, um irgendetwas zu sehen.

Am Fuß der Treppe angekommen mischten sie sich unter die anderen Bewohner ihrer Straße, die alle nur ein Ziel kannten: den schützenden Bunker jenseits der nächsten Straßenkreuzung. Erst wenn der Bunkerwart die stabile Stahltür hinter dem letzten Flüchtenden geschlossen hatte, konnte man sich wieder einigermaßen sicher fühlen.

Aber noch war es nicht so weit, noch hasteten die Zwillinge inmitten der angstvoll schweigenden Menge durch die Dunkelheit. Gespenstisch still war es in der kurzen Pause zwischen dem Vor- und dem Vollalarm der Sirenen und dem Anflug der alliierten Bomber. Nur gelegentlich war ein leiser Schreckensruf zu hören, wenn zwei Menschen versehentlich aneinanderstießen oder ein Säugling weinte, der von seiner Mutter sorgenvoll an die Brust gedrückt wurde.

Als der Himmel über den Flüchtenden schlagartig hell aufleuchtete, blickte Rosie kaum auf. Der Anblick der „Christbäume", die den anfliegenden Bombern ihr jeweiliges Ziel markierten, war ihr längst vertraut. Wie alle anderen jedoch lief auch Großmutter jetzt schneller als vorher, und Rosie wusste, dass die Flugzeuge jede Minute die Brücke erreichen würden.

Ihre Großmutter begann zu keuchen, und sie musste mit ihren deutlich kürzeren Beinen für jeden einzelnen von Ommas Schritten gleich zwei gehen, während sie sich zusätzlich mit der zweiten Hand an deren Jackenärmel klammerte.

Mit voller Kraft setzte das an- und abschwellende Heulen der Sirenen wieder ein, untermalt vom tiefen Brummen der Flugzeugmotoren, und die Flüchtenden schoben sich im Laufschritt voran. Omma mit Gerd an der einen und Rosie an der anderen Hand wurde an den Straßenrand gedrängt, wo sich noch immer die Trümmer vom letzten Bombenangriff türmten, und bevor Rosie sich versah, stieß sie mit dem Knie an einen Mauerbrocken. Ein scharfer Schmerz schoss durch ihr Bein. Automatisch griff sie mit beiden Händen nach der Wunde und bemerkte zu spät, dass sie dadurch von ihrer Großmutter getrennt worden war.

„Auf, Rosie, lauf weiter!", rief Omma und streckte die Hand nach ihr aus, doch die Menge schob sie unaufhaltsam voran, immer schneller auf den Bunker zu. Schon war nichts mehr von ihr zu sehen, nicht einmal im hellen Licht des „Christbaums", der in diesem Moment über der nahen Brücke verglomm. Weit und breit nichts als Fremde, die an Rosie vorbeihasteten, ohne sie überhaupt zu bemerken.

Schluchzend sank sie vollends zu Boden und umklammerte ihr Knie. Das Blut tropfte warm und klebrig aus der Wunde, und sie wimmerte: „Omma, Gerd! Kommt zurück!"

Doch niemand kümmerte sich um das kleine Mädchen am Straßenrand, und aus eigener Kraft würde sie den Bunker niemals rechtzeitig erreichen. Nicht mit diesem Bein, das sich wie aufgeschlitzt anfühlte und von dem das Blut herabrann, ihre Strümpfe durchnässte und schon in ihre Schuhe drang! Sie würde noch immer hier kauern, wenn die Bunkertür sich hinter den anderen schloss. Mit ihren eigenen Augen würde sie die feindlichen Flugzeuge über sich sehen, bevor diese sie mit ihren Bomben beschossen. Genau wie bei Mama. Genau wie Rosie es immer befürchtet hatte.

Verzweifelt schlug sie die blutigen Hände vors Gesicht – und zuckte erschrocken zusammen, als jemand sie von hinten an den Schultern fasste, und eine Stimme sagte: „Komm, Mädel, ich helfe dir!"

Trotz aller Panik wusste Rosie genau, wem diese tiefe, krächzende Männerstimme gehörte: Hans Bode, dem Nachbarn mit den grässlichen Narben. Ohne große Umstände bückte er sich zu ihr herunter, musterte kurz ihr blutiges Bein und hob sie danach mit dem verbliebenen Arm in die Höhe.

„Klammere dich an meinen Hals, dann werden wir es schaffen!", kommandierte er dabei. Rosie gehorchte widerspruchslos.

Schwankend erhob sich der Nachbar und stolperte weiter die Straße entlang. Erst jetzt merkte Rosie, dass er hinkte – wahrscheinlich der Grund dafür, dass er noch langsamer gelaufen war als sie.

Inzwischen hatten Rosie und ihr Helfer die Straße für sich allein – alle Übrigen hatten sie längst überholt –, und der Lärm am Himmel wurde immer lauter und grimmiger. Am liebsten hätte Rosie sich die Finger in die Ohren gesteckt, aber ihre Arme krampften sich fest um den Hals von Hans Bode. In seinem Nacken bildeten sich kleine Schweißtropfen, rannen daran herab und benetzten ihre Hände, und als er in letzter Sekunde durch die offene Bunkertüre ins Licht wankte, erkannte Rosie, dass sogar in den Falten seiner Narben kleine Schweißperlen standen.

Es war kein schöner Anblick – und doch war ihr Ekel vor dem entstellten Gesicht des ehemaligen Soldaten verschwunden. Im Gegenteil! Als die Stahltür direkt hinter ihnen ins Schloss fiel und Gerd sich eilig am Bunkerwart vorbei zu seiner Schwester drängte, erschien Rosie das Gesicht ihres Retters wunderschön.

*Herbst 1945*

„Hör auf, Erika, das ziept ganz doll!", beschwerte sich Rosie.

Gerd pflichtete ihr bei: „Sieh dir nur an, wie viele Haare du ihr mit dem blöden Kamm schon ausgerissen hast!"

Doch Erika fuhr ungerührt weiter mit dem Kamm durch das strubbelige blonde Haar ihrer kleinen Schwester. „Was sein muss, muss nun mal sein! Jetzt, wo ihr zur Schule geht, lasse ich euch gewiss nicht mehr rumlaufen wie heimatlose Trümmergören!"

„Wenn Omma mich kämmt, tut es aber längst nicht so weh!"

„Na, dann hast du eben Pech, dass Omma heute schon früh am Morgen zu Tante Hertas Hof hinausgegangen ist!"

Erbarmungslos bearbeitete Erika einen weiteren Haarknoten und murmelte: „Es wundert mich, dass du dir bei den anderen Schülern nicht längst Läuse geholt hast. Eigentlich sollte ich einfach eine Schere nehmen, und dann – ritsch, ratsch – schon wäre Schluss mit dem Gezeter! Und überhaupt, ihr könntet ein wenig dankbarer dafür sein, dass ihr zur Schule gehen dürft. Freilich ist es nicht mehr das Gleiche wie früher …"

Ihr Blick wanderte in die Ferne. Wahrscheinlich dachte sie an ihre eigene Schulzeit vor dem Krieg, als sie jeden Morgen gewaschen, ordentlich frisiert und mit einer liebevoll zubereiteten Butterstulle zum Unterricht in der Klosterschule losgezogen war. So hatte sie es zumindest den Zwillingen in den vergangenen Wochen fast täglich vor Augen gemalt.

Rosie und Gerd dagegen besaßen keinerlei Erinnerung an eine Zeit, in der ihre Heimatstadt noch heil gewesen und das Leben einen geregelten, friedlichen Gang gegangen war. Als die Sorgen eines Kindes darin bestanden hatten, still in einem Klassenraum zu sitzen und den Worten des Lehrers zu lauschen.

Die Zwillinge nutzten diesen Moment, in dem Erika nicht aufpasste, um ihr zu entwischen: Rosie schlüpfte unter den Armen ihrer Schwester hindurch, zog eine Wollmütze über ihr nur halb fertig gekämmtes Haar und beeilte sich, Gerd einzuholen, der bereits die Wohnungstür öffnete.

Unter dem Arm trug er Erikas alten Lederschulranzen, gefüllt mit einer Schiefertafel, die trotz einem Sprung in der Mitte noch zu gebrauchen war, und einer Blechdose mit zwei Stiften sowie einem Schwamm – seine und Rosies gesamte Schulausrüstung.

Im letzten Augenblick rief Erika den Zwillingen ärgerlich hinterher: „Ihr wartet später vor der Schule auf mich! Wir müssen doch …" Seufzend brach sie ab, da sie die beiden Kleinen die Treppe hinunterpoltern hörte.

Es war nicht leicht, sich mit vierzehn Jahren immer vernünftig und wie eine Erwachsene zu verhalten.

Manchmal hatte sie das Gefühl, die Verantwortung für die jüngeren Geschwister würde sie erdrücken. Was würde sie darum geben, an diesem Morgen selbst zur Schule gehen zu dürfen, ihren Kopf in Bücher stecken oder mit ihren Freundinnen über die Albernheiten der gleichaltrigen Jungs tuscheln zu können – so wie es in den Jahren vor diesem grässlichen Krieg gewesen war! Doch sie hatte keine Wahl. Ohne Unterstützung wurde Omma mit den Zwillingen nicht fertig, schon gar nicht mit dem lebhaften Gerd. Und erst recht nicht zu solchen Zeiten, in denen es fast den ganzen Tag dauerte, um dafür zu sorgen, dass etwas zum Essen auf dem Tisch stand. Oder dass sie Brennmaterial für den Ofen fanden, damit sie im kommenden Winter in ihrer Wohnung nicht erfroren. Und dass Vater in absehbarer Zeit aus der Gefangenschaft nach Hause käme, um selbst für seine Familie zu sorgen, war mehr als unwahrscheinlich. Es war gerade mal ein halbes Jahr seit Kriegsende vergangen, und Erika hatte die Befürchtung, dass die Russen ihre Gefangenen nicht so bald freiließen.

Sie hoffte von ganzem Herzen, dass ihre Großmutter heute auf dem Hof von Tante Herta ein paar Lebensmittel ergattern konnte. Was leider nicht mehr selbstverständlich war, denn Hertas Mann und die Mehrheit seiner Knechte waren gefallen oder bislang nicht aus Krieg und Gefangenschaft zurückgekehrt, sodass ein Großteil der Felder brachlag. Die Obstgärten waren von den Bomben geradezu umgepflügt worden (der Hof hatte genau in der Einflugschneise der Alliierten gelegen), und die eigene Wehrmacht hatte das meiste Vieh beschlagnahmt. Aber vielleicht konnte sie wenigstens ein bisschen Gerste für Ersatzkaffee, drei oder vier Eier und ein paar Kartoffeln oder Rüben entbehren.

Allein der Gedanke an ein cremiges Rührei – natürlich gestreckt mit viel Milch, die es sogar für dreiundzwanzig Reichspfennig den Liter im Laden gab – ließ Erikas Magen deutlich hörbar knurren.

Unwillig schüttelte sie den Kopf und stellte das Geschirr eines Frühstücks, das diese Bezeichnung gar nicht verdient hatte, hinüber in die Spülwanne. Sie nahm die Decke von ihrem Sofabett, die eigentlich nichts anderes als Mamas ehemaliger Wintermantel war und jetzt Erika und ihre Omma in kalten Nächten zusätzlich warm hielt. Schnell schlüpfte sie in den Mantel, zog eine Mütze über ihren Kopf mit den stramm geflochtenen Zöpfen und verließ die Wohnung.

Bereits im Treppenhaus fröstelte sie. Für Anfang November herrschte eine ordentliche Kälte. Ob sie heute unter den Trümmern etwas finden würde, was zum Verbrennen geeignet war? Wohl kaum – eher würde ihr davon warm werden, dass sie mit den anderen Mädchen und Frauen Mauersteine auf Schubkarren lud oder alten Mörtel von jenen klopfte, die noch brauchbar waren.

In die kalten, handschuhlosen Hände hauchend und mit schweren Schritten verließ sie das Treppenhaus.

☘ ☘ ☘

„Und nun", der Lehrer für die Jahrgangsstufen eins bis vier schob die Tafel nach oben und legte seine Kreide aus der Hand, „habe ich euch etwas Wichtiges mitzuteilen. Also passt gut auf!"

Das brauchte er Rosie nicht zweimal zu sagen. Im Gegensatz zu ihrem Bruder liebte sie die Schule. Still zu sitzen, fiel ihr nicht schwer, und mit dem quietschenden Griffel Buchstaben und Zahlen auf die Schiefertafel zu malen, machte geradezu Spaß. Ärgerlich daran war nur, dass ihre Hälfte der Tafel stets mit sorgfältig geschriebenen, wunderhübschen Buchstaben beschriftet war und die andere Seite mit Gerds nachlässigem Gekrakel.

Aber das Beste an der Sache mit der Schule war ihr Lehrer. Als Herr Bode – ihr Retter aus der Bombennacht vor etwas mehr als einem Jahr – sie und Gerd neulich zu ihrem allerersten Schultag willkommen geheißen hatte, hatte sie ihren Augen kaum trauen können.

Gewiss, sein vernarbtes Gesicht sah heute nicht anders aus als damals, doch Rosie wusste inzwischen, dass sich dahinter ein liebenswürdiger und hilfsbereiter Mann verbarg. Auch wenn er die älteren Jungs gelegentlich mit dem Rohrstock verdrosch. Aber die hatten es dann meist nicht anders verdient: Schließlich widersprachen sie dem Lehrer oft und waren teilweise schon jahrelang nicht mehr zur Schule gegangen, sondern hatten lieber die Trümmer und leeren Häusergerippe durchstreift. Genau wie Gerd, der ebenfalls schon ein paar Schläge abbekommen hatte.

Aber jetzt verzogen sich die vernarbten Wangen in Herrn Bodes Gesicht zu einem angestrengten Lächeln, und er fuhr fort: „Ihr alle kennt die Engländer – oder Tommys, wie viele sie nennen –, die jetzt bei uns das Kommando übernommen haben. Möglicherweise habt ihr auch schon mal eine kleine Leckerei von ihnen bekommen."

Greta, das Mädchen in der Bank vor Rosie und Gerd, nickte wissend. Sie hatte eine ältere Schwester, die wiederum einen englischen Verehrer besaß, der der ganzen Familie hin und wieder Geschenke machte. Neulich hatte Greta in der Pause ein Stückchen Schokolade aus der Tasche gezaubert und, umringt von ihren neidischen Mitschülern, dieses genüsslich verzehrt.

„Diese Tommys also", fuhr Herr Bode fort, „haben in ihrer Heimat jenseits der Nordsee weitere Nachbarländer. Eines davon ist Irland, das im Krieg nicht mit den Alliierten gekämpft hat, sondern neutral blieb. Der Präsident von Irland hat nun von euch hungernden deutschen Kindern gehört, in seinem Land Lebensmittel für euch gesammelt und sie hierherbringen lassen. Außerdem hat er auch ein paar Helfer mitgeschickt, die sich darum kümmern, das Essen gerecht unter euch Kindern zu verteilen. Kurz gesagt: Ab heute werdet ihr in der Schule jeden Tag eine warme Mahlzeit bekommen!"

Für einen Augenblick legte sich atemlose Stille über den Klassenraum, dann sprang Erwin, der Sohn eines in der Vorkriegszeit wohlhabenden Metzgers, auf und rief eifrig: „Ist denn da auch Fleisch bei?"

„Das wird sich gleich zeigen! Ich weiß nur, dass ihr ab morgen eure eigenen Suppennäpfe mitbringen müsst, damit sie euch den Ein–"

Der Rest seiner Worte ging im ohrenbetäubenden Jubel der Schüler unter.

Kurz darauf gab es auch ohne Suppennäpfe die köstlichste Mahlzeit, die Rosie sich vorstellen konnte. Weiches weißes Brot mit Ei und einem winzigen Stück Wurst darauf, dazu warme Milch, die mit einer riesigen Suppenkelle aus einem großen bauchigen Topf geschöpft und von den Kindern unmittelbar daraus getrunken wurde.

Als Gerd den Schöpflöffel zurückgegeben hatte, strich er sich wohlig über den Bauch unter der Hose, die er trotz Hosenträger jeden Moment zu verlieren drohte, und starrte die junge Dame vom Irischen Roten Kreuz bewundernd an.

„Seid ihr den ganzen Weg zu uns übers Meer mit dem Schiff gefahren?", fragte er. Leider bekam er keine Antwort darauf. Die junge Frau strich ihm nur lächelnd über das struppige Haar, tauchte die Kelle erneut in den Topf und hielt sie ihm hin. Gerd trank einen letzten Schluck, dann wandte er sich enttäuscht ab. Schade, dass diese Menschen ihn nicht verstanden! Er hatte doch so viele Fragen über das Meer und das Schiff und die Seeleute!

Auch Rosie konnte den Blick kaum von der Rotkreuzschwester abwenden. Zwar trug diese eine Uniform, aber ihr Haar, das unter einem Häubchen hervorschaute, glänzte in der gleichen Farbe wie der hölzerne Schrank daheim im Wohnzimmer, und ihre Haut schien so glatt und samtig, dass Rosie sie gern berührt hätte. Genießerisch kaute sie ihr Brot und ließ die schöne junge Frau dabei nicht aus den Augen.

Zu Rosies Verwunderung war Erika nicht allzu begeistert von dem Wunder, das sich heute in der Schule ereignet hatte, als die Zwillinge ihr später davon berichteten.

„Sie haben euch wahrhaftig weiches weißes Brot gegeben?", fragte sie und starrte auf ihre von Kälte und der Arbeit in den Trümmern vollkommen zerschundenen Hände.

„Ja! Es war ganz anders als unser hartes Schwarzbrot, das Omma immer zuerst in ihren Muckefuck stippen muss, ehe sie davon abbeißen kann!", erzählte Rosie.

„Und morgen gibt es dazu Eintopf mit ordentlich Fleisch drin!", verkündete Gerd großspurig, obwohl nicht einmal Herr Bode da sicher gewesen war, „deshalb musst du uns jetzt immer Suppennäpfe mit zur Schule geben!"

„Ordentlich viel Fleisch – pah! Wahrscheinlich kannst du froh sein, wenn ab und zu ein Wurstzipfel in der Suppe schwimmt." So erbärmlich Erika es auch darstellte – allein bei der Vorstellung daran lief ihr das Wasser im Mund zusammen. Das Einzige, was sie heute während der Schufterei in den Trümmern gegessen hatte, war ein Kanten ebenjenes trockenen Brotes, das ihre Großmutter gar nicht mehr beißen konnte.

„Wir werden ja sehen!" Gerd blieb optimistisch.

„Ich bringe dir mal etwas davon zum Kosten mit!"

Rosie schob ihre kleinen abgemagerten Finger in Erikas eiskalte Hand und drückte sie tröstend.

Und sie hielt Wort. Tagtäglich brachte sie einen Teil ihrer Ration mit nach Hause: die Hälfte ihres Weißbrotes für die Großmutter und in ihrem Blechnapf einen Rest der Suppe für ihre Schwester. Und obwohl der Eintopf wie vermutet tatsächlich nur wenig Fleisch enthielt, beschwerte sich Erika nie darüber.

# Kapitel 4

Mutter? Mum?“ Rosie fühlte eine warme Hand, die ihre eigene tätschelte, während sie auf der anderen Seite einen stechenden Schmerz im Unterarm spürte.

„O bitte, Mum, komm zu mir zurück!“, wisperte die vermutlich zu der warmen Hand gehörende Stimme, und Rosie erkannte sie als die von Valerie. Mühsam schlug sie die Augen auf. Ihre Tochter belohnte sie mit einem erleichterten Seufzer.

In unmittelbarer Nähe erklang wohlwollendes Gemurmel einer Männerstimme, welche die alte Dame nicht im Geringsten zuzuordnen vermochte.

Sie blinzelte ein paarmal, dann registrierte sie zunächst das besorgte, tränenbenetzte Gesicht von Valerie. Gleich dahinter bemerkte sie ein Fenster, an dem sich die Umrisse von Bäumen und Gebäuden in beachtlicher Geschwindigkeit vorbeischoben.

„Was … wo …“ Rosie brach ab und fuhr sich mit der Zunge über die ausgedörrten Lippen.

Valerie jedoch verstand, was sie fragen wollte. „Wir sind auf dem Weg ins Krankenhaus. Du bist in deinem Hotelzimmer zusammengebrochen, sodass ich die Ambulanz rufen musste“, erklärte sie. Gleichzeitig befeuchtete sie mit einem Tuch behutsam das Gesicht ihrer Mutter.

„Richtig“, wisperte Rosie. „Alles war so schrecklich still, als ich da am Boden lag und mich nicht rühren konnte. Und plötzlich erinnerte ich mich an den Beginn jener furchtbaren Bombennacht. Im Jahr 42 war das …"

Valerie blickte sie fragend an, doch der gegenübersitzende Rettungssanitäter ließ ihr keine Gelegenheit, auf diese Bemerkung einzugehen.

„How do you feel, Mrs Healy?", erkundigte er sich freundlich. „Verspüren Sie akute Schmerzen? Und falls ja: Wo genau und wie heftig sind diese?"

Schmerzen? Unsicher zuckte Rosie mit den Schultern. Abgesehen von der Nadel in ihrem Unterarm und einer allgemeinen Benommenheit spürte sie aktuell nichts. „Ich habe keine Schmerzen, glaube ich. Keine physischen zumindest", antwortete sie.

Der Sanitäter nickte. „Wir werden die Ursache Ihres Zusammenbruchs bestimmt bald herausfinden", verkündete er mit einstudierter Zuversicht und dennoch halbwegs sachlich. „Wenn Ihr Kreislauf erst einmal stabil bleibt, haben wir schon viel gewonnen."

„Gut!" Rosie nickte schwach, konzentrierte ihren Blick aber weiterhin fest auf Valeries vertraute Züge. Nach den lebhaften Bildern der letzten wachen Momente im Hotel – ihrer kindlichen Kriegserinnerung – tat es ihr gut, sich auf diese Weise wieder in der Gegenwart zu verorten.

Valerie lächelte verhalten. Rosie konnte ihrer Tochter die Anspannung nicht verdenken: Es musste Valerie einen ordentlichen Schrecken versetzt haben, ihre Mutter bewusstlos am Boden liegend in ihrem Hotelzimmer zu finden. Trost spendend, aber gleichzeitig zur eigenen Beruhigung ergriff sie mit ihrer nadelfreien Hand die ihrer Tochter und hielt diese fest, bis der Rettungswagen vor der Notaufnahme der Klinik hielt.

Während der darauffolgenden Aufnahmeprozedur gaben Mutter und Tochter einander größtenteils schweigend Halt. Eine Stunde später, als Rosie an eine die Vitalfunktionen überwachende Apparatur angeschlossen in einem Krankenhausbett lag, erschien ein Arzt im Behandlungsraum.

Hektisch grüßte er, studierte zuerst die Notizen auf dem Bildschirm und wandte sich dann endlich persönlich an seine Patientin, um deren Gesundheitszustand zu überprüfen.

„Ich würde sagen, Mrs Healy," konstatierte er, „mit Ihren stolzen achtzig Jahren befinden Sie sich in bester Verfassung. Für Ihren Zusammenbruch aufgrund eines kurzzeitigen Kreislaufversagens sehe ich keine besorgniserregende Ursache. Um jedoch absolut sicherzugehen, möchte ich Sie eine Nacht zur Beobachtung im Haus behalten und morgen ein paar Untersuchungen durchführen. Nur das Nötigste – und wenn sich daraus nichts Konkretes ergibt, würde ich Ihr künftiges Wohlergehen in die Hand Ihrer Ärzte zu Hause in Irland legen."

„Ist das wirklich nötig?" Rosie richtete sich auf und nahm den Arzt streng ins Visier. Sie fühlte sich nicht mehr so benommen und bereits deutlich kräftiger als vorhin im Wagen der Ambulanz. „Ich bin sicher, der kleine Schwächeanfall ist nur auf die Aufregung wegen der Begegnung mit meiner Schwester zurückzuführen! Einen ehemals sehr vertrauten Menschen nach mehr als siebzig Jahren wieder in die Arme zu schließen, würde sicher auch Ihnen nahegehen, oder nicht?"

Der schmächtige junge Arzt wiegte nachdenklich den Kopf und beharrte: „Dennoch muss ich auf weiteren Untersuchungen bestehen!"

„Und ich bin vollkommen Ihrer Meinung", bestärkte ihn Valerie und wandte sich eindringlich an ihre Mutter. „Diese eine Nacht im Krankenhaus überstehst du schon, Mutter. Und falls es so ist, wie du sagst, wird bei den Untersuchungen ohnehin nichts herauskommen, sodass wir danach ganz beruhigt wieder nach Hause fliegen können."

„Wenn es denn unbedingt sein muss", gab Rosie nach. „Obwohl ich eigentlich nicht vorhatte, einen der wenigen kostbaren Tage in meiner alten Heimat faul in einem Krankenhausbett zu verbringen! Es gäbe so viel Interessanteres zu tun und zu sehen."

„Das verstehe ich vollkommen, Mutter, aber wir müssen die Dinge nun mal so nehmen, wie sie sind. Und um es dir ein wenig angenehmer zu machen, werde ich ins Hotel zurückfahren, um dir ein Nachthemd, Toilettenartikel und ein paar persönliche Sachen zu holen, während du hier auf ein Zimmer gebracht wirst. Einverstanden?"

Aufmunternd drückte Valerie ihrer Mutter die Hand, während sich zwei junge Pfleger an deren Bett zu schaffen machten, um die Patientin nach oben auf die entsprechende Station zu transportieren. Als sie in ein leeres Zweibettzimmer gebracht wurde, bat Rosie um den Platz am Fenster und ließ sich das Kopfteil ihres Bettes fast senkrecht stellen, um wenigstens ein bisschen den Ausblick ins Freie genießen zu können.

Der Apriltag neigte sich seinem Ende zu. Dichte graue Wolken, die am Morgen noch Regen mit sich gebracht hatten, zogen eilig über die Dächer, wobei sie gelegentlich einen Strahl der tief stehenden Sonne durchblitzen ließen; und aus den vermutlich unterhalb ihres Fensters stehenden Bäumen hörte Rosie fröhlich zwitschernde Vogelstimmen.

Auf der Suche nach einem vertrauten Anblick, der ihrer Orientierung dienen könnte, ließ Rosie ihren Blick über die Silhouette der Stadt wandern. Doch weder der Dom noch der Rhein mit seinen Brücken waren zu sehen. Alles erschien ihr ebenso fremd wie der Ausblick aus Delias Wohnungsfenster am Vortag. Die Stadt ihrer frühesten Kindheit war ihr so wenig vertraut wie jede beliebige andere Großstadt – und dennoch hatte sich in den vergangenen vierundzwanzig Stunden etwas verändert: Sie fühlte sich den Angehörigen ihrer Herkunftsfamilie so nah wie seit vielen Jahrzehnten nicht mehr.

Erst gestern war es Gerd gewesen, dort in Delias Badezimmer, heute Erika in ihrer nach wie vor resoluten Art. Und die intensive Erinnerung an die letzten Kriegsmonate samt den Wirren der Nachkriegszeit hatte selbst ihre Großmutter noch einmal lebendig werden lassen. Omma – sogar dieser vertrauliche Kosename war ihr wieder präsent.

Rosie musste niesen. Hatte Erika recht? War sie ihrer Großmutter, die sie als große, kräftige und dennoch von Schmerz und Verlust gezeichnete Frau in Erinnerung hatte, wirklich ähnlich?

Während ein weiterer Niesreiz ihre Nase kitzelte, legte sie sich zurück und gab sich ihren Erinnerungen hin.

☘ ☘ ☘

Lia warf einen letzten Blick auf die Bleistiftskizze des kleinen Geschwisterpaares vor der Kulisse der zerstörten Stadt. Mit einigen wenigen Änderungen hatte sie die nachlässig hingeworfene Skizze vom Abend ihrer ersten Begegnung mit Mrs Healy weitergezeichnet: Aus dem Jungen und dem Mädchen unterschiedlichen Alters war – entsprechend dem, was sie heute wusste – ein etwa sechsjähriges Zwillingspärchen mit hellem Haar geworden. Und die Ruinen hinter der leeren Fensterhöhle glichen jetzt den Fotografien aus der Kölner Nachkriegszeit, die sie eingehend studiert hatte. Sie hatte auch erwogen, die gesamte Skizze zu kolorieren, aber letztendlich traf eine Grafitzeichnung die Stimmung dieser düsteren Zeit weit besser.

Ja, so war es perfekt, sagte sie sich selbst. Mrs Healy – oder vielmehr Rosie, wie sie die alte Dame inzwischen nannte – würde das kleine Geschenk bestimmt zu schätzen wissen. Sie legte die Skizze in ihre Zeichenmappe und packte alles in den Rucksack. Dann nahm sie ihre Jacke, den Fahrradhelm und den Schlüssel und verließ die Wohnung.

Die Strecke zum Krankenhaus war ihr mittlerweile bestens vertraut. Das heißt, als sie sich vor zehn Tagen zum ersten Mal auf den

Weg zu Rosie gemacht hatte, war sie noch zum Hotel „Das kleine Stapelhäuschen“ am Fischmarkt gefahren. Nachdem das Thema der Kriegskinder sie seit ihrer ersten Begegnung nicht mehr losgelassen hatte, hatte sie am Folgetag nämlich beschlossen, die Einladung der alten Dame zu einem Besuch dort anzunehmen, und sich spontan auf ihr Fahrrad geschwungen.

Zu ihrem Bedauern hatte sie im Hotel jedoch nur Valerie angetroffen, als sie sich nach den beiden Irinnen erkundigte. Und diese wollte gerade aufbrechen, um ihre Mutter im Krankenhaus zu besuchen! Bestürzt hörte Lia, was sich nach dem Besuch im Altenheim ereignet hatte, und bot Valerie bereitwillig ihre Hilfe an. „Ich meine, falls es in der Klinik Verständigungsprobleme oder etwas in der Art geben sollte, wenden Sie sich gern an mich.“

„Well, das wollen wir nicht hoffen!“, erwiderte diese halbwegs zuversichtlich. „Das Stationspersonal spricht ausreichend Englisch, und laut Auskunft des Arztes in der Notaufnahme darf ich meine Mutter später wieder mit zurück ins Hotel nehmen, sofern bei den am Vormittag geplanten Untersuchungen nichts Beunruhigendes festgestellt wird. Und danach, genauer gesagt in zwei Tagen, werden wir dann auch schon wieder nach Hause fliegen!“

„Oh, das hört sich wirklich beruhigend an!“, stellte Lia mit echter Erleichterung fest. „Mein Angebot steht dennoch, nur für alle Fälle. Augenblick, ich gebe Ihnen meine Handynummer, damit Sie mich jederzeit erreichen können!“

„Sehr nett von Ihnen, danke.“ Valerie kramte in ihrer ausladenden Handtasche nach ihrem Telefon, um Lias Nummer einzuspeichern, doch unvermittelt hielt sie inne. „Wissen Sie was? Warum begleiten Sie mich nicht einfach jetzt gleich zur Klinik? Da meine Mutter Sie ohnehin eingeladen hat, wird sie sich gewiss freuen, Sie zu sehen. Und auf dem Rückweg zum Hotel könnten wir irgendwo gemeinsam eine

Tasse Tee trinken. Dabei könnten Sie sich noch einmal ausgiebig mit ihr unterhalten!"

„Tja – falls das auch für Sie in Ordnung geht …", vergewisserte sich Lia. „Ich will mich auf keinen Fall aufdrängen!"

„Von Aufdrängen kann hier keine Rede sein", widersprach Valerie. „Sie sind hiermit herzlich eingeladen!"

Also nahm Lia das Angebot schließlich an. Doch als die beiden Frauen die Klinik erreichten, kam alles anders als geplant.

Zwar hatten die Untersuchungen des Vormittags wie erhofft nichts Beunruhigendes ergeben, doch die alte Dame hatte sich eine schlimme Erkältung zugezogen, weil sie zu lange auf dem kalten, feuchten Hotelzimmerboden gelegen hatte. Ihre Nase lief, ihre Augen tränten, ihr Hals und ihre Ohren schmerzten, und ihre Körpertemperatur war merklich gestiegen. Insgesamt war sie in einem derart schwachen Zustand, dass die Ärzte sich weigerten, Rosie zu entlassen.

Mit Delias Unterstützung versuchte Valerie zwar, die Verantwortlichen vom Gegenteil zu überzeugen, indem sie versprach, sofort mit ihrer Mutter nach Hause zu fliegen und in der Heimat umgehend den Arzt aufzusuchen, doch die leitende Ärztin ließ sich nicht erbitten. Ein Flug, so kurz er auch sein mochte, komme in diesem Zustand für eine Dame in Mrs Healys Alter nicht infrage, erklärte sie nachdrücklich. Sie werde ihre Krankheit hier in der Klinik auskurieren müssen.

Valerie und ihre Mutter mussten sich gezwungenermaßen damit abfinden. Und als Rosies Temperatur zwei Tage lang immer weiter anstieg und sich aus der bloßen Erkältung eine handfeste Bronchitis entwickelte, war Valerie letztlich froh darüber, sich gefügt zu haben.

Sie verbrachte ihre Tage größtenteils am Krankenlager ihrer Mutter. Auch Lia ließ es sich nicht nehmen, so oft wie möglich nach Rosie zu sehen. Die Sorge um die apathisch im Bett liegende und von Hustenkrämpfen geplagte alte Dame verband die beiden Frauen.

Nach einer Woche hatte das Fieber endlich zu sinken begonnen, die Hustenkrämpfe waren seltener geworden, und Rosie war wieder etwas mehr bei Bewusstsein gewesen.

Am Vortag hatte sie zum ersten Mal eine Tasse „richtigen Tee anstelle des entsetzlichen Kräutersuds, den sie in der Klinik als Tee bezeichnen" verlangt, und Delia war zu David ins Café gefahren, um das Gewünschte zu besorgen.

Auch heute nahm sie den Umweg übers Café, um der alten Dame zusammen mit der Skizze einen Becher ihres Lieblingsgetränks zu überreichen. Als sie schließlich im Krankenhaus den Aufzug zum fünften Stock betrat, beschloss sie, Valerie umgehend zu einem Spaziergang im Klinikpark zu überreden, während sie selbst bei Rosie bleiben würde. Nach den vielen sorgenvollen Stunden am Krankenbett ihrer Mutter sah die arme Valerie selbst nicht mehr allzu gesund aus, blass und mit diesen dunklen Ringen unter den Augen, und draußen herrschte der herrlichste Sonnenschein.

Auf Station fünf angekommen, blieb sie vor Rosies Zimmertür stehen und hielt einen Moment inne. Aufgeregte Stimmen drangen zu ihr heraus. Hatte Rosie in der Zwischenzeit eine streitlustige Bettnachbarin bekommen? Nein, die beiden Frauenstimmen sprachen eindeutig Englisch – nur nicht in dem sanften, liebevollen Tonfall, den sie von den beiden gewohnt war! Selbst Rosies „Märchentantenstimme", wie Lia sie insgeheim nannte, klang schrill und verärgert!

Leicht verunsichert klopfte sie endlich an und trat ein, nachdem die Stimmen abrupt verstummt waren.

Verlegen sahen die beiden irischen Frauen Delia an – die eine mit geröteten Augen, die andere noch immer von ihrer Krankheit gezeichnet, aber mit entschlossen zusammengepressten Lippen.

„Oh – ich wollte nicht stören", stammelte Lia und stolperte beinahe über ihre eigenen Füße. „Ich …"

„Schon gut, Lia, du störst nicht. Schön, dass du da bist." Rosie hatte als Erste ihre Fassung wiedergewonnen. „Wir beide hatten gerade nur eine kleine Meinungsverschiedenheit, so wie das in den besten Familien vorkommt. Nicht wahr, Valerie?" Ohne ihrer Tochter die Gelegenheit zu einer Antwort zu geben, setzte sie freudig hinzu: „Und wie ich sehe, hast du mir einen herrlichen Becher Tee mitgebracht!"

„Ja, richtig!" Erleichtert drückte Delia der Genesenden das Getränk in die Hand, rückte den zweiten Besucherstuhl ans Bett und suchte nach einer unverfänglichen Bemerkung, um das nun herrschende peinliche Schweigen zu brechen.

Rosie kam ihr zuvor. „Nun mach nicht so ein betretenes Gesicht, Liebes! Valerie und ich haben lediglich versucht, ein Problem, das sich eben ergeben hat, auf unsere ganz eigene Art zu lösen. Zu einem zufriedenstellenden Ergebnis sind wir dabei leider bislang nicht gekommen!"

„Vielleicht – kann ich helfen?", bot Lia zögernd an.

„Das dürfte schwierig sein, trotzdem danke ich dir für dein Angebot!" Valerie versuchte sich an einem Lächeln. Rosie hingegen erklärte: „Wie du weißt, sind wir beide mittlerweile schon eine Woche länger in Deutschland als geplant, und Valerie sollte dringend zurück ins Geschäft. Ihr Urlaub ist vollständig aufgebraucht. Doch sie will sich partout nicht davon überzeugen lassen, dass ich, ungeachtet meines Alters, durchaus in der Lage bin, den Rest dieses unglückseligen Klinikaufenthaltes allein durchzustehen!"

„Exakt! Ich werde meine kranke Mutter nicht vollkommen auf sich gestellt in einem fremden Land zurücklassen!" Valeries Stimme bebte schon wieder.

„Das ist durchaus verständlich, und ich bin dir sehr dankbar, dass du bei mir ausgeharrt hast, solange mir so elend war, aber inzwischen ist die Situation doch eine vollkommen andere! Ich bin längst auf dem Weg der Besserung: Meine Temperatur ist nahezu normal – und hast du mich heute schon einmal ernsthaft husten hören? Es wird höchstens noch ein paar Tage dauern, bis sie mich entlassen!"

„Ein paar Tage – du sagst es! Weshalb also sollte ich jetzt nach Hause fliegen, nur um den Flug bereits wenige Tage später erneut zu machen und dich hier abzuholen?"

„Weil …" Rosie brach ab. Als ob ihre Worte sie Lügen strafen wollten, schüttelte ein Hustenanfall ihren Körper. Valerie beugte sich vor, hielt ihre Mutter aufrecht und legte sie sanft in die Kissen zurück, als der Anfall vorüber war. „Du solltest dich wirklich nicht so aufregen, Mutter!", mahnte sie leise, ehe sie sich entschuldigend an Lia wandte. „Du siehst, wir drehen uns hier förmlich im Kreis!"

Nachdenklich nickte Lia. „Aber abgesehen von diesem kleinen Ausrutscher gerade geht es ihr doch wirklich schon viel besser, finde ich! Oder sind die Ärzte da anderer Ansicht?"

„Nein. Es war heute Morgen in der Tat schon die Rede von etwa vier Tagen bis zur Entlassung."

„Und wenn ich nun verspreche, deine Mutter weiterhin täglich zu besuchen, mich um ihr Wohlergehen zu kümmern und dich, falls doch irgendetwas Unvorhergesehenes eintreten sollte, sofort zu informieren beziehungsweise nach Anweisungen zu fragen?"

„Nein, Lia!" Entschieden schüttelte Valerie den Kopf. „Das können wir unmöglich von dir verlangen! Du hast bereits so viel Zeit für meine Mutter und mich geopfert!"

„Ihr verlangt es ja gar nicht – ich biete es euch an! Und von einem Opfer kann gar keine Rede sein, ich verbringe meine Freizeit doch gern mit deiner Mutter, Valerie!" Je länger sie darüber nachdachte, desto mehr erwärmte sich Lia selbst für ihren Vorschlag. Sie hatte Rosie schon richtig ins Herz geschlossen, zumindest fühlte sie sich ihr sehr verbunden, und der Gedanke, ihr bald Lebewohl zu sagen, schmerzte sie.

„Ich könnte mir sogar durchaus vorstellen, danach als Reisebegleiterin mitzukommen, damit du dir einen weiteren Flug ersparst. Ich hatte schon seit Monaten keinen Urlaub mehr und bin mir sicher, ich würde dafür ein paar Tage freibekommen."

„O nein!" Unruhig rutschte Valerie auf ihrem Stuhl hin und her. „Das wäre in der Tat zu viel des Guten."

Rosie, die dem Wortwechsel bislang schweigend gefolgt war, musterte ihre Tochter nachdenklich. „Wie wäre es, Valerie", schlug sie vor, „wenn du dir die Sache in aller Ruhe durch den Kopf gehen lässt? Mach doch bei dem herrlichen Sonnenschein einen kleinen Spaziergang im Park draußen, denk in Ruhe darüber nach, und wenn du zu einer Entscheidung gelangt bist, gesellst du dich wieder zu uns. Und wir versprechen dir, uns deinem Entschluss ohne weitere Diskussion zu beugen – nicht wahr, Lia?"

„Gewiss doch!" Lia, die das unbestimmte Gefühl hatte, Rosie führe etwas im Schilde, nickte überzeugend.

„Versprochen?" Zweifelnd blickte Valerie von ihrer Mutter zu Lia und von dort zum Fenster, dann gab sie sich einen Ruck. „Na schön, ich gehe ein paar Schritte, um einen klaren Kopf zu bekommen!" Sie nahm ihre Handtasche, und kurz darauf fiel die Tür ins Schloss.

„Ich bin überzeugt davon, dass sie deiner Idee zustimmen wird, Lia!", flüsterte Rosie verschmitzt. „So wie ich Valeries Körpersprache kenne, hattest du sie schon fast für deinen Vorschlag gewonnen! Aber", ihr Lächeln wich einem leicht sorgenvollen Gesichtsausdruck, „ist das ehrlich das, was du willst? So gut mir persönlich deine Idee auch gefällt – es gibt doch bestimmt schönere Freizeitbeschäftigungen, als am Bett einer gebrechlichen alten Dame zu wachen und dann auch noch auf deren Heimreise die Betreuerin zu spielen!"

„Mag sein", gab Delia zurück. „Aber im Moment ist das genau die Art von Beschäftigung, die mir Freude macht." Sie unterstrich ihre Worte mit einem herzlichen Lächeln.

„Und da wir gerade dabei sind: Ich habe dir etwas mitgebracht, liebe Rosie!"

Lia holte die Skizze aus ihrem Rucksack und reichte sie ihr zusammen mit der Lesebrille vom Nachttisch. „An dem Abend, als ihr beide mich in meiner Wohnung aufgesucht habt, habe ich eine erste Version dieser Skizze angefertigt, weil mir die Geschichte von dir und deinem Bruder so zu Herzen ging. Später habe ich sie für dich ein wenig an die tatsächlichen Gegebenheiten angepasst, wie sie mir inzwischen bekannt sind."

„Das ist – das ist sehr ausdrucksstark, Liebes", erklärte Rosie, nachdem sie die Zeichnung ausgiebig auf sich hatte wirken lassen. „Ich fühle mich fast so, als blickte ich noch einmal von dieser Wohnung hinunter auf unser zerstörtes Viertel. Und mein Zwillingsbruder Gerd, so zum Greifen nah, das gefällt mir, Lia. Herzlichen Dank dafür!"

„Gern geschehen, Rosie, ich freue mich, wenn du die Skizze magst!"

„Hm." Die alte Dame ließ das Blatt Papier sinken, nahm die Lesebrille ab und musterte stattdessen Lia. „Hast du schon einmal darüber nachgedacht, dieses Talent auch beruflich einzusetzen? Nicht, dass ich etwas gegen eine Tätigkeit als Kellnerin einzuwenden hätte, aber …"

Lia verzog die Mundwinkel zu einem gequälten Lächeln. „Genau genommen *ist* das bereits mein Beruf. Ich bin Grafikdesignerin, war bis vor Kurzem im Marketing tätig und kellnere nur übergangsweise."

„Weil du dich in dem anderen Job nicht wohlgefühlt hast?", deutete Rosie Lias erzwungenes Lächeln.

„So ist es. Ich kann mich schlicht und ergreifend nicht hundertprozentig für eine Sache einsetzen, hinter der ich nicht auch voll und ganz stehe! Und das ist im heutigen Marketing ausgesprochen schwierig oder ist zumindest mir sehr schwergefallen."

„Das kann ich mir durchaus vorstellen!"

Rosie platzierte die Skizze auf ihrem Nachttisch, nahm genüsslich einige Schlucke Tee und legte sich dann ein wenig bequemer hin.

„Falls du ein wenig ruhen möchtest, Rosie, dann tu das. Ich will dich nicht davon abhalten!"

„Ach was, geruht habe ich in letzter Zeit genug. Sag mir lieber, was du jetzt gern anstellen würdest." Rosie lächelte. „Solange ich dabei nicht aufstehen muss, bin ich zu allen Schandtaten bereit!"

„Da gibt es tatsächlich etwas, ja. Würdest du mir noch ein wenig mehr über dich und Gerd und eure Kindheit in Köln erzählen? Solange deine Stimme das mitmacht, natürlich!"

„Aber gern. Und wenn es mich zu sehr anstrengen sollte, hören wir eben auf. Es ist schon faszinierend: Ehe ich hierherkam, dachte ich, ich hätte die meisten Erlebnisse meiner Kindheit hier in Deutschland verdrängt oder vergessen. Doch zurzeit kommt so vieles wieder an die Oberfläche! Allein im Lauf der letzten Tage in diesem Bett habe ich mich an verschiedene Umstände und konkrete Erlebnisse zum ersten Mal wieder erinnert. Es ist offenbar wahr, was ich vor Kurzem gelesen habe: Im Alter rückt die Kindheit wieder näher."

„Was durchaus nichts Schlechtes ist, finde ich."

„Da stimme ich dir zu. Gibt es denn etwas Bestimmtes, das du gern wissen würdest?"

„Hm. Vielleicht irgendetwas im Zusammenhang mit der Besenkammer – ein Erlebnis, das deine Großmutter dazu veranlasst hat, deinen Bruder dort einzusperren. Was mir im Übrigen eine sehr drastische, gänzlich ungeeignete Strafmaßnahme zu sein scheint."

„Aus heutiger Sicht ist es das mit Sicherheit, ja." Rosie seufzte. „Nun gut, an eine Besenkammergeschichte kann ich mich so halbwegs erinnern: Einmal musste Gerd in der Kammer ‚einsitzen', weil er Kohle geklaut hatte. Es muss im ersten Nachkriegswinter gewesen sein, zwischen 1945 und 1946, als Gerd und ich mit etwas über sieben Jahren gerade in die Schule gekommen waren."

Während Rosie erzählte, wanderte ihr Blick in die Ferne – als sähe sie das Erlebte noch einmal vor sich.

„Jener Winter war extrem kalt, einer der strengsten des Jahrzehnts. Das Schlimmste daran war, dass niemand etwas zum Heizen hatte, zumindest niemals genug. Wir waren schon froh, wenn wir in der Lage waren, das Kohleöfchen in Großmutters Stube für zwei, drei Stunden am Tag zu befeuern. Auch in der Schule, die ja in jenem Herbst wieder angefangen hatte, war es nicht besser. Der Ofen im Klassenzimmer war selten wirklich warm, sodass der Lehrer versuchte, uns zum Aufwärmen in Bewegung zu halten. Ich erinnere mich, dass wir hüpfend, tanzend und armeschwingend miteinander das Alphabet aufsagten oder die Wörter, die an der Tafel standen, buchstabierten. Das muss ein Anblick gewesen sein!

Aber wie dem auch sei, Gerd verspürte damals immer den Drang, für das Wohlergehen seiner Familie sorgen zu müssen. Etwas in dieser Art hatte Vater wohl zu ihm gesagt, als er sich zum letzten Mal von uns verabschiedet hatte. Gerd sei nun der Mann im Haus und trage die Verantwortung. Und die nahm mein Bruder sehr ernst. Wahrscheinlich geriet er deswegen so oft mit Erika aneinander, die sich schon als erwachsen betrachtete und entsetzlich herrisch sein konnte.

Jedenfalls freundete sich Gerd in der Schule mit einem Flüchtlingsjungen an, der in erster Linie wegen dem Essen täglich zum Unterricht kam.

Günter war in der vierten Klasse und stammte aus Schlesien oder Ostpreußen, so genau weiß ich das nicht mehr. Fest steht, dass er mit seinen Angehörigen vor den anrückenden Russen geflohen war. Bis auf das, was sie auf dem Leib trugen, hatte die Familie alles verloren und lebte in einer erbärmlichen Kellerwohnung. Und so wenig ich mir das heute auch vorstellen kann – sie mussten noch schlechter dran gewesen sein als wir, die wir doch selbst stets halb krank waren vor Hunger und Kälte! Außerdem sahen die meisten bürgerlichen Einwohner der Stadt auf die Flüchtlinge regelrecht herab! ‚Dreckiges, verlaustes, diebisches Flüchtlingspack!' Solche Ausdrücke hörte man bald täglich. Als Erika und Großmutter mitbekamen, dass Gerd einen geflüchteten Jungen zum Freund hatte, verboten sie ihm doch tatsächlich den Umgang mit ihm!

Aber mein Bruder wäre nicht er selbst gewesen, hätte er sich davon abhalten lassen. Sooft es möglich war, zog Gerd nach der Schule mit Günter los, und meistens brachte er von seinen Streifzügen etwas mit. Günter kannte all die krummen Wege, auf denen man in diesen Zeiten an wirklich kostbare Dinge kam, die nur selten zu haben waren.

An jenem speziellen Winternachmittag bin ich nach der Schule brav nach Hause gegangen, während Gerd und Günter sich auf den Weg in die Stadt machten. Wie immer schimpfte meine Großmutter – und Erika noch mehr –, dass er wieder unterwegs war, aber was sollten sie tun? Es wurde spät, es wurde dunkel, und von Gerd keine Spur. Als er spätabends endlich heimkam, war er von Kopf bis Fuß mit Kohlestaub bedeckt und schleifte einen Sack voll des kostbaren schwarzen Heizmaterials hinter sich her. Wie zwei kleine blaue Sterne strahlten seine Augen aus dem geschwärzten Gesicht – unübersehbar stolz, würde ich heute sagen –, als er gleich eine Handvoll davon in den Ofen unserer eiskalten Wohnung schaufelte.

Doch bei Omma und Erika stieß seine Beute nicht auf Gegenliebe. ‚Wo hast du die Kohle her?', wollte meine Großmutter wissen, während Erika tönte: ‚Geklaut hat er sie, gemeinsam mit diesem elenden Flüchtlingsjungen, das ist mal sonnenklar!'

‚Ist das wahr, Gerd, sind diese Kohlen gestohlen?', forschte Omma weiter, doch Gerd warf störrisch seinen Kopf in den Nacken.

‚Nicht geklaut, Omma, nur selbst vom Zug abgeladen. Hinter der Siedlung, dort wo der Zug immer so langsam fährt, ist Günter auf den Waggon aufgesprungen, hat mich auch hochgezogen, und wir haben uns Kohle abgefüllt. Dann haben wir alles gerecht untereinander aufgeteilt. Und statt darüber zu meckern, solltet ihr euch lieber freuen, dass wir's endlich einmal warm haben! Ich sorge wenigstens für uns!'

Immer wütender war er geworden, hatte Großmutter und Erika die letzten Sätze mehr oder minder ins Gesicht geschleudert – und wurde deshalb ohne Abendessen in die Besenkammer gesperrt. Kurz darauf habe ich Großmutter darum gebeten, mich mit einzusperren, und ihm dabei in meiner Schürze einen Kanten Brot mit in die Kammer geschmuggelt. Ich glaube, wir haben die halbe Nacht dort verbracht …"

„Was waren das nur für Zeiten", wisperte Lia, die wie gebannt gelauscht hatte, „in denen ein Siebenjähriger solche Verantwortung auf sich laden musste – als ob das Leben an sich in dieser Zeit nicht schon hart genug gewesen wäre!"

„Das ist wahr." Mit einem Taschentuch tupfte sich Rosie die Augenwinkel trocken, und Schweigen legte sich über das Krankenzimmer.

Bis Valerie plötzlich schwungvoll die Tür aufstieß und verkündete: „Falls dein Angebot weiterhin steht, Lia, und dir dieses Arrangement zusagt, Mutter, würde ich es doch gern annehmen!"

# Kapitel 5

Lia spülte die letzte Tasse, trocknete sie ab, stellte sie in den Schrank und musterte prüfend ihre Küche. Die Arbeitsflächen waren sauber, die Platte ihres kleinen Esstisches war eingeklappt, und es waren keine herumstehenden Lebensmittel oder offenen Flaschen zu sehen. So wie Lia selbst für ihren Urlaub bereit war, war auch ihre Wohnung bereit, zwei Wochen lang ohne ihre ordnende Hand auszukommen.

Kaum zu glauben, dass sie heute tatsächlich mit Rosie nach Irland fliegen würde – keine zehn Tage nachdem sie Rosie und Valerie den entsprechenden Vorschlag gemacht hatte. Obendrein noch für ganze zwei Wochen anstelle der geplanten zwei, drei Tage. Diese Planänderung hatte sie sowohl David als auch Rosie zu verdanken.

„Du würdest mir die größte Freude bereiten, wenn du mich nicht nur nach Hause begleiten, sondern darüber hinaus gleich einige Wochen Urlaub bei mir machen würdest!", hatte die alte Dame erklärt, nachdem Valerie sich entschieden hatte, Lias Angebot anzunehmen. „Nach allem, was du für uns getan hast, würde ich dich zu gern ein bisschen verwöhnen! Und Irland wird dir gefallen, davon bin ich überzeugt!"

Selbst David hatte sie ermuntert, eine längere Zeit freizunehmen, als Lia ihn um drei bis vier Urlaubstage gebeten hatte. Eine Studentin, die ihn schon vor etlicher Zeit um einen Job gebeten hatte, würde Lia im Café vertreten. Er würde sie zwar trotzdem schmerzlich vermissen, aber eher aus persönlichen als aus arbeitstechnischen Gründen – wie sie sicher wüsste. Er hatte ihr jedenfalls gewünscht, dass sie ihren Urlaub ordentlich genießen und danach hoffentlich gern wieder zu ihm zurückkommen würde. Demnach stand ihrer Reise von der organisatorischen Seite her nichts mehr im Weg.

Auch einen Flug hatten sie um diese Jahreszeit, Anfang Mai und außerhalb der Schulferien, ohne Probleme kurzfristig bekommen.

Und da waren sie nun, saßen quasi auf gepackten Koffern und warteten auf das Taxi, das sie beide zum Flughafen bringen sollte. Lia schloss die Küchentür hinter sich und gesellte sich zu Rosie ins Wohnzimmer. Die Achtzigjährige war am Vortag aus der Klinik entlassen worden und hatte die vergangene Nacht bei Lia verbracht. Jetzt genoss sie ein letztes Mal den Blick aus dem Wohnzimmerfenster.

Sie war schmaler geworden während ihres Krankenhausaufenthaltes, und ihre Schultern schienen ein wenig gebeugter, wenn Lia sich nicht täuschte. Doch die Vorfreude auf die Rückkehr in ihre Heimat ließ Rosie übers ganze Gesicht strahlen.

„Ich freue mich so unglaublich auf meine Kinder und Enkelkinder!", erklärte sie Lia. „Es kommt mir so vor, als hätte ich sie eine Ewigkeit nicht gesehen und nicht nur drei Wochen! Außerdem kann ich es kaum erwarten, meine Heimat wiederzusehen. Wie habe ich doch unseren erfrischenden irischen Regen vermisst bei dem ständigen Sonnenschein hier!"

Verschmitzt lächelte sie Lia an.

„Ja, ich weiß. Das sonnige, trockene Frühlingswetter hier bei uns am Rhein ist eine echte Zumutung für eine irische Seele wie dich", erwiderte diese belustigt, und beide brachen in munteres Gelächter aus.

„Nein, im Ernst", wechselte Rosie das Thema, „ich kann dir gar nicht genug dafür danken, dass du solchen Anteil an meinen sentimentalen Kindheitserinnerungen nimmst. Du hast sie überhaupt erst möglich gemacht, indem du mich so großzügig in deine Wohnung gelassen hast!"

„Hm. Und dabei habe ich am Anfang allen Ernstes vermutet, du und Valerie, ihr wärt ein extrem raffiniertes und gut ausgebildetes Gaunerpärchen, als ihr da so typisch angelsächsisch gekleidet vor meiner Tür gestanden habt. Dazu kam dieser drollige Akzent, den ich so nie zuvor gehört hatte – das musste doch ein hinterhältiger Trick sein!"

„Wirklich, ein Gaunerpärchen? Valerie und ich?" Rosie kicherte wie ein junges Mädchen. „Well, da kann ich nur hoffen, dass wir dich unterdessen eines Besseren belehrt haben!"

„Worauf du wetten kannst!" Voller Zuneigung legte Lia eine Hand auf den Arm der Irin, die selbst in ihrem hohen Alter noch einen Kopf größer war als sie selbst. In den wenigen Wochen, die sie mittlerweile gemeinsam verbracht hatten, war ihr Rosie ans Herz gewachsen wie eine blutsverwandte Großmutter. Oder vielmehr wie eine Freundin, mit der sie über alles reden konnte, obwohl – oder vielleicht gerade *weil* – sie einer anderen Generation angehörte. Und wenn Rosie mit ihrer angenehmen Moderatorenstimme ihre Kindheitserinnerungen mit Lia teilte, wie sie es während der letzten Tage wiederholt getan hatte, schien es ihr, als würde sich ihr ein vollkommen neuer Blickwinkel auf die Welt eröffnen. Plötzlich reichte die Vergangenheit, die sie nur aus Büchern und Filmen kannte, bis in die Gegenwart hinein, nahm in einzelnen Gesichtern und Geschichten, die auch sie selbst betrafen, konkrete Gestalt an …

Lia begeisterte allein die Aussicht darauf, Rosies Gesellschaft für einige weitere Tage genießen zu können.

„Ist das nicht ein Taxi", unterbrach diese ihre Gedanken, „das dort unten am Straßenrand hält?"

„Stimmt, das sollte unser Wagen sein", nickte Lia. „Dann wollen wir mal!" Sie nahm erst Rosies und dann ihr eigenes Gepäck, und gemeinsam verließen sie Lias Wohnung, den Schauplatz ihrer ersten folgenreichen Begegnung.

Im Taxi lehnte sich Lia gemütlich zurück. Allein hätte sie sich einen solchen Luxus niemals gegönnt, doch die lange Strecke zum Flughafen Köln-Bonn in öffentlichen Verkehrsmitteln zurückzulegen, das hatte sie ihrer soeben genesenen Freundin nicht zumuten wollen. Der dreistündige Flug würde anstrengend genug werden.

☘☘☘

Rosie überstand die Flugreise besser, als Lia zu hoffen gewagt hatte. Obwohl die alte Dame mit ihrer Größe von knapp einem Meter achtzig offensichtlich Probleme hatte, ihre Beine in dem engen Fußraum zwischen den Sitzreihen unterzubringen, nahm sie die unbequeme Haltung klaglos hin. Nicht einmal die klimatisierte Luft, wegen der Lia im Vorfeld gewisse Bedenken gehabt hatte, schien ihr Schwierigkeiten zu bereiten. Ungestört durch etwaige Hustenanfälle genoss Rosie den Flug und unterhielt sich ausgiebig mit dem irischen Kabinenpersonal. Dennoch atmete Lia erleichtert auf, als sie sich im Landeanflug auf Dublin befanden.

„Sieh nur, der Hafen von Dun Laoghaire!“, rief Rosie begeistert, als der Flieger die dicke Wolkendecke über der Inselküste durchbrochen hatte. „Genau da habe ich zum ersten Mal irischen Boden betreten! Und dort, etwas weiter nördlich, siehst du den Fischerort Howth auf seiner malerischen grünen Halbinsel. Es gibt einen fantastisch abwechslungsreichen Wanderweg entlang der Klippen bis hinauf zum Leuchtturm. Mein Mann hat diese Wanderung besonders geliebt, und vor allem …“

Eine plötzliche Windböe brachte das Flugzeug im Sinkflug zum Schaukeln, und Rosie unterbrach sich lachend: „O ja, wir sind eindeutig zu Hause! Willkommen in Irland, meine Liebe!“

Heil unten angekommen fuhr Rosie auf dem ganzen Weg durch das lang gezogene Terminal bis hin zur Gepäckausgabe mit ihren enthusiastischen Erläuterungen fort, sodass Lia sich allmählich fragte, ob ihre Mitreisende tatsächlich dieselbe Person war, die noch kurz zuvor in einem Krankenhausbett mit hohem Fieber vor sich hin gedämmert hatte.

Nach gefühlten zwei Kilometern Fußmarsch traten sie mit ihrem Gepäck durch die Absperrung. Rosie blickte sich suchend um. Es dauerte nicht lange, und schon eilte eine junge Frau auf sie zu. Unter einem üppigen roten Lockenschopf strahlte ein mit Sommersprossen übersätes Gesicht, und ihre Rufe übertönten das Stimmengemurmel der wartenden Menge bereits von Weitem. „Hallo, Gran, hier bin ich! Willkommen daheim, ich freu mich so, dass du wieder da bist!"

„Meine Enkelin Deirdre, Valeries Tochter! Sie ist genauso alt wie du, Lia", brachte Rosie gerade noch über die Lippen, bevor die junge Frau sie stürmisch in die Arme schloss.

Nicht weniger herzlich begrüßte sie Lia. „Und du musst Lia sein! Mum hat mir schon viel über dich erzählt. Nein, vermutlich sollte ich eher sagen, sie hat ausgiebige Loblieder auf dich gesungen! Wie dem auch sei, ich freue mich, dich kennenzulernen. Ausgefallener Ohrring übrigens, gefällt mir!" Sie deutete auf den zierlichen silbernen Anhänger in Form eines Baumes an Lias Ohr. „Und jetzt kommt, ich steh in der Kurzparkzone, und die Uhr tickt!"

„Meine Deirdre, wie sie leibt und lebt", schmunzelte Rosie, während sie gemeinsam ihrer Enkelin hinterhereilten. „Immerzu hat sie Hummeln im Hintern!"

„Das habe ich gehört, Gran!", rief Deirdre, blickte über die Schulter zurück und zwinkerte mit ihren auffallend hellgrünen Augen. „Und ich finde es ausgesprochen unfein von dir, immer diesen Ausspruch zu gebrauchen, den mein griesgrämiger Grundschullehrer in längst vergangenen Zeiten einmal aufgebracht hat!"

Rosies einnehmendes Schmunzeln vertiefte sich, und Lia lächelte still in sich hinein. Was für eine sympathische Familie – toll, wie sie in dieser liebevoll-neckenden Art und Weise miteinander umgingen!

Kurze Zeit darauf saßen die drei Frauen in Deirdres Wagen, den diese temperamentvoll durch den dichten Flughafenverkehr steuerte.

„Was für eine Wohltat!" Ohne weiter zu beachten, dass Deirdre laut hupend und mitten in einem Kreisverkehr die Fahrspur wechselte, streckte Rosie erleichtert die Beine aus. „Du bringst eine alte Lady ordentlich auf Trab, Kind!"

„Dafür haben wir es eben mit knapper Not geschafft, nicht durchnässt zu werden." Fröhlich nickte Deirdre hinaus in den Regen, der von gelegentlichen Windböen wie ein Vorhang gegen die Wagenfenster gedrückt wurde und die Sicht nach draußen versperrte. „Das Wetter meint es gut mit dir, Granny, dich so standesgemäß in der Heimat zu begrüßen."

„Genau so habe ich es mir erhofft!" Deirdres Passagiere auf der Rückbank lächelten einander verständnisinnig an, während diese mit Blick auf das Armaturenbrett ankündigte: „Laut Navi sind wir in circa drei Stunden bei dir zu Hause am Lough Glencar!"

„Also fahren wir auf direktem Weg zu mir, Deirdre? Das freut mich. Ich hatte schon befürchtet, deine Mutter würde darauf bestehen, dass ich zunächst ein paar Tage bei ihr bleibe!"

„Ach was, sie kennt dich doch und weiß, dass du es kaum erwarten kannst, in deine eigenen vier Wände zurückzukehren. Nichtsdestotrotz", Deirdre grinste in den Rückspiegel, „lässt sie es sich nicht nehmen, dich dort höchstpersönlich und mit einem bescheidenen Essen zur Feier deiner Heimkehr zu empfangen!"

„Oh, dagegen habe ich nichts einzuwenden. Offen gestanden bin ich nach der etwas faden Krankenhauskost regelrecht ausgehungert nach einer herzhaften Pastete und ein paar Scones. Wer außer uns wird denn noch bei meiner sogenannten Heimkehrfeier anwesend sein?“

„Niemand weiter als Dad, meine liebe kleine Schwester Aoife und Onkel Gerry mit Tante Maeve“, zählte Deirdre auf. „Ach, und Brendan selbstverständlich, aber der Kerl speist ja ohnehin ständig bei dir, wenn mich nicht alles täuscht.“

„Ausgezeichnet – dann lernst du einen großen Teil der Familie auf einmal kennen“, wandte Rosie sich an Lia. „Gerry ist mein Sohn, falls ich das bislang nicht erwähnt habe, und Brendan, den Deirdre so liebevoll als Letzten aufzählte, ist ihr älterer Bruder. Er hat seine Wohnung bei mir auf dem Grundstück und isst in der Tat recht häufig gemeinsam mit mir. Ich freue mich schon darauf, dir alle vorzustellen!“

„Aber wird dir ein derartiger Empfang nicht zu viel? Ich meine, bis vor zwei Tagen lagst du im Bett und hattest viel Ruhe, und nun sollst du gleich nach der langen Reise so viele Menschen auf einmal treffen?“ Lia runzelte sorgenvoll die Stirn.

„Das macht mir nichts, solange dieser Rummel nur von meiner Familie verursacht wird und ich mich außerdem jederzeit in mein eigenes Schlafzimmer zurückziehen kann!“

„So ist Granny eben“, erklärte Deirdre, nickte Lia zu und schob ungeduldig eine rote Locke beiseite, die ihr ins Gesicht gefallen war. „Zuerst kommt die Familie und dann sehr lange nichts mehr, bis sie endlich auch mal an ihr eigenes Wohlergehen denkt. Im Übrigen hoffe ich, sie hat dich halbwegs darauf vorbereitet, dass du die nächsten beiden Wochen an einem kleinen See am Rande der Zivilisation und inmitten einer etwas speziellen Familie zubringen wirst!“

„Zumindest habe ich schon ein paar Bilder des Sees und der Landschaft gesehen", gab Lia zurück. „Und die haben mir ausgesprochen gut gefallen!"

„Ja, es ist zweifelsfrei ganz entzückend am Lough Glencar, falls man die Stille und Einsamkeit liebt. Was auf mich persönlich nicht wirklich zutrifft!"

„Was du nicht sagst!" Vergnügt grinsten die beiden jungen Frauen einander im Rückspiegel zu.

Rosie lehnte sich zufrieden in ihrem Sitz zurück.

„Ich sehe schon, euch Mädchen wird der Gesprächsstoff so rasch nicht ausgehen. Dann habt ihr gewiss nichts dagegen, wenn ich für ein paar Minuten die Augen schließe und ein Nickerchen mache. Ich muss für die Feier doch ausgeruht sein!"

„Natürlich nicht, mach es dir bequem." Fürsorglich schob Lia das aufblasbare Kissen, das Rosie schon während des Fluges benutzt hatte, in deren Nacken, und die alte Dame schloss die Augen. Kurze Zeit später war ihr tiefer, gleichmäßiger Atem zu vernehmen.

Unterdessen richtete Lia ihre Aufmerksamkeit auf die Landschaft. Der Regen hatte nachgelassen, und über den grünen Wiesen am Rand der Autobahn wölbte sich ein nur leicht bewölkter blauer Himmel. Die Nachmittagssonne schien auf die Hügelkuppen in der Ferne, und urplötzlich wurde Lia von echtem Urlaubsgefühl erfasst.

Bis zu diesem Zeitpunkt hatte die Verantwortung, ihre betagte Freundin heil nach Hause zu bringen, alles andere überlagert, aber jetzt machte sich ungetrübte Vorfreude in ihr breit. Sie hatte Rosie unversehrt zu deren Familie gebracht, und sie befand sich tatsächlich in dem Land, über das sie in den vergangenen Tagen mehr gelernt hatte als in den ganzen Jahren zuvor. Vor ihr lagen zwei Wochen ohne Arbeit oder jegliche sonstige Verpflichtung und somit zweifellos jede Menge Zeit, dieses wunderschöne Land zu erkunden!

Für einen Augenblick wanderte Lias Blick zu ihrem Rucksack, in dem sie Kamera und Zeichenzeug verstaut hatte, und ihre Finger begannen, in freudiger Erwartung zu kribbeln.

Interessiert wandte sie sich an Deirdre. „Wo genau befinden wir uns im Augenblick?“

„Im Moment etwa vierzig Kilometer nordwestlich von Dublin. Insgesamt fahren wir circa zweihundert Kilometer quer durchs Land, immer Richtung Nordwesten, bis wir die Stadt Sligo an der Westküste erreichen. Von dort sind es dann nur noch ein paar Kilometer bis zu Grans Haus am Lough Glencar. Kennst du dich denn schon ein wenig aus in Irland?“

„Nicht im Geringsten. Alles, was ich weiß, habe ich in den letzten Tagen von deiner Großmutter erfahren. Sie hat mir ihre Heimat in den leuchtendsten Farben beschrieben!“

„Das kann ich mir lebhaft vorstellen!“ Deirdre lachte laut und von Herzen. „Demzufolge bist du schon bestens informiert über Sligo, das County des Dichters …“

„William Butler Yeats, der eines seiner bekanntesten Gedichte über die Insel Innisfree im See bei Sligo geschrieben hat und ganz in der Nähe der Stadt begraben liegt“, vollendete Lia den Satz und nickte. „Dieser See ist aber nicht der, an dem Rosie lebt, habe ich das richtig verstanden?“

„Jap. Innisfree liegt im Lough Gill, direkt bei der Stadt Sligo, und Lough Glencar ist ein paar Kilometer weiter nördlich am Fuß des Ben Bulben, den man auch den …“

„Tafelberg nennt“, ergänzte Lia eifrig. „Er trägt diesen Namen wegen seiner markanten, oben abgeplatteten Form, ist etwas mehr als fünfhundert Meter hoch und gilt als Wahrzeichen der Grafschaft.“

„Ich sehe schon, du bist eine Musterschülerin“, konterte Deirdre mit einem Grinsen, „und hast deine Hausaufgaben gewissenhaft erledigt.“

„So ist es. Die Begeisterung deiner Großmutter ist eben ansteckend." Lia überlegte einen Augenblick. „Sag mal, du bist nicht zufällig Lehrerin, oder?"

„Noch nicht, aber auf dem besten Wege dahin! Ist das schon so offensichtlich?" Deirdres Grinsen wurde eine Spur breiter, und Lia feixte weiter: „Na, ich weiß nicht, was mich auf die Idee gebracht haben könnte – unter Umständen deine Metaphern?!"

Die beiden jungen Frauen lachten zusammen, als wären sie beste Freundinnen und hätten sich nicht gerade erst kennengelernt.

„Lebst du mit deiner Familie denn ebenfalls dort am See?", erkundigte sich Lia, als sie wieder zu Atem gekommen war.

„Nein. Wir wohnen ein Stück weiter südlich, im County Galway, direkt am Meer."

„Galway? Das ist doch die Gegend, die nahezu jeder Deutsche zumindest vom Namen her kennt. Dort muss es landschaftlich einmalig sein!"

„Ja, das ist es wirklich. Die Küstenstraße, an der unser Haus steht, ist an manchen Stellen so steil, dass man sie Sky Road genannt hat, weil man, wenn man bergauf fährt, manchmal tatsächlich direkt in den Himmel blickt. Weißt du was? Komm mich doch demnächst mal besuchen, dann zeige ich dir alles. Ich bin sicher, Brendan leiht dir seinen Wagen, wenn du ihn nett darum bittest!"

„Na, ich weiß nicht so recht. Linksverkehr und dazu Straßen, die direkt in den Himmel führen ..." Lia schauderte. „Außerdem bin ich ein wenig aus der Übung, was das Autofahren angeht. Ich bin meistens mit dem Bus oder Fahrrad unterwegs."

„Ach, das schaffst du schon." Leichtfertig winkte Deirdre ab und setzte den Blinker. Sie verließen die Autobahn, um auf eine weniger befahrene Straße zu wechseln, auf der sie den Rest der Strecke zurücklegen würden. Unter munterem Geplauder und bei dem ständig wechselnden Ausblick verflog die Zeit rascher, als Lia erwartet hatte.

Als vor ihnen die in der Tat markanten Konturen des Ben Bulben sichtbar wurden, begann ihr Herz ein wenig schneller zu schlagen. In Kürze würde sie ihr Zuhause für die nächsten beiden Wochen erreichen und einem großen Teil von Rosies Familie gegenüberstehen. Was sie wohl erwartete?

☘ ☘ ☘

Nach und nach erwachte Rosie aus ihrem tiefen Schlaf. Anfangs registrierte sie nur undeutliches Motorenbrummen, danach ihre unbequeme Sitzposition und last, but not least die Nackenstütze des Autositzes vor sich. Eine vage unangenehme Erinnerung an das letzte Mal, als sie in einem Wagen zu sich gekommen war, stieg in ihr auf. Ängstlich suchte ihr Blick nach einem vertrauten Anhaltspunkt – und fand ihn. Das Sonnenlicht fiel schräg durch die Frontscheibe des Fahrzeugs, vor der sich ein bekannter grüner Umriss abzeichnete: Ben Bulben.

Ben Bulben! Jede ungute Erinnerung verblasste, während Rosie sich hastig aufrichtete. „Wir sind ja gleich zu Hause! Weshalb habt ihr mich denn nicht früher geweckt, Mädchen? Jetzt habe ich glatt den ersten Blick auf die Küste verpasst."

„Keine Sorge, das kannst du nachholen. Die Küste läuft dir nicht davon! Außerdem hast du so tief und fest geschlafen, dass wir es nicht übers Herz brachten, dich aufzuwecken. Nicht wahr, Lia?"

Lia nickte bestätigend, und Rosie vergewisserte sich: „Hast du die Fahrt wenigstens genießen können, Lia? Und wie findest du unseren Tafelberg, ist er nicht zauberhaft? Ich lebe inzwischen seit mehr als fünfzig Jahren hier und kann mich dennoch nicht an ihm sattsehen. Oh, ich kann euch gar nicht sagen, wie sehr ich mich freue, endlich daheim zu sein!"

„Wir sind doch mindestens genauso glücklich, dich wieder zurückzuhaben, und außerdem noch einen lieben Gast dazu!"

„Das ist wahr!" Strahlend drückte Rosie Lias Hand. „Warte nur, bis du Hazelbrook siehst und alle kennenlernst!"

Mittlerweile hatten sie das Örtchen Drumcliff, in dem der bekannte Dichter begraben lag, hinter sich gelassen und hielten sich östlich. Am Fuße des Ben Bulben tat sich hier ein kleines Tal auf. Schafe weideten auf Wiesen mit frischem sattem Grün, am Rand des Tals zogen sich Laubbäume hangaufwärts, und unvermittelt durchbrach das dunkle Blau eines Sees das vorherrschende Grün: Lough Glencar.

Rosie konnte nicht widerstehen. Sie ließ das Fenster herunter und holte tief Luft. Es roch nach frischem nassem Gras, einer salzigen Meeresbrise und ein wenig nach Schafmist. Heimatluft!

„Also ich muss schon sagen, Gran, denk an deine Bronchitis", mahnte Deirdre.

„Die habe ich längst überstanden", erklärte Rosie resolut, schloss aber dennoch das Fenster. In wenigen Minuten würden sie ohnehin am Ziel sein, wo sie endlich an die frische Luft konnte.

Sie verließen die Straße am Seeufer und bogen in einen geschotterten Privatweg ein. Mit kaum merklicher Steigung schlängelte sich der Pfad an Bäumen vorbei und endete auf einer Lichtung, auf der ein ehemals bäuerliches Anwesen zu sehen war: Hazelbrook House, Rosies Zuhause.

Ein gepflegter, durch einen schmalen Bachlauf von der angrenzenden Wiese abgetrennter Garten umgab das Wohnhaus aus Naturstein. Im Hintergrund erhob sich eine robuste Scheune aus dem gleichen Baustoff. Bescheiden – und dennoch ihr Eigentum! My home is my castle, durchzuckte es sie glücklich.

Deirdres Wagen war kaum zum Stehen gekommen, als Rosie bereits die Tür öffnete, um ihre Füße auf heimischen Boden zu setzen.

Für einen Augenblick musste sie nach dem langen Sitzen gegen Schwindel ankämpfen, dann drehte sie sich einmal langsam um sich selbst.

Ja, Hazelbrook House präsentierte sich ihr genau so, wie sie es vor drei Wochen zurückgelassen hatte. Bis auf den Garten, versteht sich, der mittlerweile in voller Blüte stand. Der Teppich aus Glockenblumen im Schatten des gelben Ginsters verströmte seinen intensiven Duft; die Knospen der Fuchsienbüsche und Montbretien hatten sich geöffnet, und selbst die Kletterrose neben der Terrassentür stand kurz vor ihrer frühsommerlichen Blühphase.

Eine Träne stahl sich in Rosies Augenwinkel. Erst jetzt wurde ihr bewusst, in welchem Maß sie ihr Zuhause tatsächlich vermisst hatte.

Ihr blieb gerade genug Zeit, um den verräterischen Tropfen abzutupfen, ehe sich die Haustür öffnete und das Willkommenskomitee der Familie auf sie zukam. Allen voran Valerie und Gerald, ihre beiden Ältesten.

Der stämmige, längst ergraute Gerald, den sie damals nach ihrem Zwillingsbruder benannt hatte, nahm sie ungewohnt zärtlich in den Arm. „Lass dir so etwas nie wieder einfallen, Mum, hörst du? Mir nichts, dir nichts in ein fernes Land zu verschwinden und dich dort wochenlang schwer krank ins Bett zu legen …“, wisperte er ihr dabei ins Ohr. Dann wandte er sich an Lia. „Und du bist folglich der Engel aus der Fremde, der sich so liebevoll um unsere Mutter gekümmert hat. Du erlaubst?“

Ohne ihre Antwort abzuwarten, drückte er ihr ein Küsschen auf die Wangen.

Lia errötete vor Verlegenheit, während die übrigen Familienmitglieder sie nicht minder herzlich begrüßten. Rosie lächelte zufrieden in sich hinein. Einen schöneren Empfang für sich und Lia hätte sie sich nicht wünschen können.

Wenige Minuten später saß die ganze Gesellschaft an dem großen runden Tisch im Esszimmer und genoss Valeries Shepherd's Pie. Rosie hatte das Gefühl, niemals im Leben einen besseren gegessen zu haben. Auch mit dem Nachtisch hatte ihre Tochter sich selbst übertroffen. Es war ein herrlich cremiger Lemon-Curd-Biscuit, serviert mit Rosies frisch zubereitetem Lieblingstee. Sie nahm einen kleinen Schluck, genoss sein unvergleichliches Aroma und ließ ihren Blick über die Tischrunde gleiten.

Ihr gegenüber saß Brendan, ihr ältester Enkel. Der Achtundzwanzigjährige war ein stattlicher junger Mann, nahezu einen Meter achtzig groß, breitschultrig und mit einer Augenfarbe, die wie das Meer je nach Wetter und Stimmung von tiefblau über rauchgrau bis hin zu meergrün changierte. Dazu hatte er – im Gegensatz zu seinen beiden rothaarigen Schwestern – weizenblondes Haar, das dicht über der Stirn einen eigenwilligen Wirbel bildete.

Links neben ihm saß seine siebzehnjährige Schwester Aoife, gefolgt von Valerie und deren Mann Ned, der seinen Töchtern den roten Haarschopf mit in die Wiege gelegt hatte, sowie Geralds Frau Maeve; zu Brendans rechter Seite saßen Deirdre, Lia und Gerald. Über den Kopf ihres Enkels hinweg führten die drei jungen Frauen eine angeregte Unterhaltung. Ein zufriedener Seufzer kam über Rosies Lippen.

Sofort blickte Valerie alarmiert auf. „Wird es dir zu viel, Mutter, bist du müde? Wenn du möchtest, begleite ich dich gern auf dein Zimmer!"

„Danke, Valerie, das ist nicht nötig, aber ich werde mich jetzt tatsächlich zurückziehen. Insgesamt war es doch ein recht langer, anstrengender Tag für mich. Wenn du nur so nett wärst, Lia ihr Zimmer zu zeigen, ehe ihr später nach Hause fahrt. Ich dachte, sie soll das kleine Schlafzimmer mit Blick auf den See bekommen!"

„Selbstverständlich, Mum, das regeln wir schon. Hauptsache, du schläfst dich jetzt gründlich aus, damit du bald wieder vollständig bei Kräften bist!"

„Das habe ich vor!" Damit verabschiedete Rosie sich von ihrer Familie und ging gemächlich die Treppe hinauf zu ihrem eigenen Schlafzimmer.

Glücklich sank sie in dem vertrauten Raum zunächst in den abgewetzten Ohrensessel am Fenster. Arthur, ihr Mann, hatte dieses betagte Ungetüm einst ins Haus geschleppt, als sie sich über die ständige Zugluft im Wohnzimmer beschwert hatte. An seinen jetzigen Standort im Schlafzimmer war der Sessel erst etliche Jahre später gewandert, nachdem ihre inzwischen erwachsenen Kinder dem Wohnzimmer der Eltern eine Generalüberholung mit neuen Sitzmöbeln verpasst hatten. Bequem war der Wingchair aber zweifellos immer noch wie am ersten Tag.

Allmählich registrierte Rosie, wie eine bleierne Müdigkeit Besitz von ihr ergriff. In ihrem Alter hinterließ so ein Reisetag eben gewisse Spuren, ob man es wahrhaben wollte oder nicht. Aber ein paar Minuten länger musste ihr Bett doch warten.

Rosie hievte sich noch einmal hoch, öffnete den Schrank und griff nach einem Kasten, in dem sie die ältesten Fotoalben der Familie aufbewahrte. Wenn sie sich nicht täuschte, befand sich darunter auch eines, das einen ganz bestimmten Zeitungsausschnitt enthielt: Jenen Artikel der *Times Pictorial*, der im Jahr 1946 im Zuge der Ankunft der deutschen Flüchtlingskinder verfasst worden war und den ihre Pflegemutter sorgsam für Rosie aufbewahrt hatte.

Seit sie heute bei ihrer Heimreise den Hafen von Dun Laoghaire überflogen hatten, musste sie immer wieder an ihre damalige erste Ankunft in Irland denken: Das Trappeln unzähliger kleiner Füße in genagelten und dennoch fast auseinanderfallenden Schuhen auf dem

Landungssteg, während am Kai eine Menge fremder Menschen warteten und über die Köpfe der Kinder hinweg in einer fremden Sprache miteinander sprachen – welch ein Unterschied zu dem herzlichen Empfang dieses Tages!

Gleich im ersten Album mit den Schwarz-Weiß-Bildern auf schwarzem Karton fand Rosie den gesuchten Artikel. Und während sie las, erwachte nach und nach die Erinnerung …

# Kapitel 6

*Juni 1946*

Übermütig schwang Gerd seinen Ranzen an dem noch verbliebenen intakten Riemen durch die Luft. „Letzter Schultag, heute ist der letzte Schultag!“, rief er dabei laut und ohne die erwachsenen Passanten zu beachten, die ihn kopfschüttelnd musterten.

Seine gute Laune war ansteckend. Zwar war Rosie über das Ende ihres ersten Schuljahres nicht halb so erfreut wie ihr Bruder, doch wenn Gerd wegen der bevorstehenden Ferien derart jubelte, mussten sie wohl auch ihr Gutes haben. Folglich hüpfte sie auf dem Schulweg vergnügt neben ihm her.

„Was machen wir denn den ganzen langen Tag, wenn wir nicht zum Unterricht gehen, Gerd? Und woher bekommen wir unser Mittagessen, wenn es keine Schulspeisung gibt?“, wollte sie dennoch wissen.

Einen Augenblick lang verfinsterte sich Gerds Miene. Der Tornister hing schlaff von seinen Schultern, während er angestrengt überlegte. Wahrscheinlich hatte er das Problem mit dem Mittagessen bisher gar nicht bedacht, vermutete Rosie. Aber lange hielt sein Schweigen nicht an und er verkündete: „Ist doch sonnenklar, Günter und ich treiben schon was zum Essen auf, wenn wir den ganzen Tag miteinander unterwegs sind!“

„Du willst … den ganzen Tag mit Günter …?“

„Genau. Endlich haben wir mal Zeit. Er hat es mir schließlich schon lange genug versprochen, dass er mich mal mitnimmt auf den Schw…

Erschrocken schlug Gerd die Hand vor den Mund und verschluckte den Rest seiner Worte. Aber Rosie war oft genug dabei gewesen, wenn ihr Zwillingsbruder und Günter in der Pause Pläne geschmiedet hatten, um zu wissen, wovon er sprach. Der ältere Junge wollte Gerd auf den Schwarzen Markt mitnehmen, wo man all die Kostbarkeiten erstehen konnte, die es in dem kleinen Lebensmittelmarkt an der Ecke ihrer Straße nicht gab. Allerdings war diese Art, Geschäfte zu machen, verboten, wie Erika und Omma stets betonten.

Dazu kam, dass Erika Günter verachtete, weil er ‚nichts als ein schmutziger, bettelarmer Flüchtling' war. Nicht einmal die Kohle hatte daran etwas geändert, die Gerd mithilfe des Älteren im Winter mit nach Hause gebracht und die ihre Wohnung für ein paar Tage so behaglich aufgewärmt hatte …

„Erika wird wissen, dass du dich mit Günter herumtreibst, wenn du den ganzen Tag lang nicht zu Hause bist", gab Rosie zu bedenken. „Und sie wird dich bei Omma verpetzen!"

„Mir doch egal!" Der Schulranzen drehte eine weitere Runde durch die Luft. „Erika ist nur meine Schwester und kann mir gar nix verbieten! Und Omma – Omma ist froh, wenn wir überhaupt was zum Essen haben. Jetzt, wo sie zu schwach ist, um selbst zu Tante Herta zu gehen!"

Der Gedanke an ihre Großmutter ließ die Geschwister verstummen. Sie hatte sich im Winter schwer erkältet, und ihr Husten wollte seither nicht mehr weichen. Nachts war es am allerschlimmsten, wenn der tiefe, bellende Husten sie gehörig durchschüttelte und damit die ganze kleine Familie wachhielt.

„Das ist nur die Kälte. Im Sommer, wenn die Sonne wieder warm vom Himmel scheint, wird es gewiss besser", hatte Großmutter dann morgens stets gesagt, um die Kinder zu beruhigen. Aber jetzt war es

Sommer. Der Himmel war blau, die Sonne schien warm, und Omma hustete trotzdem. An manchen Tagen verließ sie nicht einmal mehr die Wohnung, weil sie zu wackelig auf den Beinen war und sich zu schwach fühlte. Bei Tante Herta auf dem Bauernhof war sie deshalb schon wochenlang nicht mehr gewesen.

Den restlichen Weg zur Schule legten die Zwillinge in gedämpfter Stimmung zurück. Der Tornister hing schlaff an Gerds gebeugten Schultern, und statt zu hüpfen, trottete Rosie mit gesenktem Blick nebenher.

Dafür hatte Herr Bode eine gute Nachricht für seine Schüler. „Wer möchte, darf auch während der Ferien zum Mittagessen in die Schule kommen. Unsere Helfer aus Irland werden genau wie sonst hier sein und mit einer Mahlzeit auf euch warten."

Lauter Jubel folgte seinen Worten. Rosie stieß Gerd freudig in die Rippen, dieser wiederum wechselte einen vielsagenden Blick mit Günter.

„Außerdem", Herr Bode machte eine bedeutungsvolle Pause, „haben sie sich eine weitere Möglichkeit überlegt, wie sie den Kindern aus unserem Land helfen können. Sie laden deutsche Schüler ein, eine Zeit lang in ihrer eigenen Heimat Irland zu leben. Dort, wo es jeden Tag genug zu essen gibt und man rundherum aufs Beste für euch sorgen würde."

„Waaas, ich soll in einem anderen Land leben? Wo soll das überhaupt sein, Irland, ist das nicht viel zu weit weg?", rief ein Mädchen aus der vierten Klasse. Und Erwin, der Metzgerssohn, tönte: „Fällt mir ja gar nicht ein, dorthin zu fahren. Ich will doch kein erbärmlicher Flüchtling sein, so wie Günter und die anderen es hier sind!"

Mit einer gebieterischen Handbewegung sorgte Herr Bode für Ruhe. „Es versteht sich von selbst, dass sie nicht euch alle, sondern nur Waisenkinder oder solche in einer speziellen Notlage aufnehmen können. Bei denjenigen unter euch, auf die das zutrifft, werde ich in den nächsten Tagen vorbeikommen, um das weitere Vorgehen zu besprechen. Habt ihr das so weit verstanden, dass ihr es zu Hause richtig weitergeben könnt?“

Die Mehrheit der Schüler nickte. Aber Gerd raunte Rosie zu: „Nur gut, dass wir keine Waisenkinder sind. Nie und nimmer würde ich von zu Hause weggehen und Omma im Stich lassen!“

Rosie war vollkommen seiner Meinung. Solange sie Gerd, Omma und Erika hatte, die für sie sorgten – und obendrein die Schulspeisung, die ihren ärgsten Hunger stillte –, brauchte sie nichts und niemanden sonst.

Umso erstaunter waren die Zwillinge, als ihr Lehrer am selben Abend an der Wohnungstür klopfte.

„Hallo, Rosmarie!“, grüßte Herr Bode freundlich und strich über Rosies blonde Haare, als sie öffnete. Dabei lächelten seine Augen so herzlich, wie es sein Mund in dem vernarbten Gesicht niemals mehr fertigbringen würde. „Ich möchte gern deine Großmutter sprechen, Kind. Lässt du mich bitte herein?“

Bereitwillig trat Rosie zur Seite, und ihre Großmutter, die die Worte an der Tür gehört hatte, richtete sich hastig auf. Sie hatte sich auf dem Sofa bereits zur Ruhe gelegt.

Hans Bode begrüßte die alte Dame und kam umgehend zur Sache: „Haben die Zwillinge Ihnen berichtet, was heute in der Schule besprochen wurde, Frau Henke?“

„Dass sie weiterhin zur Schulspeisung gehen können? Ja. Und ich muss sagen, ich bin ausgesprochen dankbar dafür“, antwortete Großmutter mit der zittrigen Stimme, mit der sie jetzt meist auch mit den Kindern sprach.

„Das auch, Frau Henke, aber ich spreche von dem anderen Angebot des Irischen Roten Kreuzes!“

Erika, die gemeinsam mit Gerd und Rosie in der Küche stand und das Geschirr vom kärglichen Abendessen spülte, horchte auf. „Macht ihr mal allein weiter damit", wies sie ihre Geschwister an, ging ins Wohnzimmer und ließ sich neben ihrer Großmutter auf dem Sofa nieder.

In knappen Sätzen erläuterte Herr Bode, was er morgens bereits den Kindern erklärt hatte, und schloss mit den Worten: „In Ihrem Fall halte ich dieses Hilfsangebot für genau das Richtige. Die Zwillinge sind im passenden Alter, denn das Angebot gilt für Kinder zwischen sechs und zehn Jahren. Und wenn Sie die beiden gut versorgt wissen, dann können Sie sich vollkommen darauf konzentrieren, selbst wieder richtig gesund zu werden. Erika wird Sie dabei sicher mit aller Kraft unterstützen!"

„Wir gehen aber nicht fort!" Gerd, der von der Küche aus aufmerksam gelauscht hatte, kam herein und baute sich breitbeinig vor Herrn Bode auf. Die mageren Arme in die Hüften gestemmt, stampfte er mit seinen nackten Füßen auf den Boden. „Vater hat gesagt, dass ich jetzt der Mann im Haus bin, und ich lasse Omma und Erika nicht allein! Sie brauchen mich!"

Während Hans Bode und Großmutter den Jungen nur erstaunt musterten, gab Erika zurück: „Der Mann im Haus – das glaubst du doch selbst nicht, kleiner Hosenmatz! Omma und ich würden bestens allein zurechtkommen. Darauf können Sie wetten, Herr Bode."

Der Lehrer schwieg, bis Großmutter sich skeptisch fragend äußerte. „Aber die Kinder fortgeben, Herr Nachbar? Wir sind doch eine Familie, und das ist alles, was uns geblieben ist. Und wie sollte ich meinem Sohn erklären, dass seine Kinder nicht mehr da sind, wenn er endlich heimkehrt?"

„Die Zwillinge kämen dort auch in Familien unter. Offenbar nehmen sehr viele irische Familien gern ein Kind aus Deutschland auf –

und es wäre letztendlich nur für eine gewisse Zeit. Sobald es mit unserem Land wieder aufwärtsgeht, kommen die Kinder zurück!"

Herr Bode wandte sich an Gerd und fügte hinzu: „Du hättest immer noch Rosie, Gerd! Und denk nur, du würdest mit einem Schiff dorthin reisen, vermutlich mit einem enorm großen Schiff! Hast du dir das nicht schon lange gewünscht?"

Zentimeter für Zentimeter ließ Gerd die Arme sinken und erkundigte sich: „Mit einem Handelsschiff oder einem Kriegsschiff mit Geschützen und allem?"

„Über solche Einzelheiten weiß ich leider nicht Bescheid. Aber egal, um welche Art Schiff es sich auch handelt, du hättest in jedem Fall die Gelegenheit, alles genau zu erkunden! Wäre das nicht ein lohnendes Abenteuer, mein Junge?"

Ein nachdenklicher Ausdruck trat auf Gerds Gesicht.

Währenddessen lächelte Herr Bode Rosie aufmunternd zu. Seit er das verletzte Mädchen in jener Bombennacht in letzter Sekunde in den Bunker gebracht hatte, waren sie und ihre Familie ihm ans Herz gewachsen. Ihm war nicht entgangen, dass die Kinder wie fast alle seine Schüler deutlich zu mager waren, so wie auch ihre Haut ungesund fahl war, die Wangen eingefallen und die Augen glanzlos schienen. Ihre Kleidung bestand aus Stücken, die man vor dem Krieg längst den Lumpensammlern gegeben hätte, und obwohl sich die halbwüchsige Erika alle Mühe gab, ihre Großmutter bei der Versorgung der beiden Kleinen zu unterstützen, bekam er doch jeden Tag aus nächster Nähe mit, wie hart die Familie zu kämpfen hatte. Nun war die Krankheit der Großmutter noch erschwerend hinzugekommen. Nacht für Nacht, wenn Hans Bode nicht schlafen konnte, weil die entsetzlichen Bilder des Russlandfeldzuges ihn heimsuchten, hörte er aus der unteren Wohnung tiefes, nicht enden wollendes Husten. Und so verzweifelt seine Nachbarin sich im Moment auch bemühte, einen munteren, gesunden Eindruck zu machen, so bezweifelte er doch ernsthaft, dass sich ihre Lungen jemals wieder vollständig erholen würden. Kurzum: Seiner Meinung nach lag die einzige Überlebenschance für die kleine Familie darin, die Zwillinge nach Irland zu schicken.

„Und, Rosie, was meinst du? Würdest du gern an einem Ort leben, an dem du immer genug zu essen bekommst und es sogar im Winter warm hast? Wo du schöne Kleider bekommst und mit vielen anderen Kindern zur Schule gehen kannst?", fragte er sanft.

„Ich weiß nicht." Während Gerds Temperamentsausbruch war Rosie ins Zimmer gekommen und hatte sich auf Ommas Schoß gekuschelt. Jetzt blickte sie ihren Lehrer zweifelnd an. „Vielleicht, wenn Gerd es möchte ... und wenn Omma meint, dass es gut für uns ist."

„Wenn ich das nur wüsste, mein Kind!" Seufzend wandte sich ihre Großmutter an den Nachbarn. „Geben Sie mir eine Nacht Zeit, um darüber zu schlafen, Herr Bode. Morgen werde ich Ihnen mitteilen, wie ich mich entschieden habe. Ist das in Ordnung für Sie?"

„Aber natürlich. Und vergessen Sie nicht, neben dem Wohl der Kinder auch an Ihr eigenes zu denken, Frau Henke." Er erhob sich und ging zur Wohnungstür. Hans Bode hatte alles getan, was in seiner Macht stand. Die Entscheidung über das weitere Schicksal der Zwillinge lag jetzt in den Händen ihrer Familie.

*Juli 1946*

„Auf Wiedersehen, mein Schatz! Sei den Erwachsenen im fremden Land immer schön gehorsam! Und vergesst nicht, Briefe nach Hause zu schreiben, ihr beiden, ja? Wir müssen doch wissen, wie es euch ergeht!" Großmutters Stimme zitterte stärker als sonst, als sie sich von Gerd verabschiedete.

„Na klar, Omma!", versicherte dieser, nachdem er sich so rasch wie möglich aus ihrer Umarmung befreit hatte. In ärgerlicher Verzweiflung rieb er seine Augen. Als großer Junge von sieben Jahren würde er nicht vor all den Menschen hier in Tränen ausbrechen! Obwohl ihm bei dem Gedanken, ohne Omma und Erika ins Unbekannte zu reisen, der Magen grummelte wie nie zuvor. Im Moment konnte ihn nicht einmal die Aussicht auf die Schiffsreise über die Tatsache hinwegtrösten, dass er jetzt auf den Lastwagen dort vorn klettern musste, der ihn und Rosie von Omma wegbringen würde. Immer weiter würden sie fahren, bis nichts mehr von ihr zu sehen wäre. Außerdem hatte er sich von seinem Freund Günter verabschieden müssen. Dieser war mit seinen knapp zwölf Jahren zu alt, um von einer irischen Familie aufgenommen zu werden.

„Du hast's gut", hatte er Gerd vor wenigen Minuten zugeraunt. „Kannst den ganzen Müll hier", mit dem Kinn deutete er auf die teilweise nach wie vor in Trümmern liegenden Gebäude rund um den Neumarkt, wo sich die Familien der abreisenden Kinder versammelt hatten, „zurücklassen und dir bald jeden Tag völlig umsonst den Bauch vollschlagen!"

Gerd hatte zustimmend genickt und sich dem Älteren in der Tat ein wenig überlegen gefühlt. Mittlerweile aber war von diesem Gefühl nicht mehr viel übrig. Er presste die Lippen so fest aufeinander, dass es schmerzte, runzelte finster die Stirn und wandte Omma den Rücken zu, damit er nicht mit ansehen musste, wie seine Schwester sich tränenüberströmt an dieser festklammerte. Krampfhaft krallte er die Finger in seine Hosenträger, die seine knielange, zu weite Hose etwa auf Brusthöhe festhielten, und starrte angestrengt ins Leere.

„Ich will nicht weg, Omma, bitte lass mich doch bei dir bleiben!", schluchzte Rosie. „Ich werde wirklich gehorsam sein, auch bei Erika, und nur ganz wenig essen, wenn ich nur dableiben darf!"

„Schsch, mein Liebling, schsch!“ Liebevoll streichelte Großmutter ihr durchs Haar, auf das ihre eigenen Tränen fielen. „Ich bin sicher, alles wird gut. Du wirst es dort sehr viel besser haben als hier bei Erika und mir. Und ehe du dich versiehst, ist die Zeit in Irland vorbei, und du kommst wieder nach Hause!“

Mit diesem Argument hatte sie sich selbst vor etlichen Wochen zu der Entscheidung durchgerungen, ihre Enkelkinder mit nach Irland zu schicken. Doch mittlerweile klang es selbst in ihren eigenen Ohren schwach und hohl. Auch Rosie vermochte es nicht aufzumuntern. Sie presste ihr Gesicht an Ommas Brust, die früher immer so wunderbar nach Kölnischwasser geduftet hatte, und ließ ihren Tränen freien Lauf.

Sie hatte schon ihre Mutter vor so langer Zeit verloren, dass sie sich kaum mehr an diese erinnern konnte, und jetzt sollte sie auch noch ihre Omma verlassen – wie sollte es da das Leben jemals wieder gut mit ihr meinen? Selbst Gerd war ihr in diesem Augenblick des Abschieds nur ein schwacher Trost.

Schließlich begann sogar Erika, ihrer kleinen Schwester tröstend über den Rücken zu streicheln, und Gerd schloss ihre Hand fest in seine zerschrammte kleine Faust.

Unterdessen wurde die Familie unaufhaltsam in Richtung der zwei ramponierten Militärlastwagen geschoben, die für die Beförderung der ausreisenden Kinder bestimmt waren. Und mit einem Mal waren da die kräftigen Hände eines Soldaten in englischer Uniform, die Rosie mit sanfter Gewalt von ihrer Großmutter lösten und über die heruntergeklappte Rampe auf die Lkw-Ladefläche hoben.

Als Nächster folgte Gerd, der gleich zu einer Gruppe anderer Jungen nach hinten durchgeschoben wurde, sich aber mit finsterem Gesicht sofort wieder zu Rosie vordrängte und an ihrer Seite niederließ. Der Soldat ließ ihn schweigend gewähren.

Kurz darauf war das Militärfahrzeug bis auf den letzten Platz besetzt, und die Plane rund um die Ladefläche wurde geschlossen. Als Großmutter und Erika dahinter verschwanden, schluchzte Rosie erneut heftig auf. Gerd rückte ein Stück näher heran und legte einen Arm um ihre Schultern.

„Du darfst niemals zurücksehen", wisperte er ihr die Worte von Omma ins Ohr, die sie ihnen mit auf den Weg gegeben hatte. „Das Schlimmste ist überstanden, und es geht uns gut, Ro…"

Noch bevor er zu Ende sprechen konnte, setzten sich die beiden Lastwagen laut hupend in Bewegung. Rosie drückte sich Halt suchend an ihren Bruder, und allmählich ging ihr Schluchzen in einen leichten Schluckauf über.

Bis auf ein gelegentliches Schniefen – selbst unter den älteren Jungen im vorderen Teil des Wagens – herrschte bald vollkommene Stille unter den Kindern, während die Wagenräder über die äußerst notdürftig instand gesetzten Straßen aus der Stadt hinaus in Richtung der Landstraße ratterten.

☘ ☘ ☘

In Düsseldorf stieß die kleine Reisegruppe auf weitere Kinder aus den umliegenden Städten, und gemeinsam wurden sie alle in einen Zug gesetzt, der sie an die französische Kanalküste bringen würde. Die britischen Soldaten, denen der Kindertransport anvertraut worden war, teilten ihre Schützlinge in unterschiedliche Gruppen ein: jeweils nach Alter und Geschlecht getrennt.

Allerdings ließ Gerd sich das nicht gefallen. Ohne ein Wort von dem zu verstehen, was die Engländer ihm begreiflich machen wollten, boxte er sich den Weg zurück zu seiner weinenden Zwillingsschwester. Und da das Mädchen tatsächlich nur dann aufhörte zu schluchzen, wenn der energische kleine Raufbold ihre Hand hielt, bekamen die beiden schlussendlich ihren Willen, und Gerd wurde Rosies Gruppe zugeteilt.

Seite an Seite saßen die Zwillinge da, während sich der Zug mit seinem Sonderwagen voll deutscher Kinder durch die Niederlande und Frankreich schob und nicht selten an den Haltestellen mit feindseligen Rufen und gereckten Fäusten empfangen oder mit Unrat beworfen wurde.

Seite an Seite verließen sie gegen Mittag des zweiten Reisetages den Zug und fanden sich in einem Hafen wieder. Ein frischer Wind blies ihnen die Haare ins Gesicht, und oben am Himmel kreisten Möwen, die hier größer waren und deutlich lauter kreischten als diejenigen zu Hause am Rhein. Erstaunt legte Rosie ihren Kopf in den Nacken und verfolgte mit ihrem Blick eine Möwe mit riesigem gelbem Schnabel, die sich vorwitzig direkt über den Kindern vom Himmel fallen ließ und erst im letzten Augenblick, bevor sie deren Köpfe berührt hätte, wieder die Flügel ausbreitete und in die Höhe stieg.

„Sieh nur", wollte sie ihren Bruder darauf aufmerksam machen, aber zum ersten Mal befand er sich nicht mehr direkt neben ihr. Gerd hatte sich aus der Reihe seiner Reisegefährten gestohlen und stand stockstill da, die Augen staunend nach rechts gerichtet, wo blaugraue Wogen gegen eine Mauer schlugen: das Meer.

Niemals hätte es Gerd für möglich gehalten, wie unendlich weit sich das Wasser hier ausbreitete – bis an den Himmel reichte die wogende, schäumende See! Und gar nicht weit von ihm lagen wahrhaftig die von Herrn Bode versprochenen Schiffe auf dem Wasser: Schleppkähne, wie er sie in kleinerer Ausgabe von zu Hause her kannte, ein Dampfer mit hohem rußigem Kamin und ein Stück weiter hinten tatsächlich ein mächtiges graues Kriegsschiff! Die Kanonen an beiden Schiffsenden und das bedrohlich aussehende Geschütz in der Mitte ließen keinen Zweifel daran.

Zu Gerds großer Freude führten die englischen Soldaten ihre Schützlinge genau zu jenem Schiff. Immer näher kamen sie dem grauen Schiffsbug, der jetzt vor ihnen in die Höhe ragte wie der Turm des Doms zu Hause, und Gerds Herz pochte wie selten zuvor. Mit festem Schritt betrat er den Schiffsboden, wobei er die ängstlich zögernde Rosie entschlossen hinter sich herzog.

Die jüngeren Kinder wurden für die Überfahrt unter Deck gebracht, doch Gerd gelang es, sich zwischen die Älteren zu mogeln. Er wurde in eine seltsame leuchtend gelbe Weste gesteckt, in welcher sein Kopf fast verschwand und die weit über sein Hinterteil hinunterreichte, und durfte sich dann oben an Deck aufhalten.

Besorgt blickte Rosie ihrem Bruder nach. So sehr sie an ihm hing – die Vorstellung, sich dort oben im Freien aufzuhalten, wo der Wind heulte und die Wogen an der Schiffswand hochkletterten, als wollten sie das Schiff darunter begraben, machte ihr zu große Angst. Im Schiffsbauch, wo sie mitten unter den anderen Mädchen saß, schwankte und schaukelte das Schiff bereits genug. Zaghaft lächelte Rosie ihre Sitznachbarin mit dem dunklen Lockenkopf an, und diese verzog ebenfalls freundlich den Mund.

Unterdessen beobachtete Gerd auf dem Oberdeck den schwarzen Qualm, der aus dem Schiffsschornstein zum Himmel aufstieg. Jedes Mal, wenn ein ordentlicher Windstoß kam, schwenkte die Rauchfahne in eine andere Richtung. Einmal wurde sie so tief nach unten geweht, dass Gerd kaum mehr Luft bekam.

Er musterte die mannshohen Wogen, die sich schäumend am Schiffsbug brachen und einmal sogar über eines der unteren Decks hinwegfegten, und balancierte breitbeinig die heftigen Schiffsbewegungen aus. Verwundert blickte er den Jungen neben sich an, der mit einem Mal ganz blass im Gesicht wurde und sich nach vorn gebeugt übergeben musste.

Was dem wohl fehlte? Gerd fühlte sich großartig, beinahe wie der Herr über das ganze Schiff, das er von hier aus überblicken konnte. Als er sich daran sattgesehen hatte, begann er, die Decksaufbauten zu erforschen. Er wagte es sogar, einen ihrer englischen Begleiter nach ihrem Zweck zu fragen; und dieser versuchte mit einem breiten Lächeln und vielen Handbewegungen, Gerd alles zu erklären. Zum ersten Mal, seit sie von zu Hause aufgebrochen waren, verschwand das Bild von Omma und Erika vor seinem inneren Auge.

Für seine Begriffe viel zu rasch tauchte wieder Land am Horizont auf: England. „Feindesland", wie es ein älterer Junge namens Josef nannte, aber Gerd war da anderer Meinung. Denn mit Sicherheit war der Tommy, der ihm gerade alles so ausführlich erklärt hatte, nicht sein Feind – und ebenso wenig dessen Kameraden, die die Kinder bisher reichlich mit Essen versorgt und sich um alles gekümmert hatten.

Als sie an Land gingen, fühlte sich Gerd, als würde er aus einem Traum erwachen, den er schon sein ganzes Leben lang geträumt hatte. Trotzdem beeilte er sich, wieder an Rosies Seite zu gelangen. Und wieder wurden die Kinder in einen Zug verfrachtet, dann in einen Bus, dessen Fahrer auf der falschen Seite saß und der auf der falschen Straßenseite fuhr, und kamen am Abend zu einem großen Landhaus.

Statt der Tommys gab es hier plötzlich Ordensfrauen in schwarzen Kleidern und weißen Hauben, die ihnen etwas zum Essen gaben und zeigten, wo sie schlafen sollten.

Satt und müde von den Aufregungen der bisherigen Reise streckte Rosie ihre Hand nach Gerd aus, der auf dem schmalen Feldbett neben ihrem eigenen lag, und flüsterte: „Wenn nur Omma uns jetzt sehen könnte! Meinst du, sie und Erika hatten heute Abend auch genug zum Essen?"

„Mhm, ich hoff's!", antwortete Gerd kurz angebunden. In Gedanken war er noch immer bei der Kanalüberquerung.

Rosie seufzte und wischte sich eine Träne aus dem Augenwinkel. Dennoch sehnte sie sich heute nicht mehr ganz so heftig nach ihrer Großmutter wie gestern. Gerds Hand war warm und vertraut, und Hildegard – das Mädchen vom Schiff – war richtig nett gewesen. Vielleicht würde sie morgen wieder ein bisschen mit ihr plaudern.

Zu ihrem Glück saß Hildegard am nächsten Morgen im Bus in der Reihe hinter ihr, sodass Rosie sich über die Sitzlehne hinweg mit ihr unterhalten konnte. Hildegard war ein Waisenkind aus Aachen. Nicht einmal Geschwister hatte sie, sondern war ganz allein nach Irland geschickt worden. Rosies Herz floss über vor Mitgefühl, und sie schmiegte sich ein wenig enger an ihren Bruder. Allein bei dem Gedanken, ohne Gerd in ein fremdes Land reisen zu müssen, wurde ihr übel. Niemals und unter keinen Umständen würde sie sich von ihm trennen.

Wenn sie sich nicht mit Hildegard unterhielt, schaute die Siebenjährige aus dem Fenster, wie Gerd es die ganze Fahrt schon tat. Die warme Julisonne schien draußen auf die Landschaft, die ihr fast unnatürlich schön vorkam. Dicke schwarz-weiße Kühe und Schafe mit wolligem Fell weideten auf grünen Wiesen, die von ebenso grünen Hecken eingerahmt waren; goldgelbe Getreidefelder wogten im Wind; ein schmaler Fluss schlängelte sich um einen waldbewachsenen Hügel; und dazwischen duckten sich niedrige Häuser mit Dächern aus Stroh. Nicht eines von ihnen war zerstört, nicht eine Ruine war zu sehen!

„Ob es in Irland auch so aussieht?", fragte Rosie versonnen. Gerd hob nur gleichgültig die Schultern. Ihm persönlich hatte das Meer besser gefallen.

Erst als der Bus eine große Stadt erreichte – „Liväpuhl", wie die Ordensschwester verkündete –, bemerkte Rosie, dass der Krieg auch dieses Land nicht ganz verschont hatte. Denn hier waren sie, genau wie daheim in Köln: die verkohlten Häuser mit weggebombter Fassade und den Schuttbergen dazwischen, die notdürftig zusammengeflickten Brücken und die von Sprengbomben aufgerissenen Straßen.

Geübt umkurvte der Busfahrer sämtliche Hindernisse, und schon bald schimmerte wieder das weite blaue Meer durch die große Frontscheibe. Auf Gerds Gesicht machte sich ein strahlendes Lächeln breit, als ihm klar wurde, dass die Reise jetzt wieder auf dem Schiff weitergehen würde. Herr Bode hatte ja erklärt, dass Irland eine Nachbarinsel des ehemaligen Feindes England war, wo sie gestern angekommen waren.

Diesmal begaben sich außer den Kindern eine Menge anderer Menschen an Bord, hauptsächlich Männer. Auf ihren Köpfen trugen sie flache Hüte und karierte Mützen, in den Armen hielten sie ihr Gepäck und schlugen sich gut gelaunt gegenseitig auf die Schulter oder pfiffen laut vor sich hin. „Airisch fouks", erklärten die Ordensschwestern und meinten damit offenbar die neuen Landsleute der Kinder.

Letztere hielten respektvoll Abstand zu den Männern und waren froh, als die Schwestern sie in einen eigenen kleinen Saal an Deck brachten. Gerd ließ sich umgehend an einem der zahlreichen Fenster nieder, um aufmerksam zu beobachten, wie die Fähre den Hafen verließ und die offene See ansteuerte.

Rosie hatte das Gefühl, dieses Schiff würde noch stärker schaukeln als das letzte. Ihr wurde ganz übel, und sogar Gerd wurde blass um die Nase. Doch wenigstens mussten die Zwillinge sich nicht übergeben, wie etliche ihrer Reisegenossen. Auf jeden Fall war die Erleichterung groß, als eine der Schwestern nach draußen deutete und ausrief: „Fär it is, Eierländ" – Irland!

Trotzdem dauerte es noch eine ganze Weile, bis das Schiff zwischen zwei kleinen Leuchttürmen hindurch in den Hafen einfuhr und die Kinder ihre Sitzbänke verlassen durften. Benommen taumelten sie eine steile Treppe von der Fähre hinab auf die Anlegestelle.

Am Ende der lang gezogenen Landungsbrücke war eine riesige Menschenmenge zu sehen. Dort standen Männer mit den schon bekannten karierten Mützen, aber auch Frauen in geblümten Sommerkleidern und Strickjacken, die so bunt waren, dass Rosie fast die Augen schmerzten. Die ganze Menge jubelte und klatschte laut, während sie darauf wartete, dass die Kinder näher kamen. Mit klopfendem Herzen umklammerte Rosie die Hand ihres Bruders ein wenig fester.

Inzwischen konnten die Zwillinge vor einem flachen Gebäude ein paar lange hölzerne Tische erkennen, neben denen die Menschen sich versammelt hatten. Die Tische waren bis an den Rand beladen mit Essen: in Dreiecke geschnittenes weißes Brot, wie sie es schon von der Schulspeisung kannten, das hier aber reichlich mit Wurst und Käse belegt war. Dazu helles rundes Gebäck und Kuchen, Kannen mit warmen Getränken und Früchte, die keines der Kinder jemals gesehen hatte. Eine Frucht sah aus wie ein Apfel, hatte aber die gleiche Farbe wie die Sonne am Abend, kurz bevor sie am Horizont verschwand. Zaudernd betrachtete Rosie diese Köstlichkeiten, während Gerd sofort nach einem Kuchenstück griff und heißhungrig seine Zähne hineinversenkte. Die Seeluft hatte ihn ordentlich hungrig gemacht!

Aber bevor sie selbst zugreifen konnte, streckte sich Rosie eine Hand mit einem Gebäckstück entgegen. Der junge Mann, dem die Hand gehörte, beugte sich zu ihr hinunter und sagte etwas, was Rosie nicht verstehen konnte. Doch seine blauen Augen blitzten dabei so fröhlich, dass sie ohne Bedenken zugriff. Sie kostete nur einen kleinen Bissen, spürte aber sofort den ungewohnten Geschmack, der sich in ihrem Mund ausbreitete: köstlicher und zuckriger als alles, was sie jemals gegessen hatte!

Rosie lächelte so breit, dass ihre neueste Zahnlücke sichtbar wurde – in ihrer letzten Unterkunft hatte sie einen Milchzahn verloren –, und der junge Mann lachte erfreut auf. Übermütig hob er Rosie samt ihrem Kuchen auf seine Schultern und drehte sich pfeifend mit ihr im Kreis. Vergessen waren der köstliche Geschmack ihres Kuchens und die freundlichen blauen Augen des Mannes – Rosie klammerte sich mit den Beinen fest und hielt zitternd Ausschau nach Gerd. Wo war ihr Bruder? Wann hatte sie überhaupt seine Hand losgelassen? Und weshalb trug sie ein Mann, den sie weder kannte noch verstehen konnte, auf seinen Schultern umher, wie Vater es in längst vergangener Zeit getan hatte?

Mühsam schluckte sie einen Rest Kuchen hinunter und gab sich alle Mühe, nicht in Tränen auszubrechen, als eine Frauenstimme an ihr Ohr drang, die den jungen Mann zu schelten schien. Sofort wurde Rosie wieder hinuntergelassen. Schuldbewusst zwinkerten die blauen Augen sie ein letztes Mal an; die Stimme der Frau murmelte beruhigend, und weiche Hände strichen ihr übers Haar, bis Rosies Beine aufhörten zu zittern und plötzlich auch Gerd wieder an ihrer Seite war.

Die Frau im geblümten Kleid drückte den Zwillingen eine Blechtasse mit heißem Tee in die Hand und hielt sich so lange in Rosies Nähe auf, bis die Ordensschwestern ihre zerstreuten Schäfchen wieder einsammelten.

Am Ende des Piers erwartete sie ein grüner Bus, und ehe die Kinder sich versahen, wurden sie erneut durch eine große Stadt gefahren.

Und was für eine Stadt das war! Staunend drückte Gerd sich die Nase an der Fensterscheibe platt. Er sah nicht eine Häuserruine, kein Militärfahrzeug und keinen einzigen Bombenkrater in der Straße. Im Gegenteil: Die Allee, die sie gerade entlangfuhren, war derart breit, dass in ihrer Mitte Autos Platz zum Parken fanden – und von denen gab es mehr, als Gerd es für möglich gehalten hätte. Nur vereinzelt zuckelte ein Eselskarren oder ein Fahrrad am Straßenrand entlang.

Ebenfalls zahlreich waren die Busse, in denen die Fahrgäste in zwei Stockwerken übereinandersaßen. In den Geschäften zu beiden Seiten der Straße gab es überall elektrisches Licht, Menschen spazierten plaudernd und lachend ein und aus, und aus der geöffneten Tür eines Wirtshauses drang laute Musik durch die Fenster bis in den Bus hinein. Gerd stupste seine Schwester an und erklärte aufgeregt: „Ich mag Irland, Rosie, und du?“

„Ein wenig“, nickte sie zögernd.

Im Grunde meinte sie damit jedoch nichts anderes als „Nein“. Sosehr die Menschen im Hafen sich über die Ankunft der deutschen Kinder gefreut hatten, so sehr hatten sie ihr doch vor allem Angst eingeflößt. Die vielen lauten Stimmen in der fremden Sprache dröhnten immer noch in ihren Ohren, bunte Bilder von Menschen, Kuchen und Obst verschwammen vor ihren müden Augen. Außerdem hatte Rosie es allmählich gründlich satt, in Bussen, Zügen und Schiffen durch die Gegend zu schaukeln.

In Wahrheit hatte sie momentan nur einen Wunsch: sich auf dem alten Sofa an ihre geliebte Großmutter zu schmiegen und dabei durch das Wohnzimmerfenster zu beobachten, wie über den Trümmern ihrer Heimatstadt die Sonne unterging. Danach würden sie und Gerd in ihr gemütliches Bett schlüpfen und gemeinsam einem neuen Tag im Kreis ihrer Familie entgegenschlafen.

Dafür hätte sie mit Freuden selbst die Tafel Schokolade geopfert, die der junge Mann mit den übermütig blitzenden Augen ihr zum Abschied in die Tasche gesteckt hatte!

„Nein“, bekräftigte sie im Stillen entschieden ihren ersten Eindruck, „ich kann Irland nicht leiden. Zu Hause ist es viel schöner!“

# Kapitel 7

*Irland, Juli 1946*

Noch bevor der Bus die Stadt Dublin verlassen hatte, fielen Rosies Augen zu. Sie nickte ein, doch nur eine Minute später, so schien es ihr, rüttelte Gerd sie wieder wach.

„Sieh nur, Rosie, wir sind da!"

„Wo?" Verschlafen richtete Rosie sich auf. Obwohl es draußen schon dämmerig war, konnte sie das große graue Gebäude sehen, vor dem der Bus hielt. Die vielen Fenster waren alle hell erleuchtet. Wie es aussah, war heute kein Stromspartag in Irland.

Die breite Haustür öffnete sich, und zwei Frauen traten heraus. Das freundliche Licht von drinnen malte ihre weißen Kleider noch ein wenig weißer, und von den Häubchen auf ihrem hochgesteckten Haar leuchtete Rosie ein rotes Kreuz entgegen.

Die beiden Frauen kamen freundlich lächelnd auf den Bus zu, wechselten ein paar Worte mit den Ordensschwestern und winkten die aufgeregten Kinder zu sich. Schutz suchend hinter dem Rücken ihres Bruders verborgen, betrat Rosie ihre neue Unterkunft.

In Glencree, einer ehemaligen englischen Kaserne, sollten die jungen deutschen Flüchtlinge aufgenommen, medizinisch betreut und zunächst einmal etwas aufgepäppelt werden, bevor sie dann auf ihre Pflegefamilien verteilt würden. Dementsprechend wartete im Speisesaal eine warme Mahlzeit auf die Ankömmlinge.

Begeistert löffelten die Kinder den Eintopf – der Schulspeisung nicht unähnlich, aber mit einem größeren Anteil an Fleisch – und lehnten sich danach gähnend am Tisch zurück. Doch die Rotkreuzhelferinnen, die ihre Schützlinge weiterhin lächelnd beim Essen beobachtet hatten, gönnten ihnen noch keine Ruhe.

Wie es bei ihrem Aufbruch in Deutschland die englischen Soldaten getan hatten, teilten auch sie die Kinder nach Alter und Geschlecht in verschiedene Gruppen ein. Und ehe Rosie wusste, wie ihr geschah, wurde sie mit Hildegard und den übrigen jüngeren Mädchen einen düsteren Gang entlang- und anschließend eine knarzende Treppe hinaufgeführt. Jede von ihnen trug ihr Köfferchen oder Bündel mit den Habseligkeiten von zu Hause mit sich. Vor der geöffneten Tür zu einem Saal mit vielen schmalen weißen Betten machte ihre Begleiterin halt.

Sie nahm dem Mädchen, das neben ihr stand, den Koffer aus der Hand, legte ihn auf eines der Betten und bedeutete den übrigen Kindern, es ihr gleichzutun. Danach ging sie von einem Bett zum anderen, suchte frische Wäsche und Nachtzeug aus jedem Bündel heraus, schob der jeweiligen Besitzerin beides unter den Arm, und dann eilten alle gemeinsam einen weiteren Gang entlang.

Dieser Korridor endete vor einem Waschsaal. Aus großen Waschzubern, Schüsseln und Badewannen stieg warmer Dampf auf. Um die Wannen herum standen noch mehr Rotkreuzhelferinnen mit Waschlappen und Seife in den Händen bereit, um den Mädchen beim Baden zu helfen. Eine von ihnen kam auf Rosie zu. Wie von selbst wich diese einen Schritt zurück. Sie würde hier nicht baden – nicht vor all den fremden Damen mit ihrem ständigen Lächeln und der unverständlichen Sprache, die den Waschsaal erfüllte wie das Geplätscher des Wassers in den Wannen!

Doch ob sie es wollte oder nicht, die Frau beugte sich zu ihr herunter, zeigte lächelnd auf sich selbst und sagte: „Ai äm Märi. Mää-rii.“

Widerwillig blickte Rosie ihrem Gegenüber ins Gesicht. Unter dem Häubchen mit dem roten Kreuz quollen Büschel kurzer Locken hervor, die fast ebenso rot waren wie das Kreuz; und die Nase und die Wangen der jungen Frau waren über und über mit kleinen rotbraunen Punkten besprenkelt. Sogar die Arme, die aus den hochgerollten Uniformärmeln herausschauten, waren getüpfelt. Beinahe hätte Rosie ihre Hand ausgestreckt, um prüfend über dieses Punktemuster zu streichen, während die Dame geduldig ihren Namen wiederholte und dann fragend auf Rosie deutete.

Also gab sie sich einen Ruck. „Rosmarie", hauchte sie schüchtern.

„Rous –i!" Der rote Lockenkopf nickte zufrieden. „Rousi!" Und mit einer weiteren Bemerkung, die Rosie nicht verstand, löste die junge Frau Rosies Schuhriemen und half ihr behutsam aus der Kleidung. Schwungvoll warf sie Kleid und Strümpfe, die Rosie seit ihrem Aufbruch in Köln vor fast drei Tagen ununterbrochen getragen hatte, zu den restlichen abgenutzten, aufgrund der stürmischen Reise über die Irische See hauptsächlich nach Erbrochenem riechenden Kleidern in eine Ecke des großen Raumes.

Dabei schnitt sie eine Grimasse, die die unzähligen Punkte auf ihren Wangen in heftige Bewegung versetzte und Rosie ein zaghaftes Lächeln entlockte. Wenn sie sich schon zum ersten Mal von einer Fremden statt von ihrer Großmutter baden lassen musste, war diese Frau mit dem lustig gemusterten, lächelnden Gesicht eindeutig die Beste dafür.

Halbwegs beruhigt schlüpfte sie aus ihrer Unterwäsche und ließ sich in die Wanne sinken, zu der die Hand ihrer Helferin sie dirigierte. Ein verzückter Seufzer kam über ihre Lippen, als sie sich in dem angenehm warmen Wasser ausstreckte. Die Seife darin schäumte und duftete, und als Mary begann, ihren Körper sanft, aber gründlich mit dem Waschlappen abzureiben, hielt Rosie bereitwillig still.

Viel zu schnell musste sie die Badewanne wieder verlassen. Mary rubbelte sie mit einem großen steifen Handtuch trocken und machte sich anschließend daran, Rosies frisch gewaschenes Haar zu bürsten.

Sie hatte das Mädchen kaum mit der Bürste berührt, als Rosie vor Schmerz zusammenzuckte. Zu Hause bei Erikas Bürstenstrichen hatte es zwar auch schon oft geziept, aber heute schmerzte ihr ganzer Kopf, weil die Borsten immer wieder in einem der vielen Knoten hängen blieben, die sich während der Reise in ihrem Haar gebildet hatten.

„Sorri!", sagte Mary fast jedes Mal, wenn sie wieder stecken blieb. Schließlich ließ sie die Hände sinken und verdrehte die Augen. Sie murmelte etwas vor sich hin und führte Rosie zu den Stühlen an der hinteren Wand des Raums. Auf einem der beiden saß Hildegard, ebenfalls in ein Handtuch gewickelt und mit offenem Haar.

Sobald Rosie auf dem zweiten Stuhl Platz genommen hatte, griff Mary nach einer Schere, nahm eine Strähne von Rosies verknotetem Haar zwischen die Finger, und – schnipp, schnapp – fiel die erste nasse Haarsträhne auf den Boden.

Erschrocken keuchte Rosie auf. Obwohl Erika ihr genau damit oft gedroht hatte, konnte sie sich doch nicht daran erinnern, dass ihr Haar jemals abgeschnitten worden wäre! Jetzt aber landete eine lange blonde Strähne nach der anderen auf dem Boden, sodass sich ihr Hals ungewohnt nackt und kalt anfühlte.

Hildegard neben ihr ereilte das gleiche Schicksal. In den Händen der Betreuerinnen schnippten die Scheren, und auf dem Boden vermengten sich wirre, dunkle Locken mit verknotetem blondem Haar, während sich die beiden Mädchen entsetzte Blicke zuwarfen.

Als Mary ihr Werk beendet hatte, drehte sie Rosie zu sich herum und fuhr ihr mit der Hand durch die neue Kurzhaarfrisur.

„Schön", sagte sie dabei und lächelte ermutigend. „Rousi schön!"

Es dauerte einen Augenblick, bis Rosie begriff, dass Mary versucht hatte, Deutsch mit ihr zu sprechen. Zaghaft tastete sie selbst nach ihrem Haar. Es reichte nur noch bis zum Kinn, wie der Spiegel ihr zeigte, den Mary ihr nun vors Gesicht hielt. Omma würde vor Entsetzen die Hände über dem Kopf zusammenschlagen, wenn sie Rosie so sehen könnte, dessen war sie sich sicher. Mühsam schluckte sie die aufsteigenden Tränen hinunter und schlüpfte in die frische Wäsche und das Nachthemd.

Wenig später jedoch, als die Mädchen in ihren Betten lagen, war es mit ihrer Beherrschung vorbei. Rosie zog sich die Decke über den schutzlos nackten Hals und über den Kopf und schluchzte heftig. Nicht genug, dass man ihr die langen Haare abgeschnitten hatte, auf die Omma so stolz gewesen war – man hatte ihr auch Gerd genommen! Sie war so schnell mit den anderen Mädchen aus dem Speisesaal geführt worden, dass ihr Bruder und sie keine Zeit gehabt hatten, sich gegen die Trennung zu wehren! Nun war sie also genauso allein wie das Waisenkind Hildegard.

Die Hand, die sie wie gewohnt zur anderen Seite des Bettes ausstreckte, griff ins Leere. Zum ersten Mal in ihrem Leben spürte sie neben sich nicht den warmen, knochigen Körper ihres Zwillingsbruders, an den sie sich schmiegen und dessen Hand sie halten konnte, und niemand, der ihr abenteuerliche Geschichten ins Ohr flüsterte, sondern nichts als das saubere, raschelnde Laken unter ihr!

Während sie sich in den Schlaf weinte, bestand für Rosie nicht mehr der geringste Zweifel: Trotz der stets lächelnden Menschen, der vielen Lichter in den Fenstern und der reichlichen Mahlzeiten war Irland kein freundlicher Ort!

*Hazelbrook House, Mai 2019*

Neun Uhr!

Nach einem Blick auf ihre Armbanduhr richtete sich Lia erschrocken auf. Sie hatte mit Sicherheit nicht vorgehabt, an ihrem ersten Morgen in Irland so lange zu schlafen! Erst als sie die Decke zurückgeschlagen und ihr Handy von der Kommode genommen hatte, erkannte sie den Irrtum: Sie hatte lediglich vergessen, ihre Armbanduhr auf Ortszeit umzustellen. Hier in der Heimat ihrer älteren Freundin war es gerade erst acht Uhr morgens. Aber auch damit höchste Zeit für sie, sich voller Tatendrang in ihren ersten Urlaubstag zu stürzen. Sie freute sich doch schon seit ihrer Ankunft am vergangenen Abend darauf, ihre neue Umgebung zu erkunden.

Hazelbrook House am Lough Glencar – allein dieser Name verhieß wildromantische Schönheit, und in Kombination mit ihren ersten Eindrücken von gestern versprach er eine äußerst lohnenswerte Entdeckungsreise.

Lia startete ihre Tour am geöffneten Fenster. Wie Rosie am Vorabend erwähnt hatte, bot es eine großartige Aussicht auf den See. Nachdem dieser gestern Abend unter einer dichten Wolkendecke kaum zu sehen gewesen war, glitzerte sein Wasser heute Morgen einladend in der Sonne. Gleichzeitig waren aber auch die Wolken nicht weit. Träge und in zahllose kleine Schnipsel gerissen trieben sie über Land und See, und ab und zu kräuselte eine Windbö die Wasseroberfläche. In der Mitte des lang gezogenen, aber nicht allzu breiten Loughs dümpelte ein Boot – ein Angler, der erwartungsvoll seine Leine ausgeworfen hatte.

Eilig verschwand Lia im Bad, nachdem sie sich endlich von dem Anblick losgerissen hatte. Von draußen war er mit Sicherheit mindestens ebenso sehenswert.

Mit ihrer Kamera und einer leichten Regenjacke ausgestattet, nur für den Fall der Fälle, betrat sie schließlich Rosies Küche. Die war leer, genau wie das angrenzende Ess- und Wohnzimmer. Offenbar war die alte Dame noch nicht aufgestanden.

„Gut so, nach der langen Reise braucht sie ihren Schlaf", murmelte Lia vor sich hin. Und da es ihr ein wenig dreist erschien, sich in einer fremden Küche selbst ein Frühstück zu machen, ging sie stattdessen direkt nach draußen.

Durch einen kleinen, mit Rattanmöbeln und unzähligen Pflanzen ausgestatteten Wintergarten gelangte sie in den Garten von Hazelbrook House: eine gepflegte, sanft abfallende Rasenfläche, die immer wieder von Blumeninseln durchbrochen war. Blüte an Blüte reckte sich dem Licht entgegen, und Lia konnte nur erahnen, welche Arbeit in diesem zauberhaften Fleckchen Erde steckte. Gemächlich schlenderte sie durch das Blumenmeer, fotografierte, was ihr besonders ins Auge fiel, und beschloss, das nächste Mal unbedingt ihr Zeichenzeug mitzunehmen.

Auf diese Weise erreichte sie nach kurzer Zeit den Bach, der hier anstatt eines Zaunes den Garten begrenzte. Der Hazelbrook, vermutete Lia, als sie für einen Moment innehielt und dem lebhaften Geplätscher lauschte. Zwischen moosigen Geröllbrocken und mindestens hüfthohen sattgrünen Farnwedeln bahnte sich der schmale Wasserlauf seinen Weg. Das Wasser sprudelte munter über die glatt geschliffenen Steine auf dem Grund. Es war glasklar, wahrscheinlich Gebirgswasser vom Ben Bulben oder möglicherweise jenem anderen Bergrücken, an den Hazelbrook House sich schmiegte.

Fasziniert schoss Lia etliche Bilder, ehe sie nachdenklich um sich blickte. Sollte sie dem Bachlauf hinunter ans Ufer des Lough Glencar folgen oder sich lieber hangaufwärts halten, in der Hoffnung auf weitere lohnende Aussichten?

Sie entschloss sich für Letzteres. Allerdings war es alles andere als angenehm, sich durch das dichte feuchte Grün am Bachufer zu schlagen; und ein Fußweg war nicht vorhanden. Nach kürzester Zeit waren ihre Schuhe und die Jeans bis übers Knie durchnässt, und das Dickicht wurde immer undurchdringlicher.

Enttäuscht gab sie ihr Vorhaben auf und wollte gerade Richtung Garten zurückgehen, als völlig unerwartet das Brummen eines Motors an ihr Ohr drang. Oder war es doch eher der Lärm einer Baumaschine? Halb neugierig, halb widerwillig machte sie sich daran, der Störung der morgendlichen Stille auf den Grund zu gehen.

Das Brummen führte sie aus dem Gebüsch heraus in Richtung der Zufahrt zum Haus und von dort zu dem gekiesten, mit Blumenkübeln dekorierten Platz vor dem Eingang, wo sie gestern angekommen waren. Auf der anderen Seite des Kiesplatzes erhob sich die Scheune, in der sich offenbar die Geräuschquelle befand.

Zögernd näherte sich Lia dem geöffneten Scheunentor, als der Lärm plötzlich wieder verstummte. Gleich darauf trat ein Mann mit Gehörschutz und einer Staubschutzmaske ins Freie. *Brendan.* Eine Sekunde lang starrte Lia ihn überrascht an, bis ihr einfiel, dass Rosie von ihrem Enkel und seiner Werkstatt in Hazelbrook House erzählt hatte.

„Hallo – guten Morgen!“, grüßte sie munter, und Brendan, der sich noch an seinem Gehörschutz zu schaffen machte, blickte erstaunt auf.

„Oh, sorry, ich habe dich gar nicht bemerkt! Guten Morgen!“ Er streifte die Schutzausrüstung ab und ließ den Staub aus seinem blonden Haar zu Boden rieseln. Dabei entdeckte er die Kamera in Lias Hand. „Wie ich sehe, bist du auf Entdeckungstour. Hast du denn schon ein paar interessante Motive gefunden?“

„Jede Menge“, erklärte Lia begeistert. „Zwar bin ich bisher nicht weit über den Garten deiner Großmutter und den Bach hinausgekommen, aber selbst hier bin ich mehr als fündig geworden. Allein der Ausblick ist ja grandios."

„Findest du? In dem Fall solltest du dir demnächst den Wasserfall ein Stück weiter unten am See anschauen. Ist gar nicht weit, von hier aus kann man sogar zu Fuß dorthin gehen."

„Ja? Hört sich vielversprechend an."

Lia verstummte verlegen. Bei dem Essen am vorigen Abend hatte sie nicht mehr als drei, vier Sätze mit Brendan gewechselt, und ohne die Anwesenheit der übrigen Familie fühlte sie sich ihm gegenüber seltsam befangen.

Zu ihrer großen Erleichterung schien er nichts davon zu bemerken. Er wechselte das Thema und erkundigte sich gelassen: „Ist Gran schon wach?"

„Nein. Zumindest war sie es nicht, als ich vorhin rausgegangen bin. Nach den Anstrengungen der letzten Wochen hat sie eine ganze Menge Schlaf nachzuholen, schätze ich."

Er nickte zustimmend. „Gegen Ende des Essens gestern wirkte sie tatsächlich recht müde. Kein Wunder also, dass sie ihr Frühstück heute verschlafen hat und du ohne ihre Gesellschaft auskommen musstest. Du hast doch gefrühstückt, oder?"

„Offen gestanden, nein." Verlegen musterte Lia ihre Sneakers. „Ich hatte keinen sonderlichen Appetit." Auf seinen zweifelnden Blick hin gab sie ehrlich zu: „Außerdem wollte ich mich nicht so ungefragt in einer fremden Küche ausbreiten."

„Verstehe! Dann komm mal mit!" Brendan entledigte sich seines Jeanshemdes, das voller Holzstaub war und unter dem er ein T-Shirt mit Firmenlogo trug – vermutlich das seiner eigenen Werkstatt. Er ging ihr voran in Richtung Wohnhaus, hielt ihr galant die Eingangstür auf und komplimentierte sie drinnen direkt an den kleinen Küchentisch.

„Nachdem ich mich ohnehin ständig ungefragt in Grans Küche breitmache, kann ich dir auch guten Gewissens ein Frühstück anbieten. Was ziehst du vor – Tee oder Kaffee? Gekochtes Ei, Rührei, Spiegelei und Würstchen oder Bacon?"

„Kaffee, denke ich", antwortete Lia überrumpelt. „Und Rührei mit Toast ist vollkommen ausreichend."

„Eine oder zwei Scheiben Bacon dazu musst du dir schon gefallen lassen", widersprach Brendan. „Sonst genieße ich bei meiner Großmutter bald endgültig den Ruf des unbeholfenen Hausmannes!" Er grinste Lia über die Schulter hinweg an, während er Eier und Bacon aus dem Kühlschrank holte.

„Oh, daran will ich natürlich nicht schuld sein", gab Lia nach. „Es ist schon schlimm genug, dass ich dich von deiner Arbeit abhalte!"

„Das ist schon in Ordnung", wandte Brendan ein, „ich hätte auch so demnächst eine Teepause eingelegt." Er griff nach einem hohen Behälter, schlug mit geübter Handbewegung zwei Eier hinein und begann zu rühren.

„Dann fängst du wohl schon sehr früh in der Werkstatt an?"

„Heute, ja, aber das ist nicht jeden Tag so. Da ich mir meine Arbeitszeit selbst einteilen kann, nutze ich diesen Umstand schamlos aus und starte gelegentlich schon mal morgens um sechs, um dann um drei Uhr nachmittags Feierabend machen zu können."

Das Fett in der Pfanne zischte, Brendan gab das verquirlte Ei hinein, legte zwei Scheiben Bacon in eine weitere Pfanne und bediente gleichzeitig den Toaster. Er machte auf Lia beileibe nicht den Eindruck eines unbeholfenen, überforderten Hausmannes – obgleich er nicht ganz so gut vor den Herd passte wie David hinter die Kuchentheke seines Cafés.

Unwillkürlich verglich sie ihren Chef mit Rosies Enkel: der eine hochgewachsen, dunkelhaarig, mit kantigen Zügen und klarblauen

Augen; der andere blond, ein wenig breitschultriger und nicht ganz so groß, die Züge eher jungenhaft und die Augen in einer Farbe, die Lia nicht eindeutig als Blau, Grau oder Grün definieren konnte. Das heißt, korrigierte sie ihre Betrachtung, unter Umständen wirkten seine Züge nur deshalb leicht jungenhaft, weil sein Haar über der Stirn einen Wirbel gebildet hatte und dadurch stets ein eigenwilliges Büschel in die Höhe ragte. Lia meinte sich zu erinnern, in Rosies feinem weißen Haar an exakt der gleichen Stelle die Ansätze eines Wirbels gesehen zu haben, als sie ihr einmal im Krankenhaus beim Kämmen geholfen hatte.

„Was genau machst du eigentlich da draußen?", fragte sie, um ihren Gedanken wieder eine andere Richtung zu geben. „Rosie – also deine Gran, meine ich – hat bislang nur erwähnt, dass du ebenfalls hier lebst und arbeitest."

„So ist es. Ich habe mich quasi in der Scheune eingenistet: Leben und Arbeiten unter einem Dach. Im Erdgeschoss befindet sich die Werkstatt, in der ich alte Möbel und sonstige Einrichtungsgegenstände restauriere, und unmittelbar darüber liegt meine kleine Wohnung."

„Dann bist du Tischler oder Möbelschreiner?"

„Nicht direkt. Ursprünglich habe ich Architektur studiert, aber im Verlauf des Studiums festgestellt, dass mein Schwerpunkt eher in der Praxis liegt. Im Handwerk, um genau zu sein. Folglich habe ich das Studium abgebrochen und stattdessen eine entsprechende Ausbildung absolviert, um mich künftig auf alte Möbel zu spezialisieren."

„Ich glaube, das würde mir auch mehr Spaß machen, als hochmoderne Gebäude zu entwerfen. Einem alten, womöglich nutzlos gewordenen oder ungeliebten Gegenstand neues Leben einzuhauchen, stelle ich mir persönlich zumindest deutlich befriedigender vor! Erfüllender, wenn du so willst."

„Stimmt genau!“ Brendan streifte sie mit einem überraschten Blick, ehe er einen gefüllten Teller vor ihr auf den Tisch stellte. „Falls es dich tatsächlich interessiert, gebe ich dir später gern eine kleine Führung durch die Werkstatt. Aber jetzt lass dir erst mal dein Frühstück schmecken, solange es warm ist!“

„Vielen Dank!“

Während Lia vorsichtig den ersten Schluck des frisch aufgebrühten Kaffees nahm, ließ sich auch Brendan mit einer Tasse Tee und einem Muffin am Tisch nieder. Einen Moment lang herrschte Schweigen, dann erkundigte er sich: „Was machst du denn beruflich?“

Lias Gesicht verdüsterte sich ein wenig. An ihren Beruf zu denken, war mit das Letzte, was sie für diesen ersten Tag in Irland geplant hatte. „Ich bin Grafikdesignerin. Im Marketing. Aber diese Arbeit liegt momentan auf Eis, stattdessen jobbe ich im Café eines Freundes.“

„In einem Café?“ Hastig schluckte er den Tee hinunter und verzog das Gesicht zu einer bedauernden Grimasse. „My goodness! Dann bist du garantiert Latte macchiato und ähnlich raffinierte Kreationen gewohnt, und ich serviere dir hier nur eine einfach aufgegossene schwarze Brühe. Wenn ich das mal geahnt hätte!“

„Ach was, so übel ist dein Kaffee gar nicht!“ Als Beweis nippte Lia ein zweites Mal an der Tasse. Doch wie schon beim ersten Schluck musste sie sich dazu überwinden, das bittere schwarze Gebräu auch zu schlucken.

Offenbar war ihr die Überwindung anzusehen, denn Brendan musterte sie strafend. Daher gestand sie lachend: „Wenn ich's mir recht überlege, vielleicht aber doch!“ Brendan fiel in ihr Lachen mit ein. Wobei Lia feststellte, dass seine Augen so graublau waren wie das Wasser des Lough Glencar vor einer Stunde.

☘ ☘ ☘

Mit schleppenden Schritten nahm Rosie die Treppe hinunter ins Erdgeschoss. Unglaublich, wie zerschlagen ihr Körper sich anfühlte, obwohl sie bis nach neun geschlafen hatte. Und somit zwei Stunden länger als üblich, wenn sie zu Hause war. Allmählich machte sich ihr Alter eben doch bemerkbar, zumindest körperlich.

Dagegen fühlte sie sich vom Kopf her immer noch so jung wie das kleine deutsche Flüchtlingsmädchen, das sie am vergangenen Abend so lebendig vor Augen gehabt hatte. Der Zeitungsartikel, vor allem aber seine Bilder, hatten so viele Eindrücke und Erlebnisse wieder heraufbeschworen – Details ihrer Reise und Ankunft –, die sie längst für immer verloren geglaubt hatte. Erinnerungen an Omma, Erika und vor allem an Gerd, der so etwas wie das zweite Ich ihrer frühen Kinderjahre gewesen war. Vermutlich war genau das die Ursache für das unterschwellige schmerzliche Ziehen in ihrem Herzen – und für die Schlaflosigkeit der vergangenen Nacht.

Auf halber Höhe der Treppe hielt sie inne und lauschte. Gelächter drang aus ihrer Küche, gleich darauf hörte sie das Zischen des Wasserkochers. Rosie lächelte. Wie erfrischend es doch war, wenn Leben im Haus herrschte! Obwohl sie hier bereits seit Arthurs Tod vor sieben Jahren allein lebte, vermisste sie noch immer das Geräusch seiner Schritte im Hausgang, das Summen des Rasierapparats im Badezimmer oder selbst das leise Klappern, das seine dritten Zähne manchmal beim Essen verursacht hatten. Ganz zu schweigen von den hellen Stimmen ihrer Kinder, die einst dieses Haus erfüllt hatten und von denen nichts als ein kaum wahrnehmbares Echo geblieben war.

Brendans Einzug in der Scheune war ein großer Trost für sie gewesen, doch für ihren Geschmack kam er viel zu selten bei ihr vorbei. Ob es Lias Anwesenheit war, die ihn heute schon am Morgen in ihre Küche gelockt und zu diesem herzhaften Lachen animiert hatte?

Als Rosie den Raum betrat, bereitete er gerade eine Tasse Tee zu, und Lia saß vor einem zur Hälfte geleerten Teller Rührei mit Bacon.

Die beiden jungen Leute begrüßten sie fröhlich; dennoch registrierte Rosie Lias prüfenden Blick, mit dem diese ihre gebeugten Schultern musterte.

„Hast du nicht gut geschlafen? Du siehst noch ein wenig … müde aus", erkundigte sie sich prompt.

„Zerknittert wäre vermutlich der passendere Ausdruck!" Rosie ließ sich neben ihr am Tisch nieder und fragte: „Wärst du so nett, mich mit einer Tasse Tee zu beglücken, Brendan? Die brauche ich jetzt dringend, um vollständig wach zu werden! Und ja, Lia, du hast recht, ich habe tatsächlich erst spät zur Ruhe gefunden. Aber das war mein eigener Fehler: Nachdem ich vor dem Zubettgehen den Zeitungsartikel herausgekramt hatte, der 1946 über die Ankunft der Flüchtlingskinder erschienen war, sind so viele Erinnerungen in mir aufgekommen, dass ich einfach nicht schlafen konnte!"

„Verständlich", stimmte Lia ihr zu. „Dann trifft es sich ja hervorragend, dass du heute den ganzen Tag lang Zeit hast, dich auszuruhen! Wenn du es mir erlaubst, koche ich auch gern für dich. Und natürlich für Brendan, quasi als Revanche für das leckere Frühstück."

Der Angesprochene, der gerade eine Tasse vor Rosie abstellte, und Lia wechselten ein verhaltenes Grinsen, doch die alte Dame protestierte: „Das kommt gar nicht infrage, Liebes. Du hast mich lange genug verwöhnt und sollst ab sofort nichts anderes mehr tun, als deinen Urlaub zu genießen. Das bisschen Kochen wird mir definitiv nicht schaden!"

„Aber ich …"

Brendan unterbrach Lias Protest. „Wie wäre es mit folgendem Vorschlag zur Güte: Wir behelfen uns zum Lunch mit Suppe und Sandwiches – von mir höchst persönlich zubereitet – und gehen dafür abends zum Essen in den Pub? Auf diese Weise braucht keine von euch beiden zu kochen, und Lia kommt in den Genuss von echt irischem ‚pub grub'!?“

„Ja, warum eigentlich nicht?“, überlegte Rosie laut. „Das ist eine ausgezeichnete Idee, mein Lieber, so wird es gemacht!“ Damit lehnte sie sich entspannt zurück und genoss ihren Tee. Und der schmeckte unbestreitbar nirgends besser als zu Hause.

In der Zwischenzeit hatte Lia ihre Mahlzeit beendet. „Der Zeitungsartikel, von dem du vorhin gesprochen hast – dürfte ich den bei Gelegenheit einmal sehen?“, erkundigte sie sich beiläufig.

„Gern! Aber du möchtest doch sicher zuerst ein wenig die Gegend erkunden, oder?“

„Einen kleinen Gang rund ums Haus und durch deinen prachtvollen Garten habe ich bereits gemacht, und nachdem es momentan ohnehin regnet, könnten wir die Gelegenheit ja nutzen.“

„Na schön!“ Lias ehrliches Interesse an ihrer Vergangenheit brachte Rosie nach wie vor zum Lächeln. „Er liegt oben auf meinem Nachttisch, glaube ich. Wärst du bitte so lieb, ihn mir zu …“

„Das übernehme ich“, erklärte Brendan. „Und dann begebe ich mich wieder an die Arbeit, hab meine Pause schon deutlich zu lange ausgedehnt!“

Kurze Zeit später beugten sich Rosie und Lia gemeinsam über das vergilbte Zeitungspapier.

Der Artikel mit dem Titel *Co-Operation Shamrock* bestand zum Großteil aus Fotos, die bei der Ankunft der deutschen Kinder oder in den folgenden Wochen aufgenommen worden waren.

„Leider kann ich mich nur an die wenigsten meiner damaligen Kameradinnen erinnern“, erklärte Rosie. „Annemarie und Hildegard – das sind die einzigen Namen, die ich im Kopf behalten habe, aber zuordnen kann ich sie keinem dieser Kinder.“

Traurig glitt ihr Blick über die Bilder, die eine ganze Seite der *Times Pictorial* einnahmen. Ein Foto zeigte einen kleinen Jungen und ein Mädchen in zerschlissenen Kleidern auf den Armen eines Rotkreuzmitarbeiters, ein anderes eine Gruppe von lächelnden Jungen auf einem Eselskarren, und auf wieder anderen waren einzelne Kinder zu sehen, beispielsweise auf dem Gepäckträger eines Fahrrades. Leider war die aus der Zeitung herausgetrennte Seite zur Aufbewahrung sehr klein zusammengefaltet gewesen, sodass die ohnehin eingeschränkte Qualität der Bilder durch die vielen Knickfalten zusätzlich verschlechtert war.

„Dieses Mädchen hier *könnte* den dunklen Locken nach Hildegard gewesen sein." Rosie wies auf ein Bild, das etliche Kinder an einem Tisch zeigte und auf dem im Hintergrund eine Nonne zu sehen war.

„Und du selbst oder dein Zwillingsbruder – seid ihr auf keinem der Fotos?"

„Nicht dass ich wüsste! Das Gebäude kenne ich allerdings noch: Das ist die ehemalige Kaserne von Glencree, wo wir alle gemeinsam die ersten Wochen verbrachten. Ich habe sie später im Rahmen eines Shamrock-Gedenktages noch einmal besucht."

Die alte Dame beugte sich tiefer über den Artikel, schob ihre Lesebrille höher und musterte seufzend die spielenden Kinder vor dem Gebäude. „Wenn man nur ein wenig mehr von ihren Gesichtern erkennen könnte! Der kleine Blonde da im Hintergrund, unmittelbar neben dem Knick im Papier – ich weiß nicht, aber irgendwie bringt er etwas in mir zum Klingen. Schon gestern Abend, als ich das Bild nach vielen Jahren zum ersten Mal wieder zur Hand genommen habe."

„Du denkst, das könnte er gewesen sein – Gerd?", fragte Lia aufgeregt.

„Ebenso gut aber auch nicht!" Resigniert hob Rosie die Schultern.

„Mit einer Lupe wäre mit Sicherheit mehr von seinem Gesicht zu erkennen", drängte Lia. „Hast du zufällig eine zur Hand?"

„O ja!" Rosie holte eine Lupe mit integrierter Lampe aus dem Wohnzimmer und hielt sie mit bebenden Händen über das alte Foto.

„Er könnte es sein … er könnte es *tatsächlich* sein", wisperte sie, nachdem sie das Foto ausgiebig betrachtet hatte.

Und erneut meldete sich das unterschwellige Ziehen in ihrem Herzen, aber diesmal deutlich stärker. Es drängte sich aus dem Hintergrund und wuchs zu einer ungeahnten Wehmut …

# Kapitel 8

*Lough Glencar, 2019*

In seiner besten, ockerfarbenen Baumwollhose, einem rauchblauen Fischertroyer und ausgetretenen Sneakers statt der üblichen schweren Arbeitsschuhe betrat Brendan am Abend Rosies Hausflur.

„Seid ihr so weit?", rief er vom Fuß der Treppe nach oben.

„Sofort!", ertönte von dort die Antwort, gefolgt von einem zweistimmigen Kichern. Worüber die beiden sich wohl amüsierten? Trotz des immensen Altersunterschieds verstand sich seine Großmutter blendend mit der jungen Deutschen, die, wie er sich eingestehen musste, auch auf ihn einen sympathischen Eindruck machte.

Ihre Bemerkung bezüglich seines Berufes heute Morgen hatte ihn in der Tat erstaunt. Ohne groß darüber nachzudenken, hatte sie begriffen, was ihn bei der Arbeit inspirierte. Wobei er persönlich seine Motivation, Altes zu erhalten und vernachlässigte Gebrauchsgegenstände wieder aufzuarbeiten, nicht gar so enthusiastisch ausdrücken würde wie sie.

„Ungeliebten Dingen zu neuem Leben zu verhelfen", so in etwa hatte sie es umschrieben. Und als sie ihn nach dem Lunch für einen kurzen Rundgang in seine Werkstatt begleitet hatte, hatte sie ihre Begeisterung für Brendans momentanes Werkstück offen gezeigt. Es handelte sich dabei um eine Kaminumrandung aus der Regency-Epoche, deren Restaurierung eine Amerikanerin bei ihm in Auftrag gegeben hatte.

Die Dame hatte sich hier auf der Insel ein herrschaftliches Feriendomizil gekauft und ihn darum gebeten, eine Auswahl der heruntergekommenen, abgewirtschafteten Einrichtungsgegenstände wieder in neuem Glanz erstrahlen zu lassen. Neben der Kaminumrandung, die er ausgebaut und zur Bearbeitung in seine Werkstatt gebracht hatte, gehörten noch ein zierlicher Damensekretär und ein gedrechseltes Treppengeländer dazu, das er an Ort und Stelle würde restaurieren müssen.

Bewundernd hatte Lia die breiten Kaminpfosten betrachtet, die noch zum größten Teil unter abblätternden alten Farbschichten verborgen waren, und mit einem Finger behutsam das Muster einer der kunstvoll verschnörkelten Konsolen nachgezeichnet. Dabei hatte sie etwas über den Zauber traditioneller offener Feuerstellen gemurmelt, den heutzutage nur die Engländer so richtig zu schätzen wüssten.

„*Plus* einige romantisch veranlagte Amerikaner und wir Iren, die wir uns im Übrigen entschieden dagegen wehren, mit den Briten in einen Topf geworfen zu werden!“, hatte Brendan nachsichtig ergänzt.

„Aber natürlich, genau das meinte ich damit!“ Lia war derart fasziniert vom Anblick des Regency-Kamins gewesen, dass sie seinen dezenten Hinweis auf ihren Fauxpas nicht einmal registriert hatte. Und bei ihrer offensichtlichen Bewunderung hatte Brendan ihr den gern verziehen.

Sich von der Treppe her nähernde Schritte rissen ihn aus seinen Gedanken, und er hob den Kopf. Zu seiner Verwunderung trug Gran einen sommerlichen schwingenden Leinenrock statt des üblichen Modells aus kariertem Tweed, was ihre immer noch langen schlanken Beine betonte. Lia trug ein rot gemustertes knielanges Sommerkleid und hatte eine hellbraune Lederjacke lässig über die Schultern geworfen. Ihre Füße steckten in dazu passenden zierlichen Stiefeletten.

Anstelle des bewundernden Ausrufs, der Brendan um ein Haar entschlüpft wäre, beschränkte er sich auf ein scherzhaftes „Wenn ich geahnt hätte, wie fein ihr euch herausputzt, hätte ich glatt die Kabine meines Lieferwagens mal wieder gesaugt!“

„Nun, ich werde schließlich nicht jeden Abend von meinem Enkel ausgeführt“, entgegnete Rosie. „Eine solche Gelegenheit will ordentlich ausgenutzt werden. Und wie ich sehe, hast du, mein Lieber, ausnahmsweise ebenfalls deine Arbeitskluft beiseitegelegt!“ Sie schenkte ihm ein anerkennendes Lächeln, sodass Brendan gestand: „Schuldig im Sinne der Anklage. Aber jetzt lasst uns aufbrechen!“

„Ich schlage vor, wir fahren hinunter nach Sligo“, meinte er, nachdem die beiden Frauen sich neben ihm in die Fahrerkabine des Lieferwagens gezwängt hatten. „Im *Hargadon Bros* können wir sicher sein, dass auch an einem Wochentag warme Mahlzeiten angeboten werden und die Auswahl nicht nur aus den obligatorischen *Fish and Chips* besteht.“

„Das klingt gut, wir wollen Lia ja etwas Besonderes bieten“, freute sich seine Großmutter.

Eine Weile fuhren sie schweigend durch den anbrechenden Abend. Die tief stehende Sonne – bis auf den Regenschauer am Vormittag hatte sie sich heute den ganzen Tag über sehen lassen – wärmte den betagten, nach frisch gesägtem Holz duftenden Van auf, bis Brendan schließlich erhitzt das Fenster auf seiner Seite herunterließ und die kühle Luft einsog. Sosehr ihm sein Wollpullover seiner Ansicht nach auch stand – das gute Stück war bei diesen sommerlichen Temperaturen entschieden die falsche Wahl gewesen.

Der Fahrtwind spielte mit dem offenen Haar seiner Sitznachbarin und blies ihm eine blonde Strähne ins Gesicht, die sie sich daraufhin sanft errötend hinter ihr Ohr steckte. An diesem baumelte ein großer Ohrring mit Schmuckstein.

Als zu ihrer Rechten das Meer in Sichtweite kam, seufzte Lia auf: „Ich finde es so faszinierend, auf einer Insel wie Irland zu leben. Im ganzen Land ist man nie weiter als einen kurzen Ausflug von der Küste entfernt. Und noch dazu habt ihr diesen entzückenden kleinen See vor der Haustür!"

„Ich weiß, wir können uns wahrhaft glücklich schätzen", gab Rosie zurück, „nicht wahr, Brendan?"

„Das kannst du laut sagen", nickte er bestätigend. „Anders möchte ich es mir gar nicht vorstellen. Dort vorn sieht man übrigens schon Sligo!"

Er deutete auf die ersten Häuser der Stadt, die Lia schon vom Vortag her kannte. „Ich hoffe, wir haben Glück und finden einen Parkplatz in der Nähe vom Pub, sodass du nicht zu weit laufen musst, Gran."

„Du tust ja gerade so, als wäre ich eine gebrechliche alte Lady!", protestierte Rosie, und alle drei fingen an zu lachen.

Fünfzehn Minuten später standen sie vor dem angesteuerten Pub. Mit einem lässigen „Nach Ihnen, meine Damen!" öffnete Brendan die Eingangstür des Lokals, dessen Fassade mit in Grün und Braun gestrichenem Holz verkleidet war. Gleich links neben dem Eingang befand sich eine getäfelte Bar und gegenüber die erste Sitznische. In dieser hatte zu Brendans großer Freude eine kleine Gruppe Musiker Platz genommen, die gerade dabei waren, ihre Instrumente zu stimmen.

Er warf Lia einen prüfenden Blick zu, und das spontane Aufblitzen ihrer Augen bestätigte ihm, dass seine Wahl des Lokals genau die richtige gewesen war. Aufmerksam musterte sie die Bodhrán-Trommel, die Geige, die Gitarre und die Pfeife, dann schritten die drei hintereinander den langen, schlauchartigen Gang hinab bis zu einer freien Sitznische. Der vordere Teil des Pubs bestand aus einer Reihe gemütlicher kleiner Separees, die jeweils mit einem Tisch und vier

Stühlen ausgestattet und durch dunkle mannshohe Holzwände voneinander getrennt waren.

Wie schon zuvor in Brendans Werkstatt strich Lia mit den Händen bewundernd über die betagte, zerschrammte Tischplatte, in der sich schemenhaft das von der niedrigen Decke scheinende Lampenlicht spiegelte, und lauschte mit konzentriert geneigtem Kopf der Musik, bis sie ihre Getränke bestellt hatten und ausgiebig die Speisekarte studierten. Schlussendlich entschieden sich Brendans Großmutter und Lia gemeinsam für eine Muschelplatte mit Thymian und Weißweinsoße, während Brendan sich ein irisches Rib-Eye-Steak bestellte.

Als das Essen gebracht wurde, machte er sich genüsslich über sein Steak her, während seine Begleiterinnen ihr lebhaftes Gespräch vom Vormittag wieder aufnahmen. Zeitweise schienen die beiden seine Anwesenheit gar nicht mehr wahrzunehmen, so angeregt unterhielten sie sich – hauptsächlich über Grans Kindheit und ihre damalige Ankunft in Irland.

Seltsam. Brendan selbst hatte gar nicht registriert, in welchem Ausmaß seine Großmutter sich in letzter Zeit mit ihren Kindheitserinnerungen beschäftigt hatte. Offensichtlich lag das an ihrem Aufenthalt in der einstigen Heimat und wurde zusätzlich verstärkt durch die ständige Anwesenheit der dort lebenden jüngeren Freundin sowie deren anteilnehmendes Interesse an dem Thema. Brendan war sich ganz und gar nicht sicher, ob ihm diese Situation gefiel. Was für einen Nutzen hatte es, so ausgiebig in der Vergangenheit zu wühlen? Was versprach sich Gran von dem Versuch, Erinnerungen an irgendwelche Einzelheiten jener definitiv schmerzhaften und darüber hinaus sogar traumatisierenden Erlebnisse zurückzuholen? Dadurch erlebte sie doch alles nur ein zweites Mal! Aber jeder seiner Versuche, dem Gespräch eine andere Richtung zu geben, scheiterte.

Und beim Nachtisch – warmem Apple Pie mit gesalzenem Karamelleis, eine Kombination, die ihren Gast sichtlich dahinschmelzen ließ – äußerte Gran in aller Deutlichkeit: „Ich würde gern nach Glencree fahren. Einmal noch möchte ich den Ort aufsuchen, an dem ich meinen Bruder zum letzten Mal gesehen habe!"

„Du willst was?" Hastig sog Brendan die Luft ein, weil er sich die Zunge an einem Stück Pie verbrannt hatte. „Aber hast du den Ort nicht anlässlich des Jubiläums vor ein paar Jahren schon besucht?"

„Das war etwas anderes", erklärte seine Großmutter entschieden. „Damals waren mir meine Kindheitserinnerungen nicht derart präsent wie heute." Und auf seinen nach wie vor skeptischen Blick fügte sie hinzu: „Vermutlich kannst du das nicht verstehen, Brendan, oder hältst mich womöglich sogar allmählich für senil, aber ich bin in einem Alter, in dem man mit seinem Leben abschließen können muss; und dazu kann eben gehören, manche Orte aus der Vergangenheit noch einmal aufzusuchen oder die eine oder andere Erfahrung noch einmal aufleben zu lassen."

Lia nickte unterstützend, besaß gleichzeitig aber auch den Anstand, sich nicht weiter in die innerfamiliäre Diskussion einzumischen.

„War die Reise in deine deutsche Heimatstadt, von der du gerade erst zurück bist, denn nicht mehr als genug, Gran?"

„Diese Reise hat mir einiges gebracht, ja, doch sie hat mein Bedürfnis an Erinnerungen eher verstärkt als gestillt. Ich möchte Frieden schließen mit meiner Vergangenheit, und mir scheint, als nächsten Schritt auf dem Weg zu einem solchen Frieden schickt Gott mich nach Glencree."

„Nun ist es schon Gott persönlich, der dich sendet? Du ziehst heute wahrlich alle Register, Gran. Trotzdem halte ich nichts von dieser Idee. Lass doch die Vergangenheit ruhen, und sei Gott lieber dankbar für das Leben, das du in der Gegenwart genießen darfst!"

Seine Großmutter schüttelte den Kopf und wandte sich Hilfe suchend an Lia. „Verstehst wenigstens du, was mich antreibt?"

„Ich denke schon." Unter Brendans finsterem Blick zog Lia ein wenig den Kopf ein, fuhr aber trotzdem fort: „Wenn du möchtest, würde ich dich gern dorthin begleiten."

Das Gesicht seiner Großmutter hellte sich erkennbar auf, sodass Brendan sich beeilte, das Gespräch zu beenden. „Ich für meinen Teil denke, du solltest noch einmal eine Nacht darüber schlafen, Gran. Und jetzt lass uns zahlen und nach Hause fahren, es ist spät geworden."

Mit diesen Worten ging er entschlossen zur Bar, um die Rechnung zu begleichen, und kurz darauf fuhren sie mehr oder minder schweigend zurück nach Hazelbrook House. Brendan nahm sich fest vor, sich bei der nächstmöglichen Gelegenheit unter vier Augen mit seiner Großmutter zu unterhalten, um ihr für die Zukunft sämtliche Vorhaben dieser Art auszureden.

☘ ☘ ☘

*Glencree, 2019*

Zwei Tage später bestiegen sie am frühen Samstagmorgen erneut Brendans Lieferwagen. Und zwar zu dritt und in der Absicht, nach Glencree zu fahren. Lia schmunzelte innerlich, als sie zurückdachte, mit welcher Beharrlichkeit Rosie ihren Enkel dazu gebracht hatte, sie persönlich an den gewünschten Ort zu bringen.

Als ob er sich an dem Abend im Pub nicht deutlich genug gegen die Pläne seiner Gran ausgesprochen hätte, hatte sie ihn am folgenden Morgen gefragt, ob er Lia seinen Lieferwagen anvertrauen würde, damit die beiden Frauen nach Glencree fahren könnten.

„Mit Sicherheit nicht", hatte er geantwortet, und auch Lia hatte abwehrend die Hände gehoben.

„Das traue ich mir nicht zu, Rosie. Ich sitze daheim selten genug am Steuer, und hier mit diesem riesigen Van im Linksverkehr auf den kurvigen irischen Straßen zu fahren – nein danke!“ Sie schüttelte den Kopf, und Brendan nickte zufrieden.

Doch anstatt sich damit abzufinden, erklärte Rosie unbeirrt. „In dem Fall bleibt uns nichts anderes übrig, als eine Busverbindung dorthin ausfindig zu machen. Könntest du das nicht gleich mithilfe deines Smartphones erledigen, Lia?“

„Selbstverständlich!“ Lia zückte ihr Telefon und googelte die geplante Reiseroute. Wie sich herausstellte, gab es keine direkte Busverbindung von Sligo im Westen nach Glencree im Osten, sodass sie nur mit mehrmaligem Umsteigen und einem Zeitaufwand von mindestens fünf Stunden dort hinkommen könnten. „Dann nehmen wir uns zwei Tage Zeit und übernachten im nahen Enniskerry“, überlegte Rosie laut, und Lia tippte eine weitere Suchanfrage ein, diesmal nach einer Unterkunft in der genannten Ortschaft.

„Dieser Aufwand steht doch in gar keinem Verhältnis zu dem kurzen Besuch, Gran!“, mischte sich Brendan ein, der ihrem Treiben bis dahin schweigend zugesehen hatte. „Dann verschiebe ich lieber einen Kundenbesuch in der Gegend von Glencree auf Samstag und setze euch vorher für ein paar Stunden dort ab.“

„Was für eine großartige Idee, mein Lieber!“, begeisterte sich Rosie strahlend, und wenn Lia sich nicht täuschte, hatte sie ihr danach schelmisch zugezwinkert.

Und hier waren sie nun – an einem wolkigen, aber warmen Maimorgen unterwegs nach Osten in die Wicklow Mountains, an deren Hängen die ehemalige Kaserne Glencree lag.

Als sie von Hazelbrook House auf die Landstraße abbogen, räusperte sich Brendan, der sich in den vergangenen beiden Tagen auffällig unauffällig vom Haus seiner Großmutter ferngehalten hatte.

„Selbst wenn du mich auf raffinierte Weise dazu gebracht hast, euch heute zu chauffieren, Gran, sollst du wissen, dass ich nach wie vor nicht das Geringste von diesem Besuch in Glencree halte. Es bringt nichts, die Vergangenheit wieder aufzuwühlen, an der man ohnehin nichts mehr ändern kann!"

„Das hast du hinreichend zum Ausdruck gebracht, Brendan, und umso höher rechne ich es dir an, dass du mit dem Dickkopf einer alten Frau Nachsicht hast und ihr trotz allem diesen Wunsch gewährst. Und da wir schon einmal unterwegs sind, sollten wir diese Fahrt lieber nutzen und Lia so viel wie möglich von unserer sehenswerten Heimat zeigen, findest du nicht? Die Wicklow Mountains – meine Güte, wie lange war ich schon nicht mehr an diesem zauberhaften Fleckchen Erde!"

Sehnsüchtig richtete Rosie ihren Blick in die Ferne, und Brendan seufzte ergeben.

Allerdings war Lia sich sicher, dass dem jungen Mann nicht allzu viel daran lag, ihr einen schönen Tag zu bereiten. Vielmehr hatte sie den Eindruck, dass er *sie* in gewisser Weise für das „unvernünftige" Handeln seiner Großmutter verantwortlich machte. Aber selbst wenn das der Fall war – die Aussicht aus dem Wagenfenster war einfach zu schön, um sich über derartige Empfindlichkeiten den Kopf zu zerbrechen.

Obwohl sie vorläufig dieselbe Strecke fuhren wie bei ihrer Ankunft, nur eben in die entgegengesetzte Richtung, wurde ihr der Ausblick nicht langweilig. Vor allem da sie in Brendans Van deutlich höher saß als in Deirdres Kleinwagen und deshalb besser über die Begrenzungsmauern und -hecken neben der Landstraße hinaussehen konnte.

Noch interessanter wurde es, als sie kurz vor Dublin auf eine ehemalige Militärstraße abbogen, die die Briten einst im Kampf gegen die irischen Rebellen in den Bergen gebaut hatten. Sie war kaum breiter als der Lieferwagen und schlängelte sich in vielen Windungen an von gelb blühendem Ginster überwucherten Berghängen entlang und über torfige, von Bächen mit dunkel gefärbtem Wasser durchzogene Hochebenen. Gelegentlich war in der Ferne eine Farm oder eine eingezäunte Weide zu erkennen; einmal bemerkte Lia einen alten Kirchturm aus verwittertem grauem Naturstein.

„Sind diese Berge überall so dünn besiedelt?“, erkundigte sie sich.

„Nur hier im Wicklow Mountains Nationalpark“, antwortete Brendan. „Der liegt zwar nicht auf dem direkten Weg, aber euch zuliebe habe ich einen kleinen Abstecher gemacht. Also genießt den Ausblick!“

Aus diesem Grund steuerte er kurz vor einer Brücke über einen schmalen Gebirgsbach eine Haltebucht an, und sie stiegen aus dem Van. Ungeachtet des lebhaften Windes in dieser Hochlage, der an ihren Haaren zerrte und ihr die weite Hose um die Beine flattern ließ, drehte sich Lia einmal um sich selbst und versuchte, das Panorama in sich aufzunehmen.

„Wow“, tief sog sie die klare, feuchte Bergluft ein, „das ist atemberaubend – so zauberhaft, dass man es mit der Kamera fast nicht einfangen kann!“

Nichtsdestotrotz versuchte sie es zumindest und richtete ihr Objektiv nach unten in Richtung der dicht neben der Straße steil abfallenden Schlucht ebenso wie hangaufwärts, wo leuchtend gelber Ginster und grünes Heidekraut sich vor einem winzigen Stückchen blauem Himmel abzeichneten. Zu guter Letzt nahm sie die kleine Brücke ins Visier.

„Ist es nicht seltsam“, sie ließ die Kamera wieder sinken, um das Mauerwerk mit bloßem Auge zu betrachten, „wie bekannt einem manche Orte vorkommen, obwohl man sie nie zuvor im Leben gesehen hat?“

„Mag sein." Ihre beiden Begleiter wechselten einen amüsierten Blick, ehe Rosie erklärte: „Diesen speziellen Ort hast du aber mit ziemlicher Sicherheit schon einmal gesehen: Die Brücke mit ihrer kleinen Steinmauer hier in Sally Gap ist der Schauplatz einer bekannten Filmszene!"

„Filmszene?" Verdutzt blickte Lia von Rosie zu Brendan.

„So ist es. Der Titel *P. S. Ich liebe dich* als Verfilmung eines irischen Romans sagt dir doch sicher etwas? Darin begegnen sich die beiden Hauptdarsteller genau auf dieser Straße, auf dieser Brücke das erste Mal. Darüber hinaus wurde auch für viele andere Kinostreifen in dieser Gegend gedreht. Für *Braveheart* beispielsweise, das Heldenepos über den schottischen Freiheitskämpfer William Wallace."

„Wow", wiederholte sich Lia, „davon hatte ich wirklich keine Ahnung – obwohl ich beide Filme mindestens einmal gesehen habe. Was ich dagegen hundertprozentig sicher weiß, ist, dass ich mich am liebsten auf dieses Mäuerchen setzen und die ganze Szene mit meinem Zeichenstift festhalten würde!"

„Dazu bleibt uns leider keine Zeit", drängte Brendan mit Blick auf seine Armbanduhr. „Wenn ihr zwei etwas von eurem Besuch in Glencree haben wollt, sollten wir jetzt ohne weitere Umwege dorthin fahren."

Mit einem bedauernden Seufzen bestieg Lia nach Brendan und seiner Großmutter den Lieferwagen. Sie spürte fast körperlich, wie ihre Finger anfingen zu jucken – in dem Verlangen, die Landschaft, die sie umgab, zu zeichnen. Dabei hatte sie im Grunde äußerst wenig Erfahrung in diesem Bereich, weil sie sich im Alltag bisher auf Bleistiftskizzen beschränkt hatte. Aber zumindest gestern hatte sie die Gelegenheit genutzt, am Ufer des Lough Glencar zu sitzen und die friedliche Szene – weidende Schafe vor dem flachen, schilfbewachsenen Seeufer, im Hintergrund grüne Bäume und sanft ansteigende

Hügel – festzuhalten. Für heute dagegen würde sie sich wohl oder übel mit der Kamera zufriedengeben. Griffbereit behielt sie diese auf ihrem Schoß, und bald darauf passierten sie einen Wegweiser zum „Glencree Peace and Reconciliation Centre“.

Das dreistöckige, von Grünflächen umgebene Gebäude stand an einem grasbewachsenen Abhang, und unmittelbar daneben war eine schlichte Kapelle auszumachen. Im Hintergrund erhoben sich hohe Bäume.

Nachdem Brendan Rosie und Lia abgesetzt hatte und zu seinem eigentlichen Ziel weitergefahren war, gingen die beiden mit gemächlichen Schritten auf das Gebäude zu. Am unteren Rand der Rasenfläche hielt die alte Dame bedächtig inne. Von der Treppe, die über die letzte Rasenterrasse bis zum Eingang führte, wanderte ihr Blick zur Tür selbst und zu der Gebäudefront mit ihren hohen, gleichmäßig angeordneten Fenstern.

Lia fand, das Ganze vermittelte einen unfreundlichen oder zumindest nüchtern-abweisenden Eindruck, wie es für eine ehemalige Kaserne vermutlich üblich war. Umso mehr überraschten sie Rosies Gedanken dazu.

„Bei unserer Ankunft waren sie fast alle hell erleuchtet“, wandte diese sich an Lia. „Die Fenster, meine ich. Und sie strahlten so einladend hinaus in den grauen Abend. Für uns, die wir ein Leben lang kaum anderes als Verdunklung und Stromspartage gekannt hatten, war dies das reinste Wunder! Dass auch die Iren im Normalfall nicht so verschwenderisch mit ihrem Strom umgingen und in ländlichen Gegenden teilweise sogar noch Petroleumlampen üblich waren, stellten wir erst später fest. Doch nun komm, ich kann es kaum erwarten, das Innere des Hauses zu sehen.“

Gemeinsam traten sie über die Schwelle von Rosies erster Unterkunft in Irland, die heute als Zentrum für Frieden und Versöhnung genutzt wurde und für die Öffentlichkeit zugänglich war. Selbstverständlich waren die Räume inzwischen saniert worden und dienten einem komplett anderen Zweck als in der Nachkriegszeit. In der Hauptsache wurden sie als Konferenz- und Seminarräume genutzt, doch nicht alle waren zurzeit belegt.

So konnten die beiden Frauen ungestört einen bestuhlten Saal betreten, den Rosie als ihren ehemaligen Speisesaal identifizierte. „Hierher kamen wir alle ausgesprochen gern", sagte sie lächelnd. „Wenngleich das Essen anders war als zu Hause und viele von uns anfangs Verdauungsprobleme hatten, haben wir die Mahlzeiten über alles geliebt. Vermutlich rührten daher auch unsere häufigen Bauchschmerzen – wir konnten schlicht nicht genug davon bekommen. Dabei war uns Kindern überhaupt nicht bewusst gewesen, dass viele von uns zu Hause tatsächlich kurz vor dem Verhungern gewesen waren!"

„Auch Gerd und du?"

„Schon möglich. Wie gesagt, als Kind kann man das nicht beurteilen. Man hatte sich im Lauf der Zeit so an das nagende Hungergefühl gewöhnt, dass man es gar nicht mehr wahrnahm. Und das nicht erst nach Kriegsende …"

Rosies Stimme verklang. Dennoch war Lia überrascht, wie gefasst die alte Dame über diese unguten Erfahrungen sprechen konnte. Keine Spur von Verbitterung oder Mitleid heischender Erregung war in ihrem Gesichtsausdruck zu erkennen.

„Fest steht, dass es den irischen Rotkreuzhelfern und Nonnen hier im Heim Freude zu bereiten schien, uns nach besten Kräften wieder aufzupäppeln."

„Demnach warst du gern in Glencree", folgerte Lia.

„Das kann ich nicht sagen. Soweit ich mich erinnere, habe ich diese Zeit genau wie meine Kameraden einfach so hingenommen, ohne etwas zu hinterfragen. Unter einem Umstand litt ich allerdings sehr:

dass Gerd und ich in verschiedenen Schlafsälen untergebracht waren. Zu Hause in Köln hatten wir uns nicht nur ein Zimmer, sondern auch ein Bett geteilt, solange ich mich überhaupt erinnern konnte!"

„Das muss wirklich schlimm gewesen sein!" Mitfühlend legte Lia ihre Hand auf Rosies Arm, während sie den ehemaligen Speisesaal verließen, um sich der Ausstellung über die Geschichte Glencrees zu widmen, die mit dem Kasernenbau Anfang des 19. Jahrhunderts begonnen hatte. Allerdings überflogen sie diesen Abschnitt nur und beschäftigten sich danach ausführlich mit der *Operation Shamrock*, mit der Glencree für Rosie so untrennbar verbunden war.

Wie auch ihr eigener Zeitungsausschnitt bestand dieser Teil der Ausstellung aus vielen Fotos. Daneben gab es etliche Erfahrungsberichte sowohl von ehemaligen irischen Helfern als auch von inzwischen erwachsenen einstigen Flüchtlingskindern und eine kurze Zusammenfassung des Jubiläumstreffens, das im Jahr 2013 stattgefunden hatte.

Großteils schweigend studierten sie gemeinsam die Exponate und vor allem die Gesichter auf den Fotos. Als sie bei dem Abschnitt über das Jubiläumstreffen angelangt waren, fragte Lia: „Wusste von deinen ehemaligen Kameraden, die du 2013 wiedergesehen hast, eigentlich niemand etwas von Gerd?"

„Nein. Zu meinem größten Bedauern habe ich aber auch nur zwei oder drei Personen getroffen, die zum selben Zeitpunkt hier angekommen waren wie wir. Die meisten kamen mit späteren Kindertransporten an, während wir beide unter den ersten gewesen sind."

„Wie schade", gab Lia mitfühlend zurück.

Nach etlichen weiteren Minuten wandte sich Rosie von der Ausstellung ab und schlug vor: „Lass uns nach draußen gehen und dort einen kurzen Rundgang machen. Ich möchte wissen, ob vielleicht an den Orten, wo wir damals spielten, die eine oder andere Erinnerung zurückkommt."

Im Freien empfing sie leichter Nieselregen, sodass beide in ihre Regenjacken schlüpften, um die Außenanlage des Versöhnungszentrums zu besichtigen. Gleich in der Nähe des Eingangstores stießen sie auf einen der Gebirgsbäche, die hier quasi an jedem Hang zu finden waren.

Genau wie bei dem Bach im Nationalpark war auch das Wasser dieses Baches braun vom Torf und stürzte sich voller Leben über Steine und Felsbrocken hinweg hinunter ins Tal. Ausladende sattgrüne Rhododendronbüsche säumten das Ufer, berührten sich teilweise direkt über dem Bachlauf und bildeten dadurch so etwas wie einen Tunnel.

Plötzlich machte Rosie halt und rief mit leuchtenden Augen: „O Lia, ich erinnere mich! Dieser Bach war der heiß begehrte Lieblingsspielplatz sämtlicher Jungen, und ganz besonders der von Gerd! Die Büsche waren damals viel niedriger oder gar nicht vorhanden, so genau kann ich das nicht mehr sagen. Auf alle Fälle gelangte man problemlos ans Bachufer, und die Jungen machten sich einen Spaß daraus, Dämme und Brücken zu bauen, Schiffchen schwimmen zu lassen oder von Stein zu Stein zu springen, ohne nasse Füße zu bekommen! Das sahen die Schwestern nämlich gar nicht gern. Sie befürchteten stets, wir Kinder würden uns erkälten."

Rosie beugte sich zu einem der Büsche, brach ein Stückchen von einem Zweig ab und warf es über den Rhododendron hinweg in den Bach. Während es auf das Wasser zutrudelte, fuhr sie mit wehmütigem Lächeln fort: „Aber eines Tages fiel Gerd der Länge nach hinein, sodass seine Sonntagskleider nur so von Torfwasser trieften, und eine Nonne ertappte ihn dabei, wie er versuchte, in diesem Zustand unbemerkt ins Haus zu schleichen. Zur Strafe bekam er Hausarrest, wie man es heute nennen würde. Tagelang starrte er finster brütend aus dem Fenster, und nicht einmal ich brachte es fertig, ihn aufzumuntern.

In unserem ersten Brief an Omma beschwerte er sich dann, die Nonnen in Irland seien noch strenger und ungerechter als Erika!"

„O weh! Die arme Erika kommt in deinen Berichten meist nicht allzu gut weg! Dabei versuchte sie sicherlich nur, vernünftig und erwachsen zu sein und eure Großmutter zu unterstützen."

„Und biss dabei oft genug auf Granit, was Gerd betraf – und damit indirekt auch mich, weil ich stets an ihm hing. Gerd konnte nicht nur schlecht still sitzen, sondern begehrte auch gegen alles und jeden auf. Er war jeder Autorität gegenüber widerspenstig und trotzig, wie ich das heute ausdrücken würde, und dennoch der liebevollste, fürsorglichste Bruder, den sich ein kleines mutterloses Mädchen nur wünschen konnte."

Abrupt wandte sich Rosie vom Bachufer ab und wühlte in der Tasche ihrer Regenjacke, aus der sie schließlich ein Taschentuch zutage förderte, um sich damit die Augen zu tupfen.

„Gibst du mir bitte ein paar Minuten zum Nachdenken dort in der Kapelle?", bat sie Lia, nachdem sie schweigend das erste Stück ihres Rückwegs hinter sich gebracht hatten. „Ich brauche jetzt einen Augenblick für mich allein."

„Natürlich, Rosie. Nimm dir alle Zeit, die du brauchst, ich werde nebenan im Café auf dich warten." Lia lächelte ihrer betagten Freundin aufmunternd zu. Obwohl diese das Taschentuch wieder verstaut hatte, waren die Tränen in ihren Augenwinkeln Lia nicht entgangen. Gedankenversunken nahm sie in dem gemütlichen kleinen Café des Versöhnungszentrums Platz.

Gerd. Er war es also, dem zuliebe Rosie sich so intensiv mit ihrer Vergangenheit beschäftigte. Wegen ihres Bruders forschte sie bewusst nach jeder irgend möglichen Erinnerung. Zumindest war das Lias einzige Erklärung dafür, dass sie beispielsweise über die Gefahr ihres eigenen Hungertods so gelassen sprechen konnte, bei der Erinnerung an ein weniger bedeutsames Alltagserlebnis mit Gerd aber fast in Tränen ausbrach. War es möglich, dass sie ihren Zwillingsbruder nach all den Jahrzehnten immer noch vermisste – oder sich vielmehr nach einem Wiedersehen sehnte, jetzt da sie ihre alte Heimat in Deutschland besucht hatte und dabei ihre Erinnerung an ihn zurückgekehrt war? Oder litt sie eher unter der Ungewissheit, was aus ihm geworden war? Wäre es für Rosies Seelenfrieden vielleicht besser gewesen, Lia hätte an diesem Abend vor ein paar Wochen die beiden Besucherinnen an ihrer Wohnungstür rigoros abgewiesen?

Mit einem Anflug von Schuldgefühlen entschloss sie sich, Rosie bei der Klärung ihrer Gefühle, was Gerd anging, beizustehen. Oder wenigstens herauszufinden, was sie sich von den Erinnerungen an ihn erhoffte.

„Da bist du ja, Liebes", riss Rosies Stimme Lia abrupt aus ihren Gedanken. „Und wie ich sehe, hast du bereits ein Kännchen Tee für mich bestellt. Vielen Dank, den brauche ich jetzt dringender als alles andere!"

Mit diesen Worten ließ sie sich schwer auf den freien Stuhl sinken, im Gesicht wieder das vertraute sanfte Lächeln. Wie es aussah, hatte sie in der Kapelle ihr inneres Gleichgewicht wiedergefunden.

# *Kapitel 9*

*Glencree, Sommer 1946*

Nicht einmal das Wetter in Irland war freundlich. Als Rosie die Augen aufschlug, weil eine laute, unverständliche Stimme die Mädchen im Schlafsaal geweckt hatte, sah sie vor dem Fenster nichts als dicken weißen Nebel. Dabei war es Sommer, und zu Hause in Köln war es im Sommer niemals neblig gewesen. Wenn die Sonne nicht schien, war es wolkig oder es regnete, und das war alles. Hier dagegen bildete der Nebel eine undurchdringliche Wand vor den Fenstern, als wollte er die Kinder für immer in diesem riesigen, unheimlichen Haus einsperren.

Außerdem war es kalt in ihrem Schlafsaal. Als ihre nackten Füße den Boden berührten, fuhr Rosie erschrocken zusammen und schlüpfte so rasch wie möglich in ihre Strümpfe und das einzige Ersatzkleid aus ihrem Köfferchen. Es war ein abgelegtes Kleid von Erika, weshalb der untere Saum Rosie bis an die Fersen reichte, aber das andere hatte Mary ihr ja am Abend zuvor aus der Hand genommen.

Auch jetzt war es die fröhliche rothaarige Rotkreuzhelferin, die die Mädchen beim Anziehen beaufsichtigte und danach direkt zum Waschraum dirigierte. Sie stellte sich neben Rosie, nahm ihr den Kamm aus der Hand und fuhr damit sanft durch deren kurz geschnittenes Haar. Dann zauberte sie ein Haarband aus ihrer Schürzentasche hervor, band es geschickt um Rosies Kopf und zeigte dieser ihr Spiegelbild.

Überrascht musterte Rosie sich selbst. Das Band war aus ähnlich weichem schwarzem Samt wie Ommas Sonntagskleid und hielt ihr das kurze Haar so aus dem Gesicht, dass es gar nicht mehr nötig war, Zöpfe zu flechten. Der Anblick war seltsam, ungewohnt – und trotzdem irgendwie schön. Zaghaft lächelte sie die junge Schwester an, und mit einem Mal verlor sogar die Nebelwand draußen etwas von ihrem Schrecken.

Vollkommen vergessen war sie jedoch erst, als Rosie auf dem Weg zum Speisesaal ihren Zwillingsbruder wiedersah. Gerd steckte inmitten einer Gruppe lärmender großer Jungen, aber als er seine Schwester erspähte, schob er alle anderen ungestüm beiseite, gesellte sich zu ihr und begleitete sie zum Speisesaal, um sich dort gemeinsam mit ihr an einen Tisch zu setzen. Rosie rückte so nahe wie möglich an ihn heran.

Wie bei ihr selbst hatten die Schwestern auch Gerds blonde Strubbelmähne mit der Schere bearbeitet, sodass die abstehenden Ohren sichtbar waren und das Haar auf dem Kopf stachelig in die Höhe stand. Er erschien Rosie ein wenig fremd, doch das Strahlen, mit dem er die dampfenden Schüsseln voller Haferbrei auf dem Tisch betrachtete, war das gleiche wie immer und gab Rosie fast das Gefühl, wieder zu Hause zu sein.

Aber noch durften die Kinder nicht essen. Als einer der Jungen gierig eine Schale Brei zu sich heranzog, erklang die strenge Stimme einer Nonne mitten im Saal. Niemand verstand ihre Worte, doch der Tonfall der stämmigen Frau im schwarzen Gewand beinhaltete eindeutig Tadel.

Erschrocken zog der Junge seine Hand zurück, während die Nonne mit ihren Händen einige seltsame Bewegungen machte, bevor sie ihren Kopf neigte und ein wenig lauter als zuvor etwas aufsagte, was Rosie an ein Gedicht erinnerte.

„Sie spricht das Tischgebet", wisperte ein älteres Mädchen, „ihr müsst mitmachen!" Sie senkte ebenfalls den Kopf und machte das Kreuzzeichen.

Gerd und Rosie warfen einander fragende Blicke zu. Sie konnten sich nicht daran erinnern, dass bei ihnen zu Hause jemals gebetet worden war, und ebenso wenig in der Schule. „Gott hat unser Land schon vor langer, langer Zeit im Stich gelassen", hatte Omma einmal erklärt, als Erika danach gefragt hatte, „und das kann ihm wahrhaftig auch keiner verdenken!"

Rosie konnte sich die Worte ihrer Großmutter nur so erklären, dass Gott das Land verlassen hatte, weil die Bomben sein prächtiges altes Haus, den Dom, beschädigt hatten und es unter seiner Würde war, in einem zerstörten Gebäude zu wohnen. Damit hatte Omma sicherlich recht gehabt. Hier in Irland dagegen musste Gott ja anwesend sein, wenn direkt neben dem Haus eine kleine Kirche stand und man sogar beim Essen zu ihm betete. Deshalb neigte Rosie gehorsam den Kopf, um es ihrer älteren Kameradin gleichzutun.

Kaum hatte die Nonne ihr Gebet beendet, stellten die Schwestern Kannen mit dicker, rahmiger Milch und Schalen mit geschmolzener Butter und Zucker auf den Tisch und bedeuteten den Kindern, ihren Haferbrei damit zu begießen beziehungsweise zu bestreuen. Das ließ sich Gerd nicht zweimal sagen. Großzügig bediente er sich an allen Zutaten und vertilgte zwei ganze Schalen von dem süßen Brei, während Rosie schon nach einer Portion zufrieden ihren Löffel weglegte. Nie zuvor war sie so satt gewesen – und noch schöner war die Tatsache, dass es Gerd genauso ging.

Nachdem dieser die zweite Schale geleert hatte, funkelten seine Augen unternehmungslustig, und er begann, mit Helmut vom Nebentisch Pläne für den Rest des Tages zu schmieden. Gerd hatte vor, um jeden Preis herauszufinden, ob man vom Haus aus das Meer sehen konnte. Immerhin lebten sie jetzt auf einer Insel, die auf der Landkarte ihres Lehrers daheim nicht größer als ein kleiner Fleck im Ozean gewesen war.

Vorläufig aber wurde nichts aus diesen Plänen: Gleich nach dem Frühstück wurden die jungen Ankömmlinge einem Arzt vorgestellt, gemessen, gewogen und eingehend untersucht. Einige von ihnen, die in besonderem Maß unterernährt waren oder andere körperliche Auffälligkeiten aufwiesen, schickte der behäbige grauhaarige Mediziner auf die Krankenstation. Die Zwillinge befanden sich beim Rest der Gruppe, und diese wurde unter der Aufsicht von Mary und ihren Kolleginnen zum Spielen nach draußen geschickt.

Unterdessen war der Nebel, der Rosie vor dem Frühstück so eingeschüchtert hatte, verschwunden, und zwischen den bauschigen Wolken lugte gelegentlich die Sonne hervor. Der nasse Rasen vor dem Haus leuchtete so grün, dass Rosie beim Hinsehen die Augen schmerzten, und außer der Kirche nebenan war weit und breit kein anderes Gebäude zu sehen. Nichts als Gras und ein Kiesplatz, Bäume und Büsche und dahinter die Berge. Nicht einmal Trümmer gab es hier, die man nach Brauchbarem hätte durchsuchen können.

Ratlos sahen die Großstadtkinder sich an. Wie beschäftigte man sich an einem solchen Ort? Glücklicherweise hatten die Schwestern wenigstens einen Fußball dabei, den die Jungen einen Augenblick lang staunend bewunderten und sich schon bald auf dem Rasen zuspielten. Rosie sah ihnen eine Weile zu, bis Hildegard mit zaghafter Miene auf sie zukam.

„Wollen wir ein bisschen herumlaufen?“, erkundigte sie sich schüchtern, und Rosie stimmte nicht weniger zurückhaltend zu. Sie wollte jedoch nur so weit gehen, dass sie Gerd weiter im Blick behalten könnte.

Dieser war in das ungewohnte, aber aufregende Fußballspiel vertieft und bemerkte erst nach einer Weile, dass Rosie ihm nicht mehr zuschaute. Suchend blickte er sich um und sah, wie seine Schwester mit einem anderen kleinen Mädchen schwatzend vor dem Haus auf und ab ging. Das erinnerte ihn an seinen ursprünglichen Plan: einen Weg zu finden, nach dem Meer und nach Schiffen Ausschau zu halten. Und da seine Schwester ausnahmsweise anderweitig beschäftigt war, konnte er getrost einmal etwas ohne sie unternehmen. Gerd war nämlich nicht entgangen, dass die anderen Jungen über die Art und Weise, wie er sich um Rosie kümmerte, die Nase rümpften.

Ein letztes Mal spielte er deshalb den Ball einem anderen zu und tippte dann Helmut auf die Schulter. „Kommst du mit auf einen Erkundungsgang?"

„'türlich!", erwiderte dieser. Kurz darauf verschwanden die beiden um die Hausecke. Aber hinter dem großen Gebäude und der Kapelle stieg das Gelände stetig an, und es gab nichts weiter zu sehen als ein paar kleinere Nebengebäude. Deshalb beschlossen die beiden Jungen, ihr Glück in der Gegenrichtung zu versuchen.

Ständig in Sorge, die Schwestern vor dem Haus würden sie aufhalten, bewegten sie sich unauffällig auf das Eingangstor am untersten Ende der Grünfläche zu. Es war verschlossen.

„Mist!", seufzte Helmut. Doch Gerd war nicht bereit, so schnell aufzugeben. Er musterte das mehr als mannshohe, stabile Eisentor und meinte: „Lass uns rüberklettern!"

„Ohne mich!", sagte Helmut. „Die Schwestern werden uns dabei erwischen, und dann bekommen wir zur Strafe kein Mittagessen!"

„Hm." Gerd, der bereits einen Fuß auf die unterste Querstrebe des Tores gesetzt hatte, hielt inne und überlegte. „Dann eben nicht heute!", entschied er. „Aber ich finde das Meer schon noch, du wirst sehen!"

Helmut nickte, dann legte er lauschend die Hand ans Ohr. „Hörst du das?", fragte er. „Das Rauschen dort drüben!" Er zeigte auf die großen grünen Büsche neben dem Eingangstor.

Ohne zu zögern, schritt Gerd darauf zu, zwängte sich durch die dicht wachsenden Zweige und stand plötzlich vor einem kleinen gurgelnden Bach. „Das musst du dir ansehen, Helmut!", rief er, doch sein Kamerad war ohnehin schon dicht hinter ihm. Einen Augenblick lang bestaunten die beiden den Bach, der mit seinem braunen, lebhaft sprudelnden Wasser so ganz anders war als der Rhein zu Hause. Dann sprang Helmut juchzend auf einen Felsbrocken, der ein wenig aus dem Bachbett ragte.

Gerd tat es ihm gleich, und schon bald war eine ausgelassene Planscherei im Gange.

„Das müssen wir den anderen Jungs zeigen", keuchte Helmut schließlich und ließ sich ein Stück bachaufwärts erschöpft in den feuchten Uferfarn fallen – was keinen Unterschied mehr machte, so nass, wie die beiden Jungen mittlerweile waren.

Gerd nickte stumm, bevor er sich neben Helmut auf den Boden sinken ließ. Aus irgendeinem unverständlichen Grund hatte das Getobe ihm nicht gutgetan, denn auf einmal fühlte er sich gar nicht mehr wohl. Sein Bauch gurgelte und gluckste wie das Wasser im Bach, und obwohl Gerd beide Hände fest daraufhielt, wollte er sich nicht beruhigen. Im Gegenteil, er schmerzte ärger als je zuvor. Dabei hatte Gerd heute Morgen doch mehr als genug zum Essen gehabt!

„Ich – ich geh jetzt ins Haus", murmelte er kaum hörbar, und Helmut, der das Unwohlsein seines neuen Freundes erkannt hatte, begleitete ihn. Die beiden hatten den Eingang fast erreicht, als Gerd sich vornüberbeugte und sich heftig übergeben musste.

Im Nu war Rosie zusammen mit einer der Rotkreuzschwestern an seiner Seite. „Was ist mit dir, Gerd?", fragte sie mit zitternder Stimme, doch er fühlte sich zu elend, um antworten zu können. Widerstandslos ließ er sich von der Frau in Uniform ins Haus führen, dann zu dem Saal, in den der Arzt nach der Untersuchung die kranken

Kinder geschickt hatte und wo die strenge Nonne über den Betten Wache hielt.

Gerds Bauch schmerzte so heftig, dass er kaum bemerkte, wie geübte Hände ihn aus seinen Kleidern, die mit Erbrochenem bedeckt waren, schälten, ihn ins Bett legten und sorgsam zudeckten. Als die nächste Welle der Übelkeit in ihm aufstieg und sich den Weg nach oben bahnte, war Gerd sich sicher, dass er sterben würde. Ganz allein in einem fremden Land, wo er nicht einmal verstehen konnte, was die Schwester sagte, die ihn beim Erbrechen stützte. Aber das Allerschlimmste war, dass von Rosie nichts zu sehen war.

Gerd legte sich zurück, schloss die Augen und wartete auf sein Ende.

Draußen auf dem Gang blickte Rosie verängstigt auf die Tür, hinter der die Schwester mit ihrem geliebten Bruder verschwunden war. Weshalb hatte man sie nicht mit Gerd dort hineingehen lassen? Er brauchte sie doch, wenn er so krank war – und warum war es ihm überhaupt jetzt, da sie genug zum Essen hatten, derart elend geworden?

Rosie verstand diese Welt mit der ihr fremden Sprache, den fremden Menschen und Sitten mit jeder Minute weniger. Immer mehr Tränen strömten über ihre Wangen, während sie auf dem kalten Boden kauerte, die Knie mit den Armen umschlungen, und darauf wartete, dass die Tür sich wieder öffnen und Gerd herauskommen würde.

In diesem Zustand fand Schwester Mary das Mädchen nach dem Mittagessen, bei dem man es vermisst hatte.

„O Kind“, sagte sie seufzend und ging neben der Kleinen in die Hocke. Wie gern hätte sie ihr die Sorgen um ihren Bruder abgenommen, der zumindest hier im fremden Land alles war, was sie noch an Familie besaß! Mary hätte nichts lieber getan, als ihr zu erklären, dass dieser lediglich beim Frühstück ein bisschen zu viel fette Milch und

Butter zu sich genommen hatte und dass er bald wieder vollkommen gesund sein würde. Doch dank der verflixten Sprachbarriere war das ein Ding der Unmöglichkeit. Es blieb ihr keine andere Option, als zu hoffen, durch körperliche Zuwendung zu Rosies Herz durchzudringen. Tröstend nahm sie das Kind in den Arm.

„Alles wird gut, Rosie, alles wird wieder gut", murmelte sie dabei in ihrer Muttersprache und begann, eine beruhigende Melodie zu summen. Allmählich entspannte sich der kleine Körper. Mary spürte, wie Rosie sich an sie schmiegte; und endlich hob das Kind den Kopf, um ihr ins Gesicht zu sehen.

Ermutigend lächelte Mary sie an, und auch wenn Rosie das Lächeln nicht erwiderte, ließ sie sich zumindest auf die Füße helfen und zurück zu den anderen bringen. Dort heftete sie sich an die Fersen ihrer Trösterin, bis sich nach dem Abendessen alle Kinder gemeinsam in die Kapelle nebenan begaben.

Die Jungen schob man in die Bankreihen auf der rechten Seite der Kirche, die Mädchen nahmen auf der linken Seite Platz. Rosie saß neben Annemarie, dem Mädchen, das über das Tischgebet Bescheid gewusst hatte, und lauschte deren gewisperten Erklärungen zu allem, was um sie herum vorging. Der Priester in einem hellen Gewand und einer bunten Schärpe eröffnete die Versammlung mit einem seltsamen Singsang, in den die Schwestern hin und wieder mit einstimmten. Und immer wieder mussten alle Anwesenden aufstehen oder niederknien oder das Kreuzzeichen schlagen – es war mehr als verwirrend. Doch in dem Augenblick, in dem der Priester begann, aus einem Buch vorzulesen, entdeckte Rosie etwas.

Die Fenster der Kirche waren ganz ähnlich wie das Gemälde, das zu Hause über Großmutters Sofa hing, nur waren diese Bilder hier aus buntem Glas und leuchteten im Abendlicht auf. Jedes Glasfenster stellte etwas anderes dar. Da war das Bild einer jungen Frau mit gütigem Blick und einem Säugling im Arm, daneben das eines Mannes mit weißem Bart, einer seltsamen Kopfbedeckung und einem langen Stab in der Hand zu sehen. Am besten aber gefiel Rosie das Bild des Mannes mit dem Kleinkind auf dem Schoß. Im Kreis um ihn herum standen ebenfalls Kinder: Jungen und Mädchen, kleine und größere, und alle blickten aufmerksam zu ihm auf. Vielleicht hatte er sie um sich versammelt, um ihnen eine Geschichte zu erzählen? Jedenfalls konnte man an ihren strahlenden Gesichtern erkennen, wie gern sie den Mann hatten und wie lieb umgekehrt der Mann die Kinder hatte.

So zärtlich und beschützend hatte er den Arm um das kleine Mädchen auf seinem Schoß gelegt! Je länger sie es ansah, desto mehr wünschte sich Rosie, sie selbst wäre dieses Kind und würde von diesem großen und gütigen Mann beschützt! Nichts und niemand könnte ihr dann mehr etwas anhaben, davon war sie überzeugt.

Während sie solchen Gedanken nachhing, verging die Andacht, wie Annemarie die Versammlung nannte, für Rosie viel zu schnell. Sie warf noch einen letzten Blick auf das Bild, als sie die Kapelle verließen, und hoffte, dass sie möglichst bald wieder hierher zurückkehren durfte, um es zu betrachten.

☘ ☘ ☘

Zu Rosies größter Freude bekam sie praktisch jeden Tag die Gelegenheit, „ihr" Fenster in der Kirche zu betrachten, sodass die Abendandacht schon bald zu den ihr liebsten Ereignissen des Tages zählte. Vollkommen still saß sie dann in ihrer Bankreihe, richtete den Blick auf den „mächtigen Beschützer" – wie sie den Mann im Fenster in ihren Gedanken nannte – und seine Kinder und lauschte den wohlklingenden Worten des Priesters. Dabei wurde ihr so wohlig warm, als hätte ihr jemand eine Wärmflasche auf den Bauch gelegt, und wenn sie die Kapelle verließ, war es draußen viel heller als zuvor.

Mit der Zeit begann sie sogar, einzelne Worte des Priesters zu verstehen. Denn gerade rechtzeitig, bevor die jungen Flüchtlinge zu der Überzeugung gelangen konnten, dass ihre Tage künftig nur noch aus ausgiebigen Mahlzeiten und Zeit zum Spielen bestehen würden, brach der Ernst des Lebens wieder über sie herein. Und zwar in Form von Englischunterricht.

Da sie inzwischen körperlich wieder halbwegs auf der Höhe waren, sollten sie so rasch wie möglich in passende Pflegefamilien vermittelt werden, und je kleiner dabei die Sprachbarriere war, desto leichter würde sich dies für alle Beteiligten gestalten. Der Unterricht selbst lief ähnlich ab wie zu Hause in Deutschland – jedoch mit dem Unterschied, dass der Lehrer anfangs eher Verwirrung unter den Schülern stiftete, als ihnen etwas beizubringen.

Zeigte er ihnen beispielsweise einen Apfel und wiederholte dazu siebenmal das Wort „Äppl", erfassten selbst die Jüngsten unter ihnen die englische Bezeichnung für das Wort Apfel. Statt aber das entsprechende Wort an die Tafel zu schreiben, buchstabierte der Lehrer „ei, pi, pi, el, i" und notierte dabei „apple". Was bitte schön war denn nun richtig, fragte sich Rosie dann stirnrunzelnd.

Manchmal bekam sie von der Anstrengung, dem Unterricht zu folgen, regelrecht Kopfschmerzen, obwohl ihr das Lernen früher wirklich Freude bereitet hatte. Gerd hingegen, der nach seiner raschen Genesung wieder vollkommen der Alte war, gab sich erst gar keine Mühe. Damit war er nicht der Einzige unter den Jungen. „Wozu soll ich das lernen? Wir fahren sowieso wieder zurück nach Hause, sobald es geht!", hatte der elfjährige Josef anfangs großspurig erklärt und damit viele von ihnen überzeugt.

Dennoch verstanden selbst diese Jungen jeden Tag ein wenig mehr von dem, was die Schwestern von ihren Schützlingen verlangten; und Rosie begann, Schwester Mary gegenüber zaghaft erste englische

Wörter zu gebrauchen. Seit dem Tag, als Gerd auf der Krankenstation gewesen war, wurde das Band zwischen ihr und der rothaarigen sommersprossigen Schwester immer enger, und Mary freute sich überschwänglich über jedes englische Wort, das Rosie benutzte.

Außerdem hatte sie Erikas Kleid abgeändert, sodass es Rosie nun richtig passte, und ihr sowie einigen anderen Kindern besser erhaltenes Schuhwerk besorgt als das, mit dem sie hier angekommen waren.

An einem Sonntag, vier oder fünf Wochen, nachdem sie alle in Glencree eingetroffen waren, trug Rosie ebenfalls dieses Kleid. Wie an jedem Sonntag bisher waren alle vormittags in der Kirche gewesen, doch nach dem Mittagessen wurden die jungen Schutzbefohlenen nicht wie üblich ins Freie zum Spielen geschickt, sondern sollten im Speisesaal bleiben. Die Schwestern erwarteten Besuch für sie – die ersten potenziellen Pflegeeltern.

Als eine ganze Schar von Fremden auf einmal den Raum betrat, unterbrach Rosie ihr Spiel mit Hildegard und Annemarie und schlich unauffällig zu Gerd hinüber. Obwohl sie nicht wusste, was dieser Besuch zu bedeuten hatte, fand sie die Art und Weise, wie die vielen Erwachsenen sie alle musterten, ein wenig unheimlich. Weshalb gingen sie von einem Kind zum anderen, um sie derart prüfend zu betrachten, und versuchten, sich mit manchen zu unterhalten? Sie hoffte nur, dass niemand sie selbst, halb versteckt hinter ihrem Bruder, entdecken und ansprechen würde.

Von ihrem notdürftigen Versteck aus bemerkte sie nach einer Weile ein bekanntes Gesicht unter den Besuchern. Der junge Mann, der sie bei der Ankunft im Hafen auf seine Schultern gehoben und ihr damit einen furchtbaren Schrecken eingejagt hatte, war hier. Auch heute lag ein strahlendes Lächeln auf seinem Gesicht. Rosie machte sich auf ihrem Stuhl ein bisschen kleiner und senkte den Kopf, sodass ihr die Haare über Stirn und Augen fielen.

Sie dachte an den „mächtigen Beschützer“ aus der Kapelle und das kleine Mädchen auf dessen Schoß und wünschte sich sehnlichst, sie könnte jetzt mit diesem Mädchen tauschen und selbst den sicheren Platz in seinem Arm einnehmen.

Aber ihr Wunsch wurde nicht erfüllt. Plötzlich legte sich eine Hand auf ihre Schulter. Rosie zuckte zusammen. Doch es war nicht die tiefe Stimme eines Mannes, die sich an sie wandte, sondern eine sanfte, aufmunternde Frauenstimme.

Ganz langsam, Zentimeter um Zentimeter, hob Rosie den Kopf. Als Erstes sah sie ein blaues Blümchenkleid und eine helle Handtasche, dann eine Halskette mit zierlichem silbernen Kreuz und schließlich das Gesicht einer Frau. Sie war weder so alt wie Großmutter noch sonderlich jung, ihr Haar war hellbraun mit einem schicken Hütchen darauf, ihre Augen grau, und auf ihren rot geschminkten Lippen lag kein Lächeln. Dafür strich sie Rosie so zärtlich durchs Haar, dass diese ungewollt lächelte.

„I am Mrs Casey!“, sagte die Dame und nahm ihre Hand von Rosies Kopf, um auf ihre Brust zu deuten. „Eileen Casey. What's your name?“

Rosie überlegte. Diese Worte kannte sie mittlerweile, selbst ohne die erklärende Handbewegung dazu. Aber verstehen war das eine, antworten eine weit schwierigere Aufgabe. „Ai – Ai äm Rosie Henke!“, brachte sie mühsam flüsternd heraus.

„Rosie“, wiederholte die Dame gedehnt, „how nice! Would you like to go for a walk with me?“

Einen Augenblick lang musterte Rosie die Hand, die sich ihr entgegenstreckte. Dann schüttelte sie nachdrücklich den Kopf und griff stattdessen nach der Hand ihres Bruders, der die Unterhaltung zwischen ihr und Mrs Casey schweigend verfolgt hatte. So nett Mrs Casey auch war, ohne Gerd würde sie nirgendwo mit ihr hingehen.

Überrascht blickte die Dame von dem zarten, verschüchterten Mädchen zu dem anderen Blondschopf mit den lebhaft – oder zornig? – blitzenden blauen Augen, die denen des Mädchens auf verblüffende Weise ähnelten. Sie nickte verstehend und zog ihre Hand zurück.

Bevor sie sich abwandte und die Geschwister wieder sich selbst überließ, strich sie Rosie dennoch ein weiteres Mal übers Haar und murmelte einige freundlich klingende Worte. An der Tür des Speisesaals machte sie halt, um sich mit Schwester Mary zu unterhalten, und lächelte Rosie ein letztes Mal zu.

Es war kein fröhliches Lächeln, fand Rosie, sondern so eines, das die Erwachsenen aufsetzten, wenn ihnen in Wirklichkeit nach Weinen zumute war. Sie senkte den Blick, als gäbe es nichts Interessanteres zu sehen als die hölzernen Bodendielen, und als sie ihn wieder hob, war Mrs Casey verschwunden.

Auch die übrigen Besucher verließen kurz darauf den Saal, ohne dass einer von ihnen die Zwillinge angesprochen hatte. Befreit atmete Rosie auf.

Auf dem Weg zurück nach Dublin umklammerte Eileen Casey das Lenkrad so fest, dass ihre Fingerknöchel weiß hervortraten; und das lag nicht nur an den zahllosen scharfen Kurven und Schlaglöchern in der Landstraße.

Da hatte sie zu ihrer größten Freude unter den deutschen Flüchtlingskindern eines gesehen, das genau ihren Vorstellungen entsprach – ein offenbar stilles, zurückhaltendes Mädchen, nett anzusehen und gerade einmal acht Jahre alt –, und nun hatte ausgerechnet dieses Kind einen Zwillingsbruder. Schwester Mary hatte das nicht nur bestätigt, sondern gleichzeitig große Bedenken geäußert, die Geschwister zu trennen.

So wie es aussah, hing Rosie sehr an ihrem Bruder und litt selbst unter kurzzeitigen Trennungen von ihm. Niemand von den Verantwortlichen im Heim wusste Näheres, doch Schwester Mary vermutete, dass die Zwillinge nur noch einander hatten, vielleicht sogar die einzigen Überlebenden ihrer Familie waren. Schließlich bestand der Großteil der Gruppe aus Waisenkindern. Es wäre demnach nicht nur selbstsüchtig, sondern zutiefst unbarmherzig, wenn sie die beiden auseinanderreißen würde – selbst für einen begrenzten Zeitraum.

Aber Oliver – sie brauchte dieses Kind für ihn! Eileen musste ihre sanften blauen Augen nur ansehen, um zu spüren, dass Rosie dazu fähig wäre, früher oder später wieder ein Lächeln in das Gesicht ihres Mannes zu zaubern. Konnte man es in diesem Fall wirklich selbstsüchtig nennen, wenn sie Rosie als Pflegekind in ihrer Familie aufnehmen würden? Unglücklich und vollkommen entgegen ihrer damenhaften Erziehung schlug Eileen mit der flachen Hand aufs Lenkrad.

Sie würde alles für Oliver tun. Alles, damit ihr Mann wieder zu der Person wurde, die er einst gewesen war: ihr gut gelaunter, immer zu Scherzen oder einem fröhlichen Pfeifen aufgelegter, rücksichtsvoller, liebender Ehemann.

Vermutlich wäre er das auch geblieben, wenn sie in der Lage gewesen wäre, ihm ein eigenes Kind zu schenken – oder wenn er nicht an der Seite der Briten in diesen elenden Krieg gezogen wäre und die irische Gesellschaft ihn nicht aus diesem Grund nun wie einen Aussätzigen behandeln würde. Doch es war müßig, darüber nachzudenken. An der Tatsache, dass sie keine Kinder bekommen konnte, war ebenso wenig zu rütteln wie an den Ereignissen aus der Vergangenheit.

Oliver hatte es als seine christliche Pflicht gesehen, gegen den größenwahnsinnigen deutschen Führer zu kämpfen, obwohl sein eigenes Land es vorzog, neutral zu bleiben. Somit war er gezwungen gewesen, gemeinsame Sache mit den eigentlich verhassten Briten zu machen, die das irische Volk jahrhundertelang geknechtet hatten. Er hatte sich freiwillig der Royal Air Force angeschlossen, ohne zu ahnen, welches menschenunwürdige Elend er in diesem Krieg sehen und hören würde und mit welcher Konsequenz ihn seine Mitbürger künftig als Verräter an seiner Heimat Irland ächten würden.

Körperlich unversehrt, aber mit einem finsteren Schatten über dem Gemüt war er vor einem halben Jahr zu Eileen zurückgekehrt, und ohne dass er das jemals explizit geäußert hätte, spürte sie, dass er seinen Glauben verloren hatte. Das Vertrauen in einen liebenden Gott im Himmel ebenso wie jeglichen Glauben an einen zur Liebe fähigen Menschen als Gottes Geschöpf.

Die Tatsache, dass man ihn, den Universitätsprofessor, gleich danach zum Lehrer an einer Schule im Dubliner Arbeiterviertel degradiert hatte, hatte die tiefen Schatten in seinem Gesicht zusätzlich verstärkt. Mittlerweile wurde er nicht nur von Albträumen geplagt, sondern mied jeglichen Kontakt zu seinen Mitmenschen.

Eine ganze Weile lang hatte Eileen geduldig schweigend zugesehen und gehofft, dass Oliver sich zumindest ihr gegenüber wieder öffnen würde. Doch Woche um Woche verging, und ihr Mann wurde immer verschlossener, schlief aufgrund seiner Albträume nicht mehr im selben Zimmer und ließ sie nicht einmal ansatzweise daran teilhaben, was er eigentlich im Krieg erlebt hatte.

In Eileen wuchs eine verzweifelte, hilflose Ohnmacht, mit der sie sich aber nicht abfinden wollte. Irgendeine Lösung für dieses Problem musste es einfach geben! Irgendjemand musste doch in der Lage sein, Oliver aus seiner Lethargie zu reißen und ihn davor zu bewahren, gänzlich zu einem gottlosen Menschenfeind zu werden. Nicht einmal, als ihr Mann an der Front gewesen war, hatte sie so inbrünstig gebetet wie in den letzten Monaten, seit er wieder zu Hause war. Dennoch war sie kurz davor aufzugeben, als sie in der Zeitung einen Aufruf entdeckte: Das Irische Rote Kreuz suchte Adoptiveltern für Not leidende deutsche Kinder.

Ausgerechnet für deutsche Kinder – Kinder jener Nation, die Millionen von Menschen erbarmungslos abgeschlachtet hatte, urteilte Eileen verächtlich. Die dafür verantwortlich war, dass ihr Mann nicht mehr fähig war, er selbst zu sein. Wer in aller Welt sollte sich dazu bereit erklären, ein solches Kind aufzunehmen?

Dennoch ließ der Aufruf sie nicht los. Die Zeilen und vor allem die Bilder von verhungernden Kindern verfolgten Eileen bis in ihre Träume hinein. Selbst wenn sie den Gottesdienst besuchte oder ihr Gebetbuch aufschlug, um dort Hilfe für Olivers Probleme zu finden, sah sie das verhärmte Gesicht eines Trümmerkindes aus dem Zeitungsartikel vor sich: riesige Augen, die tief in ihren Höhlen lagen und sie ausdruckslos anstarrten. Und obwohl sie sich dagegen wehrte, stieg zunehmend Mitleid in ihr auf. Wenn jemand wissen konnte, wie es sich anfühlte zu verhungern, dann war es Eileens eigenes Volk. Vor gerade mal hundert Jahren hatte Irland mehr als ein Viertel seiner Bevölkerung durch die große Hungersnot und deren Folgen verloren. Und selbst wenn die Iren im Gegensatz zu den Deutschen unverschuldet in diese Situation geraten waren: Ein Kind war immer noch ein Kind, und damit erst einmal und grundsätzlich unschuldig. Die deutschen Kinder in diesem Artikel trugen keine Schuld an ihrer hoffnungslosen Lage, sondern waren ihr wehrlos ausgeliefert.

Und während der nächste Zeitungsartikel die Ankunft der ersten jungen Flüchtlinge in Dublin dokumentierte, gärte in Eileen der Gedanke, dass vielleicht sogar *gerade* ein deutsches Kind zu Olivers Heilung beitragen könnte. Womöglich wäre ein Kind explizit aus jener Nation, die ihm durch ihre Schreckenstaten sein Gottvertrauen geraubt hatte, fähig, ihm dieses durch seine unschuldige kindliche Art zurückzubringen? Ihm zu beweisen, dass Menschen durchaus zur

Liebe fähig waren – gänzlich unabhängig davon, welchem Volk sie angehörten – und deshalb auch seine, Olivers, Vergebung verdienten?

Eileen war sich zweifellos bewusst, welches Risiko sie einging und wie viel Potenzial zum Scheitern eine solche Folgerung und gewagte Idee in sich barg – und dennoch. Dennoch meinte sie zu spüren, dass dies ein Rettungsanker war, den ein Größerer, als sie selbst es war, ihr zuwarf!

Also hatte sie sich, ohne Oliver einzuweihen, genauer informiert und beschlossen, sich zunächst einmal bei den Flüchtlingskindern umzusehen. *Falls* sie dabei tatsächlich eines kennenlernen würde, das ihr Herz berührte, könnte sie Oliver einen konkreten Vorschlag machen und – so Gott wollte – einem dieser Kinder für die nächsten drei Jahre ein Zuhause bieten. Zu dessen eigenem ebenso wie zu Olivers Wohlergehen.

Und hier war sie nun, auf der Rückfahrt vom Flüchtlingsheim und in dem Glauben, das richtige Kind gefunden zu haben – und konnte sich doch nicht darüber freuen.

Nein, sie durfte das Mädchen nicht von seinem Bruder trennen, nur um ihre eigenen Ziele zu verfolgen. Stattdessen würde sie das Heim in Glencree ein weiteres Mal besuchen, in der Hoffnung, ein anderes Kind kennenzulernen, das gern mit ihr gehen würde.

Sie wollte und durfte ihr Gottvertrauen in dieser Angelegenheit nicht nach einem einzigen Misserfolg in den Wind schreiben!

# Kapitel 10

*Glencree und Dublin, September 1946*

„Was wollt ihr denn nun schreiben?“ Ungeduldig klopfte Annemarie mit dem Bleistift auf die Tischplatte. Als eines der ältesten Kinder hatte sie den Auftrag bekommen, den jüngeren wie Rosie und Gerd beim Verfassen ihres wöchentlichen Briefes an die Familie daheim in Deutschland zu helfen.

Doch Gerds Gedanken waren nicht bei Großmutter und Erika, sondern noch immer bei den Besuchern, die den Saal erst kurz zuvor verlassen hatten. Manch einer von ihnen hatte ein Flüchtlingskind mitgenommen.

Josef mit seinen breiten Schultern war an der Seite eines Mannes hinausgegangen, der schwere Arbeitsstiefel trug und dessen Gesicht so braun gebrannt und faltig war wie das von Onkel Oskar während der Getreideernte. Auch Hermann und eine von Rosies kleinen Freundinnen waren jeweils gemeinsam mit einem Ehepaar verschwunden.

„Sie werden nicht wieder zurückkommen, nicht wahr?“, wandte sich Gerd fragend an Annemarie. „Josef, Hermann und die anderen?“

Die Ältere nickte. „Ich glaube nicht. Die Leute haben sie mit nach Hause genommen, damit sie bei ihnen leben. So war es ja von Anfang an geplant. Aber keine Angst, auch uns wird bald jemand abholen. Nächsten Sonntag kommen schon wieder neue Familien.“

„Ich habe keine Angst!", protestierte Gerd. „Und es ist mir egal, ob einer von denen Rosie und mich mit nach Hause nimmt oder nicht. Wir können genauso gut hier im Heim bei den Schwestern bleiben – wir brauchen niemand anderen!" Er stupste seine Schwester an, sodass diese zustimmend nickte, und sogar Annemarie sah aus, als glaubte sie ihm.

Sich selbst aber konnte Gerd nicht täuschen: Er hatte sehr wohl Angst bekommen, als vorhin die Dame mit Hut auf Rosie zugegangen war. Sie hatte ihr die Hand entgegengestreckt, als wollte sie seine Schwester mitnehmen, so wie es die anderen Fremden mit einigen seiner Kameraden gemacht hatten. Und ihn, Gerd, hatte sie zuerst nicht einmal angesehen! Gewiss, sie war zwar am Ende ohne Rosie gegangen, aber was, wenn es beim nächsten Mal kein gutes Ende nahm? Was, wenn eine irische Familie nur einen von ihnen beiden haben wollte und den anderen nicht? Gerd erschauderte. Und wie an dem Tag, als ihm unten am Bach so entsetzlich übel geworden war, wünschte er sich, Rosie und er wären nie, niemals mit nach Irland gefahren. Nicht einmal eine Schiffsreise war es wert, von seiner Schwester getrennt zu werden, und das Meer hatte er seit ihrer Ankunft auch nicht mehr zu sehen bekommen.

Sollten sie Omma in dem heutigen Brief darum bitten, sie besser gleich wieder nach Hause zu holen? Oder würde das womöglich gar nichts nützen? Noch während er überlegte, diktierte Rosie ihrer älteren Freundin: „Schreib: Liebe Omma und Erika, uns geht es gut, wie geht es euch? Unser Essen ist gut und die Schwestern sind nett. Schwester Marys Haare sind so rot wie Feuer. Gerd und die anderen Jungen spielen oft am Bach, aber wenn sie zu doll nass werden, bekommen sie Schelte von den Schwestern. Wir können schon ein paar Worte Englisch sprechen. Bald nimmt uns eine Familie mit in ihr Haus und …"

Hier unterbrach Gerd Rosie hastig. „Aber wir gehen nur mit jemandem mit, der uns beide haben will, Omma, das verspreche ich. Ich passe so gut auf Rosie auf, wie Vater es tun würde, wenn er hier wäre, und lasse sie nicht allein mit den Fremden …"

„Halt, Gerd, nicht so schnell!", unterbrach Annemarie. „Ich komme gar nicht mehr hinterher mit dem Schreiben!"

Eine Weile hörte man nichts als das Kratzen des Bleistifts auf dem Blatt Papier, dann seufzte das ältere Mädchen erleichtert auf. „So, das reicht! Jetzt schreibt ihr selbst noch eure Namen drunter, und dann können wir den Brief endlich abgeben!"

Die Zwillinge taten, was Annemarie gesagt hatte, und wenige Minuten später entließen die Schwestern ihre Schützlinge wieder nach draußen. Der Blick, mit dem die Dame Rosie angesehen hatte, verfolgte Gerd aber selbst dann noch, als er in dem behelfsmäßigen Fußballtor stand und halbherzig dem Spielverlauf zu folgen versuchte. Nachdem er allerdings drei Bälle nahezu unbeachtet ins Tor hatte rollen lassen, löste einer der Kameraden ihn schimpfend ab, und Gerd lief allein zum Bach hinunter.

In finsteren Gedanken versunken stapfte er am Ufer entlang, das vom unablässigen Regen der vergangenen Tage so stark aufgeweicht war, dass er fast knöcheltief im Matsch versank. Zu allem Überfluss rutschte er darin aus und landete mit dem Hinterteil im eiskalten Wasser. Die Schwestern würden ein schönes Theater machen, wenn er später in diesem Zustand ins Heim zurückkommen würde, aber das kümmerte Gerd im Moment herzlich wenig.

Wenn er doch nur wüsste, was er anstellen musste, damit Rosie und er gemeinsam in eine Familie kamen. Oder welche andere Möglichkeit es für ihre Zeit hier in Irland gab. Falls diese Leute – die Schwestern und der Priester, der Lehrer und wer sich hier sonst noch so einmischte – nicht einsehen wollten, dass sie Zwillinge waren und zusammengehörten, oder falls sich niemand zwei Kinder auf einmal leisten konnte, würden sie beide doch bestimmt im Heim bleiben dürfen, bis sie wieder nach Hause fahren konnten, oder nicht?!

Mit derlei Ideen versuchte Gerd sich im Lauf des Abends zu trösten. Und trotzdem hielt seine düstere Stimmung tagelang an. Die begehrten warmen Mahlzeiten schmeckten plötzlich fade, und im Englischunterricht passte er weniger auf denn je. Statt mit dem Rest der Klasse die richtige Aussprache eines neuen Wortes zu üben, pfiff er laut durch die Zähne, wie er es zu Hause von Günter gelernt hatte. Oder er legte den Kopf auf die Arme und stellte sich schlafend. Zum guten Schluss verlor der Lehrer, obschon bei Weitem nicht so streng wie Herr Bode in Köln, die Geduld mit ihm.

„Verlass sofort diesen Raum, Junge", donnerte er, „und melde dich bei Schwester Immaculata! Die wird dir gehörig die Leviten lesen."

Natürlich verstand Gerd nicht jedes einzelne Wort, die Gestik des Lehrers aber sehr wohl. Mit trotzig erhobenem Kopf stolzierte er aus dem Raum. Rosie, die ihm vorwurfsvoll hinterherblickte, übersah er dabei ganz bewusst. Sie brauchte nicht zu merken, wie viele – und vor allem welch besorgte – Gedanken er sich um ihre gemeinsame Zukunft machte. Im Übrigen dachte er gar nicht daran, sich bei der strengen Nonne eine Strafe abzuholen, sondern stahl sich in Richtung Haustür. Er würde sich draußen verstecken, bis es Zeit zum Mittagessen war.

Gerd hatte die Tür fast erreicht, als sie von außen aufgestoßen wurde. Vor ihm stand ein Fremder in Gummistiefeln und mit einer blauen Wollmütze auf dem Kopf. Fröhlich grinsend grüßte dieser. „How're you, German boy?"

Gerd erstarrte. Obwohl heute nicht Sonntag und somit keine „Besuchszeit" war, gehörte der Mann bestimmt zu denjenigen, die ein Flüchtlingskind aufnehmen wollten. Am besten würde er sich deshalb schnellstmöglich auf den Weg zu Rosie machen, damit der Mann nicht etwa auf die Idee kam, seine Schwester allein mitzunehmen.

Doch ehe er diesen Plan in die Tat umsetzen konnte, erschien die gefürchtete Schwester Immaculata in der Eingangshalle. Die Nonne warf ihm einen vernichtenden Blick zu und umfasste dann besitzergreifend seinen Nacken. Nach einer höflichen Begrüßung des Besuchers führte sie die beiden in ihr Schreibzimmer.

Während die Erwachsenen sich unterhielten, musste Gerd mit dem Rücken zu ihnen und dem Gesicht zur Wand schweigend in einer Ecke sitzen. Misstrauisch lauschte er von dort aus ihrem Gespräch, verstand aber kaum ein Wort, abgesehen von dem inzwischen wohlbekannten Ausdruck „German boys and girls". Kurz darauf verließen Schwester Immaculata und der Fremde gemeinsam den Raum, und Gerd vernahm das Quietschen eines Schlüssels im Türschloss. In Windeseile sprang er auf, stürzte zur Tür und rüttelte an der Klinke. Zu spät! Er war eingeschlossen.

Verzweifelt suchte er nach einer anderen Möglichkeit, den beiden zu folgen. Denn in einem Punkt war er sich sicher: Die Nonne führte den Besucher schnurstracks hinüber zum Klassenzimmer, damit dieser dort seinen „German" auswählen konnte – und er war nicht bei Rosie!

Glücklicherweise lag sein Gefängnis ebenerdig, sodass er hoffentlich durch das Fenster entkommen konnte. Mit aller Kraft versuchte Gerd, die untere Scheibe so weit nach oben zu schieben, dass er sich durch die Lücke zwängen könnte. Aber irgendwas blockierte, die Scheibe bewegte sich kaum einen Zentimeter.

Wütend knirschte er mit den Zähnen, dann ließ er hilflos die Arme sinken. Ihm blieb nichts anderes übrig, als abzuwarten. Er kauerte sich auf seinen Stuhl, vergrub das Gesicht in den Händen und murmelte bei jedem Atemzug: „Bitte lass es nicht Rosie sein, lass es nicht Rosie sein. Bitte lass nicht zu, dass er Rosie mitnimmt!"

Wenn irgendwo da oben oder da draußen dieser Gott war, zu dem die Schwestern bei jeder Mahlzeit und in jeder Andacht beteten, musste er ihn jetzt einfach hören! Gerd war so in sein sehnliches Bitten versunken, dass er zunächst gar nicht registrierte, dass er nicht länger allein im Raum war. Erst als die Stimme des Besuchers sich an ihn wandte, hob er den Kopf.

„Come with me, German boy Ger-ed!" Mit langsam und deutlich gesprochenen Worten forderte der Mann ihn freundlich auf mitzukommen. „I will take you home!"

Ein eisiger Schrecken durchzuckte den Jungen. Der Fremde kannte seinen Namen – und er hielt das Pappköfferchen in der Hand, das Gerds gesamte Habseligkeiten enthielt! Er wollte *ihn* mit zu sich nach Hause nehmen, und zwar allein! Denn von Rosie war weit und breit nichts zu sehen.

„Nein", heulte Gerd entsetzt auf, und von dem männlichen, entschlossenen Beschützer war nichts weiter übrig als ein kleiner, zutiefst verängstigter Junge. „Nein! Bitte nicht mich! Ich geh nicht ohne Rosie!"

Irritiert blickte der Fremde zu Schwester Immaculata. Bisher hatte der Junge eher einen robusten als einen furchtsamen Eindruck auf ihn gemacht.

Die Nonne nickte dem Mann ermutigend zu und erklärte: „Der Junge ist nur ein wenig durcheinander nach allem, was er durchgemacht hat. Das gibt sich bald, glauben Sie mir, Mr Finch! Sie müssen nur stets konsequent und streng mit ihm sein."

Mit diesen Worten legte sie Gerds Hand in die raue Pranke des Fischers und stieß die beiden sanft in Richtung Tür. Und egal, wie heftig Gerd sich auch gegen seinen kräftigen Begleiter stemmte und wie laut und oft er Rosies Namen rief, es blieb ihm nichts anderes übrig, als dem Mann zu dessen Wagen zu folgen. Tränenüberströmt sank er auf der Rückbank zusammen, während der Motor anging und das Auto losfuhr.

Schwester Immaculata blickte dem uralten Fahrzeug zufrieden hinterher. Sie war davon überzeugt, wieder einmal das Beste für einen ihrer Schützlinge getan zu haben. Mr Finch war, gemessen an seinen Standeskollegen, kein armer Fischer und konnte trotz zweier eigener Töchter gut noch für einen zusätzlichen Esser sorgen. Und was Gerd anging, so war es unumgänglich, ihn so bald wie möglich von der Zwillingsschwester zu trennen. Je eher man die ihnen anbefohlenen Schützlinge vollständig von ihrer Vergangenheit und damit von ihren Wurzeln abtrennte, desto leichter machte man ihnen das Einleben in der neuen Familie. Dieser Ansicht war sie im Übrigen nicht allein; mehrere Schwestern und der örtliche Priester standen in diesem Punkt hinter ihr. Es mochte den Kleinen für den Moment schwerfallen, aber auf Dauer gesehen war es nun einmal die einzig richtige Lösung.

Und eine solche würde sie zweifellos auch für die verbleibenden Kinder einschließlich der Schwester des Jungen finden.

☘ ☘ ☘

Rosie blickte sich suchend im Speisesaal um. Gerd war zwar nicht mehr in den Klassenraum zurückgekehrt, aber das Mittagessen ließ er sich bestimmt nicht entgehen. Wahrscheinlich hatte er nur beim Spielen im Garten die Zeit vergessen und würde jeden Moment hereinstürmen, um seinen Platz am Tisch einzunehmen.

Während des Tischgebets schloss sie lediglich kurz die Augen, ehe sie erneut ihren Blick durch den Saal wandern ließ. Nichts. Wo steckte ihr Bruder heute nur? Ohne rechten Appetit stocherte sie in der sonst heiß geliebten Pastete auf ihrem Teller und beschloss, nach dem Essen Gerds Freunde zu fragen, wo er geblieben sein könnte.

Doch nicht einmal sie vermochten Rosie Auskunft zu geben. Keiner hatte Gerd seit dem Unterricht zu sehen bekommen.

Leise schlich sich die Furcht in ihr Herz. War Gerd vor der zu erwartenden Strafe von Schwester Immaculata davongelaufen und hatte sich in den Bergen verirrt? Er scheute sich zwar sonst nicht vor Bestrafungen, aber hatte er sich nicht schon die ganzen letzten Tage recht seltsam verhalten? Mit Schaudern bemerkte sie den Nebel vor den Fenstern, der heute nicht wie so oft nur die Bergspitzen in der Ferne, sondern sogar die Rasenflächen vor dem Heim verschlungen hatte. Was für unheilvolle, grausige Dinge könnten ihm dort draußen in der für Rosie im Augenblick unsichtbaren Wildnis zugestoßen sein!

Zu allem Überfluss war Schwester Mary heute nicht da, an die sie sich mit ihren Sorgen hätte wenden können. Sie hatte ihren freien Tag. Je weiter der Nachmittag voranschritt, desto bedrückter schlich Rosie von einem Raum zum anderen. Wenigstens hier im Haus konnte sie ihren Bruder suchen, wenn sie sich schon nicht allein nach draußen wagte. Sie öffnete Türen, denen sie bislang keine Beachtung geschenkt hatte, und spähte in jeden Winkel des weitläufigen Gebäudes. Irgendwohin musste er doch verschwunden sein!

Auf diese Weise kam sie schließlich zum Schlafsaal der Jungen. Es war den Kindern verboten, sich außerhalb der Schlafenszeit darin aufzuhalten, trotzdem balgten sich Erich und Kurt auf einem der Betten. Ertappt hielten sie inne und starrten Rosie an, die befangen den Raum betrat. An ihrem ersten Tag im Heim hatte Gerd sie ein einziges Mal mit hierhergenommen, um ihr seinen Schlafplatz zu zeigen.

„Falls du immer noch auf der Suche nach Gerd bist – hier ist er nicht“, bemerkte Kurt verdrießlich, „also verschwinde. Und wag es ja nicht, uns zu verpetzen!“

„Ich will doch nur kurz nach …“ Rosie verschluckte den Rest ihrer Worte, als sie vor Gerds Bett stand. Der Pappkoffer, der letztes Mal am Fußende des Bettes gelegen hatte, war nicht mehr da. Auch nicht unter dem Bett, wo Rosie und die anderen Mädchen ihr Gepäck verstaut hatten. „Wo bewahrt ihr denn eure Koffer auf?“, wandte sie sich mit zitternder Stimme an die beiden Jungen.

„Na, unterm Bett!“ Kurt und Erich balgten bereits wieder.

„Aber“, ihre Lippen bebten, „da ist er nicht. Gerds Koffer ist fort!“

Mit Rosies Fassung war es endgültig vorbei. Wenn der Koffer ihres Bruders ebenso verschwunden war wie er selbst, dann konnte das nur eines bedeuten …

Sie schlug die Hände vors Gesicht und sank schluchzend auf das Bett. „Sie haben ihn mitgenommen – Gerd ist fort, er ist fort!“ Immer haltloser wurde ihr Schluchzen und schließlich ertranken ihre verzweifelten Rufe in einer Flut von Tränen.

Betroffen entließ Kurt seinen Kameraden aus der Umklammerung und wisperte: „Meinst du, sie haben ihn ehrlich ohne seine Zwillingsschwester fortgeschickt?“ Erich zuckte hilflos die Schultern, ehe er erklärte: „Ich hol eine von den Schwestern, die wird schon wissen, was zu tun ist!“

Kurz darauf saß eine der Rotkreuzhelferinnen neben Rosie auf dem Bett. Ihre Hände strichen sanft über den Kopf des Mädchens, den dieses tief im Kopfkissen vergraben hatte, und sie redete leise und beruhigend auf sie ein. Doch weder die gut gemeinten Trostworte noch ihre halbwegs verständliche Erklärung, was mit Gerd geschehen war, drangen zu Rosie durch.

Die Schwester hier war nicht Mary, und selbst diese hätte sie heute nicht aufmuntern können. Denn Gerd war fort! Sie hatte das Gefühl, die Schwestern hätten ihn von ihrer Seite gerissen; und ohne ihren Bruder war ihr Leben noch trostloser als der Nebel da draußen. Und in der gleichen Weise wie der gruselige irische Nebel das Heim von allen Seiten einschloss, so fühlte auch sie sich eingeschlossen von lauter Fremden: Die Bomben über Köln hatten ihr Mama geraubt, dann hatte man sie gezwungen, Erika und Omma Auf Wiedersehen zu sagen, und jetzt hatte man ihr auch den letzten, allerliebsten Gefährten entrissen. Wie sollte sie ohne Gerd, den einzig beständigen Halt in ihrem Leben, nur weitermachen?

Rosie versenkte den Kopf immer tiefer in das Kissen, das wenigstens den vertrauten Geruch nach Gerd in sich barg, und verschloss die Ohren vor all den tröstlichen Worten. Als die Schwester sie später mit sanfter Entschlossenheit zum Aufstehen zwang, umklammerte Rosie das Kissen wie einen Rettungsring: Nichts und niemand würde es fertigbringen, ihr dieses allerletzte Stück von Gerd zu nehmen! Verständnisvoll ließ die Schwester zu, dass sie es mit in ihren eigenen Schlafsaal nahm.

An diesem Abend betrachtete sie in der Kapelle das Bild ihres „mächtigen Beschützers" sehnsüchtiger als je zuvor. Annemarie hatte ihr mittlerweile erklärt, dass er wie all die anderen Gestalten in den Fensterbildern ein Heiliger war und deshalb so etwas Ähnliches wie Gott selbst darstellen sollte. Als nun der Priester vor dem Altar die Augen gen Himmel richtete und zu Gott betete, fixierte sie das gütige Gesicht des Beschützers und wisperte: „Könntest du bitte auch auf mich so aufpassen wie auf dieses kleine Mädchen auf deinem Schoß, guter Beschützer? Ich habe nämlich sonst gar keinen Menschen mehr, der mich lieb hat und das tun könnte …"

„Was hast du gesagt?", flüsterte Annemarie neben ihr, doch Rosie schüttelte nur den Kopf und fuhr mit dem Jackenärmel über ihr verweintes Gesicht. Diese Bitte war ein Geheimnis zwischen ihr und dem unbekannten Heiligen auf dem Bild. Sie laut auszusprechen, kam gar nicht infrage, und deswegen fügte sie – diesmal ausschließlich in ihren Gedanken – hinzu: *Und bitte tu das ganz besonders beim nächsten Mal, wenn die Besucher kommen. Allein habe ich doch Angst vor ihnen!*

Als der gefürchtete Tag gekommen war, flüchtete Rosie auf einen Stuhl in der äußersten Ecke des Speisesaals. Sie drückte Gerds Kissen an sich, das sie heimlich aus dem Schlafsaal geschmuggelt hatte, und machte sich so klein wie möglich. Anfangs gingen die Besucher tatsächlich an ihr vorüber, und Rosie konnte ein wenig leichter atmen.

Aus dem Augenwinkel beobachtete sie, wie ein junges Ehepaar sich mit Annemarie unterhielt, die zuversichtlich lächelnd ihr gesamtes Englisch zum Besten gab. Schließlich legte die Frau einen Arm um Annemaries schmale Schultern, und gemeinsam traten die drei auf Schwester Immaculata zu, die heute Aufsicht hatte. Kurz darauf war Annemarie verschwunden. Rosie hob Gerds Kissen an ihr Gesicht und atmete einmal tief ein.

Als sie es wieder sinken ließ, erkannte sie an der Tür des Speisesaals die Hütchendame vom vergangenen Sonntag, die dort ein paar Worte mit der Rotkreuzschwester wechselte. Dann kam die Frau langsam auf Rosie zu, die ihr ängstlich entgegenstarrte. Es war zu spät, um sich vor ihr zu verstecken, denn schon stand die Dame mit den traurigen Augen vor ihr.

„How are you, Rosie?“, grüßte sie, doch Rosie konnte den Blick nicht von den Händen der Frau nehmen. Würde sie ihr diese wieder entgegenstrecken und erwarten, dass sie mit ihr fortging – hinaus aus dem Heim, hinaus ins Unbekannte?

☘ ☘ ☘

Die kleine Rosie wich regelrecht zurück, als Eileen Casey auf sie zuging. Entzückend sah sie aus mit ihren großen blauen Augen und dem schwarzen Samtband im blonden Haar, allerdings unübersehbar verängstigt. Ihre Hände kneteten das Kissen in ihrem Schoß, als würde ihr Leben davon abhängen, und obwohl sich ihre Lippen bewegten, als Eileen grüßte, kam kein einziger Laut darüber.

Im Grunde war das nicht weiter verwunderlich, nach allem, was das Kind in den vergangenen Tagen durchgemacht hatte, wie ihr von der Rotkreuzschwester berichtet worden war. Wie hatte die leitende Nonne es wagen können, die Kleine von ihrem Zwillingsbruder zu trennen? Eileen war keine Psychologin, aber ein sicherer Instinkt sagte ihr, dass es nichts auf dieser Welt gab – und klang es noch so vernünftig oder fachlich begründet –, was dafürsprach, Zwillingskinder auf Dauer voneinander zu trennen. Und schon gar nicht, wenn diese bereits ihre Heimat und alle weiteren Angehörigen dort verloren hatten. Nur deshalb hatte sie sich doch dazu entschieden, ein anderes Kind als Rosie aufzunehmen!

Doch nun war ganz ohne ihr Zutun das für sie Unvorstellbare geschehen, und Eileen bekam eine zweite Chance bei der Kleinen. Dieses Mal war ihr obendrein bewusst, dass sie extrem behutsam vorgehen musste bei dem Versuch, eine Beziehung zu dem Mädchen zu schaffen. Ein gemeinsamer Spaziergang, wie sie es vergangene Woche vorgehabt hatte, kam definitiv nicht infrage.

Sie zog einen Stuhl heran und ließ sich neben Rosie nieder. Vorerst, ohne das Wort an sie zu richten. Stattdessen platzierte sie umständlich Hut, Handschuhe und Handtasche nebeneinander auf ihrem Schoß und beobachtete dabei aus dem Augenwinkel heraus Rosies Hände, die nach wie vor das Kissen bearbeiteten.

Doch schließlich ließ das nervöse Kneten nach, die kindlichen schmalen Finger kamen zur Ruhe, und Rosie stieß ein kaum vernehmbares Seufzen aus.

Eileen wagte einen ersten Vorstoß. Langsam hob sie eine Hand, wies zum Fenster und bemerkte leise, aber in aufmunterndem Tonfall:

„Ist es heute nicht herrlich draußen? Die Sonne scheint fast so warm wie im Sommer, und kaum eine Wolke steht am Himmel!"

Natürlich konnte Eileen nicht beurteilen, wie viel Englisch Rosie zum jetzigen Zeitpunkt bereits verstehen konnte, doch immerhin folgte der Blick des Mädchens ihrem ausgestreckten Finger. „Sun!", flüsterte es dann selbst und wiederholte ein wenig lauter: „Sun – es, ju, en!"

„Ja, genau!" Eileen gab sich Mühe, ihre Begeisterung über diese erste Reaktion nicht zu sehr zu zeigen. „So buchstabiert man das Wort ‚Sonne'! Wie ich sehe, passt du in eurem Unterricht sehr gut auf."

Als Rosie nichts mehr erwiderte, fuhr sie fort: „Außerdem habe ich gehört, du magst Schwester Mary!"

Bei dem letzten Wort horchte Rosie erneut auf. „Märi!", sagte sie und nickte. Dann griff sie sich ans Haar und erklärte: „Red!" Dabei stahl sich zum ersten Mal so etwas wie ein Lächeln in ihr Gesicht.

Eileen lächelte zurück. Es war ihr tatsächlich gelungen, die Kleine aus ihrem Schneckenhaus zu locken! Ihre Zuversicht wuchs, dass Rosie im Gegenzug ihren Mann aus seiner selbst gewählten Isolation wecken könnte.

Einige Minuten lang plauderte Eileen weiter über Belanglosigkeiten, während ihr Gegenüber halbwegs entspannt lauschte – vermutlich ohne etwas zu verstehen – und öffnete zum Abschluss des Gesprächs ihre Handtasche. „Für dich, Rosie!", erklärte sie und reichte dem Kind einen Riegel Schokolade.

Zögernd nahm das Mädchen die Süßigkeit entgegen. Dabei wagte sie es sogar, ein paar Sekunden lang Eileens Blick zu begegnen. „Ich komme wieder, mein Kind!", versprach Eileen hoffnungsvoll und betont deutlich, „ich komme wieder zu dir!"

Sie widerstand der Versuchung, Rosie zum Abschied übers Haar zu streichen, lächelte ihr stattdessen freundlich zu und machte sich auf den Weg zu Schwester Immaculata. Fest entschlossen, den Stier bei den Hörnern zu packen, eröffnete sie die Unterhaltung. „Ich möchte die kleine Rosie zu uns, also zu meinem Mann und mir, nach Dublin holen. Eigene Kinder haben wir nicht, es würde ihr bei uns an nichts fehlen. Allerdings brauche ich einige Tage Zeit, um zu Hause alles vorzubereiten. Versprechen Sie mir, die Kleine in der Zwischenzeit keiner anderen Familie mit nach Hause zu geben, sondern sie hier im Heim zu behalten?“

„Sehr gern, Mrs …“, die Nonne blätterte in den vor ihr auf dem Tisch liegenden Unterlagen der Bewerberfamilien, „… Mrs Casey. Ich bin überzeugt, als Lehrer ist ihr Mann durchaus in der Lage, ein weiteres Familienmitglied zu versorgen!“

„So ist es“, bestätigte Eileen. „Dann vermerken Sie bitte, dass ich Rosie spätestens nächsten Sonntag zu mir in die Stadt holen werde. Vielen Dank, Schwester Immaculata!“

Mit diesen Worten kehrte sie der Nonne und dem Heim den Rücken zu. Sobald sie allerdings in ihrem Wagen saß, wich ihre demonstrative Entschlossenheit der ernüchternden Erkenntnis, dass der schwierigste Teil ihres Unternehmens noch vor ihr lag. Denn noch hatte sie Oliver nicht von ihrem Plan überzeugt, ein deutsches Pflegekind aufzunehmen. Bis auf einige Andeutungen ihrerseits, die er nicht wirklich ernst genommen hatte, hatten sie bislang nicht über dieses Thema gesprochen. Die „Vorbereitungen“, die sie der Nonne gegenüber erwähnt hatte, waren folglich durchaus umfangreich.

Als Oliver nach dem Abendessen wie üblich zu seiner Pfeife griff und sie selbst sich eine Tasse Tee zubereitete, eröffnete sie das entscheidende Gespräch. „Erinnerst du dich an den Zeitungsartikel über die Flüchtlingskinder in Glencree, von dem ich dir neulich erzählte, Oliver?“

„Sicher.“ In aller Ruhe stopfte ihr Ehemann weiter seine Pfeife. „Auch wenn es mir vollkommen unbegreiflich ist, dass du deine Zeit mit Berichten über diese Nachkömmlinge der deutschen Kriegsverbrecher verschwendest."

„Vielleicht würdest du es nicht weiter als Zeitverschwendung betrachten, wenn du selbst einmal einen Blick darauf werfen würdest. Wenn du in die Gesichter dieser verhungernden deutschen Kinder sehen und feststellen würdest, dass sie genau den gleichen leeren, hoffnungslosen Ausdruck haben wie die unserer irischen Landsleute und Vorfahren vor gerade mal hundert Jahren!"

„Hm." Oliver nahm die Pfeife in den Mund, hielt das Streichholz an den Tabak im Pfeifenkopf und tat genüsslich den ersten Zug. „In diese Verlegenheit werde ich niemals kommen, weil ich mich tunlichst von derartigen Berichten und Bildern fernzuhalten gedenke. Außerdem ändert ihr erbarmungswürdiger Gesichtsausdruck nichts an der Tatsache, dass diese Flüchtlingskinder Deutsche sind und deshalb eine Mitschuld an dem ganzen Elend unserer Tage haben!"

„Wie kannst du so etwas nur behaupten, Oliver? Wie kannst du diesen Kleinen, die bisher kaum etwas anderes als Krieg, Tod, Zerstörung und Hunger erlebt haben, eine Mitschuld an den Untaten der Erwachsenen zusprechen? Sie sind nichts weiter als absolut hilf- und wehrlose Opfer!", ereiferte sich Eileen.

„Hättest du erlebt und gesehen, was ich in diesem Krieg erfahren habe, würdest du so etwas nicht mehr zu behaupten wagen, Eileen. Und jetzt entschuldige mich bitte, ich habe zu tun!" Mit der brennenden Pfeife in der Hand erhob sich Oliver, um nach nebenan in sein Studierzimmer zu gehen.

„Nun, ich habe es aber nicht erlebt, und ebenso wenig lässt du mich an diesen Erlebnissen teilhaben, Oliver!", brach es aus Eileen heraus. „Bitte sprich mit mir darüber – lass mich all das Schreckliche mit dir teilen, vielleicht kann ich dir damit wenigstens einen Teil deiner Last abnehmen!"

Mit der Hand auf der Türklinke hielt Oliver inne, das Gesicht in schmerzliche Falten verzogen. „Das ist unmöglich, Eileen", hauchte er kaum hörbar, „selbst wenn ich es wollte – ich *kann* nicht!"

„Ich halte es aber nicht länger aus, dass wir wie zwei Fremde nebeneinanderher leben. Wir sind ein *Ehepaar*, das sich seinerzeit versprochen hat, gemeinsam durch dick und dünn zu gehen!" Eileen sprang auf, stellte sich dicht vor ihren Mann und blickte ihn flehend an. Obwohl diese Unterhaltung in eine völlig andere Richtung lief als geplant, war möglicherweise der Augenblick gekommen, in dem sie es schaffen könnte, zu ihrem ehemals engsten Vertrauten durchzudringen!

Zu ihrer grenzenlosen Enttäuschung senkte Oliver jedoch den Blick zu Boden, und statt sie in die Arme zu nehmen, ließ er diese schlaff an seinem Körper herabhängen. Tränen der Verzweiflung stiegen in ihr auf. Das war nicht mehr der verständnisvolle, zärtliche Mann, den sie vor elf Jahren geheiratet hatte.

Dennoch weigerte sie sich standhaft, ihren Tränen freien Lauf zu lassen, sondern offenbarte ihm stattdessen mit dem Mut der Verzweifelten das Vorhaben, von dem sie sich innere Heilung für ihn erhoffte – seine Genesung und damit die einzig mögliche Rettung für ihre Ehe.

Die Augen weiterhin fest auf ihn gerichtet, bekannte sie geradeheraus: „Ich habe die jungen Flüchtlinge in Glencree besucht, Oliver, zwei Mal mittlerweile. Ich möchte, dass wir eines dieser Kinder, ein kleines achtjähriges Mädchen, als Pflegekind bei uns aufnehmen. Rosie heißt sie, ist blond und ein wenig schüchtern …"

Eileen brach ab, denn Oliver war aschfahl geworden. Die nach wie vor qualmende Pfeife entglitt seiner Hand, taumelte zu Boden und brannte ein Loch in den Teppich, ohne dass er es bemerkte.

„Nein!", brachte er schließlich mit bebenden Lippen und dennoch ungeahnter Vehemenz hervor. „*Niemals!* Niemals wird ein deutsches Kind über die Schwelle meines Hauses treten!"

Mit diesen Worten fiel die Tür seines Arbeitszimmers krachend hinter ihm ins Schloss, und Eileen blieb allein zurück.

Mit mechanischen Bewegungen hob sie die Pfeife auf und drückte das Glutnest auf dem Teppich aus, während sie innerlich um Fassung rang. Aber im Grunde war Olivers erste Reaktion nur wenig heftiger ausgefallen, als sie erwartet hatte. *Und* sie hatte Eileen gezeigt, dass irgendwo tief unter seiner scheinbaren Gefühlskälte wahrhaftig noch echte Emotionen schlummerten. Wenn diese erst einmal wieder zum Leben erweckt wären, dann würden sich neben den negativen Gefühlen im Lauf der Zeit bestimmt auch wieder positive entwickeln, die ihm die Stärke verliehen, sich ihr endlich anzuvertrauen.

Alles in allem war sie trotz des dramatischen Gesprächsverlaufs entschlossener denn je, ihren Plan weiterzuverfolgen. Gemäß dem Sprichwort „Steter Tropfen höhlt den Stein“ war das letzte Wort in dieser Angelegenheit noch nicht gesprochen …

# Kapitel 11

*Hazelbrook House, 2019*

Ich weiß zwar nicht, wie es euch jungen Leuten geht, aber ich werde mir jetzt eine ausgiebige Mittagsruhe gönnen!"

Rosie hängte ihren Mantel an die Garderobe, verstaute den ausnahmsweise trocken gebliebenen Regenschirm und legte eine Hand aufs Treppengeländer. „Die lange Fahrt von gestern steckt mir doch noch ein wenig in den Knochen. Und wenn mich nicht alles täuscht, hat Gott den Sonntag zum Ausruhen erschaffen, nicht wahr?"

Mit einem scherzhaften Zwinkern nahm sie die knarzenden Stufen zu ihrem Schlafzimmer im ersten Stock. Lia blickte ihr leicht besorgt nach, bevor sie sich an Brendan wandte. „Hast du auch das Gefühl, dass sich deine Großmutter momentan ein wenig übernimmt? Ich hoffe nur, das geht nicht auf mein Konto – beziehungsweise auf das meiner Anwesenheit bei euch."

„Ganz unrealistisch ist das nicht. Dass Gran so dringend darauf bestanden hat, nach Glencree zu fahren, könnte tatsächlich daran liegen, dass dein Interesse an ihrer Vergangenheit ihr eigenes wieder neu hat aufleben lassen", gab Brendan offen zu. „Wenn ich mich recht erinnere, hat sie sich diesem Thema früher nicht so intensiv gewidmet. Aber der Besuch der Kirche heute Morgen hatte sicher nichts damit zu tun. Gran besucht den Gottesdienst in Sligo jeden Sonntag, und dass sie danach zum Mittagessen ins Restaurant geht, ist ebenfalls keine Seltenheit."

„Okay, das klingt halbwegs beruhigend!“ Lia biss sich auf die Unterlippe, unschlüssig, ob sie sich wegen Brendans indirekter Vorwürfe angegriffen fühlen sollte, entschied sich aber dagegen. Ihr Interesse an Rosies Geschichte war schließlich nichts Unrechtes. Im Gegenteil, sie hatte das Gefühl, dass es der alten Dame guttat. Rosie brauchte jemanden, mit dem sie über ihre Erinnerungen sprechen konnte; und wenn Brendan als Enkel das nicht verstehen wollte, war das sein Problem und nicht Lias Fehler. Daher führte sie nur seine letzte Bemerkung weiter und fragte: „Aber den anschließenden Verdauungsspaziergang am Strand hätten wir uns sparen sollen, vermute ich?“

„Richtig! Andererseits hätte ich dann nicht das Vergnügen gehabt zu beobachten, wie eine gewisse Festlandsbewohnerin beim Anblick des Atlantiks in wahre Begeisterungsstürme ausbricht und anschließend kiloweise Muscheln mit nach Hause schleppt!“

Grinsend deutete er auf die Regenjacke, die schwer über ihrem Arm hing. Lia hatte sie zu einem Beutel geknotet und darin ihr gesammeltes Strandgut verstaut. Gemessen an der kurzen Zeit, die sie am Strand verbracht hatten, war hier in der Tat einiges zusammengekommen.

„Das kann aber auch nur jemand sagen, der das Rauschen der Wellen schon hören konnte, bevor er das Licht der Welt erblickt hat!“, konterte sie. „Außerdem lassen sich die Muscheln beziehungsweise Splitter davon zu wahren Kunstwerken verarbeiten.“

„Was du nicht sagst“, versetzte Brendan und lächelte noch eine Spur breiter. „Dann bist du ja ausreichend beschäftigt, während Gran sich ausruht!“

„Ach, ich weiß nicht recht!“ Lia schaute an Brendan vorbei, der zur Verabschiedung in der offenen Haustür stehen geblieben war, und warf einen Blick nach draußen. „Bei dem verlockenden Sonnenschein werde ich lieber eine kleine Wanderung machen – zu dem Wasserfall, von dem du neulich gesprochen hast! Wie heißt der noch mal?“

„Ganz simpel Glencar – wie der See. Glencar Waterfall. Am Wochenende sind dort aber meines Wissens zahlreiche Touristen unterwegs, und zu Fuß ist der Weg nicht gerade leicht zu finden. Es sei denn, du hältst dich an die viel befahrene Straße am See entlang."

„Oh!" Lia legte ihre Jacke mit den Muscheln auf dem Boden ab und überlegte. „Die vielen Touristen stören mich nicht sonderlich, immerhin bin ich selbst eine davon. Aber an der Straße würde ich wirklich nur ungern entlanggehen. Kannst du mir nicht den anderen Weg erklären?"

„Sicher, warum nicht? Zunächst überquerst du die Schafweide direkt hinter meiner Scheune, immer hangaufwärts. Am oberen Ende der Trockenmauer triffst du auf einen Weg, der allerdings eher ein Trampelpfad für Ortskundige und deshalb schlecht als solcher erkennbar ist … Ach, weißt du, was? Statt hier lange und umständliche Erklärungen abzugeben, gehe ich lieber mit dir."

„Aber das brauchst du nicht! Bei einem so markanten Orientierungspunkt wie dem weithin sichtbaren See werde ich mich bestimmt nicht verirren, und du hast doch sicher genug Arbeit, die auf dich wartet!", wehrte Lia ab. Offenbar hatte er selbst den Vorwurf von eben schon vergessen. Trotzdem fehlte es ihr gerade noch, dass ausgerechnet Brendan sich verpflichtet fühlte, den Fremdenführer zu spielen.

„Nicht am Sonntag. Da halte ich es wie Gran und genieße meine Ruhe!", gab er ungerührt zurück. „Also, was sagst du?"

„Einverstanden!" Lia bemühte sich um einen enthusiastischen Unterton. Immerhin war er ja trotz seiner mangelnden Feinfühligkeit und der sichtlichen Freude daran, sie aufzuziehen, ein ganz sympathischer Kerl; und seine Ortskenntnisse würden für sie durchaus von Vorteil sein. „Gib mir nur ein paar Minuten, um die Muscheln wegzubringen und mich umzuziehen, ja?"

„Okay. Dann treffen wir uns in fünfzehn Minuten vor der Scheune. Und zieh passende Schuhe an, der Weg unter den Bäumen dürfte ziemlich glitschig sein!“

Lia nickte, nahm ihre Jacke mit den Muscheln und verschwand eilig ins Gästezimmer. Kurz vor der vereinbarten Zeit kam sie zur Scheune, wo Brendan sie erwartete. Auch er hatte seine Sonntagskleidung gegen einen sportlicheren Look aus Jeans, gestreiftem Hemd und Trekkingschuhen getauscht und trug einen kleinen Rucksack über der Schulter.

„Ich habe in der Küche eine Nachricht für Rosie hinterlassen, falls wir immer noch unterwegs sind, wenn sie aufsteht“, erklärte Lia, während sie um die Scheune herumliefen, „nachdem ich vergessen hatte, dich zu fragen, wie lange wir etwa unterwegs sein werden!“

„Sehr vorausschauend, denn das kann ich schlecht beurteilen. Ich bin hier schon seit Ewigkeiten nicht mehr gewandert – und dann kommt es ja auch noch darauf an, wie lange wir uns dort aufhalten. An unserem Ziel gibt es nämlich nicht nur die einmalige Aussicht auf den Wasserfall selbst und somit viele schöne Motive“, er deutete auf die Kamera um Lias Hals, „sondern darüber hinaus auch einen wirklich guten Kaffee im dazugehörigen Tea Shed! Wenn mich nicht alles täuscht, brauen sie ihn in einem richtigen Kaffeeautomaten aus Italien.“

Vielsagend zog er seine hellen, dichten Augenbrauen hoch.

„Himmlisch!“, seufzte Lia, setzte aber gleich darauf errötend hinzu: „Ist meine Kaffeesucht so offensichtlich?“

„Nicht offensichtlicher als Grans Sucht nach einer Tasse ihres geliebten Tees. Aber irgendeinen Grund brauche ich ja, um dich aufzuziehen, nicht wahr?“

Brendans Mundwinkel hoben sich zu einem entwaffnenden Lächeln. Im Schatten der Scheune leuchteten seine Augen in einem dunklen und doch intensiven Grau wie das des irischen Himmels kurz vor einem Regenschauer, und Lia spürte, wie ihre Knie weich wurden. *When Irish Eyes Are Smiling,* schoss es ihr durch den Kopf, doch sie weigerte sich, über die Fortsetzung des Songtextes nachzudenken. Es war ganz sicher nicht ihre Absicht, sich von diesen Augen ihr Herz stehlen zu lassen. Ihr Leben in Deutschland war momentan schon kompliziert genug.

Glücklicherweise erreichten sie im nächsten Augenblick das Gatter, das hinter der Scheune auf die Schafweide führte, und sie konnte sich darauf konzentrieren, darüberzusteigen. Brendans zur Hilfe ausgestreckte Hand ignorierte sie dabei.

Das Gras unter ihren Füßen war sattgrün und der Untergrund so feucht, dass er bei jedem ihrer Schritte ein leises Schmatzen von sich gab, wie Lia lächelnd feststellte. Allerdings fehlte der Weide ein entscheidendes Detail: ihre wolligen, schwarzköpfigen Nutznießer.

„Als du sagtest, das wäre eine Schafweide, habe ich mir unter den Schafen eigentlich schon etwas anderes vorgestellt als uns beide!", witzelte sie, während sie immer weiter den Hügel hinaufmarschierten.

Einen Moment lang musterte er sie verdutzt, dann gab er lachend zu: „Das geht mir genauso, glaub mir. Kann mir selbst nicht vorstellen, wo die Tiere im Moment alle stecken. Heute Morgen habe ich sie jedenfalls hier draußen gehört; ihr lautes Geblöke weckt mich oft schon bei Sonnenaufgang! Aber möglicherweise halten sie es wie Gran und haben sich zum sonntäglichen Mittagsschlaf an ein schattiges Plätzchen zurückgezogen. Bei der prallen Sonne momentan wäre ihnen das nicht zu verdenken."

„Mag sein. Ich für meinen Teil finde es mehr als angenehm in der Sonne!" Lia machte halt, schloss genießerisch die Augen und drehte sich mit ausgestreckten Armen einmal um sich selbst. Welches Glück sie mit diesen warmen, wolkenlosen Stunden genau zur Zeit ihrer

Mini-Wanderung wieder einmal hatte! Dann drehte sie sich ein weiteres Mal – diesmal mit geöffneten Augen – und murmelte dabei: „Und dazu dieser Ausblick hier oben: nichts als sonnenbeschienenes Grün, glitzerndes klares Wasser und mit Felsbrocken übersäte Hügel … Ihr lebt zweifellos an einem paradiesischen Ort, Brendan!"

Kaum waren ihr die letzten Worte über die Lippen gekommen, hätte sie diese am liebsten wieder zurückgenommen. Brendan hielt sie ohnehin für überspannt, wie sie aus seiner Belustigung bezüglich ihrer Strandschätze geschlossen hatte, da könnten ihn derartige Bemerkungen in dieser Meinung nur noch bestärken. Andererseits – was spielte es schon für eine Rolle, was er über sie dachte? Sie *war* nun mal ein begeisterungsfähiger Mensch. Und genau an solchen Orten, wo jeder Grashalm, jede Meereswoge und jede Melodie aus einer Vogelkehle so unmittelbar von Gottes schöpferischer Vielfalt zeugten, konnte sie sich selbst mehr fühlen und wahrnehmen, als es sonst der Fall war. Also Schluss mit sämtlichen ungerechtfertigten Bedenken! Lia riss sich von dem Ausblick los und stapfte weiter bergauf.

Zu ihrer Rechten ging die Weide schon bald in einen dichten Laubwald über, und im Schatten dieses Gehölzes lagerten tatsächlich Schafe.

Die meisten lagen oder standen dösend unter einer Eiche, die sich knapp über dem Boden in mehrere Stämme gegabelt hatte und von denen sich einer fast waagrecht in die Schafweide hineinstreckte. Als schützend ausgereckter, dicht belaubter Arm beschirmte er die kleine Herde, und die schwarzen Gesichter der Schafe wirkten rundum glücklich und zufrieden. Sie waren die fleischgewordene, zeitgenössisch-irische Version der Schafe auf ihrer grünen Aue aus dem dreiundzwanzigsten Psalm.

Darüber hinaus strahlte dieser Ort eine so friedliche Ruhe aus, dass Lia sich am liebsten ebenfalls hier ins Gras gesetzt hätte. Den

Rücken an einen der Felsbrocken am Fuß der Eiche zu lehnen und nichts weiter zu tun, als dem Schnauben der Schafe und dem Wispern des Windes in den Blättern über ihrem Kopf zu lauschen – was könnte es Entspannenderes geben? Hier wollte sie ganz einfach nur ... sein. Sich keinerlei Gedanken machen. Den Puls des Lebens spüren. Die Gegenwart des Schöpfers atmen. Im Augenblick empfand sie nicht einmal das Bedürfnis, die Faszination dieses Ortes mit der Kamera oder dem Zeichenstift festzuhalten.

Doch Brendan, der ihr Zögern unter dem alten Baum bemerkt hatte, drängte: „Wir sollten weitergehen, Lia, es ist noch ein ganzes Stück bis zum Wasserfall. Und der Anblick wird es sogar wert sein, die eine oder andere malerische Szene am Weg links liegen zu lassen."

„Wenn du das sagst!" Mit dem festen Entschluss, so bald wie möglich allein zu der Eiche zurückzukommen, folgte sie Brendan auf einem tatsächlich kaum erkennbaren Trampelpfad in Richtung Wald.

☘ ☘ ☘

Je tiefer sie in das Unterholz vordrangen, desto dichter wucherte der Farn unter den Bäumen und desto feuchter wurde die Luft; und schließlich vernahmen sie das Rauschen von Wasser, das aus großer Höhe in die Tiefe hinabstürzte.

„Wir nähern uns dem Wasserfall quasi auf halber Höhe des Hanges, während die Touristen vom Seeufer aus flussaufwärts gehen", erläuterte Brendan. „Ich hoffe, es macht dir nichts aus, dass du auf diese Weise das meiste in der umgekehrten Reihenfolge zu sehen bekommst!"

„Aber nein!" Lia strich sich eine Haarsträhne aus der Stirn und atmete tief ein. „Der feuchten Luft und dem zunehmenden Rauschen nach zu urteilen, vermute ich, dass wir es gleich geschafft haben!"

„Damit hast du vollkommen recht. Siehst du den bunten Fleck dort vorn zwischen den Bäumen? Das sind die Touristen, die auf dem ausgeschilderten offiziellen Weg vom Parkplatz am See aus zum Aussichtspunkt unterwegs sind.“ Brendan war so abrupt stehen geblieben, dass Lia, die sich auf dem schmalen Pfad dicht hinter ihm gehalten hatte, in ihn hineinrumpelte.

Ihr Haar, das sich in der feuchten Luft leicht wellte, kitzelte Brendans Kinn, und er spürte ein angenehmes Kribbeln im Nacken.

„Sorry“, murmelte sie verlegen, und er entgegnete ähnlich befangen: „Gleichfalls sorry, dass ich so abrupt stehen geblieben bin! Aber halte dich jetzt trotzdem dicht bei mir. Wir müssen ein Stück den Abhang hinunter, um auf den Touristenweg zu kommen, und die Böschung ist glitschiger, als ich dachte!“

Ohne auf ihre Erlaubnis zu warten, ergriff Brendan Lias Hand und führte sie seitlich den Hang hinunter. Er musste sich ehrlich eingestehen, dass er diesen Weg nicht als derart zugewachsen, feucht und gefährlich in Erinnerung gehabt hatte. Offenbar war er nicht oft genutzt worden, seit Brendan ihn das letzte Mal entlanggewandert war. Aber Lia hatte sich klaglos durch das nasse Unterholz und über umgestürzte, moosbewachsene Baumstämme gekämpft, sodass ihr Ziel inzwischen greifbar nahe war. Deshalb würde er nicht riskieren, dass sie die letzten Meter zu dem sicheren befestigten Weg auf dem Hosenboden rutschend zurücklegen musste.

Zu seiner Erleichterung erreichten sie kurz darauf unbeschadet das Holzgeländer an der Seite des offiziellen Weges. Mit leichtem Widerwillen löste er den Griff um ihre warme, weiche Hand, um unter der Abgrenzung durchzuschlüpfen. Sie reihten sich hinter einem französisch sprechenden Paar in eine Gruppe von Touristen ein, stiegen eine Treppe hinauf und erreichten so die kleine Aussichtsplattform direkt vor dem Wasserfall.

Auf einer Infotafel konnten die Besucher alles Wissenswerte über die Entstehung von Wasserfällen im Allgemeinen sowie über den

Ursprung und die Fallhöhe des Glencar-Falles im Besonderen nachlesen. Während Lia darauf wartete, dass sich die Touristengruppe am vorderen Rand der Plattform lichtete und somit einen unverstellten Blick auf das Naturschauspiel freigab, las sie die Informationen in aller Ruhe durch.

Brendan hielt sich abwartend im Hintergrund. Die Ausschließlichkeit, mit der sich Lia einer Beschäftigung oder auch einem Objekt wie beispielsweise jetzt dieser Tafel widmete, beeindruckte ihn. Aber was ihn noch mehr faszinierte, war ihre Begeisterungsfähigkeit. In jeder einzelnen Muschel am Strand – für ihn persönlich nicht beachtenswerter als Kieselsteine in einer Auffahrt – sah sie ein einzigartig gemustertes kleines Kunstwerk; und etwas so Simples wie warmer Sonnenschein über einer grünen Weide brachte sie ins Schwärmen. Selbst beim Anblick der Schafe unter der Eiche hatten ihre Augen verräterisch aufgeblitzt.

Auf jeden Fall stand fest, dass Lia die für ihn alltäglichsten Szenen mit einer Freude und regelrecht kindlichem Staunen in sich aufnahm, die er nicht nur amüsant, sondern sogar liebenswert fand. Zumindest, wenn sich ihre Begeisterung auf Dinge wie zum Beispiel die Natur beschränkte und nicht die Vergangenheit seiner Großmutter miteinbezog …

Mit einem unterdrückten Seufzen trat er neben sie an den vorderen Rand der Plattform, wo die Touristenmenge sich endlich ein wenig zerstreut hatte. Einem Vorhang gleich rauschte direkt vor ihnen das Wasser über moosbewachsene Felsschichten hinunter in das Becken, das es sich selbst geschaffen hatte und das von mannshohem Farn und den unentwirrbar miteinander verschlungenen Wurzeln der umstehenden Bäume umrahmt war. Von dort sprudelte es kraftvoll weiter zu einem Bach, der sich wiederum über Felsbrocken und glatt geschliffene Steine den Hang hinunter und unten im Tal in den See ergoss.

„Was für ein Anblick!“, murmelte Lia, und in Erwartung eines weiteren Begeisterungsausbruchs wandte sich Brendan ihr zu. Doch sie folgte nur mit ihren leuchtenden Augen dem Weg des Wassers ins Tal und streckte selbstvergessen die Zunge heraus, um damit die Wassertropfen aufzufangen, die ihre schmale Nase und ihre Wangen benetzten. Brendan wünschte, er hätte diesen Anblick mit der Kamera festhalten können, die im Augenblick nutzlos von Lias Schulter hing. Kaum hatte er den Gedanken erwogen, griff seine Begleiterin selbst nach dem Apparat, nahm den Objektivdeckel ab und schoss mit unterschiedlichen Einstellungen eine ganze Reihe Fotos.

Das Gleiche machte sie auf ihrem gemeinsamen Rückweg am Bach entlang. Während das Terrain immer flacher wurde, wichen die Bäume an beiden Seiten des Ufers zurück und machten Platz für noch mehr Farn, Sumpfgras und blühende Büsche. Vor einem halb über dem Bach hängenden Ast, an dem sich gerade pralle fuchsiarote Knospen öffneten, legte sich Lia, ohne mit der Wimper zu zucken, auf den durchnässten Boden, um ein Bild aus der optimalen Perspektive zu schießen.

Anschließend schraubte sie den Objektivdeckel entschlossen wieder auf und hängte sich die Kamera um. „Bezaubernd. Aber das war's für heute mit den Bildern. Ich will die Landschaft nicht ausschließlich durchs Objektiv betrachten, sondern live genießen!“

„Gilt das nur für die Landschaft oder auch den Kaffee, den ich dir versprochen habe? Wie du siehst, ist dort vorn schon der Tea Shed – und darin kann man sich sogar recht gemütlich niederlassen, ohne nass zu werden!“, neckte Brendan sie mit Blick auf ihre feuchte Kleidung.

„Na, dann bin ich mal gespannt, ob dieser ‚Schuppen‘ deinen verheißungsvollen Ankündigungen gerecht wird!“ Mit einem Papiertaschentuch tupfte Lia die feuchtesten Stellen ihrer knielangen Hose ab, bevor sie gemeinsam auf das flache, von Rasen und einem Spielplatz umgebene Gebäude zugingen.

„Sicher! Ich hoffe nur, es ist nicht zu voll. Du musst wissen, Deirdre hat hier mal gejobbt und uns berichtet, dass sie an manchen Tagen buchstäblich von kaffee- oder teedurstigen Touristen überrannt wurden." Schwungvoll öffnete Brendan die Tür und ließ Lia den Vortritt.

„Keine Sorge, das kenne ich von unserem Café daheim auch nicht anders", beruhigte sie.

Tatsächlich wurden sie im Inneren des Ladens nicht nur vom Duft nach Tee und Gebäck empfangen, sondern auch von einer langen Schlange am Tresen. Die junge Bedienung dahinter machte eine – vorsichtig ausgedrückt – verzweifelte Miene, während aus dem Hintergrund zunächst ein lautes „Verflixtes Teil aber auch" gefolgt von einem blechernen Schlag zu vernehmen war.

„O weh", wisperte Brendan Lia ins Ohr, „da hat jemand Probleme!"

Wie zur Bestätigung erklärte das junge Mädchen am Tresen den wartenden Kunden: „Es tut mir aufrichtig leid, aber ich fürchte, wir können Ihnen momentan keinen Kaffee anbieten." Die Röte in ihrem Gesicht breitete sich noch weiter aus, als ein beleibter Tourist in Trekkinghosen ein unzufriedenes Grunzen von sich gab, und so fügte sie eilig hinzu: „Dafür bekommen Sie die erste Tasse Tee umsonst!"

„Dieser ewige Tee – als ob der ein adäquater Ersatz wäre", knurrte der Trekkinghosenträger inmitten der Warteschlange seiner Begleiterin auf Deutsch zu. „Ich kann allein schon das Wort nicht mehr hören! Im nächsten Urlaub reisen wir wieder nach Italien …"

Lia blickte betreten zu Boden, sodass Brendan lieber nicht nachfragte, was der Mann gesagt hatte.

„Ich muss mich der Entschuldigung anschließen", räumte er stattdessen ein. „Da habe ich dir doch zu viel versprochen, und du wirst wieder einmal ohne anständigen Kaffee auskommen müssen!"

„Ich werde es überleben!“ Lia lächelte gezwungen. „Ich ärgere mich nur über den Kerl da vorn: Er sieht doch, wie peinlich ihr die ganze Situation ist!“ Sie nickte unauffällig in Richtung der Bedienung, die inzwischen so rasch wie möglich Tee, Scones, Sandwiches und Muffins an die Wartenden ausgab, während der deutsche Tourist nach wie vor unwillig vor sich hin nörgelte. „Trotzdem macht er ihr weiterhin die Hölle heiß. Brummelt irgendetwas davon, sich beim Geschäftsführer zu beschweren und dergleichen. Na ja, wenigstens versteht sie ihn nicht. Ich dagegen würde dem Kerl gern mal ordentlich die Meinung geigen!“

„Das bringt leider nur in den seltensten Fällen den gewünschten Effekt!“

„Auch wieder wahr!“

Gemeinsam mit den anderen Wartenden rückten sie einen weiteren Schritt nach vorn, und plötzlich erhellte sich Lias Gesicht. „Kennst du zufällig eine der beiden Bedienungen hier? Weil Deirdre doch mal hier gejobbt hat, meine ich! In dem Fall könntest du ihnen gern meine Hilfe mit dem Kaffeeautomaten anbieten. Ich habe zumindest ein bisschen Erfahrung mit den Dingern!“

„Woher weißt du denn, dass ihre Probleme mit der Maschine zu tun haben?“

Lia zuckte die Schultern. „Ist nur so eine Vermutung wegen des Schlags vorhin. Der Klang war mir recht vertraut. Also, kennst du die beiden?“

„Das Mädchen an der Theke nicht, aber –“ Brendan beugte sich nach vorn und linste um die Ecke, in der Hoffnung, einen Blick auf die Person im Hintergrund zu erhaschen. „Tatsächlich, das ist Beatrice. Okay, lass es uns versuchen!“ Entschlossen ergriff er Lias Arm, scherte aus der Reihe aus und führte sie ans andere Ende der Theke, von wo aus sie die junge Frau vor dem chromglänzenden Kaffeeautomaten sehen konnten.

„Hi, Beatrice, wie geht's?", grüßte er, und die Angesprochene drehte sich überrascht um.

„Brendan – hallo!", grüßte sie zurück und lächelte erfreut, setzte aber umgehend hinzu: „Du, leider hab ich momentan keine Zeit für einen Plausch, ich muss diese Höllenmaschine hier wieder in Gang bringen!" Schon hantierte sie weiter an der Espressomaschine.

„Genau darum geht es! Meine Freundin Lia hier", er schob diese einen Schritt nach vorn, „kennt sich damit aus, sie arbeitet selbst in einem Café mit so einem Gerät!"

„Ehrlich wahr? Dann nichts wie herein mit euch!", kommandierte Beatrice, und kurz darauf betrachtete Lia nachdenklich den Apparat mit seinen verschiedenen Hebeln und den blinkenden Anzeigen.

„Eine Siebpressmaschine, wie ich's mir dachte", murmelte sie, „allerdings mit ein paar Raffinessen mehr als unsere. Was genau ist euer Problem, Beatrice?"

„Sie heizt nicht ordentlich auf, wir bekommen quasi nur kalten bis lauwarmen Kaffee, und ich weiß absolut nicht, was ich dagegen machen kann! Wir haben dieses Monster hier erst seit Kurzem, und blöderweise finde ich in der Hektik die Gebrauchsanweisung nicht, und …"

Verzweifelt wischte sich Beatrice mit einer Papierserviette über das erhitzte Gesicht, während Lia feststellte: „Der Temperatursensor also!"

Suchend fuhr sie mit den Händen über die Rückseite des Gerätes, hielt kurz inne und tippte rasch und fachmännisch etwas auf dem elektronischen Bedienfeld ein. „Vermutlich ist der automatische Temperaturregler defekt", erklärte sie dabei. „Ihr solltet den entsprechenden Sensor vom Kundendienst auswechseln lassen. Für den Moment habe ich jetzt auf manuelle Eingabe umgestellt und gleich die optimale Temperatur gewählt. Und wie du siehst, funktioniert alles wieder einwandfrei!"

Lia trat zur Seite und gab den Blick auf eine Tasse frei, die sich unter verheißungsvollem Dampf mit der kostbaren schwarzen Flüssigkeit füllte.

Mit einem Freudenschrei fiel Beatrice ihr um den Hals, und ein paar Kunden, die das Ganze verfolgt hatten, klatschten Beifall.

Verlegen wehrte Lia ab, ehe sie auf die volle Kaffeetasse deutete. „Dürfte ich die bitte servieren?“ Auf Beatrice’ Nicken hin brachte sie den Kaffee samt einem Extrakännchen Milchschaum an den Tisch, an dem das deutsche Pärchen mittlerweile mit höchst unzufriedenem Gesichtsausdruck Platz genommen hatte.

„Bitte schön, Ihr Kaffee auf Kosten des Hauses!“ Mit ausgesuchter Höflichkeit platzierte sie das kleine Tablett und fuhr auf Deutsch fort: „Lassen Sie ihn sich schmecken und, falls Sie sich dabei keinen Zacken aus der Krone brechen, behandeln Sie Ihre Bedienung das nächste Mal ein wenig freundlicher als eben!“

„A-aber sicher!“ Beschämt zog der Gast den Kopf ein, und Brendan, wenngleich er die kurze Unterhaltung nicht wörtlich verstanden hatte, musste sich das Lachen verkneifen. Wie es aussah, hatte Lia die Gelegenheit, ihren Landsmann höflich, aber bestimmt in die Schranken zu weisen, bestens genutzt. Ihre eigene Tasse Kaffee hatte sie sich damit redlich verdient!

Schmunzelnd begleitete er sie zu dem Sofa in einer Ecke des Raumes, wo die anderen Gäste ihnen bereitwillig Platz machten, und Beatrice versorgte sie mit eine Tasse Cappuccino.

# Kapitel 12

Die Bezeichnung „Tea Shed" wurde dem gemütlichen kleinen Imbisslokal keineswegs gerecht, fand Lia. Es handelte sich viel eher um eine interessante Kombination aus Imbiss und Kunstgewerbeladen als um einen Schuppen. An den Wänden hinter den Tischen, neben einem zierlichen gusseisernen Kaminofen und direkt um die gemütliche Sitzgruppe herum, in der Brendan und sie Platz genommen hatten, wurden vereinzelte Arbeiten lokaler Künstler angeboten.

Zuerst waren Lia nur die üblichen touristischen Souvenirs wie bedruckte Textilien, Plüschschafe und Postkarten ins Auge gefallen, doch bei näherem Hinsehen registrierte sie dazwischen zahlreiche kleine Gegenstände aus dem Kunstgewerbe. Handgefertigte Keramiken und Schmuck befanden sich ebenso darunter wie Buchbindearbeiten und Werke aus Mooreichenholz oder gerahmte Fotografien und Aquarelle.

Schon während sie ihren Latte macchiato genoss, wanderte ihr Blick bewundernd von einem Stück zum anderen. An einem Aquarell, auf dem der See mit Schafen im Vordergrund und die Silhouette des markanten Ben Bulben im Hintergrund zu sehen war, blieb ihr Blick hängen.

„Gefällt es dir? Das ist genau der Ausblick, den man draußen vor der Tür des Tea Shed genießen kann", erklärte Brendan, der ihrem Blick gefolgt war.

„Ja, das ist mir aufgefallen. Der Künstler hat die Szenerie so authentisch und einfühlsam eingefangen, dass man am liebsten in sein Bild hineinschlüpfen würde!"

„Findest du?" Brendan nahm das kleine Gemälde konzentriert ins Visier, ehe er lächelnd zugab: „Stimmt, du hast vollkommen recht! Obwohl ich selbst mit diesen Holzarbeiten dort drüben mehr anfangen kann." Er deutete auf eine zierliche Skulptur aus tiefdunkler Mooreiche. Lia sah darin zwei Hände, die ein angedeutetes Herz umschlossen. Wenn man bedachte, dass dieses Werk aus jahrhundertealtem Holz gefertigt war, stellte es ein ganz besonders aussagekräftiges Symbol für immerwährende Liebe dar.

„Im Gegensatz zu dir bin ich eben ein bodenständiger Handwerker!"

„Mag sein. Dein Gespür für Ästhetik kannst du trotzdem nicht leugnen", beharrte Lia, ohne auf seinen neckenden Unterton einzugehen. „Ein Blick in deine Werkstatt genügt, um das zu erkennen!" Als sie ihre mittlerweile geleerte Kaffeetasse abstellte, streiften ihre Augen die Armbanduhr.

„O nein, ich habe gar nicht bemerkt, wie die Zeit vergeht! Ich wollte Rosie doch nicht so lange allein lassen! Wir sollten uns jetzt besser auf den Heimweg machen."

„Wie du wünschst!" Brendan griff nach ihren Jacken und seinem Rucksack, während Lia das Geschirr zur Theke zurückbrachte, wo Beatrice ihr ein unförmig eingewickeltes Päckchen überreichte. „Ein kleines Dankeschön von uns beiden. Deine Hilfe hat uns heute den Tag gerettet, also, lasst es euch schmecken!", verabschiedete sie sich lächelnd. „Und falls du noch ein wenig länger im Lande bist, komm gern mal wieder bei uns vorbei!"

„Das werde ich, und nicht nur wegen eures ausgezeichneten Kaffees!", versprach Lia. Sie fand die warmherzige, etwas rundliche Irin ausgesprochen liebenswürdig – ebenso wie Deirdre und deren

Schwester und eigentlich alle Gleichaltrigen, die sie bisher in diesem Land kennengelernt hatte. Deren erfrischend offene, unkomplizierte Art gab Lia das Gefühl, mit alten Freunden zusammen zu sein statt mit Fremden, wie es genau genommen der Fall war.

In Anbetracht der fortgeschrittenen Uhrzeit gingen Brendan und Lia an der Straße entlang zurück, sodass sie etwa eine halbe Stunde nach ihrem Aufbruch am Wasserfall in Hazelbrook House ankamen. Still und verlassen lagen Wohnzimmer und Küche in der späten Nachmittagssonne, doch auf Lias Ruf hin vernahmen sie eine gedämpfte Stimme im Obergeschoss. „Ich bin hier oben, auf dem Dachboden!"

„Auf dem Dachboden?", rief Brendan alarmiert zurück. Mit großen Sprüngen von drei oder vier Stufen auf einmal nahm er die Treppe in den ersten Stock und rief vom Fuß der ausgeklappten Bodenleiter aus nach oben: „Was um alles in der Welt machst du da, Granny?"

„Genau das, wonach es aussieht", gab Rosie unbeschwert zurück, als er seinen Kopf durch die Luke steckte, „ich suche etwas!"

„Und deswegen steigst du einfach allein diese steile und dazu noch instabile Klappleiter hoch, statt zu warten, bis Lia und ich wieder zurück sind?" Brendan gab sich gar keine Mühe, seinen Vorwurf zu unterdrücken. „Ehrlich, Gran, das ist ausgesprochen fahrlässig!"

Er kroch durch die Speicherklappe und richtete sich vorsichtig auf, wobei sich die Bodendielen unter seinen Füßen leicht wölbten und er den Kopf einziehen musste, um nicht gegen einen der Dachbalken zu stoßen. Lia, die sich dicht hinter ihm gehalten hatte, konnte dagegen problemlos aufrecht stehen.

„Ach was, so klapperig sind meine alten Knochen auch wieder nicht! Aber da ihr beide jetzt schon mal hier seid, könnt ihr mir ebenso gut beim Suchen helfen. Ich weiß genau, dass sich irgendwo unter diesen Dokumenten Briefe aus Deutschland befinden müssen, die noch aus den Vierziger- und Fünfzigerjahren stammen. Arthur und ich haben sie bei unserem Einzug in Hazelbrook House hier verstaut!"

„Natürlich, gern!" Mit einem misstrauischen Seitenblick auf das im Luftzug schwingende Spinnennetz am nächstgelegenen Dachbalken hockte Lia sich neben ihrer betagten Freundin auf den Boden. „Suchen wir nach einem speziellen Brief oder allgemein nach allen mit deutscher Marke?"

„Zunächst einmal wollte ich die mit älterem Datum mit nach unten nehmen, um sie durchzulesen – wobei ich ehrlich gestanden auf deine Hilfe hoffe, Lia. Wenn du bereit wärst, sie mir zu übersetzen, hätte ich zum ersten Mal seit vielen Jahren, wenn nicht sogar überhaupt, die Chance, die Briefe wirklich zu verstehen!"

Rosie hob ihren Blick von der Truhe voll kartonierter Dokumentenmappen und angestaubter Papiere und richtete ihn bittend auf Lia.

„Das tue ich sogar ausgesprochen gern!", versicherte diese. Brendan hingegen erkundigte sich misstrauisch: „Ist das dein Ernst, Granny – du willst noch mehr alte Erinnerungen aufwühlen? Haben wir deine nostalgischen Gefühle mit der Fahrt nach Glencree nicht schon ausreichend zufriedengestellt?"

Er ging neben seiner Großmutter in die Hocke und musterte sie eindringlich. „Sag ehrlich, Gran: Was erhoffst du dir davon? Ich begreife das nicht!"

Lia meinte, echte Sorge in seiner Stimme zu hören. Sie hatte das Gefühl, Brendan fürchtete entweder um die geistige Gesundheit seiner Großmutter oder dass sie sich in irgendetwas verrannte, was ihr körperlich zu viel abverlangen könnte. Demnach war seine Skepsis gegenüber Rosies Suche in der Vergangenheit wenigstens nicht in Ungeduld oder bloßem Unverständnis begründet, sondern in Liebe – und das machte die gelegentlichen Vorwürfe sowohl seiner Großmutter als auch ihr gegenüber mehr als wett.

„Das ist für jemanden in deinem Alter in der Tat schwer zu verstehen, mein Lieber." Rosie beugte sich zu ihrem Enkel und legte ihre Hand auf die seine. „Ich begreife es ja selbst nicht hundertprozentig – ich habe einfach das Bedürfnis, meine Vergangenheit aufzuarbeiten. Ich möchte so manche niemals beantwortete Frage bezüglich meiner Ursprungsfamilie klären, allen voran die nach dem Verbleib meines Zwillingsbruders. In unseren ersten gemeinsamen Lebensjahren war er mir nicht nur ein treuer Begleiter, sondern obendrein mein Halt und Fixpunkt. Er war ein Teil von mir, verstehst du? Und da mir im fortgeschrittenen Alter meine Kindheit wieder präsenter wird, spüre ich den Verlust, die Trennung von ihm, noch einmal so deutlich – als wäre es gestern erst geschehen!"

Die alte Dame verstummte, ließ Brendans Hände los und nestelte aus ihrem Rock ein Taschentuch hervor, mit dem sie ihre Augen abtupfte.

Brendan räusperte sich. „Na schön, Granny, aber versprich mir bitte das eine: Verrenne dich nicht in wildem Aktionismus, indem du von einem Schauplatz deiner Vergangenheit zum anderen reist – in der nicht sehr aussichtsreichen Hoffnung, dich deinem Bruder dadurch wieder näher zu fühlen. Belass es bei den bisherigen Reisen nach Deutschland und Glencree. Denn egal, wie jung oder fit du dich momentan fühlst, mit achtzig Jahren solltest du dich nicht mehr so vollständig verausgaben, körperlich ebenso wenig wie seelisch! *Ein* Krankenhausaufenthalt – dazu noch im Ausland – ist genug, finde ich!"

„Danke, Brendan, ich weiß deine Sorge zu schätzen!", gab Rosie liebevoll zurück. „Und ich verspreche dir, auf den Spuren der Vergangenheit künftig nicht mehr kreuz und quer durchs Land zu reisen. Aber die Hoffnung und meine Gebete für Gerd wirst du mir weiterhin zugestehen müssen – ebenso wie Lias Hilfe mit den Briefen."

„Na schön, das ist wenigstens ein Kompromiss!“, gab Brendan nach. Er ließ den Blick über den Dachboden schweifen. Von der Decke hing eine kahle Glühbirne und beleuchtete ein Sammelsurium von ausgemusterten Möbeln, verschlossenen Truhen und Koffern aus ausgeblichenem, brüchigem Leder; hinter den dichtesten Spinnennetzen verbargen sich sogar noch ein paar Aktenschränke aus der ehemaligen Praxis seines Großvaters. „Dann lasst uns diese Sache aber wenigstens systematisch angehen, sonst sitzen wir die halbe Nacht hier oben. Welche Truhen und Möbel hast du schon nach den Briefen durchsucht, Gran?“

„Die Kommode hier rechts von mir und meine ehemalige Aussteuertruhe!“ Rosie deutete auf das offene Möbelstück vor sich, dessen Deckel und Korpus mit Schnitzereien und Blattgold verziert waren. „In der Truhe hatte ich sie eigentlich am ehesten vermutet, aber da habe ich mich leider getäuscht!“

„Okay. Was ist mit Grandpa Arthurs Aktenschränken dort hinten, wären die nicht ein geeigneter Aufbewahrungsort gewesen?“ Ohne eine Antwort abzuwarten, bahnte sich Brendan mit eingezogenem Kopf einen Weg durch das Chaos. Er stieß mit dem Schienbein gegen eine offen stehende Kommodentür, murmelte ein Schimpfwort und erreichte schließlich die hohen Schränke. Die oberste Schublade klemmte, doch als er ungeduldig daran zerrte, sprang sie ihm ruckartig entgegen, sodass er gerade noch zurückweichen konnte, ehe sie ihn erwischt hätte.

„Nein, ich vermute mal, die enthalten nur ehemalige Patientenakten“, überlegte Rosie laut. „Obwohl die Daten später im Computer gespeichert wurden, wollte dein Großvater sich nie von den handgeschriebenen Karteikarten seiner ersten Patienten trennen. Auch nicht, als er die Praxis an seinen Nachfolger übergab. Er war in dieser Hinsicht recht sentimental!“

„Was du nicht sagst!“ Brendans geflüsterter Kommentar brachte Lia zum Schmunzeln. Sie beobachtete, wie er eine Akte aus der Schublade nahm, diese ans Licht hielt, enttäuscht wieder zurücksteckte und mit dem Handy den Rest des Schubladeninhalts beleuchtete. „Tatsächlich nichts als uralte Karteikarten!“, kommentierte er ungläubig. „Ist das zu fassen, Gran, die sind teilweise noch aus den Sechzigern!“ Als Beweis hielt Brendan eine gelbstichige Akte hoch, deren Linien und Buchstaben nur noch undeutlich zu erkennen waren. „Er hat diese Aktenberge quasi sein ganzes Leben lang mitgeschleppt! Ich habe ihn zwar eher pragmatisch-nüchtern in Erinnerung, aber wie es aussieht, war Grandpa Arthur im tiefsten Innern genauso nostalgisch veranlagt wie du, Granny!“

„Gut möglich!“ Ungerührt schloss Rosie den Deckel ihrer Aussteuertruhe, um sich dem nächsten Objekt zu widmen. Im Gegensatz zur Einstellung ihres Enkels betrachtete sie es als selbstverständlich, sämtliche Dokumente als Zeugnisse ihres Lebens aufzubewahren.

Lia konzentrierte sich inzwischen auf ihre eigene Suche.

Während Großmutter und Enkel miteinander sprachen, fragte sie sich, wo sie an Rosies oder Arthurs Stelle die Briefe aufbewahrt hätte, und als Resultat dieser Überlegung kramte sie unter einem metallenen Garderobenständer einen rissigen braunen Lederkoffer heraus.

Ein feiner Duft strömte ihr entgegen, als sie diesen öffnete. War es Veilchenduft, Maiglöckchen oder Lavendel? Lia war nicht sonderlich gut darin, Gerüche zu identifizieren. Allerdings war klar, dass der Geruch vom Inhalt des kleinen Koffers kam, der von einem geblümten Seidenschal bedeckt war. Vorsichtig hob Lia den Schal an. Zu ihrer größten Freude kamen tatsächlich Briefe darunter zum Vorschein: zerknitterte, teilweise wellige, aber fein säuberlich in Bündeln verschnürte Briefumschläge. Und in der Verschnürung jedes Bündels steckte ein winziges Sträußchen Lavendel – oder vielmehr die fransigen Pflanzenstängel mit ihren zerfallenen Blütenköpfen, die von dem jeweiligen Gebinde übrig geblieben waren.

Die zusammengebundenen Schriftstücke sahen ohne Zweifel nach einer geliebten, sorgsam gehegten Erinnerung aus – und es gab nur eine Art von Briefen, die sie selbst in solcher Weise aufbewahren würde! Ein kurzer Blick auf Absender und Adresse genügte, um ihren ersten Eindruck zu bestätigen.

„Ich habe hier etwas gefunden", bemerkte sie, fügte auf Rosies alarmierten Ausruf aber sofort hinzu: „Nicht genau das, wonach wir suchen, aber du willst es dir bestimmt gern ansehen, Rosie!"

Sie schob den Koffer zu Rosie hinüber. Diese hatte sich mittlerweile auf einem gepolsterten Schemel direkt unter der Glühbirne niedergelassen und war gerade dabei, den staubigen Inhalt eines Weidenkorbes auf ihrem Schoss durchzusehen. Beim Anblick von Lias Entdeckung lächelte sie verträumt: „Arthurs und meine Briefe – nein, die hatte ich ja schon jahrzehntelang nicht mehr in der Hand! Und wenn mich nicht alles täuscht, duften sie nach all der Zeit noch immer!"

„Alte Liebesbriefe?" Brendan, nach wie vor eine Karteikarte in der Hand, schob sich neben Lia. Diese nickte schweigend, während sich Rosie fast andächtig ein Bündel Briefe unter die Nase hielt und gleichzeitig mit ihren Fingern den Lavendel berührte.

Dann plötzlich leuchtete ihr Gesicht auf. „Natürlich, jetzt erinnere ich mich! Wir haben damals sämtlichen Schriftverkehr in solch kleinen Lederkoffern verstaut, und demnach auch die Briefe aus Deutschland! Also müssen wir nur nach einem weiteren Koffer dieser Art suchen, und schon sind wir am Ziel!"

Ohne weitere Zeit zu verlieren, machte sich Brendan an dem Stapel Koffer unter dem Garderobenständer zu schaffen. „Der kleine dort drüben müsste es sein, direkt unter dem großen Rollkoffer!", assistierte Lia aufgeregt, und mit vereinten Kräften zerrten sie den Kofferzwilling aus dem Stapel.

Brendan wischte mit seinen Hemdsärmeln den Staub ab, reichte den Koffer an seine Großmutter weiter und beobachtete dann gespannt, wie Rosie mit zittrigen Händen den Verschluss öffnete. Sie hob das Tuch hoch, das den Inhalt des Koffers schützen sollte, und rief: „Gott sei Dank, da sind sie endlich!"

Triumphierend hielt sie einen Umschlag in die Höhe, der an „Rosie Henke, wohnhaft bei Familie Casey in Dublin" adressiert war.

☘☘☘

Sie nahmen den Koffer mit hinunter ins Wohnzimmer, um es sich mit den Briefen auf dem Sofa bequem zu machen. Während Rosie sich einen Überblick über die Dokumente ihrer ersten Jahre in Irland verschaffte und diejenigen auswählte, die sie am dringendsten lesen wollte, bereiteten Lia und Brendan mit den ausgewählten Köstlichkeiten aus dem Tea Shed eine leichte Mahlzeit zu. Dann verabschiedete sich Brendan für den restlichen Abend.

Rosie machte ihm keinen Vorwurf. Arthurs alte Karteikarten hatten ihn zwar sichtlich fasziniert, aber eher in der Art und Weise, wie man in einem Museum die Knochen eines ausgestorbenen Tieres betrachtet. Insgesamt beschränkte sich sein Interesse an ihrer Vergangenheit offensichtlich auf die Sorge, dass sie sich nicht darin verlor, und das konnte sie ihm aufgrund seiner jungen Jahre nicht verübeln.

Glücklicherweise war Lia da anders: Sie interessierte sich nicht nur für Rosies Lebensgeschichte, sondern nahm – und das als Außenstehende – in einem solchen Ausmaß Anteil daran, dass es Rosies Herz bis ins Innerste erwärmte. Sie hatte in der jungen Frau eine Freundin gefunden, mit der sie gemeinsam die vielfältigen Erfahrungen ihres Lebens noch einmal ausführlich Revue passieren lassen durfte. Und mit deren Hilfe ihr Gott vielleicht die eine oder andere offene Frage beantworten würde …

Mit einem erwartungsvollen Lächeln stellte Lia das kleine Tablett mit dem Imbiss ab und ließ sich neben Rosie in einen Sessel fallen. „Und, wo soll ich anfangen? Hast du schon ein paar Briefe herausgesucht?"

„Das habe ich", gab Rosie schmunzelnd zurück. „Aber willst du dich nicht erst einmal an den Leckereien hier bedienen?" Sie deutete auf ein knusprig geröstetes Lachs-Sandwich mit Gürkchen und Kräutern.

„Das kann warten." Lia winkte ab. „Ich bin schon so gespannt auf die alten Briefe! Hast du das Geschriebene tatsächlich niemals verstanden?"

„In den ersten Monaten schon, vermute ich. Aber so schnell, wie ich Englisch lernte, verblassten meine Deutschkenntnisse, sodass es immer schwieriger wurde. Außerdem fühlte ich mich schon bald so heimisch bei meiner Pflegefamilie, dass der Briefwechsel mit der alten Heimat immer unwichtiger und daher von meiner Seite aus recht spärlich wurde. Als Heranwachsende nahm ich mithilfe eines Übersetzers quasi einen zweiten Anlauf, aber mein Interesse ließ schon bald wieder nach. Was ich mir heute in erster Linie durch deine Übersetzung erhoffe, sind mögliche Hinweise auf Gerds Schicksal nach seiner Rückkehr in die alte Heimat. Deshalb habe ich zunächst einmal die Briefe aus den entsprechenden Jahren ausgewählt, für die ich auch niemals eine Übersetzung erhalten habe."

Sie reichte Lia ein paar Umschläge. „Es würde mir schon genügen, wenn du mir die Textstellen übersetzt, die sich speziell mit diesem Thema befassen – falls es solche Stellen überhaupt gibt!"

„Wie du möchtest. Dann werde ich die hier erst einmal grob überfliegen, es sind ja ohnehin nur vier. Und je nachdem, ob wir dabei fündig werden oder nicht, übersetze ich dir gern auch alles andere!"

Lia in ihren weiten, orientalisch gemusterten Pluderhosen, die sie im Haus stets trug und die Rosie höchstens als Schlafanzug benutzt hätte, zog die Beine an, schmiegte sich entspannt in den Sessel und öffnete den ersten Briefumschlag. So behutsam, als fürchtete sie, das vergilbte, brüchige Material würde unter ihren Fingern zu Staub zerfallen, entnahm sie ihm ein einzelnes Blatt Papier und fing an zu lesen, während Rosie sich an Tee und Sandwiches bediente.

Ihre Idee, in den Briefen nach Hinweisen auf Gerd zu suchen, hatte Rosie quasi aus dem Mittagsschlaf hochschrecken lassen und zur sofortigen Umsetzung gedrängt, sodass sie seit der Mahlzeit im Restaurant nichts mehr gegessen hatte; und da Lia ohnehin ein paar Minuten zum ersten Durchlesen brauchen würde, konnte sie diese Zeit gut dazu nutzen.

Als sie sich ihre zweite Tasse Tee einschenkte, ließ Lia die Blätter in ihrer Hand sinken. Mittlerweile hatte sie den kompletten Inhalt der vier Umschläge gelesen und auf der Armlehne neben sich abgelegt. Sie war sichtlich berührt und schien leicht desorientiert, als sie endlich den Blick hob. Blinzelnd sortierte sie ihre Gedanken.

„O Rosie, ich kann es gar nicht fassen. Diese Briefe sind die reinste Zeitreise!", erklärte Lia und bestätigte mit ihren Worten Rosies Eindruck. „Ich hatte das Gefühl, als wäre ich persönlich und leibhaftig dort anwesend – mitten im Köln der Nachkriegsjahre, mitten in deiner Familie! Alles, was für mich bisher nur Geschichte war, fühlt sich plötzlich so real an."

Ein kalter Schauer durchlief Lia, und sie streckte Rosie ihre unbedeckten Unterarme entgegen. „Sieh dir nur an, was für eine Gänsehaut ich bekommen habe!"

Rosie nickte. „Ich hoffe, es hat dich nicht zu arg mitgenommen!"

„Gewiss nicht mehr, als es dich mitnehmen wird, wenn ich dir gleich alles übersetze." Lia musterte sie eindringlich. „Auf die Gefahr hin, dass ich jetzt wie Brendan vorhin klinge: Bist du dir sicher, dass du die Erinnerung noch einmal so persönlich und konkret aufleben lassen möchtest? Denn wenn ich eines über Erikas Briefe sagen kann, ist es das: Sie sind deutlich lebendiger und anschaulicher, als ich erwartet habe."

Nachdenklich wiegte Rosie den Kopf und fragte: „Hast du denn auch etwas über Gerd gefunden?"

„O ja!"

„Dann will ich es hören!", entschied sie. „Egal, welche Gefühle es in mir auslösen wird – alles ist besser als diese Ungewissheit, was aus ihm wurde!"

„Also gut! In dem Fall übersetze ich dir den Brief vom September 1949, in Ordnung? Erika muss ihn geschrieben haben, als Gerd erst seit Kurzem wieder zu Hause war."

„Tu das!" Rosie stellte ihre Teetasse ab und faltete die zitternden Hände im Schoß, während Lia zu lesen begann. Sie las Satz für Satz zunächst auf Deutsch, um ihn anschließend so gut wie möglich zu übersetzen.

*„Liebe Rosmarie,*

*wir hoffen, es geht Dir gut in Irland. Ich finde es zwar komisch, dass Du lieber in einem fremden Lande bleiben wolltest, als zu uns nach Hause zu kommen, aber Du hast schon immer Deinen eigenen Kopf gehabt. Genau wie Gerd.*

*Bereust Du es nicht, dass Du deswegen unseren Vater gar nicht zu sehen bekommst? Er hat so hart für unser Vaterland gekämpft und war so lange in Kriegsgefangenschaft, da hätte er es wahrlich verdient, dass alle, die noch von seiner Familie übrig sind, ebenfalls nach Hause kommen! Unsere Familie ist doch alles, was uns geblieben ist!*

*Nun, wenigstens ist Gerd wieder da. Du hättest sehen sollen, wie Omma vor Freude geweint hat, als er neulich aus dem Zug stieg! Sie ist extra mit uns zum Bahnhof gegangen, obwohl es ihr gar nicht gut geht. Sie muss zwar nicht mehr so heftig husten wie gleich nach dem Krieg, aber dafür kann sie nur noch mithilfe von zwei Stöcken laufen, und das reichlich wackelig. Auch sehen kann sie nicht mehr so gut wie früher. Aber unsern Gerd hat sie gleich erkannt, obwohl seine Haare raspelkurz geschoren waren wie bei einem Gefangenen und obwohl er spricht wie die Tommys früher. Oft versteht er nicht einmal, was wir zu ihm sagen, sodass Omma meint, er hätte in der Fremde seine eigene Sprache verlernt. Ist das nicht schrecklich?*

*Und frech ist der Bursche geworden, regelrecht aufsässig, meint Vater. Ständig widerspricht er ihm oder tut genau das Gegenteil von dem, was Vater sagt, sodass der ganz wütend wird. Es nützt auch nichts, wenn Vater Gerd mit dem Riemen schlägt. Nicht einmal dann wird er vernünftig, ist das zu fassen? Aber so war er ja schon immer, sage ich dann zu Omma, die oft traurig wird, wenn Gerd Schläge braucht. Und es muss ja sein, wie soll er denn sonst lernen, gehorsam und brav zu sein?*

*Ich bin wirklich froh, dass ich in der neuen Mühlheimer Bäckerei arbeiten kann, da komme ich aus dem Haus und kriege nicht jeden Streit zwischen Vater und Gerd mit. Zudem darf ich oft ganz ohne Lebensmittelschein leckere Brötchen und süße Schnitten, die nicht gelungen sind, mitnehmen. Über die freuen wir uns sehr. Man kann sich gar nicht mehr vorstellen, wie wir erst vor kurzer Zeit noch gehungert haben.*

*Du hörst, es geht uns wirklich gut; und falls Du es Dir mit dem Nachhausekommen doch noch einmal überlegst, kriegen wir Dich auch noch satt. Vater würde sich gewiss darüber freuen – und ganz besonders Gerd, auch wenn er nie über Dich spricht.*

*Also, viele Grüße, besonders von Vater und Omma*

*Deine große Schwester Erika*

Als Lia verstummte, konnte Rosie nur mit Mühe die Tränen zurückhalten. „Mein armer Gerd!“ Sie seufzte heftig auf. „Was musstest du nicht alles erdulden! Und ich saß in meinem behaglichen irischen Heim und habe nicht das Geringste davon geahnt oder kann mich zumindest nicht mehr daran erinnern …“

Fast schuldbewusst wandte sie sich Lia zu. „Ich habe wahrhaftig keine Ahnung, ob ich diesen Brief damals schon nicht mehr verstehen konnte oder seinen Inhalt lediglich verdrängt habe, aber heute zerreißt es mir bei Erikas Worten fast das Herz. Wie konnte mein Vater meinen Bruder, der doch so viel durchgemacht hatte, nur dermaßen grausam behandeln, seelisch wie körperlich? Und was für ein Trauma musste Vater selbst erlitten haben, dass er sich so verhielt?“

„Tja, vom heutigen Standpunkt aus ist das tatsächlich die große Frage, aber zur damaligen Zeit waren posttraumatische Störungen für niemanden ein Begriff. Im Gegenteil, sein Handeln muss Erikas Worten zufolge in den Augen seiner Mitmenschen vollkommen normal gewesen sein!“ Lias Bemerkung klang genauso traurig, wie Rosie sich fühlte.

„So war es leider, ja.“ Sie putzte sich die Nase, ehe sie gedankenverloren fortfuhr: „Auch mein irischer Vater hatte an der Seite der Engländer in diesem Krieg gekämpft, und er hatte zwar keine körperlichen, aber seelische Schäden davongetragen. Doch mit Gottes Hilfe konnte er sie überwinden – oder zumindest lernen, damit zu leben – und trotz allem wieder glauben, lachen und lieben. Ob das meinem leiblichen Vater je gelungen ist?“

Ein weiterer abgrundtiefer Seufzer entrang sich ihrer Brust. „Jedenfalls wundert es mich nicht, dass Gerd unter diesen Umständen schon bald darauf von zu Hause fortlief. Er ging zur See, wie Erika bei meinem Besuch neulich sagte. Konntest du zu diesem Thema auch etwas finden?“

„Ja, da war in der Tat eine Bemerkung in einem Brief von 1950 oder 51, glaube ich. Moment, ich habe es gleich!“

Lia legte die beiden eng beschriebenen Seiten des Briefes, den sie gerade vorgelesen hatte, beiseite und zog unter den restlichen Papieren einen anderen hervor. „Hier, direkt am Anfang der Nachricht!

*Liebe Rosie,*

*nun sind wir allein, Vater und ich. Omma ist tot und Gerd von zu Hause ausgerissen. Eines Morgens vor vier Wochen ist Omma einfach nicht mehr aufgewacht, obwohl es ihr am Abend vorher eigentlich nicht schlechter gegangen war als sonst. Sie ist unbemerkt von uns anderen in ihrem Bett für immer eingeschlafen. Du kannst dir nicht vorstellen, wie traurig ich bin! Auf der Beerdigung – Omma liegt jetzt im selben Grab wie unsere Mutter – habe ich geheult wie nie zuvor, und wenn ich recht gesehen habe, hat sogar Vater ein paar Tränen vergossen. Jetzt hat auch er seine Mutter verloren!*

*Nur Gerd hat keine Miene verzogen und ist gleich nach der Beerdigung verschwunden, während wir anderen ins Gasthaus gegangen sind. Vater und sein alter Kriegskamerad Fritz haben dort gemeinsam Bier getrunken, und danach war Vater noch trauriger und weinerlicher als zuvor. Als Gerd dann viel später am Abend nach Hause kam, haben die beiden wieder miteinander gestritten, weit schlimmer als sonst. Die Müllers von unten haben mit dem Besen an die Zimmerdecke geklopft, so laut haben die beiden sich angeschrien. Wie immer nahm Vater den Gürtel, um Gerd zu verkloppen, doch diesmal hat der ihm den Riemen einfach aus der Hand gerissen und aus dem Fenster geworfen. Gerd ist ja schon viel größer und stärker als andere Jungs in seinem Alter. Dann ist er selbst aus der Wohnung gestürmt, und seither haben wir nichts mehr von ihm gehört. Inzwischen sind vier Wochen vergangen.*

*Wir vermuten, dass er auf einem Schiff angeheuert hat, wie er es immer vorhatte, seit er von Irland zurückgekommen ist. So ist es also gekommen, dass Vater und ich nun allein sind. Wenigstens ist jetzt wieder Friede im Haus …“*

Als Lia den Briefbogen sinken ließ, stieß Rosie aus: „Dann ist es wahr, dass Gerd damals auf Nimmerwiedersehen verschwunden ist!“

„Und man hat seitdem niemals wieder etwas von ihm gehört, weder du noch die Familie in Köln?“

„Nicht, wenn Erika es richtig in Erinnerung behalten hat! Dann werde ich in diesem Leben wohl niemals erfahren, was aus ihm geworden ist und ob er, an welchem Ort auch immer, jemals sein Glück gefunden hat!“ Rosie sank ein Stückchen tiefer in ihr Sofapolster und starrte niedergeschlagen in die Ferne. Ihr Tee war schon längst kalt geworden, und die zweite Hälfte ihres Sandwiches lag unberührt auf dem Teller.

„Wäre es nicht möglich, dass in den späteren Briefen von Erika doch noch weitere Informationen enthalten sind, die sie heute nur selbst vergessen hat?“, warf Lia ermunternd ein. „Ich für meinen Teil weigere mich aufzugeben, bevor ich nicht jeden einzelnen aus diesem Stapel“, sie wies auf die restlichen Briefe auf dem Couchtisch, „durchgelesen habe, Rosie. Und wenn es die ganze Nacht dauert, ich suche weiter!“

„O Lia, du bist wirklich unglaublich – und dazu noch ein Stück hartnäckiger als ich!“, tadelte Rosie mit einem wehmütigen Lächeln.

„Stimmt. Verbissen wie eine Bulldogge“, gab Lia schmunzelnd zurück. „Wenn ich einmal etwas zwischen den Zähnen habe, lasse ich es so schnell nicht wieder los!“ Demonstrativ schob sie ihren Unterkiefer nach vorn und knurrte, bis Rosie tatsächlich lächelte und so mit einem etwas leichteren Herzen zu Bett gehen konnte.

Nachdem sie unter ihre Decke geschlüpft war, starrte sie im Licht der Nachttischlampe auf Lias Zeichnung der jungen Zwillinge an der Wand. Sie waren einander so nah gewesen wie zwei Seiten einer Münze, hatten so harmonisch und symbiotisch funktioniert wie die beiden Gehirnhälften ein und derselben Person, und dennoch hatte sie später nichts davon bemerkt, wie sehr er gelitten haben musste, während sie selbst es nicht besser hätte treffen können.

# Kapitel 13

*Glencree und Dublin, September 1946*

Als der klapprige alte Wagen des Fremden durch das Tor von Glencree fuhr und auf die holprige Straße einbog, schluchzte Gerd noch heftiger als zuvor. Hinter diesen hohen grauen Mauern, die ihm auf einmal wie ein Gefängnis vorkamen, musste er Rosie jetzt zurücklassen und hatte ihr nicht einmal Auf Wiedersehen sagen können! Würde ihr überhaupt jemand erklären, weshalb er so plötzlich verschwunden war, oder würde sie verzweifelt und weinend das ganze Haus samt Garten nach ihm absuchen und darauf warten, dass er wieder zurückkam? Womöglich war sie ihm immer noch böse, dass er sich im Unterricht so schlecht benommen hatte!

Gerd dachte an ihren vorwurfsvollen Blick, als der Lehrer ihn hinausgeschickt hatte – und in genau diesem Augenblick traf ihn die Wahrheit mit voller Wucht: Es war seine eigene Schuld, dass er von Rosie getrennt worden war! Hätte er wie alle anderen im Unterricht aufgepasst und somit in der Klasse bleiben dürfen, dann hätte der Fremde genau wie die Besucherin am Sonntag bemerkt, dass sie Zwillinge waren, und gewiss entweder sie beide mitgenommen oder eben ein anderes Kind! So aber hatte der Mann ihn allein angetroffen und gar nicht wissen können, dass er eine Schwester hatte, die ihn ganz dringend brauchte – und die er durch sein ungezogenes Benehmen im Stich gelassen hatte!

Oh, weshalb nur hatte er den Lehrer derart verärgert? Wie hatte er nur so kindisch sein können? All seine Vorsätze und tapferen Versprechungen in dem Brief an Omma waren dahin. Er konnte Rosie nicht länger beschützen. Er war eben doch kein „Mann im Haus", sondern nur ein dummer kleiner Junge, so wie Erika ihn stets genannt hatte. Vor lauter Schuldgefühlen und Wut auf sich selbst trommelte Gerd mit den Fäusten auf die Rückbank neben sich, während immer mehr Tränen aus seinen Augen strömten.

Mr Finch blickte sich um. Der kleine Kerl mit den abstehenden Ohren und dem zumindest Schwester Immaculata gegenüber trotzigen Gesichtsausdruck schien doch tiefer bekümmert zu sein, als er gedacht hatte. Sollte er nicht eher glücklich darüber sein, der strengen Aufsicht der Nonne entkommen zu sein und stattdessen in einer richtigen Familie leben zu dürfen? Aber die Freude daran würde sich gewiss bald einstellen, wenn sie alle ein wenig Geduld mit dem Jungen hatten. Er musste seine Frau und die beiden neuen „Schwestern" nur entsprechend dazu anhalten. Und bis dahin fiel ihm sogar selbst etwas ein, den Jungen von seinem Kummer abzulenken.

Der Fischer räusperte sich, ehe er mit rauer Stimme ein irisches Seemannslied anstimmte und mit den Händen auf dem Lenkrad den Takt dazu schlug. Im Rückspiegel sah er, wie der Kleine zum ersten Mal den Kopf hob, um sich umzusehen, und deshalb legte er zu dessen Aufmunterung noch ein wenig mehr gute Laune in seine Stimme und mehr Energie in seine Trommelschläge. Wie er erfreut feststellte, ebbten die Schluchzer daraufhin tatsächlich etwas ab.

Allerdings war es nicht so sehr Mr Finchs Gesang, der Gerd von seinem Kummer ablenkte, sondern eher die Tatsache, dass sie mittlerweile die Küste erreicht hatten. Ein Stück weit schlängelte sich die schmale Schotterstraße an der Wasserlinie entlang, und Gerd starrte wie gebannt hinaus. Seit ihrer Ankunft im Hafen von Dun Laoghaire hatte er das Meer nicht mehr zu sehen bekommen, und dieses Mal sah es vollkommen anders aus als damals. Statt voll schäumender, von der Sonne beschienenen Wellen zeigte sich die See heute still und glatt, überzogen mit tief liegenden, wabernden Nebelschleiern.

Leider nahm die dicke weiße Nebeldecke Gerd die Sicht, sodass er erfolglos auf dem Wasser nach Schiffen Ausschau hielt. Trotzdem mussten sie irgendwo da draußen sein, und sein Herz begann schneller zu klopfen, in der Hoffnung, möglichst bald wieder eines davon zu sehen zu bekommen. Plötzlich tauchten ein paar Häuser auf dem schmalen Landstreifen zwischen der Straße und dem Meer auf, und gleich darauf befanden sie sich in einer kleinen Ortschaft. Ob dies der Ort war, wo Gerd ab heute leben sollte?

Doch schon hatten sie die Häuser hinter sich gelassen und rumpelten über eine Steinbrücke und einen steilen Hügel hinauf. Oben angekommen stoppte Mr Finch den Wagen. Er kurbelte das Fenster herunter und forderte seinen Mitfahrer auf hinauszublicken. Hier war der Nebel nicht mehr so dicht, sodass Gerd bis zu einer halbrunden Bucht hinuntersehen konnte. Dort drängten sich Häuser bis knapp an eine hohe Felsenmauer heran, gegen die von der Seeseite her die Wellen schlugen – und auf denen wiederum eine ganze Schar kleiner Boote schaukelte. Nur Fischerboote, vermutete Gerd, aber selbst ein Fischerboot war ein Schiff, mit dem man sich auf dem Wasser fortbewegen konnte!

Fröhlich grinsend wedelte Mr Finch mit dem Zeigefinger in Richtung der Häuser und erklärte dabei etwas von „hiä" und „houm", woraus Gerd sich zusammenreimte, dass dieser Ort sein neues Zuhause sein musste. Ein Fischerdorf!

Aufgeregt beseitigte er die letzten Tränenspuren mit seinem Jackenärmel und schniefte ein allerletztes Mal ordentlich, in der Hoffnung, dass man ihm seinen Kummer nicht mehr ansehen konnte. Derweil setzte sich der Wagen unter lautem Brummen wieder in Bewegung, rollte den Hügel in Richtung Bucht hinab und hielt wenig später auf einem großen freien Platz vor der Mauer. Somit hatte Gerd die Fischerboote direkt vor seiner Nase. Aus der Nähe betrachtet, waren sie auch gar nicht mehr so klein.

Leider blieb ihm keine Zeit, sie genauer zu inspizieren, denn Mr Finch nahm seinen Koffer und schritt ihm voran auf eines der Häuser zu, das direkt an den Platz grenzte. Es war hoch und schmal und leuchtend gelb gestrichen; und noch ehe sie anklopften, flog die Haustür auf und zwei Mädchen mit roten Wangen sowie eine rundliche Frau kamen ihnen entgegen. „Welcome, German boy, welcome home", riefen alle drei durcheinander, nahmen Gerd in ihre Mitte und schubsten ihn geradezu ins Innere des Hauses, in dem er ab sofort leben sollte.

Am Abend dieses Tages lag Gerd in einem schmalen Eisenbett, das bei jeder Bewegung quietschte, in einem kleinen Zimmer unter dem Dach. Nebenan schliefen die beiden Mädchen Mandy und Berna und ein Stockwerk tiefer deren Eltern, nur er hatte einen Raum für sich allein. Und nicht nur das: Er hatte jetzt das Meer direkt vor der Haustür, er hatte einen Pflegevater mit einem eigenen Fischerboot, das Gerd am Nachmittag bereits besichtigt hatte und mit dem er schon bald mit aufs Meer hinausfahren durfte. Und er hatte eine Pflegemutter, die ihn mit dem leckersten Essen verwöhnte.

Seine Zwillingsschwester dagegen hatte nichts von alledem. Sie hatte nichts weiter als die Angst vorm Alleinsein und die Gewissheit, dass er sie im Stich gelassen hatte. Und das war von vorn bis hinten nur *seine* Schuld. Er hatte die Gelegenheit, gemeinsam ein neues Zuhause finden zu können, verspielt. Er hatte Rosie alleingelassen, als sie ihn am nötigsten gebraucht hatte.

Wie eine dunkle Wolke legte sich das schlechte Gewissen über seine Zukunft, die eigentlich so strahlend und verheißungsvoll vor ihm lag.

Mit bangem Herzen verließ Rosie nach der Morgenmesse die Kapelle. Es war wieder Sonntag geworden, und die Ankunft der Besucher stand kurz bevor.

Während der vergangenen Wochentage waren weitere Kinder abgeholt worden, und mittlerweile hatte Schwester Mary ihr begreiflich gemacht, dass ihr Bruder nun bei der Familie eines Fischers wohnte, wo er es außerordentlich gut hatte. Rosie freute sich von ganzem Herzen für Gerd, dass er jetzt wie in seinen Träumen am Meer leben und bestimmt öfter mit dem Boot hinausfahren durfte. Aber gleichzeitig vermisste sie ihn so verzweifelt, dass schon gar keine Tränen mehr übrig waren. Anfangs hatte sie jeden Abend so lange in sein Kopfkissen geweint, bis sie vom Schlaf überwältigt worden war, doch seit zwei Tagen starrte sie nur noch mit brennenden Augen zur hohen Schlafsaaldecke, während der Kummer so tief in ihr wühlte, dass ihr die Brust und der Bauch schmerzten.

Heute hatte sie die Schmerzen sogar nach dem Aufwachen noch gespürt. Würde die Hütchendame mit den traurigen Augen später wirklich wiederkommen, wie sie es versprochen hatte – und würde sie Rosie diesmal mit sich nehmen? Dann müsste sie wenigstens Gerds Kameraden nicht mehr jeden Tag sehen, die sie durch ihre bloße Anwesenheit beständig daran erinnerten, dass er nicht mehr zu ihr zurückkommen würde. Und wäre diese Familie am Ende sogar vielleicht so nett zu ihr, wie Schwester Mary es war? Darum hatte sie ihren Beschützer eben während der morgendlichen Messe jedenfalls gebeten.

Gemeinsam mit den übrigen Kindern ging sie von der Kapelle auf das Haus zu, als ein glänzender schwarzer Wagen vorfuhr. Einer der älteren Jungen blieb stehen und pfiff anerkennend durch die Zähne: „Das nenn ich mal 'ne Limousine! Mit den reichen Leuten, denen der gehört, würde ich garantiert sofort nach Hause gehen!"

Währenddessen ging die Aufsicht führende Schwester auf das Auto zu, um die Besucher zu begrüßen. Es war eine Besucher*in*, die aus dem Auto stieg, und sie trug ein schickes Federhütchen auf ihrem braunen Haar. Vor Schreck versteckte sich Rosie hinter dem Rücken eines anderen Mädchens. „Ihre" Mrs Casey war gekommen – aber möglicherweise hatte sie sich inzwischen für ein anderes Kind entschieden? Eines, das fröhlicher und gesprächiger war als sie selbst!? Rosie hatte schon längst bemerkt, dass aufgeweckte, lächelnde Kinder schneller Pflegeeltern fanden als schüchterne, wie sie eines war.

Doch während sich die beiden Frauen miteinander unterhielten, kamen sie auf die Kinder zu, und die Hütchendame schaute sich suchend um. Als ihr Blick auf Rosie fiel, nickte sie lächelnd, und die Schwester gab ihr winkend zu verstehen, dass sie ihnen folgen sollte. Gehorsam begleitete Rosie die beiden Frauen hinauf in ihren Schlafsaal und sah schweigend zu, wie diese ihr Nachthemd und den Kamm zu den Ersatzkleidern in den Koffer packten. Weiterhin schweigend nahm sie Gerds Kopfkissen vom Bett und drückte es fest an ihre Brust. Kurz darauf saß sie neben der Dame mit dem Hut in dem eleganten Wagen, der knirschend über den Kiesplatz hinunter auf die Straße rollte.

Mrs Casey holte sie tatsächlich zu sich nach Hause! Rosies Herz hämmerte in ihrer Brust, egal, wie fest sie Gerds Kissen auch dagegendrückte. Im Nu hatten sie das vertraute Tor von Glencree hinter sich gelassen, und Rosie fuhr vollkommen allein – ohne ihren Bruder und selbst ernannten Beschützer – hinaus in das unbekannte Land. Mit gesenktem Kopf musterte sie angestrengt das Kopfkissen, das von ihren Tränen und dem ständigen Herumtragen grau und schmuddelig geworden war.

Dabei hätte sie beinahe überhört, wie Mrs Casey zu sprechen begann. Sie erzählte etwas von Dublin, der großen Stadt, die Rosie und

Gerd bei ihrer Ankunft mit dem Bus durchquert hatten, und von Mr Casey, ihrem Mann. Zwischendurch deutete sie immer wieder nach draußen, um Rosie auf Dinge wie eine alte Kirche, eine Pferdekutsche oder später das endlose blaue Meer aufmerksam zu machen. Gelegentlich nickte Rosie zu ihren Worten, und nachdem sie auf diese Weise eine gewisse Strecke zurückgelegt hatten, beruhigte sich das Hämmern in ihrem Herzen ein wenig.

Allmählich bevölkerten immer mehr Automobile, Kutschen und gemächlich dahinzuckelnde Eselskarren die Straße. Die Häuser waren zahlreicher und schienen näher an die Fahrbahn heranzurücken. Fast wie früher daheim in Köln, dachte Rosie und hielt unwillkürlich nach einem hohen Kirchturm Ausschau. Wie sie feststellte, gab es davon gleich mehrere. Einem davon kamen sie ganz nahe, als Mrs Casey den Wagen in eine breite, von Bäumen voller buntem Herbstlaub gesäumte Straße lenkte. Zwischen zwei Häusern aus rotem Klinkerstein hindurch fuhr sie in einen kleinen Hinterhof und parkte dort.

„Wir sind da“, erklärte sie mit einem ermutigenden Lächeln, „zu Hause!“ Mit diesen Worten ging sie eilig um den Wagen herum, nahm Rosies schäbigen Koffer vom Rücksitz und streckte ihr dann die Hand entgegen. „Willkommen, kleine Rosie!“

Zögernd ergriff Rosie die warme, weiche Hand ihrer Begleiterin und ging neben ihr ums Haus herum und die Stufen zu der blauen Haustür mit goldenem Türklopfer hinauf. Während sie darauf wartete, dass Mrs Casey die Tür aufschloss, starrte sie an der Hauswand hoch. Die roten Klinker mit vielen weißen Fenstern zwischendrin wuchsen schier endlos vor ihr in die Höhe. Wenn dieses ganze Haus Mrs Casey und ihrem Mann gehörte, waren die beiden vielleicht wirklich so reich, wie Walter beim Anblick des Autos behauptet hatte.

Nachdem sie in einem kühlen, halbdunklen Gang ihre Mäntel abgelegt hatten, traten sie in ein geräumiges Wohnzimmer. Das Licht der Herbstsonne fiel durch hohe Fenster, und in einem Kamin, der groß genug war, dass ein Erwachsener darin stehen könnte, flackerte ein warmes, rötliches Feuer. Auf einem bunten Teppich davor standen zwei Lehnsessel und ein Sofa, und auf einem Tisch am Fenster leuchtete ein farbenfroher Blumenstrauß, während sich an den Wänden Regale voller Bücher entlangzogen.

Staunend schaute Rosie sich um. Dieser eine Raum war so groß wie ihre ganze Wohnung in Köln, und so viele Bücher auf einmal hatte sie in ihrem gesamten Leben nicht gesehen.

Mrs Casey ließ sich auf dem Sofa nieder und klopfte einladend auf den Platz neben sich. Sowie Rosie sich gesetzt hatte, rief Mrs Casey halblaut: „Oliver – wir sind zu Hause! Würdest du bitte kommen und unser Pflegekind begrüßen?“

Daraufhin öffnete sich eine zwischen zwei Bücherregalen verborgene Tür, und Rosie bemerkte einen schlanken Mann mit schwarzem Haar. Sein Gesicht war blass, und er kniff die Lippen fest zusammen, so als wollte man ihn zwingen, mit grünlichem Schimmel bewachsenes Brot zu essen.

Er blieb in der Tür stehen und sah von dort aus schweigend zu Rosie, und in dem Augenblick, als sie es wagte, seinem Blick zu begegnen, erkannte sie es: Mr Oliver Caseys braune Augen hatten genau den gleichen finsteren Ausdruck wie die ihres ehemaligen Lehrers Hans Bode.

Es waren Augen, die in der Vergangenheit zu viel Schreckliches gesehen hatten, das sich nun ganz tief drinnen in ihnen spiegelte. Aber weil derjenige, dem diese Augen gehörten, nicht wollte, dass irgendetwas von diesen Bildern sichtbar war, lagen immer so dichte finstere Schatten darüber. Wie Verdunkelungsvorhänge, die kein Licht von innen nach außen durchließen. Andere Menschen, die nicht gründlich genug hinsahen oder nicht hinter diese Schattenvorhänge blicken konnten, ließen sich davon abschrecken – so wie auch sie selbst früher vor Herrn Bode Angst gehabt hatte. Aber in jener Nacht, als er sie vor den Bomben gerettet hatte, war ihr klar geworden, was er alles gesehen und dadurch erlitten haben musste. Seit diesem Moment war alle Furcht vor ihm verschwunden und sie hatte stattdessen begonnen, ihn von Herzen gernzuhaben.

Nicht anders erging es ihr jetzt bei Mr Casey: Beim Blick in seine Augen meinte sie, seinen Schmerz sehen zu können, und ihr wurde ganz warm ums Herz. Dieses Gefühl blieb auch dann noch bestehen, als sie schüchtern wieder zur Seite blickte. Selbst als Mr Casey einen widerwilligen Gruß hervorbrachte, fast ohne die zusammengepressten Lippen dabei zu bewegen, und sofort zurück in den Nebenraum verschwand, fühlte Rosie eine Wärme in ihrem Inneren, die nicht von dem flackernden Kaminfeuer kam.

Sie sah ihn erst wieder, nachdem Mrs Casey ihr das ganze riesige Haus gezeigt hatte (nur das Zimmer, in dem Mr Casey sich versteckte, hatten sie ausgelassen) und sich die Familie um den Mittagstisch versammelte. Außer Mr und Mrs Casey gab es nur sie, Rosie, aber keine weiteren Kinder. Wie seltsam es war, nur mit zwei Erwachsenen an einem Tisch zu sitzen, die außerdem kaum ein Wort miteinander wechselten! Vor allem nach den Mahlzeiten im Heim, bei denen es trotz Schwester Immaculatas strenger Herrschaft oft recht laut und lebhaft zugegangen war.

Sobald das Tischgebet gesprochen war, bemühte sich Mrs Casey zwar um eine Unterhaltung, doch Mr Casey antwortete nur selten – und Rosie verstand ohnehin nur vereinzelte Wörter. Daher war sie froh, als sie endlich vom Tisch aufstehen durfte, und auch Mr Casey war im Nu wieder verschwunden.

Am Nachmittag unternahmen Mrs Casey und sie gemeinsam einen langen Spaziergang durch den Stadtpark. Dieser war nach einem Heiligen benannt, St. Stephen, und gefiel Rosie außerordentlich gut.

Die Berge und nebligen Moore um das Heim in Glencree herum hatten ihr immer ein wenig Angst gemacht, doch hier im Park war der Rasen grün und samtweich, die Büsche und Bäume bildeten keinen Urwald, und es gab steinerne Statuen sowie einen Teich, an dem sie von einer Brücke aus die Enten füttern durfte. Zu diesem Zweck zauberte ihre Pflegemutter eine Handvoll hartes Brot aus ihrer Handtasche hervor, wie Rosie und ihre Familie es daheim in Köln oft selbst noch gegessen hatten. Anschließend kam eine kleine Dose mit Keksen zum Vorschein, die sie sich nach dem Entenfüttern und gemeinsam auf einer Bank sitzend schmecken ließen.

Schlussendlich war Rosie so müde von all den aufregenden Erlebnissen des Tages, dass ihr abends bei Tisch fast die Augen zufielen. Außerdem hatte sie nach dem reichlichen Mittagessen und den Keksen im Park sowieso keinen rechten Appetit mehr. Sie schob das Essen auf ihrem Teller von einer Seite auf die andere, ohne dass ein Bissen davon in ihrem Mund landete. Als Mrs Casey es bemerkte, erhob sie sich, bot Rosie ihre Hand und sagte: „Ich glaube, es ist Zeit fürs Bett, Kind!"

Das Wort „bed" war Rosie bekannt. Bereitwillig folgte sie ihrer Pflegemutter und ließ sich beim Auskleiden und Waschen von ihr helfen. Schließlich lag sie in dem breiten, weichen Bett in einem Zimmer, das ihr ganz allein gehörte. Außer dem Bett hatte ihr Zimmer einen eigenen Frisiertisch mit Spiegel, vor dem Mrs Casey ihr das Haar gebürstet hatte; eine Wäschekommode und einen Kleiderschrank, in dem ihr Ersatzkleid neben zwei anderen Kleidern hing, die ab sofort auch ihr gehören sollten. Außerdem stand ein Sessel am Fenster und an der Wand daneben ein Regal mit ein paar Büchern.

Kurzum: Das Zimmer war schöner als jedes Schlafzimmer, das sie gesehen hatte – und trotzdem fühlte sie sich entsetzlich verloren darin. Neben ihr im Bett war so viel Platz, dass Gerd mindestens zweimal mit reingepasst hätte! Trost suchend legte sie ihren Kopf auf sein

Kissen, zog die Decke bis zum Kinn und wartete darauf, dass Mrs Casey das Licht löschen und ihr Zimmer verlassen würde.

Doch nichts dergleichen geschah. Stattdessen nahm ihre Pflegemutter ein dickes Buch aus dem Regal und ließ sich damit auf der Bettkante nieder. Sie hielt das Buch so, dass Rosie mit hineinsehen konnte, sagte ein paar Worte und begann, langsam durch die bunt bebilderten Seiten zu blättern. Dabei blickte sie sie an, als würde sie eine Antwort von ihr erwarten.

Was Mrs Casey wohl von ihr hören wollte? Verwirrt starrte Rosie auf die vielen farbigen Bilder vor ihren Augen. Abbildungen von einem Garten voll grüner Bäume, einem großen Schiff mit vielen Tieren, einem kleinen Jungen und einem Riesen breiteten sich schneller vor ihr aus, als sie es begreifen konnte. Sie wollte schon den Blick abwenden, als ihr ein Bild besonders ins Auge stach.

Darauf war ein Mann zu sehen, der ihrem „Beschützer" aus dem Kirchenfenster ähnlich sah. Genau wie dieser trug auch der Mann langes braunes Haar, einen Bart und einen hellen Schein um den Kopf; und um ihn herum hatten sich einige Kinder versammelt. Rasch legte sie eine Hand zwischen die Seiten, um Mrs Casey am Weiterblättern zu hindern, und betrachtete das Bild eingehender.

Ja, auch auf dieser Zeichnung hatte der Mann seinen Arm um eines der Kinder gelegt, das sich vertraut an ihn lehnte. Und auch wenn dieses Kind hier ein Junge war, blickte der Mann es genauso liebevoll an wie Rosies Beschützer das kleine Mädchen auf seinem Schoß.

„Wer ist das?", brach es aus Rosie heraus, „wer ist dieser Heilige, this man?" Sie legte ihren Finger auf die Gestalt des Mannes und blickte Mrs Casey fragend an.

„Oh", gab diese erfreut lächelnd zurück, „it is Jesus, God's own son!" Und dann begann sie, langsam und deutlich die Geschichte vorzulesen, die auf der Buchseite neben der Abbildung stand.

Wie gebannt lauschte Rosie dem gleichmäßigen Fluss der Worte, von denen sie lediglich hin und wieder eines verstand. Nie zuvor seit ihrer Ankunft auf der Insel hatte sie sich sehnlicher gewünscht, die englische Sprache zu verstehen. Endlich zu erfahren, was es mit diesem Mann und den Kindern auf sich hatte!

Doch selbst ohne dass sie den Inhalt komplett erfassen konnte, fand die Geschichte ihren Weg in Rosies Herz. Während Mrs Casey las, spürte sie, wie ihre Gedanken zur Ruhe kamen. All die Eindrücke dieses Tages – die Sehnsucht nach Gerd und das Gefühl des Verlorenseins im fremden Land unter fremden Menschen – rückten in den Hintergrund, und als ihre Pflegemutter die Geschichte beendet hatte und beim Gutenachtsagen fürsorglich die Bettdecke um sie wickelte, fühlte sie sich von allen Seiten geborgen.

Die rechte Hand zur anderen, leeren Seite des Bettes ausgestreckt, aber mit einem zarten Lächeln auf den Lippen, schlief Rosie endlich ein.

☘ ☘ ☘

Oliver hatte seine Mahlzeit mittlerweile ohne sie beendet. Als Eileen ins Esszimmer zurückkam, saß er am Tisch, hatte den Teller von sich geschoben und griff gerade nach seiner Pfeife.

„Du machst es dir hoffentlich nicht zur Gewohnheit, mich bei einer Mahlzeit allein sitzen zu lassen, nur weil dieses Kind dich braucht", bemerkte er mürrisch.

„Ich wünschte, du würdest sie nicht ständig nur als ‚dieses Kind' bezeichnen, Oliver. Rosie ist doch ein passender und durchaus auch in unserer Sprache angenehm klingender Name, finde ich", antwortete Eileen sanft.

Sie war geradezu fasziniert von der Wirkung, die das Vorlesen auf das kleine Mädchen gehabt hatte. Man hatte förmlich zusehen können, wie sich die Kummerfalten in Rosies Gesicht geglättet hatten, während sie ihre Augen wie gebannt auf das Bild von Jesus gerichtet und dabei mit voller Konzentration gelauscht hatte. Von der Geschichte aus der Kinderbibel selbst, in der Gottes Sohn die Kleinen segnete, die zu ihm gebracht wurden, konnte sie nicht viel verstanden haben, aber möglicherweise war ihr diese ja bereits von früher her bekannt gewesen. Wer konnte das schon genau sagen?!

Es war wahrhaftig nicht leicht, mit einem Kind zurechtzukommen, mit dem man sich weder sprachlich ohne Probleme verständigen konnte noch irgendetwas aus seiner Vor- und Familiengeschichte kannte. Das Einzige, was sie aus dem Aufnahmeheim mitbekommen hatte, war die Kölner Adresse der deutschen Ursprungsfamilie, zusammen mit der Anweisung, dass das Mädchen regelmäßig Briefe an diese Familie zu schreiben hatte. Die Kinder sollten den Kontakt zu der alten Heimat halten, bis sie nach voraussichtlich drei Jahren dorthin zurückgeschickt wurden. Dazu besaß Eileen nur das Wissen um Rosies Zwillingsbruder, von dem man das Mädchen unbegreiflicherweise getrennt hatte.

Dennoch war dieser erste Tag mit ihr besser verlaufen, als sie es erwartet hatte. Nicht eine Träne hatte die Achtjährige im Lauf des Tages vergossen, sondern mit großen, furchtsamen Augen ihre neue Umgebung in sich aufgenommen und widerspruchslos alles getan, was man von ihr verlangt hatte. Was Rosies allererstes Zusammentreffen mit Oliver anging – welches Eileen selbst gefürchtet hatte –, war sie nicht sicher, was sie davon halten sollte.

Für den Bruchteil einer Sekunde hatten die beiden einander in die Augen geblickt, wie Eileen beobachtet hatte, bevor sich ihr Mann mit einer eher geknurrten als höflichen Begrüßung wieder zurückgezogen hatte. Allerdings schien er Rosie damit nicht weiter eingeschüchtert zu haben, denn sie hatte flüsternd seinen Gruß erwidert. Die Frage war nur, ob Oliver das im Weggehen überhaupt mitbekommen hatte. Für den Rest des Tages hatte er zumindest geflissentlich über das Kind hinweggesehen und auch mit ihr selbst kaum ein Wort gewechselt.

Eigentlich konnte Eileen ihm das nicht einmal übel nehmen, nachdem sie Rosie trotz seines anhaltenden Widerstands zu einem vorübergehenden Familienmitglied erklärt hatte. Gewiss, Oliver hatte die Papiere für das Heim persönlich unterschrieben, dabei aber nur zu deutlich gesagt, was er nach wie vor von der ganzen Angelegenheit hielt.

„Wenn es dich glücklich macht, Eileen, dann hol dir dieses Kind in Gottes Namen ins Haus, aber halt sie mir gefälligst vom Leib. Es reicht vollkommen, wenn ich die kleine Deutsche bei den Mahlzeiten sehen muss. Weiter werde ich sie keinesfalls in mein persönliches Leben vordringen lassen, hörst du?"

Eileen hatte sich gezwungenermaßen damit einverstanden erklärt. Was allerdings nicht hieß, dass sie die Hoffnung darauf aufgab, Rosies Gegenwart im Haus könnte sich früher oder später heilsam auf Olivers Gefühlswelt auswirken. Mit dieser hoffnungsvollen Erwartung im Herzen konnte sie es sogar ertragen, dass ihr Mann sich – vorübergehend – noch ein Stückchen weiter von ihr zurückzog.

„Der Name des Kindes interessiert mich ebenso wenig wie dessen zweifelsfrei erbärmliche Vergangenheit", behauptete er nun kalt.

„Aber hübsch ist sie, nicht?", antwortete Eileen versonnen. Rosies schmales Gesicht mit den sich so deutlich abzeichnenden Gefühlen hatte sie vorhin beim Zubettbringen zutiefst bewegt.

„Blond und blauäugig ist sie, wie es deutscher nicht sein kann!", warf ihr Mann verächtlich hin. Eileen beschloss, es dabei zu belassen. Ihre Worte allein vermochten hier ohnehin nichts auszurichten.

Schweigend räumte sie den Esstisch ab, während Oliver sich seinem Ritual des Pfeifestopfens zuwandte; und nahezu unbemerkt von ihrem Gatten suchte sie später ihr Schlafzimmer auf. Allein. Oliver würde wie gewöhnlich auf dem Sofa im Studierzimmer schlafen.

Diese Schlafstätte war nicht die bequemste, wie er jede Nacht aufs Neue feststellen musste, aber an der Qualität seines Schlafes änderte das nichts. Es waren seine Träume – die Bilder, die er vor sich sah, sobald er die Augen schloss –, die ihn davon abhielten, wirklich zur Ruhe zu kommen.

Bilder von nahezu komplett in Trümmern liegenden Städten in der Dunkelheit, deren Reste von seinen Bomben in Brand gesetzt wurden, um die Verwüstung noch zu vervollständigen. Bilder, in denen die Maschinen seiner Kameraden, von der deutschen Flugabwehr getroffen, entweder explodierten oder zu Boden trudelten wie ein tödlich verwundeter Vogel, während die Piloten sich mit einem todesmutigen Sprung in Sicherheit zu bringen versuchten. Die wenigsten dieser tapferen Männer hatte er jemals wiedergesehen.

Am hartnäckigsten aber verfolgte Oliver das Gesicht eines Kindes, das er einst im Tiefflug quasi vor sich hergetrieben hatte. Sie hatten am helllichten Tag einen Angriff auf eine Großstadt geflogen, und der kleine Junge hatte es offenbar nicht mehr rechtzeitig in den Bunker geschafft. Unter dem ohrenbetäubenden Dröhnen von Olivers Maschine war das Kind die Straße entlanggerannt, was seine Beine hergaben, und hatte sich schließlich der Länge nach auf den Boden fallen lassen, die Arme schützend um den Kopf geschlungen. Zuvor jedoch hatte er zu ihm – dem Feind – hochgesehen, und Oliver hatte das namenlose Grauen des Todes in den kindlichen Zügen wahrgenommen, das sich tief in seine Seele gebrannt hatte und seitdem Nacht für Nacht wieder an die Oberfläche drängte. Ebenso wie die Berichte der Kameraden, die später mit ähnlichem, aller Beschreibung spottendem Grauen die Konzentrationslager befreit und damit aufgedeckt hatten, zu welcher Unmenschlichkeit, nein Teufelei, die Menschheit tatsächlich fähig war.

Wie sollte er mit solch qualvollen Bildern und Schilderungen von Gräueltaten vor Augen jemals wieder Ruhe und inneren Frieden finden können?

Oliver presste seinen Kopf gegen die hölzerne Armlehne des Sofas, doch nicht einmal dieser drückende Schmerz vermochte es, ihn abzulenken. Der Vorschlag von Eileen, sein Leid mit ihr zu teilen und dadurch Erleichterung zu finden, war für ihn keine Option. Niemals würde er seiner Frau berichten, was er erlebt hatte, und sie damit direkt mit den Abgründen der menschlichen Seele konfrontieren. Dazu liebte er sie zu sehr – und er könnte es nicht ertragen, wenn sie als der letzte sichere Hafen seines Lebens ebenfalls ihre Lebensfreude verlieren würde.

Einzig und allein, um das zu verhindern, hatte er letztendlich in der Angelegenheit mit dem deutschen Pflegekind nachgegeben. Wenn Eileen der Überzeugung war, zu ihrem Glück ein Kind an ihrer Seite zu brauchen – und bedauerlicherweise kein eigenes haben konnte –, dann sollte in Gottes Namen eben eines dieser Kinder unter seinem Dach einziehen. Auch wenn ihm bereits bei dem Gedanken, dass das Mädchen aus dem Land der Kriegsverursacher stammte, die Galle hochkam. Daran konnte nicht einmal das harmlose und, wie er sich unbestreitbar eingestehen musste, durchaus niedliche Äußere der Kleinen etwas ändern.

# Kapitel 14

*Dublin, Oktober 1946*

„Ich denke, es wird allmählich Zeit, dass du sie zur Schule mitnimmst", bemerkte Eileen. Wie an jedem Abend der vergangenen Woche hatte sie sich, sobald sie Rosie zu Bett gebracht und ihr eine Geschichte aus der Kinderbibel vorgelesen hatte, wieder zu ihrem Mann ins Wohnzimmer gesellt. Aus dem Röhrenradio in einer Ecke des Raumes erklang leise ein Klavierkonzert, und Oliver war in eine der kostbaren, in Leder gebundenen Yeats-Ausgaben aus seinem Studierzimmer versunken.

Eileen hielt ein Kleid in den Händen, das sie für Rosie abändern musste, die nach wie vor zu dünn, für ihr Alter aber verhältnismäßig groß war. Vor dem Krieg wäre eine solche Arbeit undenkbar für sie gewesen. Oliver und sie hatten es sich leisten können, ihre Kleider, Hemden und Anzüge nach ihren persönlichen Maßen von einem Schneider anfertigen zu lassen. Doch seit dem Verlust seiner Professorenstelle waren diese Zeiten vorbei; Olivers Gehalt als einfacher Lehrer reichte nicht für solche Extravaganzen. Eileen hatte lernen müssen, ohne Haushälterin und Zimmermädchen auszukommen, mit eigenen Händen weniger anspruchsvolle Mahlzeiten zuzubereiten und nicht nur in Bezug auf Kleidung bescheidener einzukaufen.

Auch aus diesem Grund hatten sie das oberste Stockwerk ihres edwardianischen Stadthauses an eine alleinstehende Dame vermietet.

Glücklicherweise lebte diese ein so stilles, bescheidenes Leben, dass man ihre Anwesenheit kaum bemerkte. Zudem ersparten sie sich auf diese Weise das Heizen und Sauberhalten eines Stockwerks, das sie schon zuvor kaum genutzt hatten. Einzig ihre Limousine, für die sich kein Käufer gefunden hatte und die insbesondere Eileen gern fuhr, zeugte nach außen hin weiterhin von ihrem einstigen privilegierten Wohlstandsleben.

Und nun war es also so weit gekommen, dass sie Kleider von der Stange kaufen und diese selbst abändern musste. Die eine oder andere Naht geriet dabei nicht hundertprozentig gerade und gleichmäßig, doch Rosie würde trotzdem reizend aussehen in dem blauen Kleid, das ihre Augenfarbe betonte.

Schon bei der Anprobe am Nachmittag im Kaufhaus hatte die Kleine sich bewundernd im Spiegel gemustert, und Eileen hatte einen Anflug von Stolz auf das hübsche Mädchen verspürt. Als die Verkäuferin sie beide anschließend als Mutter und Tochter angesprochen hatte, hatte sich eine so ungewohnte Wärme in Eileens Herzen ausgebreitet, dass sie darauf verzichtet hatte, die Verhältnisse richtigzustellen. Obendrein hatte sie das Kleidungsstück gekauft, obwohl es nicht richtig passte und nicht ganz so preisgünstig war, wie sie im Voraus gehofft hatte.

Wenigstens besaß Rosie jetzt ein festliches Kleid für die sonntägliche Messe, während sie im Alltag weiterhin ihre gebrauchten tragen konnte. Womit Eileen wieder bei dem Vorschlag angelangt war, auf den Oliver bislang nicht geantwortet hatte.

„Sicher wird es ihr anfangs etwas schwerfallen – wegen der Sprache ebenso wie aufgrund ihrer zurückhaltenden Art –, aber irgendwann muss es eben sein, denkst du nicht?“, untermauerte sie ihr Argument.

Ohne von seinem Buch aufzublicken, zuckte Oliver die Schultern. „Entscheide das bitte nach deinem eigenen Ermessen, Eileen. Du weißt, dass ich damit nichts zu tun haben möchte, und so wie ich dich kenne, hast du sicher schon eine geeignete Schule im Visier."

„Dann hast du nichts dagegen, sie ab nächster Woche mitzunehmen?" Eileen konnte ihre Verwunderung nicht ganz verbergen. Hatte er ihr bis hierher gar nicht zugehört oder sie schlicht missverstanden, was ihre bereits getroffene Wahl der Schule anging?

„Mitnehmen?" Nun blickte er doch auf. „Du wirst das Kind in den ersten Tagen schon selbst zur Schule bringen können, oder nicht?"

„Aber warum sollte ich das tun, wo du doch denselben Weg hast und gemeinsam mit deinen Kollegen am besten entscheiden kannst, ob sie bei den Schulanfängern gut aufgehoben ist oder doch gleich bei einer höheren Klasse. Auf den Kopf gefallen beziehungsweise begriffsstutzig ist Rosie nicht, das kann ich dir versich–"

„Du willst damit sagen", schockiert ließ Oliver den Gedichtband sinken, „du gehst davon aus, dass sie *meine* Schule besuchen wird?!"

„Richtig", bestätigte Eileen sanft und ungeachtet der Tatsache, dass er ihr bislang nicht zugehört hatte. „Nachdem sie in drei Jahren ohnehin wieder nach Deutschland in ihr bescheidenes Zuhause zurückkehren muss, ist es doch das Naheliegendste, sie auch hier auf eine möglichst gewöhnliche Schule zu schicken. Wir sollten sie besser nicht an ein Milieu und Dasein gewöhnen, das ihr später zweifellos wieder entrissen wird, indem wir sie eine Schule mit gehobenem Niveau besuchen lassen. Ich habe mir das alles eingehend überlegt, Oliver. Deine Bildungsstätte mit den sozial weniger gut gestellten Kindern ist genau die richtige für Rosie!"

Besorgt forschte Eileen in seinem Gesicht nach einer Reaktion. Seine Hautfarbe war noch blasser als üblich, nahezu fahl, und seine Augen flackerten ruhelos. Im schlimmsten Fall hatte sie ihn mit dieser Überlegung endgültig überfordert. Die Vorstellung, Rosie künftig nicht nur zu Hause, sondern auch beim Unterrichten in unmittelbarer

Nähe zu haben, könnte ihn so sehr aufregen, dass er seine Einwilligung zu ihrem Aufenthalt hier möglicherweise wieder komplett zurückziehen würde.

Doch letzten Endes hatte Eileen keine andere Wahl gehabt, als ihn damit zu konfrontieren. Das monatelange Schweigen zu ihrem gemeinsamen Problem hatte sie ihm nicht einen Millimeter nähergebracht. Und alles, was ihn aus jenem abgestumpften Gleichmut oder seiner Resignation riss, war besser, als so weiterzumachen wie vor Rosies Einzug in ihrem Haus.

Nach einer gefühlten Ewigkeit registrierte Eileen eine Regung in den Zügen ihres Mannes. Er senkte die Lider und bemerkte nahezu tonlos: „In Ordnung, ich werde das Mädchen mit zur Schule nehmen und in einer passenden Klasse unterbringen. Versuchsweise, für eine Woche. Geht es gut, wird sie wohl oder übel bleiben – falls aber nicht, wirst du sie umgehend in einer anderen Institution anmelden und mich nicht mehr mit diesem Thema belästigen, hörst du?“

„Natürlich. Ich danke dir, mein Lieber!“ Eileen beugte sich zu ihm und legte behutsam eine Hand auf seinen Arm.

Oliver zuckte selbst vor dieser harmlosen Berührung zurück, die vor dem Krieg durchaus alltäglich gewesen war. Heute hasste er Vertraulichkeiten und körperliche Nähe – einschließlich derjenigen seiner Frau. Und er verachtete sich selbst dafür, dass er ihr eine derartige Nähe nicht länger geben konnte. Trotz seiner Liebe zu ihr brachte er es nicht mehr fertig, diese durch Körperkontakt oder liebevolle Gesten auszudrücken. Jedes Mal, wenn Eileens Blick weich und zärtlich wurde oder sie Anstalten machte, ihn zu berühren, schaltete sein Körper automatisch auf Abwehr, und es gab nichts, was er dagegen tun konnte.

In der heutigen Situation sah er jedoch eine Möglichkeit, seiner Frau zu zeigen, dass er sie immer noch und trotz aller körperlichen

Abwehr liebte: indem er ihrer wachsenden Zuneigung zu dem deutschen Flüchtlingsmädchen nicht im Weg stand und ihr nicht unnötige Hindernisse in die Bahn warf, indem er beispielsweise ihre wohlüberlegten Entscheidungen blockierte.

Oliver war nicht entgangen, wie lebhaft die Augen der beiden heute geleuchtet hatten, als sie mit diesem Kleid vom Einkaufen zurückgekehrt waren, und mit welcher Hingabe Eileen sich momentan der Änderung des Kleides widmete. Dabei hatte sie ihr Leben lang jegliche Handarbeiten vermieden, wo es irgend möglich war. Eileen legte lieber Hand bei leichten Reparaturen am Wagen beziehungsweise im Haushalt an, als zu einer Stickarbeit oder dergleichen zu greifen. Daher musste er sich einfach dazu zwingen, die Kleine mit dem Unschuldsblick mit zur Schule zu nehmen und sie damit zu einem Bestandteil seines eigenen Alltags zu machen. Das war er Eileen schuldig – und mit dem Probezeitraum hatte er sich wenigstens eine Hintertür offengelassen.

Oliver hatte sich gerade erhoben, um sich für die Nacht zurückzuziehen, als die Wohnzimmertür aufgestoßen wurde und eine kleine Gestalt in einem weißen Nachthemd in den Raum stolperte. „Bitte komm zurück, Gerd!“, wimmerte sie dabei teils auf Deutsch und teils in der neuen Sprache, „komm endlich wieder zurück zu mir, Gerd!“

Rosies Augen waren nur halb geöffnet, und im Halbschlaf streckte sie die Arme aus, als wollte sie jemanden festhalten. In diesem Zustand steuerte sie direkt auf Oliver zu, bekam seine Beine zu fassen und klammerte sich Halt suchend daran fest.

Wie versteinert starrte er auf den kleinen Körper hinab, der sich vertrauensvoll an ihn schmiegte, und konnte den Druck der knochigen Ärmchen um seine Beine spüren. Kraftlos und dennoch seltsam entschlossen. Hartnäckig.

„Gerd ist der Name ihres Zwillingsbruders“, flüsterte Eileen, „die Heimleitung hat die beiden grausamerweise auseinandergerissen, indem sie ihn in eine andere Familie gab. Sie muss ihn entsetzlich vermissen!“

Während sie sprach, näherte sie sich dem Mädchen, löste deren Arme behutsam von Oliver und legte diese stattdessen um ihren eigenen Hals, um Rosie zurück ins Bett zu tragen.

Nachdem die Tür hinter den beiden ins Schloss gefallen war, stand der ehemalige Soldat noch eine ganze Weile reglos da. Der Druck um seine Beine war hinauf zu seinem Herzen gewandert und umfing es mit einer beklemmenden Wärme. Zitternd hielt Oliver dieses Gefühl einen Augenblick lang aus, ehe er unwillig den Kopf schüttelte, in sein Studierzimmer floh und sich dort in der Einsamkeit hinter den reich gefüllten Bücherregalen verbarrikadierte.

☘ ☘ ☘

An diesem Morgen war Rosie auf einen Schlag hellwach. Für gewöhnlich brauchte sie ein paar Augenblicke, um nach dem Aufwachen herauszufinden, an welchem der in letzter Zeit ständig wechselnden Aufenthaltsorte sie sich befand. Doch nicht heute – an ihrem ersten Schultag in Dublin!

Aufgeregt wanderte ihr Blick von der damenhaften ledernen Büchertasche von Mrs Casey, die sie schon gestern am Fußende ihres Bettes bereitgestellt hatte, zu ihrer ordentlich über der Stuhllehne hängenden Kleidung. Zu ihrem Bedauern war es nicht das schöne neue Kleid, dessen Stoff so weich und samtig war, sondern ein langweiliger blauer Rock mit kratzigem grauem Wollpullover und ebenso grauen Wollstrümpfen. Darin war sie nur halb so fein wie in dem neuen Kleid. Aber Mrs Casey hatte gesagt, dass in Irland alle Kinder einer Schule die gleiche Kleidung trugen, da durfte sie keine Ausnahme sein.

Rosie hüpfte aus dem Bett, schob die Vorhänge vor dem hohen Fenster zur Seite – draußen regnete es – und steckte in dem Moment mit dem Kopf im engen Ausschnitt ihres Pullovers fest, als Mrs Casey hereinkam, um sie wie üblich zu wecken.

Mit einem leisen Auflachen half diese ihr durch die Öffnung und zupfte das Oberteil so zurecht, dass die geflickte Stelle nicht zu sehr auffiel. Danach bürstete sie ihr das Haar und befestigte das schwarze Samtband von Schwester Mary darin, das Rosie ihr gab.

„So, das war's!" Prüfend betrachtete ihre Pflegemutter, die ihr immer vertrauter wurde, Rosies Spiegelbild und schob eine letzte Haarsträhne hinter das Band. „Dann wollen wir mal Mr Casey und das Frühstück nicht länger warten lassen!"

Doch vor Aufregung bekam Rosie beim Essen kaum einen Bissen herunter. Daran konnte auch der strafende Blick von Mr Casey am gegenüberliegenden Ende des Tisches nichts ändern. Sie freute sich vielmehr darüber, dass er sie überhaupt einmal ansah. Bei den meisten Mahlzeiten schien er Rosie nämlich gar nicht zu bemerken, und wenn er nicht bei der Arbeit war, steckte er so oder so ständig in seinem Studierzimmer.

Ganz anders als Mrs Casey, die immer für sie da war. Sie nahm Rosie mit zum Einkaufen in den kleinen Lebensmittelmarkt um die Ecke und zum Spazieren in den Park, ließ sich von ihr beim Kochen und Tischdecken helfen und war dabei immer gleich geduldig und freundlich. Rosie verstand jeden Tag ein wenig mehr von dem Geplauder, das ihre sämtlichen Tätigkeiten begleitete, und versuchte auch zu antworten. Am liebsten aber waren ihr die Minuten am Abend, wenn ihre Pflegemutter sich an ihr Bett setzte und eine Geschichte vorlas. Sie hatte eine leise Ahnung davon, dass auch Mama das früher getan haben könnte, doch sicher war sich Rosie nicht. Bei Omma hatte es jedenfalls nie so etwas wie eine Gutenachtgeschichte gegeben.

Umso mehr liebte sie nun diese Geschichten, am meisten die aus dem dicken, farbenprächtigen Buch. Wenn sie es recht verstand, handelten viele davon von diesem Jesus – God's own son, wie Mrs Casey ihn nannte –, den sie schon in der Kapelle von Glencree zu ihrem Beschützer erkoren hatte. Und je mehr sie von dem Mann erfuhr, desto lieber mochte sie ihn. Er beschützte nicht nur die Kinder, sondern kümmerte sich auch um verkrüppelte und blinde Menschen, fuhr mit Booten aufs Meer, um Fische zu fangen, und hütete fürsorglich seine Schafe. Jedes Bild, das sie von ihm sah, erzählte ihr eine andere Geschichte, und Mrs Caseys Worte spielten die Musik dazu.

Mit dieser Wort-und-Bild-Melodie im Ohr konnte Rosie manchmal sogar einschlafen, ohne sich nach Gerd zu sehnen; doch genauso konnte es geschehen, dass sie nachts aufwachte und in Tränen ausbrach, weil er nicht neben ihr lag. Sie erinnerte sich verschwommen daran, dass sie einmal auf der Suche nach Gerd durchs Haus gewandert und dabei auf Mr Casey getroffen war. Ruhig und unerschütterlich wie ein Fels hatte er dagestanden und sie beschützt.

Und heute durfte sie gemeinsam mit ihm zur Schule gehen! Denn abgesehen davon, dass sie sich darauf freute, wieder Buchstaben und Zahlen auf ihre eigene Tafel zu schreiben, war es an ihrem ersten Schultag in der neuen Stadt eine große Erleichterung, all den fremden Kindern nicht allein gegenübertreten zu müssen. Normalerweise hätte sie sich gefürchtet, so ganz ohne Gerd, der sie notfalls in Schutz nahm – aber nicht mit Mr Casey an ihrer Seite, den die anderen Schüler kannten und vor dem sie bestimmt den gleichen Respekt hatten wie sie einst vor Herrn Bode!

Nach dem Frühstück hüllte Mrs Casey Rosie samt ihrer Büchertasche in einen Regenumhang und beobachtete von der Haustür aus, wie die beiden aufbrachen. Ihr Pflegevater benutzte sein Fahrrad für den langen Weg zu der Schule in einem entfernten Stadtteil – ein

Ungetüm in glänzendem Schwarz mit hohem Ledersitz. Mühelos schwang er sich darauf, hielt das Fahrzeug mit den Füßen am Boden aufrecht und wies Rosie an, hinter ihm auf den Gepäckträger zu steigen.

Sie tat, wie ihr geheißen, und da sie nicht wusste, wo sie sich festhalten sollte, schlang sie ihre Arme um Mr Caseys Taille. Auf diese Weise spürte sie zwar immer noch das harte Drahtgestell unter sich, aber wenigstens fühlte sie sich ein bisschen sicherer auf dem schwankenden Rad. Mr Casey fuhr nicht gerade langsam, und bei dem lebhaften Verkehr zu dieser Tageszeit flitzten die Autos manchmal gefährlich nahe an ihnen vorüber, fand Rosie. Sie war erleichtert, als das Stahlross vor einem großen Gebäude endlich zum Stehen kam.

Wie das Wohnhaus der Caseys war es aus rotem Klinker, allerdings wesentlich schäbiger. An manchen Stellen klafften Lücken in der Mauer, und überall klebte der Dreck der Möwen vom nahen Hafen. Die Fenster waren so sehr verschmiert, dass Rosie sich fragte, ob man überhaupt hindurchsehen konnte.

Von allen Seiten her kamen Kinder auf das Gebäude zu. Die Mädchen hatten unter ihren Regenmänteln die gleiche Kleidung an wie Rosie, die Jungen trugen den gleichen Pullover zu knielangen Hosen – und alle machten auf ihrem Weg zum Eingang einen großen Bogen um sie und Mr Casey.

Er tat, als bemerkte er es nicht. „Komm mit“, ordnete er an und eilte ihr voraus. Rosie hatte Mühe, mit ihm Schritt zu halten. Dann kamen sie zu einem Raum mit einem großen Tisch in der Mitte, um den sich gewiss zehn oder mehr Erwachsene versammelt hatten und angeregt unterhielten. Die Gespräche wurden leiser, als sie mit Mr Casey das Zimmer betrat, und viele Blicke richteten sich auf sie beide.

Verunsichert griff Rosie nach der Hand ihres Begleiters. Diese zuckte zwar ein wenig, aber er zog sie nicht zurück. Mit fester Stimme sprach er ein paar Worte, ehe er mit ihr im Schlepptau auf eine Frau mit einem grauen Haarknoten zuging. Sie hatte eine lange, spitze Nase, auf deren äußerstem Ende eine kleine Brille saß.

Erneut erklärte er etwas, von dem Rosie bis auf ihren Namen nichts verstand, dann schaute er sie direkt an und sagte deutlich langsamer: „This is Mrs Noble – your teacher. You have to go with her now!“ Mit diesen Worten löste er ihre Hand aus seiner, und ehe sie sich versah, hastete sie mit ihrer neuen Lehrerin einen langen düsteren Gang hinunter. Die anderen Schüler waren mit Sicherheit alle schon in ihren Klassenräumen, denn durch die vielen Türen drang ein gewaltiger Lärm auf den Flur.

Endlich machte Mrs Noble vor einer davon halt, öffnete sie und stellte sich vor ihre Klasse. Dabei schob sie Rosie, die sich lieber hinter deren Rücken versteckt hätte, vor sich. Das ohrenbetäubende Stimmengewirr der Kinder wurde zu einem sanften Murmeln, und zum zweiten Mal an diesem Morgen richteten sich viele neugierige Augenpaare auf Rosie.

Unsicher schaute sie hinab auf ihre Schuhspitzen und blinzelte. Da hatte sie sich so gefreut, an ihrem ersten Tag nicht allein vor den neuen Klassenkameraden stehen zu müssen, und jetzt war genau das der Fall. Sie vermutete, dass Mr Casey keine Zeit mehr dafür gehabt hatte, sie zu begleiten, weil er schnell zu seiner eigenen Klasse musste. Als Mrs Noble sie knapp als Rosie, the German girl, vorstellte, spürte sie die ersten Tränen in sich aufsteigen. Bevor diese aber zu fließen begannen, schickte die Lehrerin sie auf einen freien Platz neben einem Mädchen namens Joannie.

Bereitwillig rückte Joannie zur Seite, und Rosie rutschte zaghaft neben ihr in die Bank. Sorgsam nahm sie Schiefertafel und Kreide aus ihrer Büchertasche, da diese Gegenstände auch vor Joannie bereitlagen, und schob die Tasche anschließend in das Fach unter der verschrammten Tischplatte. Dann erst wagte sie es, das andere Mädchen direkt anzuschauen.

Ihre Banknachbarin war ein Stück kleiner als Rosie, hatte blaugrüne Augen und ein rundes Gesicht – und ihr Haar war genauso rot wie das von Schwester Mary, ihre Haut ebenso gesprenkelt mit winzigen und wiederum nicht ganz so winzigen braunen Flecken. Ihr Mund verzog sich zu einem breiten Lächeln, als sie sich zu Rosie herüberbeugte und ihr etwas über Mrs Noble ins Ohr flüsterte.

Joannies Wispern kitzelte sie im Ohr und eine rote Haarsträhne streichelte ihre Wange. Sie blinzelte noch ein paarmal und schluckte ihre Tränen hinunter. Mit einer solchen Kameradin könnte der Tag vielleicht doch noch so schön werden, wie sie es heute Morgen gehofft hatte.

Eine Woche später konnte Rosie sich ein Leben ohne Mr Casey, die Schule und Joannie gar nicht mehr vorstellen. Von der Minute, wenn sie morgens hinter ihrem Pflegevater auf das Fahrrad stieg und Halt suchend ihre Arme um ihn schlang, bis zu dem Moment, wenn sie beide nachmittags in stiller Verbundenheit wieder zu Hause eintrafen und sich zu dem von Mrs Casey liebevoll zubereiteten Tee am Kamin niederließen, genoss sie jeden Augenblick.

Mit jedem Tag verstand sie etwas mehr von dem, was im Unterricht von ihr gefordert wurde, aber auch was in der Klasse abseits des Lehrstoffes vor sich ging. Und das lag zum größten Teil an Joannie. Obwohl diese im Umgang mit ihren übrigen Klassenkameraden recht unwirsch sein konnte, bewies sie gegenüber Rosie eine unerschütterliche Geduld. Sobald ihr klar geworden war, dass ihre neue Banknachbarin nicht nur neu in der Stadt war, sondern außerdem kaum Englisch verstand, hatte sie sie persönlich unter ihre Fittiche genommen. Wenn andere Mitschüler Rosie links liegen ließen, weil sie deren Fragen nicht gleich beim ersten oder zweiten Mal verstand, gab Joannie sich die größte Mühe, ihrer neuen Freundin die fremde Sprache beizubringen. Unermüdlich wiederholte sie jedes Wort, bei dem Rosie sie fragend ansah, und verdeutlichte es ihr mit anschaulichen Gesten.

Das Erste, was Rosie auf diese Weise gelernt hatte, war der Spitzname ihrer Klassenlehrerin Mrs Noble, Nobly Nose oder Mrs Nono. Als ihr der Zusammenhang zwischen Mrs Nobles Äußerem und diesem Namen aufging, konnte sie kaum mehr aufhören zu kichern, was wiederum Joannie zu immer fantastischeren Gesten anregte. Dadurch brachen die beiden Mädchen manchmal in einstimmiges Gelächter aus, selbst wenn Rosie nicht alles wortwörtlich verstand; und Joannies Gesten und das gemeinsame Kichern wurden zu der Sprache, die sie über alle Verständigungsschwierigkeiten hinweg verband.

Rosies temperamentvolle neue Freundin fegte durch ihr Leben wie der auffrischende Wind, der die Haufen von buntem Herbstlaub an den Straßenrändern durcheinanderwirbelte, die Blätter hoch in die Luft warf und an einer anderen Stelle, in einer vollkommen anderen Ordnung, wieder zu Boden fallen ließ. Und ohne dass sie es selbst bemerkte, erweiterte sich Rosies Wortschatz in ähnlichem Maß wie das Vertrauen in ihre neue Umgebung und in sich selbst.

Diese Tatsache entging Oliver ebenso wenig wie seiner Frau. Deshalb fand er sich, als Rosies vereinbarte Probewoche vorüber war, stillschweigend damit ab, sie weiterhin jeden Tag mit in die Schule und somit an seinen Arbeitsplatz zu nehmen – obwohl er ihr dadurch einen gewissen Platz in seinem Leben einräumen musste.

Die befremdlichen Blicke der anderen Pädagogen, wenn er von Rosie fest umschlungen vorfuhr oder mit ihr an der Hand das Schulgebäude betrat, lernte er schlicht zu ignorieren. Er brachte es nicht übers Herz, ihre Hand wegzustoßen, die sich seit dem ersten Schultag immer öfter unauffällig in die seine stahl, nur weil die Kollegen ihn als Vaterlandsverräter und Misanthropen abgestempelt und die Schüler einen gewaltigen Respekt vor seinen üblen Launen hatten. Solange die Kleine ihn nicht zusätzlich damit belästigte, ihm ihre Alltagserlebnisse bis in alle Einzelheiten zu berichten, konnte er ihr diese eine Vertraulichkeit zugestehen.

Ebenso wenig konnte er ihr die Bitte abschlagen, ihr bei der Rechtschreibung eines schwierigen Wortes beziehungsweise bei der Auswahl eines für ihr Alter geeigneten Buches zu helfen. Letzten Endes war es nichts anderes als seine Pflicht als Ehemann, Eileen in der Betreuung des Pflegekindes zu unterstützen …

*Juli 1949*

„Und dann sagte er, ich hätte Beine so lang und kräftig wie die eines jungen Rennpferdes, und meine deutsche Familie könnte mächtig zufrieden sein mit der körperlichen Form, die ich hier bei den Pflegeeltern bekommen hätte!“

„Das hat er tatsächlich gesagt? Und du bist sicher, dass du nicht versehentlich bei einem Tierarzt gelandet bist, Rosie?“ Kichernd warf sich Joannie aufs Bett.

„Vollkommen sicher. Es ist derselbe, bei dem ich auch letztes Jahr zur Untersuchung war.“ Rosie entledigte sich ihrer Schuhe, ehe sie sich ebenfalls aufs Bett fallen ließ. Es war Mittwoch und somit jener Tag der Woche, an dem Joannie im Anschluss an die Schule mit zu ihr nach Hause kommen durfte. Die beiden Mädchen liebten diese Nachmittage, an denen sie ausführlich plaudern konnten, ohne von irgendwelchen Klassenkameradinnen dabei gestört zu werden.

Joannie hatte Rosie anvertraut, dass sie es außerdem genoss, für einen Nachmittag ihrer eigenen lauten, chaotischen Familie mit jeweils drei Brüdern und Schwestern zu entkommen und sich von Rosies Pflegemutter beim Tee mit köstlichem Gebäck verwöhnen zu lassen. Einfach den Luxus eines großen, mit schönen Möbeln ausgestatteten Hauses zu genießen. Für die Tochter eines schlichten Dockarbeiters bedeutete das Heim ihrer Freundin ein kleines Paradies, das Rosie nur zu gern mit ihr teilte.

„Außerdem", fuhr sie nun fort und lehnte sich neben Joannie an das Kopfteil ihres Bettes, sodass sich ihre langen blonden Zöpfe mit den wirren roten Locken ihrer Freundin vermischten, „wollte er wissen, ob ich mich darauf freue, bald wieder in meine alte Heimat zurückzukehren."

„Aber das tust du nicht, stimmt's?", fragte Joannie und musterte sie prüfend.

Achselzuckend erwiderte Rosie ihren Blick. Sie hatte ihrer Kameradin nie viel von Deutschland erzählt. Als sie damals – viele Wochen nach ihrem Schulstart in Dublin – endlich fähig gewesen war, sich vernünftig in der fremden Sprache auszudrücken, hatten die Herausforderungen und auch das Schöne ihres neuen Daseins die Vergangenheit bereits weit in den Hintergrund gedrängt. Manchmal hatte sie nachts noch davon geträumt, vor allem von Gerd. Aber ansonsten hatte sie nur an ihr altes Zuhause gedacht, wenn sie aus Pflichtgefühl einen Brief an Omma und Erika geschrieben hatte. Doch selbst diese Briefe waren mit der Zeit immer kürzer geworden und die zeitlichen Abstände dazwischen immer länger. Ohne das Drängen ihrer Pflegeeltern hätte sie wahrscheinlich gar nicht mehr nach Köln geschrieben. Wozu denn auch? Erika und Omma – und auch alles andere, worüber die beiden in ihren Briefen berichteten – waren ihr fremd geworden. Und in weit größerem Maß galt das für ihren Vater, der ein Jahr nach ihrer und Gerds Ankunft in Irland aus der Kriegsgefangenschaft zurückgekehrt war. Sie besaß keine einzige Erinnerung mehr an den Mann, den sie schon in frühester Kindheit äußerst selten, nämlich nur in seinem Heimaturlaub, zu sehen bekommen hatte. Wie konnte der Arzt, der im Auftrag des Roten Kreuzes einmal jährlich überprüfte, ob die deutschen Pflegekinder gut versorgt waren, nur annehmen, sie würde sich auf ihre bevorstehende Heimkehr freuen?

Rosie lehnte sich über Joannie, um an ihren Nachttisch zu gelangen, öffnete die Schublade und zog ein Foto heraus. Es war ein Familienfoto, das Omma ihr zugeschickt hatte – kurz nach der Heimkehr ihres Vaters aufgenommen. Außer ihren Pflegeeltern hatte sie das Bild noch nie jemandem gezeigt, doch heute drückte sie es Joannie in die Hand.

„Das ist meine Familie in Köln – meine Großmutter, meine Schwester Erika und mein Vater!" Die Elfjährige starrte auf den Mann, den Omma und ihre fast erwachsene Schwester Erika in die Mitte genommen hatten: Sein Körper wirkte schwach und war auf eine Krücke gestützt, das Gesicht ausgezehrt und seine Lippen so fest zusammengepresst, als würde er jeden Moment vor Wut und Ärger platzen. Rosie fröstelte.

„Sie sind meine Familie, und doch sind ihre Namen so ziemlich das Einzige, was ich noch über sie weiß! Sie sind Fremde für mich, verstehst du das?", brach es aus ihr heraus. „Und ich vermute, ich werde von dem, was sie sagen, kein Wort mehr verstehen, so wie es mir jetzt schon mit ihren Briefen geht!"

„Arme Rosie!" Mitfühlend drückte Joannie ihren Arm. Obwohl ihre große Familie ihr manchmal auf die Nerven ging, waren sie ihr doch das Vertrauteste auf der Welt; sie gehörten so unverzichtbar zu ihr wie das rote Haar und die Sommersprossen. Allein der Gedanke, dass sie ihr fremd werden könnten, jagte ihr echte Angst ein. Schaudernd legte sie das Bild zur Seite und sagte tröstend: „Wenigstens hast du Mr und Mrs Casey, deine Pflegeeltern, die dich wirklich lieb haben!"

„Genau das ist es ja!" Rosie drehte sich auf die Seite, stützte den Kopf in die Hände und stöhnte. „Mein Zuhause, meine Heimat und meine Familie sind längst hier – und trotzdem soll ich zurück. Nicht einmal vier Wochen bleiben mir mehr in Irland, dann schicken sie mich fort zu dieser Familie aus lauter Fremden, und plötzlich soll ich wieder dort in Köln zu Hause sein?!"

„Das ist kompletter Blödsinn", kommentierte Joannie und nickte entschieden, „dich zuerst hierherzuholen und dann nach drei Jahren wieder zurückzuschicken. Als ob man die Familie und die Heimat wechseln könnte wie seine Strümpfe! So einen Plan kann sich nur ein Erwachsener ausgedacht haben, und wir Kinder müssen es ausbaden! Ich wünschte, wir könnten irgendwas dagegen unternehmen!"

Rosies Antwort bestand aus einem weiteren Seufzer, in den Joannie aus ganzem Herzen mit einfiel. Plötzlich fuhr sie so ruckartig in die Höhe, dass das komplette Bett wackelte. „Ich hab's!", rief sie aus. „Ich weiß, wann sie dich nicht mehr, nein, *nie* mehr, zurückschicken können: wenn Mr und Mrs Casey dich als ihr eigenes Kind annehmen!"

„Meinst du?" Rosie nahm ein Ende ihres geflochtenen Zopfes in den Mund und begann, darauf herumzukauen – wie immer, wenn sie angestrengt nachdachte.

„Sicher! Das ist ganz leicht, ein Freund von meinem Bruder Jack ist auch adoptiert. Jack hat erzählt, man geht gemeinsam zu irgendeinem Amt, unterschreibt ein paar Papiere, und schon bist du nicht länger Rosie Henke, sondern Rosie Casey, eine richtige Bürgerin von Dublin! O Rosie, das wird so fabelhaft, denn dann können wir für immer zusammenbleiben, uns gemeinsam Ehemänner suchen und unsere Kinder großziehen, nebeneinander wohnen und am Ende nebeneinander begraben werden!"

Während ihrer letzten Worte war Joannie aufgesprungen und hüpfte begeistert durchs Zimmer. „Und das Beste ist, dass du nur deine Pflegeeltern darum zu bitten brauchst! Wenn du willst, können wir das gleich gemeinsam tun!"

„Nein, warte!" Rosie erreichte im letzten Moment die Tür, bevor Joannie diese aufreißen und zu Mrs Casey ins Wohnzimmer stürmen konnte. Sie stellte sich mit ausgestreckten Armen davor.

„Willst du das denn nicht?" Enttäuscht zog Joannie die Mundwinkel nach unten, und das unternehmungslustige Glitzern in ihren Augen erlosch. Erkannte ihre Freundin denn gar nicht, was für eine rosige Zukunft vor ihnen beiden liegen würde, wenn sie nur in Irland bleiben könnte?

„Nein! Oder doch, ja, ich würde mir mehr als alles andere auf der Welt wünschen, dass sie mich adoptieren, aber – wir können nicht jetzt gleich danach fragen! Ich muss erst einmal darüber nachdenken, und sicher müssen ja auch meine Großmutter und mein Vater damit einverstanden sein. Und überhaupt kann ich mir nicht vorstellen, dass das in Wirklichkeit alles so einfach geht!" Rosie verstummte und bearbeitete erneut ihr Zopfende mit den Zähnen. Es wäre in der Tat zu schön, wenn Joannie recht haben sollte und sie in ihrer neuen Heimat bleiben könnte. Der einzige Wermutstropfen in dieser Angelegenheit war ihr Bruder Gerd …

„Wenn du meinst!" Joannie ließ sich zurück aufs Bett fallen wie ein Aufziehauto, das seine komplette Energie verbraucht hatte, sodass Rosie sich beeilte, ihr zu versichern: „Aber ich verspreche dir, sie gleich heute Abend zu fragen. Oder spätestens morgen, jedenfalls sobald ich alles einmal gründlich durchdacht habe!"

In diesem Augenblick drang Mrs Caseys Stimme durch die Tür. „Kommt ihr, Mädchen? Der Tee ist fertig – und ich habe gerade Clotted Cream zu unseren Scones geholt!"

Schlagartig hellte sich Joannies Gesicht wieder auf. Die cremige Leckerei kam in ihrer Familie höchst selten auf den Tisch. Und wenn es doch einmal der Fall war, musste sie aufpassen, dass sie bei all ihren Geschwistern überhaupt einen Teil abbekam.

„Wir kommen, Mrs Casey!", rief sie zurück, hakte Rosie unter und eilte mit ihr hinunter ins Wohnzimmer. Auf halber Höhe der Treppe mahnte sie noch einmal leise: „Schieb es aber nicht zu lange auf, Rosie, hörst du? Ich für meinen Teil bin fest davon überzeugt, dass die beiden vollkommen aus dem Häuschen sein werden, wenn du für immer bei ihnen bleiben willst, so wie sie dich verwöhnen!"

Rosie nickte stumm. Und sie folgte dem Rat ihrer Freundin. Am Abend des folgenden Tages erklärte sie ihren Pflegeeltern, dass sie viel lieber bei ihnen bleiben würde, als nach Deutschland zurückzukehren; und vier Wochen später, nachdem etliche Briefe zwischen den beiden Familien gewechselt worden waren, wurde Rosemarie Henke, wohnhaft in Köln, Deutschland, amtlich und offiziell zu Rosie Casey, wohnhaft in Dublin, Irland.

# Kapitel 15

*Hazelbrook House, 2019*

Mit steifem, schmerzendem Nacken schreckte Lia auf. War sie etwa über der Lektüre von Rosies Briefen eingeschlafen? Die mittlerweile vor den Wohnzimmerfenstern herrschende Dunkelheit kombiniert mit der Tatsache, dass sie noch immer von Papierstapeln umgeben im Sessel kauerte, ließ im Grunde keinen anderen Schluss zu.

Sie hatte es schlicht nicht fertiggebracht, die Briefe aus der Hand zu legen. Erikas bildhafte Schilderungen der Nachkriegsjahre in Lias Heimatstadt waren zu fesselnd, zu lebendig. In weit stärkerem Maß als sämtliches Wissen über diese leiderfüllte Zeit, das Lia sich seit der ersten Begegnung mit Rosie angeeignet hatte, brachten sie die nackten geschichtlichen Tatsachen auf eine höchst private, persönliche Ebene und gaben ihr das Gefühl, unmittelbar Teil des Geschehens zu sein. Als sie vorhin Rosie gegenüber von einer Zeitreise gesprochen hatte, war das durchaus ihre ernsthafte Meinung gewesen – und inzwischen fühlte sie sich fast körperlich zerschlagen von den intensiven Gefühlen während dieser Reise in die Vergangenheit. Das war vermutlich auch der Grund für ihr Wegdämmern gewesen. Sie konnte nur hoffen, dass sich Rosie emotional nicht ähnlich ausgelaugt fühlte wie sie!

Gähnend ordnete sie die Papiere in ihrem Schoß und auf dem Boden vor dem Sessel in zwei Stapel – gelesen und ungelesen – und erhob sich, um endlich ins Bett zu gehen. Für den zweiten Stoß, der mittlerweile deutlich niedriger war als sein Gegenstück, würde sich auch morgen noch Zeit finden. Und um Rosies willen hoffte und betete sie, in diesen Briefen wenigstens *einen* Hinweis auf Gerds Verbleib zu finden. Bis auf die beiden Texte, die sie für Rosie am Abend übersetzt hatte, hatte sie nämlich keinen einzigen weiteren Anhaltspunkt mehr entdecken können.

Nicht eine einzige Bemerkung oder Andeutung hatte Erika im Folgenden über Gerd gemacht. Es wäre doch vollkommen normal gewesen, wenigstens hin und wieder zu erwähnen, dass ihr Vater und sie sich Sorgen machten, weil er nie ein Lebenszeichen oder Ähnliches von sich gab. Aber nein, es schien Lia, als hätte Erika Gerd komplett aus ihrem Gedächtnis gestrichen gehabt. Die stets pflichtbewusste, hilfsbereit zupackende große Schwester hatte ihren schon immer unbequemen, unangepassten kleinen Bruder nach seinem Ausreißen aus der Familie ausgeschlossen. Hatte sie es ihm so übel genommen, dass er verschwunden war, ohne sich zu verabschieden? Oder beruhte ihre Verbitterung eher auf der Tatsache, dass Gerd sie als junge Erwachsene mit der Verantwortung für ihren kriegsversehrten, alternden Vater alleingelassen hatte? Hatte dieses Pflichtgefühl womöglich dazu beigetragen, dass sie nie geheiratet, sondern ihr ganzes Leben ihrem Vater geopfert hatte?

Und, posttraumatische Störung hin oder her, was für ein Mensch war dieser Mann überhaupt, wenn er seine jüngste Tochter in der Ferne immer nur durch Erika grüßen ließ? Ihr Vater hatte nicht ein einziges Mal selbst an sie geschrieben oder die Grüße wenigstens handschriftlich an Erikas Briefe angehängt. Als Rosie die Bitte geäußert hatte, für immer in Irland bleiben zu dürfen, wäre es doch normal gewesen, zumindest zu versuchen, sie persönlich zum Heimkommen zu bewegen!?

Fragen über Fragen, die sich durch Erikas Worte beziehungsweise ihr Schweigen darüber in Lia aufgetan hatten und die sie bis ins Bett verfolgten. Allerdings war keine davon so wichtig wie die nach Gerds Verbleib: Wie hatte sich sein weiteres Leben gestaltet? Womöglich hatte sich sein Traum von einem Leben auf See ja erfüllt, und er genoss längst seinen Ruhestand auf einer abgeschiedenen, von Wind und Wellen umtosten Insel im Norden oder womöglich auf einer sonnenverwöhnten Südseeinsel. Die Alternative war – und das wollte sie Rosie gegenüber lieber nicht andeuten, obwohl diese es gewiss schon selbst in Betracht gezogen hatte –, dass man nie mehr von ihm gehört hatte, weil er bereits in jungen Jahren auf See umgekommen oder verschollen war …

Seufzend trat Lia an das Schlafzimmerfenster und starrte hinaus in die Nacht. Ein lebhafter Wind trieb Wolkenfetzen über den Himmel, zwischen denen in diesem Augenblick der Mond sichtbar wurde. Er war fast voll, sein Licht warf eine silbrige Bahn auf den See und auf die Hügel auf der gegenüberliegenden Seite. Vor diesem hellen Schimmer zeichnete sich – einem Schattenriss gleich – die Silhouette eines Schafes ab, das sich trotz der späten Stunde gemütlich dem Grasen widmete. Mit gesenktem Kopf rupfte es geräuschlos an taufeuchten Halmen, hob dann sein Gesicht ins Mondlicht, sodass Lia seine Augen zu erkennen glaubte, und kaute hingebungsvoll vor sich hin.

Wie schon vor etlichen Stunden bei ihrer Wanderung nahm die junge Frau gebannt die stille gesättigte Ruhe (wortwörtlich und im übertragenen Sinne) und Zufriedenheit des weidenden Tieres in sich auf. Genau diesen Zustand, diesen arg- und sorglosen Frieden wünschte sie Rosie für die letzten Jahre ihres Lebens – und deshalb würde sie sämtliche Hebel in Bewegung setzen, um die Fragen nach Gerds Schicksal zu beantworten. Egal, ob Erikas Briefe einen weiteren

Hinweis lieferten oder nicht, sie würde versuchen, alles über ihn herauszufinden, was es überhaupt herauszufinden gab.

So schwierig wie im Chaos der Nachkriegsjahre, in dem der Suchdienst des Roten Kreuzes Hunderttausende Familienangehörige wieder zusammengeführt hatte, die durch den Krieg unfreiwillig über ganz Europa verstreut worden waren, konnte sich die Suche nach Gerd im Zeitalter der Digitalisierung doch nicht mehr gestalten, oder?

Jeder Mensch hinterließ auf die eine oder andere Weise Spuren im Netz, die für gewöhnlich sogar über seinen Tod hinausreichten. Und von Vorteil an dieser Art der Suche war, dass Lia sie vor Rosie geheim halten konnte. Vorerst zumindest. Denn eines beabsichtigte sie definitiv nicht: in der alten Dame Hoffnungen zu wecken, die sich unter Umständen niemals erfüllen würden! Sollte sie tatsächlich konkrete, verlässliche Hinweise auf Gerd finden, wäre immer noch Zeit genug, Rosie einzuweihen.

Über diesen Gedanken schlief Lia schließlich ein.

Als sie am folgenden Tag die Scheune betrat, wurde Lia vom charakteristischen Duft einer Holzwerkstatt empfangen: eine Mischung aus frisch gesägtem Holz, Holzöl und etwas, was Lia nicht zuordnen konnte. Brendan stand gebeugt über einem Werkstück, das er mit einem Schwamm in sanften kreisenden Bewegungen bearbeitete. Die widerspenstig verwirbelte Strähne seines blonden Haares fiel ihm in die Stirn und seine Augen waren in höchster Konzentration zusammengekniffen. Daher bemerkte er Lia erst, als sie neben ihm stand und sich räusperte.

Ohne mit den kreisenden Handbewegungen aufzuhören, blickte er auf. „Na, keine Lust, dich vom Wind einmal gründlich durchpusten zu lassen?", scherzte er mit einem Blick nach draußen. Der nächtliche

Wind hatte sich zu einem richtigen Sturm ausgewachsen, der außer seinen heftigen Böen jede Menge Regen mitbrachte. Immer wieder ging dieser sogar in Graupelschauer über.

„Stimmt!" Lias Lächeln fiel nur zaghaft aus. Noch wusste sie nicht, wie Brendan die Bitte auffassen würde, die sie gleich an ihn richten wollte. Ob er Lia abwies, noch bevor sie diese ausgesprochen hatte, oder doch einsah, dass sie wirklich nichts anderes als das Wohlergehen seiner Großmutter im Sinn hatte? Sie straffte die Schultern und fuhr fort: „Aber das ist nicht der Grund, warum ich zu dir komme. Ich wollte dich fragen, ob ich für eine Weile den Computer in deinem Büro benutzen dürfte?!"

„Meinen Computer?" Jetzt hielt Brendan doch in der Bewegung inne. „Besitzt du nicht einen eigenen Laptop? Ich dachte, ich hätte einen bei dir gesehen, und über einen Internetanschluss verfügt Gran auch."

„Schon. Aber drüben im Haus kann ich nichts machen, ohne dass Rosie es merkt, und genau das ist meine Absicht. Ich möchte online Nachforschungen anstellen, verstehst du? Und bevor du jetzt gleich explodierst, hör dir bitte an, was wir gestern Abend herausgefunden haben."

In Kurzfassung schilderte sie Brendan den Inhalt von Erikas Briefen und schloss mit den Worten: „Und nachdem ich in den letzten Schreiben heute Morgen genauso wenig finden konnte, habe ich beschlossen, im Netz nach Gerd beziehungsweise nach Hinweisen auf ihn zu suchen. Natürlich ohne dass Rosie das mitbekommt – wie ich schon angedeutet habe –, um ihr unnötige Enttäuschungen zu ersparen."

„Na schön!" Brendans Stimme klang gedehnt, und doch glättete sich sein kritisches Stirnrunzeln ein bisschen, mit dem er Lia gelauscht hatte. „Wenn du mir versprichst, dass du ihr tatsächlich keine falschen Hoffnungen machst, werde ich dich nicht davon abhalten.

Es ist schließlich deine Zeit, die du in dieses – meiner bescheidenen Ansicht nach aussichtslose – Projekt steckst!“ Er legte den Schleifschwamm aus der Hand und winkte Lia, ihm zu folgen.

Hinter der Scheunenwand rechts von seinem momentanen Arbeitsplatz befand sich ein winziges Büro mit einem Sichtfenster zur Werkstatt. Der Schreibtisch war übersät mit Papieren, unter denen eine Ecke einer Tastatur herausschaute. An der gegenüberliegenden Wand stand zwischen mit Ordnern gefüllten Regalen ein großer Zeichentisch, auf dem die Abbildung einer Konstruktion für die Kaminumrandung, die Lia von Anfang an so fasziniert hatte, befestigt war. Vielleicht würde sie später die Gelegenheit finden, diese eingehend zu inspizieren, denn im Moment hatte sie anderes zu tun.

Sowie Brendan die losen Papiere über der Tastatur eingesammelt, diese halbwegs ordentlich gestapelt und den Computer hochgefahren hatte, ließ sie sich am Schreibtisch nieder. Es war kalt in diesem Büro, stellte sie fröstelnd fest, während sie die Suchmaschine aufrief. Da hatte sie mit dem kurzärmeligen schwarzen Top zu ihrer gemusterten Lieblingshose heute offenbar vollkommen danebengegriffen.

„Ist dir kalt?“ Auf halbem Weg zur Bürotür hielt Brendan inne. „Tut mir leid, dass es hier drin so frisch ist. Wie du dir möglicherweise schon zusammengereimt hast, benutze ich mein Büro nicht so häufig, sodass sich eine eigene Heizung nicht lohnen würde! Die praktische Arbeit ist mir deutlich lieber!“ Mit einem Anflug von Selbstironie wies er auf die Papierberge und offenen Schreibtischschubladen, die dem Chaos in ihrem Inneren entsprachen.

An einer Kapuzenjacke mit Firmenlogo, die an der Lehne eines zweiten, für Kunden gedachten Stuhls hing, blieb sein Blick haften. „Hier, zieh die über, solange du hier bist, dann müsste es gehen!“

Er legte ihr die Jacke um die Schultern, und einen Augenblick später fiel die Bürotür hinter ihm ins Schloss.

Dankbar schlüpfte Lia in das warme, aber viel zu weite und leicht muffig riechende Kleidungsstück. Es hing nicht erst seit gestern über diesem Stuhl, so viel stand fest, aber schließlich war es Brendans fürsorglicher Gedanke, der in diesem Fall zählte.

Halbwegs aufgewärmt tippte sie den Namen Gerd Henke ins Suchfeld und schnappte überrascht nach Luft, als sie die Anzahl der Treffer sah: Es waren deutlich über vierhunderttausend! Der Familienname Henke musste doch weiter verbreitet sein, als sie bisher angenommen hatte, auch in der Kombination mit diesem speziellen Vornamen. In der Wirtschaft gab es jede Menge Gerd Henkes, vom Hufschmied über den Metzger bis zum Steuerberater und Journalisten, einige weitere betätigten sich politisch, und unter den angezeigten Bildern befand sich eine erhebliche Anzahl an Zeitungsausschnitten mit Todesanzeigen.

Nachdenklich starrte Lia auf den Bildschirm. Sie musste gezielter suchen, das war nicht zu übersehen, nämlich mit spezifischeren Daten wie konkreten Zeit- und Ortsangaben, geschichtlichen Ereignissen in Gerds Umfeld und Ähnlichem. Spontan gab sie *Operation Shamrock* ein und überflog gespannt die Ergebnisse. Außer dem Hinweis auf eine Ausstellung mit Zeitzeugen und dem Erfahrungsbericht, den eines dieser ehemaligen irischen Pflegekinder in Buchform herausgebracht hatte, war nichts dabei …

Eine Stunde später hatte Lia nichts weiter gefunden als die Webseite einer Henke-Lachsräucherei, die fangfrischen irischen Lachs verkaufte und deshalb unter den allergünstigsten Umständen mit Gerds Vergangenheit zusammenhängen könnte. Doch die weitere Verfolgung dieser Spur führte ebenfalls ins Leere. Enttäuscht richtete sie sich auf und massierte ihren Nacken. So, wie es sich momentan darstellte, war die Suche unüberschaubar: Ihr stand schlicht und einfach zu wenig Informationsmaterial über Rosies Zwillingsbruder zur Verfügung, vor allem von der Zeit, seit er erwachsen war! Wenn die alte Dame wenigstens ein Foto von ihrem Bruder besitzen würde, könnte man mithilfe eines Computerprogramms herausfinden, wie er heute ungefähr aussehen müsste, und damit eine Suche starten. Erst vor Kurzem hatte man mit einer derartigen Methode in Asien eine Familie nach mehr als dreißig Jahren wieder zusammengeführt.

Wenn, wenn, wenn – Lia schnaubte. Aber an dieser Stelle aufzugeben, kam schon allein Rosie zuliebe nicht infrage.

Als sie den Blick wieder Richtung Bildschirm senkte, steckte Brendan seinen Kopf durch die Bürotür. „Nicht gerade ein Sonntagsspaziergang, was?", kommentierte er Lias verbissene Miene.

„Eher die berühmte Suche nach der Nadel im Heuhaufen!", gab sie zu. „Wobei ich nicht damit gerechnet habe, einen derart großen Heuberg von Männern namens Gerd Henke vorzufinden."

„Nichtsdestotrotz wirst du weitersuchen, stimmt's?!"

„Und ob!", gab sie zurück und nickte. „Findest du denn nicht auch, dass deine Gran eine Antwort auf ihre Fragen verdient?"

„Ich denke schon, und ich will dich auch gar nicht davon abhalten, ihr diese zu liefern. Ich verstehe zwar nach wie vor nicht, was das Ganze bringen soll, doch Gran scheint deine Anteilnahme sehr zu schätzen, also werde ich mich nicht länger einmischen!"

Während er gesprochen hatte, hatte sich Brendan auf dem zweiten Stuhl niedergelassen, mit dem er nun auf den Schreibtisch zurollte, um über Lias Schultern hinweg auf den Bildschirm zu sehen. Beim Anblick der Suchergebnisse pfiff er leise durch die Zähne. „Da hast du, gelinde gesagt, noch einiges vor dir! Aber vergiss nicht, du bist nicht zuletzt auch als Tourist auf unsere schöne Insel gekommen! Deshalb könnte ich dir anbieten, morgen mit mir nach Norden zu fahren. Wie sich eben herausgestellt hat, muss ich die Besitzerin der Kaminkonsole aufsuchen, um vor Ort etwas zu überprüfen. Und falls du mich begleitest, könnten wir auf dem Rückweg die Slieve League

Cliffs besichtigen. Sie sind zwar nicht ganz so bekannt wie die Cliffs of Moher, aber mindestens genauso spektakulär und weniger überlaufen. Also, hast du Lust?"

„Das schon", antwortete Lia gedehnt, „nur …"

„Ich bin mir sicher, wenn du heute den ganzen Tag am Computer verbringst, wirst du morgen wahrlich glücklich über eine kleine Abwechslung sein – egal, ob du bis dahin bereits etwas gefunden hast oder nicht. Und so eine Klippenwanderung lohnt sich wirklich, vor allem, wenn man sich derart für das Meer begeistert wie du!"

Brendan lächelte so überzeugend, dass Lia sich einen Ruck gab. Er hatte ja recht, sie war ursprünglich nicht hierhergekommen, um zu recherchieren. „In Ordnung, ich komme mit. Aber nur, wenn ich für den Rest des heutigen Tages in Ruhe weiterarbeiten darf!"

„Hab schon verstanden, meine Anwesenheit ist hier nicht länger erwünscht!" Brendan erhob sich, doch an der Bürotür drehte er sich noch einmal um. „Abgesehen davon, dass du in meiner Jacke nahezu versinkst, steht sie dir übrigens nicht schlecht. Du solltest öfter mal Flaschengrün tragen, vor allem, mit diesem genialen Firmenlogo darauf!"

☘ ☘ ☘

Um sieben Uhr morgens brachen sie auf. Rosie hatte es sich nicht nehmen lassen, gemeinsam mit Lia zu frühstücken und ein Proviantpaket für sie und Brendan zu packen; nun stand sie strahlend an der Haustür und winkte, bis der Transporter am unteren Grundstücksende auf die Straße abbog.

„Wie es aussieht, machst du Gran mit diesem Ausflug eine echte Freude", bemerkte Brendan. „Sie konnte uns gar nicht oft genug einen schönen Tag wünschen, und dass sie sich so sehr für die Slieve League Cliffs begeistert, ist mir ebenfalls neu!"

„Bist du sicher, dass sie sich nicht eher deswegen so freut, weil du mal nicht ausschließlich an deine Arbeit denkst?“, neckte Lia.

„Mag sein. Und du musst zugeben, ich hätte mir keinen besseren Tag dafür aussuchen können!“ Brendan grinste so stolz, als wäre er höchstpersönlich für den strahlenden Sonnenschein verantwortlich.

„Stimmt! Es ist wirklich kaum zu fassen, wie rasch sich das Wetter hier ändert. Gestern dachte ich noch, das ganze Land würde demnächst in einer eisigen Regenflut ertrinken, und heute so was: Keine Wolke mehr am Himmel, und es hat bestimmt zwanzig Grad!“

„Dreiundzwanzig sogar“, bestätigte Brendan, „und das ist für unsere Gegend so etwas wie ein sommerlicher Temperaturrekord.“

„Herrlich! Du hast doch nichts dagegen, oder?“ Lia kurbelte das Fenster des alten Vans herunter, wandte ihr Gesicht der Sonne zu und rekelte sich wohlig. „So lässt sich das Leben aushalten.“

„Ich hoffe nur, du langweilst dich später nicht, während ich in dem Haus beschäftigt bin. Aber dort im Garten findest du sicher ein geeignetes Plätzchen, um die Sonne zu genießen.“

„Ehrlich gesagt würde ich dich lieber ins Haus begleiten. Ich habe noch nie ein echtes – und damit will ich sagen, nicht fürs Fernsehen getuntes – Herrenhaus von innen gesehen.“

„Ist das zu fassen? In dem Fall bleibst du natürlich bei mir, Miss Downes wird sicher nichts dagegen haben. Sie hat das Haus ohnehin voller Handwerker, da kommt es auf eine Person mehr oder weniger nicht an.“

„Wenn du willst, könnte ich mich als dein Lehrling nützlich machen, dir den Werkzeugkoffer hinterhertragen oder so was“, schlug Lia vor. „Zu dumm, dass ich den Hoody aus deinem Büro nicht mitgenommen habe, um mit dem Firmenlogo Eindruck zu schinden!“

Schelmisch grinste sie ihren Begleiter von der Seite an. Obwohl sie gestern nicht sicher gewesen war, ob er sein auf das Kleidungsstück bezogene Kompliment ernst gemeint hatte, war sie ein wenig rot geworden – wovon er glücklicherweise nichts gemerkt hatte, da er schon halb zur Tür hinaus gewesen war. Hatte er damit einen Flirtversuch unternommen, oder war diese Bemerkung nur seiner üblichen scherzhaften Art geschuldet?

In jedem Fall hatte sie beschlossen, von Letzterem auszugehen und ihm in einer ähnlichen neckenden Art und Weise zu begegnen. Auf diese Weise blieb sie auf sicherem Grund, statt ihr Herz in Gefahr zu bringen, indem sie eine zu weitreichende Bedeutung in seine Worte hineinlegte.

Ansonsten hatte der gestrige Tag mit den stundenlangen Recherchen am Computer leider nichts Brauchbares mehr ergeben. Gerd und sein Schicksal lagen weiterhin im Dunkeln. Sie musste dringend einen anderen Ansatz für ihre Nachforschungen finden, gegebenenfalls … aber nein, nicht heute. Diesen Tag wollte sie mit allen Sinnen genießen, einschließlich Brendans Gesellschaft.

„Das Angebot nehme ich gern an!", ging dieser nun auf ihre Worte ein. „Ich habe mir schon immer gewünscht, jemanden gnadenlos herumzukommandieren, also, mach dich auf was gefasst!" Gut gelaunt stimmte sie in sein Lachen ein.

Sie fuhren auf der Landstraße bis Drumcliff, und von dort aus nahmen sie die gut ausgebaute, nach Norden führende Nationalstraße Richtung Donegal Town im gleichnamigen County. Lia genoss es, auf ihrer rechten Seite den Ben Bulben einmal von der anderen Seite aus zu betrachten, von wo aus seine charakteristische Tafelform kaum erkennbar war, und zu ihrer Linken immer wieder das Meer aufblitzen zu sehen.

Ihre Vorfreude, zu den Slieve League Cliffs zu wandern, nahm beständig zu. Falls das Wetter hielt, bis sie dort ankommen würden, hätten sie von dort oben eine grandiose Sicht, hatte Rosie vorhin versprochen. „Man fühlt sich ein bisschen wie in den verheißungsvollen ersten Schöpfungstagen auf dem Gipfel der Welt", hatte sie bildhaft geschildert, woraufhin Brendan trocken kommentierte: „Aber nur so lange, bis aus allernächster Nähe irgendein amerikanischer, französischer, japanischer oder deutscher Bewunderungsruf an dein Ohr dringt!" Nun, sie würde bald selbst feststellen können, welche Beschreibung der Wirklichkeit am nächsten kam. Aber zuerst einmal ging es um Brendans Arbeit, und sogar darauf freute sie sich. Zum einen, weil er von sich aus angeboten hatte, sie mitzunehmen, und zum anderen, da sie so die Gelegenheit bekam, ein jahrhundertealtes Herrenhaus in Privatbesitz zu erkunden. Falls die Kaminkonsole in Brendans Werkstatt ein repräsentatives Einrichtungsstück war – und davon ging sie aus –, würde der Rest des Hauses sie nur in Staunen versetzen können. Sie lächelte still vor sich hin.

Eine gute Stunde nach ihrem Aufbruch parkte Brendan in der Auffahrt eines Herrenhauses, indem er sich in einer langen Schlange aus Lieferwagen und Baufahrzeugen einreihte. Offenbar hatte Miss Downes seit seinem letzten Besuch vor etlichen Wochen weitere Handwerker und sogar eine Gartenbaufirma angeheuert, um ihr Anwesen so schnell wie möglich auf Vordermann zu bringen.

„Wow", kommentierte Lia beim Aussteigen. „Mir scheint, deine amerikanische Auftraggeberin hat Großes vor mit ihrem ..."

Mitten im Satz hielt sie inne, denn als sie um den Wagen herumgegangen war, kam die Villa selbst in Sicht. Stumm, den Mund vor Staunen leicht geöffnet, ließ sie das Anwesen auf sich wirken, wie sie es schon beim Wasserfall getan hatte.

Brendan versuchte, den Gebäudekomplex einmal nicht mit den Augen eines Architekten zu betrachten, sondern seine Aufmerksamkeit in erster Linie auf die Ästhetik zu richten, so wie Lia es vermutlich tat. Die Mauern aus hellem Naturstein strahlten an einem sonnigen

Tag wie diesem eine satte, wohltuende Wärme aus, was von dem Efeu, der an einem normannisch-eckigen Seitenturm üppig emporwucherte, zusätzlich unterstrichen wurde. Kein von Menschenhand angebrachter künstlicher Farbauftrag hätte die Ausstrahlung einer solchen Harmonie zuwege gebracht. Eine gleichermaßen gelungene Einheit bildeten die Bauformen der unterschiedlichen Gebäudeteile: Neben dem massiven, mit Mauerzinnen gekrönten Turm, dem wahrscheinlich ältesten Teil des Gebäudes, waren die neueren Bauten mit spitzen Giebeln, Erkern, Kaminen und zwei schlanken runden Türmchen rechts und links des Eingangsportals versehen. Trotz ihrer Entstehung in unterschiedlichen Epochen waren alle Teile zu einem perfekten Ganzen verbunden. Abgesehen von der zugeparkten Einfahrt waren die laufenden Baumaßnahmen von außen kaum zu sehen, sodass Miss Downes Eigentum in der Tat einen „bildschönen" Eindruck auf Lias Künstlerauge machen musste.

Mit einem verständnisvollen Lächeln holte Brendan seine Begleiterin zurück in die Realität. „Ein wirklich herrschaftlicher Anblick, nicht wahr? Doch jetzt lass uns hineingehen, ich sehe Miss Downes schon am Eingang auf uns warten! Hier, du darfst meine Mappe mit den Plänen tragen, der Werkzeugkoffer ist für einen Lehrling des ‚schwachen Geschlechts' ein wenig zu schwer!" Er reichte ihr seine altmodische, von Papieren überquellende Ledermappe.

Lia nahm sie grinsend entgegen. „Stets zu Diensten, Chef – oder sollte ich in diesem Ambiente doch besser so etwas wie Lord oder Master sagen?!"

„‚Master' wäre tatsächlich nicht verkehrt!" Brendan war beeindruckt, mit welcher Leichtigkeit Lia auf seine Scherze einging und ihn sogar immer wieder selbst auf die Schippe nahm. Sie war eine wirklich gute Kameradin – eine Frau, in deren Gesellschaft selbst die gewöhnlichsten Tätigkeiten einen gewissen Glanz bekamen. Wenn sie den Kopf leicht schräg legte, sodass ihr Ohrring (heute ein glänzender tränenförmiger Jadestein) ins Schaukeln geriet, und dabei lächelte, konnte er gar nicht anders, als ebenfalls zu grinsen …

Miss Downes aufgeregte Stimme riss ihn aus seinen Gedanken. Schon am Fuß der Eingangstreppe empfing sie ihn mit einem Wortschwall in ihrem üblichen, rasend schnellen amerikanischen Akzent. „Wie gut, dass Sie so kurzfristig Zeit hatten, sich den Schaden anzusehen, Brendan. Wie ich sehe, haben Sie sogar Unterstützung mitgebracht", ein flüchtiger Blick streifte Lia, „das ist hervorragend. Es war ein wahrhaft entsetzliches Unglück gestern. Ich wagte kaum, meinen Augen zu trauen, als ich aus Dublin zurückkehrte. Aber wer konnte schon ahnen, dass sich diese Rosette so ruckartig von der Decke lösen würde, sodass der Stuckateur mit seiner Leiter ausgerechnet in mein Treppengeländer stürzt. Das prachtvolle jahrhundertealte Schnitzwerk – in zahllose Einzelteile zerschmettert. O my, wir müssen uns vermutlich glücklich schätzen, dass den armen Handwerker nicht das gleiche Schicksal ereilt hat … aber kommen Sie, kommen Sie, besehen Sie sich den Schaden selbst! Und dann versichern Sie mir bitte, dass Sie das Problem ohne Weiteres beheben können und ich nicht auf dieses ornamentale Vorzeigestück in meiner Eingangshalle verzichten muss …"

Brendan und Lia wechselten einen amüsierten Blick, als sie hinter der sorgfältig gestylten amerikanischen Millionenerbin das Haus betraten. Die Freude darüber, die eigene Belustigung über Miss Downes Redeschwall mit Lia teilen zu können, ließ Brendan sogar die Tatsache vergessen, dass er durch den heutigen Ausflug mit ihr mindestens einen halben Tag seiner kostbaren Arbeitszeit verlor.

Der Schaden am Treppengeländer der Eingangshalle war weniger schlimm als erwartet. Offenbar hatte die schwere Leiter des Stuckateurs das Geländer lediglich gestreift, sodass nur einzelne der aufwendig gedrechselten Pfosten gebrochen waren, und auch die Schnitzereien waren nicht derart hoffnungslos zerschmettert, wie Miss Downes Worte hatten befürchten lassen.

Immer wieder unterbrochen von den aufgeregten Kommentaren der Dame inspizierte Brendan die Beschädigungen. Er diktierte Lia etliche Maße, ließ sie die defekten Stellen fotografisch dokumentieren und versicherte der Hauseigentümerin, dass ihr Vorzeigeobjekt keinen irreparablen Schaden genommen hatte. Wenn er seinem ursprünglich vorgesehenen Zeitplan noch ein oder zwei Tage für die Instandsetzung hinzufügen würde, wären die Bruchstellen für einen Laien nicht mehr sichtbar.

Nach einer weiteren halben Stunde und einer kurzen Führung durch den – abgesehen vom Kamin – vollständig sanierten Salon und die nebenan liegende Bibliothek mit ihren reich gefüllten Bücherwänden, die die stolze Hausbesitzerin ihnen gern gezeigt hatte, gingen Lia und er wieder zurück zum Auto.

# Kapitel 16

Ich muss sagen, dieses Haus macht mich einfach sprachlos, Brendan. Sowohl das Äußere als auch die Ausstattung der wenigen Räume, die Miss Downes uns gezeigt hat. Wie kann ein Einzelner sich heutzutage eine solche Residenz als Wohnhaus leisten?", fragte Lia, während Brendan den Wagen wendete.

„Frag mich nicht! Ich habe keine Ahnung, wie ihr Vater sich die Millionen verdient hat, die sie hier so großzügig investiert. Vielleicht mit einer politischen Laufbahn? Das würde zumindest den Namen erklären, den sie ihrem Besitz zu geben gedenkt, wenn er erst einmal fertiggestellt ist: Downing Park No. 1!"

„Das ist nicht dein Ernst!" Lia prustete los. „Die Lady leidet jedenfalls nicht unter Minderwertigkeitsgefühlen, so viel steht fest!"

„Stimmt!" Brendan wandte sich ihr zu. Das breite Lächeln auf seinem Gesicht betonte das kantige, glatt rasierte Kinn, und unter den zusammengezogenen blonden Brauen blitzten die blauen Augen amüsiert. Im Gegensatz dazu hatte er eben im Haus noch einen äußerst seriösen, kompetenten Eindruck gemacht. Sein Arbeitsoutfit bestand aus schwarzer Jeans und ebenso schwarzem Poloshirt, auf dem ein unaufdringlich kleines Firmenlogo angebracht war, das deshalb in zurückhaltender Eleganz prangte. Lia wunderte sich nicht, dass seine Auftraggeberin ihn vorhin regelrecht umschmeichelt hatte, obwohl sie etliche Jahre älter war als er, wie Lia trotz deren gekonnt aufgelegtem Make-up vermutete. Fachkompetenz, Zielstrebigkeit und ein gepflegtes Äußeres waren eine Kombination, die einen Mann durchaus anziehend wirken ließ. Es hatte ihr persönlich definitiv großen Spaß gemacht, Brendans Handlanger zu spielen, in der Lederkladde mit seiner stark nach rechts geneigten, nicht allzu ordentlichen Handschrift Notizen zu verfassen und mit seinem Handy spezielle Aufnahmen von der „Unfallstelle“ zu machen. Obwohl er ihr dabei so nahe gekommen war, dass ihr der würzig-herbe Duft seines Aftershaves in die Nase gestiegen war …

Hastig wandte sie sich ab, als sie sich bei diesen Gedanken ertappte, und fragte: „Wie weit ist es von hier bis zu den Klippen?“

„Fünfundvierzig Minuten etwa. Aber falls du Hunger hast, können wir auch vorher eine kleine Rast einlegen, um Grans Proviant zu vertilgen!“

„Bisher hält sich mein Appetit zum Glück in Grenzen, und ich finde es offen gestanden verlockender, später oben auf den Klippen gemütlich zu picknicken.“

„Okay, dann nehmen wir den direkten Weg!“

Auf einer immer schmaler werdenden Straße durchquerten sie ein malerisches Hafenstädtchen namens Killybegs, wo neben den gebräuchlichen Fischerbooten auch größere Trawler und ein – verhältnismäßig bescheidenes – Kreuzfahrtschiff vor Anker lagen. Westlich des Ortes wurde die Landschaft sichtlich karger, die Hänge felsiger und steiler, die Bäume windzerzauster, und die Häuser rechts und links der Straße nahmen etwa im gleichen Maße ab wie die Anzahl der weidenden Schafe zunahm.

„Du befindest dich hier quasi im Zentrum der irischen Tweedherstellung!“, erklärte Brendan, während sie eines der unzähligen Straßenschilder passierten, das auf einen Laden mit dem landestypischen Produkt hinwies. „Donegal Tweed ist sicher auch in Deutschland ein Begriff, oder?“

„Ja, das ist es. Ich persönlich kann mit diesem Material zwar wenig anfangen, aber wenn ich hier wohnen würde, wäre das vermutlich anders."

„Könntest du es dir denn vorstellen, hier zu leben?", erkundigte sich Brendan interessiert.

„Falls du damit meinst, exakt hier", Lia deutete aus dem Wagenfenster, „denke ich, nicht. In dieser Gegend wäre es mir trotz der einmaligen Atmosphäre ein wenig zu karg und einsam. Vor allem bei Nebel, oder wenn es wie gestern ununterbrochen regnet und stürmt. Weiter südlich, sprich dort, wo ihr lebt, könnte ich mir das schon eher vorstellen. Da gibt es doch vergleichsweise mehr Leben, und die Natur macht einen etwas gezähmteren Eindruck. Aber Motive zum Malen gibt es hier zweifellos ohne Ende – allein dieses fast greifbar klare Licht, die Sattheit der Farben …"

Vollkommen versunken starrte Lia auf den heidebewachsenen Hügel seitlich der Straße. Bei aller Schwärmerei war ihr doch bewusst, dass sie niemals in der Lage sein würde, dieser Atmosphäre mit Pinsel und Farbe gerecht zu werden. Dafür war nicht nur die Zeit ihres Urlaubs zu begrenzt – auch ihre Fähigkeiten reichten dazu nicht aus. Umso entschlossener war sie, sämtliche spektakulären genauso wie die auf den ersten Blick unscheinbar wirkenden Details in sich aufzunehmen und zumindest vor ihrem inneren Auge zu bewahren.

Sie war überrascht, wie bald Brendan den Van schon wieder zum Stehen brachte. Sie befanden sich auf einem Parkplatz, und unmittelbar vor ihnen war eine Absperrung, hinter der sich die Straße, nun noch etwas schmaler, steil bergauf schlängelte.

„Ab hier gehen wir zu Fuß!" Brendan löste seinen Gurt und griff nach hinten zu dem Rucksack mit ihrem Proviant. „Theoretisch ist die Straße bis zur Aussichtsplattform zwar befahrbar, aber nur die allerbequemsten Touristen benutzen für diese zwei Kilometer das Auto."

Unauffällig deutete er auf eine junge Frau in knappen Shorts und Flip-Flops, die gerade den schweren Holzbalken der Straßensperre anhob, damit ihr Begleiter mit dem Auto passieren konnte.

„Wow. In ihrer Haut möchte ich nicht stecken, wenn oben auf den Klippen der Wind pfeift!“, kommentierte Lia trocken. Obwohl augenblicklich die Sonne von einem wolkenlosen Himmel strahlte und vom geteerten Parkplatzboden spürbar die Wärme aufstieg, band sie sich wie Brendan ihre Wetterjacke um die Hüften. Ihr Begleiter schwang den Rucksack auf seine Schultern, und dann gingen sie gemeinsam los.

Momentan war vom Meer nichts zu sehen, stattdessen erhoben sich rechts und links von ihrem Weg unzählige mit Heidekraut und borstigem Gras bewachsene Felshügel. Vereinzelt plätscherte ein kleines Rinnsal die Felsen hinab, an dessen Rand die Grasbüschel weicher und grüner wirkten und sich ein paar Binsen im Wind wiegten.

„Das sind die Ausläufer des Berges Slieve League, des Heiligen Berges, auf dem sich früher ein Kloster befand. Den Gipfel und damit die höchste Stelle der Klippen bekommt man erst von der Aussichtsplattform aus vollständig zu sehen!“

„Und die Cliffs sind tatsächlich höher als die von Moher, die doch wesentlich bekannter sind?“

„Sogar fast dreimal so hoch“, bestätigte Brendan. „Damit gehören sie zu den höchsten Klippen in Europa, und sie sind noch ein gutes Stück schroffer und wilder als die von Moher.“

„Na, da bin ich aber mal gespannt!“ Erwartungsvoll schaute Lia nach vorn, wo sich das Sträßchen um einen der Felshügel wand, und wurde prompt mit dem ersten Blick auf den Atlantik belohnt. Schon hier befanden sie sich hoch über der Küste, die in einer regelrechten Zickzacklinie verlief.

Ein paar Klippenbesucher hatten den Weg verlassen und wanderten zwischen weidenden Schafen hindurch in Richtung Klippenrand, was hier ohne Absperrung gefahrlos möglich war, doch Brendan überzeugte Lia davon, sich zu gedulden. „Warte bis zur Plattform, dann wird dich der Ausblick umso mehr überwältigen."

Er behielt recht. Am Aussichtspunkt angekommen wusste Lia kaum, wo sie zuerst hinsehen sollte: Nach unten, wo die Wogen sich brausend und mit meterhohen Gischtfontänen an den Felsen brachen, oder nach oben, wo vor einem fast wolkenlosen Himmel der eigentliche Gipfel des Slieve League in mattem Grün und im Sonnenschein rötlich gefärbtem Fels zu sehen war. Wie eine Schar emsiger kleiner Ameisen schoben sich einzelne Wanderer seinen Grat entlang.

„Es geht ja noch weiter", stellte sie verwundert fest. „Ich dachte, dass man nicht höher als bis zur Plattform gehen könnte! Lass uns auch dort hinaufgehen, ja?"

„Wenn du willst, gern. Aber ich warne dich: Der One Man's Path über den Grat ist extrem schmal und steil und in keiner Weise abgesichert, daher ist er nur für erfahrene Wanderer geeignet!"

„Umso besser, dann herrscht dort oben hoffentlich kein derartiger Trubel!" Sie deutete auf den Imbisswagen auf einer halbwegs ebenen Stelle am Hang, um den sich hungrige Touristen scharten. Einige von ihnen verließen den Wagen – trotz der frischen Brise – sogar mit einer Eiswaffel in der Hand, wie Lia schaudernd feststellte.

„In Ordnung, dann komm! Aber versprich mir, vorsichtig zu sein und dich immer dicht bei mir zu halten. Ich möchte nicht allein nach Hause kommen und Gran erklären müssen, dass du mit gebrochenen Knochen in einer Klinik liegst! Und deine Kamera verstauen wir besser im Rucksack, damit du beim Klettern beide Hände frei hast!"

Bereitwillig reichte Lia ihm den Fotoapparat samt dem unhandlichen Weitwinkelobjektiv, mit dem sie gerade noch den Ausblick aufgenommen hatte. Kurz darauf hatten sie den sicheren Aussichtspunkt mit seinen Besuchern hinter sich gelassen.

Der Aufstieg und die Wanderung am Grat entlang waren spürbar anstrengender, als Lia vermutet hatte. Trotz ihrer festen Schuhe und der Tatsache, dass der Untergrund dank gutem Wetter halbwegs trocken war, geriet sie mehr als einmal ins Rutschen und war gezwungen, sich bei Brendan festzuhalten. An den Stellen, an denen man seine Hände zu Hilfe nehmen musste und sich quasi auf allen vieren fortbewegte, vermied sie es komplett, nach unten zu sehen, so steil fiel der Fels neben dem extrem schmalen One Man's Path ab.

Doch die Mühe hatte sich gelohnt. In atemlosem Staunen standen Brendan und sie endlich auf dem höchsten Punkt der Klippen. Die schroffen Felswände warfen das Donnern, mit dem die Wogen mehr als sechshundert Meter unter ihnen gegen das Land krachten, verstärkt und fast vibrierend zurück, und wenngleich das unmöglich war, glaubte Lia, die salzige Gischt auf ihren Wangen zu spüren.

Direkt vor ihnen brach der Fels so unmittelbar und steil ab, dass man wirklich das Gefühl haben konnte, am äußersten Rand der Welt zu stehen. Rosie hatte mit ihrer Beschreibung nicht übertrieben. Ein leichtes Schwindelgefühl ergriff Lia, sodass sie unwillkürlich die Hand nach Brendan ausstreckte. Er umfasste diese und drückte sie bestärkend, und gemeinsam traten sie einige Schritte zurück.

„Bei einem Wetter wie dem gestrigen möchte ich ehrlich gesagt nicht hier oben stehen. Ich hätte zu sehr Angst, vom Wind glatt über den Klippenrand gepustet zu werden!", gestand Lia. „Dennoch fühle ich mich, wie Rosie es ausgedrückt hat: wie an einem der ersten Schöpfungstage. Sobald ich den Blick vom Boden hebe, existiert nichts anderes mehr als die unendliche, gewaltige Weite des Meeres und des Himmels, der Sonne und der Wolken – Gottes großartige Schöpfung in all ihrer Ursprünglichkeit, Schönheit und Macht. Da bekommt der Begriff der Ehrfurcht vor Gott eine vollkommen neue Bedeutung, finde ich."

„Stimmt. Aber genauso auch Gottes bedingungslose Liebe. Denn ausgerechnet den Menschen – der verglichen mit dieser Unendlichkeit nichts weiter als ein einzelnes winziges Partikelchen Plankton im Meer ist – hat er nach seinem Ebenbild gestaltet und zu immerwährender Gemeinschaft mit sich auserwählt. Im Gegensatz dazu wird all das hier um uns herum irgendwann ein Ende haben, so unvorstellbar es erscheint", sinnierte Brendan. „In Augenblicken wie diesen, wenn ich quasi den Puls der Schöpfung spüren kann, wird mir erst so richtig bewusst, welch enorme Bedeutung uns Menschen damit von Gott zugestanden wird!"

Lia nickte schweigend. Brendans Stimme klang fest, jeder scherzhafte Unterton war verschwunden. Vor allem aber hätte sie es nicht besser ausdrücken können, seine Worte waren die nahtlose Fortsetzung ihres eigenen Gedankenfadens. Verwirrt fragte sie sich, wie ein Mann, den sie gerade erst kennengelernt hatte, ihre persönlichen Gedanken so präzise ausdrücken oder auch nur ahnen konnte, was in ihr vorging. Das gelang selbst David, ihrem Chef und jahrelangem besten Freund zu Hause, nicht wirklich oft.

Plötzlich wurde ihr bewusst, dass Brendans kräftige Hand immer noch ihre eigenen Finger umschlossen hielt, und sie löste sich hastig.

Dann trat sie einen Schritt zur Seite und ließ auf der Suche nach einem unverfänglichen Thema ihren Blick in die Richtung schweifen, aus der sie gekommen waren. Dabei nahm sie eine seltsame Formation aus naturweißen Felsbrocken wahr, die sich deutlich von dem grünen Abhang darunter abhoben.

„Was ist denn … dort steht irgendetwas mit Steinen geschrieben", dachte sie laut und entzifferte: „*Eire.* Irland. Gibt es einen speziellen Grund dafür, dass man den Namen des Landes mit Steinen auf die Klippen ‚geschrieben hat'?"

„Den gibt es allerdings. Der steinerne Schriftzug diente den Piloten des Zweiten Weltkriegs zur Orientierung", erklärte Brendan. „Auf diese Weise wollte man eventuelle Bombardierungen der neutralen Republik Irland vermeiden. Du musst bedenken, wie nahe wir uns hier an Nordirland befinden, das mit England zu den Alliierten gehörte."

„Das leuchtet mir ein – und ich finde es gut, dass man diese Steine nach Kriegsende nicht beseitigt, sondern als Mahnmal erhalten hat. Wir können gar nicht oft genug darüber nachdenken, was für ein Segen unser friedliches, wohlbehütetes Leben ist."

Von der steinernen Botschaft am Hang wanderte Lias Blick wieder zu den Klippen, während sie gedankenverloren fortfuhr: „Der Kontrast zwischen unserer Jugend und der von Rosie damals ist doch mindestens genauso groß wie der Unterschied zwischen diesen dunklen, ohrenbetäubend tosenden Wassermassen dort unten und der sonnendurchfluteten, wohltuenden Ruhe hier oben, findest du nicht? Als ich die Briefe von Rosies deutscher Familie las, habe ich mich schon manchmal gefragt, ob ich persönlich die innere Stärke besitzen würde, mit einer so großen Not richtig umzugehen. Oder ob ich den Mut hätte, mich der Situation überhaupt zu stellen. Wäre ich beispielsweise Rosies ältere Schwester gewesen, hätte ich mich vermutlich in den Trümmern meiner Wohnung versteckt und sämtlichen Verlusten hinterhergetrauert, statt hinauszugehen, mit anzupacken und etwas Neues aufzubauen, wie die Menschen es damals getan haben!"

„Ich denke, keiner von uns kann wirklich im Voraus beurteilen, wie er sich in entsprechenden Notlagen verhalten würde. Jede Zeit birgt ihre eigenen Herausforderungen für die Menschen in sich; jede Generation hat Unvorhergesehenes, Nöte und Ausnahmesituationen zu bewältigen, und niemand weiß, was auch auf uns künftig noch zukommen wird. An entsprechenden Krisenherden fehlt es uns definitiv nicht, und dabei meine ich lediglich die Verhältnisse, die uns bereits bekannt sind. Allerdings gehe ich davon aus, dass Gott dem Menschen, der ihm vertraut, die jeweils nötige innere Stärke zur richtigen Zeit schenkt", erklärte Brendan überzeugt.

„Ich hoffe inständig, dass du damit recht hast. Trotzdem bin ich unglaublich dankbar dafür, dass ich mich in meinem Leben bisher nur mit vergleichsweise unbedeutenden Problemen wie der richtigen Berufswahl und Ähnlichem herumzuschlagen habe!"

„Mir geht es da nicht anders. Aber jetzt lass uns endlich picknicken, mein Magen beschwert sich schon hörbar!"

Leidend verdrehte er die Augen und legte die Hand auf den Bauch. Dann deutete er auf eine sanfte grasbewachsene Mulde etwas abseits des Klippenrandes. „Komm, dort drüben sieht es nach einem geeigneten Platz dafür aus!"

Lia folgte ihm bereitwillig. Erst jetzt merkte sie, wie hungrig der anstrengende Aufstieg auch sie gemacht hatte. Herzhaft biss sie in eines der von Rosies liebevoll belegten Sandwiches.

Ohne rechten Appetit saß Rosie vor dem Teller Suppe, den sie sich zum Lunch zubereitet hatte. Bereits nach der kurzen Zeit mit Lia war sie es nicht mehr gewohnt, nur für eine Person zu kochen, geschweige denn allein zu essen.

Dennoch gönnte sie Lia den Ausflug zu den Klippen von Herzen. Seit die junge Frau hier in Irland angekommen war, hatte sie schon deutlich zu viel Zeit damit verbracht, sich mit Rosies Kindheitserinnerungen zu befassen. Vermutlich hatte auch ihre geheimnisvolle Tätigkeit gestern – an dem verregneten Tag, den sie in Brendans Werkstatt verbracht hatte – etwas damit zu tun. Sie brütete bestimmt irgendetwas aus, in was sie Rosie zum jetzigen Zeitpunkt nicht einweihen wollte. Oder war Lia nur an Brendans Gesellschaft interessiert? Falls ja, dann würde sie die heutige Tour umso mehr genießen. Die Steilklippen waren in ihrer überwältigenden Schönheit genau der richtige Ort, um einander besser kennenzulernen, wenn die beiden jungen Leute das wünschten.

Rosie hätte nicht das Geringste dagegen einzuwenden. Sie stand Lia mittlerweile emotional fast genauso nahe wie ihren leiblichen Enkeln, und Brendan wäre eine ideale Ergänzung für das leicht verträumte, kreative Mädchen. Mit seinem Gespür für Ästhetik würde er es verstehen, die Künstlerin in Lia, die Rosie schon deutlich erkennen konnte, vollends zum Leben zu erwecken, während seine vernünftige, praxisorientierte Art sie gleichzeitig fest im Boden der Realität verankern würde. Die beiden brauchten sich nur noch ineinander zu verlieben …

Als sie bemerkte, in welche Richtung ihre Gedanken abschweiften, schmunzelte Rosie – und ermahnte sich gleich darauf zur Zurückhaltung: Sosehr es ihr auch gefallen würde, Lia für immer in ihrer Nähe zu behalten, war es doch nicht an ihr, die Zukunft dieser beiden geliebten jungen Menschen zu planen oder zu erträumen. Dafür waren sie selbst verantwortlich!

Sie löffelte ihre Suppe, ehe diese vollends kalt wurde, und versuchte stattdessen, sich an ihren eigenen, viele Jahrzehnte zurückliegenden Besuch der Slieve Leagues zu erinnern.

Sie mochte zwölf oder dreizehn Jahre alt gewesen sein, als sie gemeinsam mit ihren Adoptiveltern die Spitze der Klippen erklommen hatte, doch an den atemberaubenden Ausblick erinnerte sie sich kaum. Dieser war ihr heute eher von Landschaftsaufnahmen und einer Dokumentation, die sie einmal gesehen hatte, vertraut. Was ihr dagegen im Gedächtnis geblieben war, war der steinerne Schriftzug „Eire“ – vor allem wegen der Emotionen, die er damals in ihr ausgelöst hatte.

In jenen Jahren hatte sie sich nämlich zum ersten Mal bewusst mit ihrer Identität als Deutsche auseinandergesetzt, und die Erkenntnis, von der Abstammung her zum Volk der Kriegsverursacher zu gehören, hatte sie anfangs zutiefst verstört. Es hatte vieler Gespräche mit ihren irischen Eltern und übrigen Verwandten bedurft, sich mit dieser Tatsache auszusöhnen …

*Dublin, Mai 1950*

Dieser Michael Doorley, wie konnte er es nur wagen?

Wütend gab Rosie ihrer Zimmertür einen Stoß, sodass diese krachend ins Schloss fiel. Nicht minder schwungvoll landete die Büchertasche in einer Ecke, und die Zwölfjährige ließ sich auf ihren Sitzplatz in der Fensternische sinken.

„Nazi-Gör" hatte Michael sie genannt und ihr vorgeworfen, zu einem Volk aus Kriegsverbrechern und gewissenlosen Mördern zu gehören. In der heutigen Geschichtsstunde hatten sie die Nürnberger Prozesse von 1946 und die damals gefällten Urteile behandelt, und schon während der Stunde hatte Michael sie so anklagend betrachtet, als hätte auch sie es verdient, hingerichtet oder lebenslang eingesperrt zu werden. Aber dass er sie anschließend mit weiteren Schimpfwörtern wie „Judenmörderin" und „Kriegsverbrecherin" über den ganzen Schulhof gejagt hatte und ihr sogar ein Stück weit nach Hause gefolgt war, hatte das Fass zum Überlaufen gebracht. Nicht wenige Passanten auf der Straße hatten seine Schmährufe gehört, und ihre vorwurfsvollen, wenn nicht gar verächtlichen Blicke hatten sich Rosie wie spitze Pfeile ins Herz gebohrt.

Sie war Rosie Casey, Tochter des ehrenwerten Ehepaares Casey aus Dublin, nicht wahr?! Was um alles in der Welt konnte sie für die Verbrechen eines Volkes, das ihr vollkommen fremd geworden war und dem sie in Herz und Verstand schon längst nicht mehr angehörte? Oder hatte Michael recht mit seiner Behauptung, dass man das Erbe und vor allem die schlechte, grausame Veranlagung seines Ursprungsvolkes für immer in den Adern trug und sich derart üble Neigungen eines Tages unwiderruflich auch im Tun zeigen würden?

Beinahe wäre Rosie unterwegs auf ihrem Fahrrad in Tränen ausgebrochen, doch diesen Gefallen hatte sie ihrem Klassenkameraden nicht getan. Sie würde sich in der Öffentlichkeit und auch ihm gegenüber ihren Schmerz nicht anmerken lassen. Stattdessen hatte sie sich auf die Lippen gebissen und war in die Pedale getreten wie nie zuvor in ihrem Leben, um ihren Verfolger loszuwerden, und starrte jetzt, in der Sicherheit ihres eigenen Zimmers, mit tränenleerem Blick nach draußen.

Der Sitzplatz in der tiefen, von ihrer Mutter Eileen mit vielen Polstern ausgestatteten Fensternische war ihr Lieblingsplatz. Zahllose Stunden hatte sie hier bereits verbracht – vertieft in ein fesselndes Buch, während von draußen der Regen gegen die Scheiben trommelte und die Böen am Fensterrahmen rüttelten –, und hierher verkroch sie sich auch, wenn sie Zeit zum Nachdenken brauchte. Wenn sie sich zum Beispiel mal mit Joannie gestritten hatte, was glücklicherweise so gut wie nie vorkam, oder sich ab und zu wegen der ihrer Meinung nach ungerechten Behandlung durch ihre Mutter aufregte. In solchen Fällen starrte sie hinunter auf die Fußgänger, die auf ihrem Weg ins Stadtzentrum, zu ihrer Arbeitsstelle oder der St. Patrick's Cathedral die Straße entlangeilten und von denen ihr mittlerweile etliche bekannt waren, da sie regelmäßig diesen Weg nahmen. „Johnny Forty Coats" beispielsweise, der Bettler, der zu jeder Jahreszeit so viele Mäntel auf einmal trug, dass er eher einem wandelnden Zelt mit Kopf glich als einem Menschen, und der auf dem Weg zu seinem üblichen

Sitzplatz in der geschäftigen Grafton Street jeden Morgen am Haus der Caseys vorbeiging.

Ein andermal beobachtete Rosie schlicht, wie eine Brise in den frühlingsgrünen oder herbstlich bunten Blättern der Bäume am Straßenrand spielte. Oder wie die wegen des nahen Flusses Liffey allgegenwärtigen Möwen sich kreischend und klagend vom Wind tragen ließen …

Solche alltäglichen und, da sie stets im gleichen Rhythmus wiederkehrten, vorhersehbaren Ereignisse übten eine beruhigende Wirkung auf sie aus, wie Rosie bald nach ihrem Einzug im Hause Casey herausgefunden hatte. Sie verliehen ihr Sicherheit in einer Welt, die sich von einem auf den anderen Tag drastischer ändern konnte, als einem lieb war.

Nicht so an diesem Tag. Die erhoffte innere Ruhe wollte sich partout nicht einstellen. Das Thema der Geschichtsstunde zusammen mit Michaels Schmähungen wühlten heftiger in ihr als die verdorbenen Muscheln, die sie einmal gegessen hatte. War all das *wahrhaftig* geschehen, als sie noch in Deutschland gelebt hatte? Hatte am Ende sogar ihr eigener Vater Juden oder andere Menschen umgebracht, die nicht in das angestrebte Reich des deutschen Führers gepasst hatten? Oder war er „nur“ an der Front gewesen, wo er wie Hunderttausende weiterer Männer unzählige Soldaten der Alliierten (solche wie ihren Adoptivvater) getötet hatte? Sie hatte ja niemals nachgefragt, was genau er eigentlich machte, wenn er monatelang nicht zu Hause war, sondern wie jedes andere Kind ihres Alters das Leben fraglos genau so akzeptiert, wie es eben war …

Rosie schauderte. Erneut ergriff das unbeschreibliche Entsetzen Besitz von ihr, das bereits die Schilderungen ihres Geschichtslehrers in ihr ausgelöst hatten. Aber gleichzeitig empfand sie auch Scham, selbst eine Deutsche zu sein, wie Michael es nur zu deutlich gemacht hatte. Ob sie sich danach fühlte oder nicht, er hatte ja recht: Sie *war* eine Angehörige ausgerechnet jenes Volkes, das millionenfachen grausamen Tod über die ganze Welt gebracht hatte. Warum nur konnte sie nicht bereits von Geburt an die irische Nationalität besitzen wie ihre Klassenkameraden! Wenn sie doch nur wie Joannie eines von sieben Kindern einer echten irischen Arbeiterfamilie wäre, die seit Generationen in Dublin lebte, auf den Docks arbeitete, fischte oder zur See fuhr! Im Moment hätte sie sogar ihren gemütlichen Zufluchtsort voller Bücher gern für dieses Vorrecht hergegeben.

Ein Klopfen an der Tür unterbrach ihre Gedanken. Gleich darauf steckte ihr Vater seinen Kopf ins Zimmer. Ihr richtiger, irischer Vater, den sie kannte und liebte. „Darf ich?“, fragte er, und trat auf Rosies Nicken hin ein.

Er ließ sich neben ihr in der Nische nieder, den Blick ebenfalls nach draußen gerichtet.

„Ich habe den jungen Doorley im Schulhof gehört, Rosie!“, bemerkte er wie nebenbei mit seiner betont sanften Stimme. „Er war ausgesprochen gemein zu dir, nicht wahr?“

Rosie nickte stumm.

„Das tut mir leid, mein Schatz!“ Er drückte ihre Hand, und von diesem Mitgefühl ermutigt, empörte sich Rosie: „Er hat mich mit seinen Beschimpfungen fast auf dem ganzen Heimweg verfolgt, Dad, und die Leute haben mich angesehen, als wäre ich ein – ein grässliches Monster oder so etwas!“

„Ach, Kind!“ Ihr Vater seufzte. „Mach dir nichts aus den missbilligenden Blicken deiner Mitmenschen und dem, was sie vielleicht über dich denken. Irgendjemand wird immer etwas an dir auszusetzen haben – doch solange du mit dir selbst im Reinen bist, ist alles gut!“

„Aber das ist es ja eben – wie kann ich in dieser Angelegenheit mit mir im Reinen sein? Ich *bin* nun einmal eine Deutsche, oder nicht?

Obwohl ich mich nicht so fühle und alles dafür geben würde, dass es nicht so wäre, gehöre ich doch zu diesen gemeinen deutschen Verbrechern! Wenn ich nur daran denke, was sie getan haben!"

„Dass du zu demselben Volk gehörst wie die Verurteilten von Nürnberg, heißt aber beileibe nicht, dass du selbst ein Verbrecher oder schlechter Mensch bist, Rosie! Lass dir so etwas nur niemals einreden, weder von Michael noch von einem deiner Lehrer oder sonst jemandem! Ein Volk besteht stets aus seinen einzelnen Menschen, und jeder von ihnen entscheidet selbst über sein Handeln und den Weg, den er einschlägt. Deshalb gibt es bei aller Schlechtigkeit in sämtlichen Nationen immer auch Menschen, die das Richtige tun! Die ihre Mitmenschen lieben und achten und sie auch dementsprechend behandeln."

„Sogar während des Krieges in Deutschland? Bist du sicher?" Flehend blickte Rosie ihren Adoptivvater an.

Oliver schwieg. Genau daran hatte er selbst viel zu lange gezweifelt und die ganze Welt wegen ihrer Grausamkeit und ihrer millionenfach erwiesenen Unmenschlichkeit gehasst, allen voran aber die Deutschen. Erst die vertrauensvolle Zuneigung dieses kleinen deutschen Mädchens hatte ihm sein Vertrauen in Gottes Liebe, Güte und somit auch in die Liebesfähigkeit der Menschen zurückgebracht. Und heute zweifelte genau dieses Kind in vergleichbarer Weise.

Allerdings mit dem Unterschied, dass das Problem für Rosie noch weit persönlicher war. Im Grunde betraf es ihre Identität, denn die Frage seiner Adoptivtochter lautete indirekt nicht nur: „Kann aus Deutschland etwas Gutes kommen", sondern quasi auch: „Kann aus mir, trotz meiner deutschen Abstammung, jemals irgendetwas Gutes werden?"

Aber wie sollte ausgerechnet er, der er selbst so lange damit gekämpft hatte, in der Lage sein, ihr diese Frage zufriedenstellend zu beantworten? Hilflos wanderte sein Blick durch das Zimmer seiner Adoptivtochter.

„Siehst du, nicht einmal du kannst das mit Sicherheit sagen!“, deutete Rosie bitter sein nachdenkliches Schweigen. „Oh, wie sehr ich mir wünsche, eine echte Irin zu sein, statt von einem derart ungerechten, grausamen Volk abzustammen! Dafür schäme ich mich mehr, als man überhaupt ausdrücken kann.“

„Sag das nicht, Rosie!“, bat Oliver, während sein Blick auf ein gerahmtes Foto auf Rosies Nachttisch fiel. Es zeigte die Familie Casey – Eileen, die Kleine und ihn selbst – am Strand. Ein strahlendes Lächeln lag auf jedem der drei sonnengebräunten Gesichter, Rosies blondes Haar flog aufgelöst im Wind, und im Hintergrund ging gerade die Sonne unter. Dieser Anblick führte ihm vor Augen, dass im Grunde niemand besser geeignet war als er selbst, Rosies Bedenken bezüglich ihrer deutschen Identität auszuräumen.

„Ich für meinen Teil bin nämlich außerordentlich glücklich darüber, dass du ausgerechnet aus Deutschland zu uns gekommen bist“, begann er bedächtig. „Ohne es zu wissen, hast du mir genau damit enorm geholfen, weißt du das? Viel mehr als irgendein irisches Kind es vermocht hätte!“ Er deutete auf das Foto. „Erinnerst du dich an diesen Tag?“

„Natürlich, es war der Tag, an dem ihr mich offiziell adoptiert habt. Nachdem ihr auf dem Amt die Papiere unterschrieben hattet, haben wir einen Ausflug an den Strand gemacht, um zu feiern. Wir haben Eis und lauter andere leckere Dinge gegessen und uns gesonnt, Mutter las ihre Lieblingszeitschrift und du hast mir währenddessen das Schwimmen beigebracht! Aber“, Rosies Gesicht, das sich bei der glücklichen Erinnerung deutlich aufgehellt hatte, verdüsterte sich wieder, „was hat das denn damit zu tun? Und inwiefern habe ich dir geholfen?“

„Well, wie erkläre ich das am besten?!" Oliver wechselte seine Position, sodass er seitlich saß und Rosie direkt ins Gesicht sehen konnte. Dann schob er sich ein Polster hinter den Rücken und begann: „Erinnerst du dich auch daran, dass ich in deinen ersten Wochen hier bei uns immer ein wenig, sagen wir mal, gereizt war und die meiste Zeit in meinem Studierzimmer verbrachte?"

„O ja", gab sie zurück und nickte. „Du warst sogar so brummig, dass die Kinder in der Schule alle Angst vor dir hatten. Joannie traute sich anfangs kaum, mich daheim zu besuchen – aus Furcht, dir dabei in die Arme zu laufen! Aber ich kannte das schon von meinem früheren Lehrer in Köln und wusste daher vom ersten Tag an, dass du nicht zornig oder böse warst, sondern nur entsetzlich traurig, und deshalb mochte ich dich umso lieber. Wahrscheinlich sogar noch mehr, als wenn du dich zum Beispiel immer so laut und lustig benommen hättest wie Joannies Vater. So etwas macht mir viel mehr Angst."

„Das mag durchaus sein. Ich zumindest wusste damals genau, was ich mehr als alles andere brauchte: meine Ruhe. Ich wollte mit niemandem außer Eileen etwas zu tun haben, mit keinem Kollegen, keinem Nachbarn und am allerwenigsten mit einem Kind aus Deutschland. Als Pilot der Royal Air Force hatte ich im Krieg zu viel Leid und Elend gesehen, um meinen Mitmenschen länger über den Weg zu trauen, ich traute nicht einmal mehr mir selbst. Die Erkenntnis, dass wir Menschen dazu fähig sind, uns gegenseitig so unfassbare Gewalt anzutun, hatte mich im tiefsten Inneren erschüttert und zerstört. In meiner Seele war es noch finsterer als in den verdunkelten Städten, über denen wir jede Nacht unsere Bomben abgeworfen hatten, verstehst du? Und in diese Situation hinein kamst du – ein Kind aus jenem Land, das alle anderen weit überboten hatte mit seiner Grausamkeit und menschenverachtenden Einstellung. Ich hatte Eileens Bitte, dich in Pflege zu nehmen, nur zugestimmt, weil ich wusste, wie sehnlich sie sich ein Kind wünschte, nachdem wir selbst keines bekommen konnten. Doch ich persönlich wollte eigentlich nichts mit dir zu tun haben. Allein der Gedanke, ausgerechnet ein deutsches Kind unter meinem Dach zu haben, verursachte mir Magenschmerzen. Aber du, liebe Rosie, hast mich eines Besseren belehrt. Vertrauensvoll hast du dich an mir festgeklammert, wenn du einen Albtraum hattest oder wir gemeinsam auf meinem Fahrrad zur Schule fuhren. Und wenn ich wortkarg, ungeduldig oder brummig war, wie du sagst, dann hast du mich nur mit großen Augen angesehen und mich, nachdem du unsere Sprache mehr und mehr beherrschtest, in deine Gedanken miteinbezogen, als wäre es das Natürlichste auf der Welt. Kurz gesagt, du hast mich spüren lassen, dass du mich wirklich und wahrhaftig liebst. Und zwar ungeachtet der Tatsache, dass ich mich so wenig liebenswert wie möglich verhielt. Das wiederum hat mir gezeigt, dass es noch Hoffnung gibt für die Menschheit: wenn ein Kind, aufgewachsen in einer Atmosphäre voll Hass, Gewalt und Zerstörung, zu solch bedingungsloser Liebe fähig ist. Mit der Zeit lichtete sich dann die dunkle Wolke, die über meinem Herzen lag, und mit Gottes Hilfe lernte ich, ihm und meinen Mitmenschen wieder zu vertrauen, sodass wir heute alle drei gemeinsam ein glückliches Leben führen! Oder etwa nicht?“

„Doch, auf jeden Fall!“ Rosie schmiegte sich an ihren Vater, der liebevoll die Arme um sie legte. „Danke, dass du mir das erzählt hast. Jetzt fühlt es sich schon etwas weniger schlimm an, eine Deutsche zu sein!“

„Eine irische Staatsbürgerin mit deutscher Abstammung!“, korrigierte Oliver. „Und für keine dieser beiden Nationalitäten musst du dich schämen, Rosie, egal, was Kinder wie Michael oder sogar andere Erwachsene behaupten! Nebenbei bemerkt …“ Nach kurzem Überlegen, ob er das seiner Tochter zuliebe tatsächlich fertigbringen würde, fuhr Oliver fort: „Sobald du noch ein wenig älter bist, können wir einmal gemeinsam nach Deutschland reisen, um deine Familie zu besuchen. Ein Wiedersehen mit deiner früheren Heimat verschafft dir unter Umständen eine positivere Sichtweise darauf."

„Schon möglich!", stimmte Rosie halbherzig zu. „Aber ich glaube, das möchte ich lieber nicht!"

Sie löste sich von ihrem Vater und schaute eindringlich zu ihm auf, wie sie es seit jeher getan hatte. „Trotzdem danke ich dir, dass du es mir angeboten hast, Dad, und auch sonst für – alles!" Sie deutete auf das Foto vom Tag ihrer Adoption. „Ich bin so froh, dass Mum damals unter all den Kindern ausgerechnet mich ausgewählt hat, denn nirgends hätte ich es besser treffen können als bei euch beiden!"

„Dann sind wir uns ja einig! Und nun komm, ich bin sicher, deine Mutter wartet schon mit dem Tee auf uns!" Er erhob sich, nahm Rosie an der Hand, und gemeinsam gingen Vater und Tochter ins Wohnzimmer.

# Kapitel 17

*Dublin, Juni 1952*

„Hey, Joannie, Rosie! Wartet doch mal auf uns!"

So synchron, als wären sie ein einziges Lebewesen, drehten sich die beiden Freundinnen um und rührten sich nicht von der Stelle, bis ihre Schulkameraden zu ihnen aufgeschlossen hatten.

Es waren Ned und Will, zwei Jungen aus dem Jahrgang über ihnen, und Joannie und Rosie hatten durchaus bemerkt, dass die beiden ihnen schon eine ganze Weile auf dem Heimweg hinterherliefen. Joannies Anweisung zufolge hatten sie sich aber bisher weder umgewandt noch auf deren Rufe reagiert.

„Du musst den Kerlen erst mal die kalte Schulter zeigen", hatte sie Rosie erklärt. „Auch wenn du dich geschmeichelt fühlst, dass sich ältere Jungs für dich interessieren. Sobald sie das nämlich bemerken, bekommen sie die Oberhand und denken, dass du es ihnen schuldest, mit ihnen auszugehen oder so. Also lässt du sie erst mal eine Weile zappeln!"

Derlei Weisheiten bezog die Vierzehnjährige aus einem Magazin für Jugendliche, das sie jeden Donnerstag im nahen Paper Shop besorgte. „Roxy" enthielt außerdem zahllose nützliche und unnütze Informationen über internationale Stars, für die Rosie sich nicht weiter interessierte. Sie kaufte sich bei solchen Gelegenheiten lieber die „Classics Illustrated", deren Bildergeschichten nach der Vorlage klassischer Romane gemacht wurden. Deshalb verließ sie sich in Fragen über die Beziehung zwischen Jungen und Mädchen vollkommen auf ihre Freundin, die sich damit weit mehr beschäftigte als sie selbst. Was im Grunde kein Wunder war, denn mit ihren vierzehn Jahren besaß Joannie, die schon immer ein wenig rundlich gewesen war, eine ausgesprochen weibliche Figur und war durch ihre älteren Schwestern längst in die Geheimnisse und Tücken des Heranwachsens eingeweiht.

Rosie dagegen blickte auf die meisten Jungen ihrer Klasse wortwörtlich herab, da sie mit einer Größe von über einem Meter siebzig die meisten schlicht überragte. Außerdem fand sie gleichaltrige Kameraden samt ihren Gesprächsthemen und dem meist großtuerischen Gehabe reichlich albern. Doch vielleicht waren die beiden Fünfzehnjährigen Ned und Will ja ein wenig reifer. Zumindest war Rosie bereit, ihnen eine Chance zu geben, und deshalb bemühte sie sich, sie mit dem gleichen überlegenen, geheimnisvollen Lächeln zu begrüßen, wie Joannie es tat – nachdem sie lange genug gezappelt hatten.

„Was gibt's, Jungs?", erkundigte sich Joannie und warf dabei ihre rote Haarpracht schwungvoll zurück. Verlegen traten die beiden Jugendlichen von einem Fuß auf den anderen, dann räusperte sich Ned und begann: „Na ja, wir dachten – wir wollten euch fragen, ob …" Erneut stockte er und stieß seinen Kameraden auffordernd in die Seite, sodass dieser hastig weitersprach: „Wir wollten euch fragen, ob ihr am Samstag mit uns ins ‚Royal' geht. Sie zeigen einen Film mit James Stuart – und natürlich laden wir euch ein!"

Wills Worte waren an beide Mädchen gerichtet, während seine Augen dabei eindeutig auf Rosies Gesicht ruhten. Und erstaunlicherweise war er ein wenig größer als sie, wie sie erfreut feststellte. Sie spürte, wie ihr die Röte in die Wangen kroch, und senkte rasch den Kopf. Das Antworten überließ sie nur zu gern ihrer Freundin.

„James Stewart, hm?“ Als müsste sie darüber nachdenken, ob dieser Schauspieler überhaupt einen Kinobesuch wert war, zupfte Joannie an einer Haarsträhne, ehe sie endlich beschloss: „Na schön, warum nicht?“

Erleichtert schauten sich die beiden Jungen an. Doch noch war Joannie nicht bereit, sie zu entlassen. „Wir sitzen aber nicht unten im Pit mit euch, nicht wahr, Rosie?“

Die Angesprochene nickte. Wenngleich sie längst nicht über die gleiche Kinobesuchserfahrung verfügte wie ihre beste Freundin, so wusste sie doch, dass die unbequemen blanken Holzsitze im Parkett die billigsten von allen Plätzen waren.

„’türlich nicht!“, erklärte Ned und grinste vielsagend. Nachdem die beiden Jungen beglückt den Rückzug antraten, deutete Joannie zufrieden Neds Grinsen und flüsterte Rosie zu: „Sie kaufen Karten für den Pärchensitz, wirst sehen!“

„Meinst du?“ Rosie erschrak. Sie erinnerte sich, einmal ein Paar in diesem Sitz ohne trennende Armlehne beobachtet zu haben, das ungeniert Zärtlichkeiten miteinander ausgetauscht hatte. „Dafür sind wir doch gar nicht alt genug!“

„Klar sind wir das!“, versicherte Joannie. „Das wird ein Spaß!“

Dessen war sich Rosie absolut nicht sicher. Dennoch rang sie ihren Eltern die Erlaubnis ab, das erste Mal allein mit ihrer Freundin ins Kino gehen zu dürfen.

Als sie dort ankamen, gesellten sich die beiden Jungen zu ihnen, die entsprechend Joannies Vorhersage tatsächlich den Pärchensitz ergattert hatten. Für Rosies Begriffe saßen sie viel zu eng beieinander, da sie sich alle vier gemeinsam in den Sitz drängen mussten.

Auf Rosies linker Seite presste Joannie ihr weiches Hinterteil gegen sie, und auf der anderen Seite wehrte sie immer wieder Wills Versuche ab, den Arm um ihre Schultern zu legen, bis sie ihn schließlich resigniert gewähren ließ. Offenbar gehörte das dazu, wenn man mit einem Jungen ins Kino ging, denn ihre Freundin schmiegte sich vertraulich in Neds Arm, und in der Reihe vor ihnen saßen andere Jugendliche in genau der gleichen Haltung. Solange nichts weiter geschah, würde sie Wills Nähe demnach wohl oder übel ertragen. Es war ja nicht so, dass sie ihn unsympathisch fand oder etwas an ihm auszusetzen hatte – sie kannte ihn nur längst nicht gut genug für solche Vertraulichkeiten.

Von der Handlung des Films bekam sie auf diese Weise kaum etwas mit, daher atmete Rosie tief durch, als die Lichter im Kinosaal endlich wieder aufleuchteten. Mit der Entschuldigung, dass sie zu Hause erwartet wurde, verabschiedete sie sich so rasch wie möglich von ihren Begleitern, die anschließend noch eine ganze Weile schäkernd und lachend vor dem Kino herumlungerten.

Doch das unangenehme Gefühl in ihrer Magengegend, das Wills Arm um ihre Schultern und sein vertrauliches Geflüster viel zu nahe an ihrem Ohr in ihr ausgelöst hatte, ließ sich nicht so rasch abschütteln. Selbst am folgenden Tag glaubte sie noch, seinen Arm in ihrem Nacken zu spüren.

Wie nahezu jeden Sonntag im Frühling und Sommer besuchten sie nach der Messe die Großeltern. Die Eltern ihres Vaters besaßen ein großes, luxuriöses Haus auf dem Land, und zum sonntäglichen Mittagessen versammelten sie gern ihre drei Söhne samt Familien um sich.

Rosie liebte diese Wochenenden: Den Augenblick, in dem sich die ganze Verwandtschaft plaudernd und scherzend um den riesigen ovalen Tisch im Speisezimmer versammelte und die dampfenden Speisen aufgetragen wurden; die langen Nachmittagsstunden, an denen sie mit ihren Cousins und Cousinen draußen in dem großzügig angelegten Garten tobte oder aber träge im Wintergarten saß und las; und nicht zuletzt die vertraulichen Gespräche mit ihrer Cousine Maureen. Diese war ein Jahr älter als Rosie und besuchte ein Internat – gemeinsam mit etwa fünfzig anderen Mädchen aus wohlhabenden Familien. Anfangs hatte sie deshalb ein wenig auf die Jüngere hinabgesehen, doch deren offensichtliche Bewunderung schmeichelte ihr, sodass sie sich inzwischen gern mit Rosie abgab. Außerdem teilten die beiden Mädchen eine große Leidenschaft: das Lesen.

Jeden Sonntag wechselten etliche Bücher die Besitzerin, da die eine Cousine sie der anderen begeistert empfahl, und die Mädchen verbrachten manche Stunde damit, gemeinsam für eine oder einen ihrer Bücherhelden zu schwärmen. Rosie schätzte diese Unterhaltungen insbesondere deshalb, weil sie so vollkommen anders waren als die mit ihrer bodenständigen, praktisch veranlagten besten Freundin Joannie, die nur wenig Verständnis für Rosies Liebe zu Büchern aufbrachte.

An dem Sonntag nach der misslichen Kinoverabredung hatte Maureen jedoch kein Interesse daran, sich mit Rosie über Bücherhelden auszutauschen. Ihr älterer Bruder George hatte in den Semesterferien einen Studienkollegen zu Besuch, der ihn heute zum Essen im Familienkreis begleitete. Wie George war auch der dunkelhaarige, hochgewachsene Arthur neunzehn Jahre alt; und schon bei Tisch bemerkte Rosie, dass Maureens Blicke beständig zu ihm hinüberwanderten.

Als sich die Männer nach dem Mittagessen zum Rauchen in den Salon zurückzogen, ignorierte Maureen die Aufforderung der jüngeren Kinder, mit ihnen im Park zu spielen, hakte sich stattdessen bei Rosie ein und führte diese zum angrenzenden Wintergarten.

„Ich möchte George und seinen Freund nachher nicht verpassen, und hier müssten sie auf ihrem Weg nach draußen bei uns vorbeikommen“, wisperte sie Rosie ins Ohr. Während sie ihren Korbstuhl dicht an den ihrer Cousine heranrückte, fuhr sie mit schwärmerischem Augenaufschlag fort: „Ist Arthur mit seinem schwarzen Haar und diesen gefühlvollen braunen Augen nicht ein Bild von einem Mann? Er erinnert mich ein bisschen an Rock Hudson, weißt du?!"

„Rock Hudson, ist das nicht ein junger Schauspieler?", erkundigte sich Rosie leicht verwirrt. Ersetzte Maureen ihre Bücherhelden, wie Jane Eyres Mr Rochester, neuerdings etwa durch Filmschauspieler? Vielleicht sollte sie den Bildern in Joannies Zeitschriften in Zukunft doch etwas mehr Beachtung schenken. „Sieht der wirklich so gut aus?"

„Aber ja, Dummchen! Und Ar-thur", sie dehnte den Namen des jungen Mannes genussvoll in die Länge, „hat ein mindestens genauso umwerfendes Lächeln wie er!"

„Mag sein", stimmte Rosie zu. Wenngleich sie Maureens Schwärmerei übertrieben fand, musste sie zugeben, dass Georges Freund recht ansehnlich war. Außerdem hatte er sich den Großeltern gegenüber äußerst höflich verhalten und sich lebhaft am Tischgespräch beteiligt. Er war ein zuvorkommender junger Mann – dem Maureen offensichtlich mit Haut und Haar verfallen war, wie Rosies Freundin Joannie es ausdrücken würde.

„Zu Hause bekomme ich leider nicht viel von ihm mit, weil mein Bruder ihn vollkommen in Beschlag nimmt, aber wenigstens heute könnten sie mit uns gemeinsam etwas unternehmen, finde ich!"

„Das machen sie bestimmt. George ist doch derjenige, der sonntags immer die wildesten Spiele angeführt hat."

Rosie bemerkte Maureens besorgten Blick zur Tür und fuhr fort: „Du wirst sehen, jeden Moment stürmt er hier herein und scheucht uns nach draußen, um irgendetwas möglichst Verrücktes zu veranstalten!"

Zumindest mit der Hälfte ihrer Vermutung behielt sie recht. Nachdem Maureen aufgesprungen und eine ganze Zeit lang ruhelos zwischen der Tür zum Garten und der Innentür hin- und hergelaufen war, betraten die beiden jungen Männer den Raum.

„Ab nach draußen, Mädchen!", kommandierte George energiegeladen. „Ist doch weit besser, die Sonne im Freien zu genießen als hinter schnöden Mauern – selbst wenn diese hier aus Glas bestehen! Was haltet ihr von einer Runde Tennis? Zu viert könnten wir ein tolles Doppel spielen!"

Unwillkürlich zog Rosie den Kopf ein. Auf dem hauseigenen kleinen Platz den Ball übers Netz zu schlagen, war ihr deutlich unsympathischer als eines der üblichen fantasievollen Verstecken-Suchen-Fangen-Spiele mit den jüngeren Kindern. Sport gehörte bedauerlicherweise nicht zu ihren Lieblingsbeschäftigungen.

„Als stärkster Spieler nehme ich freiwillig Rosie", fuhr George wenig schmeichelhaft fort, „dann hast du meine Schwester im Team, Arthur, die zumindest eine Nuance besser ist."

„Schön!", erklärte sich Maureen strahlend einverstanden, Rosie dagegen seufzte leise. Bald darauf standen alle vier in Sportkleidung und mit den Schlägern in der Hand auf dem Platz.

Henry, mit acht Jahren das jüngste Mitglied der Vetternschar, hatte sich dazu bereit erklärt, als Balljunge zu fungieren, und wartete auf seinen Einsatz. Es war in erster Linie Rosie, die ihm dazu verhalf. Ihr Ball landete so oft im Aus, dass George sich alle Mühe geben musste, zumindest gelegentlich einen Aufschlag für ihr Team zu gewinnen.

Ihre Cousine dagegen spielte besser, als Rosie es jemals von ihr gesehen hatte. Ob das an den lobenden Ausrufen lag, mit denen Arthur die meisten ihrer Schläge kommentierte? Auch er selbst war ein geübter Spieler, sodass die beiden trotz Georges Bemühungen innerhalb kürzester Zeit zwei zu eins führten.

„Komm schon, Rosie!", forderte George seine Partnerin zu Beginn des nächsten Satzes auf. „Streng dich mal ein bisschen mehr an. Mit deinen langen Beinen bist du so schnell wie der Blitz, du musst nur die Schläge genauer platzieren!"

„Das versuche ich doch schon die ganze Zeit!“ Rosie lächelte gequält. Der Schweiß rann ihr übers Gesicht, und ihr Atem ging schnell. Was nützten ihr die langen Beine, wenn ihr schlicht das Geschick für einen Schlag fehlte, der den Ball wenistens ein einziges Mal nicht ins Netz oder ins seitliche Aus beförderte? Dennoch verdoppelte sie ihre Anstrengungen, denn sie wollte George zumindest zu einem Ausgleich verhelfen.

Und ihre Mühe wurde belohnt: In diesem Satz holten sie jeden Vorsprung, den Maureen und Arthur mit ihren Aufschlägen erreichten, sofort wieder auf.

„Weiter so, Rosie!“, lobte George diesmal, „dann holen wir die beiden da drüben von ihrem hohen Ross der Siegesgewissheit schon wieder runter!“

„Das würde dir so passen, du stärkster aller Spieler – aber nicht mit uns. Wir sind unschlagbar!“, gab Arthur von der anderen Seite des Netzes zurück, und Maureen lächelte geschmeichelt.

Abgelenkt schaute Rosie zu den beiden hinüber, statt den Ball im Auge zu behalten, und stolperte in ihrer Hast, ihn doch noch zu erwischen, prompt über die eigenen Füße. Während der Ball hinter ihr aufschlug, sank sie zu Boden.

Na wunderbar. Wieder ein Punkt, den sie George vermasselt hatte. Mit einem frustrierten Seufzer erhob sie sich, nur um gleich darauf wieder zurück auf den Boden zu sinken. Ihr linker Knöchel hatte nachgegeben.

„Hast du dir etwas getan?“, fragte George alarmiert, und Sekunden später hatten sich die drei Mitspieler samt dem kleinen Henry um sie versammelt.

„Nein, nein, es geht gleich wieder! Ich habe mir bestimmt nur den Fuß vertreten“, wehrte sie verlegen ab. Ganz gewiss wollte sie mit ihrer Unsportlichkeit nicht auch noch Aufmerksamkeit erregen!

Doch schon kniete Arthur, der Medizin studierte, neben ihr und betastete fachmännisch ihren linken Fuß. Als er über ihr Fußgelenk strich, fuhr sie vor Schmerz zusammen.

Er blickte ihr ins Gesicht und sagte: „Ich vermute, du hast dir den Knöchel verstaucht, Rosie. Er beginnt bereits anzuschwellen."

„Was du alles weißt", warf Maureen ein und bedachte ihn mit einem bewundernden Augenaufschlag. „Aus dir wird sicher einmal ein ausgezeichneter Arzt!"

Arthur schien es nicht zu bemerken. „Du musst den Fuß hochlegen und kühlen und darfst ihn keinesfalls gleich wieder belasten", ordnete er an, vollkommen auf Rosie konzentriert. „Komm, ich bringe dich ins Haus!"

„Kann das nicht Maureen machen?", schlug George vor. „Oder noch besser Henry, dann können wir unser Match zwei gegen einen zu Ende spielen."

„Kommt gar nicht infrage! Ein Gentleman lässt eine Jungfer in Nöten doch nicht im Stich!" Arthur zwinkerte Rosie zu, ehe er ihr auf die Beine half und sie aufforderte, sich beim Gehen fest auf ihn zu stützen.

An seinem Arm humpelte sie mit zusammengebissenen Zähnen auf das Haus ihrer Großeltern zu. Bei jedem Schritt zuckte ein schmerzhafter Stich durch ihren Knöchel. Dessen ungeachtet spürte sie in aller Deutlichkeit Arthurs Arm an ihrer Hüfte, der sie stützend umfasste.

Seine Berührung war nicht halb so unangenehm wie die von Will am Vortag im Kino, obwohl der junge Mann ihr eigentlich noch fremder war als ihr Schulkamerad. Demnach bestand also durchaus Hoffnung, dass sie irgendwann vielleicht doch Geschmack an der ganzen komplizierten Beziehungsthematik finden würde. Bedauerlich war in diesem Fall nur, dass Arthur erheblich älter war als sie!

Während des restlichen Nachmittags, den sie mit hochgelegtem bandagiertem Fuß und einem Buch in der Hand im Wintergarten verbrachte, drängte sich immer wieder das Gesicht von Georges Freund zwischen die einzelnen Szenen der Romanhandlung.

☘ ☘ ☘

In der Woche darauf fehlten die beiden jungen Männer beim sonntäglichen Mittagessen.

„Sie sind gemeinsam Segeln!", berichtete Maureen ihrer Cousine. „Einer ihrer Freunde besitzt eine hochseetaugliche Jacht, mit der sie eine ganze Woche lang unterwegs sein werden. Ach, wie sehr ich wünschte, bei ihnen zu sein: Bei Nacht mit Arthur an Deck, unter uns das ruhelose, ewige Rauschen der See, über uns nichts als das weite Firmament, und dann eine Sternschnuppe, bei deren Anblick ich mir etwas wünschen kann."

Verträumt wanderte ihr Blick zur Zimmerdecke, bis Rosie sie unsanft auf den Boden der Tatsachen zurückholte. „Du weißt genau, dass eure Eltern das niemals erlauben würden! Allein mit ein paar jungen Männern unterwegs zu sein … selbst wenn einer davon dein großer Bruder ist und dadurch als Aufpasser fungieren könnte!"

„Das verstehst du nicht", gab Maureen schnippisch zurück. „Mit vierzehn bist du zweifellos zu jung für so große Gefühle wie die Liebe."

Rosie verbiss sich die Bemerkung, dass ihre Cousine nur knapp elf Monate älter war als sie. Wenn sie an ihre Kinoerfahrung mit Will zurückdachte, war sie jedoch der gleichen Ansicht wie Maureen: Sie konnte mit diesen sogenannten Liebesangelegenheiten momentan nicht das Geringste anfangen.

Dennoch machte ihr Herz einen seltsamen kleinen Satz, als George und sein Freund Arthur eine Woche später wieder mit am Tisch in Großvaters Haus saßen. Braun gebrannt und glänzend gelaunt unterhielten die beiden die ganze Gesellschaft mit Erzählungen von ihren Abenteuern, die sie auf der Fahrt zur Insel Cape Clear und damit zur südlichsten Spitze Irlands erlebt hatten. Dabei hing Maureen mit roten Wangen und lebhaft glänzenden Augen an Arthurs Lippen, aber auch Rosie lauschte wie gebannt. Arthurs Schilderungen waren so anschaulich und fesselnd wie ein Roman.

Nach dem Essen verschwanden die jüngeren Kinder auf dem geräumigen Dachboden des Hauses, um dem strömenden Regen draußen zu entgehen. Wenn Rosie sie richtig verstanden hatte, hofften sie, dort einen ähnlich magischen Ort zu finden, wie ihn die Geschwister in den Narnia-Geschichten – die einer der Cousins neulich gelesen hatte – in einem alten Kleiderschrank gefunden hatten. So verlockend ein derartiges Unternehmen auch klingen mochte, Rosie fühlte sich ein wenig zu erwachsen dafür und zog sich deshalb allein – Maureen wartete wieder im Wintergarten auf den Freund ihres Bruders – in die Bibliothek zurück. Hier gedachte sie in aller Ruhe den neuesten Brief aus der ehemaligen Heimat zu lesen.

Nach dem ermutigenden Gespräch mit ihrem Vater hatte sie sich eine Zeit lang nur selten mit dem Thema ihrer Herkunft beschäftigt, doch seit Neuestem spukte es wieder in ihrem Kopf umher. Angenommen, und das war natürlich rein hypothetisch, sie verliebte sich in einen jungen Mann wie Arthur – würde er ihre deutsche Abstammung für einen Makel halten? Und falls ja, welche Argumente könnte sie dieser Einstellung entgegenhalten? Außerdem quälte der Verlust ihres Zwillingsbruders sie immer wieder einmal in ihren Träumen, und ohne die Berichte in Erikas Briefen würde sie vermutlich niemals erfahren, was aus ihm geworden war.

Das Problem war nur, dass sie fast nichts mehr vom Inhalt der monatlich eintreffenden Briefe aus Köln verstand. Bis auf die Grüße, die Erika in ihrem und auch Vaters Namen stets sandte, hätten diese Texte genauso gut mit chinesischen Schriftzeichen geschrieben sein können, so wenig verstand Rosie mittlerweile von ihrer Muttersprache. Meist legte sie die Briefbögen, nachdem sie etwa die Hälfte überflogen hatte, frustriert beiseite, um ein paar Tage später eine kurze Nachricht in Englisch zu verfassen, die in Köln wahrscheinlich ebenso wenig verstanden werden würde, wie sie die deutschen Schreiben verstand.

Mit dem heutigen Brief, der mit seinen eineinhalb beschriebenen Luftpostbögen ausgesprochen ausführlich zu sein schien, erging es ihr nicht anders. Seufzend überflog sie die Zeilen auf der Suche nach einem – irgendeinem – bekannten Wort, als sie unvermutet Gesellschaft erhielt. Arthur.

Schwungvoll öffnete er die Tür, um sie ebenso rasch, aber leise, wieder hinter sich zu schließen, und machte ein paar Schritte in den Raum hinein. Erst jetzt bemerkte er Rosie, die mit den Papieren in der Hand auf dem Sofa in einer der Fensternischen saß.

„Oh, sorry, ich hoffe, ich störe dich nicht?“, erkundigte er sich höflich.

„Nein, ich wollte nur eben in Ruhe meine Post lesen!“, gab Rosie zurück und schalt sich im selben Moment dafür, wie abweisend ihre Worte geklungen hatten. „Ich denke nicht, dass *du* dabei stören würdest …“, setzte sie unbeholfen hinzu.

„Das klingt gut, denn Ruhe ist genau das, was ich jetzt brauche! Ich komme mir heute ein wenig gejagt vor.“

Rosie dachte an Maureens verliebte Blicke und nickte verständnisvoll. Sie rutschte ein Stück zur Seite, und Arthur ließ sich ohne große Umstände neben ihr auf dem Sofa nieder.

„Von wem stammt dieser Brief?“ Er deutete auf die Papiere in ihrem Schoß. Wie es aussah, war er in Gedanken noch ganz bei Maureen und deren „Verfolgungsjagd“, sonst hätte er bestimmt keine derart unverblümte, persönliche Frage gestellt. Jedoch bot sich ihr dadurch die perfekte Gelegenheit, um herauszufinden, was genau fremde junge Leute – vielmehr junge Männer – von ihrer Herkunft hielten.

„Von meiner Schwester in Deutschland!“, gestand sie deshalb offen.

„Du hast eine Schwester in Deutschland?“ Verwundert richtete sich Arthur auf und schaute ihr ins Gesicht. „Aber du bist doch Georges Cousine – wie kann das sein?“

Sie erläuterte es ihm, zwar nicht in allen Einzelheiten, aber dennoch so ausführlich wie nötig. Anschließend hielt sie gespannt den Atem an. Wie würde er reagieren? Soweit Rosie es beurteilen konnte, verriet seine Miene nichts anderes als sachliches Interesse.

Und in der Tat war ein „Interessant!“ alles, was er erwiderte. Doch während sie überlegte, ob sie über seinen Gleichmut eher erleichtert oder enttäuscht sein sollte, fügte er hinzu: „Und, hast du wenigstens erfreuliche Neuigkeiten aus der alten Heimat bekommen?“

„Wenn ich das nur wüsste!“ Rosie stieß einen abgrundtiefen Seufzer aus, ehe sie erläuterte: „Ich sehe mir diese Briefe zwar an, aber ich verstehe keine einzige deutsche Silbe mehr – und ebenso wenig spricht Erika Englisch! Wir schicken uns praktisch gegenseitig Nachrichten, von denen der jeweilige Empfänger nicht das Geringste versteht. Oh, und jetzt lachst du mich auch noch aus …“, registrierte sie mit einem vorwurfsvollen Blick auf sein Schmunzeln.

„Ach was, ich amüsiere mich nur ein wenig bei der Vorstellung eines solchen Briefwechsels. Aber du hast vollkommen recht, das ist nicht komisch!“ Arthurs Mundwinkel senkten sich, und seine dunklen Augen wurden ernst. „Es ist sogar ein echtes Dilemma, denn du verlierst ja auf diese Weise allmählich jeden Kontakt zu deinen Blutsverwandten. Hast du oder haben deine Eltern denn niemals daran gedacht, einen Übersetzer zu engagieren?“

Rosie schüttelte vehement den Kopf. „Mutter und Vater wissen doch gar nichts davon! Sie legen so großen Wert auf den regelmäßigen

Briefwechsel mit der alten Familie, dass ich es nicht wage, ihnen zu gestehen, dass ich schon lange kein Wort mehr verstehe!“

„Hm, da ist guter Rat teuer!“ Nachdenklich hob Arthur die Hand und begann, seine Stirn zu massieren.

Bei der Vorstellung, wie er in dieser Haltung im Studium über bedeutungsvollen medizinischen Problemen brütete, verspürte Rosie unwillkürlich Bewunderung. Sicher würde er sogar für ihr Dilemma, wie er es nannte, eine Lösung finden. Weshalb hatte sie sich nicht schon früher einem reifen, erfahrenen Menschen anvertraut?

Arthur enttäuschte sie nicht. „Wenn ich mich nicht irre“, fuhr er schließlich fort, „gibt es bei uns am College einen Deutsch sprechenden Dozenten. Falls das zutrifft und du es möchtest, könnte ich ihn fragen, ob er bereit wäre, eure Briefe in die jeweils andere Sprache zu übersetzen. In dem Fall würde sich euer Briefwechsel zwar zeitlich verzögern, aber zumindest hättet ihr dann überhaupt etwas davon.“

„Das würdest du für mich tun? O Arthur, das wäre einfach fabelhaft!“ Rosie befürchtete, dass sie ihn im Moment in ähnlich übertriebener Weise anhimmelte wie Maureen, doch das war jetzt zweitrangig. Wenn er tatsächlich die Übersetzung ihrer Briefe organisieren könnte, würde sie nicht nur die Gelegenheit bekommen, ein wenig an dem Leben ihrer deutschen Familie – und damit vor allem an dem von Gerd – teilzuhaben, sondern sie würde zu diesem Zweck auch mit Arthur selbst in regelmäßiger Verbindung stehen. Allein bei der Vorstellung, einen Brief oder wenigstens eine kurze Nachricht von ihm persönlich in den Händen zu halten, machte ihr Herz wieder diesen absonderlichen kleinen Hüpfer!

# Kapitel 18

*Hazelbrook House, Mai 2019*

Am Morgen nach ihrem Ausflug zu den Klippen nahm Lia ihre Spurensuche wieder auf. Mit gespannter Erwartung überprüfte sie an Brendans Computer den Posteingang ihres E-Mail-Programms. Zuerst entdeckte sie eine Meldung von David. Nachdem sie seit ihrer Ankunft in Irland nur kurze Nachrichten ausgetauscht hatten, berichtete er ihr heute ausführlich von der neuen Vertretung im Café. Er erzählte, wie gut sie sich eingearbeitet hatte und dass sie sich obendrein mit neuen Ideen zur Erweiterung des Kuchenangebotes einbrachte. Eine davon setzten sie bereits gemeinsam in die Tat um und erhielten durchweg positive Rückmeldungen von den Kunden.

Lia streifte der Anflug eines schlechten Gewissens, dass sie ihren Chef und guten Freund mit einer gänzlich unerfahrenen Aushilfe alleingelassen hatte, während sie selbst sich hier mit Ausflügen und Picknicks vergnügte. Und dies auch noch in Begleitung eines Mannes, den sie jeden Tag anziehender fand. Bei der Erinnerung an den Druck seiner von der Holzarbeit rauen, muskulösen Hand dort oben am Klippenrand spürte sie ihr Herz ein wenig rascher klopfen. Wieso nur konnte sie solche Emotionen nicht bei einer Berührung von David empfinden, der schon seit Langem nur darauf wartete, dass sie Gefühle für ihn entwickelte, die über reine Freundschaft hinausgingen?

Aber nein, seine blauen Augen weckten keine Erinnerungen an herzerwärmende Balladen in ihr; ihn hatte sie ohne schmerzliches Bedauern in Köln zurücklassen können, während der Gedanke daran, dass sie Irland und Rosie und Brendan in weniger als einer Woche wieder verlassen musste, wie ein Felsbrocken auf ihrer Seele lag.

Andererseits klang Davids heutige Nachricht nicht im Mindesten deprimiert und enthielt auch keinerlei Hinweis darauf, dass er Lia vermisste. Im Gegenteil erzählte er erstaunlich ausführlich von Sarah und ihren offenbar angeborenen Fähigkeiten als Konditorin. Nun, Lia konnte es nur recht sein, wenn er seine Aufmerksamkeit in der Zwischenzeit auf andere Angelegenheiten (oder Menschen?) richtete.

Achselzuckend schloss sie Davids Nachricht und scrollte weiter nach unten, bis sie auf den Absender stieß, nach dem sie gesucht hatte: den Namen des Journalisten, der ursprünglich die deutsche Ausstellung über die *Operation Shamrock* initiiert hatte. Wenn jemand sich intensiv mit dem Thema befasst und entsprechende Zeitzeugen befragt hatte, dann war es wohl dieser Mann. Daher hatte sie ihm am Ende ihres erfolglosen ersten Recherchetages eine Anfrage geschickt und konnte es jetzt kaum erwarten, seine Antwort zu lesen. Hastig überflog sie die Mail und suchte nach den Informationen, um die sie ihn gebeten hatte, stöhnte dann aber frustriert auf. Er nahm ihr Anliegen nicht wirklich ernst oder hatte erst gar nicht begriffen, wie dringend ihre Frage nach Gerd war. Der Name Gerd Henke sei ihm während seiner Recherchen niemals begegnet, und wenn sie mehr über die damaligen Flüchtlingskinder wissen wolle, solle sie sich an das Irische Rote Kreuz wenden oder die Ausstellung besuchen, die in ein paar Monaten in Berlin stattfinden werde – das war der gesamte Inhalt seiner Nachricht.

Lia stützte den Kopf in die Hände. Hatte der Kerl denn nicht begriffen, dass bei der Suche nach einem Mann von über achtzig Jahren jeder Tag zählte? Dass ein einzelner Tag darüber entscheiden konnte, ob sich die damals so gefühllos auseinandergerissenen Zwillinge in diesem Leben noch einmal wiedersahen? Oder war er schlicht nicht dazu bereit, die Ergebnisse seiner Nachforschungen mit ihr zu teilen? Sie machte sich gerade daran, ihrer Enttäuschung mit einer entsprechenden Antwort Ausdruck zu verleihen, als ihr ein Detail ins Auge fiel, dem sie beim ersten Lesen keine weitere Beachtung geschenkt hatte: der Hinweis auf das Irische Rote Kreuz.

Natürlich, warum war sie nicht längst selbst darauf gekommen? Wenn tatsächlich heute noch offizielle Unterlagen über die deutschen Pflegekinder existierten, dann müssten sie mit Sicherheit bei der Organisation zu finden sein, die die betreffenden Kinder damals ins Land gebracht hatte.

Mit fliegenden Händen löschte Lia die ersten Worte ihrer Antwortmail an den Journalisten, die zugegebenermaßen nicht sehr freundlich ausgefallen waren, und füllte stattdessen auf der Homepage des Irischen Roten Kreuzes unter der Rubrik „Find Missing Family" ein Suchformular aus. Insofern ging sie auch dem gestrigen Vorschlag von Brendan nach, über Namen und Adresse seiner irischen Pflegefamilie nach Gerd zu suchen.

„Es wäre doch möglich, dass der Junge damals nur den Kontakt mit seiner deutschen Familie abgebrochen, den mit der Pflegefamilie aber gehalten hat", waren Brendans Worte gewesen, als sie ihm vom Inhalt der Briefe erzählt hatte. „Vielleicht fühlte er sich von ihnen eher verstanden als von seinem deutschen Vater, mit dem er doch offensichtlich große Probleme hatte." Dafür, dass Brendan sich im Grunde nicht an ihren Nachforschungen beteiligen wollte, dachte er erstaunlich effektiv mit, hatte Lia verwundert festgestellt.

Nachdem sie die Mail mit ihren Fragen nach dem jungen Gerd Henke, der mit einem der ersten Kindertransporte im Juli 1946 auf die Insel gekommen war, und seiner Pflegefamilie abgeschickt hatte, lehnte sie sich im Stuhl zurück und streckte sich. Sie wusste nicht, warum, aber irgendwie hatte sie das untrügliche Gefühl, sich hiermit auf einer heißen Spur zu befinden. Auf jeden Fall vielversprechender als alle anderen, die sie bisher verfolgt hatte. Blieb nur zu hoffen, dass die Auskunft des Roten Kreuzes nicht allzu lange auf sich warten ließ, denn sie zappelte ja jetzt schon mit Händen und Füßen, als könnte sie es nicht erwarten, die damalige Pflegefamilie zu befragen oder gar aufzusuchen!

Da Lia aber vor dem nächsten Tag vermutlich nicht mit einer Antwort rechnen konnte, war jetzt ein guter Zeitpunkt für sie, wieder zurück zu Rosie ins Haus zu gehen. Wenn sie sich nicht täuschte, hatte die alte Dame ohnehin Verdacht geschöpft, als Lia sich vorhin zum wiederholten Mal ohne plausible Begründung in Brendans Büro zurückgezogen hatte. Sie sollte in Betracht ziehen, für die weiteren Ermittlungen doch besser ihren eigenen Computer zu benutzen und dann eben darauf zu achten, dass Rosie dabei nicht auf den Bildschirm sehen konnte.

Sorgfältig hängte sie die Firmen-Kapuzenjacke, die sich schon fast wie ihre eigene anfühlte, über die Stuhllehne, und verließ das kalte kleine Büro.

„Du machst Schluss für heute?" Fragend hob Brendan den Kopf, als sie an seiner Werkbank vorüberkam.

„So ist es." Mit wenigen Worten brachte Lia ihn auf den neuesten Stand ihrer Recherchen und endete: „Aber nach der Enttäuschung mit dem Journalisten habe ich diesmal ein ausgesprochen gutes Gefühl!"

„Das freut mich!" Brendan beugte sich wieder über seine Werkbank und die darauf liegende Abbildung, die sich mit ihren bunten Farben auffällig von dem zerschrammten hölzernen Untergrund abhob.

„Oha, was ist das denn?“, erkundigte sich Lia interessiert. „Etwas Ähnliches hing neulich an deinem Reißbrett, stimmt’s? Und das hier sieht aus wie eine Seite aus einem Do-it-yourself-Wohnmagazin.“

„Ist es vermutlich auch! Miss Downes hat mir die Abbildung geschickt, quasi als Modell für ihre Kaminumrandung!“ Seufzend fuhr sich Brendan mit der Hand durchs Haar und brachte dadurch das widerspenstige Büschel über seiner Stirn noch mehr durcheinander.

„Nein“, platzte Lia ungläubig heraus, „das kann sie unmöglich ernst meinen! Dies hier ist ein Shabby-Chic-Teil, eine fabrikneue Kommode, die mit Kreidefarbe gestrichen und mit absichtlich erzeugten Gebrauchsspuren versehen wurde. Das hat doch mit historischen Kaminen nicht das Geringste zu tun!“

„Ich fürchte, es ist ihr trotzdem ernst damit! Aus irgendeinem unbegreiflichen Grund hat sie sich neuerdings in diese Shabby-Chic-Idee verrannt und gedenkt sie ausgerechnet an ihrem Kamin zu verwirklichen!“

„Dann musst du es ihr ausreden, Brendan! Dieser Stil eignet sich zwar hervorragend dafür, modernen Möbeln den Anschein von Charakter zu verleihen, aber mehr auch nicht. Auf diese Art und Weise einen Einrichtungsgegenstand zu behandeln, der im Lauf der Jahrzehnte längst seine einmalige Geschichte erlebt hat und diese auch widerspiegelt, ist ein Verbrechen gegen jegliche Wohnkultur! Bei der Kaminumrandung genügt es vollkommen, ihre natürlich gewachsene Schönheit und die Verzierungen, ja selbst ihre kleinen Mängel und Schrammen, mit ein wenig Holzöl hervorzuheben.“

Liebevoll strich sie über das stilisierte Weinlaub unterhalb des Simses, das Brendan mühevoll unter der alten Farbe herausgearbeitet hatte und das nur vereinzelte schadhafte Stellen aufwies. „Der natürliche Holzton harmoniert zudem deutlich besser mit der restlichen Einrichtung ihres Salons und den honigfarbenen Seidentapeten!“

„Du sprichst mir aus der Seele." Brendan musterte sie mit einer ähnlichen Verwunderung, wie Lia sie gestern verspürt hatte, als er ihre Gedanken bezüglich der Klippen in Worte gefasst hatte. „Aber was soll ich machen? Der Kunde ist König, wie man so schön sagt! Ich kann es mir nicht leisten, meine Auftraggeber durch eigenmächtiges Handeln zu verprellen."

„Das verstehe ich." Lia überlegte, während sie die Fingerspitzen nach wie vor an die jahrhundertealte Kaminumrandung gelegt hatte, als fühlte sie deren Puls. „In dem Fall musst du ihr das Ganze eben erst mal schmackhaft machen. Du musst sie davon überzeugen, dass ein Anwesen wie ihr künftiges Downing Park No.1 in seiner Eleganz und zeitlosen Bedeutung über derartige Modeerscheinungen weit erhaben ist, ob man die nun für geschmackvoll hält oder nicht."

„Aber wie stelle ich das an, ohne dabei wie ein altkluger Besserwisser zu wirken?" Ratlos fuhr sich Brendan erneut durchs Haar und zerwühlte das aufgewirbelte Haarbüschel noch weiter.

„Hm. Schlag sie mit ihren eigenen Waffen, indem du ihr ebenfalls ein Bild schickst, und zwar davon, wie das Ganze aussehen würde, wenn du es auf deine Art behandelst. Vielleicht könntest du das kleine Stück Sims, das du hier schon freigelegt hast, entsprechend deiner Vorstellung bearbeiten. Dann fotografieren wir es und fügen dieses Foto in das Bild ihres Salons ein, das ich gestern für dich gemacht habe. Zum Vergleich schicken wir ihr die gleiche Aufnahme mit dem eingefügten Shabby-Chic-Bild – so erkennt sie den Unterschied selbst und hält es anschließend für *ihre* Idee, *deine* Version zu verwirklichen!"

„Das hört sich ziemlich kompliziert an, vor allem, weil ich keine Ahnung von professioneller Bildbearbeitung habe!", gab Brendan zu bedenken. „Und ein amateurhafter Versuch könnte Miss Downes eher abschrecken als überzeugen."

„Wie mir scheint, hast du vollkommen vergessen, dass deine Hilfskraft hier eine gelernte Grafikdesignerin ist! Mittlerweile habe ich zwar festgestellt, dass ich lieber mit echtem Werkzeug wie zum Beispiel einem Stift und einem Blatt Papier in der Hand arbeite, aber vollkommen verlernt habe ich das digitale Gestalten deswegen noch lange nicht."

„Du würdest mir helfen?"

„Selbstverständlich. Ich hätte ja keine ruhige Minute mehr, wenn ich wüsste, dass du in deiner Werkstatt solche Verbrechen begehst, wie einen Kamin aus dem Regency unter einer Modeerscheinung zu verstecken."

„Wie könnte ich da Nein sagen?" Brendan lachte auf. „Weißt du, du bist unglaublich, Lia: Raffiniert wie eine – eine …", er suchte nach dem passenden Ausdruck, sodass Lia assistierte: „Wie nur eine Frau es sein kann?"

„Richtig, raffiniert, wie nur eine Frau es sein kann, und dabei so hilfsbereit, dass die alten Künstler dir in einem Porträt vermutlich einen Heiligenschein verpasst hätten."

„Ach was, das ist doch nichts Besonderes und unabhängig davon auch kein großer Aufwand", winkte Lia ab.

Fragend hob Brendan die Augenbrauen. „So wenig aufwendig wie die Aktionen, als du Gran ständig im Krankenhaus besucht und dann hierherbegleitet hast? Oder dass du an ihren Erinnerungen Anteil nimmst und sogar deinen Urlaub damit verbringst, nach ihrem Bruder zu suchen?"

Jetzt stieg Lia doch die Röte ins Gesicht. Denn dieses Mal gab es keinen Zweifel, dass Brendan sein Kompliment ernst meinte. Seine Stimme war tief und warm, und sekundenlang hielten die Augen unter den blonden Brauen ihren Blick fest, bis Lia verlegen zurück auf die Werkbank schaute. Das schien auch ihn wieder zur Vernunft zu rufen, denn er fragte betont beiläufig: „Dann heute Nachmittag? Bis dahin sollte ich das Mantlepiece so weit haben, dass wir es fotografieren können."

„Schön, bis dahin!", nickte Lia und verließ nahezu fluchtartig die Werkstatt. Egal, wie viele Komplimente Brendan ihr machte oder wie intensiv seine irischen Augen ‚lächelten', sie durfte sich davon nicht einfangen lassen. Sie war allein um Rosies willen hierhergekommen und würde, sobald sie Licht in Gerds mysteriöses Schicksal gebracht hatte, wieder nach Deutschland zurückkehren. Daher kam es nicht infrage, dass sie ihr Herz an einen charmanten Iren verlor.

Nachdrücklich schloss sie das Tor der Werkstatt hinter sich.

☘ ☘ ☘

„Und das war schon alles?" Fasziniert betrachtete Brendan die beiden Fotomontagen auf dem Bildschirm, die Lia so mühelos aus den verschiedenen Komponenten zusammengestellt hatte.

Die Bilder waren gestochen scharf, die Farbqualität einwandfrei, und wie Lia es vorhergesehen hatte, brachte die Darstellung der beiden unterschiedlich bearbeiteten Einrichtungsgegenstände an ihrem endgültigen Bestimmungsort den Gegensatz viel deutlicher zum Vorschein, als jede wörtliche Beschreibung es vermocht hätte. Miss Downes konnte sich für Shabby Chic begeistern, sosehr sie wollte, aber bei dieser Gegenüberstellung *musste* sie sich zweifellos für seine Version entscheiden. Und falls wider Erwarten nicht, bewies sie ihm damit, wie weit ihre Vorstellungen auseinanderklafften, und zwang ihn dazu, ernsthaft darüber nachzudenken, ob er auch weiterhin am Entstehen von Downing Park mitwirken wollte.

„Das war alles!", bestätigte Lia. „Und du musst zugeben, dass es tatsächlich nicht allzu aufwendig war. Jetzt brauchst du die Bilder nur noch abzuschicken."

„Zu Befehl!" Brendan legte die Hände auf die Tastatur, um Miss Downes Mailadresse einzugeben. Lia und er saßen so dicht beieinander vor dem Computer, dass ihre Arme sich bei jeder Bewegung berührten und er die winzigen Sommersprossen, die seit dem gestrigen Ausflug ihre Nase zierten, aus allernächster Nähe betrachten konnte. Ein Umstand, den er als durchaus angenehm empfand.

Je besser er Lia kennenlernte, desto mehr ging sie ihm unter die Haut. In seinem gesamten Leben war das bisher nur einem Mädchen gelungen: seiner Kommilitonin Melanie. Das gemeinsame Interesse an der Architektur hatte sie miteinander verbunden, Melanies zielgerichteter Ehrgeiz hatte ihn angespornt und ihre nüchterne, sachliche Art ihn gefesselt. Doch letztlich war die Wendung in seiner Laufbahn – seine plötzliche Rückbesinnung auf das Handwerk – zum Scheidepunkt in ihrer Beziehung geworden: Melanies Ambitionen hatten sich nicht mit einem bescheidenen Dasein auf dem Land vereinbaren lassen. Heute saß sie in einem Architekturbüro in Dublin, das schicke Apartmentanlagen und Hotels baute, während er sich in seiner eigenen kleinen Werkstatt die Hände schmutzig machte. Aber er bedauerte es nicht eine Minute lang.

Und schon gar nicht, seit Lia in sein Leben getreten war. Sie war nicht nur in seinem beruflichen Verständnis so vollkommen auf einer Wellenlänge mit ihm, wie es bei Melanie nie der Fall gewesen war – Lia war in der Lage, seine Vorstellungen sogar ohne Worte zu erfassen, und unterstützte ihn voller Begeisterung in der Umsetzung, wie sie mit ihrer momentanen Aktion bewies. Abgesehen von ihrer Persönlichkeit fand er sie zudem auch äußerlich sehr anziehend: von den blonden Strähnen im Haar über den ewig baumelnden Ohrring und die Sommersprossen bis zu den zierlichen Füßen, die unter dem Schreibtisch immer wieder unbeabsichtigt mit seinen zusammenstießen.

Er konnte es nicht länger leugnen, dass er im Begriff war, sich in Lia zu verlieben. Und soweit es an ihm lag, war er bereit, der Sache eine Chance zu geben. Dass sie aus unterschiedlichen Ländern kamen, war zwar nicht von Vorteil, aber kein Hindernis, zumindest kein unüberwindbares – wie seine Familiengeschichte eindeutig bewies.

„Ich finde, wir sollten die Nachricht gemeinsam abschicken", meinte er, während er den Mauszeiger auf die Schaltfläche am Bildschirm steuerte. „Letztendlich habe ich dir ja nicht nur die Idee, sondern obendrein die Hälfte ihrer Umsetzung zu verdanken!"

Ohne eine Antwort abzuwarten, nahm er ihre Hand, platzierte ihren rechten Zeigefinger auf der Maus und drückte die Taste mit seiner eigenen Hand über ihrer. Es war ein gutes Gefühl, zum wiederholten Mal ihre Hand in seiner zu spüren – eines, an das er sich gern gewöhnen würde. Leider zog Lia ihre danach umgehend wieder weg.

„Okay, dann können wir nichts weiter tun, als abzuwarten und auf Miss Downes Einsicht zu hoffen", konstatierte er, um sich von diesem Gedanken abzulenken.

„Die wird sie zeigen, keine Sorge!"

Brendan entging es nicht, dass Lia verstohlen ein Stückchen von ihm abrückte, während sie sprach. Aber er war nicht bereit, den gemeinsamen Nachmittag mit ihr jetzt schon zu beenden.

„In der Zwischenzeit haben wir uns eine kleine Belohnung verdient, findest du nicht?", fragte er deshalb. „Ich würde vorschlagen, wir fahren ein wenig zum Angeln auf den See hinaus."

„Kannst du dir das denn leisten – von der Zeit her, meine ich?"

„Nachdem du mir so viel geholfen hast, definitiv. Dadurch hast du mir nämlich eine Menge unnötiger Arbeitsstunden erspart, die ich sonst in den Kamin hätte investieren müssen. Also?"

Bittend sah er Lia an, bis sie schließlich zustimmte: „Wie du meinst. Ich kann dich ja schlecht um deinen Lohn bringen."

„*Unseren* Lohn!", berichtigte Brendan und lächelte. „Schön! Dann gebe ich Granny Bescheid, während du dir eine Jacke holst, und schon kann es losgehen!"

Keine zehn Minuten später schlenderten sie gemächlich zu dem etwas primitiven hauseigenen Steg am Seeufer hinunter, wo Lia vergeblich nach einem Boot Ausschau hielt.

„Sieht so aus, als wäre ich deutlich zu lange nicht mehr auf dem Wasser gewesen!" Brendan griff zwischen dem dicht wuchernden Schilf an einer Seite der Anlegestelle hindurch, tastete nach dem Tau, an dem sein Boot hing, und zog daran. Die schlanken fedrigen Kolben teilten sich, und ein bescheidenes kleines Ruderboot kam zum Vorschein.

Während er das Innere des nicht sonderlich vertrauenerweckenden Bootes mit seiner abblätternden Farbe von ein paar vertrockneten, ausgefransten Schilfbüscheln befreite, bedachte er Lia mit einem entschuldigenden Lächeln und erklärte: „Ich weiß, es ist nicht unbedingt eine Luxusjacht. Ich habe es einem Kunden abgeschwatzt, weil der es zu Brennholz verarbeiten wollte. Ich liebe es nämlich, lautlos übers Wasser zu gleiten, und so groß ist der See nicht, dass man unbedingt einen Motor braucht, um sich fortzubewegen. Dicht und seetauglich ist meine kleine Faoileán jedenfalls, und nur darauf kommt es mir an."

„Und Faoileán bedeutet?" Lia bemühte sich, das irische Wort mit der gleichen Betonung auszusprechen wie Brendan.

„Faoileán ist die Möwe."

„Dann bin ich ja vollkommen beruhigt", scherzte Lia. „Denn was könnte uns sicherer über den See tragen als ein seetauglicher Seevogel?!"

„Eben." Mit sichtlicher Routine sprang Brendan hinüber ins Boot und streckte Lia die Hand entgegen. „Dann komm! Setz du dich hierher ins Heck, während ich rudere."

„Hast du nicht etwas vergessen?“ Nachdem Lia sich auf der hinteren Bank niedergelassen hatte, beobachtete sie verwirrt, wie er die Leine löste und die Ruder durch die Dollen führte. Sie deutete auf das leere Bootsinnere. „Wir wollten doch angeln!“

„Falls du von meiner Ausrüstung sprichst – die ist direkt unter dir in der Sitzbank verstaut. Ich rudere zunächst mal ein Stück hinaus, und sobald ich eine geeignete Stelle gefunden habe, hole ich die Angelruten raus.“

„Ach so. Welche Fische fängt man denn im Lough Glencar?“

„Forellen. Das frische Gebirgswasser, mit dem der Wasserfall den See speist, ist ideal für sie. Bei der Zubereitung sieht man, dass ihr Fleisch fast so zart und rosa ist wie das von einem Lachs!“

„Oh! Ich glaube, mir sind sie lebendig trotzdem lieber! So gern ich Fisch esse, erspare ich mir in der Regel den Gedanken an den Prozess, wie aus einem arglos im Wasser plätschernden Lebewesen ein Teil meiner Nahrung wird“, erklärte Lia. Nachdem sie mittlerweile die ersten Meter zurückgelegt hatten, setzte sie sich bequemer zurecht und ließ eine Hand ins Wasser gleiten. Amüsiert beobachtete Brendan, wie sie dabei ein wenig zusammenzuckte. Das Seewasser war kälter, als sein Anblick vermuten ließ, daran konnten auch zwei aufeinanderfolgende Sonnentage wie die letzten beiden nichts ändern.

„Wow, ist das eisig“, bestätigte Lia seinen Gedanken. „Kein Wunder, dass hier trotz des schönen Wetters niemand schwimmen geht!“

Trotzdem ließ sie die Hand im Wasser. Mit der anderen beschirmte sie die Augen wegen der tief stehenden Sonne und sah sich nach allen Seiten um.

Brendan folgte ihrem Blick: zuerst hinüber zum Ben Bulben, dessen Hänge in Grasgrün und Felsengrau im Sonnenschein leuchteten, und von dort am Ufer entlang seeabwärts. „Müsste man Hazelbrook House nicht von hier aus sehen können?“, erkundigte sie sich.

„Nein. Die Bäume am Hang verdecken es. Wenn du genau weißt, wo du suchen musst, siehst du eine Ecke vom Dach durch die Äste blitzen, das ist aber schon alles. Weshalb fragst du?“

„Ich dachte nur, weil ich es gern mit dem See im Vordergrund gezeichnet hätte. Aber das ist nicht weiter tragisch, dann versuche ich mich eben doch am Ben Bulben als Motiv. Du hast hoffentlich nichts dagegen, dass ich meinen Skizzenblock mitgebracht habe, oder?“

Sie deutete auf den Rucksack neben ihren Füßen. Brendan hatte sich bereits gefragt, was wohl darin war. „Weshalb sollte ich? Wenn du lieber zeichnest, als zu angeln, dann schnappst du mir wenigstens nicht die größten Forellen weg“, erklärte er lapidar.

„Ja dann …“ Mit einem erfreuten Lächeln trocknete Lia ihre nassen Finger an ihrem Hosenbein ab und holte ihre Zeichenutensilien hervor. Mit dem Block auf den Knien und dem Stift in der Hand nahm sie kurz darauf konzentriert die Silhouette des Ben Bulben ins Visier.

Brendan beobachtete sie fasziniert. Vermutlich war es Lia nicht bewusst, doch genau wie beim ausgiebigen Betrachten des Wasserfalls oder der Klippen und selbst heute Morgen, als ihre Hand auf der Kaminumrandung gelegen hatte, öffnete sie auch beim Zeichnen leicht die Lippen, sodass diese eine faszinierende Rundung bildeten, in deren Zentrum Lias gleichmäßig weiße Zähne zu sehen waren. In dieser Haltung wirkte sie entspannt und konzentriert zugleich, und Brendan hätte am liebsten selbst eine Kamera zur Hand genommen, um diesen Anblick von ihr festzuhalten.

☘ ☘ ☘

Ursprünglich war es gar nicht Lias Absicht gewesen, den irischen Tafelberg zu zeichnen. Denn genau wie bei der Gegend, die sie gestern durchfahren hatten, fürchtete sie, diese atmosphärische Schönheit nicht gänzlich einfangen zu können. Deutlich umgrenzte Motive wie Rosies Haus, deren Pflanzen oder auch Personen und Gesichter gingen ihr bedeutend leichter von der Hand. Bei ihnen hatte sie das Gefühl, durch die äußerlich sichtbaren Merkmale etwas von ihrem tieferen Kern, ihrem Charakter, wiederzugeben, und zwar in einer Art und Weise, dass der Betrachter des Bildes diesen zu erkennen vermochte.

Eine Fähigkeit, die ihr im Hinblick auf Landschaften wie beispielsweise jener rings um den Ben Bulben vollkommen fehlte. Deren atemberaubende Größe und Schönheit flößte Lia unwillkürlich Respekt ein. Und Furcht. Sie fürchtete sich vor der Herausforderung, diese Einzigartigkeit nicht nur detailgetreu, perspektivisch richtig und maltechnisch gekonnt abzubilden, sondern sie mit Leben zu füllen – also dem Element, das wirklich zählte. Wer ihre Bilder betrachtete, musste die Landschaft nicht nur sehen, sondern ebenso fühlen und riechen und vor allem Lias eigene, ehrfürchtige Freude daran nachempfinden können! Niemand sollte jemals ein *Gemälde* – allein dieser Ausdruck erschien ihr so bedeutend, dass sie fürchtete, ihn niemals zu verdienen – von ihr sehen und völlig unberührt von den tiefen Gefühlen bleiben, die sie selbst beim Malen erfüllten.

Vermutlich war das der Grund gewesen, warum sich ihr allein bei der Vorstellung, die natürliche Schönheit der Kaminkonsole von Miss Downes unter Schichten von buntem „Make-up“ zu verstecken, schier die Haare gesträubt hatten. In ihrer Entrüstung darüber hatte sie über einen Alternativvorschlag nicht einmal nachdenken müssen; er hatte sie regelrecht angesprungen. Und Brendan hatte ihren Vorschlag nicht nur dankend angenommen, sondern ihn umgehend in die Tat umgesetzt.

Gemeinsam hatten sie an seinem Computer gearbeitet und waren sich dabei elektrisierend nahe gekommen. Bei aller Mühe, die sich Lia gegeben hatte, diese Tatsache zu ignorieren, war sie damit kläglich gescheitert. Sie konnte von Glück sprechen, dass sie sich gut genug hatte konzentrieren können, um die Bilder überhaupt professionell zu bearbeiten.

Unwillkürlich wanderte ihr Blick auch jetzt zu ihrem Begleiter. Während sie begonnen hatte, die Umrisse des Tafelberges zu studieren, hatte er die Ruder eingezogen, seine Angelausrüstung unter Lias Sitz hervorgeholt und versah nun eine leichte Rute mit einem blinkenden Köder. Als er bemerkte, dass Lia ihn dabei beobachtete, vergewisserte er sich: „Sicher, dass du nicht doch dein Glück versuchen willst?“

„Vollkommen sicher!“ Verlegen beugte sie sich über das jungfräulich weiße Papier ihres Skizzenblocks. *Eine schöne Malerin bist du!*, schalt sie sich innerlich. *Er muss ja denken, du hast den Block nur vor dir liegen, um ihn zu beeindrucken.* Mit fahriger Hand zog sie endlich die ersten Linien.

Minutenlang war nichts weiter zu hören als das gelegentliche Pochen der sanften Wellen gegen den Bootsrumpf und der vereinzelte Ruf eines Wasservogels aus dem Schilfgürtel am Ufer, in den Brendan schließlich mit selbstvergessenem Pfeifen einfiel.

Lia konnte nicht anders, als ihn anstelle des Bergrückens ins Visier zu nehmen. Nicht nur die sanfte, melancholische Melodie, die sich über seine Lippen direkt in ihr Herz stahl, klang seltsam verträumt – der ganze Mann schien vollkommen in Gedanken versunken. Völlig eins mit dem bewegten Wasser, auf dessen Oberfläche sich das Blau des Himmels spiegelte; vollkommen ruhend in der beredten Stille des in die Hügel gebetteten Lough Glencar. Kein Zweifel: Brendan, seine Angel, sein Boot, das Pfeifen und der weit in die Ferne schweifende Blick gehörten hierher wie die Hügel und der See selbst und wie Generationen seiner Familie vor ihm, in die sich seine Großmutter zu ihrer Zeit freudig eingefügt hatte.

Ohne dass sie es bewusst wahrnahm, senkte sich Lias Stift wieder auf das Papier. Vor der schemenhaften, aber unverkennbaren Erhebung des Tafelberges im Hintergrund konzentrierte sie sich nun auf die Gestalt des Mannes, dessen Identität so tief im Boden dieses Landes verwurzelt war, dass seine ganze Haltung es widerspiegelte.

Geschickt arbeiteten Lias Finger Brendans Gesichtszüge heraus und ließen ihr diese mit jedem einzelnen Strich und jedem erneuten Ansetzen des Zeichenstifts vertrauter erscheinen. Als er die erste Forelle aus dem Wasser zog, hatte sie die Zeichnung seines Gesichts nahezu vollendet und brachte sie in aller Eile in Sicherheit, um ihm bei der Bergung seines Fangs beizustehen, falls es nötig sein sollte.

# Kapitel 19

*Hazelbrook House, Mai 2019*

Die Antwort des Roten Kreuzes war ebenso kurz wie niederschmetternd. Sie bestand lediglich aus der Bestätigung, dass Lias Suchanfrage eingegangen war, und der Mitteilung, dass die Bearbeitung sowie die Suche nach Gerds Spuren in der Vergangenheit etliche Wochen in Anspruch nehmen würde.

Lia, die auf ihrem Handy den Posteingang überprüft hatte, sobald sie morgens aufgewacht war, barg ihren Kopf in den Händen und stöhnte: „Wochen!" Bis dahin war sie längst wieder zu Hause und steckte mitten im sommerlichen Trubel des Kölner Cafés am Dom. Was konnte sie von dort aus denn schon unternehmen, um Gerd, sollte er tatsächlich gefunden werden, und Rosie noch einmal im Leben zusammenzubringen? Persönlich würde sie in dem Fall sicher nicht bei einem solchen Wiedersehen dabei sein können.

Andererseits – was hatte sie erwartet? Dass der Suchdienst ihrem Anliegen Priorität einräumte, obwohl es gewiss Dutzende wesentlich aktuellere und deshalb drängendere Anfragen gab? Frustriert starrte sie für einen Augenblick aus dem Fenster, wo sich ein einzelner morgendlicher Sonnenstrahl durch dichte bleigraue Wolken stahl und das Seewasser aufblitzen ließ, dann ging sie hinunter zum Frühstück. Rosie hatte am Vorabend angekündigt, dass sie länger schlafen wollte, sodass sich Lia allein eine Tasse Kaffee machte und lustlos eine

Scheibe Weißbrot mit Butter bestrich, um beides mit in die Werkstatt hinüberzunehmen.

Nach dem gestrigen Tag mit Brendan, an dem sie sich derart nahegekommen waren, bezweifelte sie allerdings, dass das eine gute Idee war. Nur allzu deutlich hatten sich ihr seine Gesichtszüge eingeprägt, während sie diese gezeichnet hatte. Die Winkel und Vertiefungen, Rundungen und Linien seiner Konturen zu skizzieren, war fast so intim und vertraut gewesen, als hätte sie ihn tatsächlich berührt; vor allem, nachdem er bemerkt hatte, dass er selbst zu ihrem Motiv geworden war. Doch er hatte sie schweigend gewähren und ihren Blick auf sich ruhen lassen, sodass sie heute das Gefühl hatte, dadurch einen tiefen Einblick in seinen Charakter bekommen zu haben. Sie musste sich ehrlich eingestehen, dass sie Brendan bereits zum jetzigen Zeitpunkt mehr mochte, als für ihre bevorstehende Rückkehr in die Heimat und ihre gesamte Zukunft förderlich war! Trotzdem brauchte sie im Moment dringend jemanden, der ihre Enttäuschung mit ihr teilen würde, und Brendan war der einzige Kandidat, der dafür zur Verfügung stand.

Teller und Tasse mit ihrem bescheidenen Frühstück in der Hand balancierend, stieß sie das Scheunentor auf und stellte erleichtert fest, dass Brendan trotz der frühen Stunde an der Arbeit war. Im Gegensatz zu ihr schien er außerdem bester Dinge zu sein, denn als eine plötzliche Windbö das Werkstatttor hinter ihr krachend ins Schloss warf, sodass er sie bemerkte, platzte er freudig heraus: „Guten Morgen, Lia! Ob du's glaubst oder nicht, sie hat unseren Vorschlag angenommen!"

Es dauerte einen Moment, bevor Lia begriff: „Miss Downes? Das ist ja großartig!"

„Sie hat gestern spätabends noch geantwortet. Am liebsten hätte ich dir die guten Neuigkeiten gleich mitgeteilt, war mir aber nicht sicher, ob du nicht längst im Bett bist. Hör dir nur an, was sie geschrieben hat!“ Brendan, der auf der Leiter vor einem Wandregal voller Dosen und Kanister mit Mitteln zur Holzbehandlung gestanden hatte, eilte zu seinem Schreibtisch, rief seine Nachrichten auf und beugte sich gemeinsam mit Lia über den Bildschirm.

*Lieber Brendan, vielen Dank für Ihre bildliche Umsetzung der verschiedenen Gestaltungsmöglichkeiten. Sie sind wahrlich ein Meister Ihres Fachs und verstehen es, mit Ihren Ideen meine Vorstellungen und Wünsche zu verwirklichen, von denen ich nicht einmal wusste, dass ich sie mir erträume, und die diese weit übertreffen – daher: Vergessen Sie den Shabby-Chic-Vorschlag, setzen Sie Ihre eigene geniale Gestaltung in die Tat um und verleihen Sie meinem Wohnsitz damit zusätzlich Glanz und Glamour!*, las Lia halblaut. Betont fügte sie hinzu: „Du bringst sie zum Träumen, das ist ja interessant!“

„O nein, das warst definitiv du!“, wehrte Brendan ab. „Ganz im Ernst, Lia, ich kann dir gar nicht genug danken für deine Hilfe in dieser Sache! Ohne dich müsste ich genau jetzt damit beginnen, den armen Kamin zu misshandeln. Aber“, er musterte prüfend ihre gedrückte Miene, „mir scheint, du bist darüber nicht annähernd so glücklich wie ich.“

„Doch, Brendan. Ich freue mich wirklich mit dir, das ist es nicht.“ Mühsam hob Lia die Mundwinkel, obwohl sie ahnte, dass ihr Lächeln nicht sonderlich überzeugend ausfiel.

„Was ist es denn, was dich bedrückt?“, bestätigte Brendan ihre Bedenken.

„Meine eigene Post von heute Morgen. Es wird mehrere Wochen dauern, bis ich erste Ergebnisse von der Suchabteilung des Roten Kreuzes erhalte. Dabei hatte ich gestern ein so gutes Gefühl, als ich die Anfrage abgeschickt habe.“ Entmutigt zuckte sie die Achseln. „War wohl reine Einbildung!“

„Sag das nicht!“ Brendan legte ihr aufmunternd die staubigen Hände auf die Schultern. „Ein paar Wochen sind im Nu vorbei, und falls man dir dann eine Adresse oder dergleichen mitteilt, hat sich das Warten doch gelohnt!“

„Das mag ja sein!“ Lia spürte die Wärme, die von seinen Händen ausging, in ihren Nacken und Kopf steigen, während sein Blick unverwandt auf ihrem Gesicht ruhte. „Ich hätte deiner Großmutter nur so gern das Ergebnis meiner Suche präsentiert, solange ich noch hier bei euch bin!“

„Was das betrifft ...“ Wenn sie sich nicht täuschte, wurde Brendans Blick noch eine Spur weicher, als er fortfuhr: „... hätte ich da noch eine vollkommen andere Idee.“

Lias Herz klopfte erwartungsvoll, doch ein kalter Luftzug, der vom abrupt aufgerissenen Scheunentor herkam, ließ sie beide erschrocken auseinanderfahren.

„Da seid ihr ja! Dachte ich mir schon, nachdem sich drüben im Haus so gar nichts rührte!“ Mit diesem Ausruf wirbelte Deirdre in die Werkstatt. Sie trug ihr rotes Haar in einem sträflich nachlässigen Knoten auf dem Hinterkopf, sodass ein paar Strähnen um ihr Gesicht tanzten, als sie sich zu ihnen gesellte. „Demnach schläft Granny noch, während mein lieber fleißiger Bruder schon früh am Morgen an der Arbeit ist. Aber dass du Grannys Gast ebenfalls einspannst – ehrlich, Brendan, du solltest dich schämen!“

Sie knuffte ihn halb vorwurfsvoll, halb schwesterlich liebevoll in die Rippen, woraufhin er – nach einem kurzen Überraschungsmoment – konterte, indem er ihre Frisur mit geübtem Griff vollends zerstörte.

Mit einem empörten Aufschrei wand Deidre sich aus seiner Reichweite, und Lia lachte lauthals auf. Sobald die Geschwister sich beruhigt hatten und Deirdres Haar wieder an der richtigen Stelle saß, konstatierte diese: „Auf jeden Fall bin ich genau im richtigen Moment erschienen, um Lia von ihrem Frondienst bei dir zu befreien, Bruderherz. Ich habe heute Zeit und dachte, ich fahre dich ein wenig in der Gegend herum, Lia, was hältst du davon?"

„Eigentlich gern, Deirdre. Ich weiß nur nicht, ob ich mich nicht lieber wieder hinter den Computer klemmen und an weitere Nachforschungen machen sollte!"

„Nachforschungen?", echote Brendans Schwester irritiert.

Lia weihte sie so knapp wie möglich in ihr Vorhaben und das bisher Erreichte ein.

„Okay, da hast du ein Problem!" Nachdenklich trommelte Deirdre mit dem rechten Zeigefinger auf die Schreibtischplatte. „Lass mal sehen, ob mir dazu nicht etwas einfällt!"

Sie trommelte weiter, bis Brendan ihre Hand schließlich sanft, aber nachdrücklich vom Schreibtisch schob und sich anschickte, wieder an seine Arbeit zu gehen. Deirdres triumphierendes „Ich hab's" ließ ihn jedoch an der Bürotür innehalten.

„Das Schulamt!", fuhr sie fort und blickte siegesgewiss von einem zum anderen. Nun war es an Lia, verständnislos die Brauen zu heben, sodass Deirdre erklärte: „Na, wir wenden uns an die staatliche Schulbehörde, versteht ihr? Gerd ging doch damals sicher auch wie alle anderen Pflegekinder zur Schule, daher müsste sein Name in einem der alten Klassenverzeichnisse auftauchen. Und mit diesem Verzeichnis kommen wir an die Adresse seiner Pflegefamilie, die uns wiederum, sofern wir ordentlich Glück haben und alles klappt, über seinen weiteren Lebenslauf Auskunft geben kann."

„Das hört sich gut an!" Lia sprang euphorisch auf, nur um gleich darauf ernüchtert in ihren Stuhl zurückzusinken. „Aber wird uns dieses Amt ohne Weiteres Einblick in die Unterlagen gewähren – und falls ja, wie lange wird sich das wohl wieder hinziehen?"

„Tjaha“, Deirdre grinste verheißungsvoll, „genau da kommt die angehende Lehrerin ins Spiel, sprich meine Wenigkeit: Ich habe eine Freundin beim ‚Department of Education and Skills‘ in Dublin, die uns bestimmt gern und ganz unbürokratisch weiterhelfen wird, wenn ich sie lieb darum bitte.“

„Das wäre einfach genial!“ Voller Begeisterung räumte Lia endgültig ihren Stuhl, drückte Deirdre hinein und wies auf den Computer. „Könntest du ihr nicht sofort eine entsprechende Nachricht schicken?“

„Wer spricht denn hier von Nachrichten? Ich dachte vielmehr, wir suchen Niamh gleich persönlich in Dublin auf. Im besten Fall bekommst du auf diese Weise nicht nur umgehend eine Auskunft, sondern siehst auch etwas mehr von der Stadt als nur den Flughafen! Was hältst du von der Idee?“

„Sie ist genial!“, wiederholte Lia. „*Du* bist genial, Deirdre!“ Enthusiastisch schlang sie die Arme um Brendans Schwester.

„Stimmt!“, merkte diese unbescheiden an und zeigte ihrem Bruder eine lange Nase. „Wie du siehst, großer Bruder, gibt es durchaus Menschen, die meine Qualitäten zu schätzen wissen!“

„Als ob das bei mir nicht der Fall wäre“, konterte Brendan in gespielter Empörung, bevor er ernsthaft fortfuhr: „Leider werdet ihr bei dem Vorhaben auf mich verzichten müssen. Ich kann unmöglich schon wieder einen halben oder womöglich sogar ganzen Tag freimachen.“

Obwohl diese Worte an Deirdre und Lia gerichtet waren, ruhte sein Blick dabei entschuldigend auf Letzterer. „Ich hoffe, das macht euch nichts aus?“

„Wir werden es überleben“, gab seine Schwester unbekümmert zurück. „Aber bevor wir losziehen, texte ich Niamh einmal kurz, um sie auf unseren Besuch vorzubereiten. Und während wir auf ihre

Antwort warten, nehmen wir uns die Zeit, ausgiebig mit Granny zu frühstücken. Ich bin nämlich von zu Hause los, ohne etwas zu essen – und das hier, meine Liebe", sie zeigte tadelnd auf den Toast, den Lia kaum angerührt hatte, und die halb geleerte Kaffeetasse, „verdient ja noch nicht einmal die Bezeichnung Frühstück! Also, auf geht's!" Damit hakte sich die energiegeladene junge Frau bei Lia ein und führte sie entschlossen aus der Werkstatt, in der Brendan seufzend zurückblieb.

„Ist das zu fassen? Mein Bruder steht auf dich", raunte sie ihrer Freundin ein wenig ungläubig zu, während sie gemeinsam auf Rosies Haus zugingen. „Wie er dich eben angesehen hat! Es ist ja nicht so, dass mich das bei deinem hübschen Aussehen verwundern würde, Lia, aber: Hätte er denn eine Chance bei dir?"

Mit unverhohlenem Interesse schaute Deirdre sie an, und so gern Lia es auch verhindert hätte, stahl sich eine verräterische Röte auf ihre Wangen.

„Oh, okay, ich seh schon, weitere Fragen sind hier nicht angebracht!" Freundschaftlich drückte Deirdre Lias Arm und beteuerte: „Keine Sorge, meinen Segen habt ihr."

„Aber wir sind überhaupt nicht …", wehrte Lia ab. Denn so wie Deirdre es darstellte, gab es keinerlei Zweifel mehr, dass aus Brendan und ihr ein Paar werden würde! Doch während sie noch nach den richtigen Worten suchte, um ihre Begleiterin vom Gegenteil zu überzeugen, erreichten sie das Haus. Hinter der Küchentür war bereits deutlich das Klappern von Geschirr und das Zischen des Wasserkochers zu hören, sodass Lia ihre Verteidigung auf später verschob.

„Deirdre, wie nett!" Strahlend nahm Rosie ihre Enkelin in die Arme. „Als ich dein Auto vor dem Haus gesehen habe, vermutete ich schon, dass du gleich hungrig hier hereinschneien würdest. Und du, Lia, hast heute auch nicht gefrühstückt, dem Zustand der Küche nach zu urteilen, in dem ich sie eben vorfand. Also setzt euch, ihr Lieben, und erzählt mir, welche Pläne ihr für heute geschmiedet habt!"

Wie bei jeder der Sightseeingtouren, die Lia bisher unternommen hatte, hielt Rosie auch die Fahrt nach Dublin für eine großartige Idee, ohne den Wunsch zu äußern, die beiden jungen Frauen zu begleiten. Der Krankenhausaufenthalt musste ihr im Nachhinein doch mehr zu schaffen machen, als sie zugab, vermutete Lia besorgt. Gleichzeitig war sie erleichtert darüber, zu keinerlei Erklärungen über den eigentlichen Zweck ihrer Tour gezwungen zu sein, und auch Deirdre schwieg sich darüber aus. Stattdessen schwärmte sie von den Geschäften in der Grafton Street, Dublins Shoppingmeile, und einem ganz bestimmten kleinen Schnellimbiss am Flussufer. Lia ging davon aus, dass sie diese Lokalitäten tatsächlich aufsuchen würden, nachdem sie ihre geheime Mission erledigt hatten.

Sofort nach ihrem ausgiebigen Frühstück machten sich die beiden auf den Weg. Deirdres Freundin Niamh hatte großzügigerweise versprochen, bis zu ihrer Ankunft die – bislang nicht digitalisierten – Listen der infrage kommenden Schuljahre bereitzulegen, sodass sie diese lediglich nach Gerds Namen durchsuchen mussten. In ihrer freudigen Erregung merkte Lia diesmal kaum etwas von Deirdres, wohlwollend ausgedrückt, temperamentvollem, durch ruckartiges Schalten und Bremsen sowie waghalsige Überholmanöver gekennzeichnetem Fahrstil. Außerdem hatten sie es genau dieser Fahrweise zu verdanken, dass sie die Hauptstadt in Rekordzeit erreichten. In unmittelbarer Nähe der Behörde fuhr Deirdre mit beängstigendem Schwung in eine enge Parklücke und brachte den Kleinwagen zum Stehen.

„Auf geht's!", kommandierte sie zum zweiten Mal an diesem Tag, und die beiden eilten durch den Nieselregen zu dem Amtsgebäude, wo Niamh sie herzlich begrüßte.

Kurze Zeit später saßen sie in einem kaum ausreichend beleuchteten Archiv vor einem Berg Klassenlisten aus den späten Vierzigerjahren. Anfangs hatte Lia Mühe mit der altmodischen, teilweise bereits verblassten Handschrift. Nachdem sie sich jedoch daran gewöhnt hatte, nahm der Stapel Dokumente rasch ab. Weil viele Schulen der zahllosen kleinen Ortschaften zu damaliger Zeit mit nur einer Klasse betrieben worden waren, musste man pro Schuljahr nur eine Liste absuchen, daher kam auch Deirdre zügig voran.

Sie hatten ihre Suche bei den entsprechenden Einrichtungen direkt in Dublin gestartet, wo Lia schon bald auf Rosies Namen und deren Adresse bei der Familie Casey stieß. Anschließend arbeiteten sie sich Dorfschule für Dorfschule durch die Umgebung.

„Ich hoffe, wir müssen nicht hinunter bis nach Cork oder hinauf bis nach Letterkenny suchen", bemerkte Deirdre, nachdem sie etwa eine halbe Stunde über den staubigen Papieren gesessen hatten. Obwohl Lia keinen der beiden Orte kannte, stimmte sie mit leisem Seufzen zu. Aber wenn sie am Ende die Adresse von Gerds Pflegefamilie herausfänden, würde sich jede Mühe auszahlen!

Die folgenden beiden Listen aus dem Jahr 1948, die sie zur Hand nahm, klebten an einer Stelle zusammen, und Lia hatte Mühe, sie voneinander zu lösen, ohne sie dabei zu beschädigen. Glücklicherweise blieb nur ein winziges Stück Papier der oberen Seite an der unteren hängen, und der Name an dieser Stelle war noch zur Hälfte zu lesen.

Er lautete Gerd! Der Familienname versteckte sich unter dem Papierrest, aber die Klammer dahinter mit dem Vermerk „German" war wieder deutlich zu erkennen. Zudem stimmte das angegebene Geburtsdatum mit dem von Rosie überein. Jeder Zweifel war ausgeschlossen – sie hatte ihn gefunden! Mit einem lauten Jubelschrei schwenkte sie die Klassenliste durch die Luft.

Wie sich herausstellte, lag der Wohnort der Familie Finch, bei der Gerd drei Jahre lang gelebt hatte, nur ungefähr dreißig Kilometer nördlich von Dublin. Es war ein kleiner Ort, der vom Fischfang lebte oder das zumindest vor siebzig Jahren noch getan hatte, und Lia konnte es kaum erwarten, endlich dorthin zu kommen.

Zum Mittagessen gesellte sich Niamh zu ihnen. Auf den ersten Blick machte Deirdres ehemalige Kommilitonin mit ihrer Modelfigur und der eleganten Kleidung einen eher oberflächlichen Eindruck. Doch dieser täuschte, denn sie nahm aufrichtigen Anteil an der Geschichte der Zwillinge und an Lias Suche.

„Was werdet ihr als Nächstes unternehmen?“, erkundigte sie sich, als sie zu dritt an einem Tisch in Deirdres Lieblingslokal am Ufer der Liffey saßen. Deirdre überließ es Lia, zu antworten.

„Wir werden heute Nachmittag Gerds Pflegefamilie beziehungsweise deren Nachkommen aufsuchen!“, berichtete sie freudig. „Als wir festgestellt haben, dass unter der Adresse aus der Klassenliste mittlerweile eine Familie mit anderem Namen lebt, hatte Deirdre die Idee, gleich dort anzurufen, um sich nach den Finchs, also den ehemaligen Hausbewohnern zu erkundigen. Dabei hat sich herausgestellt, dass es sich bei den heutigen Bewohnern um die Nachkommen einer Tochter der Finchs handelt, sprich Gerds Pflegeschwester. Und die ist glücklicherweise noch am Leben und hat zugestimmt, sich gleich heute mit uns zu treffen! Und nun hoffe und bete ich inständig, dass sie sich auch an die Ereignisse von damals erinnert!“

Lia konnte das erwartungsvolle Strahlen in ihrem Gesicht nicht unterdrücken.

Niamh nickte beifällig. „Dann wünsche ich euch weiterhin viel Erfolg bei diesem Unternehmen! Als ihr mir heute Morgen geschrieben habt, habe ich ehrlich gesagt nicht erwartet, dass ihr beiden überhaupt finden werdet, wonach ihr sucht, geschweige denn innerhalb so kurzer Zeit. Ich meine, die Jahrgangslisten des ganzen Landes nach einem bestimmten Namen zu durchsuchen, das ist nicht gerade ein Klacks!"

„Ich hatte zwischenzeitlich auch Bedenken!" Deirdre schob sich ein großes Stück der deftigen Quiche in den Mund, wegen der sie das Lokal so liebte, und fuhr kauend fort: „Ich habe uns schon bis spät in die Nacht hinein über einem staubigen Aktengebirge brüten sehen. Was ich Lia und Granny zuliebe zwar gern auf mich genommen hätte, aber so ist es mir eindeutig lieber. Jetzt bleibt mir nämlich bis zu unserem Treffen später noch genügend Zeit, Lia in Dublins Shopping-Szene einzuführen. Es kann doch nicht sein, dass sie Irland besucht und nicht einmal einen Laden betritt, der etwas anderes als Wolljacken, keltischen Schmuck oder T-Shirts mit Guinness-Aufdruck anbietet!"

„Ich wünschte, ich könnte euch begleiten!" Niamh seufzte sehnsüchtig. „Ich höre den kleinen Schuhladen im Shoppingcenter regelrecht nach mir rufen!" Sie streckte die Füße unter dem Tisch hervor, die in so hochhackigen glänzenden Stilettos steckten, wie Lia sie niemals im Leben tragen würde, und wackelte bedeutungsvoll mit den Zehen.

Lachend beteuerte Deirdre: „Wir werden den Schuhen einen lieben Gruß von dir ausrichten, falls wir dort vorbeikommen, nicht, Lia?"

„Gern", stimmte diese zu. „Abgesehen davon kann ich mir keine angenehmere Möglichkeit vorstellen, unsere Wartezeit zu verbringen, Deirdre. Was Shopping betrifft, ist man in Hazelbrook House von allen Gelegenheiten doch weitgehend abgeschnitten. Du kennst nicht zufällig einen Antiquitätenladen oder eine kleine Kunstgalerie?"

„Aber sicher", erwiderte Deirdre, während sie ihren letzten Bissen genoss und auch Lia und Niamh ihre Mahlzeit beendeten, „und du wirst staunen, was du dort alles an Kuriositäten und Kunstwerken findest!"

Damit hatte Deirdre nicht zu viel versprochen: Lia fand ausgesprochenes Vergnügen an dem Bummel durch die Stadt und den Antiquitätenladen mit zugehöriger Galerie und konnte sogar ein finanziell erschwingliches Aquarell mit der Darstellung einer Küstenszene erwerben, die sie an ihren Ausflug zu den Slieve League Cliffs erinnerte.

Dennoch war sie froh, als sie sich endlich auf den Rückweg zum Wagen machten, sich in das Verkehrschaos der nachmittäglichen Rushhour einreihten und Richtung Norden fuhren. Im Idealfall trennten sie jetzt nur noch wenige Stunden davon, Licht ins Dunkel um Gerds Schicksal zu bringen!

☘ ☘ ☘

Gerds ehemalige Pflegeschwester Mandy war etwa im gleichen Alter wie er und Rosie, schätzte Lia. Sie lebte mit der Familie ihres Sohnes in einem schmalen, sonnengelb gestrichenen Haus direkt am Hafen des überschaubaren Fischerortes. Über eine knarzende, abgetretene Treppe führte sie ihre beiden Besucherinnen in ein altmodisch eingerichtetes kleines Wohnzimmer im ersten Stock. Im Kaminofen knisterte leise ein Feuer, und auf dem mit einem Spitzentuch bedeckten Couchtisch stand alles für eine gemütliche Teestunde bereit. Offensichtlich hatte sie die beiden jungen Frauen freudig erwartet.

Lia vermutete, dass sie sich genau wie Rosie jedes Mal freute, wenn sie interessierte Zuhörer für ihre Erzählungen aus der eigenen Jugend fand. Zunächst aber tauschten sie die üblichen Höflichkeiten aus – in erster Linie bezüglich des Wetters und danach über das Woher und Wohin der Gäste, bis Mandy offenbar das Gefühl hatte, es sei an der Zeit, auf den Punkt zu kommen. Gänzlich unvermittelt stellte sie ihre Teetasse beiseite und griff in die Vitrine hinter sich.

„Hier. Ich habe ein paar Familienbilder aus den Vierzigerjahren herausgesucht, nachdem Sie vorhin angerufen hatten!“ Mit diesen

Worten legte sie ein Fotoalbum so auf den Tisch, dass ihre beiden Besucherinnen mit hineinsehen konnten, und blätterte etliche Seiten aus schwarzem Fotokarton um. Das Seidenpapier dazwischen raschelte verheißungsvoll, während ihre Augen suchend über die kleinen Schwarz-Weiß-Aufnahmen mit ihren gezackten Rändern glitten. Endlich legte sie ihren mit Altersflecken übersäten Zeigefinger auf ein Bild.

„Da! Dies ist das erste Foto gemeinsam mit Gerry!"

„Gerry?", wiederholte Lia fragend.

„Ja, so nannten wir den German boy, da Vater meinte, der Name Gerd sei für unsere irischen Zungen zu ungewohnt!"

„Ich verstehe!" Aufmerksam musterte Lia das Familienfoto, auf dem zwei Mädchen unter zehn Jahren, ein Elternpaar und vermutlich die Großeltern zu sehen waren. Und der ein wenig beklommen dreinblickende Gerd, dem sein Pflegevater eine Hand auf die Schulter gelegt hatte. Abgesehen von dem sichtbaren Unbehagen in der Miene des Jungen bemerkte man eindeutig die gleichen Gesichtszüge, die Lia schon von Rosies Kinderfotos kannte. Und über Gerds Stirn bildete sein dichtes blondes Haar einen nur allzu vertrauten Wirbel.

Deirdre bemerkte ihn im selben Augenblick. „Ja, das ist eindeutig unser Großonkel", erklärte sie Mandy lachend. „Mein Bruder hat den gleichen Wirbel, müssen Sie wissen! Hat Ihr Gerry sich auch immer darüber beschwert, dass er sich deshalb niemals ordentlich frisieren konnte?"

„Nicht, dass ich mich daran erinnern würde. Sie verstehen, im Lauf der Jahre sind meine Erinnerungen an ihn etwas verblasst. Wenngleich ich seit Ihrem Anruf versucht habe, so viele wie möglich wieder herauszukramen." Die alte Dame faltete ihre Hände im Schoß und lauschte einen Augenblick lang nachdenklich in sich hinein. Danach fuhr sie mit festerer Stimme fort: „Aber ich glaube kaum, dass er sich derartige Gedanken machte, denn an eines erinnere ich mich mit Gewissheit: Er war ein echter Wildfang. Ich bin sicher, er sieht auf dem Bild nur deswegen so unwillig drein, weil er dafür einen Augenblick stillstehen musste. Und ich möchte nicht wissen, wie oft meine Schwester und ich ohne ihn zur Schule gingen, weil er geschwänzt hat, um mit meinem Vater zum Fischen hinauszufahren. Lieber arbeitete er den ganzen Tag lang körperlich, als tatenlos herumzusitzen und zuzuhören! Ich glaube, vorhin habe ich weiter hinten im Album ein Bild von ihm und Vater auf dem Boot gesehen. Moment, ich habe es gleich."

„Er schwänzte die Schule? Brachte ihm das nicht eine Menge Ärger ein?", fragte Lia, während Mandy Seite um Seite des Albums umblätterte.

„O nein, denn in der Hinsicht stand Vater vollkommen hinter ihm! Der behauptete immer, Gerry würde das brauchen. Er wäre ein echter Sohn der See, und man würde dem Jungen gewiss noch mehr als genug Schulweisheit eintrichtern, wenn er erst wieder zurück in seiner Heimat wäre. Selbst die Schule akzeptierte diese Argumentation. Sehen Sie, da ist das Foto: Man sieht es Gerry doch regelrecht an, dass er auf dem Schiff viel gelöster und fröhlicher ist als sonst!"

In der Tat strahlte ihnen der Junge entspannt entgegen, wie er da im gelben Südwester und mit Strickmütze auf dem Kopf hinter dem Steuer eines kleinen Fischerbootes stand, welches er mit seiner Größe gerade so überblicken konnte.

„Ein echter Sohn der See ..." Nachdenklich wiederholte Lia die Worte. Folglich hatte Gerd die Leidenschaft für Schiffe und Wasser, die Rosie oft genug erwähnt hatte, während seiner Zeit in der Pflegefamilie nach Herzenslust ausleben können. Ihre betagte Freundin würde sich unglaublich freuen, das zu hören.

Unterdessen forschte Deirdre behutsam weiter: „Haben Sie und Ihre Familie denn auch später, nachdem Gerry in seine Heimat zurückgekehrt war, noch etwas von ihm gehört, Mrs Mandy?"

Die Angesprochene nahm einen Schluck Tee, ehe sie in angestrengtem Nachdenken die Augen zusammenkniff. Deirdre und Lia warteten mit angehaltenem Atem, denn mit großer Wahrscheinlichkeit hing die Antwort auf die Frage, ob Rosie ihrem Zwillingsbruder in diesem Leben noch einmal begegnen würde, von den folgenden Worten ab!

„Da waren Karten", erklärte Mandy nach einer gefühlten Ewigkeit. „Ich erinnere mich an farbige Postkarten aus aller Welt. Nachdem Gerry zur See gegangen war, schickte er uns immer welche – aus jedem Land, das er zu sehen bekam. Und einmal, als sein Schiff in Irland anlegte, besuchte er uns sogar."

„Wirklich?" Eifrig beugte sich Lia nach vorn und legte eine Hand auf den Arm der alten Dame. „Können Sie sich vielleicht erinnern, in welchem Jahr sein Besuch gewesen sein könnte?"

„Ich nehme an, Anfang der Sechziger, kurz bevor ich geheiratet habe und von zu Hause ausgezogen bin. Sonst hätte ich ihn ja nicht mehr zu sehen bekommen. Aber wenn mich nicht alles täuscht, war dieser Besuch gleichzeitig unser letzter Kontakt mit ihm. Aus irgendeinem Grund erhielten wir nach jenem Wiedersehen, wenngleich es trotz der langen Trennung ein angenehmer Besuch war, nicht einmal mehr weitere Postkarten von Gerry. Möglicherweise hatte es mit der Verletzung zu tun, die er sich kurz zuvor zugezogen haben musste; er trug seinen Arm in einer Schlinge. Doch das werden wir wahrscheinlich niemals erfahren ..."

Gerds Pflegeschwester schloss das Album und bemerkte bedauernd: „Ich fürchte, das ist alles, was ich Ihnen berichten kann!"

„Nicht doch, es war ja eine ganze Menge!" Deirdre lächelte zuvorkommend. „Und es war ausgesprochen nett von Ihnen, sich so kurzfristig Zeit für uns zu nehmen."

„O ja. Unseren herzlichsten Dank dafür, Mrs Mandy!", pflichtete ihr Lia bei.

Wenige Minuten später befanden sich die Freundinnen auf dem Rückweg nach Hazelbrook House. In Lias Tasche steckte das Foto von Gerd am Steuerruder des Fischerbootes, das ihr Mrs Mandy freundlicherweise für Rosie mitgegeben hatte, und in ihrem Kopf schwirrten unendlich viele weitere Fragen, die sich aus den Erinnerungen der alten Dame ergeben hatten.

„Was denkst du, was hat Gerd davon abgehalten, sich weiterhin bei seiner Pflegefamilie zu melden? War es vielleicht derselbe Grund, aus dem er sich bei den deutschen Verwandten nicht mehr gemeldet hatte? Haben sie ebenfalls unbewusst seine Gefühle verletzt, oder ist er womöglich an den Folgen dieser Armverletzung gestorben, von der sie erzählt hat? Er könnte eine Blutvergiftung bekommen haben oder auf irgendeine tragische Weise mit seinem Schiff verunglückt sein! O Mann, ich glaube, mir platzt der Kopf vor lauter Fragen …“

Deirdre betrachtete sie mitfühlend. „Das kann ich mir vorstellen, aber diese Spekulationen bringen nichts. Konzentriere dich besser auf das, was wir erfahren haben, statt auf die offenen Fragen: Zum Beispiel auf die Tatsache, dass wir jetzt mit Sicherheit wissen, dass er zur See fuhr. Oder dass er in Irland auf den Namen Gerry hörte! Wer weiß, am Ende hat er den Namen sogar später, nach dem Bruch mit seiner deutschen Familie, wieder angenommen, eventuell kombiniert mit dem Familiennamen Finch? So eine Namensänderung dürfte in den Jahren nach dem Krieg kein großes Problem gewesen sein!“

„Zweifellos!“ Lia krauste die Stirn. „Diese Möglichkeit hatte ich auch schon erwogen, doch zu dem Zeitpunkt hatte ich keinerlei Anhaltspunkte für einen anderen Namen – aber die habe ich ja jetzt!“ Ihre Mundwinkel hoben sich zu einem zaghaften Lächeln.

„Du hast vollkommen recht, Deirdre: Bei meinen weiteren Nachforschungen werde ich mich auf den Namen Gerry Finch konzentrieren!“

„Na, siehst du? Das hört sich doch schon viel besser an! Ich würde sagen, unser Ausflug war ein voller Erfolg. Komm, lass uns den Tag vollends genießen, statt uns länger den Kopf zu zerbrechen."

Sie drehte die Musik lauter, die bis dahin nicht mehr als ein Hintergrundgeräusch dargestellt hatte und begann, aus voller Kehle mitzusingen. Außerdem öffnete sie das Wagenfenster, sodass die Passanten aus dem Ort, durch den sie gerade fuhren, in den Genuss ihres Gesangs kamen. Und all denen, die ihnen kopfschüttelnd nachblickten, winkte sie freundlich zu. Innerhalb kürzester Zeit hatte Deirdres Übermut Lia angesteckt, und diese fiel mit ein, zumindest bei den ihr bekannten Songs. Auf diese Weise verging der Rest ihrer Heimfahrt wie im Flug.

Als sie von der Landstraße am See nach Hazelbrook House abbogen, kam ihnen ein weißer Audi entgegen, gefolgt von einem gelben Krankenwagen. Vor der Haustür stand Brendan, der den beiden Fahrzeugen zutiefst bekümmert hinterherschaute.

# Kapitel 20

*Dublin, Frühjahr 1953*

Wie so oft, wenn Rosie von der Schule nach Hause kam, führte sie ihr erster Weg an den kleinen Tisch im Vorraum, auf dem ihre Mutter die eingehende Post deponierte. Und wie jedes Mal lautete die alles entscheidende Frage: Würde sie heute einen Brief vorfinden, auf dem ihr Name in einer mittlerweile vertrauten schwungvollen Handschrift stand und der von einem ganz bestimmten Absender stammte?

Und tatsächlich, an diesem verregneten Aprilnachmittag entdeckte sie einen der ersehnten Umschläge. Sie entledigte sich ihrer nassen Jacke, huschte ins Bad, um sich sorgsam die Hände abzutrocknen, und nahm den Brief dann eilig an sich.

„Ich bin in meinem Zimmer!", rief sie im Vorbeigehen in Richtung Küche, aus der sie die Stimmen ihrer Mutter und der kürzlich eingestellten Haushälterin hörte, und schloss entschieden die Tür ihres Schlafzimmers hinter sich. Spätestens seit dem Zeitpunkt vor vier Monaten, als Arthurs erster Brief für Rosie eingetroffen war, kannte und akzeptierte ihre Mutter dieses Zeichen und würde sie deshalb bis zum Tee in einer halben Stunde nicht stören.

Behaglich in die Polster ihres Fenstersitzes geschmiegt, strich Rosie über das R in ihrem Namen, das niemand außer Arthur mit solch betonten Serifen versah, bevor sie den Umschlag vorsichtig öffnete. Er enthielt mehrere beschriebene Bögen – den aus hauchdünnem Luftpostpapier aus Deutschland und den mit Schreibmaschine beschriebenen des Collegedozenten. Doch am sehnlichsten wartete Rosie im Grunde auf die bislang ebenfalls immer beiliegende Karte mit Arthurs Anmerkungen.

Auf dem ersten Kärtchen dieser Art, das sie mitsamt einem dicken Briefumschlag kurz vor Weihnachten erhalten hatte, hatte er sich dafür entschuldigt, dass die Übersetzung der beiden deutschen Briefe, die Rosie ihm nach ihrer Unterhaltung an jenem Sommersonntag überreicht hatte, so viel Zeit in Anspruch genommen hatte. Außerdem hatte er seiner Hoffnung Ausdruck verliehen, dass dies in Zukunft schneller gehen würde, und die Nachricht mit den besten Wünschen für Rosie und ihre Familie beendet. In seiner zweiten Notiz hatte er, als Reaktion auf ihre ausführliche Rückantwort, eine Alltagssituation am College geschildert, die er als komisch empfunden hatte, ebenso in der dritten. Und diese vierte Nachricht, die sie nun in den Händen hielt, bestand sogar aus einem ganzen eng beschriebenen Briefbogen!

Sie registrierte es mit freudig klopfendem Herzen. Arthur schrieb genauso unterhaltsam, wie er damals von dem Segelabenteuer berichtet hatte, aber selbst wenn das nicht der Fall gewesen wäre, bedeutete es ihr eine ganze Menge, dass er sich ihretwegen die Zeit für eine derartig umfangreiche Nachricht genommen hatte. Mit wachsender Vorfreude legte sie den Brief erst einmal zur Seite, um sich zuerst den Zeilen von Erika aus dem Vormonat zu widmen.

Ihre Schwester berichtete von ihrer Arbeit in einer Backstube (die sie ausgesprochen wichtig zu nehmen schien), von einem Besuch an Ommas Grab (die Nachricht von deren Tod musste in einem der nicht übersetzten Briefe gestanden haben), von Vaters Magenproblemen und einer Nachbarsfamilie, an die Rosie sich längst nicht mehr erinnerte. Nur über Gerd fand sie kein einziges Wort, obwohl sie sich in jedem ihrer Briefe explizit nach ihm erkundigt hatte! Niedergeschlagen ließ sie das Blatt sinken und überlegte. Wie dringend sollte sie die Frage nach ihrem Zwilling denn noch ausdrücken, damit Erika sich endlich dazu durchrang, ihr von dem Bruder, den sie offenbar nicht sonderlich gemocht hatte, zu erzählen?!

Oder lag es eventuell daran, dass Gerd selbst nichts mehr mit ihr zu tun haben wollte? Möglicherweise nahm er ihr übel, dass sie in Irland hatte bleiben dürfen, während er zurück nach Köln musste? Am besten richtete sie ihren folgenden Brief direkt an Gerd, in der Hoffnung, dass ihm ihre einst so enge Verbindung eine Antwort wert war. Doch zuerst war Arthurs „Begleitschreiben" an der Reihe! Schon während sie die Worte „Dear Rosie" las, rückten sämtliche Gedanken an ihre Familie in Deutschland und somit auch an Gerd weit in den Hintergrund.

Wie bisher schrieb der junge Mann im Grunde nur über Alltägliches, schilderte kleine Begebenheiten aus seinem Studentenleben, wodurch Rosie den Eindruck hatte, unmittelbar daran beteiligt zu sein. Er gab ihr das Gefühl, ein gleichwertiges Gegenüber für ihn zu sein, weil er sie am täglichen Einerlei teilhaben ließ – kurzum: Er vermittelte ihr den Eindruck, erwachsen zu sein. Es war eine gute, herzerwärmende Wahrnehmung, stellte Rosie fest, während sie sich fragte, ob auch Maureen gelegentlich einen Brief von Arthur erhielt.

Gewiss, ihre Cousine flocht zwar jeden Sonntag den Freund ihres Bruders mehrfach in ihre Gespräche mit ein, ob sie die Informationen über die Fortschritte seines Studiums von ihm selbst oder von George erhielt, blieb jedoch stets unausgesprochen.

Aber wie dem auch sein mochte, in zwei kurzen Monaten würden sie ihn beide wiedersehen. Zumindest nahm Rosie an, dass er und George ihre Ferien wieder zusammen verbringen und deshalb gemeinsam die Großeltern besuchen würden. Ob sie ihn in diesem Brief danach fragen sollte? Wirkte das zu aufdringlich oder, was entschieden bedauerlicher wäre, zu kindlich neugierig?

Obwohl sich Rosie schlussendlich gegen eine entsprechende Nachfrage entschied, wuchs ihre Hoffnung auf ein Wiedersehen mit jedem einzelnen Wort, das sie und Arthur wechselten, und auch mit jedem Tag, der sie dem Sommer näher brachte. Doch seine knappe Nachricht Anfang Juni bescherte ihr eine herbe Enttäuschung: Im Rahmen eines Praktikums werde er für etliche Monate in der Praxis eines Landarztes mitarbeiten, und zwar weit weg von Dublin, an der Westküste. Und er sehe dieser Tätigkeit, die ihn beruflich enorm voranbringen werde, schon mit großer Spannung entgegen!

Am liebsten hätte Rosie besagten Arzt mitsamt seiner Praxis und der berufsfördernden Tätigkeit auf den Mond geschossen, und zwar an jedem einzelnen Sonntag dieses Sommers, den sie und Maureen in vereintem Kummer und in ihre Bücher vertieft verbrachten.

*Dublin, Sommer 1954*

In den Ferien vor ihrem letzten Schuljahr verbrachte Rosie mehrere Wochen im Landhaus der Großeltern. Ihr Vater war der Ansicht, dass sie dort am besten für ihr Abschlussjahr Kraft sammeln konnte, und da Joannie bereits mit der Schule aufgehört hatte, um als Verkäuferin ihren Lebensunterhalt zu verdienen, hatte Rosie nichts dagegen einzuwenden. Wochenlang allein in ihrem Zimmer zu sitzen oder ohne ihre Freundin durch die Stadt zu bummeln, war keine sonderlich verlockende Aussicht für die Sechzehnjährige.

Leider war es bei den Großeltern mit der Gesellschaft Gleichaltriger nicht wesentlich besser bestellt, denn Maureen befand sich auf einer Reise mit ihren Eltern. Zumindest aber konnte Rosie auf dem

Familiensitz der Caseys an sonnigen Tagen ausgedehnte Spaziergänge unternehmen oder ihrem Großvater in seinem geliebten Garten zur Hand gehen. Niemand pflegte seine Rosen zu solch verschwenderischer Blütenpracht wie er, und kein anderer Gärtner in Irland besaß einen Pfirsichbaum, der bei dem hiesigen Klima sogar im Freien Frucht brachte. Sie bewunderte Großvater für seine Hingabe. Doch noch lieber, als im Garten zu helfen, ging sie im nahen Fluss schwimmen.

Dort gab es eine Badestelle, die von der ganzen Jugend des Dorfes genutzt wurde, sodass es hier gelegentlich recht lebhaft zuging. So herrschte auch an diesem frühen Samstagnachmittag ein reger Badebetrieb. Gemeinsam mit Aisling, der Tochter des örtlichen Lebensmittelhändlers, lag Rosie in der Sonne und lauschte dem neuesten Dorfklatsch; anschließend besiegte sie einen Jungen im Wettschwimmen, der sie stets wegen ihrer Körpergröße aufzog – mittlerweile maß sie einen Meter siebenundsiebzig. Sie schwammen etwa zweihundert Meter flussaufwärts, gegen die Strömung, und Rosie hatte Jack bereits nach der halben Strecke überholt, sodass dieser schlussendlich mit hochrotem Kopf aus dem Wasser stieg und den Rückzug antrat, ehe seine Kameraden ihn zur Zielscheibe ihres Spottes machen konnten. Als es allmählich Zeit für den Nachmittagstee wurde, begab sich Rosie glücklich und zufrieden, aber mit knurrendem Magen auf den Heimweg.

Ihr feuchtes Badezeug trug sie in einem Korb, und um ihr Haar, das im Eifer des Wettschwimmens unglücklicherweise ebenfalls nass geworden war, hatte sie den leichten Schal geschlagen, der zu ihrem geblümten Sommerkleid gehörte. Dem Alter, in dem man sich mit aufgelöster Frisur oder feuchten Strähnen in der Öffentlichkeit zeigen konnte, war sie mit ihren sechzehn Jahren leider entwachsen.

Rosies Gedanken eilten ihren langen Beinen voraus. Morgen war Sonntag, und neben den drei Casey-Brüdern samt den jüngeren

Kindern wurde George mit seiner Verlobten erwartet. Seine künftige Braut! Rosie konnte es kaum fassen, dass ihr sport- und spielbegeisterter Cousin sich verliebt hatte. Ob die Auserwählte seine sportlichen Ambitionen teilte, blieb abzuwarten. Rosie war gespannt.

Und gleichzeitig ein wenig verstimmt. Da kam George einmal in den vier Wochen, die sie mittlerweile bei den Großeltern verbracht hatte, zum Sonntagsessen, und statt seines Freundes Arthur brachte er ein Mädchen mit! Für ihre Begriffe war es viel zu lange her, dass sie Georges Kommilitonen das letzte Mal gesehen hatte. Im August wurden es zwei Jahre. Rosie seufzte abgrundtief. Die Briefe, die sie im Lauf dieser Monate gewechselt hatten, waren zwar schön und gut und bereiteten ihr nach wie vor Freude, doch sie waren kein Ersatz für eine persönliche Begegnung. Sie hatte sogar die Befürchtung, Arthur und sie würden einander nach der langen Zeit nicht einmal mehr wiedererkennen. Bestimmt hatten die vergangenen Monate und vor allem sein medizinisches Praktikum den jungen und früher stets zu Scherzen aufgelegten Studenten mittlerweile zu einem ernst dreinblickenden Mann gemacht, der nichts als seinen Beruf im Kopf hatte und die Briefe an sie einzig aus dem Grund verfasste, weil er sich in einer schwachen Stunde dazu verpflichtet hatte.

Versunken in diese schwermütigen Gedanken ging Rosie immer langsamer und bemerkte nicht einmal die Schritte, die hinter ihr auf der gekiesten Hauseinfahrt zu hören waren und immer näher kamen. Erst der Zuruf einer Männerstimme in unmittelbarer Nähe ließ sie herumwirbeln.

„Verzeihung, Miss, ich wollte Sie nicht erschrecken“, bemerkte die wohlklingende Stimme, „aber ich dachte, da wir mit dem Zuhause der Familie Casey offenbar dasselbe Ziel haben, könnten wir uns ebenso gut einander vorstellen und anschließend den Rest des Weges gemeinsam zurücklegen!“

In die erwartungsvolle Pause hinein, die dieser Bemerkung folgte, stammelte Rosie nur: „A-Arthur?“

Gleich darauf schlug sie sich erschrocken die Hand vor den Mund. Entgegen ihrer Befürchtung hatte sie ihn zwar erkannt, aber diesen großen, breitschultrigen Mann in Anzug und Brille, der wie ein Gelehrter aussah, derart banal mit „Arthur“ anzusprechen, war wohl kaum mehr schicklich für eine Heranwachsende wie sie. „Ich – es tut mir leid, ich wollte nicht unhöflich sein, aber –“

„Ich fasse es nicht, das bist wahrhaftig du, Rosie!“, unterbrach er sie an dieser Stelle ungläubig. „Tut mir leid, aber ich habe dich einfach nicht gleich erkannt. In diesem Kleid und mit dem Tuch ums Haar siehst du wie eine Dame von Welt aus, die jeden Moment zu ihrem Verehrer ins Cabrio steigt und davonbraust!“

Die tiefbraunen Augen hinter den Gläsern der randlosen Brille strahlten sie an, und Arthurs herzliches Lachen riss Rosie auf der Stelle mit.

Ein schöneres Kompliment, als sie eine „Dame von Welt“ zu nennen, selbst wenn das scherzhaft gemeint war, hätte er ihr nicht machen können, und vor allem hatte er sich trotz seines reiferen männlichen Äußeren den alten Witz und Esprit bewahrt. Die Gedanken, die sie noch vor wenigen Minuten bedrückt hatten, zerstreuten sich wie Löwenzahnsamen im Sommerwind, während sie an Arthurs Seite plaudernd auf das Haus zuschritt.

Wie sich herausstellte, hatten ihre Großeltern Arthur eingeladen, damit dieser mit der Familie die Verlobung seines Studienfreundes feiern konnte. Das ganze restliche Wochenende! Rosie war sprachlos. Bedachte man die Tatsache, dass alle anderen Verwandten erst morgen um die Mittagszeit eintreffen würden, könnte sich unter Umständen sogar die Gelegenheit für ein privates Gespräch zwischen ihnen ergeben!

Bereits nach dem Dinner erfüllte sich ihr heimlicher Wunsch. Die Großeltern zogen sich früh zurück, und nachdem Arthur sich in seinem Zimmer eingerichtet hatte, suchte er noch einmal den Wintergarten auf, wo Rosie für gewöhnlich die langen Sommerabende lesend verbrachte. Heute jedoch hielt sie ihr Buch nur als Vorwand in den Händen, während sie in ihrem Korbsessel neben der Zitruspalme gespannt den sich nähernden Schritten lauschte.

Als Arthur endlich hereinkam, trat er an die geöffnete Fensterfront und blickte nachdenklich hinaus in den Garten. Oberhalb der dicht belaubten Bäume schmückte sich der Himmel in der ganzen Farbpalette eines späten Sonnenuntergangs, darunter, über sattgrünen Rasenflächen und blühenden Blumenrabatten, tanzte seit dem letzten Regenguss ein zarter Dunstschleier. Aus dem nahen Wald tönte das Bellen eines Fuchses herüber, der sich auf seine nächtliche Jagd vorbereitete und dem Rosie beim Gedanken an die leichtfertigen, nichts ahnenden Kleintiere stets mit leichtem Schaudern lauschte.

Unvermittelt wandte sich Arthur zu ihr um. „Hast du Lust, mich auf einen Spaziergang durch den Garten zu begleiten, Rosie? Ich brauche nach meiner langen Fahrt heute dringend ein wenig Bewegung, und deine Großeltern haben doch sicher nichts dagegen, solange wir in Rufweite bleiben, oder?"

„Gewiss nicht", versicherte Rosie und erhob sich eilig. So jung war sie beileibe nicht mehr, dass sie nicht ohne „Aufsicht" bei Dämmerung durch den Garten streifen durfte.

Die ersten Meter legten sie in befangenem Schweigen zurück. Nachdem sich Rosies anfänglicher Überschwang wegen des unverhofften Wiedersehens mittlerweile gelegt hatte, fand sie es erstaunlich schwierig, an die kameradschaftliche Beziehung anzuknüpfen, die während ihres Briefwechsels für ihre Begriffe eindeutig gewachsen war. Erging es Arthur gerade ähnlich oder genoss er schlicht und ergreifend die abendliche Ruhe? Was wusste sie schon, was in einem Mann von fast zweiundzwanzig Jahren vor sich ging?

Rosie beschloss, es ihm gleichzutun. Statt eine Unterhaltung zu erzwingen, verharrte sie unter einer Rose, die sich an einem Bogen über ihren Weg rankte, und inhalierte den intensiven Duft, den diese nur während der Abenddämmerung verströmte. Als Arthur es bemerkte, hielt er ebenfalls inne und musterte sie auf eine für Rosie völlig undefinierbare Art und Weise, bis sie das Schweigen nicht länger ertrug.

„Ich kann dir gar nicht genug dafür danken, dass du dich noch immer um die Übersetzung meiner Briefe kümmerst … Arthur!“ Nur zögernd und weil er darauf bestanden hatte, sprach sie ihn weiterhin mit seinem Vornamen an. „Dank dir und deinem Dozenten bin ich meinen deutschen Verwandten inzwischen nicht mehr ganz so fern wie zuvor.“

„Das ist schön!“

Arthurs unbefangene Entgegnung verlieh Rosie den Mut fortzufahren. „Außerdem freue ich mich jedes Mal über deine persönlichen Nachrichten. Es ist interessant zu hören, was an deinem College so vor sich geht und … dergleichen“, schloss sie lahm, als sie spürte, wie sich ihre Wangen röteten.

Er lachte leise auf. „Mir ergeht es umgekehrt genauso. Ich mag es, wenn du den Schulalltag beschreibst, und die Erlebnisse mit deiner Freundin amüsieren mich köstlich. Deinen Worten nach muss Joannie eine recht schillernde Persönlichkeit sein. Ich für meinen Teil kenne keine Verkäuferin, die es wagen würde, einem Mann, der seiner Frau die ersehnten Seidenstrümpfe nicht kauft, diese mit der Ansage hinterherzuwerfen, dass sie in dem Fall eben auf Kosten des Hauses gehen!“

Leichten Herzens stimmte Rosie in sein Lachen ein. Die Tatsache, dass er ihre Briefe nicht nur überflog, sondern selbst Einzelheiten wie

Joannies Namen im Kopf behielt, machten seine Worte umso wertvoller. Sein Interesse gab ihren Nachrichten und damit auch ihrer „schriftlichen Kameradschaft" Bedeutung und Gewicht. Und plötzlich war das Eis zwischen ihnen gebrochen. Wie in ihren Briefen brachten sie sich auf den neuesten Stand der Ereignisse in ihrem Leben. Sie amüsierten sich über Rosies und Joannies Erlebnisse in Schule und Kaufhaus und über Arthurs Erfahrungen am College und begaben sich erst auf den Rückweg zum Haus, als sie einander in der Dunkelheit kaum mehr erkennen konnten.

Unter dem Rosenbogen machte der junge Mann erneut halt und bückte sich. Mit den Worten „Hier, für dich!" streckte er ihr schließlich ein Sträußchen des Lavendels entgegen, der unterhalb der Kletterrose blühte.

„Mir ist selbstverständlich bewusst, dass man einer Dame eher Rosen schenkt, allen voran einer, die nach dieser edlen Blume benannt ist. Aber ich finde, speziell in deinem Fall passt der Lavendel bedeutend besser: Lang und schlank und unaufdringlich entfaltet er dennoch einen Duft, der die Blüte selbst um Jahre überdauert!"

Zu überrascht, um etwas zu erwidern, nahm Rosie das Sträußchen entgegen. Als sie in ihrem Zimmer angekommen war, platzierte sie dieses behutsam neben sich auf dem Kopfkissen. Und mit dem Lavendelduft in der Nase schlief sie ein und träumte von ihrer Zukunft.

☘☘☘

*Sligo Town, 1962*

Gut gelaunt summte Rosie vor sich hin, während sie die Wäsche an die Leine hängte. In Anbetracht der rasch dahinziehenden Wolken am Himmel war es zwar ein wenig riskant, sie im Freien aufzuhängen, doch insbesondere die Windeln – bedachte man deren Funktion –

erhielten auf diese Weise einen angenehmeren Geruch. Eine neben der anderen flatterten sie munter an der Leine und animierten Gerald, der ganz nah bei Rosie in seinem Kinderwagen saß, zu einem lebhaften Glucksen. Dabei fuhrwerkte er mit beiden Ärmchen durch die Luft, als wollte er den wehenden Stoff mit den Händen greifen.

„Das wird dir nie und nimmer gelingen, mein Schatz!", lachte Rosie auf. Sie konnte sich nicht sattsehen an ihrem bald einjährigen Sohn mit seinen Pausbacken, die an der frischen Luft rasch die Farbe von reifen Äpfeln annahmen, und den sanftmütigen dunklen Augen, die er eindeutig von seinem Vater geerbt hatte. Das eigenwillige Haarbüschel über der Stirn, das selbst unter der Babymütze hervorquoll, erinnerte sie dagegen an ihren Zwillingsbruder, dem sie mit dem Namen ihres Erstgeborenen bewusst ein Denkmal gesetzt hatte.

Arthur hatte nichts dagegen einzuwenden gehabt. Er war der Einzige, der das für Außenstehende zwar nicht sichtbare, aber dennoch vorhandene tiefe Loch in ihrem Herzen kannte, das der Verlust ihres Zwillingsbruders hinterlassen hatte – und derjenige, der es bis zu einem gewissen Grad aufzufüllen vermochte.

Anfangs mit seiner Empathie und seinem Einsatz, sodass Rosie durch die Übersetzungen der Briefe besser Kontakt zu ihrer deutschen Familie halten konnte, und trotz des bestehenden Altersunterschiedes schon bald auch mit seiner Liebe. Dabei vermochte sie nicht einmal zu sagen, wann genau sich die kameradschaftliche Zuneigung von Arthurs Seite aus in mehr verwandelt hatte – es musste irgendwann nach jenem Samstagabend im Sommer 1954 gewesen sein, als er ihr das Lavendelsträußchen überreicht hatte.

Von diesem Zeitpunkt an zumindest hatten ihre Briefe zunehmend über das Alltägliche hinausgereicht. Die beiden hatten Gedanken ausgetauscht und angefangen, sich gegenseitig Probleme und Gefühle anzuvertrauen. Kurzum: Ihre Beziehung war so persönlich geworden, dass sie sich an Weihnachten des Jahres, in dem Rosie die Schule abgeschlossen und ihr siebzehntes Lebensjahr vollendet hatte, verlobt und knapp zwölf Monate darauf geheiratet hatten.

In der Zwischenzeit hatte sie kaufmännische und medizinische Kurse absolviert, um ihrem Mann in der Praxis zur Seite stehen zu können. Arthur war zunächst als Partner in die Landarztpraxis an der Westküste eingestiegen, in der er zuvor das Praktikum absolviert hatte, hatte diese aber schon bald darauf komplett übernommen, da sein Kollege in Rente gegangen war. Folglich hatte Rosie sich etwas mehr als zehn Jahre, nachdem sie ihre deutsche Familie verlassen hatte, erneut von allem verabschieden müssen, was ihr mittlerweile lieb und vertraut geworden war.

Das heißt, nicht von allem! Denn schon seit geraumer Zeit war Arthur ihr das Wertvollste im Leben; den Abschied von Dublin, von Mutter und Vater und Joannie hatte ihr diese Tatsache indessen nur bedingt erleichtert. Wenn es nach ihrem Willen gegangen wäre, hätte sie ihre Lieben mitsamt ihrem Zimmer und dem ganzen Elternhaus ebenfalls in ihre Koffer und Kisten gepackt, verschnürt und mit nach Sligo genommen, so wie ihre Kleidung, Bücher und sonstigen persönlichen Habseligkeiten.

Entsprechend schwer fielen ihr die ersten Monate in der neuen Umgebung. Ihre Wohnung in unmittelbarer Nähe der Praxis bestand aus zwei bescheidenen Zimmern und einer Kochnische, Arthur war fast rund um die Uhr beschäftigt, sodass ihnen wenig Zeit zu zweit blieb, und auch die Stunden, die sie gemeinsam in der Praxis verbrachten, waren nicht ungetrübt. Die Sprechstundenhilfe des Vorgängers war es nicht gewohnt, ihr Territorium mit jemandem zu teilen – schon gar nicht mit einer jungen Frau, die ihren Mangel an Erfahrung mit jeder Menge neumodischer Ideen wettzumachen versuchte. Daher wurde nicht nur die Schreibmaschine, die Rosie zur Erleichterung der Karteiführung angeschafft hatte, in eine finstere, ungenutzte Ecke der Praxisräume verbannt. Und nachts, wenn Arthur in seinem alten Volvo auf stockdunklen Straßen über windumtoste Klippen unterwegs war, um ein Kind zu entbinden oder einen verletzten Farmer zu verarzten, weinte Rosie vor Kummer und gleichzeitiger Sorge um ihren Mann in ihr Kissen.

Mit der Zeit aber hatten sich etliche dieser Probleme in Wohlgefallen aufgelöst: Kurz nach Arthurs alterndem Partner hatte auch dessen Helferin Abschied von ihnen genommen, das junge Paar war in die eigentliche, deutlich größere Arztwohnung gezogen und Rosie hatte unter ihren neuen Nachbarn eine gleichaltrige Freundin gefunden. An dem Tag, als Arthur und sie gemeinsam festgestellt hatten, dass sie ihr erstes Kind erwarteten, hatte Rosie sich wie der glücklichste, am meisten gesegnete Mensch auf Erden gefühlt. Seitdem war ihr Leben ausgefüllt mit ihrem Haushalt, der zunehmend erfolgreichen Tätigkeit in der Praxis und neuerdings zusätzlich mit der Versorgung ihres Sohnes.

„Ja, mit dir, mein Liebling", ließ sie ihre Gedanken laut werden, nachdem sie die letzte Windel aufgehängt hatte. „Und nun lass uns hineingehen, es ist höchste Zeit für deinen Brei und den Mittagsschlaf!" Sie schob den Kinderwagen unter das Vordach und nahm ihren Sohn auf den Arm. Der kleine Körper fühlte sich so herrlich warm und weich an, wenn sie ihn an sich drückte; und als sie Gerald die Mütze abnahm und ihm sanft ins Haar pustete, gluckste er vor Vergnügen. Rosie liebte es, Mutter zu sein!

Auf dem Weg ins Haus sah sie einen breitschultrigen blonden Mann, der gerade die Praxis betrat. Er trug den rechten Arm in einer provisorischen Schlinge und besaß den wiegenden Gang eines Menschen, der einen großen Teil seiner Tage auf dem Wasser verbringt; vermutlich rührte auch die Verletzung von einer derartigen Tätigkeit.

Er schien es eilig zu haben, denn schon sah Rosie seinen breiten Rücken hinter der Praxistür verschwinden.

War es tatsächlich schon Zeit für die mittägliche Sprechstunde? Und war ihr Mann überhaupt schon von seiner Hausbesuchsrunde zurück? Sie musste sich beeilen hinüberzukommen, um ihren Posten einzunehmen und Arthur die zeitraubende Patientenannahme sowie das Anlegen der Akten zu ersparen! Doch zuerst kam Gerald. Rosie und Arthur waren sich einig, dass für sie als Mutter die Kindererziehung immer an erster Stelle stehen würde.

Als sie bald darauf die Praxis betrat, war die Sprechstunde in vollem Gang. Mehrere Patienten saßen im Wartezimmer, darunter eine ältere Dame aus der Nachbarschaft, die Arthur tagtäglich aufgrund der unterschiedlichsten Leiden aufsuchte. Rosie begrüßte sie und die übrigen Wartenden freundlich. Allerdings hatte sie den Verdacht, dass die betagte Mrs Murphy Gefallen an ihrem jungen Arzt gefunden hatte. Aus welchem Grund sollte sie sonst unzählige Arztrechnungen in Kauf nehmen und obendrein fast zu jedem Besuch etwas Selbstgebackenes mitbringen? *Aber, warum auch nicht?*, dachte Rosie. Sie gönnte der alleinstehenden alten Dame Arthurs Aufmerksamkeit, und gegen frisches hausgemachtes Gebäck hatte sie aufgrund ihres chronischen Zeitmangels im Haushalt auch nichts einzuwenden.

Aus dem Behandlungsraum konnte sie gedämpft die kultivierte Stimme ihres Mannes und die klagende einer Patientin hören. Von der Anwesenheit des verletzten Fischers zeugte einzig eine Karteikarte; nur zur Hälfte in Arthurs nachlässiger Handschrift ausgefüllt. Seufzend legte sie die Karte „Mac Muir" auf den Stapel der Akten, die sie nach Sprechstundenschluss noch einmal gemeinsam mit ihrem Mann durchgehen würde. Sorgfalt und Genauigkeit waren oberstes Gebot in der Führung der Patientenakten und durften nicht Arthurs ständigem Zeitdruck zum Opfer fallen.

Es war schon spät, als der letzte Patient versorgt war. Rosie verschloss die Eingangstür und bemerkte erleichtert: „Endlich Ruhe, mein Schatz!“ Gerald, der während der vergangenen Stunde zufrieden in seinem Laufstall in der Ecke gespielt hatte, schlug mit einem Bauklötzchen gegen die Holzstäbe, als wolle er ihre Worte unterstreichen, und endlich gesellte sich auch Arthur zu ihnen in den Empfangsraum.

„Was für ein Tag!“ Seufzend schob er seine Brille zurecht. „Am frühen Morgen der Notkaiserschnitt bei der jungen Mrs Whelan – und das war buchstäblich Rettung in letzter Sekunde, denn das Kleine hatte die Nabelschnur um den Hals gewickelt und war bereits apnoisch – und dann das ganze Wartezimmer voll mit akuten Fällen. Jetzt bin ich wirklich erledigt!“

„Du Ärmster! Nimm doch mal Gerald auf den Arm, er wird dich im Nu wieder aufmuntern!“ Rosie nahm ihrem Mann die übervolle Kuchenplatte von Mrs Murphy ab, holte ihren Sohn aus dem Ställchen und reichte ihn an Arthur weiter. Mit dem zappelnden Kleinkind auf dem Arm ließ er sich auf den nächsten Stuhl fallen.

„Dada“, plapperte Gerald und griff nach der Brille seines Vaters, „dada!“

„Aber, aber!“ Grinsend hielt Arthur die rundlichen kleinen Hände fest und begann, seinen Sohn auf den Knien zu wippen, was diesen begeistert aufkreischen ließ. Rosie lächelte zufrieden. Solche Augenblicke der Ruhe genoss ihre kleine Familie viel zu selten. Und auch dieser würde nicht von langer Dauer sein, stellte sie mit einem Seitenblick auf die nur notdürftig ausgefüllten Patientenakten fest, die noch auf sie warteten.

Bevor Gerald durch die Toberei zu übermütig werden würde, hielt sie Arthur die Karteikarte des verletzten Seemanns unter die Nase. „Wir sollten die hier rasch vervollständigen, ehe wir heimgehen. Sonst hast du morgen vielleicht schon vergessen, was du eigentlich notieren wolltest."

„Damit könntest du leider durchaus recht haben!" Arthur nickte. Immer noch mit den Knien wippend las er: „Mac Muir. Stimmt, so hieß der Verletzte. Der Vorname war Jerry oder Gerry, das habe ich in der Eile nicht auf der Karte vermerkt. Er sagte, er müsse dringend zurück an Bord, brauche nur kurz einen frischen Verband für seine Verletzung. Hatte sich vor mehreren Tagen wohl im Maschinenraum seines Frachters eine offene Quetschung am Arm zugezogen, die nicht recht heilen wollte. Zumindest die Diagnose müsste ich notiert haben, nicht?"

Auf Rosies bestätigendes Nicken hin fuhr er fort: „Das ist für gewöhnlich äußerst schmerzhaft, aber der Mann verzog keine Miene, als ich seine provisorische Binde entfernt habe. Die Wunde am Unterarm mit einem tiefen Schnitt und dem breitflächig gequetschten Fleisch muss sich kurz nach dem eigentlichen Unfall entzündet haben, denn sie triefte förmlich vor Eiter, sodass ich sie reinigen und rasch Nachschub an Verbandsmaterial aus dem Nebenraum holen musste. Als ich damit zurückkehrte, war das Behandlungszimmer leer. Der Mann war einfach verschwunden!"

Arthur hörte auf zu wippen und auf seiner Stirn bildete sich eine nachdenkliche Falte. „Auf meinem Schreibtisch lagen ein paar Schilling, und die beiden Binden, die ich schon bereitgelegt hatte, fehlten, doch von dem Mann selbst war keine Spur. In der Eile nahm ich an, dass er womöglich Panik bekommen hat, sein Schiff zu verpassen, aber jetzt im Nachhinein erscheint mir das Ganze reichlich merkwürdig."

„Das ist es definitiv!", bestätigte Rosie. „Und es erklärt zumindest, warum du auf der Karte nicht mehr als seinen Namen, die Diagnose und die Bezahlung vermerkt hast. Aber ist die Summe nicht viel zu hoch dafür, dass du ihn noch nicht einmal richtig behandelt hast?"

„In der Tat, aber was hätte ich dagegen unternehmen sollen? Ich bin sogar bis vor die Tür und noch ein Stück die Straße hinuntergelaufen. Du weißt ja, wie sehr es mir widerstrebt, eine Behandlung nicht zu Ende zu bringen. Doch Mr Mac Muir war wie vom Erdboden verschluckt!"

„Äußerst seltsam." Rosie spannte die Karte in ihre Schreibmaschine und vermerkte ein paar Worte über die ungewöhnliche Situation. Unterdessen hatte Gerald, dem die väterliche Beachtung fehlte, angefangen zu quengeln, sodass sie vorschlug: „Geht ihr beiden doch schon einmal vor in die Wohnung, ich komme nach, sobald ich hiermit fertig bin!"

„Wie immer Ihr wünscht, Gnädigste", scherzte Arthur und machte sich mit seinem Sohn auf den Weg Richtung Wohnungstür. Dort angekommen wandte er sich noch einmal um und fragte: „Hast du beim Staubwischen zufällig die Fotografie von meinem Schreibtisch genommen – du weißt schon, das Familienbild mit Gerald? Ich habe es heute Nachmittag vermisst."

„Weshalb sollte ich, Liebster?" Rosie nahm nicht einmal die Finger von den Tasten. „Sicher ist es nur zwischen die Bücherstapel auf deinem Tisch gerutscht. Ich werde gleich nachsehen, in Ordnung?"

„Danke, du bist die Beste. Mummy ist die Beste, nicht wahr, mein Kleiner …?" Arthurs Stimme verklang hinter der Tür, während Rosie gedankenverloren die Vermerke auf Mr Mac Muirs Karteikarte fertigstellte. Welcher Verletzte konsultierte einen Arzt und bezahlte diesen sogar, nur um ihn gleich darauf ohne Behandlung und jeglichen Abschied wieder zu verlassen? Manche der Menschen hier an der Westküste waren eindeutig ein wenig seltsam – und dennoch fühlte sie zu ihrem Erstaunen einen völlig unangebrachten, undefinierbaren Schmerz in ihrem Inneren, sobald sie an diesen speziellen Patienten dachte.

Weit draußen auf dem Atlantik hatte sich „der Paddy", wie die restliche Besatzung aus aller Herren Länder den irischen Seemann nannte, in eine ruhige Ecke unter Deck zurückgezogen und musterte die drei glücklichen Gesichter, die ihm aus einem verzierten und in dieser Umgebung seltsam fehl am Platz wirkenden Bilderrahmen entgegenblickten.

Der Mann auf der Farbfotografie hatte schwarzes Haar und sanfte dunkle Augen, sein Arm lag beschützend auf den Schultern der Frau mit dem blonden Dutt, die nicht kleiner zu sein schien als er. Freudestrahlend blickten die beiden auf das Kleinkind in ihren Armen, das mit seinen dunklen Augen und dem eigenwilligen Kinn äußerlich ganz nach dem Vater kam. Abgesehen von einer Kleinigkeit, die einem Außenstehenden nicht unbedingt auffiel. Unwillkürlich fasste sich Paddy alias Mac Muir an die Stirn und fuhr sich dann durch das kurz geschorene, von der Sonne gebleichte Haar, das sich an dieser Stelle eigenwillig aufzustellen pflegte. Offenbar vererbte sich der Wirbel nicht nur in der väterlichen, sondern auch in der mütterlichen Linie weiter.

Rosie – eine Mutter! Er konnte es nicht fassen. Seine schutzbedürftige, anhängliche, anschmiegsame Zwillingsschwester hatte nun selbst ein Kind. Er hätte nicht nur den verletzten, sondern beide Arme dafür gegeben, ihr persönlich zu begegnen, nachdem er sie auf diesem Bild in der Praxis so überraschend wiedererkannt hatte, doch genau das durfte nicht sein.

Es durfte weder heute noch an irgendeinem fernen Tag in der Zukunft passieren: Dieses Vorrecht hatte er sich ein für alle Mal verscherzt. Er hatte seine Schwester im Stich gelassen, als sie ihn am nötigsten gebraucht hatte.

Aufgrund seines ungehörigen Benehmens hatte man sie beide an jenem Herbsttag im Jahr 1946 getrennt, sodass er ohne jegliche

Erklärung aus ihrem Leben hatte verschwinden müssen. Er war nicht länger in der Lage gewesen, sie zu beschützen und für sie da zu sein; und genau aus diesem Grund hatte er kein Recht, sich nach all den Jahren wieder in ihr Leben hineinzudrängen. Ihn wiederzusehen würde für Rosie bedeuten, dass sämtlicher Schmerz und Kummer von damals zurück an die Oberfläche käme, und das hatte sie nicht verdient.

Nein, sie verdiente exakt dieses Glück, das auf dem Familienfoto in seiner Hand zu sehen war! Rosie ging es gut, sie hatte einen anderen liebevollen Beschützer gefunden und mit ihm ihre eigene kleine Familie gegründet. Deshalb tat er selbst gut daran, sich weiterhin von seiner Schwester fernzuhalten. Am besten, er heuerte in Zukunft prinzipiell nicht mehr auf Schiffen an, die in Irland anlegten, sondern hielt sich auf seinen Fahrten weitab dieser Insel, um nicht doch irgendwann der Versuchung eines Wiedersehens zu erliegen …

Mit stampfenden Motoren entfernte sich das Schiff und mit ihm Gerd selbst mit Rosies Bild in der Hand von der grünen Insel.

# Kapitel 21

*Hazelbrook House, Mai 2019*

O nein – Grandma!", stieß Deirdre hervor und bremste so ruckartig, dass der Kies aufspritzte und Lia, die auf eine Vollbremsung nicht gefasst war, mit der Stirn gegen die Frontscheibe prallte. Benommen stieg sie aus und stolperte hinter ihrer Freundin her, die Brendan schon von Weitem mit Fragen bombardierte.

„Was ist los mit Granny? Ist es ein Rückfall wegen der Sache in Deutschland? Muss sie wieder in die Klinik oder ist es was anderes? Nun sag doch endlich!"

„Das lässt sich noch nicht so genau beurteilen", antwortete ihr Bruder finster. „Im Moment vermutet Doc Connelly Herzrhythmusstörungen."

„Und was genau ist geschehen?"

„Sie ist im Garten neben ihren Rosen zusammengebrochen, wo ich sie vor einer halben Stunde gefunden habe, doch niemand weiß, wie lange sie zu dem Zeitpunkt bereits dort lag! Ihre Kleidung war jedenfalls ganz feucht von der Erde."

„Das ist ja grauenvoll!" Deirdre wurde so blass, dass selbst aus ihren Sommersprossen alle Farbe wich. „Aber du willst sie jetzt doch nicht allein lassen – wir müssen hinterherfahren! Komm, wir nehmen gleich mein Auto, dann sind wir kurz nach dem Rettungswagen in der Klinik. Wir sollten bei ihr sein, wenn sie zu sich kommt."

Hektisch schob sie Brendan in Richtung ihres Wagens, an dem die Türen noch offen standen, und rief Lia zu: „Na los, komm, jede Minute zählt!“

Doch ehe diese, die das Ganze bisher wie durch einen Schleier wahrgenommen hatte, reagieren konnte, fuhr Brendan abrupt herum. „Auf keinen Fall kommt Lia mit!“, forderte er kategorisch. Dabei funkelte er sie so wütend an, dass sich Lia fragte, ob sie aufgrund des Stoßes gegen ihren Kopf zu halluzinieren begann. Auch Deirdre hielt verwundert inne.

„Ihr haben wir letztendlich das ganze Drama doch zu verdanken!“ Voller Empörung, fast schon drohend, machte Brendan einen Schritt auf Lia zu, bevor er fortfuhr: „Denn seit du hier bist, Lia, hat Gran keine rechte Ruhe mehr gefunden! Ständig beschäftigt ihr euch mit der Vergangenheit oder lest Briefe von damals, Gran musste unbedingt nach Glencree fahren, auf den Dachboden steigen und was weiß ich noch alles! Vermutlich kann sie nachts gar nicht mehr richtig schlafen – da musste ihr Herz ja früher oder später zu streiken beginnen!“

„Das ist jetzt aber echt unfair, Brendan!“, empörte sich Deirdre. „Lia hat nichts weiter getan, als Granny und deren Vergangenheit die Aufmerksamkeit zu schenken, die sie bei uns vielleicht manchmal vermisst!“

„So, hat sie das?“ Brendan bohrte seinen Blick in Lias Augen, bis sie das Gefühl hatte, in der Tiefe eines Eismeeres zu versinken. War dieser Mann mit seiner kalten Wut noch derselbe wie der, mit dem sie oben auf den Klippen die Schöpfung bewundert hatte und der voller Hingabe vernachlässigte alte Möbel restaurierte? Gerade als sie das Gefühl hatte, keine Luft mehr zu bekommen, und eine leichte Übelkeit in ihr aufstieg, entließ Brendan sie aus seinem Blick, stieg ins Auto und zog Deirdre mit sich.

Diese raunte Lia beschwichtigend zu: „Nimm ihm das nicht krumm, Lia, es ist nur seine Sorge um Gran, die da aus ihm spricht. Ich ruf dich an, sobald wir etwas über ihren Zustand sagen können, okay?"

Im nächsten Moment schlug die Autotür zu, der Wagen wendete in einem Hagel von aufspritzendem Kies, dem Lia nur knapp ausweichen konnte, und entschwand aus ihrem Blickfeld.

Halt suchend lehnte sie sich an die Hauswand und legte sich die Hand auf den Magen. Sie bildete sich ihre Übelkeit nicht ein; in ihr stieg spürbar die Galle auf, was entweder an Brendans Feindseligkeit lag oder an ihrem Zusammenprall mit der Frontscheibe von Deirdres Wagen. Es war nicht auszuschließen, dass sie unter einer leichten Gehirnerschütterung litt.

Zumindest aber war sie allmählich wieder in der Lage klarzusehen. Glasklar sogar: Brendan gab ihr die Schuld an Rosies Herzrhythmusstörungen – oder was auch immer der Grund für den erneuten Zusammenbruch war –, das hatte er mehr als deutlich gemacht. Dabei hatte Lia niemals etwas anderes empfunden als aufrichtige Anteilnahme an Rosies Schicksal. Ein Gefühl, das Brendan mit der sarkastischen Frage „So, hat sie das?" regelrecht in den Dreck getreten hatte.

Aber weit stärker als die ungerechtfertigte Anschuldigung selbst schmerzte Lia die Tatsache, dass sie ausgerechnet aus Brendans Mund gekommen war. Die Heftigkeit, mit der er sie hervorgebracht hatte! Sein zorniger, kalter Blick, der sich nicht gravierender von dem heute Morgen in der Scheune hätte unterscheiden können, unter dem ihre Knie butterweich geworden waren.

*O nein!* Lia stöhnte auf. Es gab nur eine Erklärung, warum diese Kälte und sein ganzes Verhalten, ob gerechtfertigt oder nicht, sie derart tief verletzte: Entgegen all ihrer guten Vorsätze, sich vollkommen auf Rosie oder zumindest auf ihren Urlaub zu konzentrieren, war sie dabei gewesen, sich ernsthaft in diesen Mann zu verlieben!

Nur aus diesem Grund stand sie hier wie ein mit einem Eimer Eiswasser begossener Pudel, einsam und verlassen vor dem Haus seiner Großmutter – und damit vor dem Zuhause von Fremden, in deren Leben sie sich regelrecht hineingedrängt hatte. Plötzlich geriet ihre ganze bisherige Gewissheit ins Wanken. War es denn wirklich auszuschließen, dass ihr Interesse an Rosies Schicksal diese in ungesunder Weise dazu gedrängt hatte, sich zu erinnern, und dass sie sich selbst zu sehr mit deren Lebensgeschichte identifiziert hatte? Aus welchem anderen Grund hätte die fixe Idee, Gerd aufzuspüren, sie derart antreiben sollen, dass sie heute sogar Deirdre dazu eingespannt hatte?

Im Klartext bedeutete das nicht mehr und nicht weniger, als dass Brendans Anschuldigung gerechtfertigt war, zumindest zu einem gewissen Teil: Lia war *mit*verantwortlich für Rosies schlechten Gesundheitszustand.

Während ihr Verstand sich damit beschäftigte, diese Erkenntnis zu verarbeiten, setzten sich ihre Beine automatisch in Bewegung. Sie taumelte in die Küche, in der eine leere Injektionskanüle auf dem Küchentisch noch von dem Notfall zeugte, und von dort in ihr Schlafzimmer im ersten Stock. Hastig verstaute sie ihre Kleidung im Koffer, sammelte im Bad ihre Utensilien ein und wandte sich zuletzt dem Nachttisch zu, auf dem noch immer Erikas Briefe neben ihrem Skizzenblock lagen.

Nichts als der Anblick dieser mindestens zehn Mal gelesenen, bis in jede Einzelheit studierten und unterschiedlich interpretierten Schriftstücke hätte Lia ihre Mitschuld bewusster machen können. Mit brennenden Augen schob sie die Umschläge zu einem ordentlichen Stapel zusammen und steckte ihren Block in den Rucksack zu Laptop, Portemonnaie und Reiseunterlagen. Die Briefe störten hier auf dem Tisch erst einmal niemanden; und später, wenn Lia sich wieder halbwegs gefasst hatte, würde sie Rosie in einer ausführlichen Nachricht erklären, warum sie alles in dieser Weise hinterlassen hatte.

Als sie mit Koffer und Rucksack beladen vor die Haustür trat, lag über dem See bereits die Abenddämmerung. Ihr Handy hatte sich die ganze Zeit über nicht gerührt, demnach gab es bislang wohl keine Neuigkeiten über Rosies Zustand. Oder Deirdre war mittlerweile zu der gleichen Erkenntnis gekommen wie Brendan und auch Lia selbst und machte sich deshalb nicht die Mühe, sie zu benachrichtigen.

Sorgfältig schloss Lia die Haustür hinter sich, ließ sich erschöpft nach unten gleiten, bis sie den kalten Steinfußboden unter sich spürte, und wartete auf ihr Taxi. Brendans feindseliges „So, hat sie das?" nahm ihr das Recht, sich auch nur eine Sekunde länger in diesem Haus aufzuhalten als unbedingt nötig.

„Wohin soll's gehen?", erkundigte sich der gut gelaunte Taxifahrer mit dem wettergegerbten Gesicht, der Lias Meinung nach eher an Bord eines Schiffes gepasst hätte als hinter das Steuer eines Wagens.

„Zum nächstgelegenen Bahnhof, bitte. Ich muss nach Dublin", erklärte Lia mit gepresster Stimme, während das Taxi auf die Straße am See einbog. Der Fahrer warf ihr im Rückspiegel einen prüfenden Blick zu, aber offenbar hatte ihn Lias bebende Stimme ausreichend über ihren Zustand informiert, sodass er keine weiteren Fragen stellte. Angestrengt presste sie die Lippen zusammen und sah aus dem Fenster.

Hoch über dem Lough Glencar schwebte eine einzelne Wolke, deren Unterseite in den letzten Sonnenstrahlen dieses Tages einen tiefrosa Ton angenommen hatte. Als sie sich in einer etwas lichteren Schattierung auf dem glatten, stillen Wasser exakt an der Stelle des Sees spiegelte, zu der Brendan und sie vor Kurzem mit dem Boot hinausgefahren waren, ließ Lia die Tränen, die sie bislang krampfhaft zurückgehalten hatte, endgültig strömen.

☘☘☘

In dieser Nacht fand Lia wenig Schlaf. Hartnäckiger als die lästigen Stechmücken, die durch das offene Fenster in ihr Zimmer drangen, schwirrten ihr Brendans letzte an sie adressierten Worte durch den Kopf; und sobald sie die Augen schloss, sah sie die seinen auf sich gerichtet – stahlblau, aber auch genauso hart wie dieses Material. Dazu gesellten sich seit den frühesten Morgenstunden der Lärm der viel befahrenen Straße unmittelbar vor ihrer Pension und die Schritte und Stimmen vor ihrer Zimmertür.

In Anbetracht der späten Stunde, zu der sie Dublin erreicht hatte, hatte sie die einzige Übernachtungsmöglichkeit angenommen, die sich ihr geboten hatte und die nicht einmal in der Stadt selbst lag. Im Lauf der langen Zugfahrt hatte Lia zwar erwogen, bis zum Airport durchzufahren und dort zu versuchen, ihren für in drei Tagen geplanten Heimflug in einen sofortigen Rückflug umzubuchen, diesen Gedanken in einem Anflug von trotziger Auflehnung aber wieder verworfen. Sie wollte sich nicht ihre letzten Urlaubstage von Brendans Verhalten oder den erwachenden Schuldgefühlen verderben beziehungsweise vollständig nehmen lassen. Bestimmt gab es auch hier im Osten Irlands die eine oder andere landschaftliche Schönheit zu entdecken und zu zeichnen. Hier konnte sie sich endlich in Ruhe ihrem Hobby widmen, wie sie es sich während der letzten Tage immer wieder gewünscht hatte; im Idealfall fand sie sogar Zeit für einen ersten Versuch, eine ihrer Skizzen in ein Landschaftsgemälde umzusetzen.

An derartigen Wunschgedanken hatte sie sich festgeklammert, während der Zug durch das nächtliche Land gerattert und die Distanz zwischen Brendan, Rosie und ihr immer größer geworden war. So war sie weit nach Mitternacht in dieser etwas schäbigen Frühstückspension in einer Kleinstadt im Umland von Dublin gelandet, in der hauptsächlich Schichtarbeiter nächtigten und somit ein ständiges Kommen und Gehen herrschte.

Stöhnend wälzte sie sich auf die andere Seite, als unten auf der Straße ein Lkw-Motor aufheulte. Nach der absoluten Ruhe in Hazelbrook House war das Geräusch so ungewohnt, dass sich Lia fragte, ob sie sich in ihrer Wohnung mitten in Köln jemals wieder wohlfühlen könnte. Aber so weit war es noch nicht.

Sie erhob sich, um das Fenster zu schließen, und ließ sich wieder auf das weiche, in der Mitte durchhängende Bett zurücksinken. Das Poltern auf der Holztreppe vor ihrer Zimmertür überzeugte sie jedoch davon, wie sinnlos der Versuch war, erneut in den Schlaf zu finden. Am besten tat sie es den Arbeitern gleich, stand auf und nahm ein frühes Frühstück zu sich, ehe sie überlegte, was sie mit diesem Tag in der geschäftigen Kleinstadt am Meer anfangen würde. Sie musste erst einmal auf andere Gedanken kommen, ehe sie sich auf ihre Bilder konzentrieren konnte.

Aus ihren hastig in den Koffer gestopften Kleidungsstücken kramte Lia eine Jeans und ein T-Shirt heraus und suchte, nach einem Blick auf den wolkenverhangenen Tag, eine Jacke, die sie darübertragen konnte. Das erste Exemplar, das ihr zwischen die Finger kam, war flaschengrün und trug ein Firmenlogo auf dem Rücken. Als hätte sie sich daran verbrannt, ließ Lia Brendans Hoody fallen, der sich versehentlich unter ihre Kleidung gemogelt hatte, und stieg schließlich ohne wärmende Jacke die Treppe hinunter.

In einer Ecke des Frühstücksraumes saßen zwei Männer in Arbeitsoveralls schweigend über ihren Tellern mit Ei und Bacon; das Büfett an der Stirnwand des Raumes war wie leer gefegt. Während Lia die Speisetheke nach essbaren Resten absuchte, gönnten ihr die Arbeiter nicht mehr als einen kurzen Blick und ein unverständliches Brummen, das ebenso ein Schimpfwort wie ein Gruß sein konnte.

Obwohl ihr nicht sonderlich nach Essen zumute war, fühlte sich ihr Magen seltsam hohl an. Ihre letzte Mahlzeit in dem kleinen Bistro in Dublin lag mehr als achtzehn Stunden zurück. Achtzehn Stunden, in denen sich ihr Gemütszustand von der Freude, einen brauchbaren Hinweis für ihre Suche gefunden zu haben, gänzlich unerwartet in Schuldgefühle und tiefe Verzweiflung verwandelt hatte.

Lia schaltete gerade den Wasserkocher ein, als sich die Tür zum Nebenraum öffnete und eine Frau mittleren Alters sie freundlich begrüßte. In ihren Händen balancierte sie ein Tablett mit frisch aufgeschnittenem Brot, von dem ein köstlich würziger Duft aufstieg, und eine Kanne mit dampfendem Tee. Nachdem sie beides am Tisch der Arbeiter abgestellt hatte, wandte sie sich an Lia.

„Meine Güte, Sie Ärmste, meine Männer haben heute Morgen nicht allzu viel übrig gelassen, was?“ Wie zuvor Lia musterte sie kritisch die nahezu leere Anrichte. „Aber man kann es ihnen nicht verdenken, sie schuften schwer genug für ihr Essen. Wie dem auch sei – was darf ich Ihnen bringen, Miss? Kaffee, Tee, ein heißes Frühstück oder doch lieber Haferflocken und Früchte oder …?“ Fragend hob sie die Stimme.

„Nachdem meine letzte Mahlzeit schon eine ganze Weile her ist, klingt ein warmes Essen mehr als verlockend“, erklärte Lia. „Und dazu ein Kännchen Kaffee, wenn es Ihnen keine Umstände macht.“

„Was heißt denn da Umstände? Das ist nun mal mein Job, nicht? Also, setzen Sie sich mal hierher, ich bin gleich zurück mit Ihrem Essen!“ Mit ihrer Schürze wischte sie ein paar Brotkrümel vom nächstgelegenen Tisch und verschwand in der Küche.

Kurz darauf stellte sie eine Platte mit Eiern und Würstchen, gegrillten Tomaten und Pilzen sowie Toast und Butter vor Lia ab, während der Duft von frisch gebrühtem Kaffee aus der Kanne in ihrer Hand aufstieg.

„Köstlich!“, schwärmte Lia. „Herzlichen Dank!“

„Gern geschehen!“ Die Pensionswirtin beobachtete, wie Lia sich an dem Kaffee bediente, und fuhr fort: „Entschuldigen Sie meine Neugier, aber Sie sind wohl nicht von hier, oder? Weibliche Gäste verirren sich nur selten unter mein bescheidenes Dach, das eher als Unterkunft für Arbeiter bekannt ist. Und nehmen Sie's mir nicht krumm, aber Ihr Akzent klingt reichlich fremd in meinen Ohren!“

„Das kann ich mir vorstellen, denn ich bin aus Deutschland!“

„Eine Touristin, ist das nicht herrlich?!“ Die Wirtin strahlte auf. „Dann haben Sie sicher allerhand Pläne für diesen Tag geschmiedet, was? Bestimmt geht's hinaus zum Powerscourt Estate Park – obwohl, für so eine gesittete Schlossgartenbesichtigung sind Sie vielleicht noch ein bisschen zu jung!“

Lia unterdrückte ein amüsiertes Lächeln. Nach der Begeisterung der Frau zu urteilen kehrten in der Tat nicht oft Touristen unter ihrem Dach ein. Weniger aus Interesse, als um der Wirtin eine Freude zu machen, ließ sie sich auf deren Thema ein. „Nein, das hatte ich eigentlich nicht vor. Was würden Sie denn vorschlagen, was ich hier, ohne ein Auto zur Verfügung zu haben, unternehmen könnte?“

„Oh, da gibt es so einiges!“, erklärte die Wirtin strahlend. „Sie könnten über den Cliff Walk zu unserem Bray Head hinaufwandern, von dem aus man einen zauberhaften Blick genießt: landeinwärts zum Sugarloaf, einem Gipfel der Wicklow Mountains, der aussieht wie ein alter Zuckerhut, und seewärts bis zum Hafen von Dun Laoghaire und zur Halbinsel Howth bei Dublin. Oder Sie wandern direkt in die Wicklows hinauf, wofür Sie sich allerdings besser den ganzen Tag Zeit nehmen sollten.“

„Der Bray Head mit seiner Aussicht klingt für mich recht verheißungsvoll!“ Lia schob eine Gabel voll Rührei in den Mund und lauschte weiter der Wirtin mit ihrer wortreichen Beschreibung, die jeden Touristenführer übertroffen hätte.

Sobald sich ihre ausgiebige Mahlzeit halbwegs gesetzt hatte, machte sie sich mit ihrer Kamera bewaffnet auf den Weg zum Bray Head. Der aufkommende Wind würde ihr die bedrückenden Gedanken an den vergangenen Abend und die Furcht um Rosies Wohlergehen hoffentlich aus dem Kopf pusten.

Der Strand des Städtchens Bray war steinig; an der Uferpromenade waren an diesem windigen Tag und zu der vormittäglichen Stunde nur einige Hundebesitzer unterwegs, die kleine Stücke Treibholz in die Brandung warfen und die Tiere beim Apportieren enthusiastisch anfeuerten. Obwohl Lia den Strand mit seiner breiten Promenade, dem dunklen Gestein und den Imbissbuden nicht allzu ansprechend fand, bückte auch sie sich hin und wieder, um ein Stück Treibgut, ein Büschel Seetang oder eine Muschel zu bewundern. Kaum zu glauben, welche Fülle an kleinen Naturwundern eine einzige Flut hier anzuschwemmen vermochte!

Als sie Brays letzte Häuser hinter sich gelassen hatte, verließ sie den parallel zur Küste verlaufenden Cliff Walk, auf dem sie in der Ferne weitere Wanderer erkennen konnte, und suchte sich ihren eigenen Weg. Über Weiden und durch gelb blühende, stachelige Ginsterbüsche steuerte sie direkt auf die Bergspitze zu. Wobei „Berg“ eine recht ehrenvolle Bezeichnung für einen Hügel von nicht einmal zweihundertfünfzig Metern Höhe war, fand Lia.

Trotz des böigen Windes schwärmten Bienen von einer Ginsterblüte zur anderen, verkrochen sich für einen Augenblick in einem der Blütenkelche mit ihrem intensiven, süßlichen Duft, um gleich darauf schwer beladen zum nächsten eher zu torkeln, als zu fliegen. Das hohe Gras an Lias Füßen wogte im Rhythmus der Böen, und auf einer niedrigen Trockenmauer ruhte ein dick gepanzerter goldglänzender Käfer, der sich nicht einmal daran störte, dass sich Lia in seiner unmittelbaren Nähe niederließ, um kurz zu verschnaufen.

Diese Gelassenheit war ansteckend. Mit tiefen Atemzügen inhalierte Lia die friedliche Stille der Natur, die durch das geschäftige Summen der Bienen nicht im Geringsten beeinträchtigt wurde. Zum ersten Mal seit dem vergangenen Abend kamen ihre Gedanken zur Ruhe, und das Gefühl, sich auf der Flucht zu befinden, begann sich zu legen. Minutenlang beobachtete Lia träge den Tanz der Bienen, den tiefenentspannten Käfer und die Wolken am Himmel, bevor sie sich an den restlichen Aufstieg machte.

Die Aussicht von der Spitze des Bray Head hielt, was die Wirtin ihr versprochen hatte, stellte Lia schließlich fest. Der Zuckerhut war trotz seiner grünen Farbe deutlich als solcher erkennbar und umgeben von den schafweiß gesprenkelten Hängen, Hochmooren und tief abfallenden, bewaldeten Tälern der Wicklow Mountains.

Irgendwo in diesen uneinsehbaren Falten und Schluchten lag Glencree, das Zentrum für Geflüchtete und Vertriebene, dachte Lia unwillkürlich, und auf der anderen Seite am Fuß des Berges der Hafen Dun Laoghaire, an dem die Fähre mit den deutschen Flüchtlingskindern damals angelegt hatte.

Aber nein, daran wollte sie jetzt nicht denken. Entschieden riss sie ihren Blick von dem Seehafen los, wo er zuletzt hängen geblieben war, und richtete ihn hinaus aufs Meer. Zuerst beobachtete sie eine kleine Jacht, die mit stolz geblähtem Tuch hart am Wind dahinsegelte, und danach die Schaumkronen auf den unermüdlich küstenwärts rollenden Wellen. Pausenlos verschoben sich die Wogenkämme ineinander, sodass die schaumig-weißen Linien auf deren Spitzen ständig neue Winkel, Bogen und Haken bildeten – eine unruhig fließende Handschrift auf tiefblauem Grund. Und nicht nur auf der endlosen Wasserfläche selbst, auch im Sand und auf den Steinen – je nachdem, an welchem Küstenabschnitt die Wellen auf das Land trafen – blieben Muster zurück, wenn sich das Wasser zurückzog: Schriftzeichen aus Seegras, Tang, Muscheln und den Pfützen von nur langsam versickerndem schäumendem Wasser.

Auf diese Art und Weise hatte Lia das Meer nie zuvor betrachtet. Wie gebannt starrte sie auf das sich ständig verändernde Bild. Sie konnte regelrecht den Stift vor sich sehen, der behutsam diese ungezählten Linien zog und damit all das zum Vorschein brachte, was das ruhelose Wasser dem aufmerksamen Beobachter zuflüstern wollte. Was sie hier betrachtete, war nichts anderes als die Handschrift des Einen, der den Ozean mit all seinen offensichtlichen Wundern und auch den in der Tiefe verborgenen Geheimnissen geschaffen hatte! Es war eine Botschaft des Schöpfers an seine Geschöpfe – insbesondere an diejenigen, die innehielten und sie wahrnahmen, statt achtlos daran vorüberzugehen. Unvermittelt drängte sich Lia die Frage auf, was er ihr persönlich wohl sagen wollte. Welche Botschaft könnte Gott jetzt, in diesem Augenblick und dieser unglücklichen, verfahrenen Situation, in der sie sich befand, für sie haben?

Und während weit unter ihr ein langer, von Wasser und Wind glatt geschliffener Ast an Land gespült wurde, der wie ein Pfeil zu ihr nach oben zeigte, erkannte Lia: Sie hatte nicht nur wortwörtlich, sondern auch im übertragenen Sinn den Stift in die Hand genommen, um ihre eigenen Zeichen und Buchstaben zu formen, sowohl in ihrem als auch in Rosies Leben.

Oder hatte sie ein einziges Mal danach gefragt, wie Gott deren Situation sah; ob es ihr allen Ernstes guttun würde, ihrem Bruder nach so vielen Jahren noch einmal zu begegnen? Ob nicht vielmehr der Schock, ihn im hohen Alter vollkommen verändert wiederzusehen, ihr sämtlichen Frieden rauben würde?

Hatte sie je darüber nachgedacht, welche Auswirkungen ein solches Aufeinandertreffen oder auch nur die Bitte darum für Gerd haben könnte? Falls er wirklich noch am Leben war, könnte Rosies

Zwillingsbruder möglicherweise gute Gründe dafür haben, sich von dieser fernzuhalten!

Die Antwort auf all diese Fragen lautete glasklar: Nein. Statt Gott um seine Führung in der Angelegenheit zu bitten, hatte sie Rosies und Gerds Geschichte zu ihrer eigenen gemacht und vollkommen selbstverständlich (oder sogar selbstherrlich?) versucht, diese entsprechend ihrer persönlichen Vorstellungen zu Ende zu schreiben. Sie hatte sich gefallen in der Rolle der möglicherweise Einzigen, die die Erinnerungen der alten Dame ernst nahm und versuchte, ihren Schmerz nachvollziehen und ihr deshalb zu ihrem Glück verhelfen zu können. Natürlich hatte sie dabei auch immer wieder gebetet – doch letztendlich nur darum, dass ihre Nachforschungen Erfolg haben und sie Gerd aufspüren würde, um den Zwillingen ein Happy End zu bereiten. Mit dem reinsten Tunnelblick hatte sie alle anderen Meinungen und Blickwinkel – einschließlich denen von Gott – ausgeblendet und nur auf dieses eine Ziel zugesteuert.

Siedend heiß stiegen Reue und Scham in Lia auf, während ihr das alles bewusst wurde, einschließlich der Tatsache, dass sie sich damit auch an Brendan schuldig gemacht hatte. Wegen seines scheinbaren Desinteresses am Leid seiner Großmutter hatte sie trotz aller Zuneigung ein wenig auf ihn herabgesehen. Dabei sorgte er sich auf seine spezielle, persönliche Art mindestens ebenso um Rosie wie sie – was die ausgesprochen heftige Reaktion auf deren Zusammenbruch bewiesen hatte …

Lia sank zu Boden. Das Meer konnte sie auf diese Weise zwar nicht mehr sehen, doch das war auch gar nicht nötig. Gottes Botschaft stand nicht länger nur in den Wogen und am Strand geschrieben, sondern bildete sich zusätzlich in Lias Inneren ab. Aus tiefstem Herzen bat sie Gott um Verzeihung für ihr eigensinniges, selbst ermächtigtes Handeln sowie für ihre Selbstgerechtigkeit gegenüber Brendan.

Als sie den langen Rückweg in die Stadt antrat, regte sich in ihr – neben der Gewissheit seiner Vergebung – eine zaghafte Hoffnung, dass Gott ihr eines Tages die Gelegenheit schenken würde, ihr Verhalten Rosie und Brendan gegenüber wiedergutzumachen.

☘ ☘ ☘

Zurück in der Pension rief Lia zum ersten Mal seit dem vergangenen Abend ihre Nachrichten auf dem Handy ab. Drei davon stammten von Deirdre, allesamt im Lauf der Nacht und des heutigen Morgens abgeschickt. Rosie war in der Klinik bald zu sich gekommen und hatte mit ihren Enkeln gesprochen, ihr Herz schlug wieder gleichmäßig und die Ärzte waren zuversichtlich, dass sich die Herzrhythmusstörungen mithilfe von entsprechenden Medikamenten künftig vermeiden lassen würden. Lia atmete auf. Sie spürte, wie sich ein weiterer Teil der Last von ihren Schultern löste: Rosie würde keinen bleibenden Schaden davontragen!

Die zweite und dritte Nachricht musste Deirdre abgeschickt haben, nachdem sie und Brendan wieder in Rosies Haus zurückgekehrt waren.

*Wo steckst du, Lia, und warum um Himmels willen bist du abgereist?? Du bist doch nicht etwa auf dem Weg nach Deutschland?! Granny fragt nach dir, sie würde dich gern sehen! Bitte melde dich und verrate uns, wo du steckst, wir können ihr doch unmöglich sagen, dass du auf Nimmerwiedersehen verschwunden bist!?!?*

Lia kreiste eine Weile nachdenklich mit dem Finger über dem Display, bevor sie tippte: *Danke für deine Nachrichten, Deirdre. Ich freue mich riesig, dass Rosie wieder vollkommen gesund wird, und bin nach wie vor im Lande. Brauche ein wenig Abstand und Ruhe, um über alles nachzudenken, und melde mich bei dir, wenn ich so weit bin! Liebe Grüße auch an Rosie und …*

Lias Hand verharrte in der Luft. Sollte sie Brendan überhaupt erwähnen? Obwohl sie ihm mittlerweile zugestehen wollte, dass seine Anschuldigungen gerechtfertigt waren und auch sie ihm unrecht getan hatte, ging ihr sein kalter, zorniger Abschiedsblick nicht aus dem Kopf. Nach einem solchen Ausdruck in den Augen des Mannes, der ihren Puls zum Rasen brachte, konnte sie unmöglich weitermachen wie bisher und unbefangene Grüße senden, oder? Und dennoch, wenn sie ernsthaft auf eine Gelegenheit hoffte, ihr Unrecht wiedergutzumachen, bedeutete ein kurzer Gruß zumindest einen Anfang!

Entschlossen tippte Lia seinen Namen und schickte die Nachricht ab. *Und hiermit,* nahm sie sich vor, *ist Schluss mit der Grübelei!*

Suchend sah sie sich in dem bescheidenen Zimmer nach einem Platz um, an dem sie ihre Skizzen ausbreiten und entscheiden konnte, welche davon sie als Vorlage für ihr geplantes Landschaftsgemälde verwenden würde. Ihren Block mit ins Freie zu nehmen, kam bei dem Wetter nicht infrage, weil ihr der Wind selbst an einem halbwegs geschützten Ort die Skizzen um die Ohren wehen würde, doch der Tisch in der Raumecke war deutlich zu klein und zu schlecht beleuchtet. Zu guter Letzt entschied sich Lia für das Bett. In kürzester Zeit war die Liegefläche mit den Skizzen bedeckt, die sich in ihrem Block angesammelt hatten.

Es waren etliche mehr, als ihr bewusst gewesen war: eine Kohlezeichnung von Hazelbrook House mit seinem Garten; ein einzelnes Pflanzenporträt; Bleistiftskizzen von Lough Glencar, dem Strand bei Sligo und dem Wasserfall, die sie nach ihrem jeweiligen Besuch dort anhand ihrer Erinnerung und der Fotos sowie des gesammelten Strandguts angefertigt hatte. Und last, but not least die Zeichnung des Ben Bulben mit Brendan und seinem Boot im Vordergrund.

Ihr Herz wurde schwer, während sie dieses Bild betrachtete. Wie anders er darauf wirkte als bei ihrer letzten Begegnung vor Rosies

Haus. Seine Gesichtszüge waren friedlich-entspannt, und seine ganze Haltung schien vollkommen eins mit der Umgebung zu sein.

Ja, das war eindeutig die beste Zeichnung, die sie während der Zeit in Hazelbrook House zustande gebracht hatte, und zwar, weil sie eine Geschichte erzählte. Sie bildete nicht nur eine spezielle Szenerie ab, sondern vermittelte darüber hinaus eine Botschaft. So wie die Handschrift des Schöpfers ihr durch die schaumgekrönten Meereswogen am Strand etwas gezeigt hatte. Die Wellen schrieben die Geschichte eines Gottes und seiner unvorstellbaren Größe, der sich dennoch unermüdlich, in ständig neuen Worten und zutiefst persönlich seinen Geschöpfen zuwandte; Lias Skizze erzählte die Geschichte eines Mannes, der mit stiller Selbstverständlichkeit seinen Platz in der Schöpfung einnahm. Der in Gott selbst seine ureigenste Identität gefunden hatte und die dankbare Freude darüber völlig unbewusst widerspiegelte. Und beide Botschaften berührten ihr Herz spürbar.

Je länger und intensiver Lia auf die Skizze starrte, desto stärker wurde das Gefühl, etwas Entscheidendes darin eingefangen zu haben – das eine, für sie persönlich maßgebliche Detail, worauf es neben allen technischen Fertigkeiten beim Malen ankam: die einzigartige Geschichte, die ihr Objekt zu erzählen hatte. Denn genau diese Geschichte war es, die einer bildlichen Darstellung Seele und Leben verlieh!

Zweifelsfrei war ihr das manchmal bereits gelungen, beispielsweise bei dem Porträt der Zwillinge, das sie Rosie geschenkt hatte, deren Schicksal ihr so unter die Haut gegangen war. Aber niemals war sie sich dieser Tatsache so deutlich bewusst gewesen: So wie Gott durch seine Werke Geschichten erzählte, konnte auch sie das tun.

Wenngleich es nicht ihre Aufgabe war, die Lebensgeschichte eines anderen Menschen in Eigenregie zu vervollkommnen – wie ihr nur zu deutlich geworden war. Aber mit ihren Bildern konnte sie eigene

Geschichten schreiben! Mit Stiften, Pinseln und Farben konnte sie von Schicksalen, Begebenheiten und der Natur auf eine Art und Weise erzählen, die andere Menschen berührte. Ihre Landschaftsbilder würden beispielsweise davon berichten, welche Geschichte Gott mit seinen Geschöpfen schrieb, insbesondere mit den Menschen …

Lia wurde von einer nahezu fieberhaften Euphorie gepackt. Was hätte sie darum gegeben, unverzüglich damit zu beginnen! Doch obwohl sie das dafür nötige Material im Gepäck hatte, war es in dieser beengten Situation unmöglich. Sie konnte die Leinwand ja schlecht ebenso auf dem Bett ausbreiten wie die Skizzen. Schweren Herzens sammelte sie diese wieder ein. Dabei blieb ein einzelnes Stück Papier auf der Bettdecke zurück.

Verwirrt griff Lia nach dem kartonierten, mit Schreibmaschine beschrifteten Bogen. In ihrem Skizzenblock hatte der eindeutig nichts zu suchen, dennoch kam ihr das Schriftstück seltsam bekannt vor. Tatsächlich! Es war eine der Karteikarten aus der ehemaligen Praxis von Rosies Mann. Brendan hatte sie in der Hand gehalten, als sie auf dem Dachboden die Briefe entdeckt hatten, und dann hatten sie das Dokument versehentlich mit nach unten genommen, wo es seitdem zwischen den Umschlägen gesteckt hatte. Jedes Mal, wenn Lia die Briefe durchgegangen war, hatte sie dabei auch die Karte in den Händen gehalten, und bei ihrem überhasteten Kofferpacken musste sich diese zwischen die Seiten ihres Blocks gemogelt haben.

Schön, dann hatte sie eben neben Brendans Hoody noch einen weiteren Gegenstand, den sie nach Hazelbrook House zurückschicken musste. Am besten, sie erledigte das sofort, solange sie noch hier in Irland war. Und wenn sie dann ohnehin auf der Suche nach einem Postamt oder Paketdienst war, würde sie sich nebenbei nach einem größeren Zimmer in diesem Städtchen umsehen, damit sie wenigstens den morgigen Tag unabhängig vom Wetter zum Malen nutzen konnte.

Eilig textete Lia Deirdre, dass sie sich nicht wundern sollten, wenn Rosie demnächst ein Paket aus Bray erhielt, stopfte den Hoody in ihren Rucksack und legte die Karte obendrauf. Anklagend starrte der Patientenname Gerry Mac Muir sie an, aber sie schenkte ihm keine Beachtung mehr. Zu lange hatte sie sich schon mit Rosies Vergangenheit und dabei am Rande auch mit dieser Karte beschäftigt, doch das war jetzt vorbei. Sie mischte sich nicht länger in deren Lebensgeschichte ein.

Ruckartig schloss Lia ihren Rucksack.

# Kapitel 22

*Sligo, 2019*

Es war doch nicht zu fassen: Jetzt starrte sie schon wieder auf die weißen Wände eines Krankenhauszimmers – mit dem einzigen Unterschied, dass diese Klinik sich in Irland und nicht in Deutschland befand! Unwillig drehte sich Rosie zur Seite, um aus dem Fenster statt auf die triste Umgebung zu blicken.

Ihr Zimmer musste im zweiten oder dritten Stock liegen, denn außer der Sonne, einigen Schönwetterwolken und dem blauen Himmel konnte sie nichts sehen. Zu ihrem Trost stand die Sonne schon fast im Zenit, was bedeutete, dass sie bald wieder Gesellschaft bekommen würde. Als ihre Enkel spätnachts gegangen waren, hatte Brendan versprochen, um die Mittagszeit wiederzukommen, wogegen Deirdre zurück nach Hause fahren musste.

Rosie hoffte, er würde Lia mitbringen, die sie seit deren Aufbruch nach Dublin vor über vierundzwanzig Stunden nicht mehr gesehen hatte. Ein wenig matt hatte sie selbst sich zu diesem Zeitpunkt zugegebenermaßen gefühlt, war aber dennoch hinaus ins Freie gegangen, um sich die Zeit bis zur Rückkehr der Mädchen mit der Arbeit in ihrem geliebten Garten zu vertreiben.

Die körperlich anstrengendsten Tätigkeiten wie Rasenmähen, die Instandhaltung des Küchengartens oder Büsche beschneiden überließ sie längst Brendan, aber ihre Blumen pflegte Rosie noch genauso gern wie früher. Auf den Gedanken, dass ein wenig Unkraut jäten sie in die Klinik bringen würde, wäre sie nicht im Entferntesten gekommen – und doch war genau das gestern geschehen.

Herzrhythmusstörungen! Was für ein bedrohliches Wort, wenn es die Ärzte plötzlich für einen selbst gebrauchten, dachte Rosie schaudernd. Ihr Leben lag in Gottes Hand, darauf vertraute sie felsenfest. Aber gleichzeitig wünschte sie sich auch, noch ein paar friedliche, erfüllte Jahre mit ihren Kindern und Enkelkindern auf dieser Erde verbringen zu können. Und mit Lia, die ihr mittlerweile genauso lieb geworden war wie ihre Familie.

Laut Auskunft der Ärzte stand dem praktisch nichts entgegen, sofern sie künftig ein wenig kürzertrat und auf Alarmsignale ihres Körpers achtete. Und *darauf* würde ihre Familie mit Vehemenz pochen, wie die Besorgnis ihrer Enkel letzte Nacht deutlich gezeigt hatte.

Der Gedanke daran zauberte ihr ein liebevolles Lächeln auf die Lippen. Insbesondere Brendans Verhalten, die heftigen Vorwürfe, die er ihr wegen ihrer Aktivitäten in letzter Zeit gemacht hatte, zeugte von dem gleichen Beschützerinstinkt, der ihren Zwillingsbruder früher angetrieben hatte.

Ja, einen Beschützer hatte sie ihr ganzes Leben stets an ihrer Seite gehabt: zuerst Gerd, in dem Maß, wie ein Junge von nicht einmal acht Jahren diese Rolle ausfüllen konnte; dann ihren Pflegevater und Großvater; später Arthur; und selbst in den schlimmsten Momenten ihrer Kindheit, als Gerd von ihrer Seite gerissen worden war und sie sich so unglaublich verloren gefühlt hatte, war er da gewesen – ihr „mächtiger Beschützer", wie Rosie ihn damals genannt hatte.

Jahrzehntelang hatte sie nicht mehr auf diese Weise an Gott gedacht, doch neulich in der Kapelle von Glencree hatte sie ihre Erinnerung daran wiedergefunden. Und zwar durch das Kirchenfenster, das die Szene von Jesus und den Kindern darstellte.

Der Anblick des kleinen Mädchens auf seinem Schoß, an dessen Stelle Rosie damals so gern gewesen wäre, hatte ihr die Tränen in die Augen getrieben. Vor all den Jahren hatte sie weder gewusst, dass der Mann Jesus, Gottes Sohn, war, noch dass er versprochen hatte, bis ans Ende der Welt für seine Kinder zu sorgen. Und dennoch hatte er genau das schon damals getan. Ehe sie gewusst hatte, dass er überhaupt existierte, hatte er in den Bombennächten seine schützende Hand über sie gehalten; und ehe sie seinen Namen gekannt hatte oder sich bewusst gewesen war, dass er sie liebte und sie persönlich mit ihm sprechen konnte, hatte er sie in den Schoß einer liebevollen Familie geführt! Und heute blickte sie auf ein Leben zurück, in dem er niemals von ihrer Seite gewichen war.

Durfte sie da nicht darauf vertrauen, dass Gott in Gerds Leben ebenso gewirkt hatte und ihrem Bruder in ähnlicher Weise nachgegangen war – vollkommen unabhängig davon, ob sie die entsprechenden Details kannte oder nicht? So betrachtet war der Kummer zwar verständlich, den ihr die Gedanken an sein Schicksal in den letzten Wochen bereitet hatten, aber wahrhaftig kein Zeugnis für ihr Gottvertrauen!

Rosie spürte, dass es an der Zeit war, ihre Sorgen um Gerds Schicksal in die Hand ihres „mächtigen Beschützers" zu legen. Sie schloss die Augen zu einem inbrünstigen Gebet.

Als sie sie wieder aufschlug, saß Brendan an ihrem Bett. „Hallo, Gran, wie fühlst du dich?", erkundigte er sich leise.

Rosie blinzelte, um sich zurechtzufinden. Sie musste beim Beten eingeschlafen sein. Besser, sie fragte nicht danach, wie lange Brendan schon hier saß und sie beobachtete. „Ich fühle mich ausgesprochen munter und gesund nach diesem Schläfchen, mein Junge, danke", ging sie lieber auf seine besorgte Frage ein. Suchend blickte sie sich um, doch bis auf ihren Enkel und ihre dösende Bettnachbarin war niemand da. „Wollte Lia nicht mitkommen?“, erkundigte sie sich enttäuscht.

Statt zu antworten, machte sich Brendan an einer Thermoskanne zu schaffen, die auf dem Tisch neben ihrem Bett stand, und schenkte ihr eine Tasse Tee ein. „Hier, trink erst mal was. Das ist dein Lieblingstee, den ich dir mit der offiziellen Erlaubnis der Schwestern mitgebracht habe!“

„Na schön!“ Gehorsam nahm Rosie einen Schluck, bevor sie auf ihre Frage zurückkam. „Und jetzt raus mit der Sprache: Warum hast du mir zwar netterweise meinen Lieblingstee, nicht aber Lia mitgebracht?“

Verlegen senkte ihr Enkel den Kopf, so wie er es als kleiner Junge getan hatte, wenn er bei etwas Unrechtem ertappt worden war. „Sie … ist abgereist, Granny, und ich fürchte, das ist allein meine Schuld!“

„O nein!“ Rosie brauchte einen Moment, um die überraschende Antwort zu verdauen, dann legte sie ermutigend die Hand auf seinen gesenkten Kopf. „Willst du mir nicht berichten, wie es dazu gekommen ist, Brendan?“

Er kam ihrer Aufforderung nach und endete mit den Worten: „Ich war wirklich sehr unfreundlich und grob, Gran, das hat meine kleine Schwester mir nur zu deutlich gesagt. Denn selbst wenn Lias starkes Interesse an deiner Vergangenheit deiner Gesundheit nicht gerade zuträglich war, hätte ich ihr das niemals derart lieblos an den Kopf werfen dürfen. Zumal sie ihre Nachforschungen nach Gerd rücksichtshalber vor dir geheim hielt. Ehrlich, heute könnte ich mir wegen meines Ausbruchs in den Hintern beißen – ich mag Lia nämlich sehr und hatte alles andere beabsichtigt, als sie zu vertreiben. Ich hoffe nur, du bist jetzt nicht ebenfalls sauer auf mich!“

„Im Gegenteil, mein Lieber, ich verstehe dich: Du wolltest mich nur beschützen, bist dabei allerdings, gelinde gesagt, etwas übers Ziel hinausgeschossen. Aber das bin ich selbst genauso", gestand Rosie reuevoll. „Ich habe mir viel zu viele Gedanken über das Schicksal meines Bruders gemacht und Lia damit angesteckt. Statt meine Sorgen in aller Ausführlichkeit vor ihr auszubreiten, hätte ich sie gleich zu Gott bringen sollen, das ist mir unterdessen klar geworden. In dem Fall wäre Lia überhaupt nicht auf die Idee gekommen, derart intensiv nach Gerd zu suchen, wie du sagst. Ich habe zwar vermutet, dass die Briefe sie weiterhin beschäftigen, aber nicht, dass sie ihn deshalb konkret sucht. Wenn ich das nur geahnt hätte – das arme Mädchen!" Sie seufzte schwer.

„Trotzdem – ich bin derjenige, der sie vertrieben hat, Gran. Dir ist sie nicht böse", erklärte Brendan beruhigend. „Ich bin sicher, dass sie sich schon bald bei dir melden wird. Deshalb konzentrier dich erst einmal darauf, wieder gesund zu werden!"

Rosie nickte bedächtig. „Du hast recht, Brendan: *Ich* sehe zu, dass ich schnellstmöglich wieder auf dem Damm bin, und *du* sprichst dich mit Lia aus! Das bist du ihr schuldig – nach allem, was sie für mich getan hat, findest du nicht?!"

„Aber sie ist endgültig abgereist, Gran, nicht einmal Deirdre weiß, wo sie genau steckt! Und einen Anruf von mir wird sie mit Sicherheit nicht entgegennehmen."

Brendans hängende Schultern ließen keinen Zweifel daran, dass er selbst all diese Möglichkeiten bereits durchgespielt hatte, wie Rosie mit einer gewissen Befriedigung feststellte. Er musste sich nicht nur ihretwegen, sondern ebenso um seiner selbst willen dringend mit dem Mädchen aussprechen, wie ihr schien.

„Gemeinsam werden du und Deirdre ihren Aufenthaltsort schon herausfinden, Junge!", beharrte sie deshalb. „Und beeilt euch damit, Lias Flieger nach Deutschland geht in zwei Tagen. Am besten, du machst dich sofort auf den Weg!"

„Aber …“

Rosie winkte seinen Einwurf ab. „Ich bitte dich darum, Brendan, denn ich werde keine wirkliche Ruhe finden, bevor ihr beiden das nicht bereinigt habt. Das verstehst du doch sicher, oder?“

Ihr Enkel nickte. „In Ordnung, ich tue mein Bestes!“

„Und ich werde dich dabei im Gebet begleiten“, versprach Rosie voller Erleichterung, dass er sich darauf einließ. „Danke, mein Lieber, und viel Erfolg!“

Brendan atmete tief ein, als er gegen Abend das Ortsschild von Bray im County Wicklow passierte. Nach der nahezu schlaflosen letzten Nacht und der langen Fahrt an die Ostküste war er entsprechend müde und sein Nacken schmerzhaft verspannt, doch der schwierigste Teil seiner Mission lag noch vor ihm: erstens, Lia in den Straßen der kleinen Stadt aufzuspüren, und zweitens, sie davon zu überzeugen, dass er sich dringend mit ihr aussprechen musste.

Die Ortsbezeichnung Bray war eine reichlich vage Angabe für Lias momentanen Aufenthaltsort, doch weitere Auskünfte dazu hatte Deirdre ihm nicht geben können. Lia brauche Zeit zum Nachdenken und habe sich deshalb von ihnen zurückgezogen, hatte seine Schwester noch gesagt. Es war mehr als offensichtlich, dass sie vorläufig nicht gefunden werden wollte. Falls das ein Zeichen dafür war, wie tief seine Vorwürfe sie verletzt hatten, standen die Chancen, dass Lia sich ausgerechnet mit ihm unterhalten würde, denkbar schlecht.

Dennoch lag nicht nur Rosie, sondern vor allem ihm selbst eine Aussprache mit ihr dringend am Herzen. Er musste sie um Verzeihung bitten, und zwar unabhängig davon, was dabei herauskam. Sollte sie ihm danach den Rücken kehren und nichts mehr mit ihm zu tun haben wollen, würde Lia zumindest wissen, dass nur Brendan – und nicht Rosie – sie so unfair beschuldigt hatte. Somit könnte sie den Kontakt mit seiner Großmutter guten Gewissens aufrechterhalten.

Doch im tiefsten Inneren musste er sich eingestehen, dass er sich mehr von diesem Gespräch erhoffte als nur das. Er wollte persönlich mit ihr in Kontakt bleiben und diese Verbindung, wenn möglich, sogar vertiefen. Er wünschte sich, Zeit mit ihr zu verbringen, um sie näher kennenzulernen und herauszufinden, ob sie sich trotz allem genauso zu ihm hingezogen fühlte wie er zu ihr!

Deprimiert trommelte er auf das Lenkrad, während sich der Verkehr auf der Hauptstraße des Städtchens nur mühsam voranschleppte. Zur abendlichen Rushhour waren hier deutlich zu viele Großstadtpendler unterwegs! Dafür nutzte Brendan jeden Stopp und jeden einzelnen im Schritttempo zurückgelegten Meter, um die Umgebung nach Lia abzusuchen – vergeblich, was ihn allerdings nicht weiter wunderte. Es müsste schon mehr als Zufall sein, sie auf diese Weise aufzuspüren. Wesentlich Erfolg versprechender würde es sein, wenn er die örtlichen Hotels und übrigen Unterkünfte nach ihr abklapperte.

Als er in der Stadtmitte an einer Kreuzung einen Wegweiser zur Strandpromenade entdeckte, hatte Brendan einen Geistesblitz. Bei Lias Affinität zu allem, was mit Meer und Strand zusammenhing, wäre es nur logisch, wenn sie sich genau dorthin zum Nachdenken zurückziehen würde. Denkbar wäre auch, dass sie die Zeit nutzte, um zu sehen, was die ansteigende Flut an Land schwemmte, oder um zu zeichnen. Kurz entschlossen steuerte er den Parkplatz an der Promenade an und stellte seinen Wagen ab, während er bereits überlegte, welche Richtung er einschlagen sollte. Würde Lia, der Aussicht wegen, eher südwärts mit Kurs auf den Bray Head gehen oder doch in die Gegenrichtung, wo die steinige Promenade irgendwann in Sandstrand überging? Er entschied sich für Zweiteres. Es blieb ja lange genug hell, sodass er im schlimmsten Fall umkehren und in der anderen Richtung suchen konnte.

Im lauen Abendwind marschierte er den Spülsaum entlang, wobei er die Spaziergänger schon von Weitem musterte. Auf eine Person mit zierlicher Statur und schulterlangem braunem Haar steuerte er direkt zu, nur um festzustellen, dass es sich nicht um Lia, sondern um eine Frau mittleren Alters mit äußerst missmutigem Gesichtsausdruck handelte. Lia war offenbar nicht die Einzige, die ihre Probleme und Sorgen an den Strand trug, um in Ruhe darüber nachzudenken. Er schenkte der Unbekannten ein aufmunterndes Lächeln und eilte weiter.

Mit zunehmender Entfernung zur Stadt verringerte sich die Zahl der Spaziergänger, sodass Brendan schon daran dachte, umzukehren, als ihm etliche Meter oberhalb der Wasserlinie etwas Buntes ins Auge fiel.

Auf einem niedrigen Felsen lag ein Stück Stoff, dessen orientalisch wirkendes Muster Brendan an Lias Lieblingshosen erinnerte. Hatte nicht der Rucksack, den sie stets bei sich trug, ein ganz ähnliches Design? Andererseits konnte es sich bei dem Gegenstand genauso gut um ein vergessenes Strandtuch handeln, das der Wind dort hinaufgetragen hatte. Denn von einem Besitzer war weit und breit nichts zu sehen.

Erst als er sein Ziel fast erreicht hatte, konnte Brendan die geschützte kleine Mulde neben dem Felsen und die junge Frau erkennen, die darin kauerte und den Kopf über das Display einer Kamera gebeugt hatte. Sein Herz holperte freudig: Er hatte Lia gefunden!

Sie war so vertieft in ihre Beschäftigung, dass sie seine Gegenwart erst bemerkte, als sein Schatten auf das Kameradisplay fiel und er sich räusperte.

„Brendan!" Vor Überraschung ließ sie die Kamera fallen und sprang auf. „Was tust du … Wie hast du mich gefunden?!"

Lächelnd hob er die Schultern. „Deine Nachricht an Deirdre, Intuition, detektivische Fähigkeiten – du darfst raten!“ Für Sekundenbruchteile verhakten sich ihre Blicke, ehe Lia sich verlegen nach ihrem Fotoapparat bückte. Glücklicherweise war er auf einem dicken Büschel Strandgras gelandet, und das Display hatte keinen Sprung bekommen, wie Lia nach kurzer Begutachtung feststellte. Das gab Brendan Zeit, sich zu sammeln. War es tatsächlich ein freudiger Schreck gewesen, der da gerade über Lias Gesicht gehuscht war, oder bildete er sich das nur ein? Doch selbst wenn es pures Wunschdenken sein sollte – die Person auf dem Bild, das sie betrachtet hatte, war eindeutig seine Wenigkeit. Hoffnungsvoll eröffnete er das Gespräch.

„Wir müssen … Ich würde gern mit dir reden. Ist das okay für dich, hier und jetzt, meine ich?“

Mit einem stummen Nicken schaltete Lia die Kamera aus, setzte sich wieder, und plötzlich platzten beide gleichzeitig heraus: „Es tut mir leid!“

„*Dir* tut es leid?“ Fassungslos ließ sich Brendan neben ihr auf den Boden fallen. „Aber warum denn, Lia? Ich bin doch derjenige, der Mist gebaut und daher Grund hat, sich zu entschuldigen. Mein Ausbruch dir gegenüber gestern Abend war vollkommen unangebracht, genau genommen unverzeihlich. Und ich weiß, dass es viel verlangt ist, trotzdem möchte ich dich fragen: Verzeihst du mir bitte, Lia?“

„O nein, Brendan, du hattest vollkommen recht mit deinen Vorwürfen.“ Lia zog ihren Rucksack zu sich heran und knibbelte an den Fransen der Seitentaschen, während sie bedächtig fortfuhr: „Ich habe mich viel zu sehr in diese Sache hineingesteigert und damit auch Rosie um ihre Ruhe gebracht, das ist mir heute Morgen klar geworden! Und als ob das nicht genug wäre, habe ich mir zudem noch eingebildet, die Einzige zu sein, die deine Gran und ihre Geschichte ernst nimmt. Deshalb wollte ich mich bei dir entschuldigen: Ich habe dir quasi unterstellt, dass sie dir weniger wichtig ist als mir. Dabei hat dein sogenannter Ausbruch gestern genau das Gegenteil bewiesen!"

„Stimmt, ich war außer mir vor Sorge, aber das gab mir noch lange nicht das Recht, dich derart anzufahren. Und was die Sache mit dem Hineinsteigern angeht – das sieht Granny genau umgekehrt. Sie denkt, *sie* hätte *dich* mit ihrem Kummer angesteckt, und nach dem heutigen Gespräch mit ihr glaube ich nicht mehr, dass ihre Herzprobleme auf dein Verhalten zurückzuführen sind. Trotzdem nehme ich natürlich deine Entschuldigung an und wiederhole dabei meine eigene Frage: Verzeihst du *mir* meine harten, ungerechten Worte?"

Brendan legte sein ganzes Herz in diese Bitte. Wenn Lia, die sich weiterhin verlegen mit den Fransen an ihrem Rucksack beschäftigte, nur begreifen würde, wie wichtig es für ihn war! Er wollte die Angelegenheit so dringend bereinigen, damit sie ihre freundschaftliche Beziehung unbelastet fortsetzen und, wenn irgend möglich, in etwas Tiefgehenderes verwandeln konnten!

Endlich nickte Lia. „Das tue ich gern!" Diesmal begegnete sie seinem Blick nicht nur für Sekundenbruchteile. Unwillkürlich näherte Brendan sein Gesicht dem ihren und suchte in ihren Augen nach dem Einverständnis zu einem Kuss, ließ es aber doch im letzten Augenblick auf sich beruhen. Er wollte die Situation nicht ausnutzen, in der sie beide zu aufgewühlt von den Ereignissen der letzten Tage waren, um vollkommen bei sich selbst zu sein. Wenn es nach ihm ging, würde sich ihnen schon bald eine bessere Gelegenheit bieten.

Etwas verunsichert zog sich Lia zurück. Sie schraubte den Deckel auf die Kamera und verstaute sie in ihrem gemusterten Rucksack. Dabei bemerkte Brendan die grüne Kapuzenjacke.

„Die habe ich versehentlich mitgenommen!", erklärte Lia. „Ich hatte vor, sie euch noch heute zusammen mit der alten Karteikarte zurückzuschicken, aber freitags schließt die Paketannahme schon mittags, und ich kam zu spät. Na egal, jetzt kannst du die Sachen persönlich mitnehmen. Moment!“

Sie zog die Jacke aus dem Rucksack, durchwühlte ihn nach der Karte und streckte Brendan beides entgegen.

„Was ist das denn?“ Mit fragend erhobenen Brauen musterte er das Schriftstück.

„Die Karteikarte, von der ich gerade gesprochen habe!“ In knappen Worten erläuterte Lia, wie die Patientenakte vom Dachboden über Umwege zwischen ihre persönlichen Habseligkeiten gelangt war; und Brendan erinnerte sich tatsächlich daran, dass er sie schon einmal in den Händen gehalten hatte. Auf den Namen, der ihm heute regelrecht ins Auge sprang, hatte er zu jenem Zeitpunkt allerdings nicht geachtet.

„Wenn man bedenkt, wie intensiv du nach Gerd gesucht hast, ist das schon irgendwie seltsam, nicht?“, überlegte er laut. „Ich meine die Tatsache, dass die Patientenakte ausgerechnet auf einen Mann mit dem Vornamen Gerry ausgestellt ist. Denn so würden wir Iren Grannys Zwilling nennen. Man könnte fast meinen, der Name verfolgt dich.“

„So etwas Ähnliches ging mir auch durch den Kopf. Aber wie ich vorhin schon sagte, habe ich meine Suche mittlerweile aufgegeben. Dieses Schriftstück geht mich also nichts mehr an.“

„Wie du willst. Dann werde ich die Akte von Gerry, dem Sohn des Meeres, wieder an ihren Platz in Grandpas Archiv zurückbringen. Obwohl ich mir wünschte, du würdest sie persönlich dorthin zurück…-“

„Augenblick, wie hast du ihn gerade genannt“, unterbrach ihn Lia mit hochgezogenen Augenbrauen, „diesen Gerry?“

„Sohn des Meeres, sagte ich“, erwiderte Brendan verdutzt, „denn nichts anderes bedeutet der Familienname ‚Mac Muir‘. Das ‚Mac‘ in einem irischen Namen steht für ‚Sohn des Soundso‘, und ‚Muir‘ ist das Meer – wie in dem Begriff Muir Eireann für die Irische See.“

„Demnach habe ich mich doch nicht verhört!“ Fassungslos griff Lia sich an die Stirn. „Gerds Pflegeschwester gebrauchte gestern fast denselben Ausdruck, als wir sie nach ihm gefragt haben. Sein Pflegevater, der Fischer von Beruf war, sagte immer, dass Gerry – so nannten sie ihn tatsächlich – ein echter Sohn der See war, weil er sich auf dem Boot und dem Meer so zu Hause gefühlt hat! Der Vater hat ihm wohl sogar erlaubt, die Schule zu schwänzen, um stattdessen mit ihm zum Fischen hinauszufahren.“

„Ja? Du glaubst doch nicht etwa, dass da ein Zusammenhang …“ Aufgeregt sprang Brendan auf, aber Lia winkte ab. „Ich glaube gar nichts mehr, was diese Sache angeht. Gestern haben Deirdre und ich zwar vermutet, dass Gerd als Erwachsener einen anderen Namen angenommen haben könnte, doch das ist jetzt nicht länger von Bedeutung. Ich werde nicht noch einmal einer vermeintlich vielversprechenden Spur nachgehen und damit weiteren Schaden anrichten!“

Ihrer Behauptung zum Trotz begann Lias Puls zu rasen, und sie konnte spüren, wie heftig ihr Herz gegen die Rippen pochte. Sollte dieses Stück Papier, das sie die ganze Zeit direkt „unter der Nase“ gehabt hatte, etwa der entscheidende Hinweis sein, nach dem sie so lange vergeblich gesucht hatte? Die Bedeutung dieses Familiennamens passte zu Mandys Beschreibung von Gerd wie ein Puzzleteilchen zum anderen. Das konnte doch unmöglich nur Zufall sein!?

„Komm schon, Lia, nach allem, was du bis jetzt weißt, darfst du das nicht als Zufälligkeit abtun“, ließ Brendan ihre eigenen Gedanken laut werden. „Zumal der Name Mac Muir hierzulande nicht gerade zu den häufigsten Familiennamen gehört. Das ist mehr als ein Hinweis oder eine glückliche Fügung – das ist eher schon so etwas wie Führung!“

„Ich weiß nicht“, gab Lia halbherzig zurück. „Wenn aller Wahrscheinlichkeit zum Trotz hinter diesem Namen Rosies Zwillingsbruder stecken würde, hätte er sich ihr nicht schon damals", sie vergewisserte sich auf der Karteikarte, „im Jahr 1962 zu erkennen gegeben? Und hätte nicht auch sie ihn wiedererkennen müssen, da sie zu diesem Zeitpunkt noch nicht einmal zwanzig Jahre voneinander getrennt waren?"

„Vermutlich", räumte Brendan ein. „Aber du weißt nicht, ob sich die beiden überhaupt zu Gesicht bekommen haben, denn Gerd war ja bei ihrem Mann in Behandlung, der ihn nie kennengelernt hatte!"

„Hm." Lia erhob sich langsam, schwang den Rucksack auf ihren Rücken und brütete dabei über Brendans Argumentation. Sie musste zugeben, dass diese durchaus schlüssig war, und dennoch: Nach allem, was sie heute Morgen in Bezug auf sich selbst und ihr Verhalten erkannt hatte, konnte und durfte sie die Nachforschungen nicht wieder aufnehmen, um nicht weiteren Kummer zu verursachen.

Und wieder schien Brendan ihre Gedanken lesen zu können. „Ich weiß, Lia, du hast dir vorgenommen, nicht weiter nach Gerd zu suchen, aber ändert diese Entdeckung nicht alles? Du müsstest nicht länger ins Blaue hinein suchen, sondern könntest mit konkreten Anhaltspunkten und damit einer deutlich realistischeren Aussicht auf Erfolg vorgehen!"

Lia antwortete nicht. Es kam ihr so vor, als hätten sie beide die Rollen getauscht: Plötzlich war er nicht nur zum Befürworter, sondern sogar zur treibenden Kraft der Nachforschungen geworden, und sie war nun diejenige, die der Sache im Weg stand. Mit unglücklicher Miene stolperte sie über den Felsbrocken, auf dem ihr Rucksack gelegen hatte, sodass Brendan stützend ihren Ellbogen umfasste. Dabei studierte er eingehend ihren Gesichtsausdruck.

„Ich verstehe nur zu gut, dass du nicht noch einmal diejenige sein willst, die Schicksal spielt, Lia", versicherte er nachdrücklich. „Doch wie wäre es, wenn *ich* diesmal die Verantwortung auf mich nehme?

Ich könnte Granny von dieser neuen Entwicklung berichten – vorausgesetzt, ihr Zustand ist morgen mindestens genauso stabil wie heute. Und dann treffen wir gemeinsam eine Entscheidung, ob wir weitere Nachforschungen anstellen oder eben nicht. Wenn sie selbst davon überzeugt ist, dass sie auch eine eventuelle Enttäuschung verkraften kann, dann können wir das ebenfalls sein. Was hältst du davon?"

„Das ist allein deine Entscheidung, Brendan! Ich fliege in zwei Tagen nach Hause, wie du weißt, und werde deiner Großmutter von dort aus einen Brief schreiben beziehungsweise mit ihr telefonieren, um ihr alles zu erklären. Wenn ihr möchtet, könnt ihr mich aber gern darüber auf dem Laufenden halten, wie sich die Dinge entwickeln!" Lia entzog ihm ihren Ellbogen und stapfte zum Wasser hinunter. Die Wellen begannen ihren Rückzug, die Flut war vorbei. Genau wie ihr Urlaub demnächst. Was ab hier auf sie wartete, waren die Kunden im Café, David und ihre etwas einsame, aber gemütliche kleine Stadtwohnung …

Doch Brendan blieb hartnäckig. „Und wenn ich dich darum bitte, noch so lange zu bleiben, Lia?" Mittlerweile hatte seine Stimme einen fast beschwörenden Unterton, sodass sie sich unweigerlich wieder zu ihm umdrehte. „Du weißt, Flüge lassen sich verschieben, und nicht nur Rosie, sondern insbesondere auch ich würde mich freuen, dich noch eine Weile hier zu haben. Ich …", für einen Augenblick zögerte er, zerzauste gedankenverloren das Haar über seiner Stirn und fuhr anschließend umso entschlossener fort: „Ich hätte gern die Chance, dich näher kennenzulernen, Lia, und unabhängig von irgendwelchen Nachforschungen noch mehr Zeit mit dir zu verbringen!"

Sie schlug die Augen nieder. Brendans Worte und die Intensität seines Blickes in Verbindung mit dem Beinahekuss vorhin ließen keinen Zweifel an seinen Absichten. Die Frage war nur, ob sie selbst inzwischen offen für die Möglichkeit einer Beziehung mit ihm war.

Unschlüssig trat sie von einem Fuß auf den anderen und starrte aufs Meer hinaus. Die letzten Strahlen der sinkenden Sonne, die es über die Bergrücken im Landesinneren geschafft hatten, glitzerten auf den Wogenkämmen, vergoldeten ihre sich beständig ändernde und dennoch ewige Botschaft.

Der aufkommende Abendwind blies ihr das Haar ins Gesicht, und als Brendan die Hand danach ausstreckte, es sanft zurückstrich und dabei auch zögerlich ihre Wange und den Hals berührte, wich Lia nicht zurück. Seine Berührung war so federleicht wie die eines Schmetterlingsflügels und doch kraftvoll genug, sie unter Umständen auf Dauer an der Seite dieses Mannes zu halten …

# Kapitel 23

*Inis Beag, Mai 2019*

So unmerklich, wie die Flut sich herangeschlichen hatte, zog sie sich auch wieder zurück. Woge für Woge rollte das Wasser hinab in die Tiefe des Atlantiks und entblößte damit die sanft abfallende Fläche des Meeresbodens: von den Wellen gezeichnete, gleichmäßige Rillen im Sand, durchsetzt mit licht schimmernden Pfützen und überzogen mit Splittern von Muscheln, Krebsscheren und feuchtem Tang. Aus den rosafarbenen Strandnelken am Rand der Gezeiteninsel erklang die unverkennbare Stimme des Strandpiepers und übertönte sogar die heiseren Rufe der Möwen. Auf den nahen Salzwiesen kauerte ein Kaninchen in Habachtstellung. Es behielt die unbekümmert neben ihm weidenden Jungkühe ebenso im Blick wie den Raubvogel, der vom Land herkommend hoch oben über der Insel seine Kreise zog.

Dieser Anblick war dem bärtigen alten Mann im gelben Südwester vertrauter als das Innere seines Hauses. Seit Jahren lebte er nun hier im Takt der Gezeiten, doch die Faszination, die sowohl der unverstellte Blick in Ferne und Nähe als auch die Lebensweise auf ihn ausübten, war ungebrochen. Umgeben von nichts als Wind und Wasser, Sand und Seevögeln und dem Weidevieh, das vom nahen Land auf die Insel gebracht wurde, fühlte er sich hier so daheim wie niemals zuvor in seinem Leben.

Abgesehen natürlich von den Jahren, als seine Frau Kelly ihm das über alles geliebte Zuhause gewesen war. Doch viel schneller, als draußen auf See ein Sturm aufziehen konnte, war diese Zeit an der Seite seiner einfühlsamen, liebevollen Gefährtin vorübergeflogen, und er hatte sich mit den kostbarsten Erinnerungen, deren Anzahl die seiner restlichen Habseligkeiten deutlich überstieg, hierher zurückgezogen. Auf dem winzigen Eiland vor der Küste Galways, das bei Ebbe nur durch einen knappen Kilometer freiliegenden Meeresboden von der Hauptinsel getrennt war, hatte er als derzeit einziger Bewohner tiefere Wurzeln geschlagen als an jedem anderen Ort auf dieser Welt. Davon hatte er im Lauf seiner seemännischen Karriere sowieso mehr als genug zu sehen bekommen.

Das Gleiche galt für die Menschen. Auch ihrer war der alte Mac Muir spätestens jetzt, an seinem Lebensabend, reichlich überdrüssig geworden. Doch nicht einmal auf der Insel ließen sich Begegnungen mit ihnen vollkommen vermeiden. Neben dem Farmer, dessen Jungkühe auf Inis Beag weideten, und dem Lebensmittelhändler drüben an der Küste, den er so selten wie möglich aufsuchte, waren es vor allem Touristen, die ihn nicht komplett zum Einsiedler werden ließen. Vom Frühling bis zum Herbst kamen sie fast täglich zu seiner Insel herüber, parkten ihre Autos auf einem möglichst trockenen Fleckchen und erkundeten die Klosterruinen samt der Quelle, die ihn genau wie einstmals die Mönche mit Süßwasser versorgte.

In den ersten Monaten nach seiner Übersiedlung war ihm die unverhohlene Neugier, mit der sie ihm als dem einzigen Inselbewohner begegnet waren, zuwider gewesen, mittlerweile aber hatte er gelernt, mit ihrer Aufdringlichkeit umzugehen. Meist fand er sogar Vergnügen daran, ihnen die eine oder andere Geschichte zu erzählen. Begonnen hatte das Ganze höchst simpel damit, dass er den Inselbesuchern Fragen zur Geschichte des Klosters, des uralten Friedhofs und den wenigen noch vorhandenen, leer stehenden Häusern beantwortet hatte. Irgendwann aber hatte das Geschehen eine Eigendynamik entwickelt, und aus den anfangs knappen, sachlichen Auskünften waren anschauliche Geschichten entstanden. Mit der Zeit hatte er den historisch belegten Ereignissen alte irische Legenden und eigene Erlebnisse aus seinen langen Jahren auf See hinzugefügt, sodass die Erzählungen immer größeren Anklang gefunden hatten und mancher Zuhörer zugeben musste, die Insel nur wegen ihres Storytellers zu besichtigen.

Vor etlichen Monaten war dann Gerrys einzige Tochter bei einem Besuch Zeuge von dieser bislang geheim gehaltenen Tätigkeit ihres Vaters geworden. Begeistert von seiner Begabung hatte sie ihn, anfangs gegen seinen Willen, offiziell als Storyteller in eine entsprechende Liste des Landes aufnehmen lassen – mit dem Resultat, dass er inzwischen sogar etwas Geld mit dem Geschichtenerzählen verdiente und etliche Touristen mehr nur seinetwegen das winzige Eiland aufsuchten.

Seine Zuhörer kamen für gewöhnlich mit der einsetzenden Ebbe und verließen die Insel wieder, sobald das Wasser zu steigen begann, also bevor die Fahrrinne zurück zur Küste für die folgenden Stunden überflutet sein würde.

In den Abendstunden – für ihn die kostbarste Zeit des Tages – durchstreifte er dann oft in aller Ruhe seine Insel und sammelte auf, was die Besucher hinterlassen hatten. Neben Picknickresten und Müll fand er Kindermützen, Halstücher, Schlüssel, Handys und gelegentlich sogar Geldbörsen, die er in regelmäßigen Abständen treu zur Küste hinübertrug, damit sie ihren Eigentümern zurückgegeben werden konnten. Danach nahm er seinen gewohnten Platz an der Bootsanlegestelle ein und beobachtete, wie die Sonne am westlichen Horizont im Ozean versank. Je nach Wetterlage und Jahreszeit boten

Himmel und Meer dabei jeden Abend ein anderes Schauspiel, ein Wunder, dessen er niemals müde wurde.

An diesem speziellen Maiabend galt seine Aufmerksamkeit allerdings weniger dem Himmel als vielmehr dem Inhalt seiner Jackentasche. Der Lebensmittelhändler drüben „auf dem Festland", der gleichzeitig seine Kontaktperson zur Außenwelt und aufgrund seines Internetanschlusses zudem so etwas wie Gerrys Manager darstellte, hatte ihm heute Morgen einen Brief überreicht. Wie immer handelte es sich dabei um eine der ausgedruckten E-Mails, die ihn über die Organisation der Storyteller in regelmäßigen Abständen erreichten. Meist bestanden diese Nachrichten aus Anfragen bezüglich seiner Dienste als Geschichtenerzähler, Einladungen zu diversen Storytelling-Events in ganz Irland oder zu Privatveranstaltungen, die er stets höflich, aber bestimmt ablehnte. Er hatte mehr als genug Jahre seines Lebens mit Reisen verbracht – wer heute eine Geschichte von ihm hören wollte, musste ihn schon hier auf der Insel aufsuchen. Diesmal hingegen vermutete der alte Mann einen etwas anderen Inhalt der Nachricht.

Allein der Blick auf den Absender der Mail, den Sean vom Spar-Market stets ordentlich außen auf dem zusammengefalteten Papier vermerkte, hatte Mac Muirs Puls in die Höhe schnellen lassen und ihn dazu veranlasst, die Nachricht so tief wie möglich in der Jackentasche zu versenken, wo sie den ganzen Tag über schwer wie ein Stein gewogen hatte. Nicht einmal auf seine Geschichte und die Zuhörer hatte er sich wie sonst konzentrieren können. Der Name auf dem mittlerweile völlig zerknitterten Blatt Papier lautete „R. Healy".

Mehr als fünfzig Jahre waren seit seinem Besuch in der Praxis des Landarztes Dr. Healy vergangen, aber niemals hatte er diesen Namen wieder vergessen, nicht für eine Minute! Jedes Mal, wenn er ihm begegnete – und Healy war nicht der seltenste irische Nachname –

horchte er auf, sah genauer hin, zog den Kopf ein und fürchtete, er könnte plötzlich seiner Schwester gegenüberstehen. Jedes Mal hatte sein schlechtes Gewissen – das Bewusstsein seiner Schuld an ihr – den eisigen Griff um Gerrys Herz verstärkt und ihn schließlich dazu gebracht, sich von allen Menschen fernzuhalten, die diesen Namen trugen. Bis zum heutigen Tag. Aber heute hatte der Familiennname Healy ihn gefunden, richtete sich wie der Lauf einer Schusswaffe gezielt auf Gerry. Und schon bevor er einen dazugehörigen Vornamen oder den Inhalt der Nachricht kannte, spürte er, dass ihn damit die Vergangenheit eingeholt hatte.

Mit zitternden Fingern faltete er das Papier auf, warf einen letzten Halt suchenden Blick auf sein geliebtes Meer und begann zu lesen.

*Sehr geehrter Mr Mac Muir, meine Nachricht ist eine etwas heikle Angelegenheit, denn ich bin nicht sicher, ob Sie derjenige sind, für den ich Sie halte. Falls Sie es nicht sind, betrachten Sie diese Nachricht als nichtig und verzeihen Sie mir bitte, dass ich Ihnen zur Last fiel. Falls Sie aber der Gesuchte sein sollten, nun, dann wäre meine Freude größer, als ich in Worte fassen kann. Und darum handelt es sich konkret: Mein Name ist Rosie Healy, doch geboren bin ich als Rosemarie Henke in Köln …*

Die restlichen Zeilen verschwammen vor seinen Augen, als würden sie vom Meer selbst hinweggespült. Plötzlich war der bärtige alte Seemann und weise Storyteller Gerry Mac Muir wieder der achtjährige Gerd Henke, der so kläglich dabei versagt hatte, seine Schwester zu beschützen, und – überwältigt von Kummer und Schuld – versucht hatte, in einem bescheidenen irischen Fischerhaushalt heimisch zu werden.

*Irland, 1946 bis 1949*

Am liebsten wäre Gerry, wie ihn plötzlich alle riefen, gleich am ersten Morgen in seinem neuen Heim mit dem Fischerboot hinausgefahren, aber leider schickte man ihn stattdessen auch hier zur Schule. Das Schulhaus lag auf halber Höhe des Hügels, über den er am Vortag mit seinem Pflegevater hierhergekommen war. Seine Mitschüler kamen aus den umliegenden Dörfern, und es gab nur zwei Klassenräume. Seine beiden neuen Schwestern (die er niemals wirklich als solche betrachten würde, denn Rosie war die einzige Schwester, die jemals für ihn gezählt hatte) schoben ihn zielstrebig auf eines der Zimmer zu und erklärten jedem Kind, das ihnen dabei entgegenkam, voller Stolz: „Gerry, our German boy!"

Fast die gleichen Worte gebrauchte die Lehrerin, als sie ihn begrüßte und den neuen Klassenkameraden vorstellte, nur dass sie zusätzlich seinen Nachnamen nannte. Jetzt war er also Gerry Henke, gehörte zur Familie Finch und zu der Klasse eins bis fünf an der Dorfschule. Die anderen Jungen im Klassenraum musterten ihn kritisch, einer von ihnen stieß seinen Nachbarn in die Seite und murmelte etwas nicht allzu freundlich Klingendes, als die Lehrerin Gerd neben ihn in die Bankreihe schob.

Das dunkle Haar hing dem bestimmt schon zehnjährigen Jungen lang und ungekämmt über die Augen, und als er lächelte, erkannte Gerd, dass ihm einer der oberen Schneidezähne fehlte. Ob er den bei einer Prügelei verloren hatte?

Möglich wäre es, so herablassend wie Jimmy mit seinen breiten Schultern und den kräftigen Händen ihn angrinste. Gerd ballte die rechte Hand in der Hosentasche zur Faust. Sollte ihm dieser Jimmy nur kommen – er würde ihm schon zeigen, was ein echter German boy war! Die Bauernjungen hier hatten doch nicht den leisesten

Schimmer, wie man auf dem Schwarzen Markt etwas zum Essen besorgte oder Kohle von einem fahrenden Zug klaute, damit die Familie zu Hause nicht verhungerte oder erfror …

Verstohlen behielt er Jimmy und dessen Kameraden den ganzen Vormittag über im Blick. Von dem, was die Lehrerin erklärte, verstand er ohnehin kaum ein Wort. Nicht, dass ihm das etwas ausgemacht hätte, denn zu Hause bei Herrn Bode hatte er schon genug unnützes Schulwissen abbekommen. Mit ein bisschen Mühe vermochte er fast alles zu lesen, und er konnte rechnen und um Preise handeln. Das sollte doch ausreichen, um sich als Mann durchs Leben zu schlagen.

Während der Pause auf dem kleinen grasbewachsenen Schulhof mit einem Fußballtor für die lärmenden Jungen und einer Schaukel für die plaudernden Mädchen hielt sich Gerd ebenfalls abseits. Er starrte den Hügel hinab zum Meer und versuchte auszumachen, welches der Fischerboote vor Anker das seines Pflegevaters war. Die Boote waren gerade eingelaufen, als die Kinder sich auf den Weg zur Schule gemacht hatten, und Mr Finch hatte ihnen fröhlich zugewunken. Inzwischen war er wahrscheinlich damit beschäftigt, seinen Fang zu verkaufen oder sein Boot sauber zu machen oder was auch immer hart arbeitende Fischer sonst so im Lauf des Vormittags taten. Wenn er sich doch nur von Gerd dabei helfen ließe, statt ihn zur Schule zu schicken! Gemeinsam könnten sie schätzungsweise die doppelte Menge an Fischen fangen und dadurch dann viel besser für das Auskommen der Familie sorgen.

Dieser Gedanke ließ Gerd innehalten. Er musste einen Weg finden, Mr Finch klarzumachen, dass er ihm – als kräftiger, für sein Alter beachtlich großer Junge – auf dem Boot deutlich mehr von Nutzen war, als wenn er untätig hier in der Schule herumsaß. Das Problem daran war nur, dass Mr Finch ihn und somit seine Begründung nicht verstehen konnte, und ebenso wenig bekam Gerd eine Gelegenheit, sich durch seine Taten unentbehrlich zu machen, solange er ihn nicht mit auf See hinausnahm! Vermutlich gab es da nur eine Lösung: Gerd musste so rasch wie möglich Englisch lernen, damit er in der Lage war, seinen Pflegevater zu überreden. Plötzlich konnte er es kaum mehr erwarten, nach der Pause ins Klassenzimmer zurückzukehren und der Lehrerin zuzuhören. Mit der Aussicht auf viele wundervolle Stunden draußen auf dem weiten Meer lohnte es sich sogar, diese lästige neue Sprache zu lernen.

Zu seiner größten Freude dauerte es aber gar nicht so lange, bis ihn sein Pflegevater mit aufs Wasser hinausnahm. Die Kinder hatten samstags keinen Unterricht, da sie ausnahmslos aus bescheidenen Verhältnissen stammten und ihre Arbeitskraft am Wochenende zu Hause dringend gebraucht wurde. Und während Mandy und Berna mit Mrs Finch Brot backten, die Sonntagskleider bügelten und im Haus sauber machten, sollte Gerd auf dem Boot aushelfen.

Mit stolzem Lächeln betrat er mitten in der Nacht die knarrenden Planken. Seit den Bombennächten war er niemals mehr um diese nachtschlafende Zeit wach gewesen und fühlte sich deshalb wie ein echter erwachsener Seemann. Zugegeben, das kleine Boot mit seiner rostigen Winde, dem glitschigen Deck, den Netzen und dem stinkenden Dieselmotor hatte nicht viel gemein mit dem stolzen Dampfer, mit dem sie nach Irland gekommen waren, doch man war dem Wasser selbst hier deutlich näher. Noch im Hafen spürte Gerd bereits jede kleine Welle unter seinen Füßen, die er entschlossen gegen die Planken stemmte, und als Mr Finch den Motor startete und sie die schützenden Kaimauern hinter sich ließen, starrte er entzückt auf das aufgewühlte dunkle Wasser neben ihnen, die Gischt, die im Licht des Scheinwerfers am Bug aufspritzte und die silbern schäumenden Wellen am Heck, die die Spur des kleinen Fischerbootes nachzeichneten. Gab es etwas Schöneres, als das feste Land hinter sich zu lassen und genau wie die Möwen dort oben nichts anderes zu sehen als Wasser und Himmel, nichts anderes zu spüren als Wind und Weite und die Grenzenlosigkeit des Meeres?

Keine Häuser sperrten Gerd hier draußen ein, egal, ob sie in trostlos-traurigen Trümmern lagen oder sich mit geraden, stabilen Mauern stolz erhoben. Niemand ermahnte ihn, still zu sitzen oder sich von „gefährlichen“ Jungen wie Günter fernzuhalten; und kein Mensch hielt ihn für zu klein und zu unbedeutend, um nicht das zu tun, was ein Fischer eben zu tun hatte. Als Gerd sich mit leuchtenden Augen neben Mr Finch ans Steuerruder stellte und wie dieser stumm beobachtete, wie das Dunkel der Nacht dem ungewissen Grau der Morgendämmerung wich, verblasste sogar seine Sorge um Rosie ein wenig.

Im weiteren Verlauf dieser ersten Stunden an Bord bekam Gerd nicht mehr viel Gelegenheit, in Ruhe die Umgebung zu mustern oder darüber nachzudenken, was er überhaupt tat, und bei der Rückkehr ins Fischerhaus fiel er vollkommen erschöpft ins Bett. Doch was er schon immer gespürt hatte, stand für ihn jetzt felsenfest: Sein künftiges Leben gehörte der See. Er brauchte die Freiheit des Wassers und des Himmels um sich herum wie das Essen für seinen knurrenden Magen und frische Luft zum Atmen.

Schon bald wurde es zur Gewohnheit, dass Gerry drei- bis viermal pro Woche beim Fischfang half, statt zur Schule zu gehen. Da er sich ohnehin nur als Gast im Land aufhielt, nahm es die Schulbehörde in seinem Fall nicht allzu genau; und Gerry blühte an Bord des Kutters und in der Gesellschaft seines schweigsamen, aber oft fröhlich vor sich hin pfeifenden Pflegevaters sichtlich auf. Vereint durch ihre Leidenschaft für die See waren die beiden nach kurzer Zeit ein Herz und eine Seele, sodass ihm sein altes Leben samt den Gedanken an Rosie bald nur noch wie ein undeutlicher bedrückender Traum erschien. Gerd Henke aus Köln, nutzloser Beschützer seiner Zwillingsschwester

Rosie, gehörte der Vergangenheit an – heute war er Gerry, der Sohn von Ned Finch, einem Fischer in einem kleinen irischen Küstenort.

Immer öfter ließ er die regelmäßig eintreffenden Briefe aus Köln ungeöffnet liegen, und da seine neue Familie ihn nicht dazu drängte zu antworten, warf er diese lästige Pflicht bald vollkommen über Bord. Das Einzige, was ihn somit noch an sein altes Leben erinnerte, waren die vom Roten Kreuz angeordneten jährlichen Untersuchungen der deutschen Pflegekinder. Dort erklärte Gerd von Anfang an entschieden, dass er für immer bei der Familie Finch bleiben würde. Sein Pflegevater, der sich ein Leben ohne den tatkräftigen kleinen Gefährten auf dem Boot gar nicht mehr vorstellen konnte, schloss sich seinem Wunsch nur allzu gern an und beantragte offiziell die Adoption. Der Antrag wurde abgelehnt: Gerds Vater, inzwischen aus der Kriegsgefangenschaft heimgekehrt, wollte den einzigen Sohn lieber bei sich in der Heimat haben.

Der Tag, an dem der mittlerweile kaum noch Deutsch sprechende elfjährige Gerry die Fähre nach England und danach weiter in Richtung Deutschland bestieg, blieb ihm für immer als einer der schwärzesten Tage seines Lebens in Erinnerung. Nahezu blind vor Tränen der Wut, der Enttäuschung und des Heimwehs sah er die irische Küste hinter sich verschwinden und schwor sich, so bald wie möglich hierher zurückzukehren.

☘ ☘ ☘

*Köln, 1950 bis 1951*

Ohne mit der Wimper zu zucken, ließ Gerd die Schläge über sich ergehen. Sein Vater machte so häufig von dem Ledergürtel Gebrauch, dass es für ihn ohnehin schon zur Gewohnheit geworden war, gezüchtigt zu werden, und außerdem schlug Vater sonst manchmal noch viel kräftiger zu. Offenbar litt er heute wieder an den starken Kopfschmerzen, die von der Verletzung durch einen Granatsplitter im Nacken herrührten, und brachte deshalb kaum Energie für die Bestrafung auf.

Doch gleichgültig, wie heftig die häufigen Schläge ausfielen, litt Gerd an ihnen meist weniger als unter dem Blick seiner Omma im Hintergrund. Denn jedes Mal, wenn Vater wie jetzt gerade zornig nach dem Riemen griff und Ommas besänftigende Worte an ihn nichts nützten, zog sie sich in ihre Sofaecke zurück. Sie verbarg das Gesicht in den Händen und schaute Gerd durch die gespreizten Finger hindurch tadelnd und gleichzeitig so mitfühlend an, als spürte sie die Schläge am eigenen Leib. In diesen Momenten schämte sich Gerd zutiefst für sein Verhalten und nahm sich ernsthaft vor, den Vater niemals wieder zu verärgern. Und dennoch konnte er nicht anders.

Denn egal, was er tat, sosehr er sich bemühte, seinen dauerhaft arbeitsunfähigen Vater zu unterstützen, fand dieser doch stets einen Fehler an ihm. Suchte Gerd, der mit knapp zwölf Jahren mindestens so groß und kräftig wie ein Vierzehnjähriger war, sich eine bezahlte Hilfstätigkeit, erklärte der Vater, dass ohne Schulbildung niemals etwas aus ihm werden würde. Die Antwort von Gerd, dass er in Irland längst wie ein Erwachsener als Fischer gearbeitet hatte, erstickte der Vater kurzerhand mit Schlägen. Nahm sich der Junge dagegen die Ermahnung zu Herzen, saß nach dem Unterricht in der Wohnung und erledigte seine Schulaufgaben, schickte sein Vater ihn auf Arbeitssuche hinaus auf die Straße, um sich „zumindest einmal im Leben wahrhaft nützlich zu machen".

So auch heute. Sobald sein Vater aber von ihm abgelassen hatte und in den Sessel sank, in dem er, das unbrauchbare rechte Bein steif von sich gestreckt, den größten Teil seiner Tage verbrachte, griff Gerd nach einer warmen Jacke und stürmte hinaus in den kalten Februartag. Was dachte Vater eigentlich, wer die Familie in den ersten

Monaten nach dem Krieg mit Lebensmitteln und Kohle versorgt hatte? Etwa nur die kranke, gebrechliche Omma oder die Besserwisserin Erika, die Vater ständig und in allem zustimmte und auch selbst oft genug auf Gerd herumhackte?

Zutiefst in seiner Ehre verletzt steuerte er den einzigen Rückzugsort an, den er nach seiner Rückkehr vor einem halben Jahr für sich entdeckt hatte: unter der Rheinbrücke. Dort, wo er zwischen den Trümmern der ehemaligen Brückenpfeiler sitzen und mit den Augen das langsam fließende Wasser verfolgen konnte, vermochte er sich manchmal einzubilden, er wäre wieder zu Hause in Irland oder auf See.

*Zu Hause* – im Grunde wusste Gerd schon gar nicht mehr, was dieser Begriff bedeutete. Einst war er genau hier zu Hause gewesen, wie ihm bei seiner Ankunft oben auf der Brücke und beim Anblick der Wohnung wieder bewusst geworden war. Dann hatte man ihn in ein fremdes Land mit einer ihm fremden Sprache und lauter unbekannten Menschen geschickt, um dort ein neues Zuhause zu finden; und als es endlich so weit gewesen war, musste er auch dieses wieder verlassen und sollte plötzlich hier wieder zu Hause sein. Als ob man ein Zuhause, eine Heimat wie Medizin verordnen könnte, verlangten die Erwachsenen von ihm, dass er sich jetzt plötzlich zurück in Köln wieder genauso wohl und gesund fühlte wie früher!

Und wer weiß, vielleicht wäre es ihm sogar gelungen, wenn Rosie mit ihm gemeinsam zurückgekehrt wäre. Er hätte sein schändliches Versagen an ihr wieder wettmachen können, indem er sie vor Vater und seinen Launen und Prügeln in Schutz genommen und wie früher eine Verbündete gehabt hätte, die in allem hinter ihm stand. Aber Rosie war nicht hier – und die einzigen Menschen, mit denen er sich zumindest halbwegs verbunden fühlte, waren die anderen Heimatlosen und Vertriebenen, die sich tagtäglich in den Trümmern unter der

Rheinbrücke versammelten. Bereitwillig räumten sie dem Jungen an den kalten Winterabenden einen Platz an ihrem Feuer ein, und der eine oder andere teilte sogar sein spärliches Essen mit ihm. *Sie* wussten, wie es sich anfühlte, wenn man gezwungen wurde, sein Zuhause zu verlassen, sodass ihre bloße Gegenwart Gerd genauso tröstete wie das Glucksen des Flusswassers gegen die Brückenpfeiler.

Eines Tages würde er dem rastlosen Wasser wieder flussabwärts folgen, bis dorthin, wo der Rhein ins Meer mündete, das nahm er sich fest vor an diesem Abend, an dem er sich wegen seines schmerzenden Hinterteils nicht einmal am Feuer niederlassen konnte. Irgendwann in nicht allzu ferner Zukunft, wenn Omma nicht mehr war und Vater es mit seinen Schikanen endgültig zu weit trieb, würde er fortlaufen, um als Schiffsjunge die große Welt zu erobern oder zumindest nach Irland zu den Finchs zurückzufahren.

Dieser Tag kam früher als erwartet. Als der Frühling ins Land zog, stürzte die Großmutter auf der frisch gewischten Haustreppe und konnte sich danach nur noch unter großen Schmerzen fortbewegen, und im Herbst kehrte der hartnäckige Husten aus dem letzten Kriegswinter zurück. Immer seltener erhob sie sich von ihrem Sofa, und eines Morgens, als das neue Jahr gerade begonnen hatte, wachte Omma gar nicht mehr auf.

Erika weinte zum Steinerweichen, Vater biss die Zähne zusammen und schickte Gerd aus dem Haus, um die Beerdigung zu organisieren; und Gerd selbst schluckte die Tränen hinunter und biss die Zähne noch viel kräftiger zusammen. Nie mehr würde Omma ihm in unbeobachteten Momenten übers Haar streichen oder ein Stück süßes Backwerk zustecken, nie mehr würden ihm ihre Blicke durch verschränkte Finger hindurch versichern, dass sie ihn trotz allem liebte.

Als man Omma zu seiner Mutter ins Grab legte, gab sich Gerd solche Mühe, nicht zu weinen, dass sich sein Gesicht wie versteinert anfühlte und er, sobald der Pfarrer das Amen gesprochen hatte, blindlings davonlief. Er hetzte quer über den Friedhof und durch ein ganzes Stadtviertel und hielt erst inne, als er am Rheinufer stand. Mit Sicherheit würden ihn Vater und Erika später dafür ausschelten, dass er nicht mit der Trauergesellschaft ins Wirtshaus gegangen war, aber er brauchte jetzt Zeit für sich. Mit Omma hatte das Leben ihm schon wieder ein Stück Zuhause entrissen. Zu wem gehörte er denn noch, wenn Omma nicht mehr da war – zu seinem ewig unzufriedenen, zornigen Vater und der eingebildeten, mäkeligen Erika? Trotz der Kälte saß Gerd stundenlang am Wasser, träumte sich auf sein geliebtes Fischerboot und kehrte erst spätabends in die Wohnung zurück.

Erika und Vater saßen schweigend beieinander, nur das Ticken der Küchenuhr war zu hören, und Gerd schien es, als verbreitete die Stehlampe in der Ecke weniger Licht als sonst.

„Wo bist du gewesen, Junge?“, empfing ihn sein Vater unfreundlich.

„In der Stadt, am …“, stammelte Gerd, doch sein Vater ließ ihn gar nicht ausreden.

„Hast es wohl nicht für nötig gehalten, mit deiner Schwester und deinem gebrechlichen Vater gemeinsam um die Großmutter zu trauern, wie? Und das nach all den Jahren, in denen sie seit dem Tod eurer Mutter so selbstlos für euch Kinder gesorgt hat!“

Wenn Gerd sich nicht täuschte, klang Vaters Stimme ein wenig wackelig, so, als zitterte oder weinte er innerlich. Etwas wie Mitleid wallte in ihm auf, immerhin hatte sein Vater die eigene Mutter verloren.

„Ich sag dir jetzt mal, was du bist, mein Sohn“, fuhr die zitternde Stimme fort. „Ein undankbarer Kerl bist du, ein durch und durch undankbarer, gewissenloser Bursche, der es nicht einmal für nötig hält, das Andenken seiner Großmutter zu ehren!“

Gerds Mitgefühl verflog schneller, als es gekommen war. „Das ist nicht wahr!", wehrte er sich, „ich ehre Ommas Andenken sehr wohl, aber dazu brauche ich nicht im Wirtshaus zu sitzen und dem Geschwätz der Leute zuzuhören, die sie nicht mal richtig gekannt haben! Und dankbar bin ich sowieso, Omma war nämlich die Einzige in diesem Haus, die sich *ehrlich* um mich gesorgt hat. Euch beiden kann ich es doch niemals recht machen, ganz egal, was ich auch tu!"

„Pass auf, was du sagst, Junge, oder ich werde dir anderweitig zum nötigen Respekt vor deinem Vater verhelfen!" Vaters Stimme bebte nicht länger, sondern war jetzt gefährlich ruhig – wie so oft, bevor ihn die Wut endgültig packte. Und heute war keine Großmutter da, deren besänftigende Worte ihn manches Mal trotz allem vom Schlagen abgehalten hatten.

Doch gerade dieses Wissen, dass sie ihm nicht mehr zur Seite stehen konnte, gab Gerd den Mut, endlich auszusprechen, was er schon so oft im Geheimen gedacht hatte. „Ich habe *Respekt* vor meinem Vater", erwiderte er leise und dennoch in aller Deutlichkeit, „und zwar vor meinem Vater Ned Finch in Irland, der ein schwer arbeitender, aufrechter, frommer Fischer ist und kein jammernder, übellauniger und von Selbstmitleid erfüllter Kriegsversehrter!"

„So siehst du mich also!" Vaters ausdrucksloser Blick wurde klar, als er sich schwerfällig aus dem Sessel wuchtete und wie erwartet nach dem Riemen griff.

Aber Gerd war schneller. Ehe sein Gegenüber sich versah, hatte der Junge den Gürtel an sich gerissen, das Fenster geöffnet und den Lederriemen mit den metallischen Schließen, die im Lauf der Zeit etliche Narben auf seiner Haut hinterlassen hatten, hinunter auf die Straße geschleudert. Nur wenige Sekunden nachdem der Gürtel unten aufgeschlagen war, schlug Gerd die Wohnungstür wortlos hinter sich ins Schloss und stürmte die Treppe hinab.

Die kommende Nacht verbrachte er bei seinen Freunden unter der Brücke und begab sich am folgenden Morgen mit nichts weiter als dem, was er auf dem Leib trug, auf den Weg zum Meer. Wie schon im vergangenen Jahr fiel es ihm aufgrund seiner Größe und Statur nicht schwer, Gelegenheitsjobs zu finden, mit deren Hilfe er sich auf seinem Weg quer durch die Niederlande bis nach Rotterdam durchschlug. Dort im Hafen angekommen suchte er nach einem Schiff in Richtung Irland, musste sich aber mit einem Frachter nach Frankreich zufriedengeben, dessen Steuermann ihn, ohne sich um Gerds Alter oder entsprechende Ausweispapiere zu kümmern, als Hilfskraft im Maschinenraum akzeptierte.

Auf diese Weise erreichte der inzwischen Dreizehnjährige sein Ziel, den Hafen von Cobh im Südosten Irlands, erst etwa zehn Monate, nachdem er in Köln aufgebrochen war. Mit jedem Kilometer, den er von dort aus an der Küste entlang nach Norden wanderte, klopfte sein Herz schneller: Was würden die Finchs, was würde sein Pflegevater für Augen machen, wenn Gerry so plötzlich vor der Tür stand!

In dieser Hinsicht erfüllten sich seine hochfliegenden Erwartungen. Mandy und Berna sowie Martha und Ned Finch freuten sich so sehr, ihn zu sehen, dass sie spontan ein fröhliches Fest voller Erinnerungen und mit jeder Menge Leckerbissen auf einer in aller Eile gezauberten Festtafel feierten. Gerrys „Stelle" auf dem Fischerboot war unterdessen allerdings anderweitig besetzt. Nach seiner Abreise vor zwei Jahren hatte sich sein Pflegevater einen anderen Gehilfen gesucht, sodass nun ausgerechnet Jimmy, Gerds damaliger Mitschüler mit der Zahnlücke, seinen Platz eingenommen hatte. Somit war Gerrys Hilfe – und damit auch seine Anwesenheit und seine Person – überflüssig geworden.

Bitter enttäuscht gab er deshalb vor, nur auf der Durchreise zu sein, und machte sich nach zwei Tagen unter dem Dach der einstigen

Pflegefamilie erneut auf den Weg. In Dun Laoghaire fand er eine neue Anstellung, zunächst nur als Dockarbeiter, aber später wieder auf einem Schiff. Dies war der endgültige Beginn seines Lebens mit und auf dem Meer.

Er suchte sein Zuhause nicht länger an einem konkreten Ort, sondern war fortan überall und nirgends daheim. In allen Weltmeeren und den rastlosen Fahrten von einem Kontinent zum nächsten fand er seine Identität, auch wenn ihm das erst sehr viel später klar wurde.

1972, zehn Jahre nachdem er nur haarscharf einer zufälligen Begegnung mit seiner einst so vertrauten Zwillingsschwester entkommen war, verliebte er sich in eine Amerikanerin irischer Abstammung, an deren Seite er für kurze Zeit Ruhe fand. Doch als eine Krebserkrankung sie ihm schon fünfzehn Jahre später wieder raubte, ergriff die Rastlosigkeit erneut von ihm Besitz. Sowie seine einzige Tochter erwachsen war, bestieg er erneut ein Schiff und fuhr so lange weiter zur See, bis er wegen seines hohen Alters keine Heuer mehr bekam.

So war er schließlich auf Inis Beag gelandet – der kleinen Gezeiteninsel, auf der sonst niemand leben wollte und wo er zahllose Fremde mit seinen Geschichten unterhielt, hauptsächlich von den Fahrten des rastlosen Seemannes …

*Inis Beag, 2019*

Nachdem seine Gedanken wieder in die Gegenwart zurückgekehrt waren, starrte der alte Mann ratlos auf das Papier in seiner Hand.

Rosie suchte den Kontakt mit ihm. Nach all den Jahren. Nach einem ganzen Leben mit der Schuld, dass er sie damals im Stich gelassen hatte.

Seine Augen schweiften in die Ferne, so wie sie es sein ganzes Leben lang getan hatten. Noch war die Sonne nicht untergegangen. In ihren letzten Strahlen verschwamm die Grenze zwischen Himmel und Meer am Horizont, so wie Rosies Nachricht die klare Grenze zwischen Vergangenheit und Gegenwart verschwimmen zu lassen drohte.

Wäre es wahrhaftig sinnvoll, auf ihre Worte zu reagieren und die Erlebnisse längst vergangener Zeiten wieder an die Oberfläche zu zerren? Oder wäre es nicht viel vernünftiger, wenn er die natürliche Grenze beachtete und in seinem Element blieb – der Gegenwart?

Gerd wusste es beim besten Willen nicht. Mit gebeugtem Rücken und ohne dem Sonnenuntergang weiter Beachtung zu schenken, stapfte er den sanften Hügel zu seiner bescheidenen Steinhütte hinauf.

# Kapitel 24

*Hazelbrook House, 2019*

Mit einem letzten im Sonnenschein silbrigen Aufblitzen verschwand der Flugzeugrumpf in einer bauchigen Wolke, den Kondensstreifen wie einen Kometenschweif hinter sich herziehend. Rosie verfolgte ihn noch einen Moment mit ihrem Blick, dann richtete sie diesen wieder nach unten auf ihre Terrasse mit den blühenden Rosen im Hintergrund und dem Liegestuhl direkt gegenüber ihrem eigenen.

„Was bin ich froh, dass du jetzt nicht in einem Flugzeug Richtung Heimat sitzt, Lia, sondern hier bei mir im Garten!", erklärte sie mit einem zufriedenen Seufzen. „Nach allem, was du für mich getan hast, wäre es unerträglich für mich gewesen, wenn ich mich nicht einmal richtig von dir hätte verabschieden können!"

„Es tut mir leid, dass du dich überhaupt mit dieser Vorstellung abgeben musstest, Rosie. Es war eine reichlich alberne und selbstsüchtige Aktion von mir, ohne jeden Abschied abreisen zu wollen!" Lia richtete sich auf, stellte die Lehne ihres Liegestuhles aufrecht und erwiderte Rosies Blick mit bedauernder Miene.

„O bitte, Liebes, sprechen wir nicht länger davon. Mittlerweile haben wir uns so oft entschuldigt, dass es für die nächsten Jahre ausreicht, meinst du nicht? Ich bin dafür, dass wir es ab sofort so halten wie Gott selbst, der uns versprochen hat, unsere Schuld in den tiefsten

Tiefen des Meeres zu versenken, von wo sie ganz gewiss niemand wieder heraufholen wird!“

Zufrieden beobachtete Rosie, wie Lia bei diesen Worten die Schultern straffte und leise lächelte. Vor zwei Tagen hatte das Mädchen morgens gemeinsam mit Brendan an ihrem Krankenhausbett gestanden, sich stammelnd bei ihr entschuldigt und Tränen der Reue geweint, und seither hatte sich an ihrer schuldbewussten Miene kaum etwas verändert. Einzig als Rosie sich noch in der Klinik dazu entschieden hatte, jenem Gerry Mac Muir, den sie tatsächlich gemeinsam hatten ausfindig machen können, eine Nachricht zu schreiben, hatte sich Lias offensichtlicher Kummer für einen Augenblick verflüchtigt. Und mittlerweile war es endgültig Zeit dafür, fand Rosie. Lia bräuchte ein wenig Ablenkung, um auf andere Gedanken zu kommen, doch anstatt etwas mit Brendan zu unternehmen, verbrachte sie seit Rosies gestriger Entlassung den ganzen Tag untätig im Liegestuhl und leistete ihr Gesellschaft.

„Möchtest du nicht einmal nachsehen, was Brendan in der Werkstatt macht?“, steuerte die alte Dame deshalb geradlinig auf ihr Ziel zu, Lia dieses Gefühl der Verpflichtung auszureden. „Er erwähnte heute Morgen etwas davon, dass er die Kaminkonsole fertigstellen wollte, bei der du ihm schon einmal geholfen hast!“

„Ich glaube nicht, dass ich mich im Moment darauf konzentrieren könnte“, wehrte Lia ab. „Mir geht so viel anderes im Kopf herum.“

„Ich verstehe!“ Rosie nickte. Hier ging es um weit mehr als ausschließlich um sie oder ihre Nachricht an Gerd. Seit ihr Enkel sich mit Lia ausgesprochen hatte, war das Knistern zwischen den beiden nahezu greifbar. Jeder Blick und jede kurze Bemerkung, die sie miteinander wechselten, war voll unterschwelliger Bedeutung, aber bislang schien keiner von beiden dazu bereit zu sein, über seine Gefühle zu sprechen oder sie durch Taten konkret werden zu lassen.

Das war ein weiterer Grund dafür, warum Rosie dankbar war, dass Lias sich dazu entschlossen hatte, ihren Urlaub zu verlängern. Ein wenig mehr Zeit war genau das, was die jungen Leute ihrer Ansicht nach benötigten, und so gern sie den beiden zum gemeinsamen Glück verholfen hätte, hütete sie sich davor, sich einzumischen. Dementsprechend ging sie auf die nächste wichtige Frage ein, die Lia vermutlich beschäftigte. „Ich kann mir nur zu gut vorstellen, dass du gerade rätselst, ob und wann wir eine Antwort von Gerry Mac Muir erhalten. Und vor allem, wie die ausfallen wird!"

„Das kannst du laut sagen", gestand Lia. „So erleichtert ich auch bin, dass du mittlerweile selbst die Führung in dieser Angelegenheit übernommen hast – ich fiebere dem Ausgang nicht weniger entgegen als vorher!"

„Da ergeht es mir nicht wesentlich besser. Obwohl ich inzwischen alle übermäßige Sorge um das Schicksal meines Zwillingsbruders bewusst Gottes fähigen Händen anvertraut habe – was ich schon von Anfang an hätte tun sollen –, sitze ich wie auf Kohlen, seit wir diese Mail abgeschickt haben. Und ich fürchte, dieser Zustand wird noch eine Weile anhalten, je nachdem, wie oft der alte Herr auf seiner einsamen Insel überhaupt Post erhält oder beantwortet – worüber uns die Organisation ja keine Auskunft geben konnte. Ich kann dir gar nicht sagen, wie dankbar ich bin, dass du dich dazu bereit erklärt hast, diese Wartezeit mit mir gemeinsam auszuhalten, nach dem Motto: Geteilte Ungeduld ist halbe Ungeduld!"

Leicht verlegen winkte Lia ab. „Es ist ja nicht so, dass es ein Opfer für mich wäre, ein paar Tage länger hierzubleiben. Solange David im Café dadurch keine Probleme bekommt, habe ich nicht einmal ein schlechtes Gewissen dabei! Wenn es nach meinen persönlichen Wünschen ginge, würde ich ohnehin länger …"

Lia brach ab und biss sich auf die Lippen.

Rosie verstand sie auch ohne Worte. Schweigend lauschte sie für einige Augenblicke dem Zwitschern der Vögel in der nahen Stechpalme, ehe sie erwiderte:

„Ich bin sicher, Liebes, Gott wird dir rechtzeitig zeigen, in welche Richtung dein Weg künftig weitergeht. Wie er dies so viele Jahre lang für mich getan hat, wird er auch für dich die richtigen Türen öffnen, während andere sich schließen. Wenn mir die intensive Rückbesinnung auf meine Vergangenheit in den letzten Wochen eines verdeutlicht hat, dann ist es das: Meine Geschichte ist ein Paradebeispiel für Gottes Gnade, seine liebevolle Bewahrung und seine ganz individuellen Pläne mit unserem Leben."

„Dem kann ich nur zustimmen." Lia nickte, wenngleich ihre gerunzelte Stirn und die nervös mit dem Ohrring spielenden Finger leichte Zweifel verrieten. „Und doch fällt es mir im Alltag, bei den kleinen und größeren praktischen Entscheidungen des Lebens oft so schwer, den roten Faden in dieser Geschichte zu erkennen! Ist das ein Zeichen dafür, dass ich Gott nicht genügend vertraue, oder was stimmt mit mir nicht?"

„Es bedeutet vielmehr, dass du ein Mensch bist, der Gott gefallen möchte und das Richtige tun will, und zwar am besten mit der Garantie, dass es auch wirklich das Richtige ist, zum Beispiel in Form eines Lichtblitzes oder einer donnernden Stimme vom Himmel! Aber eine solche Garantie gibt es nicht. Und anstatt auf irgendwelche Zeichen zu hoffen, kann es helfen, sich ausschließlich auf einen Schritt zu konzentrieren, nämlich den allernächsten. Jeder noch so kleine, scheinbar unbedeutende Schritt nach vorn – ein kurzes, entschlossenes Ja zu einer ungewohnten Situation, einer neuen Bekanntschaft oder einer innovativen Idee für die Zukunft, das mutige Ausprobieren von etwas Neuem – kann den Beginn einer entscheidenden Veränderung markieren!"

„Aber was, wenn dieser Schritt mich in die falsche Richtung führt? Gesetzt den Fall, ich tue genau das oder gehe genau dorthin, wo Gott mich ursprünglich eben nicht haben wollte?“ Lia beugte sich vor und suchte so inständig Rosies Blick, als hinge ihr Leben von der erwarteten Antwort ab.

„Dann ist er immer noch größer als jeder Schlamassel, in den wir uns damit *vielleicht* hineinmanövriert haben, und absolut Herr der Lage!“, erklärte Rosie resolut und mit einem stummen Seufzer, in der Hoffnung, dass ihre Überzeugung auf Lia übergehen würde. „Erst neulich las ich ein Zitat, das – nicht wörtlich, aber doch sinngemäß – lautete: ‚Was schadet es dir, Schiffbruch zu erleiden, wenn du in einem Meer voller Gnade landest?‘“

„In einem Meer voller Gnade landen …“, wiederholte Lia fasziniert. „Das gefällt mir!“

Rosie registrierte zufrieden, dass sich ihre junge Freundin wieder entspannt in den Liegestuhl zurücklehnte, als vom Haus her eilige Schritte zu hören waren und Brendan verkündete: „Das, was ich hier habe, wird euch beiden hoffentlich gleich noch viel besser gefallen!“

Triumphierend schwenkte er ein Blatt Papier in der Luft.

Rosie wurde bleich. „Ist es …? Dafür ist es doch eigentlich noch viel zu früh!“

„Eben eingegangen, als ich am Computer saß, um eine Rechnung zu schreiben“, bestätigte er. „Wie es aussieht, hat Mr Mac Muir keine Zeit verschwendet und dir gleich geantwortet!“

Prüfend musterte Brendan Rosies blasses Gesicht. „Fühlst du dich stark genug, die Nachricht zu lesen? Noch können wir die ganze Sache abblasen, falls dir nicht danach ist, Gran, das weißt du!“

„Ich weiß!“ Vor ihrem inneren Auge sah Rosie das Foto des alten Herrn mit dem faltigen, wettergegerbten Gesicht vor sich, das sie unter dem Namen Gerry Mac Muir auf der Webseite einer Storyteller-

Organisation gefunden hatten. Abgesehen von einem Wirbel in seinem altersuntypisch vollen Haar besaß der Mann überhaupt keine Ähnlichkeit mit dem Bild des kleinen Jungen, das Rosie von ihrem Zwillingsbruder im Gedächtnis behalten hatte. Nicht einmal die Augen – wässrig und hell vom Alter und dennoch irgendwie voller Schatten – erinnerten sie an die unternehmungslustig, manchmal sogar kämpferisch blitzenden Augen des jungen Gerd …

Wollte sie allen Ernstes wissen, ob dieser Mann ihr Bruder war, ihr einstmals zweites Ich? Und könnte sie es ertragen, wenn er es doch nicht war? Ganz zu schweigen von der maßlosen Enttäuschung, die sie in dem Fall erleiden würde, wenn Gerd alias Gerry nach all den Jahren nichts mehr mit ihr zu tun haben wollte oder sich charakterlich bis zur Unkenntlichkeit hin verändert hätte? Hatte sie die Entscheidung, ihm zu schreiben, womöglich zu voreilig getroffen? Die Nachricht zu lesen war riskant, und dennoch: Selbst wenn ihr alle Illusionen und Hoffnungen geraubt werden würden, würde Rosie an keinem anderen Ort landen als in einem Meer voller Gnade, so wie sie es Lia eben erklärt hatte.

„Ich … Bitte lies du es mir vor, Brendan", bat sie schließlich gefasst. „Was immer die Nachricht enthält, ich bin bereit."

„In Ordnung!" Ihr Enkel ging neben Lias Liegestuhl in die Hocke, entfaltete das Blatt Papier und hielt es so, dass Lia mit hineinsehen konnte.

*Sehr geehrte Mrs Healy,* las er. *Oder darf ich Sie nach all den Jahrzehnten der Trennung, die inzwischen hinter uns liegen, weiterhin* – Brendans Stimme hob sich aufgeregt – *Rosie nennen? Denn in der Tat war ich einmal jener Gerd Henke, nach dem Sie suchen – nach dem Du, liebe Schwester, suchst.*

Brendan ließ dieser bedeutungsschweren Erklärung eine kurze Pause folgen, während Rosie leise aufschluchzte. Gerd lebte, und obwohl sie in diesen bedacht gewählten, wohlgesetzten Worten ihren impulsiven Zwilling nicht wiedererkannte – er sprach mit ihr!

Mit überfließender Dankbarkeit lauschte sie dem Rest seiner ersten Nachricht nach mehr als sieben langen Jahrzehnten.

☘ ☘ ☘

„Wir sollten Gran jetzt eine Weile allein lassen!", raunte Brendan Lia zu, nachdem er den ganzen Brief vorgelesen und Rosie die Nachricht an sich genommen hatte, um sich noch weiter darin zu vertiefen. „Ich denke, dass sie uns momentan nicht braucht!"

Er streckte Lia die Hand entgegen, um ihr aus dem Liegestuhl zu helfen. „Kommst du mit mir in die Werkstatt? Ich möchte dir etwas zeigen!" Erwartungsvoll richtete er seine Augen auf sie.

Lia zuckte innerlich zurück. Dieser Blick, seine beiläufige Berührung eben, als er ihr aufhalf, und zuvor, als sein Arm neben ihrem auf der Armlehne des Liegestuhls geruht hatte, verdoppelte ihre Atemfrequenz; und die Erinnerung an ihre Aussprache samt Beinahekuss am Strand von Bray mit der darauffolgenden Heimfahrt voller bedeutungsschwerer, aber unausgesprochener Worte machten es nicht besser: Sie konnte zurzeit in seiner Anwesenheit schlicht nicht klar denken. Die Tatsache, dass sie ihre gemeinsame nächtliche Fahrt zurück an die Westküste in ihrem Gedächtnis als *Heimfahrt* abgespeichert hatte, sprach ja wohl ebenfalls Bände. Wie es aussah, wuchs nicht nur die Anziehungskraft zwischen Brendan und ihr mit jeder gemeinsam verbrachten Minute, sondern ebenso die zwischen ihr und diesem Ort – seinem und Rosies Zuhause.

Außerdem hatte ihr das Gespräch mit ihrer lebenserfahrenen Freundin, das Brendan mit Gerds Nachricht so abrupt beendet hatte, deutlich gemacht, dass es an der Zeit war für einige Entscheidungen, was ihre Zukunft anging. Nach allem, was sie in den letzten beiden

Wochen gesehen und erlebt hatte, war sie nicht mehr dieselbe wie vorher. Sie konnte nicht, wie ursprünglich geplant, nach Köln zurückkehren, um sich dort ihr bisheriges Leben wieder überzustreifen wie ihre gewohnten bequemen Lieblingshosen!

„Jetzt nicht", gab sie deshalb zögernd zurück und hoffte, er würde ihre Abweisung nicht auf sich persönlich beziehen. „Nach den Denkanstößen, die mir das Gespräch mit deiner Grandma und letztlich sogar Gerds Nachricht gegeben haben, brauche ich erst ein bisschen Zeit für mich allein!"

„Oh, okay!" Brendans erwartungsvolles Lächeln verschwand und er kehrte ihr den Rücken zu. So viel zu ihrer Hoffnung, ihn nicht vor den Kopf zu stoßen. Lia seufzte, doch bevor sie sich zurückziehen konnte, wandte er sich ihr wieder zu. „Versprichst du mir wenigstens, bei mir hereinzuschauen, wenn du so weit bist? Ich ... Es wäre mir enorm wichtig!"

Sie nickte stumm, und mit einem versöhnten „Danke, ich warte auf dich" verschwand Brendan um die Hausecke.

Lia widerstand der Versuchung, alle vernünftigen Überlegungen in den Wind zu schlagen und ihn sofort zu begleiten. Sie vergewisserte sich, dass Rosie nach wie vor mit ihrem Brief beschäftigt war, und machte sich dann ebenfalls auf den Weg.

Ihr Ziel war die Schafweide am Hang oberhalb der Scheune. Seit sie ihre Nachforschungen aufgenommen hatte, hatten sich die Ereignisse derart überschlagen, dass sie bisher keine Zeit gefunden hatte, den Platz unter der Eiche ein zweites Mal aufzusuchen, so wie sie es sich bei dem Ausflug zum Wasserfall vorgenommen hatte. Heute schien er ihr der ideale Ort dafür zu sein, ihre wirren, aufgewühlten Gedanken zu sortieren und sich Klarheit über ihre Zukunft zu verschaffen.

Als sie die Scheune umrundete, hörte sie neben einem Holzschleifer auch leise, stimmungsvolle Musik. Offenbar brauchte auch

Brendan etwas, um seine Gedanken oder die Nerven zur Ruhe zu bringen.

Der Weg über die Schafweide war heute weniger feucht als beim ersten Mal, und die Tiere verteilten sich gleichmäßig auf dem gesamten Hang, sodass Lia, als sie bei der Eiche angekommen war, sich ungehindert am Boden ausstrecken konnte. Den Rücken an den Stamm des gegabelten Baumes gelehnt, blickte sie in das grüne Blätterdach über ihrem Kopf. Eine ganz leichte Brise, von der sie auf der Terrasse im Schutz des Hauses gar nichts gespürt hatte, spielte in den Blättern, versetzte sie in schwerelose, von Lichtreflexen durchdrungene Bewegung, und der Ausläufer des gegabelten Stammes ragte so weit ins Wiesengrün hinein, dass sich Gräser und Blätter in einem wogenden grünen Ozean vereinten. Wie auf der Höhe des Bray Head glaubte Lia auch hier, in den fließenden Bewegungen Gottes persönliche Handschrift zu erkennen.

In der Tat begegnete ihr diese in den letzten Tagen fast überall, und manchmal glaubte Lia, die jeweilige Geschichte auch lesen zu können. In Rosies Lebenslauf war sie klar und deutlich zu erkennen – und zumindest ansatzweise sogar in dem ihres Zwillingsbruders.

Einzelheiten hatte der Einundachtzigjährige in dem Brief an seine Schwester nicht preisgegeben, sondern nur in groben Zügen geschildert, wie er zu seinem heutigen Leben auf der winzigen Gezeiteninsel gekommen war. Dennoch hatte Lia in diesen wenigen Eckpunkten die Geschichte einer verletzten, einsamen Seele auf der Suche nach Sicherheit erkannt. Nach Geborgenheit. Heimat. Ob er unterdessen gefunden hatte, wonach er sich sehnte? Im Lauf der Zeit würde Rosie es hoffentlich herausbekommen. Zwar hatte Gerd kein persönliches Treffen zwischen den Zwillingen vorgeschlagen – wie Lia es sich im Grunde seit Beginn der Suche erhofft hatte –, aber wenigstens angeboten, weiterhin in Briefkontakt zu bleiben. Rosies Freude darüber war riesengroß, und sie würde diese Möglichkeit sicher nutzen, um ihren Bruder neu kennenzulernen und, soweit er selbst und die vielen verstrichenen Jahrzehnte seit ihrer gemeinsamen Kindheit es zuließen, wieder eine Beziehung zu ihm aufzubauen.

Die Frage war also nur, weshalb Lia nicht genauso klar sehen konnte, was ihr eigenes Leben anging: *ihre* Geschichte im Hier und Jetzt und für die Zukunft. Aufgewühlt rutschte sie weiter am Stamm hinab, um sich vollständig im weichen Gras auszustrecken, und bekam dabei ein Stück des blauen Himmels zu sehen. Ein verschwindend winziges, unbedeutendes Stückchen Blau in all dem flirrenden Blättergrün.

Ein kleiner, scheinbar unbedeutender Schritt; ein kurzes, entschlossenes Ja zu einer neuen Situation, Bekanntschaft oder Idee – so hatte es Rosie ausgedrückt. Würde dergleichen auch Lia in ihrer momentanen Verfassung und im Sinne ihres persönlichen Wachstums voranbringen? Gedankenvoll zupfte sie an einem Grashalm, bis er in zig Einzelteile zerfallen war.

Andererseits hatte sie selbst im Falle eines Schiffbruchs nichts zu verlieren. Sogar wenn die Idee, die bereits in ihrem Kopf herumspukte, sich nicht als unmittelbar zielführend erweisen sollte, wäre Gottes Gnade groß und tief genug, sie aufzufangen! Ein Meer voller Gnade – ein schöneres Bild konnte Lia sich nicht vorstellen.

Während sie eine weitere Handvoll Grashalme zwischen ihren Fingern zerrieb, nahm der Traum von ihrer Zukunft, der beim Betrachten ihrer Skizze von der Bootsfahrt entstanden und durch Brendans Annäherung am Strand weiter gewachsen war, immer spezifischere Formen an; und schließlich sprang Lia unternehmungslustig auf. Sie konnte es kaum mehr erwarten, konkrete Schritte zu tun und eine gewisse Person in ihr Vorhaben einzuweihen.

Während sie den Hang hinabeilte, machte sich eines der weidenden Schafe genüsslich über einen Berg Grashalme her, den es in wunderbar mundgerechten Häppchen unter der Eiche vorgefunden hatte.

☘ ☘ ☘

Brendan musterte die fertige Kaminumrandung zum gefühlt hundertsten Mal, während er auf Lia wartete. Er hatte die beiden Seitenstücke und das Mantelpiece zum vollständigen Kamin zusammengefügt, sodass nur die Feuerstelle selbst in der Mitte noch fehlte, und sein Werk exakt gegenüber einem der großen nach Südwesten gerichteten Werkstattfenster platziert. Auf diese Weise tauchte die Nachmittagssonne die breiten Säulen, die mit stilisierten blütenverzierten Kapitellen abschlossen, in ein samtiges honigfarbenes Licht und hob die Ranken und Blätter des Weinlaubs unterhalb der Konsole so plastisch hervor, dass sie fast lebendig wirkten. Insgesamt würde der Kamin dem Ehrenplatz in Miss Downes Salon, den er bald einnehmen sollte, mehr als gerecht werden.

Genau so hatte sich Brendan das Stück vorgestellt, in das er in den vergangenen Tagen jede freie Minute investiert hatte, um sich von seinen ewig um Lia kreisenden Gedanken abzulenken. Daher konnte er es kaum erwarten, ihr das vollendete Werk zu präsentieren. In gewisser Weise war es ja ihr gemeinsames Projekt gewesen – mit Lia als der Ideengeberin und ihm selbst lediglich als dem ausführenden Partner.

Womit seine Gedanken wieder bei dem entscheidenden Stichwort angelangt waren: Partner. Nach ihrer Aussöhnung am Strand von Bray hatte er sich zum ersten Mal in aller Konsequenz eingestanden, dass er sich mehr als nur eine freundschaftliche Beziehung mit Lia wünschte. Er hatte sich ernsthaft in sie verliebt, und danach zu urteilen, dass Lia sich wegen des angedeuteten Kusses nicht zurückgezogen, sondern sogar eingewilligt hatte, mit ihm nach Hazelbrook House zurückzufahren, war er ihr sicher ebenfalls nicht gleichgültig. Folglich war es jetzt, da die beiden Frauen wieder am selben Strang zogen und die Suche nach Gerd wider Erwarten von Erfolg gekrönt gewesen war, allerhöchste Zeit, dieses Thema endlich offen anzusprechen. Brendan konnte nicht zulassen, dass Lia in ihre Heimat zurückfuhr, ohne von seinen Gefühlen für sie zu wissen.

Die Hände untätig auf dem Rücken verschränkt trabte er ruhelos durch die Werkstatt und überlegte, ob er Lia nicht doch besser entgegengehen sollte, als er von draußen über den Kies eilende Schritte hörte und die Herbeigesehnte in der offen stehenden Tür erschien.

Ihr Haar war zerzaust, und an ihrer Hose hingen Grashalme, doch auf ihren Lippen lag ein zuversichtliches Lächeln, das sich beim Anblick des Kamins vertiefte.

„Ist es das, was du mir zeigen wolltest?", schloss sie so nahtlos an seine vorherige Einladung in die Werkstatt an, als wäre nicht mittlerweile weit mehr als eine Stunde vergangen, und ließ ihren Blick bewundernd über den Kamin wandern. „Er ist noch schöner, als ich ihn mir vorgestellt habe!"

Zögerlich, als könnte sie mit ihrer Berührung etwas beschädigen, zeichnete sie mit den Fingerspitzen eine Weinranke nach. „Die natürliche Tönung und die Maserung sind fantastisch herausgekommen, das Holz ist samtweich und glänzt so seidig-lebendig, dass man glatt den Eindruck bekommen könnte, die Ranken würden sich im Wind bewegen. Der Kamin ist ein wahres Kunstwerk, Brendan! Hast du Miss Downes schon ein Bild davon geschickt?"

„Freut mich, dass er dir so gefällt! Und nein, habe ich nicht! Die Sache mit dem Foto ist dein Part, du warst genauso an diesem Werk beteiligt wie ich! Aber bevor du jetzt sofort losstürmst, um deine Kamera zu holen, möchte ich dir etwas sagen, Lia!"

Er machte einen Schritt auf sie zu, ergriff ihre Hände und zog sie so nahe zu sich heran, dass sie ihren Kopf ein wenig in den Nacken legen musste, um ihm ins Gesicht sehen zu können. An seinem unbedeckten Hals spürte er ihren Atem, der sich auffallend beschleunigte.

„Das trifft sich gut, denn ich habe ebenfalls Neuigkeiten. Aber, bitte, du zuerst!“ Lia bemühte sich erst gar nicht, ihre Nervosität zu verbergen. Brendans Nähe auf diese Weise zu spüren, war so eng mit ihrem Traum verknüpft, wie sie es kaum zu hoffen gewagt hatte, und sein Schritt auf sie zu war wie das Echo ihres kleinen, unbedeutenden Ja zum nächsten Schritt auf ihrem Lebensweg, das sie oben auf der Schafweide ausgesprochen hatte.

„Ich wollte dich noch einmal bitten, länger hier bei uns zu bleiben! Falls du jetzt denkst, dass es keinen Grund mehr dafür gibt, weil die Suche nach Gerd ein gutes Ende gefunden hat, dann ist das ein gewaltiger Irrtum. Ich kann dir etliche weitere Gründe nennen: Zum einen geben wir beide mit der Kombination unserer individuellen Begabungen ein großartiges Team ab, was ich dir anhand dieses Kamins eindrucksvoll demonstrieren wollte. Zum anderen genieße ich es, mit dir zu arbeiten, zu diskutieren und durch die Gegend zu fahren. Und das will ich nicht mehr missen, weil … Verzeih, dass ich so direkt bin, aber ich muss das endlich mal aussprechen: Weil ich mich in dich verliebt habe!“

Brendan hielt den Atem an. Er hatte Lia sein Herz ausgeschüttet, nun war es an ihr, etwas daraus zu machen. Warum zum Kuckuck brauchte sie so lange mit ihrer Antwort und blickte nur mit diesem seltsamen stummen Lächeln zu ihm auf, das sie schon beim Betreten der Werkstatt auf den Lippen gehabt hatte und das ihm wie eine einzige verführerische Einladung zu einem Kuss vorkam?

Endlich schien sie ihre Sprache wiedergefunden zu haben.

„Da gibt es nichts zu verzeihen und ebenso wenig zu bitten“, setzte sie bedächtig an. „Ich habe nämlich selbst bereits die Entscheidung getroffen zu bleiben. David, mein Chef daheim in Köln, kommt mittlerweile gut ohne mich aus, meine Anstellung bei ihm sollte ohnehin nur vorübergehend sein, aber vor allem glaube ich, jetzt zu wissen, was ich weiter mit meinem Leben anfangen will."

Waren ihre Argumente bis jetzt nur zögerlich gekommen, fuhr Lia nun entschlossen und mit leuchtenden Augen fort: „Ich möchte nicht länger im Café oder in der Werbung arbeiten, sondern Kunst studieren, und zwar hier in Galway! Mein Ziel ist es, irgendwann einmal ein echtes Gemälde statt nur mittelmäßige Skizzen zustande zu bringen, und bis es so weit ist, kann ich meinen Lebensunterhalt mit Jobs wie beispielsweise im Tea Shed verdienen. Das alles natürlich nur unter der Voraussetzung, dass mir deine Gran offiziell ein Zimmer vermietet oder ich in der näheren Umgebung eines finden kann!"

„Wow, und das hast du alles in einer einzigen Stunde ausgetüftelt?", erkundigte sich Brendan mit nur mühsam unterdrückter Spannung. Gehörten *er,* seine Anwesenheit und die Gefühle, die er ihr eben gestanden hatte, denn gar nicht in ihre Pläne?

Seine Gedanken standen ihm so deutlich ins Gesicht geschrieben, dass Lia nach einer kunstvollen Pause mit schelmischem Lächeln fortfuhr: „Nicht wirklich. Im Grunde schon an dem Abend in Bray, aber Rosies Worte und Gerds Geschichte vorhin haben mir den entscheidenden Anstoß gegeben. Und dabei habe ich bisher ein, so hoffe ich, nicht ganz unwesentliches Detail noch gar nicht erwähnt: Meine Freizeit, also jede freie Minute, die mir daneben bleiben wird, würde ich gern damit verbringen, in einer Werkstatt Holzstaub zu schlucken und dem Werkstattinhaber, in den ich mich zufälligerweise auch verliebt habe, bei der Arbeit zur Hand zu gehen."

„Oh, dieses Detail ist in der Tat nicht ganz unwesentlich – und du hast es mit voller Absicht erst jetzt am Schluss deiner Ausführungen erwähnt!", dämmerte ihm plötzlich die ganze Wahrheit. Seine

Anspannung wich einem Ausdruck, den Lia nie zuvor an ihm wahrgenommen hatte – einer Mischung aus Verblüffung, überschwänglicher Freude und Zärtlichkeit.

„Na warte, du, dafür werde ich deine freie Zeit wahrhaft gnadenlos ausnutzen", drohte er, während seine Augen, die in dem gleichen Blauton schimmerten wie der Atlantik, als sie diesen von den Klippen aus betrachtet hatte, sich ihr bis auf wenige Zentimeter näherten, „und zwar ab sofort!"

Damit umfasste er ihr Gesicht mit seinen staubigen, rauen Händen und küsste sie, wie er es sich schon so lange gewünscht hatte. Lia schloss die Augen und gab sich mit allen Sinnen der Erfüllung ihrer Sehnsucht hin.

Wie ein Unterpfand auf eine gemeinsame Zukunft spürte sie dabei die Kaminumrandung, ihr erstes gemeinsames Werk, in ihrem Rücken.

☘☘☘

*Hazelbrook House, März 2020*

Am Morgen dieses 6. März stahl sich ein erster Frühlingssonnenstrahl durch die Vorhänge an Rosies Schlafzimmerfenster. Ganz im Gegensatz zu ihren Schlafgewohnheiten in letzter Zeit war sie auf einen Schlag munter. An diesem Freitag feierte Rosie ihren zweiundachtzigsten Geburtstag und freute sich darauf, ihn gemeinsam mit ihren Kindern und hoffentlich sämtlichen Enkelkindern zu begehen. Seit gestern waren die Vorbereitungen dafür in vollem Gange.

Deirdre, Brendan und Lia, deren erste Semesterferien vor wenigen Tagen begonnen hatten, waren den ganzen Tag gemeinsam in der Scheune gewesen – wo die Feier wegen der vielen Gäste stattfinden sollte – oder mit Kisten und verhüllten Paketen beladen zwischen

Brendans Lieferwagen und der Werkstatt hin- und hergelaufen. Beim Mittagessen, das Rosie für alle gemeinsam gekocht hatte, hatten die drei sich kaum Zeit genommen, ihre Teller leer zu essen, nur um gleich darauf wieder nach nebenan zu verschwinden.

Als Rosie nun ihre Beine über die Bettkante schwang und ins Bad ging, lag ein erwartungsvolles Lächeln auf ihrem Gesicht. Sie kämmte ihr Haar sorgfältiger als üblich, um es anschließend mit zwei altmodischen glänzenden Kämmen am Hinterkopf festzustecken, und schlüpfte zur Feier des Tages in ein Kleid statt in den gewohnten Tweedrock mit Bluse. Ein abschließender Blick in den Spiegel versicherte ihr, dass alles an Ort und Stelle saß, und dennoch stutzte sie ein wenig betroffen.

Ihr Haar war inzwischen vollkommen weiß, die Falten im Gesicht und am Hals hatten sich extrem vermehrt, ebenso wie die Altersflecke auf ihren schmalen, feingliedrigen Händen. Unabhängig davon, wie jung man sich im Herzen fühlte, waren zweiundachtzig Jahre eben doch ein beträchtliches Alter! Ob sich Gerd (um ihn von ihrem Sohn Gerry zu unterscheiden, nannte Rosie ihren Bruder nach wie vor Gerd) an diesem Geburtstagsmorgen genauso nachdenklich im Spiegel betrachtete wie sie?

Ihr Blick ging zu dem Bilderrahmen, der sich vor Kurzem zu den übrigen Familienbildern auf ihrer Kommode gesellt hatte: In Ermangelung eines aktuellen Fotos hatte sie Gerds Bild von der Storyteller-Webseite ausgedruckt, das nur sein wettergegerbtes, bärtiges Gesicht samt weißem Haarschopf zeigte. Ja, er war definitiv mindestens genauso gealtert wie sie.

Trotz aller E-Mails, die sie sich in den vergangenen neun Monaten geschrieben hatten, war ihr der Gedanke an ihren Zwilling als betagtem alten Herrn noch immer fremd. Vermutlich hätte sich das geändert, wenn sie einander in der Zwischenzeit persönlich begegnet wären, aber zu ihrer Enttäuschung war Gerd niemals auf ihre dezenten Hinweise in diese Richtung eingegangen. Sie hatte die Befürchtung, er lebte schon so lange abgeschottet von allen anderen Menschen außer seinen Zuhörern auf dieser Insel, dass er persönliche Begegnungen oder Gespräche mit sämtlichen Mitmenschen – einschließlich seiner Zwillingsschwester – scheute. Rosie nahm ihm das nicht übel, war stattdessen dankbar für jedes Detail seiner bewegten Lebensgeschichte, das er ihr anvertraute. Zum Ausgleich ließ sie ihn auch an ihrem Familienleben teilhaben – dem der Vergangenheit sowie der Gegenwart. Dabei hoffte sie von ganzem Herzen, dass sie trotz ihrer gegenseitigen Entfremdung und ihres zunehmenden Alters eines Tages die Gelegenheit hätten, sich wenigstens ein Mal leibhaftig gegenüberzustehen.

Endlich riss sich Rosie von dem Anblick des Bildes los. Bereits auf halber Höhe der Treppe stieg ihr von unten der Geruch eines köstlichen warmen Frühstücks in die Nase.

„Du bist ja schon wach, Geburtstagskind“, grüßte Lia und schloss sie herzlich in die Arme. „Alles nur erdenklich Gute und Gottes Segen fürs neue Lebensjahr wünsche ich dir, liebe Rosie! Und für viele weitere gesunde, glückliche Jahre im Kreis deiner Familie, aber das versteht sich ja von selbst!“

„Danke, mein Liebes, etwas Besseres könnte ich mir selbst nicht wünschen!“ Als sich Rosie aus Lias Umarmung löste, fiel ihr Blick durch die offen stehende Tür auf den Frühstückstisch, der ausnahmsweise im Esszimmer gedeckt war. Ein Kerzenleuchter, frische Blumen und eine helle Leinentischdecke verliehen ihm ein festliches Aussehen, und auf der Warmhalteplatte des Küchenherds standen vier abgedeckte Platten.

„Liebe Güte, Lia, da hast du dich mal wieder selbst übertroffen! Du sollst doch meinetwegen nicht so einen Aufwand machen, schon gar nicht in deinen hart erarbeiteten Ferien! Was Deirdre und du während des Semesters in eurer WG macht, ist eure Sache, aber solange du unter meinem Dach schläfst, solltest du dich von mir verwöhnen lassen und deine freie Zeit genießen!"

„Das tue ich doch! Nur nicht an deinem Geburtstag, Rosie – an diesem einen Tag im Jahr wirst du es ertragen müssen, dass wir den Spieß einmal umdrehen und *dich* verwöhnen! Zumal du dir nichts weiter gewünscht hast als einen gemütlichen Tag in der Gesellschaft deiner Familie. Deirdre und Brendan kommen jeden Moment aus der Scheune herüber, und ich hoffe, du greifst ordentlich zu. Das hier ist nämlich Frühstück und Mittagessen in einem, was anderes gibt es erst dann, wenn später der Rest deiner Familie eintrifft!"

„Haben denn tatsächlich alle zugesagt?"

„Und ob! Wir mussten Brendans Werkstatt ordentlich umräumen, um für die ganze Gesellschaft Platz zu schaffen. Aber wenigstens wurde auf diese Weise dort mal anständig ausgemistet. Es ist kaum zu fassen, was dein Enkel im Lauf der Jahre so alles angesammelt hat!" Sie verdrehte die Augen, doch ihr liebevoller Unterton widerlegte die genervte Geste umgehend.

Rosie lächelte still in sich hinein. Es bereitete ihr die größte Freude zu beobachten, wie die Beziehung zwischen ihrem Enkel und ihrer jungen Freundin reifte und sich beide dabei persönlich veränderten. Zudem entwickelte Lia auch außerhalb des Studiums wachsendes Vertrauen in ihre künstlerische Begabung, und die Freude daran strahlte ihr aus allen Knopflöchern, während Brendan seine Tage nicht mehr ausschließlich in der Werkstatt verbrachte, seine Arbeiten dank Lias Mitdenken aber dennoch an Profil gewannen und immer mehr gefragt waren. Vor wenigen Wochen erst war das Anwesen Downing Park No.1 in einem bekannten Wohnmagazin vorgestellt worden, wobei die Fotos der behutsam-kunstvollen Restaurierung des Kamins im

Salon eine ganze Hochglanzseite eingenommen hatten. Seitdem erhielt Brendan mehr Restaurierungsaufträge, als er annehmen konnte.

Als dieser die Küche betrat, gratulierte er zuerst liebevoll seiner Großmutter zum Geburtstag, ehe er Lia an der Hüfte packte und sie so ausgelassen herumwirbelte, als hätte er sie seit Wochen nicht mehr gesehen und nicht erst am vergangenen Abend.

„Was fällt dir ein, du Schuft", protestierte Lia, „lass mich sofort runter! Sonst sehe ich mich gezwungen, dich anstatt den Küchenboden mit dem flüssigen Rührei hier zu bekleckern!" Angriffslustig schwenkte sie den tropfenden Rührlöffel in ihrer Rechten über seinem Kopf, bis er sie widerwillig absetzte. Als Belohnung platzierte Lia einen Kuss auf seiner Wange.

„Muss junge Liebe schön sein!" Deirdre, die gleichzeitig mit Brendan den Raum betreten hatte, seufzte kopfschüttelnd, aber dennoch ein wenig sehnsüchtig, und endlich ließen sich die vier gemeinsam am Frühstückstisch nieder.

Nach der ausgiebigen Mahlzeit verbannten die jungen Leute Rosie ins Wohnzimmer, um ihre Kräfte für den späteren Trubel der Geburtstagsparty zu sparen, während sie selbst letzte Hand an die Vorbereitungen legten. Am frühen Nachmittag parkten schließlich die ersten Gäste vor der Scheune.

Als Brendan seiner Großmutter endlich gestattete, die Werkstatt zu betreten, die in ihrer ungewohnten Ordnung und festlichen Dekoration kaum wiederzuerkennen war, hatten sich ihre Kinder und Schwiegerkinder samt Familien bereits vollzählig versammelt. Freudig nahm Rosie die Glückwünsche und Umarmungen entgegen und überhörte in dem fröhlichen Stimmengewirr vollkommen, dass draußen ein weiterer Wagen zum Stehen kam.

In dem Augenblick jedoch, als Deirdre die Tür für die leicht verspäteten Gäste aufriss und damit gleichzeitig einen heftigen Windstoß ins Innere der Scheune ließ, legte sich der Begrüßungstrubel; das Menschenknäuel um Rosie herum löste sich auf und gewährte ihr freien Blick auf den Eingang.

Im Türrahmen stand eine unbekannte Dame, die vom Alter her zwischen Rosies Kindern und ihren Enkeln liegen mochte. Außerdem ein alter Herr mit dichtem schlohweißem Haar, der mit einem Gehstock ausgerüstet war und dennoch betont aufrecht stand. Prüfend schweifte sein Blick über die versammelten Gäste, dann schritt er auf Rosie zu, die ihm wie im Traum entgegentaumelte.

Für Sekundenbruchteile standen sich die Zwillinge schweigend gegenüber, ehe Rosie die Hand ausstreckte und wortlos den Wirbel über Gerds Stirn glatt zu streichen versuchte, wie sie es als kleines Mädchen immer getan hatte.

# Epilog

Zum Abschluss dieses Tages, an dem das befangene Schweigen zwischen den wiedervereinten Zwillingen zuerst einer behutsamen Annäherung und letztendlich dem Beginn einer neuen Vertrautheit gewichen war, versammelte sich die Geburtstagsgesellschaft um ein wärmendes Feuer. Brendan ließ die Ofenklappe des kleinen gusseisernen Werkstattofens offen stehen, sodass das Flackern der Flammen über die Gesichter der Gäste tanzte und so manchen Schatten und manche Furche, die die Mühen des Lebens darin hinterlassen hatten, in einen erbarmungsvollen weichen Schein tauchte.

„Bitte erzähle uns eine von den Geschichten, mit denen du sonst die Gäste auf deiner Insel unterhältst", bat Sean, der jüngste von Rosies Enkeln, der sichtlich Gefallen an dem neuen Großonkel mit der schillernd bunten Seemannsvergangenheit und dem nicht minder exotischen Einsiedlerdasein auf einer Insel gefunden hatte.

Gerd blickte von dem Zehnjährigen, der zu Füßen des Vaters auf einem zerschlissenen Vorleger hockte, zu seiner Sitznachbarin auf dem kleinen Sofa, das Brendan eigens für die beiden Geburtstagskinder aus Rosies Wohnzimmer in die Werkstatt hinübergeschleppt hatte. Wie sie es bereits unzählige Male zuvor getan hatte, lächelte seine Schwester ihn ermutigend an, und der Feuerschein spiegelte sich in ihren Augen, die im Lauf der Jahrzehnte nichts von ihrer Geduld und Gutmütigkeit verloren hatten. Niemals hätte er es für möglich gehalten, dass sie sich noch einmal so nahe sein würden, physisch wie emotional. Ein längst vergessenes, zutiefst zufriedenes Gefühl regte sich in ihm, und er spürte, dass die gewünschte Geschichte des rastlosen Seefahrers am heutigen Tag eine neue Wendung verlangte.

„Schön, wenn ihr darauf besteht!" Er räusperte sich, konzentrierte seinen Blick auf das Spiel der Flammen und begann zu erzählen.

*Lange vor unserer Zeit, als das Eiland noch Teil der Küste war und mächtige alte Eichen die Quelle und das Kloster bewachten, lebte in dessen Mauern ein junger Mönch. Seine Eltern hatten ihn aus weiter Ferne dort hingeschickt, da er sich aus dem Studium der Heiligen Schriften nähren und ein Leben im Dienst an seinen Mitmenschen führen sollte. Der junge Mönch hingegen fühlte sich zu einem anderen Dasein berufen.*

*Abend für Abend vernahm er diesen Ruf, sobald er seine Gebete beendet hatte und am Strand entlangwanderte, um sich an der Herrlichkeit der göttlichen Schöpfung zu erquicken. Jede Woge, die aus der Tiefe des Ozeans heranrollte, für einen Augenblick im Sand an seinen Füßen leckte und sich wieder zurückzog, um sich weit draußen erneut mit ihresgleichen zu vereinen, rief ihm zu, ihr dorthin zu folgen. Im Rauschen der Brandung an den nahen Felsen erkannte er die raunende Forderung, sich von ihr in ein Land voller Schönheit, Freude und Lachen forttragen zu lassen. Und in jedem Tropfen salziger Gischt, der seine Haut benetzte, verspürte er den Geschmack eines verheißenen Landes jenseits des Ozeans. So wuchs in seinem Herzen mit jedem Tag das Drängen, sich auf die Suche nach jenem Land zu machen, in dem alle Wünsche und seine tiefe Sehnsucht Erfüllung finden würden.*

*Seine Mitbrüder aber hatten kein Verständnis für das Ansinnen des jungen Mönches. Die Vorstellung eines verheißenen Landes taten sie als Schwärmerei ab – geboren aus der Leichtfertigkeit seiner Jugend – und rieten ihm, seine Rastlosigkeit beim Anblick der See durch strengste Disziplin zu bezwingen.*

*Ihrem Unverständnis zum Trotz begann der junge Mann im Verborgenen mit dem Bau eines Bootes. Aus starken, biegsamen Ästen formte er einen Rumpf und bespannte diesen mit Tierhäuten. Und mit einem Segel – ebenfalls aus Tierhaut gefertigt – war das kleine Schiff tüchtig für die Reise übers Meer. Damit war der Tag seines Aufbruchs gekommen: Während die Brüder sich am frühen Morgen zum Gebet versammelten, stach der junge Mann mit seinem Boot, das man auch Curragh nannte, in See.*

*Soeben stahlen sich die ersten Strahlen der Sonne über die Klostermauern, die bereits hinter ihm lagen, und zeichneten eine goldene Bahn auf die endlosen Wasser vor ihm. Ein frischer Wind füllte das bescheidene Segel, und das kleine Boot nahm Fahrt auf. Das Herz des jungen Seefahrers war voll Freude und Zuversicht: Schon bald würde er den Ort finden, von welchem die Wogen ihm seit jeher erzählten – den Ort, an dem Geist und Seele endlich zur Ruhe gelangen konnten!*

*Er kreuzte die Meere von Ost nach West und von Süd nach Nord, erkundete jedes neue Ufer, das vor seinem Bug auftauchte, und entdeckte dabei die wunderlichsten Dinge: schwimmende Berge aus gehämmertem Eis und andere aus flüssigem Feuer, unter den Wogen sich wiegende grüne Wälder sowie ein geheimnisvolles Glühen wie von tausend winzigen Feuerstellen – und nicht zuletzt Länder voller Menschen mit den absonderlichsten Sitten und Gebräuchen.*

*Doch so viele verschiedene Ufer er auch ansteuerte und so weit sein Curragh ihn auch trug, eines blieb dem rastlosen Seefahrer dennoch verwehrt: das Land zu finden, das seine verborgene Sehnsucht stillen und die endlos rollenden Wogen in seinem tiefsten Herzen endgültig zur Ruhe bringen konnte.*

*Im ewigen Rhythmus der Gezeiten flossen über diesen Fahrten die Jahrzehnte dahin, und der rastlose Seefahrer wurde grau, gebeugt und zunehmend betrübt wegen seiner vergeblichen Suche. So kehrte er zu seiner eigenen Verwunderung dem Leben auf See den Rücken und ließ sich an der Küste nieder, wo er wie einstmals nur noch wehmütig dem Rufen der Wogen lauschte.*

*Mit einem Mal aber riefen diese ihn nicht mehr hinaus in die einsame Weite, sondern hinein in die Gemeinschaft mit seinen Brüdern; eine Gemeinschaft, die er ein Leben lang gering geachtet, ja verschmäht hatte. Und in dem Maß, in dem das Vertrauen und die Liebe zu ihnen in seinem Herzen zu wachsen begannen, verschwanden die lebenslang verspürten Sehnsüchte und sämtliche Ruhelosigkeit. Der rastlose Seefahrer war im Begriff, letztendlich doch noch in seinen Heimathafen einzulaufen …*

Gerds Stimme verstummte, und nicht nur seine Zwillingsschwester wischte sich verstohlen eine Träne aus dem Augenwinkel.

Über die Köpfe der restlichen Familienmitglieder hinweg suchte Lia Rosies Blick, und in stummer Übereinstimmung nickten sie einander zu. So wie Rosie es vor vielen Jahrzehnten erlebt hatte, würde auch Gerd nach zahllosen Umwegen und Hindernissen schlussendlich seine Identität und die damit verbundene Heimat und Geborgenheit in Gott finden.

Voller Dankbarkeit fielen sie in den Applaus für den Storyteller Gerry Mac Muir ein.

# Nachwort

Liebe Leserin, lieber Leser,

ich hoffe, es ist mir gelungen, Sie gemeinsam mit Lia auf die Reise zu schicken. Eine Reise nicht nur ins malerische Irland, sondern insbesondere in die Vergangenheit und damit in eine Zeit, die für unsere Vorgängergeneration mit ihrem bitteren Leid nur allzu gegenwärtig war.

Meine eigenen Eltern waren Kriegskinder: Mein Vater floh mit Mutter und Schwestern aus Ostpreußen nach Bayern, wo er beim Einzug der amerikanischen Besatzungsmacht durch einen Granatsplitter verletzt wurde; meine Schwiegermutter erlebte in Thüringen die Besatzung durch die Russen, ehe sie später in den Westen floh.

Bombenalarm und Nächte im Bunker, Vertreibung und Flucht, Hunger und die verzweifelte Anstrengung, sich inmitten von Trümmerbergen eine neue Existenz und Heimat zu schaffen – daraus bestand der Alltag dieser Kinder und Heranwachsenden, die später uns oder unseren Eltern das Leben schenkten.

Mir persönlich erging es ähnlich wie Lia, während ich diesen Roman schrieb. Plötzlich gewannen die Bilder, die ich aus Geschichtsbüchern und Zeitzeugenberichten kannte, an Kontur, an Farbe, an Vertrautheit. Sie wurden lebendig, sogen mich in das Geschehen hinein und enttarnten sich als Spiegelbild dessen, was sich bis heute an zahllosen Orten dieser Welt abspielt. Rein äußerlich mögen sie sich unterscheiden, die Gestalten der Hungernden, Heimatlosen, Geflohenen – Haar, Hautfarbe und Augen sind oft nicht hell und blau, sondern meist dunkel –, doch die Not, die in jenen Gesichtern geschrieben steht, ist stets die gleiche.

Damals wie heute liegt es an jedem Einzelnen von uns, auf dieses Elend zu reagieren. Hinzusehen und darauf aufmerksam zu machen, statt zu schweigen. Barmherzig zu sein – in der Erinnerung daran, dass auch unsere Eltern einst derartiges Erbarmen erfuhren. Hinter Schmerz und Leid und den eventuell daraus entstehenden Verzweiflungstaten der Masse das Schicksal der Einzelperson zu erkennen, dem wir durch unser Interesse und unsere Anteilnahme unter Umständen sogar eine neue Wendung geben können, wie es die Protagonisten meines Romans getan haben …

Ich wünsche Ihnen und uns allen die nötige Weisheit, auf diese Dinge zu achten und dabei zu erkennen, wie die Gnade des Herrn in der Geschichte am Werk ist!

Ihre Dorothea Morgenroth

MIX
Papier aus verantwortungsvollen Quellen
FSC® C014496
FSC www.fsc.org



1. Auflage 2021
Bestell-Nr. 817776
ISBN 978-3-95734-776-3

Umschlaggestaltung: Hanni Plato
Umschlagfoto Verlagsausgabe: Shawn Williams, Getty Images
Umschlagfoto Clubausgabe: Maremagnum, Getty Images
Satz: Apel Verlagssservice, Celle
Druck und Verarbeitung: GGP Media GmbH, Pößneck
Printed in Germany

www.gerth.de